BESTSELLER

Joël Dicker nació en Suiza en 1985. A los diecinueve años se dio a conocer con el relato *El tigre*, «un thriller en pequeño formato». Su primera novela, *Los últimos días de nuestros padres*, está basada en la desconocida historia de una unidad de inteligencia británica encargada de entrenar a la resistencia francesa durante la Segunda Guerra Mundial y resultó ganadora en 2010 del Premio de los Escritores Ginebrinos. Su segunda novela, *La verdad sobre el caso Harry Quebert*, descrita como un cruce de Larsson, Nabokov y Philip Roth, recibió el favor del público y de la crítica más exigente, fue galardonada con el Premio San Clemente, el Premio Goncourt des Lycéens, el Gran Premio de Novela de la Academia Francesa y el Premio Lire a la mejor novela en lengua francesa, y ha sido traducida a más de treinta idiomas. Siguieron a su éxito *El Libro de los Baltimore*, *La desaparición de Stephanie Mailer* y *El enigma de la habitación 622*, que lo confirman como una de las voces más renovadoras del panorama literario internacional.

Para más información, visita la página web del autor: www.joeldicker.com

También puedes seguir a Joël Dicker en Facebook, Twitter e Instagram:

🅵 Joël Dicker
🅣 @JoelDicker
🅘 @joeldicker

Biblioteca

JOËL DICKER

La desaparición de Stephanie Mailer

Traducción de
María Teresa Gallego Urrutia y **Amaya García Gallego**

DEBOLS!LLO

Papel certificado por el Forest Stewardship Council®

MIXTO
Papel procedente de
fuentes responsables
FSC® C117695
www.fsc.org

Penguin
Random House
Grupo Editorial

Título original: *La Disparition de Stephanie Mailer*

Primera edición con esta presentación: febrero de 2021

© 2018, Éditions de Fallois
© 2018, 2021, Penguin Random House Grupo Editorial, S. A. U.
Travessera de Gràcia, 47-49. 08021 Barcelona
© 2018, María Teresa Gallego Urrutia y Amaya García Gallego, por la traducción
© Ed Lachman para el Museo Nacional Thyssen-Bornemisza, Madrid
(la imagen muestra a la actriz y exbailarina de ballet clásico
sueca Anna Parrow), por la imagen de la cubierta

Penguin Random House Grupo Editorial apoya la protección del *copyright*.
El *copyright* estimula la creatividad, defiende la diversidad en el ámbito de las ideas
y el conocimiento, promueve la libre expresión y favorece una cultura viva.
Gracias por comprar una edición autorizada de este libro y por respetar las leyes del *copyright*
al no reproducir, escanear ni distribuir ninguna parte de esta obra por ningún medio sin permiso.
Al hacerlo está respaldando a los autores y permitiendo que PRHGE continúe publicando libros
para todos los lectores. Diríjase a CEDRO (Centro Español de Derechos Reprográficos,
http://www.cedro.org) si necesita fotocopiar o escanear algún fragmento de esta obra.

Printed in Spain – Impreso en España

ISBN: 978-84-663-5539-1
Depósito legal: B-19.221-2020

Impreso en Black Print CPI Ibérica
Sant Andreu de la Barca (Barcelona)

P 3 5 5 3 9 1

Queridos lectores:

Ahora que vais a zambulliros en esta novela, querría rendir homenaje a mi editor, Bernard de Fallois, que nos dejó en enero de 2018.

Era un hombre fuera de lo común que poseía un sentido excepcional de la edición. Se lo debo todo. Fue el golpe de fortuna de mi vida. Lo voy a echar mucho, muchísimo, de menos.

¡Leamos!

Para Constance

Acerca de los acontecimientos
del 30 de julio de 1994

Solo las personas familiarizadas con la región de los Hamptons, en el estado de Nueva York, se enteraron de lo sucedido el 30 de julio de 1994 en Orphea, una ciudad de veraneo pequeña y encopetada a orillas del océano.

Esa noche, Orphea inauguraba su primer festival de teatro y aquel acontecimiento, de alcance nacional, había atraído a un público considerable. Ya desde media tarde, los turistas y la población local habían empezado a agolparse en la calle principal para presenciar los numerosos actos festivos que había organizado el ayuntamiento. Los barrios residenciales se habían quedado vacíos de vecinos hasta tal punto que tenían pinta de ciudad fantasma: no quedaban paseantes por las aceras, ni parejas en los porches, ni niños patinando por la calle, ni había nadie en los jardines. Todo el mundo estaba en la calle principal.

A eso de las ocho, en el barrio completamente vacío de Penfield, el único rastro de vida era un coche que recorría despacio las calles desiertas. Al volante, un hombre escudriñaba las aceras con destellos de pánico en la mirada. Nunca se había sentido tan solo en el mundo. No había nadie para ayudarlo. No sabía qué hacer. Andaba buscando desesperadamente a su mujer: había salido a correr y no había vuelto.

Samuel y Meghan Padalin se hallaban entre los escasos vecinos que habían decidido quedarse en casa en esa primera noche de festival. No habían conseguido entradas para la obra inaugural, cuya taquilla había tomado la gente por asalto, e ir a participar en las festividades populares de la calle principal y del paseo marítimo y el puerto deportivo no había despertado en ellos el menor interés.

A última hora de la tarde, Meghan había salido, como todos los días, a eso de las seis y media, para ir a correr. Salvo los domingos, que era el día en que le concedía al cuerpo algo de descanso, hacía el mismo circuito todas las tardes de la semana. Salía de su casa y subía por la calle Penfield hasta Penfield Crescent, que trazaba un semicírculo alrededor de un parquecillo. Se detenía allí para realizar una serie de ejercicios en el césped —siempre los mismos— y luego regresaba a su casa por el mismo camino. Aquel recorrido le llevaba exactamente tres cuartos de hora. Cincuenta minutos a veces si alargaba los ejercicios. Pero nunca más tiempo.

A las siete y media, a Samuel Padalin le pareció raro que su mujer no hubiera regresado aún.

A las ocho menos cuarto, había empezado a preocuparse.

A las ocho, andaba arriba y abajo por el salón.

A las ocho y diez, por fin, no aguantó más y cogió el coche para recorrer el barrio. La forma más lógica de proceder le pareció ir siguiendo el camino que solía recorrer Meghan. Y eso fue lo que hizo.

Se metió por la calle Penfield y subió hasta Penfield Crescent, donde giró. Eran las ocho y veinte. Ni un alma por la calle. Se detuvo un momento para mirar el parque, pero no vio a nadie. Cuando volvía a arrancar, divisó una forma en la acera. Al principio, le pareció un montón de ropa. Hasta que se dio cuenta de que se trataba de un cuerpo. Entonces salió precipitadamente del coche, con el corazón palpitante: era su mujer.

A la policía, Samuel Padalin le dijo que al principio había pensado en un vahído por culpa del calor. Se temió un ataque al corazón. Pero, al acercarse a Meghan, vio la sangre y el agujero detrás de la cabeza.

Se puso a gritar y a pedir ayuda, sin saber si tenía que quedarse junto a su mujer o si ir corriendo a llamar a la puerta de las casas para que alguien avisase a emergencias. Lo veía todo borroso y le daba la impresión de que le fallaban las piernas. Sus voces atrajeron por fin a un vecino de una calle paralela, quien avisó a emergencias.

Pocos minutos después, la policía cerró el barrio.

Fue uno de los primeros agentes en llegar quien, al trazar el perímetro inicial de seguridad, se fijó en que la casa del alcalde de la ciudad, muy próxima al cuerpo de Meghan, tenía la puerta entornada. Se acercó, intrigado. Comprobó que la habían reventado. Sacó el arma, subió de una zancada las escaleras de entrada y anunció su presencia. No hubo ninguna respuesta. Empujó la puerta con la punta del pie y vio que un cadáver de mujer yacía en el pasillo. Pidió refuerzos en el acto, antes de seguir avanzando despacio por la casa con el arma en la mano. A la derecha, en un saloncito, se topó, espantado, con el cuerpo de un niño. Luego, en la cocina, se encontró al alcalde, en un charco de sangre, asesinado también.

Habían matado a toda la familia.

Primera parte

EN LA SIMA

-7
Desaparición de una periodista

Lunes 23 de junio-martes 1 de julio de 2014

Jesse Rosenberg
Lunes 23 de junio de 2014
Treinta y tres días antes de la inauguración del XXI festival de Orphea

La primera y última vez que vi a Stephanie Mailer fue cuando se coló en la recepción amistosa que me organizó la policía estatal de Nueva York con motivo de mi retirada del cuerpo.

Aquel día, una multitud de policías de todas las brigadas se había reunido bajo el sol del mediodía frente a la tarima de madera que colocaban en las grandes ocasiones en el aparcamiento del centro regional de la policía estatal. Yo me encontraba allí subido, junto a mi superior, el mayor McKenna, que había sido mi jefe durante toda mi carrera y me estaba tributando un ferviente homenaje.

—Jesse Rosenberg es un capitán de policía joven, pero por lo visto le corre mucha prisa irse —dijo el mayor, dando pie a las risas de los asistentes—. Nunca habría imaginado que pudiera irse antes que yo. La verdad es que la vida está mal hecha: a todo el mundo le gustaría que yo me fuera, pero aquí sigo; y a todo el mundo le gustaría que Jesse se quedara, pero Jesse se nos va.

Tenía cuarenta y cinco años y dejaba la policía sereno y feliz. Después de veintitrés años de servicio, había decidido aceptar la pensión que ya me correspondía para sacar adelante un proyecto que llevaba mucho tiempo acariciando. Aún me quedaba una semana de trabajo, hasta el 30 de junio. Luego empezaría un capítulo nuevo de mi vida.

—Me acuerdo del primer caso importante de Jesse —siguió diciendo el mayor—. Un cuádruple asesinato espantoso que resolvió brillantemente, cuando nadie lo creía capaz de hacerlo. Era aún un policía muy joven. A partir de ese momento todo el mundo se percató del temple de Jesse. Todos los que se han codeado con él saben que ha sido un investigador excepcional; incluso creo que puedo decir que ha sido el mejor de todos nosotros. Lo bautizamos «capitán cien por cien» porque resolvió todas las investigaciones en las que participó, lo que lo convierte en un investigador único. Policía admirado por sus colegas, experto al que muchos consultan e instructor de la academia durante largos años. Te lo voy a decir, Jesse: ¡hace veinte años que te envidiamos todos!

Los asistentes volvieron a soltar la carcajada.

—No hemos entendido muy bien cuál es ese nuevo proyecto que te espera, Jesse, pero te deseamos suerte en esa empresa. Has de saber que te echaremos de menos, que la policía te echará de menos; pero sobre todo te echarán de menos nuestras mujeres que se pasaban las verbenas de la policía mirándote como si fueran a comerte vivo.

Un torrente de aplausos celebró el discurso. El mayor me dio un cordial abrazo y luego me bajé del estrado para ir a saludar a cuantos habían tenido el detalle de acudir antes de que se abalanzasen sobre el bufé.

Me quedé solo por un momento y se me acercó una mujer muy guapa de unos treinta años a la que no recordaba haber visto en la vida.

—¿Así que es usted el famoso «capitán cien por cien»? —me preguntó con tono seductor.

—Por lo visto —contesté sonriente—. ¿Nos conocemos?

—No. Me llamo Stephanie Mailer. Soy periodista del *Orphea Chronicle*.

Nos dimos la mano. Stephanie me dijo:

—¿Le molesta si lo llamo «capitán noventa y nueve por ciento»?

Fruncí el ceño.

—¿Está usted insinuando que he dejado sin resolver alguna de mis investigaciones?

Por toda respuesta sacó del bolso la fotocopia de un recorte del *Orphea Chronicle* fechado el 1 de agosto de 1994 y me lo alargó:

CUÁDRUPLE ASESINATO EN ORPHEA:
MATAN AL ALCALDE Y A SU FAMILIA

El sábado, a última hora de la tarde, el alcalde de Orphea, Joseph Gordon, su mujer y su hijo de diez años aparecieron muertos en su domicilio. La cuarta víctima se llama Meghan Padalin, de treinta y dos años. La joven, que había salido a correr en el momento de los hechos, fue seguramente un testigo desafortunado. La mataron de varios tiros en plena calle, delante de la casa del alcalde.

Ilustraba el artículo una foto mía y de mi compañero a la sazón, Derek Scott, en el lugar del crimen.

—¿Adónde quiere ir a parar? —le pregunté.

—No resolvió este caso, capitán.

—¿Qué me está contando?

—En 1994 se equivocó de culpable. Pensaba que querría saberlo antes de dejar la policía.

Al principio creí que se trataba de una broma de mal gusto de mis colegas, antes de advertir que Stephanie iba muy en serio.

—¿Está usted investigando por su cuenta? —le pregunté.

—En cierto modo, capitán.

—¿«En cierto modo»? Va a tener que decirme algo más si pretende que la crea.

—Digo la verdad, capitán. Tengo una cita dentro de una hora que debería permitirme conseguir la prueba irrefutable.

—¿Una cita con quién?

—Capitán —me dijo con tono divertido—, no soy una principiante. Es la clase de exclusiva que un periodista no quiere arriesgarse a perder. Le prometo que lo haré partícipe de lo que descubra en cuanto llegue el momento. Mientras tanto, tengo que pedirle un favor: que me permita consultar el informe de la policía estatal.

—¡Usted lo llama un favor y yo lo llamo chantaje! —repliqué—. Empiece por enseñarme su investigación, Stephanie. Esas alegaciones son muy graves.

—Me hago cargo, capitán Rosenberg. Y, precisamente por eso, no me apetece que se me adelante la policía estatal.

—Le recuerdo que tiene la obligación de compartir con la policía toda la información de interés que obre en su poder. Es lo que marca la ley. También podría ir yo a hacer una inspección en su periódico.

A Stephanie pareció decepcionarla mi reacción.

—Qué se le va a hacer, «capitán noventa y nueve por ciento» —dijo—. Suponía que le iba a interesar, pero debe de estar usted pensando ya en su jubilación y en ese nuevo proyecto que ha mencionado el mayor en el discurso. ¿De qué se trata? ¿Va a arreglar un barco viejo?

—No es asunto suyo —contesté, muy seco.

Se encogió de hombros e hizo como que se iba. Yo estaba seguro de que era un farol y, en efecto, se detuvo tras dar unos pocos pasos y se volvió hacia mí.

—Tenía la respuesta ante los ojos, capitán Rosenberg. Sencillamente, no la vio.

Yo me sentía intrigado y molesto a la vez.

—Creo que me he perdido, Stephanie.

Ella alzó entonces la mano y me la colocó a la altura de los ojos.

—¿Qué ve, capitán?

—Su mano.

—Le estaba enseñando los dedos —me enmendó.

—Pero yo veo su mano —respondí, sin entenderla.

—Ese es el problema —me dijo—. Ha visto lo que quería ver y no lo que le han enseñado. Y eso fue lo que se perdió hace veinte años.

Fueron sus últimas palabras. Se marchó, dejándome, junto con su enigma, su tarjeta de visita y la fotocopia del periódico.

Al divisar en el bufé a Derek Scott, mi antiguo compañero, que en la actualidad vegetaba en la brigada administrativa, me apresuré a acercarme a él y le enseñé el recorte.

—No has cambiado nada, Jesse —me dijo, sonriente y divertido al ver de nuevo aquel antiguo caso—. ¿Qué quería esa chica?

—Es una periodista. Según ella, nos colamos en 1994. Afirma que no acertamos en la investigación y que nos equivocamos de culpable.

—¿Qué? —dijo Derek, atragantándose—. Pero eso es de locos.

—Ya lo sé.

—¿Qué ha dicho exactamente?

—Que teníamos la respuesta ante los ojos y que no la vimos.

Derek se quedó perplejo. Él también parecía alterado, pero decidió quitarse esa idea de la cabeza.

—No me lo creo ni por asomo —masculló, al cabo—. No es más que una periodista de segunda que quiere destacar sin esforzarse mucho.

—Puede que sí —contesté pensativo—. Y puede que no.

Recorrí el aparcamiento con la vista y divisé a Stephanie que se estaba metiendo en su coche. Me hizo una seña y me gritó: «Hasta pronto, capitán Rosenberg».

Pero no hubo ningún «hasta pronto».

Porque ese fue el día en que desapareció.

Derek Scott

Me acuerdo del día en que empezó todo aquel asunto. Fue el sábado 30 de julio de 1994.

Esa noche, Jesse y yo estábamos de servicio. Nos habíamos parado a cenar en el Blue Lagoon, un restaurante de moda donde Darla y Natasha trabajaban de camareras.

En aquella época, Jesse llevaba ya años con Natasha. Darla era una de sus mejores amigas. Tenían ambas el proyecto de abrir un restaurante juntas y dedicaban los días a hacerlo realidad: habían encontrado un local y ahora andaban pidiendo los permisos de obra. Por las noches y los fines de semana atendían en el Blue Lagoon y apartaban la mitad de lo que ganaban para invertirlo en su futuro local.

En el Blue Lagoon les habría parecido muy adecuado llevar la gerencia o trabajar en la cocina, pero el dueño les decía: «Con esa carita y ese culito, donde tenéis que estar es en la sala. Y no os quejéis, que os sacáis mucho más en propinas de lo que ganaríais en los fogones». En esto último no le faltaba razón: muchos clientes iban al Blue Lagoon solo para que los atendieran ellas. Eran guapas, dulces y sonrientes. Lo tenían todo a su favor. No cabía duda de que su restaurante iba a tener un éxito clamoroso y todo el mundo hablaba ya de él.

Darla estaba soltera. Y reconozco que yo, desde que la había conocido, no me la quitaba de la cabeza. Le daba la murga a Jesse para ir al Blue Lagoon, cuando estaban Natasha y Darla, a tomar un café con ellas. Y, cuando se reunían en casa de Jesse para trabajar en su proyecto de restaurante, yo me plantaba allí para intentar seducir a Darla, cosa que solo conseguía a medias.

A eso de las ocho y media de aquella famosa noche del 30 de julio, Jesse y yo estábamos cenando en el bar mientras cruzábamos alegremente unas cuantas palabras con Natasha y Darla, que andaban por allí. De repente mi busca y el de Jesse sonaron a un tiempo. Nos miramos con expresión preocupada.

—Para que los dos buscas suenen a la vez tiene que ser algo grave —comentó Natasha.

Nos indicó la cabina telefónica del restaurante y un aparato que había en la barra. Jesse fue a la cabina y yo opté por la barra. Las dos llamadas fueron breves.

—Tenemos una llamada general por un asesinato cuádruple —les expliqué a Natasha y a Darla tras colgar, mientras me abalanzaba hacia la puerta.

Jesse se estaba poniendo la chaqueta.

—Acelera —le dije en tono de regañina—. La primera unidad de la brigada criminal que se presente en el lugar del crimen se queda con el caso.

Éramos jóvenes y ambiciosos. Se trataba de la oportunidad de conseguir nuestro primer caso importante juntos. Yo tenía más experiencia que Jesse y la graduación de sargento. Mis superiores me apreciaban muchísimo. Todo el mundo decía que iba a hacer una carrera de policía brillante.

Fuimos corriendo por la calle hasta el coche y nos metimos en él a toda prisa; yo en el asiento del conductor y Jesse, en el del copiloto.

Arranqué como una tromba y Jesse cogió la baliza giratoria, que estaba en el suelo. La puso en marcha y, por la ventanilla abierta, la colocó encima del techo del coche camuflado, iluminando la noche con un destello rojo.

Así fue como empezó todo.

Jesse Rosenberg

Jueves 26 de junio de 2014

Treinta días antes de la inauguración

Me había imaginado que mi última semana en la policía la iba pasar vagueando por los pasillos y tomando cafés con los compañeros para despedirme de ellos. Pero llevaba tres días encerrado en mi despacho de sol a sol, repasando la investigación del cuádruple asesinato de 1994 que había sacado de los archivos. La visita de Stephanie Mailer me había impactado: no podía pensar en otra cosa que no fuera ese artículo y esa frase que había dicho ella: «Tenía la respuesta ante los ojos. Sencillamente, no la vio».

Pero me parecía que lo habíamos visto todo. Cuantas más vueltas le daba al caso, más convencido estaba de que se trataba de una de las investigaciones más sólidas de toda mi carrera: allí estaban todos los datos, las pruebas contra el hombre que se tenía por el asesino eran abrumadoras. Derek y yo habíamos trabajado con una formalidad y una minuciosidad implacables. No encontraba el menor fallo. Así que ¿cómo nos íbamos a haber equivocado de culpable?

Precisamente aquella tarde se presentó Derek en mi despacho.

—¿Qué andas haciendo, Jesse? Todo el mundo te está esperando en la cafetería. Los compañeros de secretaría te han hecho una tarta.

—Ya voy, Derek, lo siento, estoy un poco distraído.

Miró los documentos que tenía desperdigados por el escritorio, cogió uno y exclamó:

—¡Ah, no! No me digas que te has tragado las chorradas de esa periodista.

—Derek, solo quería asegurarme de que...

No me dejó acabar la frase:

—¡Jesse, la investigación era a prueba de bomba! Lo sabes tan bien como yo. Venga, ven, que todo el mundo te está esperando.

Asentí.

—Dame un minuto, Derek. Ahora mismo voy.

Suspiró y salió de mi despacho. Eché mano de la tarjeta de visita que tenía delante y marqué el número de Stephanie. Tenía el teléfono apagado. Ya había intentado llamarla la víspera, sin conseguirlo. Ella no había vuelto a ponerse en contacto conmigo desde que nos vimos el lunes y decidí no insistir más. Ya sabía dónde encontrarme. Acabé por decirme que Derek tenía razón, no había nada que permitiera dudar de las conclusiones de la investigación de 1994, y fui a reunirme con mis compañeros a la cafetería con el ánimo tranquilo.

Pero, al volver a subir a mi despacho, una hora después, me encontré con un fax de la policía estatal de Riverdale, en los Hamptons, que comunicaba la desaparición de una joven: Stephanie Mailer, de treinta y dos años, periodista. No se sabía nada de ella desde el lunes.

El corazón me dio un vuelco. Arranqué la hoja del aparato y me abalancé hacia el teléfono para hablar con la comisaría de Riverdale. Desde allí un policía me explicó que los padres de Stephanie habían ido a primera hora de la tarde, preocupados porque no sabían nada de su hija desde el lunes.

—¿Por qué los padres han ido primero a la policía estatal sin pasar por la local? —pregunté.

—Eso hicieron, pero la policía local por lo visto no se lo tomó en serio. Así que he pensado que más valía llevar el asunto más arriba, directamente a la brigada de delitos graves. A lo mejor no es nada importante, pero prefería darle la información.

—Ha hecho bien. Ya me encargo yo.

La madre de Stephanie, a la que llamé en el acto, me contó lo preocupada que estaba. La última vez que había hablado con su hija había sido el lunes por la mañana. Desde entonces, nada. El móvil se encontraba apagado. Tampoco había podido localizarla ninguna de las amigas de Stephanie. Al final, había ido al piso de su hija con la policía local, pero no había nadie.

Fui enseguida a ver a Derek a su despacho de la brigada administrativa.

—Stephanie Mailer —le dije—, la periodista que vino el lunes, ha desaparecido.

—¿Qué me estás contando, Jesse?

Le alargué el aviso de desaparición.

—Míralo tú mismo. Hay que ir a Orphea. Hay que ir a ver lo que pasa. Todo esto no puede ser una coincidencia.

Derek suspiró.

—Jesse, ¿no se supone que dejas la policía?

—No hasta dentro de cuatro días. Todavía me quedan cuatro días de policía. El lunes, cuando la vi, Stephanie decía que tenía una cita que iba a proporcionarle los datos que le faltaban a su investigación...

—Deja el caso a algún compañero —me sugirió Derek.

—¡De ninguna manera! Derek, esa chica me aseguró que en 1994...

No me dejó terminar la frase:

—¡Cerramos el caso, Jesse! ¡Es historia! ¿Qué te ha entrado de repente? ¿Por qué quieres a toda costa volver a meterte en eso? ¿De verdad te apetece volver a vivir todo aquello?

Lamenté que no me apoyase.

—Así que ¿no quieres ir a Orphea conmigo?

—No, Jesse. Lo siento. Creo que se te ha ido la cabeza.

Así que me fui yo solo a Orphea, veinte años después de haber pisado por allí por última vez. Desde el cuádruple asesinato.

Había que prever una hora de trayecto desde el centro regional de la policía estatal; pero, para ganar tiempo, me salté los límites de velocidad encendiendo la sirena y las luces de mi coche camuflado. Cogí la autopista 27 hasta el desvío de Riverhead y luego la 25 en dirección noroeste. El último tramo pasaba por un paisaje esplendoroso, entre un bosque exuberante y unos estanques cubiertos de nenúfares. No tardé en tomar la carretera 17, recta y desierta, que llevaba a Orphea y por la que circulé como una flecha. Un panel de carretera gigantesco me anunció que estaba a punto de llegar.

BIENVENIDO A ORPHEA, NUEVA YORK
Festival nacional de teatro, 26 de julio-9 de agosto

Eran las cinco de la tarde. Entré por la calle principal, frondosa y colorida. Vi pasar los restaurantes, las terrazas y las tiendas. Había un ambiente apacible, de vacaciones. Como faltaba poco para celebrar el Cuatro de Julio, habían adornado las farolas con banderas de estrellas y carteles que anunciaban los fuegos artificiales el día de la fiesta nacional por la noche. Por todo el paseo marítimo y el puerto deportivo, que bordeaban macizos de flores y setos recortados, los paseantes deambulaban entre las casetas que ofrecían excursiones para observar a las ballenas y alquilaban bicicletas. Aquella ciudad parecía sacada de los decorados de una película.

Mi primera parada fue en el puesto de la policía local.

El jefe, Ron Gulliver, que dirigía la policía de Orphea, me recibió en su despacho. No tuve necesidad de recordarle que ya habíamos coincidido veinte años atrás: se acordaba de mí.

—No ha cambiado —me dijo dándome un apretón de manos.

Yo no podía decir lo mismo. Había envejecido mal y engordado bastante. Aunque ya se había pasado la hora de comer y era pronto para cenar, estaba comiendo espaguetis en una bandejita de plástico. Y, mientras le explicaba por qué había ido allí, engulló la mitad del plato de una forma repugnante.

—¿Stephanie Mailer? —dijo extrañado, con la boca llena—. Ya nos hemos ocupado de ese caso. No se trata de una desaparición. Ya se lo he explicado a los padres que está visto que son unos plastas. ¡Salen por la puerta y vuelven a entrar por la ventana!

—A lo mejor son solo unos padres preocupados por su hija —le hice notar—. Llevan tres días sin saber nada de Stephanie y dicen que eso es algo muy poco habitual. Comprenderá que quiera ocuparme de esto con la diligencia necesaria.

—Stephanie Mailer tiene treinta y dos años y hace lo que quiere, ¿no? Créame, si tuviera yo unos padres como los suyos, también tendría ganas de escaparme, capitán Rosenberg. Puede estar tranquilo; Stephanie se ha ido por unos días, así de sencillo.

—¿Cómo puede estar seguro?

—Me lo ha dicho el redactor jefe del *Orphea Chronicle,* su superior. Ella le mandó un mensaje al móvil el lunes por la noche.

—La noche en que desapareció —comenté.

—Pero ¡si ya le digo que no ha desaparecido! —dijo irritado el jefe Gulliver.

Cada vez que soltaba una exclamación, de la boca le salían fuegos artificiales *al pomodoro.* Retrocedí un paso para evitar que me impactaran en la camisa inmaculada. Gulliver tragó y, luego, siguió diciendo:

—Mi adjunto ha acompañado a los padres a casa de su hija. Han abierto con un duplicado de la llave y han pasado revista: todo estaba en orden. El mensaje que ha recibido su redactor jefe confirmó que no había razón para preocuparse. Stephanie no tiene que rendirle cuentas a nadie. Lo que haga con su vida no es cosa nuestra. Nosotros hemos cumplido con nuestro trabajo. Así que, por favor, no venga a darme la lata.

—Los padres están muy preocupados —insistí— y, si usted me lo permite, me gustaría comprobar personalmente que todo va bien.

—Si le sobra el tiempo, capitán, por mí no se corte. Bastará con que espere a que mi adjunto, Jasper Montagne, vuelva de patrullar. Es él quien se ha hecho cargo de todo.

Cuando el sargento primero Jasper Montagne llegó por fin, me topé con un armario de luna gigantesco, con músculos muy marcados y expresión temible. Me contó que había acompañado a los señores Mailer a casa de Stephanie. Habían entrado en el piso: ella no estaba. Nada que destacar. Ninguna señal de lucha, nada anómalo. Montagne revisó después las calles adyacentes buscando el coche de Stephanie, en vano. Incluso llamó a los hospitales y a las comisarías de la zona: nada. Stephanie se había ausentado, y punto.

Como yo quería echar una ojeada al piso de Stephanie, se ofreció a acompañarme. Vivía en Bendham Road, una callecita tranquila cerca de la calle principal, en un edificio estrecho construido en tres niveles. En la planta baja había una ferretería; un inquilino vivía en el único piso de la primera planta y Stephanie, en el de la segunda.

Estuve llamando mucho rato a la puerta del piso. Tamborileé y grité, pero inútilmente: estaba claro que no había nadie.

—Ya ve que no está —me dijo Montagne.

Giré el picaporte: la puerta estaba cerrada con llave.

—¿Se puede entrar? —pregunté.

—¿Tiene la llave?

—No.

—Yo tampoco. El otro día abrieron los padres.

—Así que no se puede entrar.

—No. ¡No vamos a empezar a reventarle la puerta a la gente porque sí! Si quiere quedarse tranquilo del todo, vaya al periódico local y hable con el redactor jefe; le enseñará el mensaje que recibió de Stephanie el lunes por la noche.

—Y ¿el vecino de abajo? —pregunté.

—¿Brad Melshaw? Lo interrogué ayer. No ha visto nada ni ha oído nada de particular. No merece la pena ir a su casa: es cocinero en el Café Athéna, el restaurante de moda que está en la parte alta de la calle principal; allí se encuentra ahora mismo.

No por eso me dejé apabullar: bajé un piso y llamé en casa de Brad Melshaw. En vano.

—Ya se lo dije —suspiró Montagne bajando las escaleras mientras yo me quedaba un rato más en el rellano, esperando que me abriesen.

Cuando me metí a mi vez por las escaleras para bajar, Montagne ya había salido del edificio. Al llegar al portal, aproveché que estaba solo para pasarle revista al buzón de Stephanie. Echando una ojeada por la abertura vi que había una carta dentro y conseguí atraparla con la punta de los dedos. La doblé en dos y me la metí discretamente en el bolsillo de atrás del pantalón.

Tras la parada en el edificio de Stephanie, Montagne me llevó a la redacción del *Orphea Chronicle,* a dos pasos de la calle principal, para que pudiera hablar con Michael Bird, el redactor jefe del periódico.

La redacción se hallaba en un edificio de ladrillo rojo. Por fuera tenía buena pinta, pero, en cambio, por dentro estaba muy destartalado.

Michael Bird, el redactor jefe, nos recibió en su despacho. Ya vivía en Orphea en 1994, pero no me acordaba de haberme cruzado con él nunca. Bird me explicó que, por una serie de circunstancias, había vuelto a tomar las riendas del *Orphea Chronicle* tres días después del cuádruple asesinato y que por eso se había pasado la mayor parte de ese período con las narices metidas en papelotes y no sobre el terreno.

—¿Cuánto tiempo lleva trabajando Stephanie Mailer para usted? —le pregunté a Michael Bird.

—Unos nueve meses. La contraté el pasado mes de septiembre.

—¿Es buena periodista?

—Muy buena. Le da más nivel al periódico. Es importante para nosotros porque nos resulta difícil conseguir siempre contenidos de calidad. El periódico anda muy mal de dinero, ¿sabe?; sobrevivimos porque el local nos lo presta el ayuntamiento. La gente ya no lee la prensa y a los anunciantes ya no les interesa. Antes, éramos un periódico regional importante, leído y respetado. Ahora, ¿por qué va usted a leer el *Orphea Chronicle* si puede leer *The New York Times* en internet? Por no hablar de los que han dejado de leer y se conforman con las noticias de Facebook.

—¿Cuándo vio a Stephanie por última vez? —le pregunté.

—El lunes por la mañana. En la reunión semanal de la redacción.

—Y ¿le llamó la atención algo en particular? ¿Algún comportamiento inusual?

—No, nada especial. Sé que los padres de Stephanie están preocupados, pero, como les expliqué ayer, y también al subjefe Montagne, Stephanie me mandó un mensaje el lunes por la noche, ya tarde, para decirme que tenía que ausentarse.

Se sacó el móvil del bolsillo y me enseñó el mensaje en cuestión, que había recibido a las doce, durante la noche del lunes al martes.

Tengo que irme una temporada de Orphea. Es importante. Ya te lo explicaré todo.

—Y ¿no ha vuelto a saber de ella después de ese mensaje?

—No. Pero la verdad es que no estoy preocupado. Stephanie es una periodista de carácter independiente. Va a su ritmo con sus artículos. No me meto gran cosa en lo que hace.

—¿En qué está trabajando ahora mismo?

—En el festival de teatro. Todos los años, a finales de julio, tenemos un festival de teatro muy importante en Orphea...

—Sí, estoy al tanto.

—Bueno, pues a Stephanie le interesaba contar el festival desde dentro. Está redactando una serie de artículos sobre ese tema. En este momento anda entrevistando a los voluntarios que permiten que funcione el festival.

—¿Entra dentro de su estilo eso de «desaparecer» así?

—«Ausentarse», diría yo —matizó Michael Bird—. Sí, se ausenta con regularidad. Ya sabe que en el oficio de periodista hay que salir muy a menudo de la redacción.

—¿Le habló Stephanie de una investigación de mucha envergadura que tenía entre manos? —seguí preguntando—. Afirmaba que tenía una cita importante en relación con ella el lunes por la noche.

No concreté más aposta porque no quería dar más detalles. Pero Michael Bird negó con la cabeza.

—No —me dijo—; nunca me ha hablado de eso.

Al salir de la redacción, Montagne, que consideraba que no había de qué preocuparse, me invitó a irme de la ciudad.

—El jefe Gulliver querría saber si se va a marchar ahora.

—Sí —le contesté—; creo que ya lo tengo todo hecho.

Ya en mi coche, abrí el sobre que había encontrado en el buzón de Stephanie. Era el extracto de una tarjeta de crédito. Lo leí con atención.

Aparte de los gastos habituales (gasolina, artículos del supermercado, algunas retiradas de efectivo en el cajero, compras en la librería de Orphea), me fijé en que había muchos pagos de peajes de la entrada a Manhattan: Stephanie había estado yendo con regularidad a Nueva York últimamente. Pero, sobre todo, había comprado un billete de avión para Los Ángeles: ida y vuelta rápida del 10 al 13 de junio. Unos cuantos gastos *in situ* —en particular en un hotel— confirmaban que, en efecto, había hecho el viaje. A lo mejor tenía un ligue en California. En cualquier caso, era una joven que se movía mucho. No había nada que pudiera extrañar en el hecho de que se ausentara. Yo podía entender muy bien a la policía local: no había ningún indicio que favoreciera la tesis de una desaparición. Stephanie era mayor de edad y libre de hacer lo que quisiera sin tener que rendirle cuentas a nadie. A falta de indicios, estaba yo también a punto de renunciar a esa investigación cuando me llamó la atención un detalle. Algo no encajaba: la redacción del *Orphea Chronicle*. Aquel escenario no casaba en absoluto con la imagen que me había hecho de Stephanie. Cierto era que no la conocía, pero, por el aplomo con que se había dirigido a mí tres días antes, me la habría imaginado más bien en *The New York Times* que en el periódico local de una pequeña ciudad de veraneo de los Hamptons. Fue ese detalle el que me impulsó a ahondar un poco más y a ir a ver a los padres de Stephanie, que vivían en Sag Harbor, a veinte minutos de allí.

Eran las siete de la tarde.

*

En ese preciso instante, en la calle principal de Orphea, Anna Kanner aparcaba delante del Café Athéna, donde había quedado para cenar con Lauren, su amiga de la infancia, y Paul, el marido de esta.

Lauren y Paul eran los amigos a quienes Anna veía con más frecuencia desde que se había ido de Nueva York para afincarse en Orphea. Los padres de Paul tenían una casa de veraneo en Southampton, a unas quince millas de allí, donde iban con regularidad a pasar fines de semana largos; salían de Manhattan el mismo jueves para evitar el tráfico.

Cuando Anna se disponía a bajarse del coche, vio a Lauren y a Paul sentados ya a una mesa en la terraza del restaurante y se fijó sobre todo en que los acompañaba un hombre. Al comprender en el acto lo que ocurría, Anna llamó por teléfono a Lauren.

—¿Me has montado una cita, Lauren? —le preguntó en cuanto descolgó.

Hubo un momento de silencio apurado.

—Puede que sí —contestó Lauren al cabo—. ¿Cómo lo sabes?

—Mi instinto —le mintió Anna—. Vamos a ver, Lauren, ¿por qué me haces esto?

El único reproche que podía hacerle Anna a su amiga era que se pasaba la vida metiéndose en su vida sentimental e intentando colocarla con el primero que pasara.

—Este te va a encantar —aseguró Lauren, tras haberse alejado de la mesa para que el hombre que los acompañaba no oyera la conversación—. Fíate de mí, Anna.

—¿Sabes qué, Lauren? En realidad, no es la noche ideal. Todavía estoy en la oficina y tengo un montón de papeleo pendiente.

A Anna le pareció divertido ver a Lauren ponerse frenética en la terraza.

—¡Anna, te prohíbo que me des plantón! ¡Tienes treinta y tres años!, ¡necesitas un tío! ¿Cuánto tiempo hace que no follas?, ¿eh?

Ese era el argumento al que Lauren recurría en última instancia. Pero lo cierto es que Anna no estaba de humor para aguantar una cita amañada.

—Lo siento mucho, Lauren. Además, estoy de guardia...

—¡Ay, no empieces con tus guardias! En esta ciudad no pasa nunca nada. ¡También tienes derecho a divertirte un poco!

En ese momento, un coche tocó el claxon y Lauren la oyó a la vez en la calle y por el teléfono.

—¡Te he pillado, guapa! —exclamó corriendo por la acera—. ¿Dónde estás?

A Anna no le dio tiempo a reaccionar.

—¡Ya te veo! —exclamó Lauren—. ¡Si te crees que ahora te vas a escaquear y a dejarme plantada...! ¿Te das cuenta de que siempre te quedas sola en casa después de cenar, como una abuela? Me pregunto si fue una buena decisión venir a enterrarte aquí...

—¡Ay, Lauren, ten piedad! ¡Es como estar oyendo a mi padre!

—¡Pues si sigues así te vas a morir sola, Anna!

Anna se echó a reír y salió del coche. Si le hubiesen dado una moneda por cada vez que había tenido que oír eso, ahora nadaría en una piscina llena de dinero. Sin embargo, no podía por menos de reconocer que, tal y como estaban las cosas, Lauren no dejaba de tener razón: era una recién divorciada sin hijos que vivía sola en Orphea.

Según Lauren, los sucesivos fracasos amorosos de Anna tenían una doble causa: por una parte estaba su falta de buena voluntad y, por otra, su profesión, que «asustaba a los hombres». «Nunca les digo de antemano a qué te dedicas —le había explicado Lauren en varias ocasiones al comentarle a Anna las citas que le preparaba—. Creo que los intimida».

Anna fue a la terraza. El candidato del día se llamaba Josh. Tenía ese aire tan desagradable de los hombres que se sienten demasiado seguros de sí mismos. Saludó a Anna mientras se la comía con los ojos, cosa que la incomodó, y resoplaba fatigosamente. Y ella supo en el acto que esa noche no iba a conocer a su príncipe azul.

*

—Estamos muy preocupados, capitán Rosenberg —me dijeron al unísono Trudy y Dennis Mailer, los padres de Stephanie en el salón de su casa de Sag Harbor, muy coqueta.

—Llamé a Stephanie el lunes por la mañana —explicó Trudy Mailer—. Me dijo que estaba en una reunión de la redacción del periódico y que me volvería a llamar. Y no llegó a hacerlo nunca.

—Stephanie siempre devuelve las llamadas —aseguró Dennis Mailer.

Me había dado cuenta enseguida de por qué los señores Mailer podían haber irritado a la policía. Con ellos, todo cobraba unas dimensiones dramáticas, incluso el café que no acepté al llegar:

—¿No le gusta el café? —se desesperó Trudy Mailer.

—¿Prefiere un té? —dijo Dennis Mailer.

Cuando por fin conseguí que atendieran, pude hacerles unas cuantas preguntas preliminares. ¿Tenía Stephanie problemas? No; en eso eran categóricos. ¿Tomaba drogas? Tampoco. ¿Tenía novio? ¿Algún ligue? No, que ellos supieran. ¿Podría tener algún motivo para desaparecer del mapa? Ninguno.

Los señores Mailer me aseguraron que su hija no era de esas que les ocultan cosas a sus padres. Pero no tardé en descubrir que no era del todo cierto.

—¿Por qué fue Stephanie a Los Ángeles hace dos semanas? —pregunté.

—¿A Los Ángeles? —se extrañó la madre—. ¿Qué quiere usted decir?

—Hace dos semanas, Stephanie hizo un viaje de tres días a California.

—No estábamos enterados —se lamentó el padre—. No le pega nada irse a Los Ángeles sin avisarnos. ¿A lo mejor tuvo algo que ver con el periódico? Es siempre bastante discreta en lo que se refiere a los artículos en los que trabaja.

Yo tenía serias dudas de que el *Orphea Chronicle* pudiera permitirse enviar a sus periodistas a hacer reportajes a la otra punta del país. Y fue precisamente el hecho de que estuviera empleada en ese periódico lo que trajo consigo, a continuación, cierto número de interrogantes.

—¿Cuándo y cómo llegó Stephanie a Orphea? —pregunté.

—Vivía en Nueva York estos últimos años —me explicó Trudy Mailer—. Estudió Literatura en la universidad Notre-Dame. Quería ser escritora desde muy pequeña. Ha publicado ya algunos cuentos, dos de ellos en *The New Yorker*. Cuando acabó los estudios, trabajó en la *Revista de Letras de Nueva York,* pero la despidieron en septiembre.

—Y eso ¿por qué?

—Problemas económicos, por lo visto. Las cosas fueron muy deprisa: encontró trabajo en el *Orphea Chronicle* y decidió volverse a vivir aquí. Parecía contenta de haberse alejado de Manhattan y regresar a un entorno más tranquilo.

Pasó un ángel. Luego el padre de Stephanie me dijo:

—Capitán Rosenberg, no somos de esos que molestan a la policía por bobadas, créame. No habríamos dado la alerta si mi mujer y yo no estuviéramos convencidos de que ocurre algo fuera de lo habitual. La policía de Orphea nos ha dejado muy claro que no existen indicios reales. Pero incluso cuando Stephanie iba a Nueva York y volvía en el día nos enviaba un mensaje o nos llamaba al regresar para decirnos que todo había ido bien. ¿Por qué mandarle un mensaje a su redactor jefe y no a sus padres? Si hubiese querido que no nos preocupásemos, también nos habría enviado un mensaje a nosotros.

—Hablando de Nueva York —salté yo—, ¿por qué Stephanie iba con tanta regularidad a Manhattan?

—No estaba diciendo que fuese con frecuencia —aclaró el padre—; solo ponía un ejemplo.

—No, va con mucha frecuencia —dije—. Y muchas veces el mismo día y a la misma hora. Como si tuviera una cita regular. ¿A qué va?

Otra vez los señores Mailer parecían no saber de qué les estaba hablando. Trudy Mailer, cayendo en la cuenta de que no había conseguido convencerme por completo de la gravedad de la situación, me preguntó entonces:

—¿Ha ido usted a su casa, capitán Rosenberg?

—No, me habría gustado poder entrar en su piso, pero la puerta estaba cerrada y no tenía llave.

—¿Le gustaría ir ahora mismo a echar una ojeada? A lo mejor ve usted alguna cosa que no hayamos visto nosotros.

Acepté con el único propósito de cerrar aquella investigación. Una ojeada al piso de Stephanie acabaría de convencerme de que la policía de Orphea estaba en lo cierto: no existía ningún indicio que permitiera suponer una desaparición preocupante. Stephanie podía ir a Los Ángeles y a Nueva York cuando le viniera en gana. En cuanto a su trabajo en el *Orphea Chronicle,* podía pensarse sin inconvenientes que, después del despido, había aprovechado una oportunidad a la espera de que surgiese algo mejor.

Eran las ocho en punto de la tarde cuando llegamos delante del edificio de Stephanie, en Bendham Road. Subimos los tres a su piso. Trudy Mailer me dio la llave para que abriese la puerta; pero, cuando le iba a dar la vuelta en la cerradura, ofreció resistencia. La puerta no estaba cerrada con llave. Noté una fuerte subida de adrenalina: había alguien dentro. ¿Se trataba de Stephanie?

Apreté despacio en el picaporte y la puerta se entornó. Con una seña avisé a los padres de que guardaran silencio. Empujé la puerta con suavidad y esta se abrió sin ruido. Vi en el acto el desorden del salón: alguien había ido a hacer un registro.

—Bajen —les susurré a los padres—. Vuelvan al coche y esperen a que vaya a buscarlos.

Dennis Mailer asintió y se llevó a su mujer. Desenfundé el arma y di unos pasos por el piso. Lo habían puesto todo patas arriba. Empecé por pasarle revista al salón: habían volcado las estanterías y destripado los almohadones del sofá. Me fijé en varios objetos desperdigados por el suelo y no noté la silueta amenazadora que se me acercaba por detrás en silencio. Fue al volverme para dar una vuelta por las demás habitaciones cuando me di de bruces con una sombra que me roció la cara con un espray de pimienta. Me ardieron los ojos y se me cortó la respiración. Cegado, me doblé en dos. Me golpearon.

Cayó un telón negro.

*

Las ocho y cinco de la tarde en el Café Athéna.

Por lo visto, el Amor llega sin avisar, pero no cabía duda de que aquella noche el Amor había decidido quedarse en casa y obligar a Anna a padecer aquella cena. Josh llevaba una hora hablando sin parar. Ese monólogo entraba en el campo de la proeza. Anna, que había dejado de escuchar, se entretenía contando los «yo», los «mí» y los «me» que le salían de la boca como cucarachitas que, con cada palabra, le daban un poco más de asco. Lauren, que no sabía ya dónde meterse, iba por la quinta copa de vino blanco, mientras que Anna se limitaba a beber cócteles sin alcohol.

Por fin, agotado seguramente por sus propios proyectos, Josh agarró un vaso de agua y se lo bebió de un trago. Tras ese momento de silencio, muy de agradecer, se volvió hacia Anna y le preguntó con tono afectado: «Y tú, Anna, ¿a qué te dedicas? Lauren no me lo ha querido decir». En ese instante, sonó el teléfono de Anna. Al ver el número que aparecía en pantalla se dio cuenta en el acto de que se trataba de una emergencia.

—Lo siento —se disculpó—. Tengo que contestar.

Se levantó de la mesa y se apartó unos pasos antes de volver a toda prisa y anunciar que, por desgracia, tenía que irse corriendo.

—¿Ya? —se lamentó Josh visiblemente decepcionado—. Ni siquiera hemos tenido tiempo de conocernos.

—Ya lo sé todo de ti; era... fascinante.

Dio un beso a Lauren y a su marido, saludó a Josh con un ademán de la mano que quería decir «¡hasta nunca!» y se marchó a toda prisa de la terraza. El pobre Josh debió de quedarse muy impresionado porque le fue pisando los talones, acompañándola hasta la acera.

—¿Quieres que te lleve a algún sitio? —le preguntó—. Tengo un...

—Mercedes cupé —lo interrumpió ella—. Ya lo sé, ya me lo has dicho dos veces. Eres muy amable, pero he aparcado aquí mismo.

Abrió el maletero de su coche mientras Josh se quedaba plantado detrás de ella.

—Le pediré tu número a Lauren —dijo—. Vengo mucho por esta zona, podríamos tomar un café.

—Muy bien —contestó Anna para que se fuera mientras abría una bolsa grande de lona que abultaba mucho en el maletero.

Josh continuó:

—De hecho, sigues sin decirme en qué trabajas.

En el preciso instante en que acababa la frase, Anna sacó de la bolsa un chaleco antibalas y se lo puso. Mientras se estaba ajustando las correas, vio que a Josh se le dilataban las pupilas y las clavaba en el escudo reflectante en el que ponía en mayúsculas:

POLICÍA

—Soy subjefa de la policía de Orphea —le dijo ella, sacando una funda donde llevaba metida el arma y que se colgó del cinturón.

Josh se quedó mirándola, atónito e incrédulo. Anna se subió al coche camuflado y arrancó a la carrera, poniendo en marcha los relámpagos azules y rojos de las balizas giratorias, que brillaban en la luz del crepúsculo, antes de hacer lo mismo con la sirena, lo que atrajo la mirada de todos los transeúntes.

Según decía la central, a un agente de la policía estatal acababan de atacarlo en un edificio que le pillaba muy cerca. Habían avisado a todas las patrullas disponibles y al oficial de guardia.

Bajó por la calle principal a toda velocidad: los peatones que estaban cruzando volvieron a las aceras buscando refugio y, en ambos sentidos de la circulación, los coches se apartaban a los lados al verla acercarse. Iba por el centro de la calle pisando a fondo el acelerador. Tenía experiencia con las llamadas de emergencia en las horas punta de Nueva York.

Cuando llegó delante del edificio, ya estaba allí una patrulla de policía. Al entrar en el portal, se topó con uno de sus compañeros que bajaba las escaleras. Él le dijo a voces:

—¡El sospechoso ha huido por la puerta trasera del edificio!

Anna cruzó toda la planta baja hasta la salida de emergencia, en la parte de atrás del edificio, que daba a una callejuela desierta. Reinaba un extraño silencio: aguzó el oído, acechando algún sonido que pudiera orientarla antes de reanudar la carrera y llegar a un parquecito vacío. Silencio total de nuevo.

Le pareció oír un ruido en los matorrales, sacó el arma de la funda y entró precipitadamente en el parque. Nada. De pronto, le pareció ver correr una sombra. La persiguió, pero no tardó en perder el rastro. Acabó por pararse, desorientada y sin resuello. La sangre le golpeaba las sienes. Oyó un ruido detrás de un seto: se acercó despacio, con el corazón palpitante. Vio una sombra que avanzaba con pasos cautelosos. Esperó el momento propicio y luego dio un brinco apuntando con el arma al sospechoso y ordenándole que no se moviera. Era Montagne, que la estaba apuntando también.

—Joder, Anna, ¿de qué vas? —exclamó.

Ella suspiró y volvió a enfundar el arma mientras se doblaba por la cintura para recobrar el aliento.

—¿Qué coño estás haciendo aquí, Montagne? —le preguntó.

—¡Eso debería preguntártelo yo! ¡No estás de servicio esta noche!

Como subjefe, Montagne, técnicamente, era su superior jerárquico. Anna no era más segunda adjunta.

—Estoy de guardia —explicó Anna—. Me han llamado de la central.

—¡Pensar que estaba a punto de pescarlo! —dijo Montagne, irritado.

—¿De pescarlo? He llegado antes que tú. Solo había una patrulla delante del edificio.

—He ido por la calle de detrás. Podrías haber dado tu posición por radio. Eso es lo que hacen los compañeros de equipo. Comunican la información, no van a lo loco.

—Estaba sola y no tenía radio.

—Tienes una en el coche, ¿no? ¡Siempre estás dando por culo, Anna! ¡Desde el primer día que llegaste, no paras de dar por culo a todo el mundo!

Escupió en el suelo y volvió hacia el edificio. Anna lo siguió. Ahora los vehículos de emergencia tenían tomada Bendham Road.

—¡Anna! ¡Montagne! —los increpó el jefe Ron Gulliver al verlos llegar.

—Lo hemos perdido, jefe —refunfuñó Montagne—. Podría haberlo cogido si Anna no lo hubiera jodido todo, como siempre.

—¡Vete a la mierda, Montagne! —exclamó ella.

—¡A la mierda te vas tú, Anna! —vociferó Montagne—. ¡Ya puedes irte a tu casa, esto es asunto mío!

—¡De eso nada, es mío! He llegado antes que tú.

—¡Haznos un favor a todos y quítate de en medio! —rugió Montagne.

Anna se volvió hacia Gulliver para ponerlo por testigo.

—Jefe... ¿puede intervenir?

Gulliver aborrecía los conflictos.

—No estás de servicio, Anna —dijo con voz apaciguadora.

—¡Estoy de guardia!

—Déjale el caso a Montagne —zanjó Gulliver.

Montagne sonrió victorioso y se dirigió hacia el edificio, dejando a Anna y a Gulliver a solas.

—¡No es justo, jefe! —arremetió ella—. Y ¿permite que Montagne me hable así?

Gulliver no quería hablar del tema.

—¡Anna, por favor, no montes un número! —le pidió amablemente—. Todo el mundo nos está mirando. Es lo que menos necesito ahora mismo.

Miró a la joven con cara de curiosidad y, luego, le preguntó:

—¿Tenías una cita?

—¿Por qué me pregunta eso?

—Te has pintado los labios.

—Me pinto los labios muchas veces.

—Esto es diferente. Tienes cara de tener una cita. ¿Por qué no te vuelves? Nos vemos mañana en comisaría.

Gulliver se encaminó a su vez hacia el edificio, dejándola sola. Oyó de repente una voz que la llamaba y volvió la cabeza. Era Michael Bird, el redactor jefe del *Orphea Chronicle*.

—Anna —le preguntó al llegar a su altura—, ¿qué está pasando aquí?

—No tengo nada que comentar —contestó ella—; no estoy a cargo de nada.

—Pronto lo estarás de todo —sonrió él.

—¿A qué te refieres?

—¡A cuando dirijas tú la policía de la ciudad! ¿No acabas de pelearte por eso con el subjefe Montagne?

—No sé de qué estás hablando, Michael —afirmó Anna.

—¿De verdad? —contestó él con fingida expresión de asombro—. Todo el mundo sabe que vas a ser la próxima jefa de policía.

Ella se alejó sin responder y regresó a su coche. Se quitó el chaleco antibalas, lo arrojó en el asiento de atrás y arrancó. Habría podido regresar al Café Athéna, pero no le apetecía nada. Se volvió a casa y se instaló en el porche con una copa y un cigarrillo para disfrutar de aquel anochecer tan agradable.

Anna Kanner

Llegué a Orphea el sábado 14 de septiembre de 2013.

El trayecto desde Nueva York me llevó apenas dos horitas; sin embargo, tenía la impresión de haber recorrido el planeta. De los rascacielos de Manhattan pasé a esa ciudad pequeña, apacible, que bañaba el sol suave del atardecer. Después de subir por la calle principal, crucé mi nuevo barrio para ir a la casa que había alquilado. Circulaba con calma, observando a los paseantes, a los niños que se apiñaban ante la camioneta de un vendedor de helados, a los vecinos concienzudos que, a ambos lados de la calle, atendían sus macizos de flores. Reinaba una tranquilidad absoluta.

Por fin llegué a la casa. Se me brindaba una nueva vida. Los únicos vestigios de la que llevaba antes eran mis muebles, que había mandado desde Nueva York. Abrí la puerta de la calle, entré y encendí la luz del vestíbulo, sumido en la oscuridad. Me quedé estupefacta al descubrir que mis cajas tenían empantanado el suelo. Recorrí a paso de carga la planta baja: todos los muebles seguían embalados, no habían montado nada, mis cosas estaban amontonadas en unas cajas apiladas al azar en las habitaciones.

Llamé en el acto a la empresa de mudanzas que había contratado. Pero la persona que me contestó me dijo, muy seca: «Creo que se equivoca, señora Kanner. Estoy mirando su documentación y está claro que marcó las casillas equivocadas. El servicio que pidió no incluía el desembalaje». Y colgó. Salí de la casa para no seguir viendo ese caos y me senté en las escaleras del porche. Me sentía muy contrariada. Apareció una silueta con una botella de cerveza en cada mano. Era mi vecino, Cody Illinois. Había coincidido con él en dos ocasiones: cuando fui a ver la casa y después de firmar el contrato, cuando vine para preparar la mudanza.

—Quería darle la bienvenida, Anna.

—Muy amable —contesté haciendo una mueca.

—No parece de buen humor —me dijo.

Me encogí de hombros. Me alargó una cerveza y se sentó a mi lado. Le expliqué mi contratiempo con la empresa de mudanzas, se ofreció a ayudarme a desembalar mis cosas y, pocos minutos después, estábamos montando la cama en lo que iba a ser mi habitación. Entonces le pregunté:

—¿Qué debería hacer para integrarme aquí?

—No tiene por qué preocuparse, Anna. Le caerá bien a la gente. Siempre puede apuntarse de voluntaria para el festival de teatro del verano que viene. Es un acontecimiento que une mucho.

Cody fue la primera persona con quien hice amistad en Orphea. Regentaba una librería maravillosa en la calle principal que no tardó en convertirse en mi segunda casa.

Aquella noche, después de irse Cody y cuando estaba ocupada abriendo cajas de ropa, me llamó mi exmarido.

—¡Qué falta de formalidad, Anna! —me dijo cuando cogí el teléfono—. Te has ido de Nueva York sin despedirte de mí.

—Me despedí de ti hace mucho, Mark.

—¡Ay! ¡Eso duele!

—¿Por qué me llamas?

—Me apetecía hablar contigo, Anna.

—Mark, a mí no me apetece «hablar». No vamos a volver a estar juntos. Eso se acabó.

Hizo caso omiso de mi comentario.

—He cenado con tu padre esta noche. Ha estado muy bien.

—Deja a mi padre en paz, ¿quieres?

—¿Acaso tengo yo la culpa de que me adore?

—¿Por qué me haces esto, Mark? ¿Para vengarte?

—¿Estás de mal humor, Anna?

—Sí —dije furiosa—, ¡estoy de mal humor! ¡Tengo los muebles en piezas sueltas que no sé cómo montar, así que la verdad es que tengo que hacer cosas más importantes que escucharte!

Me arrepentí en el acto de esas palabras, porque agarró la ocasión por los pelos para proponerme acudir a echar una mano.

—¿Necesitas ayuda? ¡Cojo el coche ahora mismo y enseguida llego!

—Ni se te ocurra.

—Estaré ahí dentro de dos horas. Nos pasaremos la noche montando los muebles y arreglando el mundo... Será como en los viejos tiempos.

—Mark, te prohíbo que vengas.

Colgué y apagué el teléfono para que me dejase en paz. Pero al día siguiente por la mañana tuve la desagradable sorpresa de ver a Mark presentarse delante de mi casa.

—¿Qué haces aquí? —pregunté con tono desabrido al abrir la puerta.

Me sonrió de oreja a oreja.

—¡Qué recibimiento tan grato! He venido a ayudarte.

—¿Quién te ha dado mis señas?

—Tu madre.

—¡No puede ser! ¡La mato!

—Anna, sueña con volver a vernos juntos. ¡Quiere tener nietos!

—Adiós, Mark.

Sujetó la puerta en el momento en que iba a darle con ella en las narices.

—Espera, Anna; por lo menos, déjame que te ayude.

Me hacía tanta falta que me echasen una mano que no pude decir que no. Y, además, de todas formas ya había venido. Me montó su numerito de hombre perfecto: movió los muebles, clavó los cuadros en las paredes y colgó una lámpara de techo.

—¿Vas a vivir sola aquí? —acabó por decir entre dos golpes de taladro.

—Sí, Mark. Aquí empieza mi nueva vida.

*

El lunes siguiente fue mi primer día en la comisaría. Eran las ocho de la mañana cuando me presenté en la ventanilla de recepción vestida de paisano.

—¿Viene a poner una denuncia? —me preguntó el policía sin levantar la vista del periódico.

—No —contesté—. Soy su nueva compañera.

Me miró, me sonrió amistosamente y luego gritó sin dirigirse a nadie en concreto: «Muchachos, ¡ha llegado la chica!». Vi aparecer a una cuadrilla de policías que me observaba como si fuera un bicho raro. El jefe Gulliver se acercó y me tendió una mano amistosa: «Bienvenida, Anna».

Me acogieron con mucha cordialidad. Saludé a todos mis compañeros nuevos, cruzamos unas cuantas palabras, me invitaron a un café y me hicieron muchas preguntas. Alguien exclamó alegre: «Chicos, voy a empezar a creer en Papá Noel; ¡se jubila un viejo consumido y lo sustituye una jovencita estupenda!». Todos se echaron a reír. Por desgracia, aquel ambiente campechano no iba a durar.

Jesse Rosenberg
Viernes 27 de junio de 2014
Veintinueve días antes de la inauguración

A primera hora de la mañana estaba ya en la carretera camino de Orphea.

Quería entender a toda costa lo que había sucedido la víspera en casa de Stephanie. Para el jefe Gulliver, se trataba de un simple allanamiento de morada. Yo no me lo creí ni por un segundo. Mis compañeros de la policía científica se habían quedado hasta bien entrada la noche, tratando de encontrar huellas, pero no dieron con nada. Por mi parte, basándome en lo violento del golpe recibido, estaba bastante convencido de que el agresor era un hombre.

Había que localizar a Stephanie. Sentía que el tiempo apremiaba. Ahora, circulando por la carretera 17, aceleré en la última recta que había antes de entrar en la ciudad sin poner en marcha ni las luces, ni la sirena.

Hasta el momento de dejar atrás el panel que indicaba el límite de Orphea, no me fijé en el coche de policía camuflado que se ocultaba detrás y que se puso a perseguirme de inmediato. Aparqué en el arcén y vi por el retrovisor que salía del vehículo y se me acercaba una mujer joven y guapa, de uniforme. Estaba a punto de conocer a la primera persona que iba a acceder a ayudarme a desenredar aquel caso: Anna Kanner.

Mientras se acercaba a la ventanilla abierta, enarbolé, sonriente, el distintivo de policía.

—Capitán Jesse Rosenberg —leyó en mi tarjeta de identificación—. ¿Alguna emergencia?

—Me parece que la vi ayer brevemente en Bendham Road. Soy el policía al que arrearon un golpe.

—Subjefa Anna Kanner —se presentó la joven—. ¿Qué tal la cabeza, capitán?

—La cabeza muy bien, gracias. Pero le confieso que me tiene alterado lo que sucedió en esa casa. El jefe Gulliver piensa que fue un allanamiento, pero yo no me lo he creído ni por un segundo. Me pregunto si no habré metido las narices en un caso muy peculiar.

—Gulliver es más tonto que una mata de habas —me dijo Anna—. Mejor hábleme de su caso, me interesa.

Me di cuenta entonces de que Anna podría ser una aliada valiosísima en Orphea. Más adelante iba a descubrir que era, además, una policía fuera de lo común. En aquel momento le propuse:

—Anna, si es que me permites tutearte, ¿puedo invitarte a un café? Te lo voy a contar todo.

Pocos minutos después, sentados ante la mesa de un *dinner* de carretera pequeño y tranquilo, le expliqué a Anna que todo había empezado cuando Stephanie Mailer se acercó a principios de semana para hablarme de una investigación que estaba haciendo acerca del cuádruple asesinato de Orphea en 1994.

—¿Qué es eso del cuádruple asesinato de 1994? —preguntó Anna.

—Asesinaron al alcalde de Orphea y a su familia —expliqué—. Y también a una mujer que pasaba por allí y había salido a correr. Era la noche de la inauguración del festival de teatro de Orphea. Y fue, sobre todo, el primer caso importante del que me ocupé. Mi compañero, Derek Scott, y yo fuimos los que resolvimos el caso entonces. Pero resulta que el lunes pasado Stephanie vino a decirme que creía que no habíamos acertado, que el caso no estaba resuelto y nos habíamos equivocado de culpable. Y, a continuación, ella desaparece y alguien se mete ayer en su casa.

A Anna pareció intrigarla mucho mi relato. Así que, después del café, fuimos los dos al piso de Stephanie, cerrado y precintado, cuya llave me habían dejado sus padres.

Lo habían puesto manga por hombro, todo estaba desordenado. El único dato concreto de que disponíamos era que no habían forzado la puerta del piso.

Le dije a Anna:

—Según los señores Mailer, el único duplicado lo tenían ellos. Eso quiere decir que la persona que entró tenía las llaves de Stephanie.

Como ya le había contado lo del mensaje que Stephanie le envió a Michael Bird, el redactor jefe del *Orphea Chronicle,* a Anna se le ocurrió:

—Si alguien tiene las llaves de Stephanie, a lo mejor también tiene su móvil.

—¿Quieres decir que ese mensaje no lo mandó ella? Pero, entonces, ¿quién?

—Alguien que quería ganar tiempo —sugirió Anna.

Me saqué del bolsillo de atrás del pantalón el sobre que había extraído la víspera del buzón y se lo alargué.

—Es el extracto de la tarjeta de crédito de Stephanie —expliqué—. Hizo un viaje a Los Ángeles a principios de mes y todavía nos queda por determinar a qué fue. Según las comprobaciones que he hecho, ya no volvió a coger ningún avión. Así que, si se ha ido voluntariamente, ha sido en coche. He lanzado un aviso general de búsqueda de la matrícula: si anda circulando por alguna parte, la policía de tráfico la encontrará enseguida.

—Has actuado rápido —me dijo Anna impresionada.

—No hay tiempo que perder —contesté—. También he pedido unos extractos de sus llamadas telefónicas y de su tarjeta de crédito de estos últimos meses. Espero tenerlos esta misma noche.

Anna le echó una ojeada rápida al extracto.

—La última vez que usó la tarjeta fue el lunes a las diez menos cinco de la noche en el Kodiak Grill —constató—. Es un restaurante de la calle principal. Deberíamos ir. A lo mejor alguien vio algo.

El Kodiak Grill se encontraba en lo alto de la calle principal. El gerente, tras consultar los turnos semanales, nos indicó a qué miembros del personal allí presentes les tocaba trabajar el lunes por la noche. Una de las camareras a quienes preguntamos reconoció a Stephanie en la foto que le enseñamos.

—Sí —nos dijo—, la recuerdo. Estuvo aquí a principios de semana. Una chica guapa; estaba sola.

—¿Le llamó la atención a usted algo en particular para acordarse de ella entre todos los clientes que pasan a diario por aquí?

—No era la primera vez que venía. Pedía siempre la misma mesa. Decía que estaba esperando a alguien que no venía nunca.

—Y el lunes ¿qué pasó?

—Llegó a eso de las seis, al principio del turno. Y estuvo esperando. Acabó por pedir una ensalada César y una Coca-Cola y, por fin, se fue.

—A eso de las diez, ¿verdad?

—Es posible. No me acuerdo de la hora; pero estuvo mucho rato. Pagó y se fue. Es todo lo que recuerdo.

Al salir del Kodiak Grill, nos fijamos en que el edificio contiguo era un banco que tenía fuera un cajero automático.

—Tiene que haber cámaras —me dijo Anna—. A lo mejor grabaron a Stephanie el lunes.

Pocos minutos después, estábamos en el angosto despacho de un vigilante del banco que nos enseñó el ángulo de las diferentes cámaras del edificio. Una de ellas grababa la acera y se veía la terraza del Kodiak Grill. Reprodujo para nosotros los vídeos del lunes a partir de las seis. Escudriñando a los transeúntes que pasaban por la pantalla, de repente la vi.

—¡Alto! —exclamé—. Es ella, es Stephanie.

El vigilante congeló la imagen.

—Ahora retroceda despacio —le pedí.

En la pantalla, Stephanie anduvo hacia atrás. El cigarrillo que llevaba en los labios se rehízo y, luego, lo encendió con un mechero dorado, lo cogió con los dedos y lo guardó en un paquete que metió en el bolso. Siguió retrocediendo y cambió de trayectoria en la acera hasta llegar a un pequeño monovolumen azul, en cuyo interior se sentó.

—Es su coche —dije—. Un Mazda azul de tres puertas. La vi subirse a él el lunes en el aparcamiento del centro regional de la policía estatal.

Le pedí al vigilante que volviera a pasar la secuencia hacia delante y vimos a Stephanie salir del coche, encender un cigarrillo y fumar dando unos pasos por la acera antes de encaminarse al Kodiak Grill.

Adelantamos luego la grabación hasta las diez menos cinco, la hora en que Stephanie había pagado la cena con su tarjeta. Al cabo de dos minutos, la vimos aparecer otra vez. Fue con paso nervioso hasta el coche. Cuando iba a subirse a él, sacó el teléfono del bolso. Alguien la llamaba. Contestó, fue una llamada breve. Daba la impresión de que no hablaba, sino que se limitaba a escuchar. Tras colgar, se sentó dentro del coche y se quedó un rato inmóvil. Se la podía ver con toda claridad a través de los cristales. Buscó un número en la agenda del teléfono y llamó, pero volvió a colgar en el acto. Como si no pudiera establecer comunicación. Esperó otros cinco minutos, sentada al volante. Parecía nerviosa. Hizo después otra llamada: esta vez la vimos hablar. La conversación duró alrededor de veinte segundos. Por último arrancó y desapareció en dirección al norte.

—Puede que esta sea la última imagen de Stephanie Mailer —susurré.

Nos pasamos media tarde haciéndoles preguntas a los amigos de Stephanie. La mayoría vivía en Sag Harbor, donde había nacido ella.

Ninguno había sabido nada de Stephanie desde el lunes y todos estaban preocupados. Tanto más cuanto que los señores Mailer también les habían telefoneado, con lo que su preocupación había ido a más. Habían intentado localizarla por teléfono, por correo electrónico y recurriendo a las redes sociales, y habían ido a llamar a su puerta, pero sin conseguir nada.

De todas esas conversaciones sacamos en claro que Stephanie era una joven formal en todos los aspectos. No tomaba drogas, no se pasaba con la bebida y se llevaba bien con todo el mundo. Sus amigos sabían más que sus padres de su vida íntima. Una de sus amigas nos aseguró que en los últimos tiempos salía con alguien:

—Sí, tenía un chico, un tal Sean, y lo trajo a una fiesta. Era raro.

—¿Qué es lo que era raro?

—La química que había entre ellos. Algo no encajaba.

Otra amiga nos aseguró que Stephanie estaba entregada al trabajo:

—Últimamente ya casi no veíamos a Stephanie. Decía que tenía muchísimo trabajo.

—¿En qué estaba trabajando?

—Ni idea.

Otra más nos habló del viaje a Los Ángeles:

—Sí, hizo un viaje a Los Ángeles hace quince días, pero me dijo que no lo comentase.

—¿Para qué fue?

—Ni idea.

El último amigo que había hablado con ella era Timothy Volt. Stephanie y él se habían visto el domingo anterior por la noche.

—Vino a casa —nos explicó—. Estaba solo y tomamos unas copas.

—¿Le pareció nerviosa o preocupada? —pregunté.

—No.

—¿Qué clase de chica es Stephanie?

—Una chica estupenda, brillantísima, pero con un genio que ya, ya..., y, además, terca como una mula. Cuando se le mete algo en la cabeza, ya no hay quien se lo saque.

—¿Le contó a usted algo sobre el trabajo que tenía entre manos?

—Algo. Decía que estaba ahora mismo con un proyecto muy gordo, sin entrar en detalles.

—¿Qué tipo de proyecto?

—Un libro. Por lo menos, por eso fue por lo que volvió aquí.

—¿Cómo dice?

—Stephanie es muy ambiciosa. Sueña con ser una escritora famosa, y lo conseguirá. Se ganaba la vida trabajando en una revista literaria hasta septiembre del año pasado... no me acuerdo del nombre.

—Sí —asentí—, la *Revista de Letras de Nueva York*.

—Eso es. Pero en realidad no era más que algo accesorio, para pagar las facturas. Cuando se licenció, dijo que quería volver a los Hamptons para estar tranquila y poder escribir. Recuerdo que me dijo un día: «Si estoy aquí, es para escribir un libro». Creo que necesitaba tiempo y tranquilidad y que aquí los encontró. Y, además, si no, ¿por qué iba a aceptar un trabajo fuera de plantilla en un periódico local? Ya le digo que es ambiciosa. Pica alto. Si ha venido a Orphea, es que existe una buena razón. A lo mejor no conseguía concentrarse en el barullo de Nueva York. Se ve muchas veces eso de que los escritores se retiren al campo, ¿no?

—¿Dónde escribía?

—En su casa, supongo.

—¿En ordenador?

—No lo sé. ¿Por qué?

Al salir de casa de Timothy Volt, Anna me comentó que no había ordenador en casa de Stephanie.

—A menos que el «visitante» de ayer por la noche se lo llevase —dije.

Aprovechamos que estábamos en Sag Harbor para ir a ver a los padres de Stephanie. Estos no habían oído hablar nunca del novio llamado Sean y Stephanie no había dejado ningún ordenador en casa de ellos. Por precaución, preguntamos si podíamos echar una ojeada a la habitación de Stephanie. No la había ocupado desde que acabó los estudios secundarios y estaba intacta: los carteles en la pared, los trofeos de campeonatos deportivos, los peluches encima de la cama y los libros de texto.

—Stephanie lleva años sin dormir aquí —nos informó Trudy Mailer—. Al acabar en el instituto se fue a la universidad y se quedó en Nueva York hasta que la despidieron en septiembre de la *Revista de Letras de Nueva York*.

—¿Hay alguna razón concreta para que Stephanie decidiera mudarse a Orphea? —pregunté, sin revelar lo que Timothy Volt me había confiado.

—Como ya le dije ayer, se había quedado sin trabajo en Nueva York y le apetecía volver a los Hamptons.

—Pero ¿por qué a Orphea? —insistí.

—Supongo que porque es la ciudad más grande de la comarca.

Me arriesgué a preguntar:

—Y, en Nueva York, señora Mailer, ¿tenía Stephanie enemigos? ¿Algún conflicto con alguien?

—No, nada de eso.

—¿Vivía sola?

—Compartía piso con una joven que también trabajaba en la *Revista de Letras de Nueva York,* Alice Filmore. La vimos una vez, cuando fuimos a ayudar a Stephanie a recoger los pocos muebles que tenía, cuando decidió irse de Nueva York. La verdad es que no tenía más que dos o tres baratijas, lo llevamos todo directamente al piso de Orphea.

Al no haber encontrado nada en su casa, ni en casa de sus padres, resolvimos regresar a Orphea y mirar el ordenador de Stephanie en la redacción del *Orphea Chronicle*.

Eran las cinco cuando llegamos a las oficinas del periódico. Fue Michael Bird quien nos hizo de guía por los escritorios de los empleados. Nos indicó el de Stephanie, bien ordenado, que tenía encima un monitor, un teclado, una caja de pañuelos, una cantidad astronómica de bolígrafos iguales colocados en una taza de té, un cuaderno de notas y unos cuantos papeles revueltos. Los miré deprisa por encima, sin encontrar en ellos nada interesante, antes de preguntar:

—¿Ha podido alguien entrar en su ordenador estos últimos días, mientras no estaba ella?

Al mismo tiempo, pulsé la tecla que se suponía que encendía el ordenador.

—No —me contestó Michael—; los ordenadores están protegidos con una contraseña individual.

Como no se encendía, volví a apretar el botón de arranque mientras seguía haciéndole preguntas a Michael:

—¿No hay ninguna posibilidad de que alguien haya mirado el ordenador de Stephanie sin que ella se enterase?

—Ninguna —nos aseguró Michael—. La contraseña solo la sabe Stephanie. Nadie más, ni siquiera el informático. Por cierto, que no sé cómo va usted a mirarlo si no tiene la contraseña.

—Tenemos especialistas que ya se encargarán de eso, no se preocupe. Pero de momento me gustaría que se encendiera.

Me agaché para comprobar que la CPU estaba bien conectada, pero no había CPU. No había nada.

Alcé la cabeza y pregunté:

—¿Dónde está el ordenador de Stephanie?

—Pues ahí debajo, ¿no? —me contestó Michael.

—¡No, no hay nada!

Michael y Anna se agacharon en el acto para comprobar que solo estaban los cables, colgando en el vacío. Y Michael exclamó, desconcertado:

—¡Alguien ha robado el ordenador de Stephanie!

A las seis y media, una oleada de vehículos de la policía de Orphea y de la policía estatal, juntos y revueltos, estaban aparcados a lo largo del edificio del *Orphea Chronicle*.

En el interior, un oficial de la brigada científica nos confirmó que había habido, en efecto, un allanamiento. Michael, Anna y yo fuimos tras él, en procesión, hasta un local auxiliar del sótano que hacía también las veces de trastero y de salida de emergencia. Al fondo de la habitación, una puerta daba a unas escaleras empinadas que iban hasta la calle. Habían roto el cristal y había bastado con meter una mano por el hueco para girar el picaporte desde dentro y abrir la puerta.

—¿Nunca vienen a esta habitación? —pregunté a Michael.

—Qué va. Nadie baja al sótano. Solo están los archivos y nunca los miramos.

—¿Y no hay alarma, ni cámaras? —preguntó Anna.

—No, ¿quién iba a tomarse molestias por esto? Créame, si tuviéramos dinero sería antes que nada para las cañerías.

—Hemos intentado encontrar rastros en los picaportes —explicó el policía de la brigada científica—, pero hay un montón de huellas y de mugre de todo tipo, o sea que no se pueden aprovechar. Tampoco hemos encontrado nada en los alrededores del escritorio de Stephanie. En mi opinión, entró por esta puerta, subió al primer piso, cargó con el ordenador y se marchó por el mismo camino.

Volvimos a la sala de redacción.

—Michael —pregunté—, ¿podría ser un miembro de la redacción quien haya hecho esto?

—¡No, por favor! —se ofendió Michael—. ¿Cómo puede suponer algo así? Tengo plena confianza en mis periodistas.

—Entonces, ¿cómo explica que alguien ajeno a la redacción haya podido saber cuál era el ordenador de Stephanie?

—No tengo ni idea —suspiró Michael.

—¿Quién es el primero en llegar por las mañanas? —preguntó Anna.

—Shirley. Suele ser ella la que abre la oficina todas las mañanas.

Llamamos a Shirley. La interrogué.

—¿Durante los últimos días ha visto algo inusual al llegar al periódico?

Shirley, perpleja al principio, hizo un esfuerzo por recordar y de repente se le iluminó la mirada.

—Yo no he visto nada. Pero sí es cierto que el martes por la mañana, Newton, uno de los periodistas, me dijo que su ordenador estaba encendido. Sabía que lo había apagado la víspera porque se había ido el último. Me montó un número, asegurando que alguien le había encendido el ordenador a sus espaldas, pero yo pensé que, sencillamente, se le había olvidado apagarlo.

—¿Cuál es el escritorio de Newton? —pregunté.

—El primero, junto al de Stephanie.

Apreté el botón de arranque del ordenador, a sabiendas de que no podía haber ya huellas aprovechables porque lo habían usado entretanto. Se encendió la pantalla.

ORDENADOR DE: Newton
CONTRASEÑA:

—Empezó por encender un ordenador —dije—. Vio aparecer el nombre y se dio cuenta de que no era el que buscaba. Entonces encendió el siguiente y apareció el nombre de Stephanie. No tuvo que seguir buscando.

—Lo cual demuestra que ha sido alguien ajeno a la redacción quien lo ha hecho —intervino Michael, con calma.

—Lo que significa, sobre todo, que el allanamiento ocurrió en la noche del lunes al martes —dije yo—. Es decir, la noche de la desaparición de Stephanie.

—¿La desaparición de Stephanie? —repitió Michael, intrigado—. ¿Qué quiere decir con eso de «la desaparición»?

Por toda respuesta, le pregunté:

—Michael, ¿podría imprimirme todos los artículos que escribió Stephanie desde que llegó al periódico?

—Por supuesto. Pero ¿va a decirme lo que ocurre, capitán? ¿Cree que le ha sucedido algo a Stephanie?

—Lo creo —le dije—. Y opino que algo grave.

Al salir de la redacción, nos topamos con el jefe Gulliver y con el alcalde de Orphea, Alan Brown, que comentaban la situación en la acera. El alcalde me reconoció en el acto. Hubiérase dicho que acababa de ver a un fantasma.

—¿Usted, aquí? —dijo extrañado.

—Me habría gustado volver a verlo en otras circunstancias.

—¿Qué circunstancias? —preguntó—. ¿Qué sucede? ¿Desde cuándo se desplaza la policía estatal por un vulgar allanamiento?

—¡No tiene autoridad para intervenir aquí! —añadió el jefe Gulliver.

—Ha habido una desaparición en esta ciudad, jefe Gulliver, y las desapariciones son de la competencia de la policía estatal.

—¿Una desaparición? —preguntó el alcalde Brown, atragantándose.

—¡No ha habido ninguna desaparición! —exclamó el jefe Gulliver, exasperado—. ¡No tiene ni un solo indicio, capitán Rosenberg! ¡Ha llamado a la oficina del fiscal? ¡Ya debería haberlo hecho si lo tiene tan claro! A lo mejor debería llamarlos yo.

No contesté y me fui.

Esa noche, a las tres de la madrugada, el cuartelillo de bomberos de Orphea recibió el aviso de un incendio en el número 77 de Bendham Road, las señas de Stephanie Mailer.

Derek Scott

30 de julio de 1994, la noche del cuádruple asesinato.

Eran las nueve menos cinco cuando llegamos a Orphea. Habíamos cruzado Long Island en un tiempo récord.

Aparecimos, con la sirena aullando, por la esquina de la calle principal, que estaba cerrada al tráfico debido a la inauguración del festival de teatro. Un coche de la policía local, que se encontraba aparcado allí, nos abrió camino por el barrio de Penfield. El barrio estaba acordonado por completo e invadido por vehículos de emergencias que habían venido de todas las ciudades vecinas. Habían acordonado Penfield Lane con cintas de balizamiento y, tras ellas, se agolpaban los curiosos que acudían desde la calle principal para no perderse ni una pizca del espectáculo.

Jesse y yo éramos los primeros investigadores de la criminal en llegar. Nos recibió Kirk Harvey, el jefe de policía de Orphea.

—Soy el sargento Derek Scott, de la policía estatal —me presenté, enarbolando el distintivo—. Y este es mi adjunto, el inspector Jesse Rosenberg.

—Soy el jefe Kirk Harvey —nos saludó el policía, visiblemente aliviado por poder pasarle la responsabilidad a alguien—. No le voy a negar que estoy desbordado del todo. Nunca nos las habíamos tenido que ver con algo así. Hay cuatro muertos. Una auténtica carnicería.

Había policías corriendo en todas direcciones, gritando órdenes y contraórdenes. Yo era allí, de hecho, el oficial con mayor graduación y decidí tomar las riendas.

—Hay que cerrar todas las carreteras —ordené al jefe Harvey—. Ponga controles. Voy a pedir refuerzos a la policía de tráfico y a todas las unidades de la policía estatal que estén disponibles.

A veinte pasos yacía el cuerpo de una mujer con ropa deportiva en un charco de sangre. Nos acercamos despacio. Un policía montaba guardia a su lado, esforzándose en no mirarla.

—La ha encontrado su marido. Está aquí mismo, en una ambulancia, si quiere interrogarlo. Pero lo más espantoso es lo que hay ahí dentro —nos dijo, indicando la casa junto a la que nos hallábamos—. Un chiquillo y su madre...

Nos encaminamos de inmediato hacia la casa. Quisimos acortar el camino por el césped y nos encontramos con el calzado hundido en cuatro centímetros de agua.

—¡Mierda! —renegué—. Me he empapado los pies y lo voy a poner todo perdido. ¿Por qué está esto inundado? Hace semanas que no llueve.

—Un tubo del aspersor que se ha roto, sargento —me informó desde la casa un policía de guardia—. Están intentando cortar el agua.

—Sobre todo, no toquen nada —ordené—. Que lo dejen todo tal cual hasta que intervenga la brigada científica. Y que acordonen el césped para que la gente pase por las baldosas. No quiero que el agua contamine toda la escena del crimen.

Me limpié los pies lo mejor que pude en los peldaños de las escaleras del porche. Luego entramos en la casa: habían abierto la puerta a patadas. Ante nosotros, en línea recta, en el pasillo, había una mujer caída en el suelo y acribillada a balazos. Junto a ella, una maleta abierta y a medio llenar. A la derecha, un cuartito de estar donde estaba el cuerpo de un niño de unos diez años a quien habían matado a tiros y que se había desplomado entre las cortinas como si lo hubieran derribado antes de que le diera tiempo a esconderse. En la cocina, un hombre de unos cuarenta años tendido bocabajo, caído en un charco de sangre: lo habían matado mientras intentaba huir.

El olor a muerte y a vísceras era insoportable. Salimos a toda prisa de la casa, palidísimos y conmocionados por lo que habíamos visto.

No tardaron en llamarnos desde el garaje del alcalde. Unos policías habían encontrado más equipaje en el maletero del coche. Parecía claro que el alcalde y su familia estaban a punto de irse.

La noche era calurosa y el joven vicealcalde Brown, que llevaba traje, sudaba: corría cuanto podía calle principal abajo, abriéndose paso entre el gentío. Se había marchado del teatro en cuanto lo avisaron de los acontecimientos y tomó la decisión de ir a Penfield Crescent a pie, convencido de que llegaría antes andando que en coche. Tenía razón: el centro de la ciudad, abarrotado de gente, estaba intransitable. En la esquina de la calle Durham, algunos vecinos, enterados de que circulaba un inquietante rumor, lo vieron y lo rodearon para que les contara algo más: ni siquiera contestó y echó a correr como un loco. Torció a la derecha, a la altura de Bendham Road, y siguió hasta una zona residencial. Pasó primero por calles desiertas de casas apagadas. Luego divisó de lejos el barullo. Según se acercaba, veía crecer el halo de las luces y los zumbidos de las balizas giratorias de los vehículos de emergencias. Crecía la muchedumbre de mirones. Algunos lo llamaban, pero hizo caso omiso y no se paró. Se abrió camino hasta llegar al cordón policial. El subjefe Ron Gulliver, al divisarlo, lo dejó pasar en el acto. A Alan Brown aquella escena lo superó al principio: el ruido, las luces, un cuerpo en la acera, tapado con una sábana blanca. No sabía adónde ir. Vio entonces con alivio el rostro conocido de Kirk Harvey, el jefe de la policía de Orphea, con quien estábamos hablando Jesse y yo.

—Kirk —le dijo el vicealcalde Brown al jefe, abalanzándose hacia él—, ¿por Dios, qué ocurre? ¿Es cierto el rumor? ¿Han asesinado a Joseph y a su familia?

—A los tres, Alan —contestó el jefe Harvey, muy serio.

Señaló con la cabeza la casa, donde había policías yendo y viniendo.

—Los han encontrado a los tres ahí dentro. Una carnicería.

El jefe Harvey nos presentó al vicealcalde.

—¿Tienen alguna pista? ¿Algún indicio? —nos preguntó Brown.

—Nada de momento —le contesté—. Lo que me anda rondando por la cabeza es que haya sucedido la noche de la inauguración del festival de teatro.

—¿Cree que hay una relación?

—Es demasiado pronto para decirlo. Ni siquiera entiendo qué hacía el alcalde en su casa. ¿No tenía que haber estado ya en el Gran Teatro?

—Sí, habíamos quedado a las siete. Al ver que no llegaba, intenté telefonear a su casa, pero no contestó nadie. Como la obra tenía que empezar, improvisé el discurso de inauguración, lo pronuncié en su lugar y su asiento se quedó vacío. Fue en el descanso cuando me informaron de lo que sucedía.

—Alan —dijo el jefe Harvey—, hemos encontrado maletas en el coche del alcalde Gordon. Él y su familia parecían a punto de irse.

—¿«A punto de irse»? ¿Cómo que «a punto de irse»? ¿De irse adónde?

—Aún son posibles todas las hipótesis —le expliqué—. Pero ¿notó que el alcalde estuviera nervioso últimamente? ¿Le dijo que lo estuvieran amenazando? ¿Le preocupaba su seguridad?

—¿Amenazando? No, nunca dijo nada semejante. ¿Acaso es que...? ¿Puedo entrar en la casa?

—Vale más no contaminar la escena del crimen —lo disuadió el jefe Harvey—. Y, además, no es agradable de ver, Alan. Una auténtica carnicería. Al niño lo mataron en el salón; a la mujer de Gordon, Leslie, en el pasillo; y a Joseph, en la cocina.

El vicealcalde Brown notó que se tambaleaba. De repente tuvo la impresión de que le fallaban las piernas y se sentó en la acera. Se le volvieron a posar los ojos en la sábana blanca que tenía a unas decenas de metros.

—Pero, si todos los muertos están en la casa, ¿entonces quién está ahí? —preguntó señalando el cuerpo.

—Una pobre joven, Meghan Padalin —le contesté—. Había salido a correr. Debió de tropezarse con el asesino cuando este se iba de la casa y la mató también.

—¡No es posible! —dijo el vicealcalde tapándose la cara con las manos—. ¡Es una pesadilla!

El subjefe Ron Gulliver se reunió en ese momento con nosotros. Se dirigió directamente a Brown:

—La prensa tiene muchas preguntas. Alguien debería hacer una declaración.

—No..., no sé si puedo enfrentarme a algo así —tartamudeó Alan, muy pálido.

—Alan —contestó el jefe Harvey—, es necesario. Ahora eres el alcalde de esta ciudad.

Jesse Rosenberg
Sábado 28 de junio de 2014
Veintiocho días antes de la inauguración

Eran las ocho de la mañana. Mientras Orphea se despertaba despacio, en Bendham Road, repleta de camiones de bomberos, el jaleo había llegado al colmo. Del edificio donde vivía Stephanie ya no quedaban más que unas ruinas humeantes. Las llamas habían destruido su piso por completo.

Anna y yo, en la acera, mirábamos las idas y venidas de los bomberos, ocupados en enrollar mangueras y recoger material. No tardó en acercarse su jefe.

—Ha sido un incendio provocado —nos dijo con tono categórico—. Menos mal que no hay heridos. Solo estaba en el edificio el inquilino del primer piso y le dio tiempo a salir. Fue él quien nos avisó. ¿Podrían venir conmigo? Querría enseñarles algo.

Entramos tras él en el edificio y subimos luego las escaleras. El aire estaba acre y lleno de humo. Al llegar al segundo, nos encontramos con la puerta del piso de Stephanie abierta de par en par. Parecía completamente intacta. Y la cerradura, también.

—¿Cómo han entrado sin romper la puerta, ni forzar la cerradura? —preguntó Anna.

—Eso es lo que quería enseñarles —contestó el jefe de bomberos—. Cuando llegamos, la puerta estaba abierta, como la están viendo ahora.

—El incendiario tenía las llaves —dije.

Anna me miró muy seria.

—Jesse, creo que la persona a quien sorprendiste aquí el jueves por la noche ha venido a rematar el trabajo.

Fui hasta el rellano para mirar dentro del piso: no quedaba nada. Los muebles, las paredes, los libros: todo estaba carbonizado. Quien había prendido fuego a la vivienda solo tenía una finalidad: quemarlo todo.

En la calle, Brad Melshaw, el inquilino del primero, sentado en los peldaños de un edificio contiguo, envuelto en una manta y tomando un café, contemplaba la fachada que habían ennegrecido las llamas. Nos explicó que había terminado su turno en el Café Athéna alrededor de las once y media de la noche.

—Volví directamente a casa —nos dijo—. No noté nada de particular. Me di una ducha, vi un poco la televisión y me quedé dormido en el sofá, como me ocurre con frecuencia. A eso de las tres de la mañana, me desperté sobresaltado. La casa estaba llena de humo. Me di cuenta enseguida de que venía del hueco de las escaleras y, al abrir la puerta de entrada, vi que el piso de arriba ardía. Bajé en el acto a la calle y pedí ayuda por el móvil. Por lo visto, Stephanie no estaba en casa. Le ha pasado algo, ¿no?

—¿Quién le ha hablado de eso?

—Lo dice todo el mundo. Esta es una ciudad pequeña, ¿sabe?

—¿Conoce bien a Stephanie?

—No. Como vecinos que se cruzan, y poco más. Tenemos horarios muy diferentes. Se vino a vivir aquí en septiembre del año pasado. Es simpática.

—¿Le mencionó un proyecto de viaje? ¿Le dijo algo de que iba a ausentarse?

—No. Ya le he dicho que no teníamos tanta confianza como para que me hablase de esas cosas.

—Podría haberle pedido que le regase las plantas o que le recogiera el correo.

—Nunca me ha pedido ese tipo de favores.

De pronto, a Brad Melshaw se le alteró la mirada. Y entonces exclamó:

—¡Sí! ¿Cómo se me ha podido olvidar? La otra noche discutió con un policía.

—¿Cuándo?

—El sábado pasado por la noche.

—¿Qué ocurrió?

—Yo volvía del restaurante a pie. Eran alrededor de las doce. Había un coche patrulla aparcado delante del edificio y Stephanie hablaba con el conductor. Le decía: «No puedes hacerme esto, te necesito». Y él le contestó: «No quiero volver a saber nada de ti. Si vuelves a llamarme, te denuncio». Puso el coche en marcha y se fue. Ella se quedó un ratito en la acera. Parecía hundida en la miseria. Esperé en la esquina, desde donde había presenciado la escena, hasta que subió a su casa. No quería que se sintiera violenta.

—¿De qué tipo de coche patrulla se trataba? —preguntó Anna—. ¿De la policía de Orphea o de otra ciudad? ¿Policía estatal? ¿Policía de tráfico?

—No lo sé. En ese momento no le di importancia. Y estaba oscuro.

Nos interrumpió el alcalde Brown, que se me echó encima.

—¿Supongo que habrá leído el periódico de hoy, capitán Rosenberg? —me preguntó furioso, desplegando ante mí un ejemplar del *Orphea Chronicle*.

En primera plana había una foto de Stephanie debajo del siguiente titular:

¿HA VISTO A ESTA JOVEN?

Stephanie Mailer, periodista del *Orphea Chronicle*, lleva sin dar señales de vida desde el lunes. Extraños acontecimientos están ocurriendo en relación con esta desaparición. La policía estatal investiga.

—No estaba al corriente de este artículo, señor alcalde.

—¡Estuviera al corriente o no, capitán Rosenberg, es usted el causante de todo este jaleo! —dijo Brown, irritado.

Me volví hacia el edificio que habían destruido las llamas.

—¿Afirma que no está sucediendo nada en Orphea?

—Nada de lo que no pueda encargarse la policía local. Así que no venga a provocar más desorden, ¿quiere? Las arcas municipales no están muy boyantes y todo el mundo cuenta con el verano y con el festival de teatro para reflotar la economía. Si los turistas se asustan, no vendrán.

—Permítame que insista, señor alcalde: creo que puede tratarse de un caso muy grave...

—No tiene ni un indicio, capitán Rosenberg. El jefe Gulliver me decía ayer que no hay ni rastro del coche de Stephanie desde el lunes. ¿Y si se hubiera ido sin más? He hecho unas cuantas llamadas referidas a usted y por lo visto se retira este lunes.

Anna me miró con una cara muy rara.

—Jesse —me dijo—, ¿dejas la policía?

—No voy a ninguna parte hasta que se aclare este asunto.

Me di cuenta de lo lejos que llegaba la influencia del alcalde Brown cuando, tras irme con Anna de Bendham Road camino de la comisaría de Orphea, recibí una llamada de mi superior, el mayor McKenna.

—Rosenberg —me dijo—, el alcalde de Orphea me persigue por teléfono. Asegura que estás sembrando el pánico en su ciudad.

—Mayor —le expliqué—, ha desaparecido una mujer y eso tal vez guarde relación con el cuádruple asesinato de 1994.

—El caso del cuádruple asesinato está cerrado, Rosenberg. Y deberías saberlo porque lo resolviste tú.

—Ya lo sé, mayor. Pero estoy empezando a preguntarme si no nos perdimos algo por entonces...

—¿Qué historia es esa?

—La joven desaparecida es una periodista que había vuelto a abrir la investigación. ¿Eso no indica que hay que indagar?

—Rosenberg —me dijo McKenna con tono de fastidio—, según el jefe de la policía local no tienes el menor indicio. Me estás jorobando el sábado y vas a quedar como un idiota dos días antes de dejar la policía. ¿De verdad que es eso lo que quieres?

Me quedé callado y McKenna añadió, con voz más cordial:

—Mira, me marcho con mi familia al lago Champlain a pasar el fin de semana y voy a hacerlo teniendo buen cuidado de que se me olvide el móvil en casa. Estaré ilocalizable hasta mañana por la noche y volveré a mi despacho el lunes por la mañana. Así que tienes hasta el lunes a primera hora para dar con algo sólido que me puedas presentar. En caso contrario, te vuelves como un buen chico a la oficina como si no hubiera pasado nada. Nos tomamos algo para celebrar tu despedida de la poli-

cía y no quiero volver a oír hablar nunca más de esta historia.
¿Está claro?

—Entendido, mayor. Gracias.

Tenía el tiempo contado. En el despacho de Anna empezamos a pegar los diferentes indicios en una pizarra magnética.

—Según el testimonio de los periodistas —le dije a Anna—, el robo del ordenador en la redacción debe de haber ocurrido en la noche del lunes al martes. En el piso entraron el jueves por la noche y, para terminar, el incendio de esta noche.

—¿Adónde quieres ir a parar? —me preguntó Anna, alargándome una taza de café hirviendo.

—Pues a que todo hace pensar que lo que esa persona buscaba no estaba en el ordenador de la redacción, con lo que se vio obligada a ir a registrar el piso de Stephanie. Sin éxito, está claro, ya que ha corrido el riesgo de volver la noche siguiente para prenderle fuego. ¿Por qué comportarse así, si no es con la esperanza de destruir los documentos al no haber podido hallarlos?

—¡Así que lo que buscan a lo mejor anda todavía por ahí! —exclamó Anna.

—Exactamente —asentí—. Pero ¿dónde?

Me había llevado los extractos de las llamadas y de los movimientos bancarios de Stephanie, que había conseguido la víspera en el centro regional de la policía estatal y los dejé encima de la mesa.

—Empecemos por intentar descubrir quién llamó a Stephanie a la salida del Kodiak Grill —dije, rebuscando en los documentos hasta dar con la lista de las últimas llamadas hechas y recibidas.

Stephanie había recibido una llamada a las diez y tres minutos. Luego había hecho dos llamadas seguidas a la misma persona. A las diez y cinco y a las diez y diez. La primera llamada había durado un segundo apenas; la segunda, veinte.

Anna se sentó delante de su ordenador. Le dicté el número de la llamada que había recibido Stephanie a las diez y tres minutos y ella lo introdujo en el sistema de búsqueda para identificar al correspondiente abonado.

—¡No puede ser, Jesse! —exclamó Anna.

—¿Qué? —pregunté abalanzándome hacia la pantalla.

—¡El número corresponde a la cabina telefónica del Kodiak Grill!

—¿Alguien llamó a Stephanie desde el Kodiak Grill nada más salir ella? —dije asombrado.

—Alguien la estaba observando —dijo Anna—. Durante todo el rato que estuvo esperando, alguien la observaba.

Volví a coger la hoja y subrayé el último número que había marcado Stephanie. Se lo dicté a Anna, que lo introdujo en el sistema.

Se quedó pasmada al ver el nombre que aparecía en el ordenador.

—¡No! ¡Tiene que ser un error! —me dijo, poniéndose pálida de repente.

Me pidió que repitiera el número y tecleó frenéticamente, volviendo a introducir la secuencia de cifras.

Me acerqué a la pantalla y leí el nombre que aparecía.

—Sean O'Donnell. ¿Cuál es el problema, Anna? ¿Lo conoces?

—Lo conozco muy bien —respondió aterrada—. Es uno de mis policías. Sean O'Donnell es un policía de Orphea.

*

El jefe Gulliver, al ver el extracto de llamadas, no pudo negarme que interrogase a Sean O'Donnell. Lo hizo volver de patrullar y mandó que lo llevasen a una sala de interrogatorios. Cuando entré en la habitación, en compañía de Anna y del jefe Gulliver, Sean se levantó a medias de la silla como si sintiera las piernas flojas.

—¿Van a decirme qué ocurre? —exigió con tono preocupado.

—Siéntate —le dijo Gulliver—. El capitán Rosenberg tiene unas preguntas que hacerte.

Obedeció. Gulliver y yo nos sentamos detrás de la mesa, frente a él. Anna estaba más atrás, junto a la pared.

—Sean —le dije—, sé que Stephanie Mailer lo llamó el lunes por la noche. Es usted la última persona con la que intentó ponerse en contacto. ¿Qué nos está ocultando?

Sean se agarró la cabeza con las manos.

—Capitán —gimió—, la he cagado del todo. Debería habérselo contado a Gulliver. Y, además, ¡quería hacerlo! Lo siento muchísimo...

—Pero ¡no lo hizo, Sean! Así que ahora tiene que contárnoslo todo.

Antes de hablar soltó un hondo suspiro:

—Stephanie y yo salimos juntos una temporada. Nos conocimos en un bar hace tiempo. Fui yo quien le entró y, para ser sinceros, no pareció muy entusiasmada. Por fin aceptó que la invitase a algo, charlamos un poco y pensé que la cosa no iba a ir más allá. Hasta que le dije que era policía aquí, en Orphea: esto le llamó la atención enseguida. Cambió inmediatamente de actitud y de pronto pareció que yo le interesaba mucho. Nos dimos el número de teléfono y volvimos a vernos unas cuantas veces. Nada más. Pero el asunto cogió carrerilla de pronto hace dos semanas. Nos acostamos. Solo una vez.

—¿Por qué no duró? —pregunté.

—Porque me di cuenta de que quien le interesaba no era yo, sino la sala de archivos de la comisaría.

—¿«La sala de archivos»?

—Sí, capitán. Era muy raro. La mencionó varias veces. Quería a toda costa que la llevase. Pensé que estaba de broma y le decía que era imposible, claro. Pero resulta que, cuando me desperté en su cama hace quince días, me exigió que la llevase a la sala de archivos. Como si le debiese algo a cambio de haber pasado la noche con ella. Me sentí muy herido. Me marché furioso aclarándole que no quería volver a verla.

—¿No tuviste la curiosidad de saber por qué le interesaba tanto la sala de archivos? —preguntó el jefe Gulliver.

—Claro que sí. Una parte de mí quería saber a toda costa. Pero no quería que Stephanie se diera cuenta de que su historia me interesaba. Me sentía manipulado y, como me gustaba de verdad, me dolió.

—Y ¿la ha vuelto a ver luego? —pregunté.

—Solo una vez. El sábado pasado. Esa noche me llamó varias veces, pero no contesté. Creía que se cansaría, pero llamaba sin parar. Estaba de servicio y aquella insistencia era insoportable. Por fin, al borde de un ataque de nervios, le dije que nos viéramos delante de su casa. Ni siquiera salí del coche; le dije que, si me volvía a llamar, la denunciaría por acoso. Me dijo que necesitaba ayuda, pero no la creí.

—¿Qué dijo exactamente?

—Me dijo que necesitaba consultar un expediente relacionado con un crimen cometido aquí y del que tenía información. Me dijo: «Existe una investigación que se cerró en falso. Hay un detalle, algo que nadie vio entonces y que, sin embargo, era muy evidente». Para convencerme, me enseñó la mano y me preguntó qué veía. «Tu mano», contesté. «Lo que tenías que ver eran los dedos.» Con esa historia de la mano y los dedos pensé que me tomaba por tonto. Me fui y la dejé plantada en plena calle, jurándome que nunca más volvería a caer en sus redes.

—¿Nunca más? —pregunté.

—Nunca más, capitán Rosenberg. No he vuelto a hablar con ella desde entonces.

Dejé que reinase un breve silencio antes de echar encima de la mesa el triunfo.

—¡No nos tome por idiotas, Sean! Sé que habló con Stephanie el lunes por la noche, la noche en que desapareció.

—¡No, capitán! ¡Le juro que no hablé con ella!

Enarbolé el extracto de llamadas y se lo puse delante.

—Deje de mentir, lo pone aquí: hablaron veinte segundos.

—¡No, no hablamos! —exclamó Sean—. Es cierto que me llamó. Dos veces. Pero ¡no lo cogí! En la última llamada, me dejó un mensaje en el contestador. Es cierto que hubo conexión, como lo indica el extracto, pero no hablamos.

Sean no mentía. Al mirar su teléfono, descubrimos un mensaje recibido el lunes a las diez y diez y que duraba veinte segundos. Di a «escuchar» y la voz de Stephanie salió de repente del altavoz del teléfono:

Sean, soy yo. Tengo que hablar contigo como sea, es urgente. Por favor... [Pausa.] Sean, tengo miedo. Tengo miedo de verdad.

La voz dejaba traslucir cierto pánico.

—No oí el mensaje en ese momento. Pensaba que eran más lloriqueos. Al final lo oí el miércoles, después de que sus padres fueran a la comisaría a comunicar su desaparición —explicó Sean—. Y no supe qué hacer.

—¿Por qué no dijo nada? —pregunté.

—Tuve miedo, capitán. Y me sentí avergonzado.

—¿Stephanie se sentía amenazada?

—No... En cualquier caso, nunca lo mencionó. Era la primera vez que decía que tenía miedo.

Crucé una mirada con Anna y con el jefe Gulliver y luego le exigí a Sean:

—Necesito saber dónde estaba y qué hacía el lunes por la noche, a eso de las diez, cuando Stephanie intentó hablar con usted.

—Estaba en un bar de East Hampton. Uno de mis amigos es el gerente, estábamos todo un grupo. Pasamos allí la velada. Les daré todos los nombres, pueden comprobarlo.

Varios testigos confirmaron la presencia de Sean en aquel bar desde las siete de la tarde hasta la una de la madrugada la noche de la desaparición. En el despacho de Anna, escribí en la pizarra magnética el enigma de Stephanie: «Lo que teníamos delante de los ojos y no vimos en 1994».

Pensábamos que Stephanie quería ir a los archivos de la comisaría de Orphea para tener acceso al expediente de la investigación del cuádruple asesinato de 1994. Fuimos, pues, a la sala de archivos y encontramos sin dificultad la caja de cartón de gran tamaño donde se suponía que estaba ese expediente. Pero nos quedamos muy sorprendidos, la caja estaba vacía. Había desaparecido todo. Dentro de la caja había solo una hoja de papel que se había vuelto amarillenta con el tiempo y en la que habían escrito a máquina:

Aquí empieza LA NOCHE NEGRA.

Era el principio de la búsqueda del tesoro.

*

El único elemento del que disponíamos era la llamada telefónica hecha desde el Kodiak Grill nada más salir de allí Stephanie. Fuimos al restaurante y volvimos a encontrarnos con la empleada a quien había interrogado la víspera.

—¿Dónde está el teléfono público? —le pregunté.

—Puede usar el teléfono de la barra —me contestó.

—Es todo un detalle, pero me gustaría ver su teléfono público.

Nos condujo, cruzando el restaurante, hasta la parte trasera, donde había dos filas de perchas clavadas en la pared, los aseos, un cajero automático y, en un rincón, un teléfono de monedas.

—¿Hay una cámara? —preguntó Anna, escudriñando el techo.

—No, no hay ninguna cámara en el restaurante.

—¿Se usa mucho esta cabina?

—No lo sé, por aquí suele haber mucha gente yendo y viniendo. Los aseos son solo para los clientes, pero hay siempre personas que entran y preguntan con cara cándida si tenemos teléfono. Decimos que sí. Pero no sabemos si lo que necesitan de verdad es hacer una llamada o hacer pis. Ahora todo el mundo tiene móvil, ¿no?

Justo en ese momento sonó el teléfono de Anna. Acababan de encontrar el coche de Stephanie cerca de la playa.

*

Anna y yo íbamos a toda velocidad por Ocean Road, que empezaba en la calle principal y llevaba hasta la playa de Orphea. La carretera terminaba en un aparcamiento que consistía en un amplio redondel de cemento donde los bañistas aparcaban los coches sin orden ni concierto y sin limitación de tiempo. En invierno, había coches dispersos de algunos paseantes y de padres de familia que iban a volar cometas con sus hijos. Comenzaba a llenarse en los primeros días buenos de primavera. En pleno verano, lo tomaban por asalto desde primera hora de las mañanas bochornosas y la cantidad de coches que conseguían amontonarse allí era espectacular.

A unos cien metros del aparcamiento, había un coche patrulla aparcado en el arcén. Un agente nos hizo una señal con la mano y me paré detrás de su coche. En aquel lugar, un sendero abierto al tráfico se internaba en el bosque. El policía nos explicó:

—El coche lo han visto unos paseantes. Al parecer lleva aparcado aquí desde el martes. Ataron cabos al leer el periódico de esta mañana. Lo he comprobado y la matrícula corresponde al coche de Stephanie Mailer.

Tuvimos que andar unos doscientos metros para llegar al coche, correctamente aparcado en un entrante. Era, en efecto, el Mazda azul que habían grabado las cámaras del banco. Me puse un par de guantes de látex y di deprisa una vuelta alrededor, mirando el interior por las ventanillas. Quise abrir la puerta, pero estaba cerrada con llave. Anna acabó por decir en voz alta lo mismo que me rondaba a mí por la cabeza.

—Jesse, ¿crees que está en el maletero?

—No hay más que una forma de saberlo —contesté.

El policía nos trajo una palanqueta. La metí en la ranura del maletero. Anna estaba detrás de mí, muy cerca, y contenía la respiración. La cerradura cedió con facilidad y el maletero se abrió de golpe. Retrocedí instintivamente y, luego, me incliné para ver mejor el interior y comprobé que estaba vacío.

—No hay nada —dije apartándome del coche—. Vamos a llamar a la científica antes de que se contamine la escena. Creo que esta vez el alcalde opinará que hay que echar mano de todos los medios.

El descubrimiento del coche de Stephanie cambió, realmente, la situación. El alcalde Brown, informado de cómo estaban las cosas, se presentó con Gulliver y, dándose cuenta de que había que iniciar un operativo de búsqueda y de que la policía local no iba a tardar en verse desbordada por los acontecimientos, pidió refuerzos de los efectivos policiales de las ciudades vecinas.

En una hora, Ocean Road estaba cerrada al tráfico por completo desde la mitad hasta el aparcamiento de la playa. Los cuerpos de policía de todo el condado habían mandado hombres, a los que ayudaban patrullas de la policía estatal. Grupos de curiosos se habían agolpado a ambos lados, tras el cordón policial.

Por el lado del bosque, los hombres de la policía científica interpretaban su danza, vestidos con monos blancos, alrededor del coche de Stephanie, que peinaron a fondo. También habían llegado equipos de la unidad canina.

No tardó su responsable en convocarnos en el aparcamiento de la playa.

—Todos los perros siguen la misma pista —nos dijo cuando llegamos—. Empiezan en el coche, tiran por ese caminito que va haciendo eses desde el bosque, entre las hierbas, y llegan aquí.

Nos señaló con el dedo el trazado de un sendero que era un atajo que tomaban los paseantes para ir de la playa al camino forestal.

—Todos los perros señalan un alto en el aparcamiento. En este lugar donde estoy. Luego pierden el rastro.

El policía estaba literalmente en el centro de aparcamiento.

—Y ¿eso qué quiere decir? —pregunté.

—Que se subió a un coche aquí, capitán Rosenberg. Y que se fue en ese vehículo.

El alcalde se volvió hacia mí.

—¿Qué le parece, capitán? —me preguntó.

—Creo que alguien estaba esperando a Stephanie. Había quedado con alguien. La persona con quien está citada en el Kodiak Grill la espía, sentada a una mesa del fondo. Cuando sale del restaurante, la llama desde la cabina y la cita en la playa. Stephanie está intranquila: pensaba en una cita en un lugar público y resulta que tiene que ir a la playa, que está desierta a esas horas. Llama a Sean, que no le contesta. Por fin decide aparcar en el sendero del bosque. ¿Quizá para contar con un plan de retirada? ¿O, si no, para acechar la llegada de su misteriosa cita? En cualquier caso, cierra el coche con llave. Baja hasta el aparcamiento y se sube al vehículo de su contacto. ¿Adónde se la llevó? Solo Dios lo sabe.

Hubo un silencio escalofriante. Después, el jefe Gulliver, como si estuviera cayendo en la cuenta de la magnitud de la situación, susurró:

—Así empieza la desaparición de Stephanie Mailer.

Derek Scott

Aquella noche del 30 de julio de 1994, en Orphea, pasó un buen rato hasta que por fin llegaron a la escena del crimen nuestros primeros colegas de la brigada criminal, así como nuestro jefe, el mayor McKenna. Tras evaluar la situación, me llevó aparte y me preguntó:

—Derek, ¿has sido tú el primero en llegar?

—Sí, mayor —le contesté—. Llevo aquí más de una hora con Jesse. Como era el oficial de mayor rango, he tenido que tomar unas cuantas decisiones, sobre todo la de poner controles en las carreteras.

—Has hecho bien. Y me parece que la situación está bien gestionada. ¿Te sientes capaz de hacerte cargo de este caso?

—Sí, mayor. Me sentiré muy honrado.

Notaba que McKenna no las tenía todas consigo.

—Sería tu primer caso importante —dijo— y Jesse es aún un inspector con poca experiencia.

—Rosenberg tiene buen instinto policial —le aseguré—. Confíe en nosotros, mayor. No lo decepcionaremos.

Tras pensárselo un momento, el mayor acabó por asentir.

—Me apetece daros esta oportunidad, Scott. Os tengo mucho aprecio a Jesse y a ti. Pero no la caguéis. Porque, cuando vuestros compañeros se enteren de que os he dado un caso de esta importancia, se les va a soltar la lengua. Pero, bien pensado, ¡que hubieran llegado a tiempo! ¿Dónde se han metido todos? ¿De vacaciones? Serán cretinos.

El mayor llamó a Jesse y luego dijo, hablando en general, para que nuestros compañeros lo oyesen también:

—Scott y Rosenberg, vais a llevar vosotros el caso.

Jesse y yo estábamos completamente decididos a que el mayor no tuviera que lamentar su decisión. Pasamos la noche en Orphea reuniendo los primeros datos de la investigación.

Eran casi las siete de la mañana cuando dejé a Jesse delante de su casa, en Queens. Me ofreció que entrase a tomar un café y acepté. Estábamos exhaustos, pero demasiado emocionados con aquel caso para dormir. En la cocina, mientras Jesse preparaba la cafetera, empecé a tomar notas.

—«¿Quién le tenía tanta inquina al alcalde como para matarlo con su mujer y con su hijo?» —pregunté en voz alta mientras apuntaba esa frase en una hoja que Jesse pegó en la nevera.

—Hay que interrogar a sus allegados —sugirió él.

—¿Qué hacían todos en casa la noche de la inauguración del festival de teatro? Deberían haber estado en el Gran Teatro. Y, además, esas maletas llenas de ropa que han encontrado en el coche... Creo que estaban a punto de irse.

—¿Escapaban? Pero ¿por qué?

—Eso, Jesse —le dije—, es lo que vamos a descubrir.

Pegué otra hoja, en la que él escribió: «¿El alcalde tenía enemigos?».

Natasha, a quien seguramente habían despertado nuestras voces, apareció en la puerta de la cocina, medio dormida aún.

—¿Qué pasó anoche? —preguntó, acurrucándose contra Jesse.

—Una carnicería —contesté.

—«¿Asesinatos en el festival de teatro?» —leyó Natasha en la puerta de la nevera antes de abrirla—. Suena como una buena obra de teatro policíaca.

—Podría serlo —asintió Jesse.

Natasha sacó leche, huevos y harina, y los dejó en la encimera para hacer tortitas; se sirvió café. Entonces miró las notas y nos preguntó:

—Y ¿cuáles son vuestras primeras hipótesis?

Jesse Rosenberg

Domingo 29 de junio de 2014

Veintisiete días antes de la inauguración

Las investigaciones para encontrar a Stephanie no daban frutos.

Hacía casi veinticuatro horas que estaba movilizada la zona. Equipos de policías y de voluntarios peinaban el condado. Además, estaban al pie del cañón equipos de la unidad canina, buceadores y también un helicóptero. Había voluntarios pegando carteles en los supermercados y pasando por las tiendas y las estaciones de servicio con la esperanza de que alguien, un cliente o un empleado, hubiera visto a Stephanie. Los señores Mailer habían hecho unas declaraciones a la prensa y a las televisiones locales enseñando una foto de su hija y pidiendo a quien la hubiera visto que se pusiera inmediatamente en contacto con la policía.

Todo el mundo quería participar en el esfuerzo: el Kodiak Grill invitaba a un refresco a todo el que hubiera tomado parte en la búsqueda. El Palace del Lago, uno de los hoteles más lujosos de la región, que estaba en el condado de Orphea, había puesto uno de sus salones a disposición de la policía, que lo usaba como punto de encuentro para los voluntarios deseosos de sumarse a las fuerzas vivas y desde donde se los encaminaba, a continuación, a una zona de búsqueda.

Instalados en su despacho de la comisaría de Orphea, Anna y yo seguíamos adelante con la investigación. El viaje de Stephanie a Los Ángeles continuaba siendo un gran misterio. Había sido a su vuelta de California cuando había intimado de repente con el policía Sean O'Donnell, insistiendo para tener acceso a la sala de archivos de la policía. ¿Qué habría descubierto allí? Hablamos con el hotel en donde se había alojado, pero no resultó de ninguna utilidad. En cambio, examinando sus idas y vueltas regulares a Nueva York —que se desprendían de los pagos de su tarjeta en los peajes—, descubrimos que le habían puesto varias multas por aparcar en zona de horario regulado o prohibida —e incluso una vez se le había llevado el coche la grúa—, siempre en la misma calle. Anna dio sin dificultad con una lista de los diversos establecimientos de esa calle: restaurantes, médicos, abogados, quiroprácticos, lavandería. Pero sobre todo: la redacción de la *Revista de Letras de Nueva York*.

—¿Cómo es posible? —me pregunté—. La madre de Stephanie me aseguró que en septiembre habían despedido a su hija de la *Revista de Letras de Nueva York,* motivo por el cual se vino a Orphea. ¿Por qué iba a seguir yendo? No tiene ni pies, ni cabeza.

—En cualquier caso —me dijo Anna—, las fechas de paso por los peajes coinciden con las multas. Y, por lo que veo aquí, los sitios en que la multaron parecen hallarse en las inmediaciones de la entrada del edificio donde está el local de la revista. Vamos a llamar al redactor jefe para pedirle explicaciones —propuso, descolgando el teléfono.

No le dio tiempo a marcar porque en ese mismo momento llamaron a la puerta de su despacho. Era el responsable de la brigada científica de la policía estatal.

—Les traigo el resultado de lo que hemos encontrado en el piso y en el coche de Stephanie Mailer —nos dijo, sacudiendo un sobre muy abultado—. Y creo que les va a interesar.

Se sentó en el filo de la mesa de reuniones.

—Empecemos por el piso —dijo—. Les confirmo que se trata de un incendio provocado. Echaron productos acelerantes. Y, por si les quedase alguna duda, no fue desde luego Stephanie Mailer quien le prendió fuego.

—¿Por qué dice eso? —pregunté.

El policía enarboló una bolsa de plástico donde había fajos de billetes.

—Hemos encontrado diez mil dólares en efectivo en el piso, escondidos en el depósito de una cafetera italiana de hierro. Están intactos.

Anna dijo entonces:

—Efectivamente; yo, si fuera Stephanie y hubiera escondido en mi casa diez mil dólares en metálico, me tomaría la molestia de cogerlos antes de incendiar el piso.

—Y ¿en el coche? —le pregunté al policía—. ¿Qué han encontrado?

—Ningún rastro de ADN, por desgracia, aparte de los de la propia Stephanie. Hemos podido hacer comparaciones con una muestra de sus padres. En cambio, hemos encontrado una nota manuscrita bastante enigmática debajo del asiento del conductor cuya letra parece ser la de Stephanie.

El policía volvió a meter la mano en el sobre y sacó una tercera bolsa de plástico donde había una hoja arrancada de un cuaderno escolar en la que ponía:

La noche negra → Festival de teatro de Orphea
Hablarle de esto a Michael Bird.

—«¡La noche negra!» —exclamó Anna—. Igual que el letrero dejado en el lugar de los documentos policiales sobre el cuádruple asesinato de 1994.

—Hay que ir a hablar con Michael Bird —dije—. Es posible que sepa más de lo que ha querido decirnos.

*

Encontramos a Michael Bird en su despacho de la redacción del *Orphea Chronicle*. Nos había preparado una carpeta con las copias de todos los artículos que había escrito Stephanie para el periódico. Se trataba sobre todo de información muy local: verbena escolar, desfile del Día de Colón, celebración municipal del Día de Acción de Gracias para las personas solas, concurso de calabazas de Halloween, accidente de tráfico y otros temas de la sección de sucesos. Mientras Michael iba pasando los artículos para que yo los viera, le pregunté:

—¿Cuánto gana Stephanie en el periódico?

—Mil quinientos dólares al mes —contestó—. ¿Por qué lo pregunta?

—Puede tener importancia para la investigación. No le oculto que sigo indagando por qué Stephanie se fue de Nueva York para venirse a Orphea a escribir artículos sobre el Día de Colón y la fiesta de la calabaza. Desde mi punto de vista, no tiene sentido. No se lo tome a mal, Michael, pero no me encaja con el retrato de persona ambiciosa que me han hecho sus padres y sus amigos.

—Entiendo perfectamente su pregunta, capitán Rosenberg. Yo también me la he hecho, por cierto. Stephanie me dijo que la había asqueado su despido de la *Revista de Letras de Nueva York*. Quería un cambio. Es una idealista, ¿sabe? Quiere cambiar las cosas. El reto de trabajar para un periódico local no la asusta, sino todo lo contrario.

—Creo que hay algo más —dije antes de enseñarle a Michael el trozo de papel encontrado en el coche de Stephanie.

—¿Eso qué es? —preguntó Michael.

—Una nota de puño y letra de Stephanie. Menciona el festival de teatro de Orphea y añade que quiere hablar de ello con usted. ¿Qué sabe y no nos está diciendo, Michael?

Michael suspiró.

—Le prometí que no diría nada... Le di mi palabra.

—Michael —le dije—, creo que no se hace cargo de la gravedad de la situación.

—Es usted quien no se hace cargo —replicó—. A lo mejor existe alguna buena razón para que Stephanie haya decidido desaparecer una temporada. Y usted lo está estropeando todo al alarmar a la gente.

—¿Una buena razón? —dije, atragantándome.

—A lo mejor sabía que estaba en peligro y ha decidido esconderse. Al volver aquí, se arriesga usted a dejarla en evidencia: su investigación es más importante de lo que pueda imaginar, quienes la están buscando en estos momentos quizá sean los mismos de los que se esconde.

—¿Un policía, quiere decir?

—Es posible. Fue muy misteriosa. Y eso que insistí en que me dijera más, pero nunca quiso decirme de qué iba el tema.

—Encaja muy bien con la Stephanie con la que hablé el otro día —suspiré—. Pero ¿qué tiene que ver con el festival de teatro?

Aunque no había nadie en la redacción y la puerta del despacho estaba cerrada, Michael bajó aún más la voz, como si temiera que pudieran oírlo:

—Stephanie pensaba que en el festival se tramaba algo; necesitaba interrogar a los voluntarios sin que nadie sospechase nada. Le sugerí que escribiera una serie de artículos para el periódico. Era la tapadera perfecta.

—¿Entrevistas de pega?

—No exactamente de pega, porque luego las publicamos... Ya le he hablado de los problemas económicos del periódico: Stephanie me había asegurado que la publicación de los resultados de la investigación permitiría reflotar la empresa. «Cuando se publique, la gente te quitará de las manos el *Orphea Chronicle*», me dijo un día.

De vuelta en la comisaría, pudimos hablar por fin con el antiguo jefe de Stephanie, el redactor jefe de la *Revista de Letras de Nueva York*. Se llamaba Steven Bergdorf y vivía en Brooklyn. Fue Anna quien lo llamó. Puso el altavoz del teléfono para que pudiera oír la conversación.

—Pobre Stephanie —se lamentó Steven Bergdorf cuando Anna lo hubo informado de la situación—. Espero que no le haya pasado nada grave. Es una mujer muy inteligente, una periodista literaria excelente y una buena escritora. Y muy agradable. Siempre amable con todo el mundo. No es de esas que se ganan antipatías o problemas.

—Si mi información es correcta, la despidió el otoño pasado...

—Exactamente. Fue muy doloroso: una muchacha tan brillante. Pero hubo que reducir el presupuesto de la revista durante el verano. Las suscripciones están en caída libre. Tenía que ahorrar a toda costa y prescindir de alguien.

—¿Cómo se tomó el despido?

—Ya se imaginará que no estaba muy contenta. Pero quedamos en buenas relaciones. Le escribí incluso en el mes de diciembre para saber de su vida. Me dijo entonces que trabajaba en el *Orphea Chronicle* y que estaba muy a gusto. Me alegré por ella, aunque me quedé un poco sorprendido.

—¿Sorprendido?

Bergdorf especificó:

—Una muchacha como Stephanie Mailer tiene una categoría al nivel de *The New York Times*. ¿Qué pinta en un periódico de segunda fila?

—Señor Bergdorf, ¿volvió Stephanie por la redacción de su revista después del despido?

—No. Al menos que yo sepa. ¿Por qué?

—Porque hemos averiguado que aparcó su coche cerca de ese edificio muchas veces en estos últimos meses.

*

En su despacho de la redacción de la *Revista de Letras de Nueva York,* desierta por ser domingo, Steven Bergdorf se quedó muy alterado después de colgar el teléfono.

—¿Qué pasa, Stevie? —le preguntó Alice, de veinticinco años, sentada en el sofá del despacho mientras se pintaba las uñas de rojo.

—Era la policía. Stephanie Mailer ha desaparecido.

—¿Stephanie? ¡Era una maldita estúpida!

—¿Cómo que «era»? —dijo intranquilo Steven—. ¿Estás enterada de algo?

—Claro que no. Digo que «era» porque no he vuelto a verla desde que se marchó. Y seguramente seguirá siendo estúpida, tienes razón.

Bergdorf se levantó de la silla del escritorio y fue junto a la ventana, pensativo.

—Stevie, cariñito —lo regañó Alice—, ¿no irás a empezar a comerte el coco?

—Si no me hubieras obligado a ponerla de patitas en la calle...

—¡No empecemos, Stevie! Hiciste lo que tenías que hacer.

—¿No has vuelto a hablar con ella desde que se marchó?

—A lo mejor, por teléfono. Y ¿eso qué cambia?

—¡Por todos los santos, Alice, acabas de decirme que no la habías visto!

—No la vi. Pero hablé con ella por teléfono. Una vez nada más. Hace dos semanas.

—¡No me digas que la llamaste para reírte de ella! ¿Sabe la verdad de su despido?

—No.

—¿Cómo puedes estar tan segura?

—Porque fue ella quien me llamó para pedirme un consejo. Parecía preocupada. Me dijo: «Necesito los favores de un hombre». Le contesté: «Los hombres no son nada complicados: les chupas la polla, les prometes tu coño y, a cambio, te dan una lealtad inquebrantable».

—¿Quién era él? A lo mejor deberíamos avisar a la policía.

—Nada de policía... Ahora sé bueno y cállate.

—Pero...

—¡No me pongas de mal humor, Stevie! Ya sabes lo que pasa cuando me irrito. ¿Tienes una camisa de repuesto? La que llevas está arrugada. Ponte guapo, tengo ganas de salir esta noche.

—No puedo salir esta noche...

—¡He dicho que tenía ganas de salir!

Bergdorf, con la cabeza gacha, salió del despacho para ir a buscar un café. Llamó a su mujer, le dijo que le había surgido algo urgente en el cierre de la revista y que no iba a ir a cenar. Después de colgar, hundió la cara en las manos. ¿Cómo había llegado a aquello? ¿Cómo se veía, a los cincuenta años, liado con aquella chica?

*

Anna y yo estábamos convencidos de que el dinero que había aparecido en casa de Stephanie era una de las pistas de nuestra investigación. ¿De dónde venían aquellos diez mil dólares en efectivo que habíamos encontrado en su casa? Stephanie ganaba mil quinientos dólares al mes: tras pagar el alquiler, el coche, la compra y los seguros, no debía de quedarle gran cosa. Si eran sus ahorros, semejante suma debería haber estado más bien ingresada en un banco.

Pasamos la última parte del día haciendo preguntas a los padres de Stephanie y a sus amigos sobre ese dinero. Pero sin sacar nada en limpio. Los señores Mailer afirmaron que su hija siempre se las había apañado sola. Consiguió una beca para pagarse los estudios universitarios y, luego, vivió de su sueldo. En cuanto a los amigos, nos aseguraron que a Stephanie le costaba con frecuencia llegar a fin de mes. No se imaginaban que pudiera tener ahorros.

Cuando estaba a punto de marcharme de Orphea e iba calle principal abajo, en vez de seguir hacia la carretera 17 para llegar a la autopista, giré casi sin pensarlo hacia el barrio de Penfield y fui a Penfield Crescent. Bordeé el parquecito y me detuve delante de la casa que había sido del alcalde Gordon veinte años antes, donde había empezado todo.

Me quedé aparcado allí un buen rato; después, de camino hacia mi casa, no pude por menos de hacer una parada en la de Derek y Darla. No sé si era porque necesitaba ver a Derek o, sencillamente, porque no me apetecía estar solo y porque, aparte de él, no tenía a nadie.

Eran las ocho cuando llegué delante de su casa. Me quedé un rato en la puerta, sin atreverme a llamar. Desde fuera podía oír las conversaciones alegres y las voces en la cocina, donde estaban cenando. Todos los domingos, Derek y su familia tomaban pizza.

Me acerqué discretamente a la ventana y observé cómo cenaban. Los tres hijos de Derek iban todavía al instituto. El mayor entraría en la universidad al curso siguiente. De pronto, uno de ellos se fijó en mi presencia. Todos se volvieron hacia la ventana y se quedaron mirándome.

Derek salió de la casa terminando de masticar su trozo de pizza y con la servilleta de papel aún en la mano.

—Jesse —dijo extrañado—. ¿Qué haces aquí fuera? Ven a cenar con nosotros.

—No, gracias. No tengo mucha hambre. Oye, están pasando cosas raras en Orphea...

—Jesse —suspiró Derek—, ¡no me digas que te has tirado el fin de semana allí!

Le resumí rápidamente los últimos acontecimientos.

—Ya no hay duda posible —afirmé—. Stephanie había descubierto nuevos indicios del cuádruple asesinato de 1994.

—Solo son suposiciones, Jesse.

—Pero, vamos a ver —exclamé—, ¡está esa nota acerca de «la noche negra» que han encontrado en el coche de Stephanie y esas mismas palabras en lugar del expediente policial del cuádruple asesinato, que ha desaparecido! ¡Y la relación que establece con el festival de teatro cuya primera edición fue en 1994, si lo recuerdas! ¿No son datos tangibles?

—¡Ves las relaciones que quieres ver, Jesse! ¿Te das cuenta de que eso supone reabrir la investigación de 1994? Lo cual significa que nos colamos.

—¿Y si nos hubiéramos colado? Stephanie dijo que se nos había pasado el detalle esencial, aunque lo teníamos delante de los ojos.

—Pero ¿qué hicimos mal entonces? —dijo Derek, irritado—. ¡Dime qué hicimos mal, Jesse! Recuerdas perfectamente con qué diligencia trabajamos. ¡Nuestra investigación era a prueba de bomba! Creo que eso de irte de la policía te ha llevado a remover malos recuerdos. ¡No podemos dar marcha atrás, nunca podremos deshacer lo que hicimos! Así que ¿por qué nos haces esto? ¿Por qué quieres reabrir este caso?

—¡Porque hay que hacerlo!

—¡No, de eso nada, Jesse! Mañana es tu último día de policía. ¿Qué cojones quieres ir a hacer en un marrón que ya no va contigo?

—He decidido no marcharme aún. No puedo irme de la policía así. ¡No puedo vivir con esto en la conciencia!

—¡Bueno, pues yo sí!

Hizo ademán de volver a meterse en casa, como para intentar terminar con aquella conversación que no quería tener.

—¡Ayúdame, Derek! —exclamé entonces—. Si no le llevo mañana al mayor una prueba concluyente de la relación entre Stephanie Mailer y la investigación de 1994, me obligará a cerrarla definitivamente.

Se volvió.

—¿Por qué haces esto, Jesse? —me preguntó—. ¿Por qué quieres revolver en toda esa mierda?

—Forma equipo conmigo, Derek...

—Hace veinte años que no he puesto los pies allí, Jesse. Así que ¿por qué quieres meterme a la fuerza en esto?

—Porque eres el mejor policía que conozco, Derek. Siempre has sido mucho mejor policía que yo. El capitán de nuestra unidad deberías ser tú, no yo.

—¡No vengas aquí a juzgarme, ni a darme lecciones de ética sobre cómo tendría que haber llevado mi carrera, Jesse! Sabes muy bien por qué he pasado los últimos veinte años detrás de una mesa rellenando papelotes.

—Creo que ahora tenemos la ocasión de arreglarlo todo, Derek.

—No hay nada que pueda arreglarse, Jesse. Si quieres entrar a tomar un trozo de pizza, bienvenido seas. Pero el tema del caso está cerrado.

Empujó la puerta de la casa.

—¡Te envidio, Derek! —le dije entonces.

Se volvió.

—¿Me envidias? Pero ¿qué podrías envidiarme?

—Que quieras y que te quieran.

Cabeceó, contrariado.

—Jesse, hace veinte años que se fue Natasha. Tendrías que haber rehecho tu vida hace mucho. A veces me da la impresión de que es como si estuvieras esperando a que volviera.

—Todos los días, Derek. Todos los días me digo que va a aparecer de nuevo. Cada vez que entro por la puerta de mi casa tengo la esperanza de encontrarla allí.

Suspiró.

—No sé qué decirte. Lo siento mucho. Deberías consultar con alguien. Tienes que seguir adelante con la vida, Jesse.

Se metió en casa y yo volví al coche. Cuando estaba a punto de arrancar, vi que Darla salía y se me acercaba con paso nervioso. Parecía enfadada y yo sabía por qué. Bajé el cristal de la ventanilla y ella exclamó:

—¡No le hagas esto, Jesse! No vengas a despertar a los fantasmas del pasado.

—Escucha, Darla...

—¡No, Jesse! ¡Escúchame tú! ¡Derek no se merece que le hagas esto! ¡Déjalo en paz de una puñetera vez con ese caso! ¡No le hagas esto! ¡Aquí no eres bien recibido si vienes a hurgar en el pasado! ¿Tengo que recordarte lo que pasó hace veinte años?

—¡No, Darla, no hace falta! No hace falta que me lo recuerde nadie. Lo recuerdo a diario. Todos los puñeteros días, Darla, ¿me oyes? Todas las puñeteras mañanas en cuanto me levanto y todas las noches al dormirme.

Me echó una mirada triste y me di cuenta de que se arrepentía de haber sacado el tema a relucir.

—Lo siento, Jesse. Ven a cenar, queda pizza y he hecho tiramisú.

—No, gracias. Me voy a casa.

Puse el coche en marcha.

Ya en casa, me serví una copa y saqué un clasificador que llevaba mucho sin tocar. Dentro había artículos desordenados fechados en 1994. Estuve mucho rato leyéndolos. Me detuve en uno de ellos.

LA POLICÍA HOMENAJEA A UN HÉROE

Ayer, en una ceremonia celebrada en el centro regional de la policía estatal, el sargento Derek Scott recibió una condecoración por su valor al salvarle la vida a su compañero, el inspector Jesse Rosenberg, durante la detención de un peligroso asesino culpable de haber matado a cuatro personas en los Hamptons este verano.

El timbre de la puerta de la calle me sacó de mis reflexiones. Miré la hora: ¿quién podía venir tan tarde? Cogí el arma, que había dejado encima de la mesa, delante de mí, y me acerqué sin hacer ruido a la puerta, desconfiado. Eché una ojeada por la mirilla: era Derek.

Le abrí y me quedé mirándolo en silencio. Se fijó en el arma.

—Crees de verdad que es algo serio, ¿eh? —me dijo.

Asentí.

—Enséñame lo que tienes, Jesse —añadió.

Saqué todas las piezas de que disponía y las extendí encima de la mesa del comedor. Derek estudió las fotos de las cámaras de vigilancia, la nota, el dinero en efectivo y los extractos de la tarjeta de crédito.

—Está claro que Stephanie gastaba más de lo que ganaba —le expliqué a Derek—. Solo el billete a Los Ángeles le costó novecientos dólares. Tenía a la fuerza otra fuente de ingresos. Hay que descubrir cuál.

Derek se concentró en los gastos de Stephanie. Le noté en la mirada un resplandor chispeante que no le veía hacía mucho. Tras pasarles revista minuciosamente a los gastos de la tarjeta, cogió un bolígrafo y rodeó una domiciliación mensual de sesenta dólares desde el mes de noviembre.

—Son cargos que hace una sociedad que se llama SVMA —me dijo—. ¿Ese nombre te dice algo?

—No, nada —le contesté.

Agarró mi portátil, que estaba encima de la mesa, y buscó en internet.

—Se trata de un servicio de guardamuebles de Orphea —me comunicó, volviendo la pantalla en mi dirección.

—¿Un guardamuebles? —dije, extrañado al acordarme de la charla con Trudy Mailer—. Según su madre, Stephanie tenía muy pocas cosas en Nueva York y se las había llevado directamente al piso de Orphea. Así que ¿por qué tener alquilado un guardamuebles desde el mes de noviembre?

El guardamuebles no cerraba nunca y decidimos ir en el acto. El vigilante, cuando le enseñé mi placa, miró el registro y nos indicó el número del local que tenía alquilado Stephanie.

Cruzamos un laberinto de puertas y de persianas bajadas y llegamos ante un cierre metálico con candado. Yo había llevado un cortafrío y reventé sin dificultad el mecanismo. Levanté el cierre mientras Derek iluminaba el local con una linterna.

Lo que nos encontramos nos dejó pasmados.

Derek Scott

Principios de agosto de 1994. Había transcurrido una semana desde el cuádruple asesinato.

Jesse y yo dedicábamos a la investigación todos nuestros recursos, trabajando en ella día y noche, sin preocuparnos ni de dormir, ni de los días libres, ni de las horas extraordinarias.

Teníamos el centro de operaciones en casa de Jesse y Natasha, mucho más acogedora que el frío despacho del centro de la policía estatal. Estábamos instalados en el salón, donde habíamos colocado dos catres, e íbamos y veníamos a nuestro aire. Natasha nos llevaba en palmitas. A veces se levantaba en plena noche para prepararnos algo de comer. Decía que era una buena forma de probar los platos que iba a tener en la carta de su restaurante.

—Jesse —decía yo con la boca llena y chupándome los dedos con lo que nos había hecho Natasha—, ni se te ocurra no casarte con esta mujer. Es absolutamente fantástica.

—Está previsto —me contestó una noche Jesse.

—¿Para cuándo? —exclamé alegre.

Sonrió:

—Pronto. ¿Quieres ver la sortija?

—¡Ya lo creo!

Desapareció un momento y volvió con un estuche que contenía un diamante espléndido.

—¡Dios mío, Jesse, es magnífica!

—Era de mi abuela —me explicó antes de guardársela de forma precipitada en el bolsillo porque llegaba Natasha.

*

Los análisis balísticos eran concluyentes: habían usado una sola arma, una pistola Beretta. Solo había una persona implicada en los asesinatos. Los expertos consideraban que seguramente se trataba de un hombre, no solo por la violencia del crimen, sino porque la puerta de la casa la habían reventado de un patadón. Por lo demás, ni siquiera estaba cerrada con llave.

A petición de la oficina del fiscal, una reconstrucción de los hechos permitió establecer lo que había acontecido: el asesino había abierto la puerta de la casa de la familia Gordon. La primera con quien se encontró fue Leslie Gordon, en la entrada, y le disparó de frente, en el pecho, casi a quemarropa. Después vio al niño en el salón y lo mató de dos tiros por la espalda, disparados desde el pasillo. El asesino había ido luego a la cocina, sin duda porque oyó ruido. El alcalde Joseph Gordon estaba intentando escapar al jardín por la puerta acristalada de la cocina. Le disparó cuatro veces en la espalda. El tirador había salido por el pasillo y la puerta de entrada. Ninguna bala había errado el blanco, así que era un tirador experto.

Se fue de la casa por la puerta principal y se topó con Meghan Padalin, que pasaba corriendo. Ella seguramente intentó huir y él la derribó con dos tiros por la espalda. Debió de actuar a cara descubierta porque después le disparó una vez más en la cabeza, a quemarropa, como para asegurarse de que estaba muerta y que no hablaría.

Dificultad añadida: había dos testigos indirectos, pero que no se encontraban en condiciones de contribuir de forma provechosa a la investigación. En el momento de los hechos, en Penfield Crescent no quedaba casi ningún vecino. De las ocho casas de la calle, una estaba en venta y quienes vivían en las otras cinco habían ido al Gran Teatro. En la última vivía la familia Bellamy y solo Lena Bellamy, joven madre de tres niños, se había quedado en casa aquella tarde con el más pequeño, que apenas tenía tres meses. Terrence, su marido, había ido al paseo marítimo con los dos mayores.

Lena Bellamy había oído, desde luego, las detonaciones, pero había pensado que eran fuegos artificiales que disparaban en el paseo marítimo con motivo del festival. Le había llamado la atención, sin embargo, inmediatamente antes de las deflagraciones, una camioneta negra que llevaba en el cristal trasero una pegatina grande, pero no la podía describir. Recordaba que había un dibujo, pero no se había fijado lo suficiente para recordar qué representaba.

El segundo testigo era un hombre que vivía solo. Albert Plant, que residía en una casa de una sola planta en una calle paralela. Condenado a desplazarse en silla de ruedas desde que había tenido un accidente, esa tarde no había salido de casa. Había oído los disparos cuando estaba cenando. Una serie de detonaciones le llamaron la atención, tanto como para salir al porche a escuchar lo que sucedía en el barrio. Tuvo la presencia de ánimo de mirar la hora: eran las siete y diez. Pero volvió a reinar un silencio absoluto y pensó que unos niños habían tirado unos petardos. Se quedó en el umbral, disfrutando de la bonanza del atardecer hasta que, una hora después, más o menos, a eso de las ocho y veinte, oyó a un hombre gritar y pedir ayuda. Llamó en el acto a la policía.

Una de nuestras primeras dificultades fue la ausencia de móvil. Para descubrir quién había matado al alcalde y a su familia, necesitábamos saber quién tenía un buen motivo para hacerlo. Ahora bien, los primeros datos de la investigación no arrojaban ningún resultado: habíamos interrogado a los vecinos de la ciudad, a los empleados municipales, a los familiares y a los amigos del alcalde y de su mujer; todo resultó inútil. La existencia de los Gordon parecía absolutamente tranquila. Ni enemigos conocidos, ni deudas, ni dramas, ni un pasado turbio. Nada. Una familia corriente. Leslie Gordon, la mujer del alcalde, era una maestra muy apreciada en la escuela de primaria de Orphea; y, en cuanto al alcalde propiamente dicho, sin que los comentarios acerca de él llegasen a la alabanza exagerada, sus conciudadanos le tenían bastante consideración y todos opinaban que lo volverían a elegir en los comicios municipales de septiembre, en los que el vicealcalde, Alan Brown, también se presentaba en una candidatura rival.

Una tarde en que repasábamos por enésima vez los documentos de la investigación, acabé por decirle a Jesse:

—¿Y si los Gordon no estaban a punto de salir huyendo? ¿Y si nos estuviéramos equivocando desde el principio?

—¿Adónde quieres ir a parar, Derek? —me preguntó Jesse.

—Pues a que nos hemos centrado en el hecho de que Gordon se encontraba en su casa y no en el Gran Teatro y tenía hecho el equipaje.

—Reconocerás —me argumentó Jesse— que es muy raro que el alcalde decida no aparecer en la inauguración de un festival que había fundado él mismo.

—A lo mejor, sencillamente, es que se le había hecho tarde —dije—. Y que estaba a punto de salir para allá. La ceremonia oficial no empezaba hasta las siete y media, aún le quedaba tiempo para ir al Gran Teatro. No hay ni diez minutos en coche. En cuanto a las maletas, a lo mejor los Gordon tenían previsto irse de veraneo. La mujer y el niño estaban de vacaciones todo el verano. Sería de lo más lógico. Tienen pensado irse al día siguiente temprano y quieren dejar hechas las maletas antes de ir al Gran Teatro porque saben que van a volver a las tantas.

—Y ¿cómo explicas que los matasen? —preguntó Jesse.

—Un atraco que se descontroló —sugerí—. Alguien que pensaba que los Gordon estarían ya en el Gran Teatro en aquellos momentos y que podía entrar libremente en la casa.

—Salvo que el supuesto atracador solo cogió, al parecer, sus vidas y nada más. Y ¿para entrar reventó la puerta de una patada? Vaya sistema tan poco discreto. Y, además, ninguno de los empleados municipales ha dicho que estuviera previsto que el alcalde se fuera de vacaciones. No, Derek, es otra cosa. Quien los asesinó quería eliminarlos. Una violencia semejante no deja ninguna duda.

Jesse sacó de la carpeta una foto del cadáver del alcalde tomada dentro de la casa y se quedó mirándola mucho rato antes de preguntarme:

—¿No hay nada que te extrañe en esta foto, Derek?

—¿Quieres decir aparte de que el alcalde esté en un charco de sangre?

—No llevaba ni traje ni corbata —me dijo Jesse—. Iba con ropa informal. ¿Qué alcalde iría a inaugurar un festival así vestido? No tiene ni pies, ni cabeza. ¿Sabes lo que pienso, Derek? Que el alcalde nunca tuvo intención de asistir a esa obra de teatro.

En las fotos de la maleta abierta que tenía Leslie Gordon al lado se veían a medias, dentro, unos álbumes de fotos y un adorno.

—Mira, Derek —añadió entonces Jesse—, Leslie Gordon estaba llenando una maleta con objetos personales cuando la mataron. ¿Quién se lleva de veraneo unos álbumes de fotos? Estaban huyendo. Quizá huían de quien los mató. Precisamente alguien que sabía que no iban a estar en el festival de teatro.

Natasha entró en la habitación en el momento en que Jesse terminaba la frase.

—¿Qué, chicos? —nos dijo con una sonrisa—. ¿Tenéis una pista?

—Nada —suspiré—. Aparte de una camioneta negra con un dibujo en el cristal trasero. Una cosa bastante imprecisa.

Nos interrumpió el timbre de la puerta.

—¿Quién es? —pregunté.

—Darla —me contestó Natasha—. Viene a mirar planos de las obras del restaurante.

Agarré los documentos y los metí en una carpeta.

—No puedes hablar de la investigación —conminé a Natasha cuando se disponía a abrir la puerta.

—De acuerdo, Derek —me aseguró con tono despreocupado.

—En serio, Nat —repetí—. Tenemos que mantener el secreto de la investigación. No deberíamos estar aquí, no deberías ver todo esto. Jesse y yo podríamos meternos en un lío.

—Te lo prometo —me aseguró Natasha—; no diré nada.

Natasha abrió la puerta y Darla, al entrar en el piso, se fijó enseguida en la carpeta que tenía yo en las manos.

—¿Qué? ¿Qué tal va la investigación? —preguntó.

—Bien —contesté.

—Venga, Derek, ¿eso es todo lo que tienes que contarme? —se encrespó Darla con tono travieso.

—La investigación es secreta —me limité a decir.

A mi pesar, la respuesta me había quedado un poco seca. Darla hizo una mueca irritada.

—La investigación es secreta, ¡y un cuerno! Estoy segura de que Natasha sí que está enterada de todo.

Jesse Rosenberg
Lunes 30 de junio de 2014
Veintiséis días antes de la inauguración

Desperté a Anna a la una y media de la mañana para que fuera a reunirse con Derek y conmigo en el guardamuebles. Conocía el sitio y llegó a los veinte minutos. La recogimos en el aparcamiento. La noche era calurosa y el cielo estaba cuajado de estrellas.

Tras presentarle a Derek, le dije a Anna:

—Derek ha descubierto dónde trabajaba Stephanie en su investigación.

—¿En un guardamuebles? —se extrañó.

Derek y yo asentimos a un tiempo con la cabeza antes de llevar a Anna, cruzando los pasillos de persianas metálicas. Nos detuvimos delante del número 234-A. Abrí el cierre y encendí la luz. Anna se encontró con una habitacioncita de dos metros por tres forrada de documentos, todos dedicados al cuádruple asesinato de 1994. Había artículos localizados en varios diarios de la zona de aquella época y, sobre todo, una serie de artículos del *Orphea Chronicle*. Había también ampliaciones de fotos de todas las víctimas y una foto de la casa del alcalde Gordon tomada la noche del asesinato y sacada, seguramente, de algún artículo. Se me veía a mí en primer plano con Derek y con un grupo de policías alrededor de una sábana blanca que ocultaba el cuerpo de Meghan Padalin. Stephanie había escrito encima con rotulador:

Lo que nadie vio.

No había más muebles que una mesita y una silla en la que podía suponerse que Stephanie se había pasado muchísimas horas, y, encima de ese escritorio improvisado, papeles y bolígrafos. En una hoja pegada a la pared, como para que destacara, había escrito:

Localizar a Kirk Harvey.

—¿Quién es Kirk Harvey? —preguntó Anna en voz alta.

—Era el jefe de policía de Orphea en la época del asesinato —le contesté—. Investigó con nosotros.

—Y ¿dónde está ahora?

—No tengo ni idea. Supongo que después de tantos años se habrá jubilado. Es imprescindible entrar en contacto con él: a lo mejor habló con Stephanie.

Rebuscando entre las notas amontonadas en el escritorio, yo había hecho otro descubrimiento.

—Anna, mira esto —dije, alargándole un trozo rectangular de papel.

Era el billete de avión de Stephanie a Los Ángeles. Había escrito encima:

La noche negra → Archivos de la policía

—Otra vez «la noche negra» —susurró Anna—. ¿Qué demonios querrá decir?

—Que su viaje a Los Ángeles tenía que ver con la investigación —sugerí—. Y ahora tenemos la absoluta certeza de que Stephanie sí que estaba investigando el cuádruple asesinato de 1994.

En la pared, había una foto del alcalde Brown tomada al menos veinte años antes. Hubiérase dicho que esa foto la habían sacado de un vídeo. Brown de pie, detrás de un micrófono, llevaba una hoja con anotaciones en la mano, como si estuviera dando un discurso. El trozo de papel estaba también rodeado de un trazo de rotulador. Lo que se veía en segundo plano recordaba el escenario del Gran Teatro.

—Podría ser una imagen del alcalde Brown pronunciando el discurso de inauguración del festival en el Gran Teatro la tarde de los asesinatos —dijo Derek.

—¿Cómo puedes saber que es la noche de los asesinatos? —le pregunté—. ¿Te acuerdas de lo que llevaba puesto aquella tarde?

Derek cogió de nuevo la foto del artículo de periódico en la que también aparecía Brown y dijo:

—Parece que lleva exactamente la misma ropa.

Nos pasamos toda la noche en el guardamuebles. No había cámaras y el guarda no había visto nada; nos explicó que estaba allí solo por si surgía algo, pero que nunca pasaba nada. Los clientes iban y venían a su aire, sin control y sin necesidad de hacer preguntas.

Se envió a la brigada científica de la policía estatal para que pasara revista al sitio aquel, cuyo minucioso registro permitió descubrir el ordenador de Stephanie escondido en el doble fondo de una caja de cartón, supuestamente vacía, pero cuyo peso extrañó al policía que la levantó para cambiarla de sitio.

—Esto es lo que buscaba quien prendió fuego al piso y entró a robar en el periódico —dije.

La policía científica se llevó el ordenador para analizarlo. Por nuestra parte, Anna, Derek y yo nos llevamos los documentos pegados en la pared del guardamuebles y los volvimos a colocar igual en el despacho de Anna. A las seis y media de la mañana, Derek, con los ojos hinchados de sueño, clavó con una chincheta la foto de la casa del alcalde Gordon, se quedó mirándola un buen rato y volvió a leer en voz alta lo que había escrito Stephanie: «Lo que nadie vio». Arrimó los ojos a pocos centímetros de la foto para estudiar los rostros de los presentes.

—Así que este es el alcalde Brown —nos recordó, señalando a un hombre con traje claro—. Y este otro —añadió apuntando con el dedo a una cabeza diminuta— es el jefe Kirk Harvey.

Yo tenía que regresar al centro regional de la policía estatal para dar cuenta de mis avances al mayor McKenna. Derek me acompañó. Cuando salíamos de Orphea, bajando por la calle principal que iluminaba el sol de la mañana, Derek, que volvía a encontrarse él también con Orphea veinte años después, me dijo:

—Aquí no ha cambiado nada. Como si no hubiera pasado el tiempo.

Una hora después estábamos en el despacho del mayor McKenna, quien escuchó, estupefacto, el relato de mi fin de semana. Con el descubrimiento del guardamuebles, ahora teníamos ya la prueba de que Stephanie estaba investigando el cuádruple asesinato de 1994 y que a lo mejor había descubierto algo importante.

—Maldita sea, Jesse —dijo por lo bajo McKenna—, ¿este caso nos va a estar persiguiendo toda la vida?

—Espero que no, mayor —le contesté—. Pero hay que llegar al fondo de este caso.

—¿Te das cuenta de lo que supone si os colasteis entonces?

—Soy completamente consciente de ello. Por eso querría que me mantuviese en la policía lo que tarde en acabar con esta investigación.

Suspiró.

—¿Sabes, Jesse? Me va a costar un montón de tiempo en papeleos y en explicaciones a los superiores jerárquicos.

—Me doy cuenta, mayor. Y lo siento mucho.

—Y ¿qué pasa con tu famoso proyecto que te convenció para irte de la policía?

—Puede esperar hasta que cierre el caso, mayor —le aseguré.

McKenna refunfuñó y sacó unos impresos de un cajón.

—Voy a hacer esto por ti porque eres el mejor policía que haya conocido en la vida.

—Se lo agradezco mucho, mayor.

—Lo que pasa es que ya le he dado tu despacho a alguien a partir de mañana.

—No necesito despacho, jefe. Voy a recoger mis cosas.

—Y no quiero que investigues solo. Te voy a poner un compañero. Desgraciadamente, los demás emparejamientos de esa unidad están ya completos porque tenías que irte hoy; pero no te preocupes, voy a buscarte a alguien.

Derek, que estaba sentado a mi lado, salió de su silencio.

—Estoy dispuesto a colaborar con Jesse, mayor. Es el motivo por el que estoy aquí.

—¿Tú, Derek? —dijo extrañado McKenna—. Pero ¿desde cuándo llevas sin salir a la calle?

—Desde hace veinte años.

—Si hemos encontrado el guardamuebles ha sido gracias a Derek —especifiqué.

El mayor volvió a suspirar. Yo me daba cuenta de que se estaba agobiando.

—Derek, ¿vas a decirme que quieres volver a meterte en la investigación que te impulsó a dejar la calle?

—Sí —contestó Derek con tono resuelto.

El mayor estuvo un buen rato mirándonos.

—¿Y tu arma reglamentaria, Derek? —preguntó por fin.

—En un cajón de mi escritorio.

—¿Todavía sabes usarla?

—Sí.

—Bueno, pues ten la bondad, a pesar de todo, de ir a vaciar un cargador en el polígono de tiro antes de andar por ahí con ese trasto en el cinturón. Señores, rematen esta investigación pronto y bien. No me apetece nada que se nos venga el mundo encima.

*

Mientras Derek y yo estábamos en el centro regional de la policía estatal, Anna no perdió el tiempo. Se había propuesto encontrar a Kirk Harvey, pero esa iniciativa iba a resultar muchísimo más complicada de lo que se había figurado. Dedicó horas a seguir la pista del antiguo jefe, pero en vano. Ya no tenía ni señas, ni número de teléfono. A falta de fuentes, recurrió a la única persona de quien podía fiarse en Orphea: su vecino Cody, a quien fue a ver en su librería, que estaba cerca de la redacción del *Orphea Chronicle*.

—Definitivamente, hoy no vendo ni una escoba —suspiró Cody al verla entrar.

Anna se percató de que al oír abrirse la puerta había albergado la esperanza de que fuera un cliente. Cody añadió:

—Espero que a los fuegos artificiales del Cuatro de Julio acuda algo más de gente. He tenido un mes de junio terrible.

Anna cogió una novela de un expositor.

—¿Está bien? —le preguntó al librero.

—Bastante bien.

—Me la llevo.

—Anna, no tienes por qué hacer eso...

—Me he quedado sin nada que leer. Me viene que ni pintado.

—Pero supongo que no es por eso por lo que has venido.

—No he venido «solo» por eso —dijo Anna, sonriéndole y alargándole un billete de cincuenta dólares—. ¿Qué puedes decirme del cuádruple asesinato de 1994?

Cody frunció el entrecejo.

—Hacía mucho que no había vuelto a oír hablar de esa historia. ¿Qué quieres saber?

—Solo tengo curiosidad por enterarme del ambiente de la ciudad por aquel entonces.

—Fue terrible —dijo Cody—. Por supuesto que la gente se quedó muy impresionada. Figúrate, una familia completamente aniquilada, y uno de los muertos era un niño. Y Meghan, la chica más dulce que se pueda uno imaginar y a la que todo el mundo adoraba aquí.

—¿La conocías bien?

—¿Que si la conocía bien? Trabajaba en la librería. Por entonces la tienda iba de maravilla y era sobre todo gracias a ella. Imagínate, una librera joven y guapa, entusiasta, encantadora, brillante. La gente venía de todo Long Island solo por ella. ¡Qué desperdicio! ¡Qué injusticia! Para mí fue un impacto terrible. Hubo un momento incluso en que me planteé dejarlo todo plantado y marcharme de aquí. Pero ¿dónde iba a ir? Tengo aquí todos mis lazos afectivos. ¿Sabes, Anna? Lo peor fue que todo el mundo cayó en la cuenta enseguida de que, si Meghan estaba muerta, había sido porque había reconocido al asesino de los Gordon. Lo cual quería decir que se trataba de uno de nosotros. Alguien a quien conocíamos; a quien veíamos en el supermercado, en la playa o incluso en la librería. Y, por desgracia, vimos que no estábamos equivocados cuando desenmascararon al culpable.

—¿Quién fue?

—Ted Tennenbaum, un hombre simpático, afable, que procedía de una buena familia. Un vecino activo y comprometido. Tenía un restaurante. Miembro del cuerpo de bomberos voluntarios. Había participado en la organización del primer festival.

Cody suspiró y añadió:

—No me gusta hablar de estas cosas, Anna, me trastorna mucho.

—Lo siento, Cody. Solo otra pregunta, la última: ¿te suena de algo el nombre de Kirk Harvey?

—Sí, era el antiguo jefe de policía de Orphea. El superior inmediato de Gulliver.

—Y ¿qué fue de él? Estoy intentando dar con su pista.

Cody la miró con una expresión muy rara.

—Desapareció de la noche a la mañana —le dijo, dándole el cambio y metiendo el libro en una bolsa de papel—. Nadie volvió a oír nunca hablar de él.

—¿Qué ocurrió?

—Nadie lo sabe. Desapareció un buen día del otoño de 1994.

—¿Quieres decir el mismo año del cuádruple asesinato?

—Sí, tres meses después. Por eso lo recuerdo. Fue un verano tremendo. La mayoría de los vecinos de la ciudad prefirieron olvidar lo que hubiera podido suceder aquí.

Mientras hablaba, cogió las llaves y se metió en el bolsillo el móvil, que estaba encima del mostrador.

—¿Te vas? —le preguntó Anna.

—Sí, voy a aprovechar que no hay nadie para ir a trabajar un rato con los demás voluntarios en el Gran Teatro. Por cierto, hace ya bastante que no se te ha visto el pelo.

—Ya lo sé; estoy un poco agobiada ahora mismo. ¿Te llevo? Precisamente quería ir al Gran Teatro para preguntarles a los voluntarios por Stephanie.

—Con mucho gusto.

El Gran Teatro estaba al lado del Café Athéna, es decir, en lo alto de la calle principal, casi enfrente de donde arrancaban el paseo marítimo y el puerto deportivo.

Como en todas las ciudades tranquilas, no había vigilancia en los accesos de los edificios públicos y Anna y Cody entraron en el teatro empujando la puerta principal sin más. Cruzaron por el *foyer* y luego por la sala, bajando por el pasillo central, entre las filas de butacas de terciopelo rojo.

—Imagínate este sitio dentro de un mes, lleno de gente —dijo Cody muy ufano—. Y todo gracias al trabajo de los voluntarios.

Aprovechó el impulso que llevaba para subir los peldaños del escenario y Anna le fue pisando los talones. Se metieron detrás del telón y llegaron entre bastidores. Pasado un laberinto de pasillos, abrieron una puerta tras la que zumbaba la colmena de los voluntarios, que se afanaban por doquier: algunos se ocupaban de las entradas, otros, de los aspectos logísticos. En una sala, se estaban preparando para pegar carteles y revisar los folletos que no tardarían en salir camino de la imprenta. En el taller, un equipo estaba ocupadísimo montando el armazón de un decorado.

Anna se tomó tiempo para charlar con todos los voluntarios. Muchos no habían ido la víspera al Gran Teatro para participar en el operativo de búsqueda de Stephanie y se acercaron espontáneamente para preguntarle si la investigación avanzaba.

—No tan deprisa como me gustaría —les dijo en confianza—. Pero sé que venía mucho al Gran Teatro. Me la encontré aquí en varias ocasiones.

—Sí —le dijo un señor bajito que llevaba la venta de entradas—, era para los artículos sobre los voluntarios. ¿A ti no te entrevistó, Anna?

—No —contestó ella.

Ni siquiera había caído en la cuenta.

—A mí tampoco —comentó un hombre que había llegado hacía poco a Orphea.

—Eso es seguramente porque lleváis aquí poco tiempo —sugirió alguien.

—Sí, es verdad —insistió otro—. No estabais aquí en 1994.

—¿En 1994? —dijo Anna extrañada—. ¿Stephanie os hablaba de 1994?

—Sí, lo que más le interesaba era el primer festival de teatro.

—¿Qué quería saber?

A esta pregunta Anna recibió respuestas variopintas, pero una de ellas surgió de forma recurrente. Stephanie había preguntado a todo el mundo acerca del bombero que estaba de servicio en el teatro la noche del estreno. Al recopilar los testimonios de los voluntarios, parecía como si procurase reconstruir con minuciosidad el programa de la velada.

Anna acabó por ir a reunirse con Cody en el cuchitril que le hacía las veces de despacho. Estaba instalado detrás de una mesa improvisada en la que había un ordenador viejo y montones de documentos revueltos.

—¿Ya has acabado de molestar a mis voluntarios, Anna? —bromeó.

—Cody, ¿no te acordarás por ventura de quién era el bombero de servicio la noche del estreno en 1994 y si todavía vive en Orphea?

Cody abrió mucho los ojos.

—¿Que si me acuerdo? Dios mío, Anna, está visto que hoy es el día de los fantasmas. Era Ted Tennenbaum, precisamente el autor del cuádruple asesinato de 1994. Y no vas a poder encontrarlo en ninguna parte porque está muerto.

Anna Kanner

En otoño de 2013, el ambiente campechano que reinaba en la comisaría cuando llegué duró poco más de dos días y cedió el sitio rápidamente a las primeras dificultades de integración. Surgieron, para empezar, en un detalle de organización. La primera pregunta que todos se hicieron fue qué iba a pasar con los aseos. En la zona de la comisaría reservada a los policías había aseos en todos los pisos, todos pensados para hombres, con hileras de urinarios y cabinas individuales.

—Hay que decidir que uno de los aseos es de mujeres —sugirió un policía.

—Sí, pero vaya complicación si hay que cambiar de piso para ir a mear —le contestó el vecino de fila.

—Podemos decir que son aseos mixtos —propuse para no complicar la situación—. A menos que eso le suponga un problema a alguien.

—A mí me parece penoso estar meando con una mujer; a saber qué está haciendo en la cabina que tengo detrás —aclaró uno de mis nuevos colegas que había hablado levantando la mano, como en la escuela.

—¿Se te atasca? —dijo uno con risa burlona.

La asistencia soltó la carcajada.

Se daba el caso de que la comisaría disponía, en la zona de visitantes, de aseos separados para hombres y mujeres, al lado mismo de la ventanilla de recepción. Quedó decidido que yo usara los aseos de las visitantes, cosa que me parecía bien. El hecho de tener que cruzar por la recepción de la comisaría siempre que quería ir a los aseos no me habría resultado una molestia de no ser porque un día me di cuenta de las risitas del agente de recepción, que contaba mis idas y venidas.

—Oye, hay que ver la de veces que mea esta —le dijo por lo bajo al compañero con quien estaba hablando repantigado en la ventanilla—. Ya van tres veces hoy.

—A lo mejor está con la regla —contestó el otro.

—O se tocará, pensando en Gulliver.

Soltaron la carcajada.

—Ya querrías tú que se tocase pensando en ti, ¿eh? ¿Has visto qué buena está?

El otro problema del reciente carácter mixto de la comisaría fue el del vestuario. La comisaría tenía nada más que un vestuario grande con duchas y taquillas, en el que los policías podían cambiarse al empezar y al finalizar el servicio. La consecuencia de mi llegada, y sin que yo le pidiera nada a nadie, fue que a todo el personal masculino se le prohibió entrar en el vestuario. En la puerta, debajo de la placa metálica en la que estaba grabado VESTUARIO, el jefe Gulliver colocó la mención «mujer», en singular, en una hoja de papel. «Ambos sexos tienen que tener cada uno su vestuario separado, es la ley —explicó Gulliver a sus tropas que miraban, estupefactas, lo que estaba haciendo—. El alcalde Brown ha insistido en que Anna debe tener un vestuario para cambiarse. Así que, señores, a partir de ahora se cambiarán en sus despachos». Todos los agentes que estaban allí empezaron a refunfuñar y yo propuse cambiarme en mi despacho, a lo que el jefe Gulliver se negó. «No quiero que los chicos te encuentren de pronto en braguitas; ya tenemos bastantes complicaciones.» Y añadió con una risa zafia: «Vale más que lleves los pantalones bien abrochados, lo pillas, ¿no?». Por fin, llegamos a un acuerdo: quedó decidido que me cambiaría en mi casa e iría directamente a la comisaría de uniforme. Todo el mundo quedó satisfecho.

Pero, al día siguiente, al verme salir de mi coche cuando llegué al aparcamiento de la comisaría, el jefe Gulliver me llamó a su despacho.

—Anna —dijo—, no quiero que vayas de uniforme en tu coche personal.

—Pero si no tengo un sitio para cambiarme en la comisaría —le expliqué.

—Ya lo sé. Por eso voy a poner a tu disposición uno de nuestros coches camuflados. Quiero que lo uses para los desplazamientos de tu casa a la comisaría cuando vayas de uniforme.

Así fue como me encontré con un coche oficial, un todoterreno negro con los cristales ahumados y las luces ocultas en la parte de arriba del parabrisas y la calandra.

Lo que yo no sabía es que solo había dos coches camuflados en el parque automovilístico de la policía de Orphea. El jefe Gulliver se había atribuido uno para su uso personal. El otro, que estaba en el aparcamiento, era el tesoro que todos mis compañeros codiciaban y resulta que ahora me lo daban a mí. Lo que, por supuesto, irritó a todos los demás policías.

—¡Es un privilegio! —se quejaron durante una reunión improvisada en la sala de descanso de la comisaría—. Acaba de llegar y ya tiene privilegios.

—Tenéis que escoger, chicos —les dije cuando me lo contaron—. Repartíos el coche y dejadme el vestuario, si lo preferís. A mí también me vale.

—¡Pues cámbiate en tu despacho en lugar de liarla! —me argumentaron—. ¿De qué tienes miedo? ¿De que te violen?

El episodio del coche fue la primera afrenta que le hice sin pretenderlo a Montagne. Hacía mucho que codiciaba el coche camuflado y yo se lo había quitado en sus propias narices.

—Tenía que haber sido para mí —se quejó a Gulliver—. ¡A fin de cuentas, soy el subjefe! Y ahora ¿qué parezco yo?

Pero Gulliver se negó rotundamente a escucharlo.

—Mira, Jasper —le dijo—, ya sé que es una situación complicada. Para todo el mundo y para mí el primero. Puedes estar seguro de que me habría encantado que no ocurriera. Las mujeres siempre crean tensiones en los equipos. Tienen que demostrar demasiadas cosas. ¡Y ni te cuento cuando se quede embarazada y tengamos que hacer horas extra para sustituirla!

Tras un drama llegaba el siguiente. Después de las cuestiones de orden práctico, vinieron las de mi legitimidad y mi competencia. Llegaba a la comisaría con el cargo de segunda adjunta del jefe, que habían creado para mí. La razón oficial era que, a lo largo de los años, al crecer la ciudad, las misiones de la policía de Orphea se habían vuelto de mayor importancia, sus efectivos habían aumentado y la llegada de un tercer oficial de mando debía proporcionar al jefe Gulliver y a su adjunto, Jasper Montagne, un necesario respiro.

De entrada, me preguntaron:

—¿Por qué han tenido que crear un cargo para ti? ¿Porque eres una mujer?

—No —expliqué—. Primero se creó el cargo y luego buscaron a quién nombrar.

Después les entraron las preocupaciones.

—Y ¿qué pasa si tienes que enfrentarte a un hombre? Quiero decir que no dejas de ser una mujer sola en un coche patrulla. ¿Puedes detener sola a un tío?

—¿Tú puedes?

—Pues claro.

—¿Entonces por qué no voy a poder yo?

Para terminar, me evaluaron.

—¿Tienes experiencia en la calle?

—Tengo experiencia en las calles de Nueva York —contesté.

—No es lo mismo —me objetaron—. ¿Qué hacías en Nueva York?

Tenía la esperanza de que mi currículum los impresionara.

—Era negociadora en una unidad de gestión de crisis. Intervenía continuamente. Rehenes, dramas familiares, amenazas de suicidio.

Pero mis colegas se encogían de hombros.

—No es lo mismo —me objetaron.

*

Pasé el primer mes con Lewis Erban de compañero, un policía viejo y cansado que se jubilaba y cuyo lugar en la plantilla ocupaba yo. Aprendí enseguida a patrullar de noche por la playa y el parque municipal, a multar a los infractores en la carretera, a intervenir en las broncas a la hora de cierre de los bares.

Demostré enseguida mi competencia en la calle, tanto en calidad de oficial superior como en las intervenciones, pero la convivencia cotidiana seguía siendo más complicada: el orden jerárquico que había prevalecido hasta aquel momento se había alterado. Durante años, el jefe Ron Gulliver y Montagne habían ejercido un mando bicéfalo, dos lobos al frente de la manada. Gulliver se jubilaba el 1 de octubre del siguiente año y todos estaban convencidos de que su sucesor iba a ser Montagne. De hecho, ya era Montagne quien mandaba en realidad en la comisaría, mientras Gulliver hacía como que daba órdenes. En el fondo, Gulliver era un hombre más bien simpático, pero un mal jefe, a quien manipulaba por completo Montagne, que hacía mucho que se había puesto por su cuenta al frente de la cadena de mando. Pero ahora había cambiado todo: con mi llegada al cargo de segunda adjunta del jefe, éramos ya tres los que mandábamos.

No hizo falta más para que Montagne iniciase una intensa campaña para desacreditarme. Dio a entender a los demás policías que más les valía no tener mucho trato conmigo. Nadie en la comisaría quería que lo mirase mal Montagne, así que mis compañeros evitaron con mucho cuidado toda relación que no fuera estrictamente profesional. Sabía que en los vestuarios, cuando los muchachos, al acabar el servicio, hablaban de ir a tomar unas cervezas, los sermoneaba: «No se os ocurra decirle a esa imbécil que vaya con vosotros. A menos que os apetezca pasaros los próximos diez años limpiando los retretes de la comisaría».

—Claro que no —contestaban los policías, dándole garantías de su fidelidad.

Aquella campaña de descrédito que orquestaba Montagne no me puso fácil integrarme en la ciudad de Orphea. Mis compañeros se mostraban reacios a verme después del servicio y siempre que los invité a cenar a ellos y a sus mujeres, todo acabó o en una negativa, o en una anulación de última hora, o incluso en un plantón. He perdido la cuenta de la cantidad de almuerzos dominicales que me pasé sola ante una mesa puesta para ocho o diez personas y cubierta de montones de comida. Mis actividades sociales eran muy limitadas: a veces salía con la mujer del alcalde, Charlotte Brown. Como me gustaba mucho el Café Athéna, en la calle principal, simpaticé un tanto con la dueña, Sylvia Tennenbaum, con quien charlaba a veces, aunque no puedo decir que llegásemos a hacernos amigas. Con quien más trato tenía era con mi vecino, Cody Illinois. Cuando me aburría, me iba a su librería, donde echaba una mano en ocasiones concretas. Cody era también el presidente de la asociación de voluntarios del festival de teatro, en la que acabé por darme de alta al acercarse el verano, lo que me garantizaba tener algo que hacer una tarde noche por semana para preparar el festival de teatro, que era a finales de julio.

En la comisaría, en cuanto me daba la impresión de que me iban aceptando un poco, Montagne volvía a la carga. Subió una marcha rebuscando en mi pasado y empezando a ponerme motes llenos de sobreentendidos: «Anna la gatillo» o «la asesina», antes de decirles a mis compañeros: «No os fieis, chicos, que Anna tiene el gatillo fácil». Se carcajeaba como un imbécil; luego añadió: «Anna, ¿está enterada la gente de por qué te fuiste de Nueva York?».

Una mañana, me encontré pegado en la puerta de mi despacho un recorte de periódico antiguo cuyo titular decía:

MANHATTAN: LA POLICÍA MATA A UN REHÉN
EN UNA JOYERÍA

Me presenté en el despacho de Gulliver enarbolando el trozo de periódico:

—¿Se lo ha dicho usted, jefe? ¿Es usted quien le ha contado esto a Montagne?

—No he tenido nada que ver, Anna —me aseguró.

—¡Entonces explíqueme por qué se ha enterado!

—Está en tu expediente, Anna. Habrá conseguido mirarlo de una u otra forma.

Montagne, decidido a librarse de mí, se las arreglaba para que me mandasen a las misiones más latosas o más ingratas. Cuando patrullaba sola por la ciudad o sus inmediaciones, con frecuencia recibía una llamada por radio de la comisaría: «Kanner, aquí central. Necesito que atiendas una llamada de emergencia». Iba a las señas indicadas con la sirena y las luces, y me daba cuenta al llegar de que se trataba de un incidente de poca monta.

¿Que unas ocas silvestres bloqueaban la carretera 17? Me tocaba a mí.

¿Que un gato se quedaba atrapado en un árbol? Me tocaba a mí.

¿Que una señora un tanto senil no dejaba de oír ruidos sospechosos y llamaba tres veces cada noche? También me tocaba a mí.

Incluso tuve el honor de que publicasen mi foto en el *Orphea Chronicle* junto a un artículo referido a unas vacas que se habían escapado de un cercado. Se me veía, ridícula y llena de barro, intentando desesperadamente llevar a una vaca a un campo tirándole de la cola, bajo el siguiente titular: LA POLICÍA EN ACCIÓN.

Por supuesto que debido a ese artículo mis compañeros me tomaron el pelo con más o menos gracia: me encontré un recorte en el limpiaparabrisas del coche camuflado que conducía yo en que una mano anónima había escrito con rotulador negro: «El ganado de Orphea». Y, como si no bastara con todo eso, mis padres vinieron a verme desde Nueva York ese fin de semana.

—¿Para esto te has venido aquí? —me preguntó mi padre al llegar, enarbolando una fotocopia del *Orphea Chronicle*—. ¿Has mandado a la mierda tu matrimonio para pastorear vacas?

—Papá, ¿vamos a empezar ya a pelearnos?

—No, pero creo que habrías sido una buena abogada.

—Ya lo sé, papá; llevas quince años diciéndomelo.

—¡Cuando pienso en todo el derecho que has estudiado para acabar de policía en una ciudad tan pequeña! ¡Qué desperdicio!

—Hago lo que me gusta. Eso tiene su importancia, ¿no?

—Voy a coger a Mark de socio —me comunicó entonces.

—¡Joder, papá! —suspiré—. ¿De verdad hay necesidad de que trabajes con mi exmarido?

—Es muy buen chico, ya sabes.

—¡Papá, no empieces! —le rogué.

—Está dispuesto a perdonarte. Podríais volver a estar juntos y tú podrías entrar en el bufete...

—Estoy orgullosa de ser policía, papá.

Jesse Rosenberg

Martes 1 de julio de 2014

Veinticinco días antes de la inauguración

Stephanie llevaba ocho días desaparecida.

En la comarca la gente ya solo hablaba de eso. Unos cuantos estaban convencidos de que era una huida voluntaria. La mayoría creía que le había sucedido una desgracia y se preocupaba, pensando en cuál iba a ser la siguiente víctima. ¿Una madre de familia yendo a la compra? ¿Una muchacha camino de la playa?

Aquella mañana del 1 de julio, Derek y yo quedamos con Anna para desayunar en el Café Athéna. Nos habló de la misteriosa desaparición de Kirk Harvey, de la que no nos habíamos enterado Derek y yo en su momento. Lo cual quería decir que había ocurrido después de estar ya resuelto el cuádruple asesinato.

—Me he pasado por los archivos del *Orphea Chronicle* —nos dijo Anna—. Y mirad lo que encontré buscando artículos sobre el primer festival de 1994.

Nos enseñó la fotocopia de un artículo que se titulaba:

EL GRAN CRÍTICO OSTROVSKI
NOS CUENTA SU FESTIVAL

Le eché una ojeada rápida al principio del artículo. Se trataba del punto de vista de Meta Ostrovski, el famoso crítico neoyorquino, acerca de esa primera edición del festival. De repente, se me detuvo la vista en una frase.

—Atiende —le dije a Derek—. El periodista le pregunta a Ostrovski cuáles han sido las sorpresas buenas y malas del festival y Ostrovski contesta: «La sorpresa buena es, desde luego (y todo el mundo coincidirá conmigo), la soberbia representación de *Tío Vania,* que Charlotte Carell convierte en sublime en el papel de Elena. En cuanto a la sorpresa mala es, sin lugar a dudas, el monólogo estrambótico de Kirk Harvey. Qué desastre del principio al fin, resulta indigno que un festival incluya en su programa a semejante nulidad. Diré incluso que es una ofensa a los espectadores».

—¿Dijo Kirk Harvey? —repitió Derek, incrédulo.

—Dijo Kirk Harvey —confirmó Anna, muy ufana con su hallazgo.

—¿Qué chanchullo es ese? —dije extrañado—. ¿El jefe de policía de Orphea participaba en el festival?

—Y hay más —añadió Derek—. Harvey investigó los asesinatos de 1994. Así que tenía relación con los asesinatos y con el festival.

—¿Sería por eso por lo que Stephanie quería localizarlo? —pregunté—. Tenemos que dar con él a toda costa.

Había un hombre que podía ayudarnos a buscar a Kirk Harvey: Lewis Erban, el policía cuyo lugar había ocupado Anna en Orphea. Toda su carrera la había hecho en la policía de Orphea, así que, por fuerza, había trabajado codo con codo con Harvey.

Anna, Derek y yo fuimos a verlo: nos lo encontramos cuidando un macizo de flores delante de su casa. Al ver a Anna se le iluminó la cara con una sonrisa simpática.

—Anna —le dijo—, ¡qué alegría! Eres la primera que viene a ver qué es de mi vida.

—Es una visita interesada —le confesó Anna sin rodeos—. Estos señores que me acompañan son de la policía estatal. Nos gustaría hablar contigo de Kirk Harvey.

Ya acomodados en la cocina, donde Lewis Erban insistió en invitarnos a un café, nos explicó que no tenía ni la más remota idea de lo que podía haber sido de Kirk Harvey.

—¿Ha muerto? —preguntó Anna.

—No lo sé. Lo dudo. ¿Qué edad tendrá ahora? Andará por los cincuenta y cinco.

—Así que desapareció en octubre de 1994, o sea inmediatamente después de resolverse el asesinato del alcalde Gordon y de su familia, ¿es eso? —siguió diciendo Anna.

—Sí, de la noche a la mañana. Dejó una carta de dimisión muy rara. Nunca se supo ni el cómo, ni el porqué.

—¿Hubo una investigación? —preguntó Anna.

—Pues no exactamente —contestó Lewis con expresión un tanto avergonzada y metiendo la nariz en la taza.

—¿Cómo que no? —dijo Anna dando un respingo—. ¿Vuestro jefe lo deja todo plantado y nadie intenta averiguar más?

—La verdad es que en la comisaría todo el mundo lo detestaba —contestó Erban—. Cuando desapareció, el jefe Harvey no controlaba ya a la policía. El poder lo había tomado su adjunto, Ron Gulliver. Los policías no querían ya tratar con él. Lo odiaban. Lo llamábamos «jefe solitario».

—¿«Jefe solitario»? —dijo Anna, sorprendida.

—Como lo oyes. Todo el mundo despreciaba a Harvey.

—Y, entonces, ¿por qué lo hicieron jefe? —intervino Derek.

—Porque al principio lo adorábamos. Era un hombre carismático y muy inteligente. Y un buen jefe, de propina. ¡Fanático del teatro! ¿Saben lo que hacía en su tiempo libre? ¡Escribía obras de teatro! Se pasaba los días de permiso en Nueva York, iba a ver todas las obras que ponían. Montó incluso una obra que tuvo cierto éxito con la compañía de estudiantes de la universidad de Albany. Hablaron de él en el periódico y todo eso. Y se echó una amiguita preciosa, una estudiante que trabajaba en la compañía. El colmo, vamos. El tío lo tenía todo a su favor, todo.

—Y, entonces, ¿qué pasó? —siguió preguntando Derek.

—La buena racha le duró un añito apenas —explicó Lewis Erban—. Animado por el éxito, escribió otra obra. Nos hablaba de ella continuamente. Decía que iba a ser una obra maestra. Cuando se creó el festival de teatro de Orphea, hizo cuanto pudo para que su obra fuera la función inaugural. Pero el alcalde Gordon no lo aceptó. Dijo que la obra era mala. Discutieron mucho por eso.

—Pero pese a todo la obra se programó en el festival, ¿no? He leído una crítica al respecto en los archivos del *Orphea Chronicle*.

—Interpretó un monólogo suyo. Fue un desastre.

Derek concretó:

—Lo que yo me pregunto es: ¿cómo Kirk Harvey pudo participar en el festival cuando el alcalde Gordon no quería que lo hiciera?

—¡Porque al alcalde lo liquidaron la noche de la inaugura-ción del festival! Fue el vicealcalde de entonces, Alan Brown, quien tomó las riendas de la ciudad y Kirk Harvey consiguió que incluyesen su creación en el programa. No sé por qué acep-tó Brown. Seguramente tenía problemas más importantes.

—Así que fue solo porque el alcalde Gordon murió por lo que Kirk Harvey pudo participar —fue mi conclusión.

—Exacto, capitán Rosenberg. Todas las noches en el segun-do tramo de la velada, en el Gran Teatro. Fue un fracaso total. No se puede imaginar lo penoso que era. Quedó en ridículo delante de todo el mundo. Por lo demás, para él fue el principio del fin: su reputación estaba por los suelos, su novia lo dejó, todo cayó en picado.

—Pero ¿fue por la obra por lo que los demás policías le cogieron manía a Harvey?

—No —contestó Lewis Erban—, no directamente al me-nos. Durante los meses anteriores al festival, Harvey nos comu-nicó que su padre tenía cáncer y que lo estaban tratando en un hospital de Albany. Nos explicó que iba a pedir un permiso sin sueldo para cuidarlo en lo que duraba el tratamiento. En la co-misaría se nos rompió el corazón con esa historia. Pobre Kirk, su padre estaba moribundo. Intentamos hacer colectas para compensar la falta del sueldo, organizamos varios actos, incluso cedimos días de nuestras vacaciones para dárselos y que pudiera seguir cobrando cuando no estaba. Era nuestro jefe y le tenía-mos aprecio.

—Y ¿qué pasó?

—Se descubrió el pastel: el padre, en realidad, estaba muy bien. Harvey se había inventado esa historia para ir a Albany a preparar su famosa obra de teatro. A partir de ese momento, nadie quiso ya saber nada de él, ni obedecerlo. Él se defendió diciendo que se había pillado los dedos con la mentira y que nunca hubiera podido imaginarse que íbamos todos a poner dinero para ayudarlo. Con lo cual nos irritamos más, porque eso quería decir que su forma de pensar era diferente de la nues-tra. A partir de ese día, no lo consideramos ya nuestro jefe.

—¿A qué época se remonta ese incidente?

—Lo descubrimos durante el mes de julio de 1994.

—Pero ¿cómo pudo la policía funcionar sin jefe de julio a octubre?

—Ron Gulliver se convirtió en jefe *de facto*. Los muchachos respetaban su autoridad, todo funcionó bien. Aquella situación no era ni pizca de oficial, pero a nadie le molestó porque, poco después, ocurrió el asesinato del alcalde Gordon y luego su sustituto, el alcalde Brown, tuvo que bregar durante los meses siguientes con casos más acuciantes.

—Sin embargo —reaccionó Derek—, colaboramos regularmente con Kirk Harvey durante la investigación del cuádruple asesinato.

—¿Y con quién más de la comisaría trataron? —le replicó Erban.

—Con nadie —admitió Derek.

—Y ¿no le pareció raro no tener contacto más que con Kirk Harvey?

—Ni siquiera me fijé en eso entonces.

—Ojo —aclaró Erban—, eso no quiere decir que nosotros descuidásemos el trabajo. No dejaba de ser un cuádruple asesinato. Todas las llamadas de los vecinos se tomaron en serio y también todas las solicitudes de la policía estatal. Pero, dejando eso aparte, Harvey llevó a cabo su investigación personal solo y metido en su rincón. Ese caso lo tenía completamente obsesionado.

—¿Así que había un expediente?

—Desde luego. Lo compiló Harvey. Tiene que estar en la sala de archivos.

—No hay nada —dijo Anna—. Solo una caja vacía.

—A lo mejor está en su despacho del sótano —sugirió Erban.

—¿Qué despacho del sótano? —preguntó Anna.

—En julio de 1994, cuando descubrimos la historia del cáncer de mentira del padre, todos los policías se presentaron en el despacho de Harvey para pedirle explicaciones. No estaba y entonces empezamos a rebuscar y nos dimos cuenta de que pasaba más tiempo escribiendo la obra de teatro que con las tareas de policía: había textos manuscritos y guiones. Decidimos hacer limpieza: metimos en la trituradora todo lo que no tenía que ver con su trabajo de jefe de la policía y les puedo asegurar que no quedó gran cosa. Luego, desenchufamos el ordenador, cogimos la silla y el escritorio y los trasladamos a una habitación del sótano. Un almacén de material, en medio de un caos gigantesco, sin ventanas, ni ventilación. Pensábamos que no aguantaría una semana, pero pese a todo permaneció en el sótano tres meses hasta que desapareció del mapa en octubre de 1994.

Nos quedamos un ratito pasmados con aquella escena de cuartelazo que había descrito Erban. Por fin, dije:

—Y, en vista de eso, ¿un día desapareció?

—Sí, capitán. Me acuerdo bien porque la víspera quería a toda costa hablarme de su caso.

*

Orphea, finales de octubre de 1994

Al entrar en los aseos de la comisaría, Lewis Erban se encontró con Kirk Harvey, que se estaba lavando las manos.

—Lewis, tengo que hablar contigo —le dijo Harvey.

Al principio, Erban hizo como que no oía. Pero, como Harvey lo miraba fijamente, le dijo en un susurro:

—Kirk, no quiero que me enfilen los demás.

—Mira, Lewis, ya sé que la cagué...

—Pero, joder, Kirk, ¿cómo se te ocurrió? Todos renunciamos a días de permiso por ti.

—¡No os había pedido nada! —protestó Harvey—. Había cogido un permiso sin sueldo. No molestaba a nadie. Sois vosotros los que os metisteis donde no debíais.

—Así que ¿ahora resulta que la culpa es nuestra?

—Mira, Lewis, estás en tu derecho si me odias. Pero necesito que me ayudes.

—Olvídate. Si los muchachos se enteran de que hablo contigo, voy a acabar yo también en el sótano.

—Entonces, vamos a quedar en otro sitio. Esta noche en el aparcamiento del puerto deportivo, a eso de las ocho. Te lo contaré todo. Es muy importante. Tiene que ver con Ted Tennenbaum.

*

—¿Ted Tennenbaum? —repetí.

—Sí, capitán Rosenberg —me confirmó Lewis—. Por supuesto que no fui. Que me vieran con Harvey era como coger la sarna. Esta conversación fue la última que tuve con él. Al día siguiente, al llegar a la comisaría, me enteré de que Ron Gulliver se había encontrado en su despacho una carta suya firmada de puño y letra encima del escritorio en la que le comunicaba que se había ido y no volvería nunca a Orphea.

—¿Cuál fue su reacción? —preguntó Derek.

—Pensé que de buena nos habíamos librado. Sinceramente, era lo mejor para todo el mundo.

Tras irnos de casa de Lewis Erban, Anna nos dijo:

—En el Gran Teatro, Stephanie hacía preguntas a los voluntarios para saber el horario exacto de Ted Tennenbaum la noche del cuádruple asesinato.

—Mierda —dijo por lo bajo Derek.

Le pareció que debía ser más específico:

—Ted Tennenbaum era...

—... el que cometió el cuádruple asesinato en 1994, ya lo sé —lo interrumpió Anna.

Derek añadió entonces:

—Al menos eso es lo que hemos estado creyendo durante veinte años. ¿Qué había descubierto sobre él Kirk Harvey y por qué no nos lo dijo?

Ese mismo día, recibimos de la policía científica el análisis del contenido del ordenador de Stephanie: en el disco duro solo había un documento, en Word y protegido con una contraseña que los informáticos habían podido saltarse con facilidad.

Lo abrimos, apiñados los tres delante del ordenador de Stephanie.

—Es un texto —dijo Derek—. Su artículo, seguramente.

—Más bien parece un libro —comentó Anna.

Estaba en lo cierto. Al leer el documento descubrimos que Stephanie dedicaba un libro entero al caso. Copio aquí el principio:

NO CULPABLE
por Stephanie Mailer

El anuncio estaba entre otros dos, uno de un zapatero y otro de un restaurante chino que ofrecía un bufé libre por menos de veinte dólares:

¿QUIERE ESCRIBIR UN LIBRO DE ÉXITO?
LITERATO BUSCA ESCRITOR AMBICIOSO PARA TRABAJO
SERIO. REFERENCIAS INDISPENSABLES.

De entrada, no me lo tomé en serio. Intrigada, decidí pese a todo marcar el número indicado. Me contestó un hombre cuya voz no reconocí de inmediato. Solo caí en la cuenta cuando me encontré con él en el café SoHo donde habíamos quedado.

—¿Usted? —dije asombrada al verlo.

Parecía tan sorprendido como yo. Me explicó que necesitaba a alguien para escribir un libro que le andaba dando vueltas por la cabeza hacía mucho.

—Va a hacer veinte años que pongo ese anuncio, Stephanie —me dijo—. Todos los candidatos que han ido respondiendo durante estos años eran a cuál más impresentable.

—Pero ¿por qué busca a alguien para escribir un libro por usted?

—No, por mí no. Un libro para mí. Le doy un argumento y usted escribe.

—¿Por qué no lo escribe usted?

—¿Yo? ¡Imposible! ¿Qué diría la gente? ¿Se lo imagina...? Concretando: yo me hago cargo de todos sus gastos mientras escribe. Y luego ya no tendrá que volver a preocuparse.

—¿Por qué? —pregunté.

—Porque ese libro la convertirá en una escritora rica y famosa; y a mí, en un hombre con más paz. Tendré por fin la satisfacción de tener respuestas a unas preguntas que llevan veinte años obsesionándome. Y la felicidad de ver que ese libro existe. Si da con la clave del enigma, será una novela policíaca maravillosa. Los lectores se van a chupar los dedos.

Hay que reconocer que el libro resultaba apasionante. Stephanie contaba que había conseguido que la contratasen en el *Orphea Chronicle* para tener una tapadera e investigar con calma el cuádruple asesinato de 1994.

Sin embargo, resultaba difícil diferenciar entre lo que era relato y lo que era ficción. Si se limitaba a describir la realidad de los hechos, ¿quién era entonces ese misterioso patrocinador que le había pedido que escribiera ese libro? Y ¿por qué? No mencionaba su nombre, pero parecía indicar que se trataba de un hombre a quien conocía y que, aparentemente, estaba en el Gran Teatro la noche del cuádruple asesinato.

—A lo mejor es por eso por lo que me tiene tan obsesionado ese suceso. Yo estaba en la sala, viendo la obra que se representaba. Una versión muy mediocre de *Tío Vania*. Y resulta que la tragedia auténtica y apasionante estaba ocurriendo a pocas calles de allí, en el barrio de Penfield. Desde aquella noche, me pregunto a diario qué pudo pasar; y me digo a diario que esa historia sería una novela policíaca fantástica.

—Pero, por la información que yo tengo, descubrieron al asesino. Se trataba de un tal Ted Tennenbaum, el dueño de un restaurante de Orphea.

—Ya lo sé, Stephanie. También sé que todos los indicios confirman su culpabilidad. Pero no estoy del todo convencido. Aquella tarde era el bombero de servicio en el teatro. Ahora bien, poco antes de las siete, salí a la calle para estirar las piernas y vi pasar una camioneta. Se la podía identificar con facilidad por la curiosa pegatina del cristal trasero. Mucho después caí en la cuenta, al leer los periódicos, de que era el vehículo de Ted Tennenbaum. El problema era que quien iba al volante no era él.

—¿Qué historia de una camioneta es esa? —preguntó Anna.

—La camioneta de Ted Tennenbaum es uno de los puntos centrales que condujeron a su detención —explicó Derek—. Un testigo dejó firmemente establecido que estaba aparcada delante de la casa del alcalde antes de los asesinatos.

—¿Así que era efectivamente su camioneta, pero él no iba al volante? —preguntó Anna.

—Eso es lo que parece afirmar este hombre —dije—. Y por eso vino Stephanie a decirme que nos habíamos equivocado de culpable.

—¿Así que por lo visto hay alguien que duda de su culpabilidad y lleva sin decir nada todo este tiempo? —preguntó Derek.

Para los tres había un detalle muy claro: si Stephanie hubiera desaparecido voluntariamente, nunca se habría ido sin el ordenador.

Por desgracia, nuestro convencimiento iba a resultar acertado: a la mañana siguiente, miércoles 2 de julio, una ornitóloga aficionada que se paseaba al amanecer por las inmediaciones del lago de los Ciervos se fijó en un bulto que flotaba a lo lejos entre nenúfares y juncos. Intrigada, cogió los prismáticos. Tardó bastantes minutos en caer en la cuenta: era un cuerpo humano.

Derek Scott

Agosto de 1994. La investigación estaba atascada: no teníamos ni sospechoso, ni móvil. En el supuesto de que el alcalde Gordon y su familia estuvieran, en efecto, a punto de salir huyendo de Orphea, no teníamos ni idea de adónde iban, ni por qué. No habíamos dado con ningún indicio, con ninguna pista. Nada en el comportamiento de Leslie, ni de Joseph Gordon había puesto sobre aviso a sus allegados, en sus extractos bancarios no había nada anómalo.

Para seguirle la pista al asesino sin haber entendido aún el móvil del crimen, necesitábamos datos concretos. Gracias a los expertos en balística, sabíamos que el arma que habían usado para los asesinatos era una pistola Beretta; y, a juzgar por la precisión de los disparos, el asesino tenía un entrenamiento relativamente bueno. Pero naufragábamos en los registros de armas y también en las listas de miembros de los clubs de tiro.

Contábamos, sin embargo, con un elemento importante que podría cambiar el curso de la investigación: ese famoso vehículo que había visto en la calle Lena Bellamy justo antes de los asesinatos. Por desgracia, no era capaz de acordarse ni del más mínimo detalle. Recordaba vagamente una camioneta negra con un dibujo llamativo en el cristal trasero.

Jesse y yo nos pasábamos horas con ella, enseñándole imágenes de todos los vehículos posibles e imaginables.

—¿Era más bien de este tipo? —le preguntábamos.

Miraba con atención las fotos que le pasaban por delante de los ojos.

—La verdad es que resulta difícil de decir —contestaba.

—Cuando dice camioneta, ¿se refiere más bien a una furgoneta? ¿O más bien a una *pick-up*?

—Y ¿en qué se diferencian? Cuantos más coches me enseñan, más se me emborronan los recuerdos, ¿saben?

Pese a toda la buena voluntad de Lena Bellamy, no avanzábamos. Y teníamos el tiempo en contra. El mayor McKenna nos presionaba muchísimo.

—¿Y bien? —nos preguntaba continuamente—. Decidme que tenéis algo, chicos.

—Nada, mayor. Es un auténtico rompecabezas.

—Maldita sea, tenéis que avanzar como sea. No me digáis que me he equivocado con vosotros. Es un caso muy gordo y toda la brigada está esperando a que metáis la pata. ¿Sabéis lo que se murmura de vosotros en la máquina de café? Que sois unos aficionados. Vais a quedar como unos gilipollas, voy a quedar como un gilipollas y todo esto va a ser muy desagradable para todo el mundo. Venga, necesito que solo penséis en esta investigación. Cuatro muertos a plena luz del día, ¡a la fuerza tiene que haber en alguna parte algo a lo que hincar el diente!

Solo vivíamos para la investigación. Veinte horas al día y siete días por semana. No hacíamos más que eso. Yo me había mudado, como quien dice, a casa de Jesse y de Natasha. En su cuarto de baño ahora había tres cepillos de dientes.

La investigación dio un vuelco gracias a Lena Bellamy.

Diez días después de los asesinatos, su marido la llevó a cenar un día a la calle principal. Desde aquella terrible noche del 30 de julio, Lena no había salido de casa. Estaba preocupada y angustiada. Ya no dejaba ir a los niños a jugar al parque de enfrente. Prefería llevarlos más lejos, aunque tardase cuarenta y cinco minutos en coche. Estaba pensando incluso en mudarse. Su marido, Terrence, deseoso de distraerla, consiguió finalmente que accediese a que salieran ellos dos solos. Quería probar un restaurante nuevo del que todo el mundo hablaba y que estaba en la calle principal, al lado del Gran Teatro: el Café Athéna. Era el nuevo sitio de moda, había abierto justo a tiempo para el festival. La gente se peleaba por reservar: por fin había un restaurante digno de ese nombre en Orphea.

El atardecer estaba muy agradable. Terrence dejó el coche en el aparcamiento del puerto deportivo y fueron dando un paseo tranquilo hasta el restaurante. El sitio era estupendo y contaba con una terraza rodeada de macizos de flores, toda ella alumbrada con velas. La fachada del restaurante era una cristalera muy grande en la que habían dibujado una serie de rayas y de puntos que, a primera vista, parecían un dibujo tribal antes de que uno se diera cuenta de que se trataba de una lechuza.

Al ver aquella cristalera, Lena Bellamy empezó a temblar, petrificada.

—¡Es el dibujo! —le dijo a su marido.

—¿Qué dibujo?

—El que vi en la parte de detrás de la camioneta.

Terrence Bellamy nos avisó en el acto desde una cabina telefónica. Jesse y yo fuimos a toda prisa a Orphea y nos encontramos a los Bellamy encerrados en su coche, en el aparcamiento del puerto deportivo. Lena Bellamy lloraba. Con mayor motivo porque, entretanto, la famosa camioneta había aparcado delante del Café Athéna: el logo del cristal trasero era efectivamente idéntico al del escaparate. Lo conducía un hombre de estatura y anchura imponentes a quien los Bellamy habían visto meterse en el establecimiento. Pudimos identificarlo por la matrícula: se trataba de Ted Tennenbaum, el dueño del Café Athéna.

Decidimos no precipitarnos en detener a Tennenbaum y empezar por investigarlo con discreción. Y nos dimos cuenta enseguida de que encajaba con el perfil que estábamos buscando: Tennenbaum había comprado un arma corta hacía un año —aunque no era una Beretta— y se entrenaba con mucha regularidad en una galería de tiro de la zona cuyo propietario nos indicó que se le daba muy bien.

Por la información que teníamos, Tennenbaum procedía de una familia acomodada de Manhattan, era esa clase de hijos de papá impulsivos y que no escatiman los puñetazos. Por su propensión a la gresca lo habían expulsado de la universidad de Stanford e incluso había pasado unos cuantos meses en la cárcel. Lo que no había sido óbice para que, más adelante, comprase un arma. Llevaba afincado en Orphea unos cuantos años y, en apariencia, no se había hecho notar. Trabajó en el Palace del Lago antes de abrir su propio negocio: el Café Athéna. Y precisamente el Café Athéna había metido a Ted Tennenbaum en una grave desavenencia con el alcalde.

Tennenbaum, seguro de que su restaurante iba a ser un bombazo, había comprado un local muy bien ubicado en la calle principal y cuyo propietario pedía un precio tan alto que los demás aspirantes a comprarlo se habían desanimado. Pero había un problema muy importante: la calificación catastral no permitía abrir un restaurante en aquel sitio. Tennenbaum estaba convencido de que el alcalde consentiría sin problemas un chanchullo para hacerle un favor, pero no había sido esa la opinión del alcalde Gordon. Se opuso ferozmente al proyecto del Café Athéna. Tennenbaum tenía previsto convertirlo en un establecimiento de postín, como los que había en Manhattan, y Gordon no veía en ello ningún interés para Orphea. Se negó a cualquier cambio del catastro y los empleados del ayuntamiento refirieron muchas broncas entre ambos.

Descubrimos entonces que, una noche de febrero, un incendio destruyó por completo el edificio. Fue una feliz circunstancia para Tennenbaum: como era necesario reconstruirlo por completo, se podía cambiar la calificación. Fue el jefe Harvey quien nos refirió ese episodio.

—Así que nos está diciendo que, gracias a ese incendio, Tennenbaum pudo abrir el restaurante.

—Eso mismo.

—Y supongo que el incendio fue provocado.

—Por supuesto. Pero no dimos con nada que pudiera demostrar que lo hiciera Tennenbaum. En cualquier caso, como todo sucede por algún motivo, el incendio ocurrió a tiempo de que Tennenbaum pudiera hacer las obras y abrir el Café Athéna justo antes del festival. Desde entonces está siempre a tope. Tennenbaum no habría podido permitirse que las obras se retrasaran ni un poquito.

Y aquel punto fue el que iba a resultar determinante. Porque varios testigos afirmaron que Gordon había amenazado implícitamente a Tennenbaum con demorar las obras. El subjefe Gulliver nos contó en concreto que había tenido que intervenir cuando los dos hombres estaban a punto de llegar a las manos en plena calle.

—¿Por qué no nos había hablado nadie de ese litigio con Tennenbaum? —dije, extrañado.

—Porque ocurrió en el mes de marzo —me contestó Gulliver—. Se me había ido de la cabeza. Ya sabe que, en cuestiones políticas, los ánimos se acaloran enseguida. Tengo historias así a puñados. Hay que asistir a las sesiones del ayuntamiento: los concejales se pasan la vida sacándose los ojos. Lo cual no quiere decir que lleguen a pegarse tiros.

Pero Jesse y yo teníamos ya de sobra. Una investigación a prueba de bomba: Tennenbaum tenía un móvil para matar al alcalde, era un tirador experto y habían identificado sin lugar a dudas su camioneta delante de la casa de los Gordon minutos antes de la matanza. En la madrugada del 12 de agosto de 1994 detuvimos a Ted Tennenbaum en su casa por los asesinatos de Joseph, Leslie y Arthur Gordon y de Meghan Padalin.

Llegamos triunfalmente al centro regional de la policía estatal y metimos en una celda a Tennenbaum ante los ojos admirados de nuestros colegas y del mayor McKenna.

Pero nuestra gloria no duró sino pocas horas. Lo que tardó Ted en recurrir a Robin Starr, una eminencia del colegio de abogados de Nueva York, que llegó desde Manhattan en cuanto la hermana de Tennenbaum le hubo entregado una provisión de fondos de cien mil dólares.

En la sala de interrogatorios, Starr nos humilló de mala manera ante los ojos decepcionados del mayor y de todos nuestros compañeros, que se tiraban por el suelo de risa y nos estaban observando desde detrás de un espejo de doble cara.

—He conocido a policías muy cortitos —dijo a voces Robin Starr—, pero ustedes son el colmo. Vuelva a contarme su versión, sargento Scott.

—No tiene por qué darse esos aires de superioridad —le contesté—. Sabemos que su cliente tenía un contencioso con el alcalde Gordon desde hacía meses por las obras de rehabilitación del Café Athéna.

Starr me miró con expresión intrigada:

—Me parece que las obras ya han terminado. ¿Dónde está el problema, sargento Scott?

—La construcción del Café Athéna no podía tolerar ningún retraso y sé que el alcalde Gordon había amenazado a su cliente con pararlo todo. Tras el enésimo enfrentamiento, Ted Tennenbaum acabó por matar al alcalde, a su familia y a esa pobre chica que había salido a correr y pasaba por delante de la casa. Pues, como ya sabrá usted, señor abogado, su cliente es un tirador experto.

Starr asintió, irónico.

—Qué arte tiene para mezclarlo todo, sargento. Me deja con la boca abierta.

Tennenbaum no decía nada y se limitaba a dejar que su abogado hablase por él, lo que hasta el momento funcionaba bastante bien. Starr siguió diciendo:

—Si ya ha acabado con sus fantasías, permítame ahora darles respuesta. Mi cliente no podía estar en casa del alcalde Gordon el 30 de julio a las siete de la tarde por la sencilla y excelente razón de que estaba de bombero de guardia en el Gran Teatro. Puede preguntar a cualquiera que se hallara entre bastidores y le dirá que vio a Ted.

—Había bastantes idas y venidas aquella noche. A Ted le daría tiempo a largarse. Solo estaba a pocos minutos en coche de casa del alcalde.

—¡Ah, claro, sargento! Así que su teoría es que mi cliente se metió corriendo en su camioneta para una breve visita a casa del alcalde, mató a todos los que se le pusieron por delante y luego se volvió tranquilamente a su puesto en el Gran Teatro.

Decidí enseñar mis triunfos. Lo que creía que iba a ser el tiro de gracia. Tras un momento de silencio intimidante, le dije a Starr:

—Identificaron sin lugar a dudas la camioneta de su cliente delante de la casa de la familia Gordon pocos minutos antes de los asesinatos. Esa es la razón por la que su cliente está en comisaría y es también la razón por la que no saldrá de aquí más que para ir a una cárcel federal a la espera de comparecer ante un tribunal.

Starr me miró con severidad. Creí haber dado en el blanco. Y entonces rompió a aplaudir.

—Bravo, sargento. Y gracias. Hacía mucho que no me divertía tanto. ¿Así que su castillo de naipes se fundamenta en esa rocambolesca historia de la camioneta? ¿De una camioneta que su testigo fue incapaz de reconocer durante diez días antes de recobrar de repente la memoria?

—¿Cómo puede usted estar al tanto de eso? —dije yo, sorprendidísimo.

—Porque yo cumplo con mi trabajo, que es lo contrario de lo que hace usted —se encrespó Starr—. ¡Y debería saber que ningún juez admitirá ese testimonio de pacotilla! Así que no tiene ninguna prueba tangible. Su investigación es digna de un *boy scout*. Debería usted avergonzarse, sargento. Y si no tiene nada que añadir, mi cliente y yo nos despedimos ahora mismo.

Se abrió la puerta de la sala. Era el mayor, que nos fulminó con la mirada. Dejó salir a Starr y a Tennenbaum y, cuando ya se habían ido, entró en la habitación. Mandó una silla a paseo de una patada rabiosa. Nunca lo había visto tan iracundo.

—Y ¿esta es vuestra gran investigación? —exclamó—. ¡Os había pedido que avanzarais, no que hicierais lo primero que se os ocurriera!

Jesse y yo bajamos la vista. No dijimos nada y el resultado fue que el mayor se irritó todavía más.

—¿Qué tenéis que decir, eh?

—¡Tengo el convencimiento de que lo hizo Tennenbaum, mayor! —dije.

—¿Qué tipo de convencimiento, Scott? ¿Un convencimiento de policía? ¿Que no os va a dejar ni dormir, ni comer hasta que el caso esté cerrado?

—Sí, mayor.

—¡Pues venga! ¡Fuera de aquí los dos echando leches y a seguir investigando!

–6
Asesinato de una periodista

Miércoles 2 de julio-martes 8 de julio de 2014

Jesse Rosenberg
Miércoles 2 de julio de 2014
Veinticuatro días antes del festival

En la carretera 117 un tropel de vehículos de emergencia, de camiones de bomberos, de ambulancias y de coches de policía procedentes de toda la comarca tenía taponado el acceso al lago de los Ciervos. La policía desviaba el tráfico de la autopista y había acordonado con cinta de balizamiento los prados colindantes, de un extremo a otro del bosque, tras la cual unos agentes montaban guardia e impedían el paso a los curiosos y los periodistas que iban llegando.

A pocas decenas de metros de allí, al pie de una pendiente suave, entre hierbas altas y arbustos de arándanos, Anna, Derek y yo, así como el jefe Gulliver y un puñado de policías, contemplábamos en silencio el paisaje de cuento de hadas del extenso lago cubierto de plantas acuáticas. En pleno centro, se veía claramente una mancha de color entre la vegetación: era un montón de carne blanca. Un cuerpo humano estaba enganchado en los nenúfares.

Era imposible decir a distancia si se trataba de Stephanie. Estábamos esperando a los submarinistas de la policía estatal. Mientras tanto, observábamos, impotentes y silenciosos, la extensión de agua mansa.

En una de las orillas de enfrente, unos policías, al querer acercarse, se habían quedado empantanados en el barro.

—¿Esta zona no la habían registrado? —le pregunté al jefe Gulliver.

—No llegamos hasta aquí. Es un sitio poco accesible. Y, además, entre el barro y los juncos, las orillas están intransitables...

Oímos sirenas a lo lejos. Acudían refuerzos. Luego llegó el alcalde Brown, a quien acompañaba Montagne, que había ido a buscarlo al ayuntamiento para traerlo aquí. Por fin se presentaron también las unidades de la policía estatal y fue el principio del zafarrancho de combate: algunos policías y bomberos trajeron botes neumáticos, y detrás llegaron los submarinistas, que llevaban pesadas cajas de material.

—¿Qué está pasando en esta ciudad? —susurró el alcalde mientras se reunía con nosotros sin apartar la vista de las suntuosas extensiones de nenúfares.

Los submarinistas se pusieron deprisa el equipo y echaron al agua los botes neumáticos. El jefe Gulliver y yo nos subimos a uno. Avanzamos por el lago y, rápidamente, nos siguió otro bote en que iban los submarinistas. Las ranas y las aves acuáticas se callaron de repente y, cuando pararon los motores de las embarcaciones, reinó un penoso silencio. Los botes, aprovechando el impulso, hendieron la alfombra de nenúfares en flor y no tardaron en llegar a la altura del cuerpo. Los submarinistas se metieron en el agua y desaparecieron entre una nube de burbujas. Me puse en cuclillas en la proa de la embarcación y me incliné hacia el agua para observar mejor el cuerpo, que estaban desenganchando los hombres rana. Cuando consiguieron por fin darle la vuelta, me eché hacia atrás bruscamente. La cara deformada por el agua que me estaban poniendo delante era, en efecto, la de Stephanie Mailer.

La noticia del hallazgo del cuerpo de Stephanie Mailer ahogada en el lago de los Ciervos se adueñó de la comarca. Acudieron los curiosos y se agolparon a lo largo del cordón policial. También abundaban los medios de comunicación locales. Todo el arcén de la carretera 17 se convirtió en algo así como una verbena gigantesca y ruidosa.

En la orilla, adonde habían llevado el cuerpo, el médico forense, el doctor Ranjit Singh, procedió a las primeras comprobaciones antes de reunirnos a Anna, a Derek, al alcalde Brown, al jefe Gulliver y a mí para hacer una recapitulación.

—Creo que la han estrangulado —nos dijo.

El alcalde Brown se tapó la cara con las manos. El forense siguió diciendo:

—Habrá que esperar los resultados de la autopsia para saber exactamente qué ocurrió, pero ya he encontrado unos grandes hematomas en el cuello y señales de cianosis generalizada.

Presenta también arañazos en brazos y rostro, así como rasguños en codos y rodillas.

—¿Por qué no la vieron antes? —preguntó Gulliver.

—A los cuerpos sumergidos hay que darles tiempo para que suban a la superficie. A juzgar por el estado de este, el fallecimiento ocurrió hace ocho o nueve días. Más de una semana, en cualquier caso.

—Lo que nos lleva a la noche de la desaparición —dijo Derek—. Así que a Stephanie la raptaron y la mataron.

—¡Dios mío! —susurró Brown pasándose la mano por el pelo, aterrado—. ¿Cómo es posible? ¿Quién ha podido hacerle eso a esta pobre chica?

—Eso es lo que vamos a descubrir —contestó Derek—. Se halla usted ante una situación muy grave, señor alcalde. Hay un asesino en la región y quizá en su ciudad. Todavía no sabemos nada de por qué lo ha hecho y no podemos descartar que vuelva a actuar. Hasta que lo detengamos, habrá que ser muy prudentes. Quizá activar un plan de seguridad *in situ* con la policía estatal para que le sirva de apoyo a la de Orphea.

—¿Un plan de seguridad? —se encrespó Brown—. ¡Cómo se le ocurre, va a alarmar a todo el mundo! ¿No lo entiende? Orphea es una ciudad de veraneo. ¡Si corre el rumor de que anda rondando por aquí un asesino, la temporada de verano se va al carajo! ¿Se da cuenta de lo que eso supone para nosotros?

El alcalde Brown se volvió entonces hacia el jefe Gulliver y Anna:

—¿Cuánto tiempo pueden retener esta información? —les preguntó.

—Ya está enterado todo el mundo, Alan —le dijo Gulliver—. El rumor ya ha corrido por toda la comarca. Eche un vistazo allí arriba, al borde de la carretera, ¡es un auténtico circo!

De repente, nos interrumpieron unos gritos: acababan de llegar los padres de Stephanie. Aparecieron en lo alto de la orilla. «¡Stephanie!», chilló Trudy Mailer, espantada; la seguía su marido. Derek y yo, al verlos correr cuesta abajo, nos abalanzamos para impedirles que avanzasen más y ahorrarles que vieran el cadáver de su hija, que yacía en la orilla y a punto de que lo metiesen en una bolsa.

—No puede ver algo así, señora —le dije en voz baja a Trudy Mailer, que se abrazaba a mí.

Rompió a gritar y a llorar. Llevamos a Trudy y a Dennis Mailer a una unidad móvil de la policía adonde iría a verlos una psicóloga.

Había que hablar con los medios de comunicación. Yo prefería dejar que el alcalde se hiciera cargo del asunto. Gulliver, que no quería perder ni una oportunidad de salir por televisión, insistió en acompañarlo.

Subieron los dos hasta el perímetro de seguridad tras el que se impacientaban periodistas que habían acudido de toda la zona. Había cadenas de televisión regionales, fotógrafos y también prensa escrita. Cuando llegaron el alcalde Brown y Gulliver, una selva de micrófonos y de objetivos se volvió hacia ellos. Con una voz que sobresalía sobre todas las demás, Michael Bird hizo la primera pregunta:

—¿Han asesinado a Stephanie Mailer?

Hubo un silencio escalofriante.

—Hay que esperar a que avancen las investigaciones —contestó el alcalde Brown—. Nada de conclusiones apresuradas, por favor. A su debido tiempo, emitiremos un comunicado oficial.

—Pero a quien han encontrado en el lago es a Stephanie Mailer, ¿verdad? —siguió preguntando Michael.

—No puedo decirle más.

—Todos hemos visto llegar a sus padres, señor alcalde —insistió Michael.

—Parece, en efecto, que se trata de Stephanie Mailer —a Brown, acorralado, no le quedó más remedio que confirmarlo—. Sus padres no la han identificado todavía de manera oficial.

Lo asaltó en el acto un barullo de preguntas procedentes de todos los demás periodistas que estaban allí. Volvió a alzarse la voz de Michael entre la gente apiñada.

—Así que han asesinado a Stephanie —dijo a modo de conclusión—. No vaya ahora a decirnos que el incendio de su piso es una coincidencia. ¿Qué pasa en Orphea? ¿Qué les está usted ocultando a los vecinos, señor alcalde?

Brown mantuvo la sangre fría y contestó con voz serena.

—Comprendo que se haga esas preguntas, pero es importante que deje trabajar a los investigadores. De momento, no voy a hacer comentarios, no quiero arriesgarme a perjudicar el trabajo de la policía.

Michael, visiblemente alterado y con nuevos bríos, volvió a exclamar:

—Señor alcalde, ¿piensa mantener las celebraciones del Cuatro de Julio con la ciudad de luto?

El alcalde Brown, desprevenido, no tuvo sino una fracción de segundo para contestar:

—De momento, dispongo que los fuegos artificiales del Cuatro de Julio se cancelen.

Un murmullo corrió entre los periodistas y los curiosos.

Mientras, Anna, Derek y yo estábamos mirando las orillas del lago para tratar de entender cómo había llegado hasta aquí Stephanie. Derek opinaba que había sido un crimen precipitado.

—A mí me parece —dijo— que cualquier asesino un poco meticuloso le habría puesto un lastre al cuerpo para asegurarse de que tardara mucho tiempo en subir. La persona que lo hizo no había previsto matarla aquí, ni de esta forma.

La mayor parte de las orillas del lago de los Ciervos —y por eso eran un paraíso ornitológico— resultaban inaccesibles a pie porque las cubría un cañaveral extensísimo y denso, que se erguía como una muralla. En esa auténtica selva virgen anidaban y vivían, muy tranquilas, decenas de especies de aves. Otra de las zonas la bordeaba directamente un pinar tupido que bordeaba la carretera 17 hasta llegar al océano.

De entrada, nos pareció que a pie solo se podía llegar por la orilla por la que habíamos venido nosotros. Pero, al observar con atención la topografía del lugar, nos fijamos en que las hierbas altas, por el lado del bosque, las habían aplastado hacía poco. Nos costó mucho trabajo acercarnos, el suelo era blando y pantanoso. Descubrimos entonces una zona llana, que salía del pinar, donde estaba removido el barro. Resultaba imposible afirmarlo, pero hubiérase dicho que eran huellas de pasos.

—Aquí ha ocurrido algo —afirmó Derek—. Pero dudo mucho de que Stephanie tomase el mismo camino que nosotros. Es escarpadísimo. Creo que la única forma de llegar a esta orilla...

—¿Es cruzar por el pinar? —sugirió Anna.

—Eso mismo.

Con la ayuda de un puñado de policías de Orphea, emprendimos un registro minucioso de esa franja del pinar. Descubrimos ramas rotas y señales de que había pasado alguien. Enganchado en un matorral, había un trozo de tela.

—Podría ser un trozo de la camiseta que llevaba Stephanie el lunes —les dije a Anna y a Derek, recogiéndolo con unos guantes de látex.

Tal y como la había visto en el agua, Stephanie llevaba un zapato nada más. En el pie derecho. Encontramos el zapato izquierdo en el pinar, enganchado detrás de un tocón.

—Así que iba corriendo por el pinar —fue la conclusión a la que llegó Derek—; estaba intentando huir de alguien. En caso contrario se habría parado para calzarse.

—Y su perseguidor seguramente la alcanzó al llegar al lago y luego la ahogó —añadió Anna.

—Es probable que tengas razón, Anna —asintió Derek—. Pero ¿vino corriendo hasta aquí desde la playa?

Había más de cinco millas entre ambos lugares.

Siguiendo las huellas del paso por el pinar, fuimos a dar a la carretera. A unos doscientos metros del cordón policial.

—Debió de entrar por ahí —dijo Derek.

En ese lugar, aproximadamente, nos llamaron la atención en el arcén huellas de neumáticos. Así que su perseguidor iba en coche.

*

En ese mismo momento, en Nueva York

En las oficinas de la *Revista de Letras de Nueva York,* Meta Ostrovski miraba por la ventana de su despacho una ardilla que brincaba por el césped de un parque. En un francés casi perfecto, estaba contestando a la entrevista telefónica de una revista intelectual parisina de muy segunda fila que sentía curiosidad por saber su opinión acerca de la acogida de la literatura europea en Estados Unidos.

—¡Por supuesto! —exclamó Ostrovski con tono festivo—. Si hoy soy uno de los críticos más eminentes del mundo es porque llevo treinta años siendo intransigente. La disciplina de una mente insensible, ese es mi secreto. Y, sobre todo, nunca tiene que gustar nada. ¡Eso es una muestra de debilidad!

—Sin embargo —objetó la periodista desde París—, hay algunas malas lenguas que afirman que los críticos literarios son escritores fracasados...

—Sandeces, querida amiga —respondió Ostrovski con risa sarcástica—. Nunca, repito, *nunca* he conocido a un crítico que soñase con escribir. Los críticos están por encima de tal cosa. Escribir es un arte menor. Escribir es juntar palabras que luego forman frases. ¡Incluso un mono medio amaestrado puede hacerlo!

—¿Cuál es el papel del crítico entonces?

—Dejar establecida la verdad. Permitir a las masas que separen lo bueno de lo que no vale nada. Ya sabe que solo una ínfima parte de la población puede darse cuenta por sí sola de qué es bueno de verdad. Por desgracia, como actualmente todo el mundo quiere opinar de todo y hemos visto cómo ensalzaban auténticas birrias, a nosotros, los críticos, no nos queda más remedio que poner un poco de orden en ese circo. Somos la policía de la verdad intelectual. Así de sencillo.

Tras terminar la entrevista, Ostrovski se quedó pensativo. ¡Qué bien había hablado! ¡Qué interesante era! Y la analogía de los monos y los escritores... ¡qué idea tan brillante! En pocas palabras había resumido la decadencia de la humanidad. ¡Qué orgulloso estaba de que su pensamiento fuera tan ágil y su cerebro, tan portentoso!

Una secretaria exhausta abrió sin llamar la puerta del desordenado despacho.

—¡Llame antes de entrar, joder! —berreó Ostrovski—. Es el despacho de un hombre importante.

Aborrecía a esa mujer porque sospechaba que tenía tendencia a deprimirse.

—El correo de hoy —dijo ella sin tomar siquiera en cuenta el comentario.

Dejó una carta encima de un montón de libros que estaban esperando a que los leyeran.

—¿Una carta solo? —preguntó Ostrovski, decepcionado.

—No hay más —respondió la secretaria saliendo de la habitación y cerrando la puerta tras de sí.

¡Qué desgracia que el correo se hubiera vuelto tan cicatero! En la época de *The New York Times,* recibía sacos enteros de cartas entusiastas de lectores que no se perdían ni una de sus críticas, ni una de sus crónicas. Pero eso era antes: en los hermosos días de antaño, los de su omnipotencia, un tiempo que había quedado atrás. Ahora ya no le escribían, no lo reconocían ya por la calle, en las salas de espectáculos no recorría un murmullo la cola de espectadores cuando pasaba él, los escritores no se quedaban ya de plantón delante de su casa para darle su libro antes de abalanzarse sobre el suplemento literario del domingo siguiente con la esperanza de leer una reseña. ¡Cuántas carreras había propiciado con la irradiación de sus críticas, cuántos nombres había destruido con sus frases asesinas! ¡Había elevado al cielo, había echado por tierra! Pero eso era antes. Ahora ya no lo temían como lo habían temido. Sus críticas solo las leían ya los lectores de la *Revista,* muy prestigiosa, cierto es, pero con mucha menos difusión.

Al despertarse aquella mañana, Ostrovski había tenido un presentimiento. Iba a acontecer algo importante que daría un impulso nuevo a su carrera. Se dio cuenta entonces de que era la carta. Esa carta era importante. Su instinto no lo engañaba nunca, a él, que podía saber si un libro era bueno solo por la impresión que le daba al cogerlo. Pero ¿qué podía haber en aquella carta? No quería darse demasiada prisa en abrirla. ¿Por qué una carta y no una llamada telefónica? Pensó con ahínco: ¿y si fuera un productor que quería hacer una película sobre su vida? Tras haber mirado un rato más, con el corazón palpitante, el sobre maravilloso, lo rasgó y sacó con cuidado la hoja de papel que había dentro. Fue directamente a la firma: «Alan Brown, alcalde de Orphea».

Querido señor Ostrovski:

Nos colmaría de satisfacción acogerlo este año en el XXI festival de teatro de Orphea, en el estado de Nueva York. Su reputación de crítico es de sobra conocida y su presencia en el festival sería un inmenso honor para nosotros. Hace veinte años nos hizo felices con su presencia en la primera edición de nuestro festival. Sería una extraordinaria alegría poder celebrar nuestros veinte años con usted. Por supuesto, todos los gastos de su estancia corren por nuestra cuenta y lo alojaremos con las mayores comodidades.

La carta concluía con las habituales expresiones de respeto. La acompañaba un programa del festival y también un folleto de la oficina de turismo de la ciudad.

¡Qué decepción aquella carta de mala muerte! ¡Carta de mala muerte, ni pizca de importante, de un alcalde de mala muerte de una ciudad de mala muerte en el quinto pino! ¿Por qué no lo invitaban a acontecimientos más prestigiosos? Tiró el correo a la papelera.

Para pensar en otra cosa, decidió escribir su siguiente crítica para la *Revista*. Como solía hacer, antes de entregarse a ese ejercicio, cogió la última relación de libros más vendidos de Nueva York, fue subiendo por la lista con el dedo hasta el de mayores ventas y escribió un texto asesino sobre aquella novela lamentable que ni siquiera había abierto. Lo interrumpió la alarma del ordenador anunciándole que acababa de llegar un correo electrónico. Ostrovski alzó los ojos hacia la pantalla. Era Steven Bergdorf, el redactor jefe de la *Revista*, quien le escribía. Se preguntó qué demonios querría Bergdorf: había intentado llamarlo antes, pero estaba ocupado con la entrevista. Ostrovski abrió el mensaje:

Meta, como no se digna coger el teléfono, le escribo para decirle que queda usted despedido de la *Revista* con efecto inmediato. Steven Bergdorf.

Ostrovski se levantó de la silla de un brinco y se abalanzó fuera del despacho, cruzó el pasillo y abrió de golpe la puerta del redactor jefe, que estaba sentado ante su escritorio.

—¡HACERME ESTO A MÍ! —vociferó.

—¡Anda, mira, Ostrovski! —dijo plácidamente Bergdorf—. Llevo dos días queriendo hablar con usted.

—¿Cómo se atreve a despedirme, Steven? ¿Ha perdido la cabeza? ¡La ciudad de Nueva York va a crucificarlo! La multitud enfurecida lo llevará a rastras por todo Manhattan hasta Times Square y allí lo colgará de una farola, ¿me oye? Y yo no podré ya hacer nada por usted. Les diré: «¡Deteneos! ¡Dejad a ese pobre hombre, que no era consciente de lo que hacía!», y ellos me responderán, locos de rabia: «Solo la muerte puede vengar la afrenta hecha al Gran Ostrovski».

Bergdorf miró atentamente a su crítico con expresión de duda:

—¿Me está amenazando de muerte, Ostrovski?

—¡Ni-mu-cho-me-nos! —se defendió Ostrovski—. Todo lo contrario: le salvo la vida mientras está aún en mi mano hacerlo. ¡El pueblo de Nueva York quiere a Ostrovski!

—Vamos, hombre, ¡déjese ya de camelos! A los neoyorquinos les importa usted un carajo. No saben ni quién es. Es una antigualla.

—¡He sido el crítico más temido en estos últimos treinta años!

—Pues por eso mismo; ya es hora de cambiar.

—¡Los lectores me adoran! Soy...

—«Dios, pero en mejor» —lo interrumpió el redactor jefe—. Ya me sé su eslogan, Ostrovski. Usted, más que nada, es demasiado viejo. Retírese. Ya es hora de que le ceda el sitio a la nueva generación. Lo siento.

—¡Los actores se meaban encima solo con saber que yo estaba en el teatro!

—¡Sí, pero eso era antes, en tiempos del telégrafo y de los dirigibles!

Ostrovski se contuvo para no cruzarle la cara. No quería rebajarse llegando a las manos. Dio media vuelta sin despedirse, la peor de las ofensas según él. Volvió a su despacho, pidió a la secretaria una caja de cartón y amontonó dentro sus más valiosos recuerdos antes de salir huyendo con ella. Nunca en la vida lo habían humillado tanto.

*

Orphea se encontraba en plena ebullición. Entre el hallazgo del cadáver de Stephanie y el anuncio del alcalde de que se cancelaban los fuegos artificiales del Cuatro de Julio, los vecinos estaban fuera de sí. Mientras Derek y yo seguíamos con la investigación a orillas del lago de los Ciervos, llamaron a Anna de refuerzo al ayuntamiento, donde acababa de empezar una manifestación. Delante del edificio municipal, un grupo de manifestantes, todos ellos comerciantes de la ciudad, se había reunido para pedir que se mantuvieran los fuegos artificiales. Esgrimían pancartas y se quejaban de la situación.

—Si no hay fuegos artificiales el viernes por la noche, yo ya puedo ir echando el cierre —protestó un individuo bajo y calvo que regentaba un puesto de comida mexicana—. Es mi mejor noche de toda la temporada.

—Yo me he gastado mucho en alquilar un espacio en el paseo marítimo y en contratar personal —explicó otro—. ¿El ayuntamiento me va a devolver el dinero si se cancelan los fuegos artificiales?

—Lo que le ha sucedido a la jovencita esa es espantoso, pero ¿qué tiene que ver con la fiesta nacional? Todos los años van miles de personas al paseo para ver los fuegos artificiales. Llegan temprano, aprovechan para dar una vuelta por las tiendas de la calle principal y luego comen en los restaurantes de la ciudad. ¡Si los quitan, la gente no vendrá!

Era una manifestación muy tranquila. Anna decidió reunirse con el alcalde Brown en su despacho de la segunda planta. Se lo encontró de pie ante la ventana. La saludó sin dejar de observar a los manifestantes.

—Las alegrías de la política, Anna —le dijo—. Con este asesinato que tiene conmocionada a la ciudad; si sigo adelante con los festejos, soy un insensible. Y, si los cancelo, soy un inconsciente que lleva a los comerciantes a la ruina.

Hubo un momento de silencio. Anna, finalmente, intentó animarlo un poco:

—La gente de por aquí lo quiere mucho, Alan...

—Por desgracia, Anna, corro el riesgo de que no me vuelvan a elegir en septiembre. Orphea no es ya la ciudad que era y los vecinos piden cambios. Necesito un café. ¿Quieres un café?

—Con mucho gusto —contestó ella.

Anna pensaba que el alcalde iba a pedirle dos cafés a su auxiliar, pero se la llevó al pasillo, al final del cual había una máquina de bebidas calientes. Metió una moneda. Un líquido negruzco cayó en un vasito de cartón.

Alan Brown tenía muy buena planta, una mirada profunda y un porte de actor. Iba siempre hecho un pincel y llevaba el pelo entrecano impecablemente peinado. El primer café estaba listo, se lo alargó a Anna y repitió la operación para él.

—Y, si no lo reeligieran —le preguntó Anna tras humedecer los labios en aquel café infame—, ¿sería tan grave?

—Anna, ¿sabes lo que me gustó de ti la primera vez que te vi en el paseo marítimo, el verano pasado?

—No...

—Compartimos unos ideales firmes y las mismas ambiciones para nuestra sociedad. Habrías podido hacer una carrera soberbia de policía en Nueva York. Y yo hace mucho que habría podido dejar que me convencieran las sirenas de la política e intentar que me eligieran para el Senado o para el Congreso. Pero, en el fondo, a nosotros son cosas que no nos interesan, porque lo que podemos hacer en Orphea nunca podríamos hacerlo en Nueva York, ni en Washington, ni en Los Ángeles, es decir, la idea de una ciudad justa, de una sociedad que funcione sin demasiadas desigualdades. Cuando el alcalde Gordon me ofreció la vicealcaldía, en 1992, estaba todo por hacer. Esta ciudad era como una página en blanco. Me ha sido dado moldearla ciñéndome a mis convicciones, intentando siempre pensar en lo que fuera «justo», en lo que fuera lo mejor para el bien de nuestra comunidad. Desde que soy alcalde, la gente se gana mejor la vida, ha visto mejorar su existencia cotidiana gracias a servicios de mayor calidad y más prestaciones sociales, y todo eso sin subir los impuestos.

—Entonces, ¿por qué piensa que los ciudadanos de Orphea no lo van a volver a elegir este año?

—Porque el tiempo pasa y se les ha olvidado. Ha transcurrido casi una generación desde mi primer mandato. Ahora han cambiado las expectativas y también las exigencias, porque todo se considera un derecho adquirido. Y, además, Orphea, al haberse transformado en una ciudad próspera, despierta los apetitos y hay un montón de ambiciosillos que aspiran a un poco de poder y ya se ven en el ayuntamiento. Las próximas elecciones podrían ser el comienzo del fin de esta ciudad, que se va a echar a perder por culpa de un sucesor al que moverán el ansia de poder y la sed egoísta por gobernar.

—¿Su sucesor? ¿Quién es?

—Todavía no lo sé. Pero pronto le veremos las orejas al lobo, créeme. Hasta finales de mes se pueden presentar candidaturas a la alcaldía.

El alcalde Brown poseía una capacidad de recuperación increíble. Anna se dio cuenta de ello cuando lo acompañó a casa de los padres de Stephanie, en Sag Harbor, al final del día.

Delante de la casa de los Mailer, que protegía un cordón policial, el ambiente echaba chispas. Se había aglomerado en la calle una muchedumbre compacta. Unos eran curiosos, a los que atraía el jaleo, y otros querían hacer partícipe de su solidaridad a la familia. Muchos de los presentes llevaban una vela. Habían improvisado un altar contra una farola a cuyo alrededor amontonaban flores, mensajes y peluches. Algunas personas cantaban, otras rezaban, y también estaban las que hacían fotos. Había asimismo muchos periodistas, llegados de toda la comarca, de hecho parte de la acera la tenían invadida las furgonetas de las televisiones locales. En cuanto apareció el alcalde Brown, los periodistas se abalanzaron hacia él para preguntarle por la cancelación de los fuegos artificiales del Cuatro de Julio. Anna quiso apartarlos para que pudiera pasar sin tener que responder, pero él la detuvo. Quería hablar con los medios. El hombre que, poco antes, se hallaba acorralado en su despacho estaba ahora brioso y seguro de sí mismo.

—He atendido a las preocupaciones de los comerciantes de nuestra ciudad —manifestó—. Los comprendo perfectamente y me hago cargo de que cancelar los festejos del Cuatro de Julio podría poner en peligro una economía local que está ya muy tocada. Así que, después de consultar con mis asesores, he decidido mantener los fuegos artificiales y dedicarlos a la memoria de Stephanie Mailer.

Satisfecho del efecto causado, el alcalde no contestó a las preguntas y siguió su camino.

A última hora de aquella tarde, tras haber acompañado a Brown a su casa, Anna se detuvo en el aparcamiento del puerto deportivo, frente al océano. Eran las ocho. Por las ventanillas bajadas, el calor delicioso del atardecer entró en el coche. No le apetecía quedarse sola en casa y menos aún ir a cenar sin compañía a un restaurante.

Llamó a su amiga Lauren. Pero estaba en Nueva York.

—No lo entiendo, Anna —le dijo Lauren—. Cuando cenamos juntas te largas en cuanto puedes y, cuando estoy en Nueva York, quieres quedar para cenar.

Anna no estaba de humor para explicaciones. Colgó y fue a comprar comida para llevar a un *snack-bar* del paseo marítimo. Luego se marchó a su despacho de la comisaría y cenó mientras miraba la pizarra de la investigación. De repente, cuando tenía los ojos clavados en el nombre de «Kirk Harvey» escrito en la pizarra, se acordó de lo que había dicho Lewis Erban la víspera sobre la mudanza forzosa al sótano del antiguo jefe de la policía. Había, efectivamente, un local que hacía las veces de trastero y decidió bajar en el acto. Al abrir la puerta, notó una extraña sensación de malestar. Se estaba imaginando a Kirk Harvey allí mismo veinte años atrás.

La luz no funcionaba, tuvo que alumbrarse con la linterna. El lugar estaba atestado de sillas, armarios, mesas cojas y cajas de cartón. Se abrió camino por ese cementerio de muebles hasta llegar a un escritorio de madera lacada, cubierto de polvo y con varios objetos desperdigados por encima, entre los que le llamó la atención una placa de mesa metálica con el nombre JEFE K. HARVEY grabado. Era su escritorio. Abrió los cuatro cajones. Tres se encontraban vacíos. El cuarto ofrecía resistencia. Tenía cerradura y estaba echada la llave. Cogió una palanqueta del taller contiguo y la emprendió con el resbalón, que cedió con facilidad, y el cajón se abrió con un golpe seco. Dentro había una hoja de papel amarillento en que habían escrito a mano:

LA NOCHE NEGRA.

Anna Kanner

No hay nada que me agrade más que las noches de patrulla por Orphea.

No hay nada que me agrade más que las calles tranquilas y en paz, envueltas en el calor de las noches de verano de cielo azul marino cuajado de estrellas. Circular despacio por los barrios apacibles y dormidos, con las contraventanas cerradas. Cruzarse con un paseante insomne o con vecinos felices que aprovechan las horas nocturnas para quedarse en vela en la terraza y, cuando pasas, te saludan amistosamente con la mano.

No hay nada que me agrade más que las calles del centro de la ciudad en las noches de invierno, cuando empieza a nevar de pronto y el suelo se cubre enseguida de una gruesa capa de polvo blanco. Ese rato en que eres la única persona despierta, cuando los quitanieves no han empezado aún con su danza, y eres la primera que deja marcas en la nieve virgen. Salir del coche, patrullar a pie por el parque y oír cómo cruje la nieve bajo los pasos, y llenarse deliciosamente los pulmones de ese frío seco y tonificante.

No hay nada que me agrade más que sorprender el paseo de un zorro que va calle principal arriba antes de que quiebre el alba.

No hay nada que me agrade más que la salida del sol, en cualquier estación, en el puerto deportivo. Ver cómo perfora el horizonte de tinta un puntito rosa fuerte, y luego naranja, y ver esa bola de fuego que se alza despacio por encima de las olas.

Me instalé en Orphea poco después de haber firmado los papeles del divorcio.

Me casé demasiado deprisa con un hombre lleno de virtudes, pero que no era el adecuado. Creo que me casé demasiado deprisa por culpa de mi padre.

Siempre he tenido con mi padre una relación muy fuerte y muy estrecha. Fuimos los dos como uña y carne desde mi primera infancia. Lo que hacía mi padre, quería hacerlo yo. Lo que decía mi padre, yo lo repetía. Adondequiera que fuese, yo iba detrás.

A mi padre le gusta el tenis. Jugué también al tenis, en el mismo club que él. Los domingos jugábamos muchas veces juntos y, cuantos más años pasaban, más igualados eran los partidos.

A mi padre le encanta jugar al Scrabble. Da la gran casualidad de que a mí también me encanta ese juego. Durante mucho tiempo pasamos las vacaciones de invierno esquiando en Whistler, en la Columbia Británica. Todas las noches, después de cenar, nos acomodábamos en el salón del hotel para enfrentarnos al Scrabble, apuntando escrupulosamente, partida tras partida, quién había ganado y con cuántos puntos.

Mi padre es abogado, titulado por Harvard y, con toda naturalidad y sin hacerme la más mínima pregunta, fui a estudiar Derecho a Harvard. Siempre tuve la sensación de que eso era lo que yo quería desde siempre.

Mi padre siempre estuvo muy orgulloso de mí. Por el tenis, por el Scrabble y por Harvard. En cualquier circunstancia. Nunca se cansaba de todos los elogios que le hacían de mí. Lo que más le gustaba era que le dijesen lo guapa e inteligente que era yo. Sé que se ponía muy ufano al ver las miradas que se volvían hacia mí cuando llegaba a algún sitio, ya fuera en una velada a la que asistíamos juntos o en las pistas de tenis o en los salones de nuestro hotel de Whistler. Pero, simultáneamente, mi padre no pudo soportar nunca a ninguno de mis ligues. A partir de los dieciséis o diecisiete años, ninguno de los chicos con los que tuve una aventura estaba lo bastante bien, desde el punto de vista de mi padre, ni era lo bastante bueno, ni lo bastante guapo, ni lo bastante inteligente para mí.

—Vamos a ver, Anna —me decía—, ¡puedes aspirar a algo mejor!

—Me gusta mucho, papá; es lo que importa, ¿no?

—¿Tú te ves casada con ese individuo?

—¡Papá, que tengo diecisiete años! ¡Todavía no estoy en esas!

Cuanto más duraba la relación, más intensa se hacía la campaña de obstrucción de mi padre. Nunca de frente, sino con insidias. Siempre que podía, con algún comentario anodino, un detalle que mencionaba, una observación que dejaba caer, iba destruyendo, lento pero seguro, la imagen que tenía yo del pretendiente de turno. Y yo acababa invariablemente rompiendo con él, convencida de que esa ruptura salía de mí; o, al menos, eso era lo que quería creer. Y lo peor era que, con cada una de mis nuevas relaciones, mi padre me decía: «Todo lo bueno que tenía el chico de antes, un chico encantador (qué pena que rompieras, por cierto), lo tiene de malo este de ahora; la verdad, no sé qué le ves». Y yo picaba siempre. Pero ¿estaba de verdad tan ciega como para que mi padre pudiera encarrilar, sin que yo lo supiera, mis rupturas? ¿O más bien era yo quien rompía, no por motivos concretos, sino porque no podía decidirme a querer a un hombre que no le gustase a mi padre, así sin más? Creo que me resultaba inconcebible pensar en estar con alguien que no contara con la aprobación de mi padre.

Tras terminar Derecho en Harvard y colegiarme en Nueva York, entré en el bufete de mi padre. La aventura duró un año, al cabo del cual descubrí que la justicia, sublime en principio, era una maquinaria de funcionamiento largo y costoso, litigiosa y desbordada, de la que, en el fondo, ni siquiera los ganadores salían indemnes. Adquirí rápidamente la convicción de que serviría mejor a la justicia si podía aplicarla en origen y que el trabajo en la calle tendría mayor impacto que en los locutorios. Me matriculé en la academia del Departamento de Policía de Nueva York con gran disgusto de mis progenitores en general y de mi padre en particular, que se tomó muy mal mi deserción de su bufete, aunque albergó la esperanza de que esa orientación no fuera sino un capricho pasajero, y no una renuncia, y de que dejaría la formación a medias. Salí de la academia al cabo de un año, primera de mi promoción, con las alabanzas unánimes de todos mis instructores, y me incorporé, con el grado de inspectora, en la brigada criminal del distrito 55.

Sentí inmediatamente adoración por este oficio, sobre todo por todas las ínfimas victorias cotidianas que me hicieron tomar conciencia de que, frente al furor de la vida, un buen policía podía ser una reparación.

La plaza que había quedado vacante en el bufete mi padre se la ofreció a un abogado con experiencia, Mark, que era unos años mayor que yo.

La primera vez que oí hablar de Mark fue en una cena familiar. A mi padre lo tenía con la boca abierta. «Un joven brillante, muy capaz y guapo —me dijo—. Lo tiene todo. Incluso juega al tenis». Y luego, de repente, dijo las siguientes palabras, que le estaba oyendo pronunciar por primera vez en la vida: «Estoy segurísimo de que te gustaría. Me agradaría mucho que lo conocieras».

Yo me encontraba en una época de mi vida en que me moría por conocer a alguien. Pero, cuando conocía a alguien, el encuentro nunca acababa en nada serio. Después de la academia de policía, mis relaciones duraban lo que dura una primera cena o una primera salida con más gente: en cuanto salía a relucir que era policía, y en la brigada criminal de propina, a todo el mundo le parecía apasionante y me acribillaba a preguntas. A mi pesar, acaparaba toda la atención, los focos solo me iluminaban a mí. Y, a menudo, mis relaciones acababan con frases como: «Es muy duro estar contigo, Anna, a la gente solo le interesas tú, me siento como si no existiera. Creo que necesito estar con alguien que me deje más espacio».

Conocí por fin al famoso Mark, una tarde en que pasé por el bufete a ver a mi padre y descubrí, tan contenta, que él no padecía complejos de esos: tenía un encanto natural que atraía las miradas y no le costaba mantener cualquier conversación. Dominaba todos los temas y sabía hacer casi todo; y, cuando no, sabía admirar a los que sí. Lo miré como no había mirado antes a nadie, quizá porque mi padre lo miraba con ojos llenos de admiración. Lo adoraba. Mark era su niño mimado e incluso empezaron a jugar juntos al tenis. A mi padre se le llenaba la boca cada vez que hablaba de él.

Mark me invitó a tomar un café. Conectamos enseguida. Había una química perfecta y una energía tremenda. El tercer café me lo llevó a la cama. Ni él ni yo se lo contamos a mi padre y, al cabo, una noche en que estábamos cenando juntos, me dijo:

—Me gustaría tanto que esto nuestro se convirtiera en algo más serio, pero...

—¿Cuál es el pero? —pregunté con aprensión.

—Sé cuánto te admira tu padre, Anna. Tiene puesto el listón muy alto. No sé si me tiene el suficiente aprecio.

Le repetí esas palabras a mi padre y lo adoró aún más si cabe. Lo llamó a su despacho y abrió una botella de champán.

Cuando Mark me contó ese episodio, me dio un ataque de risa que me duró varios minutos. Agarré un vaso, lo alcé e imitando la voz grave de mi padre y sus ademanes paternalistas dije: «¡A la salud del hombre que se folla a mi hija!».

Fue el comienzo de una aventura apasionada entre Mark y yo, que se convirtió en una auténtica relación sentimental en el mejor sentido de la palabra. Nuestro primer hito fue ir a cenar a casa de mis padres. Y, por primera vez, contrastando con los quince años anteriores, vi a mi padre radiante, afable y considerado con un hombre que estaba conmigo. Después de haber largado a todos los anteriores, ahora se maravillaba.

—¡Qué hombre, qué hombre! —me dijo mi padre por teléfono al día siguiente de la cena.

—¡Es extraordinario! —insistía mi madre, haciendo los coros.

—¡A ver si no lo espantas como a todos los demás! —tuvo la desfachatez de añadir mi padre.

—Sí, que este vale mucho —dijo mi madre.

El primer año de relación entre Mark y yo coincidió con nuestras tradicionales vacaciones de esquí en la Columbia Británica. Mi padre propuso que fuéramos todos juntos a Whistler y Mark aceptó encantado.

—Si sobrevives a cinco veladas seguidas con mi padre y, sobre todo, a los campeonatos de Scrabble, te habrás ganado una medalla.

No solo sobrevivió, sino que ganó tres veces. Hay que añadir que esquiaba como un dios y que, la última noche, cuando estábamos cenando en un restaurante, a un cliente de la mesa de al lado le dio un ataque al corazón. Mark llamó a emergencias al tiempo que atendía a la víctima, practicándole los primeros auxilios mientras llegaba la ambulancia.

El hombre se salvó y se lo llevaron al hospital. Mientras los socorristas lo trasladaban en una camilla, el médico que había llegado con ellos le estrechó la mano a Mark con admiración.

—Le ha salvado la vida a este hombre, caballero. Es usted un héroe.

Todo el restaurante aplaudió y el dueño no nos dejó pagar la cena.

Fue esta anécdota la que refirió mi padre en nuestra boda, año y medio después, para explicar a los invitados qué hombre tan excepcional era Mark. Y yo estaba radiante con mi vestido blanco y me comía a mi marido con los ojos.

Nuestro matrimonio duró menos de un año.

Jesse Rosenberg
Jueves 3 de julio de 2014
Veintitrés días antes del festival

Primera plana del *Orphea Chronicle:*

¿EL ASESINATO DE STEPHANIE MAILER TIENE ALGUNA
RELACIÓN CON EL FESTIVAL DE TEATRO?

El asesinato de Stephanie Mailer, joven periodista del
Orphea Chronicle, cuyo cuerpo ha aparecido en el lago de
los Ciervos, ha dejado conmocionada a la ciudad. Los vecinos están nerviosos y el ayuntamiento, sometido a una
gran presión, ahora que empieza la temporada de verano.
¿Anda rondando entre nosotros un asesino?
Una nota hallada en el coche de Stephanie y que mencionaba el festival de teatro de Orphea puede dar a entender quizá que pagó con su vida la investigación que realiza-
ba para este periódico acerca del asesinato, en 1994, del
alcalde Gordon, fundador del festival, y de su familia.

Anna nos enseñó el periódico a Derek y a mí cuando estábamos reunidos en el centro regional de la policía estatal, donde el doctor Ranjit Singh, el médico forense, tenía que entre-
garnos los primeros resultados de la autopsia de Stephanie.

—¡Lo que nos faltaba! —dijo Derek, irritado.

—Qué imbécil fui al mencionarle esa nota a Michael
—dije.

—Me he cruzado con él en el Café Athéna antes de venir
aquí; me parece que está llevando bastante mal la muerte de
Stephanie. Dice que se siente responsable hasta cierto punto.
¿Qué resultados han dado los análisis de la policía científica?

—Las huellas de neumático en el arcén de la carretera 17
no se pueden aprovechar, por desgracia. En cambio, el zapato
es, en efecto, el de Stephanie, y el trozo de tela es de la camiseta

que llevaba. También han encontrado una huella de su zapato en el arcén.

—Lo que confirma que cruzó el pinar en ese lugar —fue la conclusión de Anna.

Nos interrumpió la llegada del doctor Singh.

—Te agradecemos que te hayas dado tanta prisa —le dijo Derek.

—Quería que pudierais ir adelantando trabajo antes del puente del Cuatro de Julio —contestó.

El doctor Singh era un hombre elegante y afable. Se caló las gafas para leernos los puntos esenciales de su informe.

—He observado cosas bastante poco corrientes —explicó nada más empezar—. Stephanie Mailer murió ahogada. He encontrado gran cantidad de agua en los pulmones y en el estómago, y también cieno en la tráquea. Hay claras señales de cianosis y de dificultad respiratoria, lo que quiere decir que luchó o, en su caso, que se resistió; en la nuca he hallado hematomas que dibujan la huella de una mano grande, lo que significa que le agarraron el cuello con fuerza para meterle la cabeza en el agua. Además de los restos de cieno en la tráquea, también los hay en los labios y en los dientes, lo que indica que le mantuvieron la cabeza dentro del agua en un sitio de poca profundidad.

—¿Hubo violencia física antes de ahogarla? —preguntó Derek.

—No hay ninguna señal de golpes violentos, con lo cual quiero decir que ni la dejaron inconsciente, ni le dieron una paliza. Tampoco hay agresión sexual. Creo que Stephanie iba huyendo de su asesino y que este la alcanzó.

—¿«Asesino»? —preguntó Derek—. Así que, según tú, ha sido un hombre.

—Si nos atenemos a la fuerza necesaria para mantener a alguien debajo del agua, me decanto más bien por un hombre, en efecto. Pero ¿por qué no una mujer con fuerza suficiente?

—¿Así que iba corriendo por el pinar? —siguió diciendo Anna.

Singh asintió:

—También he encontrado muchas contusiones y marcas en la cara y en los brazos debidos a arañazos de ramas. Presenta asimismo marcas en la planta del pie descalzo. Debía, pues, de ir corriendo a toda velocidad por el pinar y se despellejó la planta con ramas y piedras. Creo que es probable que se cayera en la orilla y el asesino no tuvo más que meterle la cabeza en el agua.

—De modo que sí que se trata de un crimen fortuito —dije—. El que lo hizo no tenía previsto matarla.

—A eso iba, Jesse —siguió diciendo el doctor Singh, conforme nos enseñaba unas fotos de los hombros, los codos, las manos y las rodillas de Stephanie en primer plano.

Se veían unas heridas rojizas y sucias.

—Parecen quemaduras —susurró Anna.

—Exacto —aprobó Singh—. Son abrasiones relativamente superficiales en las que he encontrado trozos de asfalto y gravilla.

—¿Asfalto? —repitió Derek—. Creo que no te sigo, doctor.

—Pues —explicó Singh—, a juzgar por la posición de las heridas, debió de hacérselas rodando por el asfalto, es decir, por una carretera. Podría significar que Stephanie se tiró de forma voluntaria de un coche en marcha antes de salir huyendo por el pinar.

Las conclusiones de Singh las corroboraron dos testimonios importantes. El primero fue el relato de un adolescente que veraneaba con sus padres por la zona y se reunía todas las noches con un grupo de amigos en la playa junto a la que habíamos encontrado el coche de Stephanie. Fue Anna quien lo interrogó después de que sus padres, alertados por la insistencia de los medios de comunicación, nos llamaran, al considerar que su hijo a lo mejor había visto algo importante. Estaban en lo cierto.

Según el doctor Singh, la muerte de Stephanie se remontaba a la noche del lunes al martes, o sea la noche en que desapareció. El adolescente contó que precisamente el lunes 23 de junio se había apartado del grupo para telefonear a su chica, que se había quedado en Nueva York.

—Me senté en una roca —refirió el muchacho—. Desde allí se veía bien el aparcamiento y me acuerdo de que estaba desierto. Y luego, de pronto, vi a una mujer joven que bajaba por el sendero desde el pinar. Se quedó esperando un rato, hasta las diez y media. Lo sé porque fue la hora a la que terminé de hablar por teléfono. La miré en el móvil. En ese momento, llegó al aparcamiento un coche. Vi a la chica a la luz de los faros y así fue como supe que era una mujer joven con una camiseta blanca. Bajaron la ventanilla del lado del copiloto, la chica cruzó dos palabras con la persona que conducía y, después, se subió delante. El coche arrancó en el acto. ¿Era la chica a la que han matado...?

—Lo comprobaré —le contestó Anna para no impresionarlo inútilmente—. ¿Podrías describirme el coche? ¿Te fijaste en algún detalle que recuerdes? A lo mejor viste la matrícula, o parte de ella, o el nombre del estado.

—No. Lo siento.

—¿Conducía un hombre o una mujer?

—No le puedo decir. Estaba muy oscuro y todo fue muy rápido. Y, además, no me fijé. Si lo hubiera sabido...

—Ya me has sido de gran ayuda. Así que te ratificas en que la chica se subió de forma voluntaria.

—Ah, sí, desde luego. Lo estaba esperando, seguro.

Así pues, el adolescente era el último que había visto viva a Stephanie. A su testimonio se sumó el de un viajante de comercio de Hicksville que se presentó en el centro regional de la policía estatal. Nos informó de que había ido a Orphea el lunes 23 de junio a visitar a unos clientes.

—Salí de la ciudad a eso de las diez y media —nos explicó—. Cogí la carretera 17 para ir a la autopista. Al llegar a la altura del lago de los Ciervos, vi un coche parado en el arcén con el motor en marcha y las dos puertas abiertas. Me intrigó, claro, así que reduje la velocidad. Pensé que a lo mejor era alguien que tenía un problema. Son cosas que pasan.

—¿Qué hora era?

—Alrededor de las once menos diez. En cualquier caso todavía no eran las once, eso seguro.

—Así que reduce la velocidad, ¿y...?

—La reduzco, sí, porque me parece raro ver ese coche ahí parado. Miro alrededor y veo una silueta que está subiendo el talud. Se me ocurrió que habría parado porque tenía muchas ganas de mear. Y no me hice más preguntas. Pensé que, si esa persona hubiera necesitado ayuda, me habría hecho una seña. Seguí mi camino y me fui a casa sin volver a pensar en ello. Ha sido solo al oír hablar hace un rato, en las noticias, de un asesinato a orillas del lago de los Ciervos el lunes por la noche cuando lo he relacionado con lo que había visto y me he dicho que igual tenía importancia.

—¿Vio a esa persona? ¿Era un hombre? ¿Una mujer?

—Por la silueta, yo diría más bien que era un hombre. Pero estaba muy oscuro.

—¿Y el coche?

Aunque no había visto casi nada, el testigo describió el mismo coche que el adolescente había visto en la playa quince minutos antes. Cuando volvimos al despacho de Anna en la comisaría de Orphea, pudimos cruzar todos esos datos y reconstruir la cronología de la última noche de Stephanie.

—A las seis llega al Kodiak Grill —dije—. Espera a alguien, seguramente a su asesino, que no aparece, aunque en realidad está escondido en el restaurante observándola. A las diez, Stephanie se va del Kodiak Grill. Su presunto asesino la llama desde la cabina del restaurante y la cita en la playa. Stephanie está preocupada y llama a Sean, el policía, pero él no coge el teléfono. Así que va al lugar de la cita. A las diez y media, el asesino va a recogerla en el coche. Ella accede a subir. Así que le inspira confianza; o, a lo mejor, lo conoce.

Anna, en un enorme mapa de la región fijado a la pared, trazó con rotulador rojo la ruta que debió de recorrer el coche: había salido de la playa, había cogido inevitablemente la Ocean Road y, luego, la carretera 17 en dirección noreste, siguiendo el lago. Desde la playa al lago de los Ciervos había cinco millas, es decir, un cuarto de hora en coche.

—A eso de las once menos cuarto —seguí diciendo—, al darse cuenta de que está en peligro, Stephanie se tira del coche y sale huyendo por el pinar hasta que su asesino la alcanza y la ahoga. Luego le quita las llaves y va a su casa, casi seguro que ese mismo lunes por la noche. Como no encuentra nada, va a robar a la redacción y se lleva el ordenador de Stephanie, pero también en este caso se queda con las ganas. Stephanie era demasiado prudente. Para ganar tiempo, le manda un SMS a Michael Bird, porque sabe que es su redactor jefe, con la esperanza de poder aún echarle el guante al trabajo de Stephanie. Pero, cuando se da cuenta de que la policía estatal tiene sospechas de una desaparición preocupante, las cosas se precipitan. El hombre vuelve al piso de Stephanie, pero me presento yo allí. Me deja sin conocimiento y vuelve a la noche siguiente para incendiarlo con la esperanza de destruir esa investigación que no ha encontrado.

Por primera vez desde el principio del caso, estábamos viendo las cosas algo más claras. Pero, mientras para nosotros el círculo se iba cerrando, en la ciudad los vecinos estaban al borde de una psicosis que la primera plana del *Orphea Chronicle* solo contribuía a empeorar. Tuve plena conciencia de ello cuando Cody llamó a Anna: «¿Has leído el periódico? El asesinato de Stephanie tiene que ver con el festival. Voy a reunir a los voluntarios hoy, a las cinco, en el Café Athéna, para votar una huelga. Nuestra seguridad está en juego. A lo mejor no hay festival este año».

*

En ese mismo momento, en Nueva York

Steven Bergdorf volvía a pie a casa con su mujer.

—Ya sé que la *Revista* tiene problemas —le dijo su mujer con voz suave—, pero ¿qué historia es esa de que no puedes coger vacaciones? Ya sabes lo bien que nos sentaría a todos.

—No me parece que económicamente sea el momento de meterse en viajes extravagantes —la riñó Steven.

—¿Extravagantes? —se defendió su mujer—. Mi hermana nos presta la autocaravana. Podemos viajar por todo el país. No saldrá nada caro. Vamos hasta el Parque Nacional de Yellowstone. Los niños están locos por ir a Yellowstone.

—¿Yellowstone? Demasiado peligroso con los osos y todo eso.

—Ay, Steven, por el amor de Dios, ¿qué te pasa? —dijo su mujer exasperada—. Qué gruñón estás de un tiempo a esta parte.

Llegaron delante del edificio en que vivían. Steven se sobresaltó de pronto: ahí estaba Alice.

—Muy buenas, señor Bergdorf —le dijo Alice.

—¡Alice, qué agradable sorpresa! —balbució él.

—Le he traído los documentos que necesita, solo tiene que firmarlos.

—Por supuesto —le contestó Bergdorf, que disimulaba fatal.

—Son documentos urgentes. Como no estaba en su despacho esta tarde, me dije que iba a pasar por su casa para que los firmase.

—Qué amable ha sido al venir hasta aquí —le dio las gracias Steven sonriendo con cara de tonto a su mujer.

Alice le entregó un portadocumentos con correspondencia. Él lo cogió de tal forma que su mujer no viera nada y miró la primera carta, que era un envío publicitario. Hizo como que lo miraba con mucho interés antes de pasar a la carta siguiente, que consistía en una página en blanco en la que Alice había escrito:

Castigo por haberte pasado todo el día sin dar señales de vida: mil dólares.

Y, justo debajo, sujeto con un clip, un cheque proveniente del talonario que ella le había quitado, extendido ya a su nombre.

—¿Está segura del importe? —preguntó Bergdorf con voz trémula—. Me parece mucho.

—Es el precio adecuado, señor Bergdorf. La calidad se paga.

—Bueno, pues adelante —dijo él, atragantándose.

Firmó el cheque de mil dólares, cerró el portadocumentos y se lo alargó a Alice. Se despidió con una sonrisa crispada y se metió en el edificio con su mujer. Al cabo de unos minutos, encerrado en el aseo y con el grifo abierto, la llamó por teléfono:

—¿Estás loca, Alice? —cuchicheó acurrucado entre la taza del váter y el lavabo.

—¿Dónde te habías metido? Desapareces sin decir nada.

—Tenía que hacer un recado —tartamudeó Bergdorf— y luego fui a recoger al trabajo a mi mujer.

—¿Un recado? ¿Qué clase de recado, Stevie?

—No te lo puedo decir.

—Si no me lo cuentas ahora mismo, llamo a la puerta y se lo cuento todo a tu mujer.

—Vale, vale —imploró Steven—. He estado en Orphea. Mira, Alice, han asesinado a Stephanie...

—¿Cómo? ¿Que has ido a Orphea, pedazo de estúpido? ¡Ay, por qué eres tan estúpido! ¿Qué voy a hacer contigo, imbécil?

Alice colgó, furiosa. Se metió en un taxi y fue, por Manhattan, hacia la parte de arriba de la Quinta Avenida, al tramo de las tiendas de lujo. Tenía mil dólares para gastar y estaba dispuesta a darse unos cuantos caprichos.

El taxi dejó a Alice cerca de la torre acristalada que albergaba a Channel 14, la poderosa cadena privada de televisión. En una sala de reunión del piso 53, su director general, Jerry Eden, había convocado a los directivos principales:

—Como ya saben —les anunció— el verano ha arrancado con una audiencia pésima, por no decir catastrófica, razón por la cual los he reunido a todos. Tenemos que reaccionar.

—¿Cuál es el principal problema? —preguntó uno de los responsables creativos.

—La franja de las seis de la tarde. ¡Mira! nos ha pasado por delante con mucho.

¡Mira! era la competidora más directa de Channel 14. Público similar, audiencia similar, contenido similar: las dos cadenas luchaban encarnizadamente con la mirada puesta en el broche final de contratos récord de publicidad para los programas emblemáticos.

—¡Mira! emite un programa de telerrealidad que está arrasando —explicó el director de *marketing*.

—¿Cuál es el guion? —preguntó Jerry Eden.

—Pues no tiene, ahí está la cosa. Sigue a un grupo de tres hermanas. Van a almorzar, de compras y al gimnasio, se pelean, se reconcilian. El programa va siguiendo lo que suelen hacer a diario.

—Y ¿en qué trabajan?

—No trabajan, señor Eden —explicó el subdirector de programación—. Les pagan por no hacer nada.

—¡Eso podríamos mejorarlo! —aseguró Jerry—. Haciendo telerrealidad más anclada en lo cotidiano.

—Pero, señor Eden —objetó el director de división—, el público al que se dirige la telerrealidad anda más bien escaso de dinero y no tiene educación. Cuando enciende la tele quiere soñar un poco.

—Precisamente —contestó Jerry—. Necesitamos criterios para un proyecto que sitúe al espectador ante sí mismo, ante sus ambiciones. ¡Un programa de telerrealidad que tire de él! Podríamos presentar un concepto nuevo después del verano. ¡Hay que dar la campanada! Ya estoy viendo el eslogan: «CHANNEL 14. ¡El sueño que llevas dentro!».

La propuesta desencadenó una oleada de entusiasmo.

—¡Ah, qué bien está eso! —asintió el director de *marketing*.

—Quiero para después del verano un programa que dé la campanada. Quiero ponerlo a romper los esquemas. Quiero que de aquí a septiembre lancemos un proyecto genial y que nos llevemos a los espectadores de calle. Les doy a ustedes diez días exactamente: el lunes 14 de julio quiero una propuesta de emisión piloto para la vuelta de vacaciones.

Jerry dio por finalizada la reunión. Cuando los participantes estaban saliendo del despacho, sonó el móvil. Era Cynthia, su mujer. Atendió la llamada.

—Jerry —le reprochó Cynthia—, llevo horas intentando localizarte.

—Lo siento, estaba reunido. Ya sabes que estamos preparando los programas de la próxima temporada y las cosas por aquí andan un poco tensas. ¿Qué ocurre?

—Dakota ha vuelto a casa a las once de la mañana. Otra vez estaba borracha.

Jerry suspiró con absoluta impotencia.

—Y ¿qué quieres que le haga, Cynthia?

—Vamos a ver, Jerry, ¡es nuestra hija! ¿Has oído lo que dice el doctor Lern? Hay que alejarla de Nueva York.

—Alejarla de Nueva York, ¡como si con eso fuera a cambiar algo!

—¡Jesse, deja de resignarte! Solo tiene diecinueve años. Necesita ayuda.

—No vengas a decirme ahora que no estamos intentando ayudarla...

—¡No entiendes por lo que está pasando, Jerry!

—¡Lo que sí entiendo muy bien es que tengo una hija de diecinueve años que se mete de todo! —dijo indignado, aunque tuvo buen cuidado de decir la última frase en un cuchicheo para que no lo oyesen.

—Ya lo hablaremos cara a cara —le propuso Cynthia para calmarlo—. ¿Dónde estás?

—¿Que dónde estoy? —repitió Jerry.

—Sí, la sesión con el doctor Lern es a las cinco —le recordó Cynthia—. No me digas que se te había olvidado.

Jerry abrió unos ojos como platos: se le había olvidado por completo. Salió de un salto del despacho y se abalanzó hacia el ascensor.

Milagrosamente, llegó en punto a la consulta del doctor Lern, en Madison Square. Jerry había accedido hacía seis meses a asistir a una terapia familiar un día a la semana con su mujer, Cynthia, y Dakota, la hija de ambos.

Los Eden se sentaron los tres en un sofá enfrente del terapeuta, que ocupaba su sillón habitual.

—¿Y qué? —preguntó el doctor Lern—. ¿Qué ha pasado desde la última sesión?

—¿Quiere decir hace quince días, ya que a mi padre se le olvidó fichar la semana pasada? —disparó Dakota.

—¡Perdóname por trabajar para pagar los gastos desorbitados de esta familia! —se defendió Jerry.

—¡Ay, Jerry, por favor, no empieces! —suplicó su mujer.

—Solo he dicho «la última sesión» —apuntó el terapeuta con voz neutra.

Cynthia hizo un esfuerzo para empezar la conversación de forma constructiva.

—Le he dicho a Jerry que tenía que pasar más tiempo con Dakota —explicó.

—Y, a usted, ¿qué le parece, Jerry? —preguntó el doctor Lern.

—Me parece que este verano va a estar la cosa complicada; tenemos que cerrar unos criterios para un concepto de programa. La competencia es dura y es indispensable que tengamos una emisión nueva desarrollada de aquí al otoño.

—¡Jerry! —dijo Cynthia irritada—, tiene que haber alguien que pueda sustituirte, ¿no? ¡Nunca tienes tiempo para nada que no sea trabajar!

—Tengo que mantener a una familia y a un psiquiatra —replicó cínicamente Jerry.

El doctor Lern no se dio por aludido.

—¡De todas formas, solo piensas en ese trabajo tuyo de mierda, papá! —dijo Dakota.

—No uses ese vocabulario —ordenó Jerry a su hija.

—Jerry —le preguntó el terapeuta—, ¿qué cree usted que intenta decirle Dakota cuando habla así?

—¡Que «ese trabajo de mierda» le paga el teléfono, los trapitos, el puto coche y todo lo que se mete por la nariz!

—Dakota, ¿eso es lo que intentas decirle a tu padre? —preguntó Lern.

—Para nada. Pero quiero un perro.

—Siempre más —se lamentó Jerry—. Primero quieres un ordenador y ahora quieres un perro...

—¡No vuelvas a mencionar ese ordenador! —se defendió Dakota—. ¡No vuelvas a mencionarlo nunca!

—¿El ordenador fue una petición de Dakota? —preguntó Lern.

—Sí —explicó Cynthia—. Le gustaba tanto escribir.

—Y ¿por qué no un perro? —preguntó el psiquiatra.

—Porque no es una persona responsable —dijo Jerry.

—¿Cómo puedes saberlo si no me dejas probar? —protestó Dakota.

—¡Ya veo cómo te cuidas tú y con eso me basta! —le soltó su padre.

—¡Jerry! —gritó Cynthia.

—De todas formas, quiere un perro porque su amiga Neila se ha comprado un perro —explicó doctamente Jerry.

—¡«Leyla», no «Neila»! ¡Ni siquiera sabes cómo se llama mi mejor amiga!

—¿Tu mejor amiga es la chica esa? Le ha puesto de nombre al perro Marihuana.

—¡Bueno, pues Marihuana es muy mono! —protestó Dakota—. ¡Tiene dos meses y ya no se mea en la casa!

—¡El problema no está ahí, joder! —dijo Jerry, irritado.

—¿Dónde está el problema entonces? —preguntó el doctor Lern.

—El problema está en que esa Leyla es una mala influencia para mi hija. Cada vez que están juntas meten la pata. ¡Si quiere que le dé mi opinión, lo que ocurrió no fue culpa del ordenador, sino de esa Leyla!

—El problema eres tú, papá —exclamó Dakota—. ¡Porque eres tan gilipollas que no entiendes nada!

Se levantó del sofá y se fue de la sesión, que solo había durado un cuarto de hora.

*

A las cinco y cuarto, Anna, Derek y yo llegamos al Café Athéna de Orphea. Encontramos una mesa al fondo y nos sentamos discretamente. El local estaba lleno de voluntarios y de los curiosos que habían asistido a la peculiar reunión que tenía lugar allí. Cody, que se tomaba muy a pecho su cometido de presidente de los voluntarios, estaba de pie encima de una silla y, recalcando las palabras, decía frases que el gentío repetía a coro.

—¡Estamos en peligro! —gritó Cody.

—*¡Sí, en peligro!* —repitieron los voluntarios, que bebían de sus labios.

—El alcalde Brown nos oculta la verdad sobre la muerte de Stephanie Mailer. ¿Sabéis por qué la mataron?

—*¿Por qué?* —baló el coro.

—¡Por culpa del festival de teatro!

—*¡El festival de teatro!* —chillaron los voluntarios.

—¿Hemos ido a regalar nuestro tiempo para que nos asesinen?

—¡Noooooooo! —berreó el gentío.

Un camarero vino a servirnos café y a traernos la carta. Yo lo había visto ya en el restaurante. Era un hombre de tipo amerindio, con media melena entrecana y cuyo nombre me había sorprendido. Se llamaba Massachusetts.

Los voluntarios tomaron la palabra por turno. A muchos los tenía preocupados lo que habían leído en el *Orphea Chronicle* y les daba miedo ser las siguientes víctimas del asesino. El alcalde Brown, que también estaba presente, escuchaba los agravios de todos e intentaba proporcionar una respuesta tranquilizadora, con la esperanza de que los voluntarios entrasen en razón.

—No hay ningún asesino en serie en Orphea —recalcó.

—Pero sí que hay un asesino —comentó un hombre de corta estatura—, puesto que Stephanie Mailer está muerta.

—A ver, ha ocurrido un suceso trágico, es cierto. Pero no tiene nada que ver con vosotros, ni con el festival. No hay nada que deba preocuparos.

Cody volvió a subirse a la silla para responder al alcalde:

—¡Señor alcalde, no dejaremos que nos asesinen por un festival de teatro!

—Os lo repito por enésima vez —le contestó Brown—, ¡este caso, por muy terrible que sea, no tiene relación con el festival! ¡Vuestro razonamiento es absurdo! ¿Os dais cuenta de que sin vosotros no podrá celebrarse el festival?

—Así que ¿eso es todo cuanto le preocupa, señor alcalde? —fue la reacción de Cody—. ¿Su festival de tres al cuarto antes que la seguridad de sus conciudadanos?

—Me limito a avisaros de las consecuencias de una decisión irracional: si no se celebra el festival de teatro, la ciudad no volverá a levantar cabeza.

—¡Es la señal! —gritó de repente una mujer.

—¿Qué señal? —preguntó un joven, inquieto.

—¡Es la «noche negra»! —vociferó la mujer.

En ese momento Derek, Anna y yo nos miramos estupefactos, mientras que, al oír esas palabras, en el Café Athéna retumbó un escándalo de lamentos desasosegados. Cody se esforzó por recuperar el control de la asamblea y, cuando volvió el silencio, propuso pasar a la votación.

—¿Quién de vosotros es partidario de una huelga total hasta que detengan al asesino de Stephanie Mailer? —preguntó.

Se alzó una selva de manos: casi todos los voluntarios se negaban a seguir trabajando. Entonces, Cody manifestó:

—Se aprueba la huelga total hasta que detengan al asesino de Stephanie Mailer y quede garantizada nuestra seguridad.

Se levantó la sesión y el gentío se dispersó ruidosamente fuera del local, bajo el cálido sol de última hora de la tarde. Derek se apresuró a alcanzar a la mujer que había mencionado la «noche negra».

—¿Qué es eso de la «noche negra», señora? —le preguntó.

Ella lo miró con expresión medrosa.

—¿No es usted de aquí, caballero?

—No, señora. Soy de la policía estatal.

Le enseñó la placa. La señora le dijo entonces en voz baja:

—La «noche negra» es lo peor que puede ocurrir. La personificación de una gran desgracia. Ya ocurrió una vez y va a volver a ocurrir.

—Creo que no la entiendo, señora.

—¿Así que no está enterado de nada? ¡El verano de 1994, el verano de la «noche negra»!

—¿Se refiere a los cuatro asesinatos?

Ella asintió, nerviosa, con la cabeza.

—¡Esos asesinatos eran la «noche negra»! ¡Y va a repetirse este verano! ¡Váyase lejos de aquí, váyase antes de que la desgracia lo alcance y azote esta ciudad. ¡Este festival está maldito!

Se fue precipitadamente y desapareció junto con los últimos voluntarios; el Café Athéna se quedó vacío. Derek volvió a nuestra mesa. Salvo nosotros, ya no quedaba nadie más que el alcalde Brown.

—Esta mujer parecía asustadísima con la historia esa de la «noche negra» —le dije al alcalde.

Este se encogió de hombros.

—No haga caso, capitán Rosenberg; la «noche negra» es solo una leyenda ridícula. Esa mujer desbarra.

El alcalde Brown se fue también. Massachusetts vino corriendo a nuestra mesa a ponernos café en las tazas, que estaban casi sin tocar. Me di cuenta de que era un pretexto para hablar con nosotros. Susurró:

—El alcalde no les ha dicho la verdad. La «noche negra» es algo más que una leyenda urbana. Muchos de aquí creen en ella y la consideran una predicción que se cumplió ya en 1994.

—¿Qué clase de predicción? —preguntó Derek.

—Que un día, por culpa de una obra de teatro, la ciudad pasará toda una noche hundida en el caos: la famosa «noche negra».

—¿Fue eso lo que sucedió en 1994? —pregunté.

—Me acuerdo de que, nada más anunciar el alcalde Gordon la creación del festival de teatro, empezaron a ocurrir cosas raras en la ciudad.

—¿Qué clase de cosas? —le preguntó Derek.

Massachusetts no pudo decirnos nada más porque en ese momento se abrió la puerta del Café Athéna. Era la dueña del establecimiento quien llegaba. La reconocí en el acto, se trataba de Sylvia Tennenbaum, la hermana de Ted Tennenbaum. Debía de tener cuarenta años por entonces y, por lo tanto, sesenta en la actualidad, pero no había cambiado físicamente: seguía siendo la mujer sofisticada que conocí durante la investigación. Al vernos, no pudo reprimir una expresión desconcertada que se apresuró a sustituir por un rostro gélido.

—Me habían dicho que estaban otra vez aquí —nos dijo con dureza.

—¿Qué tal, Sylvia? No sabía que se había quedado usted con el negocio.

—Alguien tenía que hacerse cargo de él después de que ustedes matasen a mi hermano.

—Nosotros no matamos a su hermano —objetó Derek.

—Aquí no son ustedes personas gratas —recalcó ella por toda respuesta—. Paguen y márchense.

—Muy bien —dije—. No hemos venido a darle problemas.

Le pedí la cuenta a Massachusetts, que nos la trajo en el acto. En la parte de abajo del tique de caja había escrito con bolígrafo:

Infórmese sobre lo que pasó en la noche del 11 al 12 de febrero de 1994.

—No había relacionado a Sylvia con Ted Tennenbaum —nos dijo Anna según salíamos del Café Athéna—. ¿Qué ocurrió con su hermano?

Ni a Derek, ni a mí nos apetecía hablar de eso. Hubo un silencio y, al cabo, Derek cambió de tema:

—Empecemos por aclarar esa historia de la «noche negra» y la nota que nos ha dejado Massachusetts.

Había una persona que seguramente podía ayudarnos en esto: Michael Bird. Fuimos a la redacción del *Orphea Chronicle* y, al vernos entrar en su despacho, Michael Bird nos preguntó:

—¿Vienen por la primera plana del periódico?

—No —le contesté—; pero, ya que lo menciona, me gustaría mucho saber por qué lo ha hecho. ¡Le hablé de la nota que habíamos encontrado en el coche de Stephanie durante una conversación amistosa! No para que acabase en los titulares de su periódico.

—¡Stephanie era una mujer muy valiente y una periodista excepcional! —contestó Michael—. Me niego a que haya muerto en vano: ¡todo el mundo tiene que estar al tanto de su labor!

—Por eso mismo, Michael, la mejor forma de honrarla es terminar la investigación. Y no sembrar el pánico en la ciudad aireando las pistas de esa investigación.

—Lo siento, Jesse —dijo Michael—. Tengo la impresión de que no he sabido proteger a Stephanie. Lo que daría por poder dar marcha atrás. ¡Y pensar que me creí aquel puñetero SMS! Era yo quien les estaba diciendo hace una semana que no había motivo para preocuparse.

—No podía saberlo, Michael. No se atormente en vano porque, de todas formas, en aquel momento ya estaba muerta. No quedaba ya nada que hacer.

Michael se desplomó en la silla, aterrado. Añadí entonces:

—Pero puede ayudarnos a encontrar a quien lo hizo.

—Todo cuanto quiera, Jesse. Estoy a su disposición.

—Stephanie estaba interesada en una expresión cuyo sentido no conseguimos captar: la «noche negra».

Sonrió como si le hiciera gracia.

—Vi esas dos palabras en la nota que me enseñaron y también me intrigaron a mí. En vista de eso, investigué en los archivos del periódico.

Sacó una carpeta del cajón y nos la alargó. Dentro, una serie de artículos publicados entre el otoño de 1993 y el verano de 1994 dejaban constancia de unas pintadas tan inquietantes como enigmáticas. Primero en la pared de la oficina de correos: «Pronto: *La noche negra*». Y, luego, por toda la ciudad.

Una noche de noviembre de 1993 dejaron una hoja en los limpiaparabrisas de cientos de coches, en la que ponía: «Llega: *La noche negra*».

Una mañana de diciembre de 1993, los vecinos de la ciudad amanecieron con unas hojas ante su puerta: «Preparaos, llega: *La noche negra*».

En enero de 1994, una pintada en la puerta de entrada del ayuntamiento comenzaba una cuenta atrás: «Dentro de seis meses: *La noche negra*».

En febrero de 1994, después del incendio provocado de un edificio desocupado de la calle principal, los bomberos encontraron en las paredes otra pintada: «Falta poco para que se estrene: *La noche negra*».

Y así sucesivamente hasta principios de junio de 1994, cuando el vandalismo llegó a la fachada del Gran Teatro: «El festival de teatro va a empezar: *La noche negra*, también».

—Así que la «noche negra» tenía que ver con el festival de teatro —fue la conclusión a la que llegó Derek.

—La policía nunca logró aclarar quién podía ocultarse tras esas amenazas —añadió Michael.

Yo seguí diciendo:

—Anna encontró esa pintada en los archivos de la policía, en vez del expediente policial sobre el cuádruple asesinato de 1994, y en uno de los cajones del escritorio del jefe Kirk Harvey, en la comisaría.

¿Sabía algo Kirk Harvey? ¿Era ese el motivo de su desaparición misteriosa? También teníamos curiosidad por saber qué había sucedido en la noche del 11 al 12 de febrero en Orphea. Rebuscando en los archivos, encontramos en la edición del 13 de febrero un artículo acerca del incendio provocado de un edificio de la calle principal que pertenecía a Ted Tennenbaum, quien quería convertirlo en un restaurante en contra de la opinión del alcalde Gordon.

Derek y yo nos habíamos enterado ya de ese episodio en la época en que estábamos investigando los asesinatos. Pero para Anna esa información era un descubrimiento.

—Fue antes del Café Athéna —le explicó Derek—. Precisamente el incendio permitió cambiar la calificación del edificio para convertirlo en restaurante.

—¿Fue Ted Tennenbaum quien le prendió fuego entonces? —preguntó.

—Nunca dimos con el quid de la cuestión —dijo Derek—. Pero esa historia es de dominio público. Tiene que haber otra explicación para que el camarero del Café Athéna nos anime a mirarla de cerca.

De repente, frunció el entrecejo y comparó el artículo sobre el incendio con uno de los artículos acerca de *La noche negra*.

—¡Me cago en la mar, Jesse! —me dijo.

—¿Qué has encontrado? —le pregunté.

—Atiende. Está sacado de uno de los artículos que se refieren a las pintadas de *La noche negra*: «Dos días después del incendio que destruyó el edificio de la parte alta de la calle principal, los bomberos, al retirar los escombros, dejaron al descubierto una pintada en una de las paredes: FALTA POCO PARA QUE SE ESTRENE: *LA NOCHE NEGRA*».

—¿Así que hay una relación entre la «noche negra» y Ted Tennenbaum?

—¿Y si esa historia de la «noche negra» fuera verdad? —sugirió Anna—. ¿Y si por culpa de una obra la ciudad pasase una noche entera sumida en el caos? ¿Y si el 26 de julio, durante la inauguración del festival, fuera a ocurrir otra vez un asesinato o una matanza semejante a la de 1994? ¿Y si el asesinato de Stephanie solo fuera el preludio de algo mucho más grave que va a ocurrir?

Derek Scott

La noche en que nos humilló el abogado de Ted Tennenbaum, a mediados del mes de agosto de 1994, Jesse y yo condujimos hasta Queens por invitación de Darla y Natasha que estaban completamente decididas a hacernos pensar en otras cosas. Nos habían dado una dirección en Rego Park. Era una tiendecita en obras cuyo rótulo ocultaba una sábana. Darla y Natasha nos esperaban en la acera. Estaban radiantes.

—¿Dónde estamos? —pregunté con curiosidad.

—Frente a nuestro futuro restaurante.

Jesse y yo nos quedamos maravillados y nos olvidamos en el acto de Orphea, de los asesinatos y de Ted Tennenbaum. Su proyecto de restaurante estaba a punto de llegar a buen puerto. Todas aquellas horas de duro trabajo iban por fin a dar fruto: pronto podrían irse del Blue Lagoon para vivir su sueño.

—¿Cuándo pensáis abrir? —preguntó Jesse.

—A finales de año —nos contestó Natasha—. Dentro está todavía todo por hacer.

Sabíamos que iban a tener muchísimo éxito. La cola de gente daría la vuelta a la manzana esperando a que se quedase una mesa libre.

—Por cierto —preguntó Jesse—, ¿cómo se va a llamar vuestro restaurante?

—Por eso os hemos invitado a venir —nos explicó Darla—. Nos han colocado el rótulo. Estábamos seguras del nombre y nos hemos dicho que así a la gente del barrio le empezaría a sonar ya.

—¿No trae mala suerte destapar el rótulo del restaurante antes de que exista de verdad? —les dije para hacerlas rabiar.

—No digas tonterías, Derek —me contestó Natasha, riéndose.

Sacó de una bolsa un botella de vodka y cuatro vasitos que nos repartió antes de llenarlos hasta arriba. Darla agarró un cordel que iba unido a la sábana que tapaba el rótulo y, tras ponerse de acuerdo con una señal, dieron un tirón seco. La sábana flotó por los aires hasta caer al suelo como un paracaídas y vimos encenderse en la oscuridad el nombre del restaurante:

LA PEQUEÑA RUSIA

Levantamos los vasos por La Pequeña Rusia. Bebimos otros cuantos vodkas y luego visitamos el local. Darla y Natasha nos enseñaron los planos para que pudiéramos imaginárnoslo tal y como iba a ser. Había una planta alta muy estrecha en la que pensaban poner un despacho. Por una escalera de mano se podía subir al tejado y allí nos pasamos buena parte de aquella calurosa noche de agosto bebiendo vodka y tomando un pícnic que habían preparado las chicas, a la luz de unas cuantas velas, contemplando la silueta de Manhattan que se erguía a lo lejos.

Miré a Jesse y a Natasha enlazados. Estaban tan guapos los dos juntos, parecían tan felices. Era una pareja de la que cabía esperar que nada conseguiría separarlos. Fue al verlos en ese momento cuando noté el deseo de vivir algo así. Darla estaba a mi lado. Hundí la mirada en la suya. Ella adelantó la mano para rozar la mía. Y la besé.

Al día siguiente estábamos de regreso al trabajo, de plantón delante del Café Athéna. Teníamos una resaca de mil demonios.

—¿Qué? —me preguntó Jesse—. ¿Has dormido en casa de Darla?

Por toda respuesta, sonreí. Solté la carcajada. Pero no estábamos para bromas: teníamos que volver a empezar la investigación a partir de cero.

No nos cabía duda de que era la camioneta de Ted Tennenbaum la que Lena Bellamy había visto en la calle inmediatamente antes de los asesinatos. El logo del Café Athéna era una creación única: Tennenbaum lo había mandado poner en el cristal trasero del vehículo para dar a conocer su establecimiento. Pero era la palabra de Lena contra la de Ted. Necesitábamos algo más.

Era un círculo vicioso. En el ayuntamiento nos contaron que el alcalde Gordon se había puesto furioso con el incendio del edificio de Ted Tennenbaum. Gordon estaba convencido de que el propio Tennenbaum le había prendido fuego. La policía de Orphea, también. Pero no había nada que lo demostrase. Estaba claro que Tennenbaum tenía el don de no dejar huellas. Teníamos una esperanza: destruir su coartada consiguiendo probar que había salido del Gran Teatro en cierto momento de la noche de los asesinatos. Había estado de guardia desde las cinco de la tarde hasta las once de la noche. Es decir, seis horas. Veinte minutos le habrían bastado para ir a casa del alcalde y volver. Veinte minutitos de nada. Interrogamos a todos los voluntarios que estuvieron entre bastidores la noche del estreno: todo el mundo afirmaba que había visto una y mil veces a Tennenbaum aquella noche. Pero de lo que se trataba era de saber si había estado en el Gran Teatro cinco horas con cuarenta minutos o seis horas. Ahí residía toda la diferencia. Y, por supuesto, nadie lo sabía. Lo habían visto unas veces por la zona de los camerinos, otras por la zona de los decorados y algunas yendo un momento al bar a comprarse un bocadillo. Lo habían visto por todos lados y en ningún lado en concreto.

La investigación estaba completamente empantanada y nosotros, a punto de perder las esperanzas, cuando una mañana nos llamó por teléfono una empleada de un banco de Hicksville que iba a cambiar el curso de la investigación.

Jesse Rosenberg
Viernes 4 y sábado 5 de julio de 2014
Veintidós días antes del festival

Derek y Darla organizaban todos los años una gran barbacoa en su jardín para celebrar el Cuatro de Julio y nos invitaron a Anna y a mí. Yo no acepté la invitación so pretexto de que ya me habían invitado en otro sitio. Pasé la fiesta nacional solo, encerrado en la cocina, intentando desesperadamente repetir una salsa para hamburguesas cuyo secreto tenía Natasha tiempo atrás. Aunque mis numerosos intentos eran todos infructuosos. Faltaban ingredientes y no tenía forma de identificar cuáles eran. Natasha ideó en primer lugar esa salsa para sándwiches de rosbif. Sugerí que la utilizase también con hamburguesas y tuvo muchísimo éxito. Pero ninguna de las decenas de hamburguesas que hice ese día se parecía a las que hacía Natasha.

Anna, por su parte, fue a casa de sus padres en Worcester, un suburbio encopetado situado a poca distancia de la ciudad de Nueva York, para una celebración familiar tradicional. Cuando estaba llegando, su hermana la llamó alarmadísima.

—Anna, ¿dónde estás?

—Llegando. ¿Qué pasa?

—La barbacoa la organiza el nuevo vecino de papá y mamá.

—¿Por fin han vendido la casa de al lado?

—Sí, Anna —contestó su hermana—. Y no te vas a creer quién la ha comprado: Mark. Mark, tu exmarido.

Anna hundió el pie en el pedal del freno. Pasmada. Oía a su hermana diciendo por el teléfono: «¿Anna? Anna, ¿estás ahí?». Quiso la casualidad que se detuviera exactamente delante de la casa en cuestión: siempre le había parecido bonita; a partir de ese momento la encontraba horrible y pretenciosa. Pasó revista a los adornos ridículos de la fiesta nacional que colgaban en las ventanas. Ni que fuera la Casa Blanca. Como siempre hacía con los padres de Anna, Mark se había pasado. Sin saber ya si debía quedarse o salir huyendo, Anna decidió encerrarse en el coche. En el césped cercano vio a niños jugando y a padres felices. De todas sus ambiciones, la más querida había sido fundar una familia. Envidiaba a sus amigas felizmente casadas. Envidiaba a sus amigas que eran madres dichosas.

Unos golpes en el cristal de la ventanilla la sobresaltaron. Era su madre.

—Anna —le dijo—, te lo ruego, no me avergüences y ven, por favor. Todo el mundo sabe que estás aquí.

—¿Por qué no me has avisado? —preguntó Anna con tono cortante—. Me habría ahorrado el trayecto.

—Por eso mismo no te dije nada.

—Pero ¿es que os habéis vuelto locos? ¿Celebráis el Cuatro de Julio en casa de mi exmarido?

—Celebramos el Cuatro de Julio en casa de nuestro vecino —objetó su madre.

—¡Ay, por favor, no juegues con las palabras!

Los invitados se fueron agolpando poco a poco en el césped para mirar la escena; y, entre ellos, Mark, luciendo su mejor cara de perro apaleado.

—Toda la culpa la tengo yo —dijo—. No tendría que haberos invitado sin hablar antes con Anna. Deberíamos suspenderlo todo.

—¡No vamos a suspender nada, Mark! —dijo irritada la madre de Anna—. ¡A mi hija no tienes por qué rendirle cuentas!

Anna oyó que alguien susurraba:

—Pobre Mark, que tenga que pasar por esta humillación cuando nos está recibiendo con tanta generosidad.

Anna notaba cómo le clavaban las miradas cargadas de desaprobación. No quería darle a Mark un motivo para que pudiera unir a su propia familia en su contra. Se bajó del coche y se sumó a la fiesta, que transcurría en la parte trasera del jardín, junto a la piscina.

Mark y el padre de Anna, ambos ataviados con delantales de cocina idénticos, se afanaron en la parrilla. Todo el mundo estaba embelesado con la nueva casa de Mark y con la calidad de las hamburguesas. Anna agarró una botella de vino blanco y se acomodó en un rincón, jurándose que iba a comportarse como es debido y a no organizar un escándalo.

A pocas decenas de millas de allí, en Manhattan, en el despacho de su piso de Central Park West, Meta Ostrovski miraba tristemente por la ventana. Había creído al principio que su despido de la *Revista de Letras de Nueva York* no era más que una rabieta de Bergdorf y que este lo llamaría al día siguiente para decirle que era indispensable y único. Pero Bergdorf no había llamado. Ostrovski fue a la redacción y se encontró con que su despacho estaba vacío del todo y sus libros, apilados en cajas de cartón listas para que se las llevaran. Las secretarias no lo dejaron entrar en el despacho de Bergdorf. Había intentado en vano llamarlo por teléfono. ¿Qué iba a ser de él?

La asistenta entró en la habitación con una taza de té.

—Me marcho ya, señor Ostrovski —dijo con suavidad—. Voy a casa de mi hijo para la fiesta nacional.

—Hace usted muy bien, Erika —le contestó el crítico.

—¿Hay algo que pueda hacer por usted antes de irme?

—¿Tendría la bondad de dignarse coger un almohadón y asfixiarme con él?

—No, señor; eso no puedo hacerlo.

Ostrovski suspiró:

—Entonces, puede irse.

Del otro lado del parque, en su piso de la Quinta Avenida, Jerry y Cynthia se disponían a salir para ir a celebrar el Día de la Independencia en casa de unos amigos.

Dakota alegó para no salir que le dolía la cabeza. No le llevaron la contraria. Preferían saber que estaba en casa. Cuando se marcharon, estaba en el salón viendo la televisión. Transcurrieron unas cuantas horas. Cansada y sola en aquel piso gigantesco, acabó por liarse un porro, agarró una botella de vodka del mueble-bar de su padre —sabía dónde escondía la llave— y se acomodó bajo la rejilla de ventilación de la cocina para beber y fumar. Cuando se acabó el porro, un tanto colocada y un poco borracha, se fue a su cuarto. Saco el *Yearbook* de su instituto, encontró la página que buscaba y se volvió a la cocina. Lio otro porro, bebió algo más de vodka y acarició con la yema del dedo la foto de una alumna. Tara Scalini.

Dijo su nombre. «Tara». Se echó a reír y, luego, le corrieron las lágrimas. Se le escapó un sollozo descontrolado. Se dejó caer al suelo, llorando en silencio. Se quedó así hasta que sonó el teléfono. Era Leyla.

—Hola, Leyl —dijo Dakota al descolgar.

—Vaya mierda de voz tienes, Dakota. ¿Has estado llorando?

—Sí.

Era joven y guapa, casi una niña aún, tendida en el suelo, con el pelo desparramado como una melena de león alrededor del rostro delgado.

—¿Quieres venir? —le preguntó Leyla.

—Le prometí a mis padres que me quedaría en casa. Pero me parece bien que vengas tú aquí. No quiero estar sola.

—Me meto en un taxi y llego enseguida —prometió Leyla.

Dakota colgó y, luego, se sacó del bolsillo una bolsita de plástico donde había unos polvos claros: ketamina. Puso unos pocos en el fondo de un vaso y los disolvió en vodka antes de beberse todo de un trago.

Hasta el día siguiente por la mañana no descubrió Jerry que a la botella de vodka le faltaban las tres cuartas partes. Rebuscó entonces en el cubo de la basura de la cocina y encontró dos colillas de porros. Estaba a punto de sacar a su hija de la cama cuando Cynthia lo instó a que esperase a que se levantara. En cuanto asomó Dakota por la puerta de su cuarto, le exigió explicaciones.

—¡Has traicionado nuestra confianza otra vez! —se indignó esgrimiendo la botella y las colillas.

—¡Ay, no seas tan estrecho! —le respondió Dakota—. Parece que nunca hayas sido joven.

Se volvió a su cuarto y se metió otra vez en la cama. Sus padres entraron en el acto en la habitación.

—¿Te das cuenta de que te has pimplado una botella de vodka casi entera y has fumado marihuana en nuestra casa? —le dijo su padre, furioso.

—¿Por qué te machacas así? —preguntó Cynthia esforzándose en no herirla.

—¿Y a vosotros qué coño os importa? —replicó Dakota—. De todas formas estaréis encantados cuando me vaya.

—¡Dakota! —protestó su madre—. ¿Cómo puedes decir algo así?

—Había dos vasos en el fregadero. ¿Quién estaba aquí? —fue la información que exigió Jerry Eden—. ¿Invitas a gente así por las buenas?

—Invito a amigos. ¿Dónde está el problema?

—¡El problema está en que fumas marihuana!

—Tranqui, un porro nada más.

—¿Me tomas por imbécil? ¡Sé que te metes porquerías! ¿Quién estaba contigo? ¿La gilipollitas esa de Neila?

—¡Es LEYLA, papá, no NEILA! ¡Y no es una gilipollas! ¡Deja de pensar que eres superior a todo el mundo solo porque tienes pasta!

—¡Bien que vives tú de esa pasta! —vociferó Jerry.

—Cariño —dijo Cynthia, esforzándose por calmar los ánimos—, tu padre y yo estamos preocupados. Creemos que tienes que ir a que te curen tu problema de adicción.

—Ya voy al doctor Lern.

—Estamos pensando en un centro especializado.

—¿Una cura? ¡No pienso volver a hacer una cura! ¡Fuera de mi cuarto!

Agarró un peluche infantil que no encajaba con el resto de la habitación y lo tiró en dirección a la puerta para echar a sus padres.

—¡Tú harás lo que se te diga! —replicó Jerry, dispuesto a no consentir ya nada más.

—No iré, ¿me oís? ¡No iré y os odio!

Se levantó de la cama para cerrar de un portazo, exigiendo un poco de intimidad. Luego, llorando, llamó a Leyla.

—¿Qué te pasa, Dakota? —preguntó Leyla, alarmada por los sollozos.

—Mis viejos quieren mandarme a un centro especializado.

—¿Qué? ¿A desengancharte? Pero ¿cuándo?

—Ni idea. Quieren hablar con el psiquiatra el lunes. Pero no pienso ir. ¿Me oyes? No voy a ir. Me largo esta noche. No quiero volver a ver en la vida a estos gilipollas. En cuanto se duerman, me abro.

Esa misma mañana, en Worcester, Anna, que había dormido en casa de sus padres, soportaba los asaltos de su madre, que la bombardeaba con preguntas durante el desayuno.

—Mamá —acabó por decir Anna—, tengo resaca. Me gustaría tomarme el café tranquilamente si es posible.

—¡Ah, vaya, te pasaste con la bebida! —dijo su madre, exasperada—. Así que ¿ahora bebes?

—Cuando todo el mundo me jode, sí, mamá, bebo.

La madre suspiró:

—Si estuvieras todavía con Mark, ahora viviríamos puerta con puerta.

—Pues entonces qué suerte que ya no estemos juntos —dijo Anna.

—¿De verdad se ha acabado todo entre Mark y tú?

—¡Mamá, llevamos un año divorciados!

—¡Huy, cariño, pero ya sabes que hoy eso no quiere decir nada ya: las parejas empiezan por vivir juntas, y luego se casan, y luego se divorcian tres veces, y para terminar vuelven a juntarse.

Anna suspiró por toda respuesta, cogió la taza de café y se levantó de la mesa. Su madre le dijo entonces:

—Desde aquel día dramático de la joyería Sabar no has vuelto a ser la misma, Anna. Ser policía te ha echado a perder la vida, eso es lo que pienso.

—Le quité la vida a un hombre, mamá —contestó Anna—. Y no puedo hacer nada para cambiarlo.

—Y, entonces, ¿qué? ¿Prefieres castigarte yéndote a vivir al culo del mundo?

—Sé que no soy la hija que te habría gustado tener, mamá. Pero, pese a lo que puedas creer, soy feliz en Orphea.

—Creía que tenías que ser la jefe de la policía de esa ciudad —le espetó su madre—. ¿Qué ha pasado?

Anna no contestó y se fue a la terraza para aislarse y disfrutar de un rato de tranquilidad.

Anna Kanner

Me acuerdo de aquella mañana de primavera de 2014, unas semanas antes de los acontecimientos relacionados con la desaparición de Stephanie. Empezaba a hacer bueno. Aunque todavía era temprano, hacía calor. Salí al porche de mi casa para coger el *Orphea Chronicle* que me dejaban todas las mañanas y me instalé en un sillón cómodo para leerlo mientras me tomaba el café. En ese momento, Cody, mi vecino, que iba por la calle, me saludó al pasar ante mí y me dijo:

—¡Bravo, Anna!

—¿Bravo por qué? —pregunté.

—Por el artículo del periódico.

Abrí el diario en el acto y, pasmada, me encontré con una foto grande mía bajo el siguiente titular:

¿SERÁ ESTA MUJER LA PRÓXIMA JEFA DE LA POLICÍA?

Cuando cada vez falta menos para que el actual jefe de la policía, Ron Gulliver, se jubile este otoño, corre el rumor de que no va a ser su adjunto, Jasper Montagne, quien lo suceda, sino su segunda adjunta, Anna Kanner, que llegó a Orphea el pasado mes de septiembre.

Me entró el pánico: ¿quién había avisado al *Orphea Chronicle*? Y, sobre todo, ¿cómo iban a reaccionar Montagne y sus colegas? Fui a toda prisa a la comisaría. Todos los policías se me vinieron encima: «¿Es verdad, Anna? ¿Vas a sustituir al jefe Gulliver?». Me abalancé, sin contestar, hacia el despacho del jefe Gulliver para intentar impedir el desastre. Pero era demasiado tarde: ya estaba cerrada la puerta. Montagne estaba dentro. Oí que gritaba:

—¿Qué historia es esa, jefe? ¿Lo ha leído? ¿Es cierto? ¿Anna va a ser la siguiente jefa de la policía?

Gulliver parecía tan sorprendido como él.

—Deja ya de creerte lo que lees en el periódico, Montagne —le ordenó—. ¡No son más que idioteces! Nunca en la vida he oído nada más ridículo. ¿Anna la siguiente jefa? Mira cómo me río. ¡Si acaba de llegar! Y, además, ¡los muchachos no aceptarían nunca que los dirigiese una mujer!

—Pues bien que la nombró usted subjefa —replicó Montagne.

—Segunda adjunta —especificó Gulliver—. Y ¿sabes quién era el segundo adjunto antes de que llegase ella? Nadie. Y ¿sabes por qué? Porque es una categoría fantasma. Un invento del alcalde Brown que quiere parecer moderno poniendo a tías por todas partes. Vaya con la igualdad esa de los cojones. Pero tú sabes tan bien como yo que todo eso son gilipolleces.

—Y, entonces, cuando sea yo jefe, ¿tendré que hacerla adjunta mía?

—Jasper —se esforzó en tranquilizarlo Gulliver—, cuando seas jefe pondrás a tu lado a quien quieras. Esa plaza de segunda adjunta es para cumplir y mentir. Ya sabes que el alcalde Brown me presionó para coger a Anna y que me tiene pillado. Pero, cuando yo me vaya y tú seas jefe, podrás largarla si te apetece. No te preocupes, que la voy a meter en cintura, ya verás. Se va a enterar de quién manda aquí.

Poco después me llamaron al despacho de Gulliver. Me mandó que me sentara enfrente de él y levantó el ejemplar del *Orphea Chronicle* que tenía encima del escritorio.

—Anna —me dijo con voz monótona—, te voy a dar un buen consejo. Un consejo de amigo. Que no se te vea, que no se te vea nada. Como si fueras un ratoncito.

Intenté defenderme:

—Jefe, no sé a qué ha venido ese artículo...

Pero Gulliver no me dejó acabar la frase y me dijo con tono cortante:

—Anna, voy a ser muy claro contigo. Se te nombró segunda adjunta porque eres una mujer. Así que deja de subirte a la parra y de pensar que te nombraron por tus supuestas competencias. La única razón de que estés aquí es que el alcalde Brown, con sus condenadas ideas revolucionarias, quería a toda costa nombrar a una mujer en la policía. Me estuvo dando la lata con sus historias de diversidad, de discriminación y de no sé qué más gilipolleces. Me ha presionado a muerte. Ya sabes cómo funciona esto: no quería empezar una guerra larvada con él cuando me falta un año para irme, ni que nos hiciera putadas con el presupuesto. En resumen, que él quería una mujer a toda costa y tú eras la única candidata. Así que te cogí. Pero no vengas a ponerme la comisaría manga por hombro. No eres más que una cuota, Anna. ¡No eres más que una cuota!

Cuando Gulliver acabó de echarme la bronca, como no me apetecía nada aguantar los asaltos de mis compañeros, me fui a patrullar. Aparqué detrás del panel gigantesco que hay en el lateral de la carretera 17, donde, desde que había llegado a Orphea, buscaba refugio cada vez que necesitaba pensar tranquila y el barullo de la comisaría no me lo permitía.

Sin dejar de atender al tráfico, todavía escaso a esa hora temprana, contesté a un mensaje de Lauren: había encontrado al hombre perfecto para mí y quería organizar una cena con él para presentármelo. Al decirle que no, volvió con la misma cantinela de siempre: «Si sigues así, Anna, vas a acabar sola». Cruzamos unos cuantos mensajes. Me quejé del jefe Gulliver y Lauren me sugirió que me volviera a Nueva York. Pero no me apetecía nada. Dejando aparte mis problemas de aclimatación profesional, me agradaban los Hamptons. Orphea era una ciudad donde se vivía a gusto, a orillas del océano y rodeada de una naturaleza silvestre. Las playas largas y arenosas, los bosques profundos, los estanques cubiertos de nenúfares, los brazos de mar sinuosos que atraían a una abundante fauna eran otros tantos lugares de ensueño que era posible encontrar en torno a la ciudad. Los veranos eran fantásticos y calurosos; los inviernos, crudos pero luminosos.

Sabía que era un sitio donde por fin iba a poder ser feliz.

Jesse Rosenberg

Lunes 7 de julio de 2014
Diecinueve días antes del festival

Primera plana del *Orphea Chronicle,* edición del lunes 7 de julio de 2014:

ABANDONADO EL FESTIVAL DE TEATRO

¿Y si fuera el punto final del festival de teatro de Orphea? Tras haber sido el centro de la vida estival durante veinte años, bien parece que la edición del presente año está más en el aire de lo que nunca estuvo después de que los voluntarios, acontecimiento singular en la historia de esta institución, votasen una huelga indefinida alegando que temen por su seguridad. Desde ese momento la pregunta está en todas las bocas: ¿puede celebrarse el festival sin voluntarios?

Anna se había pasado el domingo siguiéndole la pista a Kirk Harvey. Al final, había dado con su padre, Cornelius Harvey, que vivía en una residencia para jubilados en Poughkeepsie, a tres horas de camino de Orphea. Había hablado con el director, que estaba esperando nuestra visita.

—¿Trabajaste ayer, Anna? —dije extrañado mientras íbamos de camino los dos hacia la residencia—. Creía que pasabas el fin de semana en casa de tus padres.

Se encogió de hombros.

—Acortamos las celebraciones —me contestó—. Me alegraba tener algo que hacer para pensar en otra cosa. ¿Dónde está Derek?

—En el centro regional. Está repasando el expediente de la investigación de 1994. Lo agobia la idea de que a lo mejor nos perdimos algo.

—¿Qué os pasó a los dos, Jesse, en 1994? Por lo que cuentas, me da la impresión de que debíais de ser los mejores amigos del mundo.

—Lo seguimos siendo —le aseguré.

—Pero algo falló entre vosotros en 1994...

—Sí. No estoy seguro de estar preparado para hablar de eso.

Ella asintió en silencio y, luego, quiso cambiar de tema.

—Y tú, Jesse, ¿qué hiciste en la fiesta nacional?

—Estuve en mi casa.

—¿Solo?

—Solo. Me hice hamburguesas con salsa Natasha.

Sonreí; era un detalle inútil.

—¿Quién es Natasha?

—Mi novia.

—¿Tienes novia?

—Es agua pasada. Soy el soltero de guardia.

Ella se echó a reír.

—Yo también —me dijo—. Desde que me divorcié, todas las amigas me pronostican que acabaré sola en la vida.

—¡Eso duele! —dije en tono compasivo.

—Un poco. Pero tengo la esperanza de encontrar a alguien. Y, con Natasha, ¿qué se torció?

—Menudas bromas nos gasta a veces la vida, Anna.

Le vi en la mirada que entendía lo que quería decir. Y se limitó a darme la razón en silencio.

La residencia Los Robles era un edificio pequeño de balcones floridos en las afueras de Poughkeepsie. En el vestíbulo había un grupito de ancianos en silla de ruedas acechando a la gente que pasaba.

—¡Visitas! ¡Visitas! —exclamó, cuando entramos, uno de ellos que tenía un tablero de ajedrez en el regazo.

—¿Vienen a vernos? —preguntó un viejecito sin dientes que parecía una tortuga.

—Venimos a ver a Cornelius Harvey —le contestó amablemente Anna.

—¿Por qué no vienen a verme a mí? —preguntó con voz tembliqueante una anciana menuda, flaca como una ramita.

—A mí hace dos meses que no han venido a verme mis hijos —intervino el jugador de ajedrez.

Nos identificamos en recepción y, pocos momentos después, apareció el director del centro. Era un hombrecillo como una bola con el traje empapado de sudor. Le echó el ojo a Anna vestida de uniforme y nos estrechó la mano con muchos bríos. La suya estaba pringosa.

—¿Para qué quieren ver a Cornelius Harvey? —preguntó.

—Estamos buscando a su hijo en relación con una investigación criminal.

—Y ¿qué ha hecho el chico?

—Nos gustaría hablar con él.

Nos llevó por los pasillos hasta un salón por donde andaban repartidos unos cuantos residentes. Algunos jugaban a las cartas, otros leían y otros más se limitaban a mirar al vacío.

—Cornelius —anunció el director—, tiene visita.

Un anciano alto y delgado de pelo blanco revuelto y que vestía una gruesa bata se levantó de su sillón y nos miró con curiosidad.

—¿La policía de Orphea? —dijo extrañado al acercarse, mirando el uniforme negro de Anna—. ¿Qué sucede?

—Señor Harvey —le dijo Anna—, no tenemos más remedio que ponernos en contacto con su hijo Kirk.

—¿Kirky? ¿Qué quieren de él?

—Venga, señor Harvey. Vamos a sentarnos —sugirió Anna.

Nos acomodamos los cuatro en una esquina en que había un sofá y dos sillones. Un rebaño de ancianos curiosos se apiñó alrededor.

—¿Para qué quieren a mi Kirky? —preguntó Cornelius, preocupado.

Por la forma en que nos hablaba ya teníamos resuelta la primera duda: Kirk Harvey, en efecto, estaba vivo.

—Hemos reabierto uno de sus casos —explicó Anna—. En 1994, su hijo investigó un cuádruple asesinato cometido en Orphea. Tenemos muy buenas razones para creer que el mismo asesino ha matado a una joven hace unos días. Necesitamos hablar con Kirk ineludiblemente para resolver este caso. ¿Está usted en contacto con él?

—Sí, claro. Hablamos por teléfono muchas veces.

—¿Viene por aquí?

—¡Ah, no! ¡Vive demasiado lejos!

—¿Dónde vive?

—En California. ¡Anda con una obra de teatro que va a tener muchísimo éxito! Es un gran director, ¿saben? Se va a hacer muy famoso. ¡Muy famoso! Cuando estrenen por fin su obra, me pondré un traje elegante e iré a aplaudirlo. ¿Quieren ver el traje? Está en mi habitación.

—No, muchas gracias —contestó Anna, rechazando la oferta—. Dígame, señor Harvey, ¿cómo podemos localizar a su hijo?

—Tengo un número de teléfono. Puedo dárselo. Hay que dejarle recado y luego llama él.

Sacó una libretita del bolsillo y le dictó el número a Anna.

—¿Cuánto tiempo lleva Harvey viviendo en California? —pregunté.

—Ya se me ha olvidado. Mucho. Veinte años, quizá.

—Así que, cuando se marchó de Orphea, ¿se fue directamente a California?

—Sí, directamente.

—¿Por qué lo dejó todo de la noche a la mañana?

—Pues por *La noche negra* —nos contestó Cornelius como si se tratase de una obviedad.

—¿*La noche negra?* Pero ¿qué es esa dichosa «noche negra», señor Harvey?

—Lo había descubierto todo —nos dijo Cornelius, sin responder en realidad a la pregunta—. Había descubierto la identidad del autor del cuádruple asesinato de 1994 y no le quedó más remedio que irse.

—¿Así que sabía que no era Ted Tennenbaum? Pero ¿por qué no lo detuvo?

—Solo mi Kirk puede contestarles a eso. Y, por favor, si lo ven, díganle que su papá le manda muchos besos.

En cuanto salimos de la residencia, Anna marcó el número que nos había dado Cornelius Harvey.

—Beluga Bar, dígame —contestó una voz femenina al otro extremo del cable.

—Buenos días —dijo Anna cuando se le pasó la sorpresa—, querría hablar con Kirk Harvey.

—Déjeme el recado y él la llamará.

Anna dio su nombre y su número de teléfono e indicó que se trataba de un asunto importantísimo. Cuando hubo colgado, hicimos una búsqueda rápida en internet: el Beluga Bar era un local situado en el barrio de Meadowood de Los Ángeles. Aquel nombre no me era desconocido. Y de pronto vi la relación. Llamé en el acto a Derek y le pedí que volviera a mirar los extractos de la tarjeta de crédito de Stephanie.

—Recordabas bien —me confirmó tras repasar con mucha atención los documentos—. Según sus cargos, Stephanie fue tres veces al Beluga Bar cuando estuvo en Los Ángeles en junio.

—¡Por eso estaba en Los Ángeles! —exclamé—. Había dado con el rastro de Kirk Harvey y fue a verlo.

*

Nueva York, ese mismo día

En el piso de los Eden, Cynthia estaba fuera de sí. Dakota llevaba dos días desaparecida. Habían avisado a la policía, que la estaba buscando afanosamente. Jerry y Cynthia habían peinado la ciudad e ido a ver a todos sus amigos. En vano. Ahora andaban dando vueltas por el piso esperando unas noticias que no llegaban. Tenían los nervios destrozados.

—Seguro que vuelve cuando necesite pasta para comprar esa mierda que se mete —acabó por decir Jerry, harto.

—¡Jerry, no te reconozco! ¡Es nuestra hija! ¡Teníais tanta complicidad los dos! ¿Te acuerdas? Cuando era pequeña, yo tenía incluso celos de esa relación vuestra.

—Ya lo sé, ya lo sé —contestó Jerry, queriendo calmar a su mujer.

No se habían percatado de la desaparición de su hija hasta muy entrado ya el domingo. Creían que estaba durmiendo y no fueron a su cuarto hasta primera hora de la tarde.

—Deberíamos haber ido antes a echar una ojeada —se reprochó Cynthia.

—Y ¿cuál habría sido la diferencia? Y, además, de todas formas, se supone que «respetamos "su espacio íntimo"», como se me ha pedido en las sesiones de terapia familiar. Nos hemos limitado a aplicar el puñetero principio de confianza de tu puñetero doctor Lern.

—¡No lo tergiverses todo, Jerry! Cuando hablamos de eso en la sesión fue porque Dakota se quejaba de que registrabas su habitación para buscar droga. Lo que dijo el doctor Lern fue que convirtiéramos su cuarto en un espacio propio que respetásemos, que implantásemos un principio de confianza. ¡No nos dijo que no fuéramos a ver si nuestra hija estaba bien!

—Lo que parecía era que se le habían pegado las sábanas. Quería dejarle el beneficio de la duda.

—Sigue teniendo el móvil apagado —dijo con un nudo en la garganta Cynthia, quien entretanto había intentado localizar, una vez más, a su hija—. Voy a llamar al doctor Lern.

En ese momento sonó el teléfono fijo. Jerry fue corriendo a cogerlo.

—¿Señor Eden? Policía de Nueva York. Hemos encontrado a su hija. Está bien, no se preocupen. Una patrulla la recogió en un callejón, dormida, a todas luces borracha. La han llevado al hospital Mount Sinai para que le hagan una revisión.

En ese mismo momento, en la redacción de la *Revista de Letras de Nueva York,* Skip Nalan, el redactor jefe adjunto, entró como una fiera en el despacho de Steven Bergdorf.

—¿Has puesto en la calle a Ostrovski? —gritó Skip—. Pero ¿es que has perdido por completo la cabeza? Y ¿qué es esa sección penosa que quieres meter en el próximo número? Y ¿de dónde has sacado a esa Alice Filmore? Su texto es una porquería, ¡no me digas que quieres publicar semejante birria!

—Alice es una periodista muy capaz. Tengo mucha fe en ella. La conoces, es la que se ocupaba antes del correo.

Skip Nalan se echó las manos a la cabeza.

—¿Del correo? —repitió exasperado—. ¿Has puesto en la calle a Ostrovski para sustituirlo por una chica encargada del correo que escribe artículos de mierda? ¿Es que te drogas, Steven?

—Ostrovski ya no tiene nivel. Es odioso de forma innecesaria. ¡Y Alice es una joven rebosante de talento! —protestó Bergdorf—. Sigo siendo el jefe de esta revista, ¿sí o no?

—¿De talento? ¡Es para cagarse encima, desde luego! —siguió gritando Skip, que se fue dando un portazo.

Nada más salir, se abrió de golpe la puerta del armario empotrado y apareció Alice. Steven se abalanzó hacia la puerta para echar el pestillo.

—Ahora no, Alice —le suplicó, temiendo que le fuera a montar una escena.

—¡Pero bueno! ¿Lo has oído, Stevie? ¡Oyes las cosas espantosas que dice de mí y tú ni siquiera me defiendes!

—Pues claro que te he defendido. He dicho que tu artículo era muy bueno.

—Deja ya de ser un huevón, Stevie. ¡Quiero que lo despidas a él también!

—No seas ridícula, no voy a despedir a Skip. Tú ya has conseguido que echase a Stephanie y la cabeza de Ostrovski. ¡No pretenderás diezmarme la revista, digo yo!

Alice lo fulminó con la mirada y luego exigió un regalo.

Bergdorf obedeció, avergonzado. Recorrió las tiendas de lujo de la Quinta Avenida con las que tan encariñada estaba Alice. En una tienda de artículos de piel encontró un bolsito muy elegante. Sabía que era exactamente la clase de bolso que le gustaba a Alice. Lo cogió y entregó su tarjeta de crédito a la vendedora. La rechazaron por falta de saldo. Probó con otra y la rechazaron también. Lo mismo pasó con la tercera. Le empezó a entrar el pánico, se le humedeció de sudor la frente. Solo estaban a 7 de julio, se había agotado el crédito de las tarjetas y la cuenta estaba pelada. A falta de otra solución, decidió usar la tarjeta de la *Revista,* que aceptaron. Ya solo le quedaba la cuenta con el dinero de las vacaciones. Tenía que convencer como fuera a su mujer para que renunciase al proyecto de viaje en autocaravana a Yellowstone.

Tras efectuar la compra, siguió vagabundeando por las calles. El cielo encapotado se estaba poniendo tormentoso. Cayó una primera salva de gotas de lluvia, calientes y sucias, que le mojó la camisa y el pelo. Siguió andando sin hacer caso, se sentía completamente perdido. Acabó por entrar en un McDonald's y pidió un café, que se tomó en una mesa mugrienta. Estaba desesperado.

*

Anna y yo, de regreso a Orphea, nos detuvimos en el Gran Teatro. Durante el camino de vuelta de Poughkeepsie habíamos llamado a Cody: estábamos buscando cualquier documento que tuviera que ver con el primer festival de teatro. Teníamos sobre todo mucha curiosidad por la obra que había interpretado Kirk Harvey y que, inicialmente, el alcalde Gordon había querido prohibir.

Anna me guio por el edificio hasta llegar entre bastidores. Cody nos estaba esperando en su despacho: había sacado de los archivos una caja de cartón llena de recuerdos, todos revueltos.

—¿Qué buscáis en concreto? —nos preguntó Cody.

—Información relevante sobre el primer festival. El nombre de la compañía que representó la obra inaugural, cuál era la obra de Kirk Harvey...

—¿Kirk Harvey? Interpretaba una obra ridícula que se llamaba *Yo, Kirk Harvey*. Un monólogo sin interés. La obra inaugural fue *Tío Vania*. Mirad, aquí está el programa.

Sacó un folleto viejo con el papel amarillento y me lo alargó.

—Podéis quedaros con él —me dijo—. Tengo más.

Luego siguió rebuscando en la caja y sacó un librito.

—Ah, se me había olvidado por completo la existencia de este libro. Una idea del alcalde Gordon en aquel momento. A lo mejor os es de utilidad.

Cogí el libro y leí el título:

HISTORIA DEL FESTIVAL DE TEATRO DE ORPHEA
por Steven Bergdorf

—¿Qué libro es este? —le pregunté en el acto a Cody.

—Steven Bergdorf —dijo Anna atragantándose al leer el nombre del autor.

Cody nos contó entonces un episodio ocurrido dos meses antes del cuádruple asesinato.

*

Orphea, mayo de 1994

Encerrado en su despachito de la librería, Cody estaba ocupado haciendo pedidos cuando Meghan Padalin abrió tímidamente la puerta.

—Perdona que te moleste, Cody, pero está aquí el alcalde y quiere verte.

Cody se puso en pie en el acto y salió de la trastienda. Tenía curiosidad por saber qué se le ofrecía al alcalde. Por alguna razón misteriosa, este llevaba sin ir por la librería desde el mes de marzo. Cody no se explicaba el motivo. Le daba la impresión de que el alcalde evitaba ir a su tienda. Incluso lo había visto comprar libros en la librería de East Hampton.

Gordon estaba del otro lado del mostrador, sobando nerviosamente un folleto.

—¡Señor alcalde! —exclamó Cody.

—Hola, Cody.

Se dieron un caluroso apretón de manos.

—¡Qué felicidad tener una librería tan estupenda en Orphea! —dijo el alcalde Gordon contemplando las baldas llenas de libros.

—¿Todo va bien, señor alcalde? —inquirió Cody—. Me ha dado la impresión de que últimamente me andaba evitando.

—¿Que yo lo evitaba a usted? —dijo Gordon divertido—. ¡Vamos, qué idea tan curiosa! ¿Sabe? ¡Me tiene impresionado cuánto lee aquí la gente! Siempre con un libro en la mano. El otro día estaba cenando en el restaurante y, se lo crea o no, había en la mesa de al lado una pareja joven, sentados uno enfrente de otro, ¡y cada cual con las narices metidas en un libro! Me dije que la gente se había vuelto loca. ¡Hablad, qué demonios, en vez de estar ensimismados en vuestro libro! Y, además, los bañistas no van a la playa más que con montones de buenas novelas. Es su droga.

Cody escuchó, divertido, el relato del alcalde. Le pareció afable y simpático. Tan campechano. Pensó que se lo habría imaginado todo. Pero la visita de Gordon no era desinteresada.

—Quería hacerle una pregunta, Cody —siguió diciendo Gordon entonces—. Como ya sabe, el 30 de julio inauguramos nuestro primer festival de teatro...

—Sí, claro que lo sé —contestó Cody, con entusiasmo—. Ya he pedido varias ediciones de *Tío Vania* para ofrecérselas a los clientes.

—¡Qué espléndida idea! —aprobó el alcalde—. Pues esto es lo que venía a pedirle: Steven Bergdorf, el redactor jefe del *Orphea Chronicle,* ha escrito un librito dedicado al festival de teatro. ¿Cree usted que podría venderlo aquí? Tenga, le he traído un ejemplar.

Le alargó a Cody el cuadernillo. La portada era una foto del alcalde delante del Gran Teatro; y, encima, el título.

—*Historia del festival* —leyó Cody en voz alta, antes de decir con extrañeza—. Pero esta es solo la primera edición del festival, ¿no? ¿No es un poco pronto para dedicarle un libro?

—Hay tanto que decir al respecto, ya sabe —le aseguró el alcalde antes de irse—. No descarte unas cuantas buenas sorpresas.

Cody no le veía, en realidad, ningún interés al libro, pero quería ser amable con el alcalde y aceptó venderlo en su librería. Cuando Gordon se hubo marchado, volvió a aparecer Meghan Padalin.

—¿Qué quería? —le preguntó a Cody.

—Hacer la promoción de un cuadernillo que ha editado.

Ella se relajó y hojeó el librito.

—No tiene mala pinta —opinó—. ¿Sabes? Hay bastantes personas por aquí que pagan de su bolsillo la publicación de sus libros. Deberíamos ofrecerles un rinconcito para que pudieran ponerlos a la venta.

—¿Un rincón? Pero si estamos ya sin sitio. Y, además, no le interesará a nadie —le dijo Cody—. A la gente no le apetece comprar el libro del vecino.

—Usemos el trastero que está al fondo de la tienda —insistió Meghan—. Una manita de pintura y quedará como nuevo. Lo convertimos en una habitación para los escritores locales. Ya verás: los escritores son buenos clientes para las librerías. Vendrán de toda la zona a ver su libro en las estanterías y aprovecharán para comprar.

Cody pensó que podía ser una buena idea. Y, además, quería agradar al alcalde Gordon: se daba cuenta claramente de que algo no iba bien y eso lo disgustaba.

—Probemos si quieres, Meghan —asintió Cody—. No perdemos nada por probar. En el peor de los casos, habremos arreglado el trastero. Sea como fuere, gracias al alcalde Gordon me entero de que Steven Bergdorf es escritor en sus horas muertas.

*

—¿Steven Bergdorf es el antiguo redactor jefe del *Orphea Chronicle*? —se asombró Anna—. ¿Tú lo sabías, Jesse?

Me encogí de hombros; yo tampoco tenía ni idea. ¿Había coincidido con él entonces? Ya no lo sabía.

—¿Lo conocéis? —preguntó Cody, sorprendido por nuestra reacción.

—Es el redactor jefe de la *Revista* donde trabajaba Stephanie Mailer en Nueva York —explicó Anna.

¿Cómo podía yo no recordar a Steven Bergdorf? Tras informarnos, descubrimos que Bergdorf había dimitido de su puesto de redactor jefe del *Orphea Chronicle* al día siguiente del cuádruple asesinato y le había dejado el sitio a Michael Bird. Curiosa coincidencia. ¿Y si Bergdorf se hubiera ido llevándose unas preguntas que lo seguían atormentando hoy? ¿Y si era él quien le había encargado a Stephanie el libro que estaba escribiendo? Ella se refería a alguien que no podía escribirlo directamente. Parecía lógico que el antiguo redactor jefe del periódico local no pudiera volver veinte años después a meter las narices en aquel asunto. Teníamos que ir por fuerza a Nueva York para hablar con Bergdorf. Decidimos hacerlo al día siguiente a primera hora.

No se habían acabado las sorpresas. Ese mismo día, ya muy a última hora de la tarde, llamaron a Anna al móvil. El número que aparecía era el del Beluga Bar.

—¿Subjefa Kanner? —le dijo una voz de hombre al otro extremo del hilo—. Kirk Harvey al aparato.

Derek Scott

Lunes 22 de agosto de 1994. Tres semanas después del cuádruple asesinato.

Jesse y yo íbamos camino de Hicksville, una ciudad de Long Island, entre Nueva York y Orphea. La mujer que nos había llamado estaba empleada en una sucursal pequeña del Bank of Long Island.

—Nos ha citado en un café del centro —le expliqué a Jesse en el coche—. Su jefe no está enterado de que nos ha llamado.

—Pero ¿tiene que ver con el alcalde Gordon?

—Por lo visto.

Pese a que era muy temprano, Jesse iba comiendo un sándwich caliente de carne con una salsa marrón que olía de maravilla.

—¿Quieresh un poco? —me preguntó Jesse entre dos bocados alargándome el tentempié—. Eshtá riquíshimo.

Le di un mordisco al pan. Pocas veces había comido algo tan exquisito.

—Es por la salsa, que está increíble. No sé cómo la hace Natasha. La llamo la salsa Natasha.

—¿Cómo? ¿Natasha te ha hecho un sándwich esta mañana antes de que salieras?

—Sí —me contestó Jesse—. Se ha levantado a las cuatro de la mañana para ensayar platos para el restaurante. Darla irá por casa dentro de un rato. El problema ha sido elegir. Tortitas, gofres, ensaladilla rusa. Había para dar de comer a un regimiento. Le he sugerido que sirva estos sándwiches en La Pequeña Rusia. La gente se los va a quitar de las manos.

—Y con muchas patatas fritas —dije viéndome ya allí—. Nunca hay suficiente guarnición de patatas fritas.

La empleada del Bank of Long Island se llamaba Macy Warwick. Nos estaba esperando en un café vacío, revolviendo nerviosamente el capuchino con una cucharilla.

—Estuve en los Hamptons el fin de semana pasado y vi en un periódico la foto de esa familia a la que han asesinado. Me daba la impresión de que conocía al hombre y luego me di cuenta de que era un cliente del banco.

Había llevado un archivador de cartón con documentación bancaria y lo empujó hacia nosotros. Entonces siguió diciendo:

—Me ha hecho falta cierto tiempo para dar con su nombre. No me llevé el periódico y no se me había quedado el apellido. Tuve que ir marcha atrás en el sistema informático del banco para localizar las operaciones. Estos últimos meses venía incluso varias veces por semana.

Mientras la escuchábamos, Jesse y yo miramos los extractos de las cuentas que Macy Warwick había traído. En todas las ocasiones se trataba de un ingreso de veinte mil dólares en efectivo que metía en una cuenta abierta en el Bank of Long Island.

—¿Joseph Gordon venía a esta sucursal varias veces por semana para ingresar veinte mil dólares?

—Sí —asintió Macy—. Veinte mil dólares es el ingreso máximo que un cliente no tiene que justificar.

Al estudiar los documentos, descubrimos que ese comportamiento había comenzado el mes de marzo anterior.

—Así que, si lo estoy entendiendo bien —dije—, nunca le han tenido que pedir al señor Gordon que justificase ese dinero.

—No. Y, además, a mi jefe no le gusta que se le hagan a la gente demasiadas preguntas. Dice que, si los clientes no vienen aquí, se irán a otro sitio. Por lo visto, la dirección del banco está pensando en cerrar sucursales.

—¿Así que el dinero sigue en esa cuenta de su banco?

—En nuestro banco, por así decirlo. Pero me he permitido mirar a qué correspondía la cuenta en que se ingresaba el dinero: era una cuenta diferente, también del señor Gordon, pero abierta en nuestra sucursal de Bozeman, en Montana.

Jesse y yo nos quedamos de una pieza. En los documentos bancarios encontrados en casa de Gordon no aparecían más que sus cuentas personales abiertas en un banco de los Hamptons. ¿Qué era esa cuenta secreta abierta en Bozeman, en lo más remoto de Montana?

Nos pusimos en contacto inmediatamente con la policía estatal de Montana para obtener más información. Y lo que descubrieron justificó que Jesse y yo tomásemos un vuelo para el Yellowstone Bozeman Airport, con escala en Chicago, provistos de sándwiches con salsa Natasha para amenizar el viaje.

Joseph Gordon tenía alquilada una casita en Bozeman desde el mes de abril, lo que pudo determinarse por los reintegros de su misteriosa cuenta bancaria abierta en Montana hechos en el cajero automático. Localizamos al agente inmobiliario que nos llevó a una casucha birriosa de madera, de planta baja, en la esquina de dos calles.

—Sí, en efecto, es él, Joseph Gordon —nos aseguró el agente inmobiliario cuando le enseñamos una foto del alcalde—. Ha venido una vez a Bozeman. En abril. Estaba solo. Vino por carretera desde el estado de Nueva York. Traía el coche lleno de cajas de cartón. Antes incluso de ver la casa me confirmó que se quedaba con ella. «Por ese precio, no puedo negarme», me dijo.

—¿Está seguro de que este es el hombre al que vio? —pregunté.

—Sí. No me inspiraba confianza, así que le saqué una foto con discreción para quedarme con su cara y con su matrícula, por si las moscas. ¡Miren!

El agente inmobiliario sacó de la documentación una foto en la que se veía con claridad al alcalde Gordon descargando cajas de cartón de un descapotable azul.

—¿Le explicó por qué quería venirse a vivir aquí?

—La verdad es que no, pero acabó por decir más o menos: «No es que el sitio sea muy bonito que digamos, pero aquí por lo menos no vendrá nadie a buscarme».

—Y ¿cuándo tenía que llegar?

—Tenía la casa alquilada desde abril, pero no sabía con exactitud cuándo iba a venir para quedarse. A mí me importaba un bledo; mientras el alquiler se pague, lo demás no es cosa mía.

—¿Puedo quedarme con esta foto para añadirla al expediente? —le pregunté también al agente inmobiliario.

—Faltaría más, sargento.

Cuenta bancaria abierta en marzo, casa alquilada en abril: el alcalde Gordon había planificado su huida. La tarde de su muerte estaba, en efecto, a punto de irse de Orphea con su familia. Seguía habiendo una pregunta pendiente: ¿cómo lo sabía el asesino?

También había que entender de dónde venía ese dinero. Porque ahora era evidente desde nuestro punto de vista que había una relación entre su muerte y esas cantidades enormes de dinero que había transferido a Montana: casi quinientos mil dólares en total.

Nuestro primer reflejo fue comprobar si ese dinero podía establecer un nexo entre Ted Tennenbaum y el alcalde Gordon. Tuvimos que recurrir a nuestras mejores dotes persuasivas para que el mayor accediera a pedirle una orden al sustituto del fiscal y pudiéramos consultar los datos bancarios de Tennenbaum.

—Ya sabéis —nos avisó el mayor— que, con un abogado como Starr, si volvéis a meter la pata, acabaréis en una comisión disciplinaria, o incluso delante de un juez, por acoso. Y eso, permitidme que os diga, sería el final de vuestras carreras.

Lo sabíamos perfectamente. Pero no podíamos por menos de constatar que el alcalde había empezado a recibir esas cantidades misteriosas al empezar las obras de restauración del Café Athéna. ¿Y si el alcalde Gordon había decidido extorsionar a Tennenbaum a cambio de no detener las obras y permitirle que abriera el negocio a tiempo para el festival?

El sustituto del fiscal, tras oír nuestros argumentos, opinó que nuestra teoría era lo bastante convincente para firmarnos una orden. Y así fue como descubrimos que, entre febrero y julio de 1994, Ted Tennenbaum había sacado quinientos mil dólares de una cuenta, heredada de su padre, de un banco de Manhattan.

Jesse Rosenberg
Martes 8 de julio de 2014
Dieciocho días antes del festival

Esa mañana, en el coche, cuando íbamos a Nueva York a ver a Steven Bergdorf, Anna nos contó a Derek y a mí la llamada que había recibido de Kirk Harvey.

—Se niega a revelarme nada por teléfono —explicó—. Me ha citado mañana miércoles a las cinco de la tarde en el Beluga Bar.

—¿En Los Ángeles? —pregunté, atragantándome—. ¿Lo dijo en serio?

—Parecía muy serio —me aseguró Anna—. Ya he mirado los horarios: puedes coger el vuelo de las diez mañana por la mañana en el aeropuerto JFK, Jesse.

—¿Cómo que «Jesse»? —protesté.

—Le corresponde ir a la policía estatal —argumentó Anna—. Y Derek tiene hijos.

—Vale, iré a Los Ángeles —suspiré.

No habíamos avisado a Steven Bergdorf de la visita para aprovechar todo lo posible el efecto sorpresa. Lo encontramos en la redacción de la *Revista de Letras de Nueva York,* donde nos recibió en su despacho, muy desordenado.

—¡Ah, ya me he enterado de lo de Stephanie, qué noticia tan espantosa! —nos dijo nada más vernos—. ¿Tienen alguna pista?

—Es posible y podría ser que tuviera que ver con usted —le soltó Derek, quien, por lo visto, no había perdido su labia, pese a llevar veinte años sin trabajar en la calle.

—¿Conmigo? —dijo Bergdorf, poniéndose pálido.

—Stephanie se fue a trabajar al *Orphea Chronicle* para investigar con la mayor discreción posible sobre el cuádruple asesinato de 1994. Estaba escribiendo un libro al respecto.

—Me dejan ustedes de una pieza —nos aseguró Bergdorf—. No lo sabía.

—¿En serio? —se extrañó Derek—. Sabemos que la idea del libro se la sopló a Stephanie alguien que estaba presente en Orphea la noche de los asesinatos. Y, para ser exactos, en el Gran Teatro. ¿Dónde se encontraba usted en el momento de los asesinatos, señor Bergdorf? Estoy seguro de que se acuerda.

—En el Gran Teatro, es cierto. ¡Como todo el mundo en Orphea aquella tarde! Ni siquiera toqué nunca ese tema con Stephanie, es un suceso sin mayor importancia desde mi punto de vista.

—Era usted redactor jefe del *Orphea Chronicle* y presentó su dimisión de repente en los días posteriores al cuádruple asesinato. Por no mencionar ese libro que escribió para el festival, un festival que precisamente interesaba mucho a Stephanie. Son muchas coincidencias, ¿no le parece? Señor Bergdorf, ¿encargó usted a Stephanie Mailer que escribiera una investigación sobre el cuádruple asesinato de Orphea?

—¡Le juro que no! ¡Qué historia más descabellada! ¿Por qué iba a hacer semejante cosa?

—¿Cuánto tiempo lleva usted sin ir a Orphea?

—Fui un fin de semana del mes de mayo, el año pasado, porque me invitó el ayuntamiento. Llevaba sin poner un pie allí desde 1994. Me fui de Orphea sin dejar allí ningún vínculo; me instalé en Nueva York, conocí a mi mujer y seguí con mi carrera de periodismo.

—¿Por qué se marchó de Orphea justo después del cuádruple asesinato?

—Por el alcalde Gordon.

Bergdorf nos hizo retroceder veinte años.

—Joseph Gordon —nos explicó— era, en el ámbito personal y profesional, bastante mediocre. Era un hombre de negocios fracasado: sus sociedades se habían ido todas al garete y, al final, se había metido en política cuando la oportunidad de ser alcalde lo tentó con el sueldo que correspondía al cargo.

—¿Cómo lo eligieron?

—Era un charlatán estupendo, capaz de causar una buena impresión inicial. Habría sido capaz de venderles nieve a los esquimales, usted ya me entiende. En el momento de las elecciones municipales de 1990, la economía de la ciudad de

Orphea no andaba muy allá y los ánimos estaban decaídos. Gordon le contó a la gente lo que quería oír y lo eligieron. Pero, como era un político mediocre, no tardó en verse muy desprestigiado.

—Mediocre —dije, insistiendo en el matiz—; y, sin embargo, Gordon fue el creador del festival de teatro que le proporcionó mucho eco a la ciudad.

—No fue el alcalde Gordon el creador del festival de teatro, capitán Rosenberg. Fue el vicealcalde de entonces, Alan Brown. En cuanto lo eligieron, Gordon se percató de que necesitaba ayuda para dirigir Orphea. En aquella época, Alan Brown, hijo de la ciudad, acababa de licenciarse en Derecho. Aceptó el cargo de vicealcalde, que era un primer empleo no desdeñable para un muchacho recién licenciado. La inteligencia del joven Brown se hizo notar enseguida. Echó mano de todos los recursos para reactivar la economía de la ciudad. Y lo consiguió. A continuación, los años prósperos posteriores a la elección del presidente Clinton ayudaron mucho, pero Brown ya había abonado el terreno con su colección de ideas: revitalizó muchísimo el turismo y, después, vinieron los festejos del cuatro de Julio, los fuegos artificiales anuales, incentivos para que abriesen comercios nuevos, el arreglo de la calle principal.

—Y luego se encontró de alcalde al morir Gordon, ¿no?

—No, capitán, no se encontró de alcalde. Después del asesinato de Gordon, Alan Brown fue alcalde en funciones apenas un mes: en septiembre de 1994 tocaba de todas formas que hubiera elecciones municipales y Brown ya tenía previsto presentarse. Fue una elección brillante.

—Volvamos al alcalde Gordon —propuso Derek—. ¿Tenía enemigos?

—No tenía una línea política clara, así que, antes o después, enfadaba a todo el mundo.

—¿A Ted Tennenbaum, por ejemplo?

—Ni siquiera lo enfadaba. Es cierto que tuvieron un leve desencuentro relacionado con la conversión de un edificio viejo en restaurante, pero no fue como para matar a un hombre y a toda su familia.

—¿De verdad? —pregunté.

—Desde luego. Nunca creí que pudiera hacer algo así por un motivo tan fútil.

—¿Por qué no dijo usted nada en aquel momento?

—¿A quién? ¿A la policía? ¿Me imagina usted presentándome en la comisaría para poner en entredicho una investigación? Suponía que había seguramente pruebas más sólidas. Quiero decir que al pobre hombre le costó la vida de todas formas. Y, además, para serle sincero, me importaba bastante poco. Ya no vivía en Orphea. Fui siguiendo el caso de lejos. En fin, volvamos al hilo de la historia. Le estaba diciendo que la voluntad del joven Alan Brown de reconstruir la ciudad fue una bendición para los pequeños contratistas locales: obras de mejora del ayuntamiento, obras de mejora en los restaurantes, construcción de una biblioteca municipal y varios edificios nuevos. En fin, esa es la versión oficial. Porque, so pretexto de que quería dar trabajo a los vecinos de la ciudad, Gordon les pedía bajo mano que hinchasen la factura a cambio de adjudicarles la contrata.

—¿Gordon cobraba sobornos? —exclamó Derek, que parecía recién caído del guindo.

—¡Pues sí!

—Y ¿por qué nadie dijo nada durante la investigación? —preguntó Anna, extrañada.

—¿Qué quería? —replicó Bergdorf—. ¿Que los contratistas se denunciasen a sí mismos? Eran tan culpables como el alcalde. Ya puestos, podían haber confesado el asesinato del presidente Kennedy.

—¿Y usted cómo lo supo?

—Los contratos eran públicos. En el momento de las obras se podían consultar los importes que había pagado el ayuntamiento a las diferentes empresas. Y resultaba que las empresas que trabajaban en las obras municipales tenían también que presentar sus balances contables al ayuntamiento, que quería tener garantías de que no iban a quebrar durante las obras. Al principio del año 1994, me las arreglé para conseguir el balance de las empresas contratadas y lo comparé con las cantidades que oficialmente había desembolsado el ayuntamiento. En la mayoría de los casos, en la contabilidad referida a los pagos hechos por el ayuntamiento figuraba una cantidad inferior a la del contrato firmado con él.

—¿Cómo no se dio cuenta nadie? —preguntó Derek.

—Supongo que existía una factura para el ayuntamiento y una factura para la contabilidad y que ambos importes no coincidían, cosa que nadie, salvo yo, fue nunca a comprobar.

—Y ¿no dijo nada?

—Ya lo creo, preparé un artículo para el *Orphea Chronicle* y fui a ver al alcalde Gordon. Para pedirle explicaciones. Y ¿sabe lo que me contestó?

*

Ayuntamiento de Orphea, despacho del alcalde Gordon
15 de febrero de 1994

El alcalde Gordon leyó con atención el artículo que acababa de presentarle Bergdorf. Reinaba en la habitación un silencio absoluto. Gordon parecía tranquilo, mientras que Bergdorf estaba nervioso. Cuando acabó, dejando el texto encima de la mesa, alzó la mirada hacia el periodista y le dijo con voz casi cómica:

—Es muy grave esto de lo que avisa usted, mi querido Steven. ¿Así que es posible que haya corrupción en las más altas instancias de Orphea?

—Sí, señor alcalde.

—¡Va a ser un escándalo mayúsculo! Por supuesto, tendrá usted copias de los contratos y de los balances para poder demostrar todo esto.

—Sí, señor alcalde —asintió Bergdorf.

—¡Qué trabajo tan concienzudo! —le dio la enhorabuena el alcalde Gordon—. ¿Sabe, mi querido Steven? Es toda una coincidencia que haya venido usted a verme: precisamente quería hablarle de un gran proyecto. Estará usted enterado de que dentro de unos meses vamos a celebrar la inauguración de nuestro primer festival de teatro.

—Lo sé muy bien, señor alcalde —respondió Bergdorf, que no acababa de entender adónde quería ir a parar.

—Bueno, pues querría que escribiera usted un libro sobre el festival. Un opúsculo en el que refiriese los entresijos de la creación de este festival, todo ello amenizado con unas cuantas fotos. Se publicaría llegado el momento de la inauguración. Sería un recuerdo que acogerían muy bien los espectadores, que lo comprarán sin pensárselo dos veces. Por cierto, Steven, ¿cuánto quiere cobrar por este encargo?

—No..., no lo sé, señor alcalde. Nunca he hecho algo así,

—En mi opinión, puede andar por los cien mil dólares —decretó al alcalde.

—¿Me..., me pagaría cien mil dólares por escribir ese libro? —balbució Steven.

—Sí, me parece normal para alguien que maneja la pluma como usted. Pero, claro, no sería posible si el *Orphea Chronicle* publicase un artículo acerca de la gestión de las arcas municipales. Porque se revisarían escrupulosamente esos números y la gente no entendería que yo le pagase una cantidad así. ¿Se da cuenta de por dónde van los tiros...?

*

—¡Y escribió usted ese libro! —exclamé, acordándome en el acto del libro que Anna y yo habíamos encontrado en la librería de Cody—. Se dejó corromper...

—¡Ah, no, capitán Rosenberg! —se ofendió Steven—. ¡Nada de palabras malsonantes, por favor! ¡Ya supondrá que no iba a rechazar una oferta así! Era la ocasión de conseguir algo de pasta, habría podido comprarme una casa. Por desgracia, no me pagaron nunca, porque ese imbécil de Gordon se las apañó para que lo asesinaran antes de que yo cobrase. Para impedir que me pusiera en su contra tras recibir los cien mil dólares, me dijo que me pagaría después de publicarse el libro. A los dos días de la muerte de Gordon, fui corriendo a ver a Alan Brown, que era alcalde en funciones. No había un contrato escrito entre Gordon y yo y no quería que nuestro acuerdo cayese en el olvido. Creía que Brown también estaba pringado en eso, pero resulta que no tenía ni idea de nada. Se quedó tan pasmado que me pidió que dimitiera con efecto inmediato, porque, en caso contrario, avisaría a la policía. Me dijo que no toleraría un periodista corrupto en el *Orphea Chronicle*. ¡Tuve que marcharme y así fue como ese santurrón de Michael Bird acabó de redactor jefe, aunque escribe con el culo!

*

En Orphea, Charlotte Brown, la mujer del alcalde, había conseguido sacar a su marido a rastras del despacho y llevárselo a comer a la terraza del Café Athéna. Lo veía muy tenso y nervioso. Casi no dormía, comía como un pajarito, tenía la cara chupada y la pinta de las personas con grandes preocupaciones. Había pensado que un almuerzo al sol le sentaría estupendamente.

La iniciativa fue todo un éxito: Alan, tras asegurar que no tenía tiempo para comer, se había dejado convencer por fin y esa interrupción parecía haberle venido bien. El respiro fue breve: el teléfono de Alan empezó a vibrar encima de la mesa y, al ver el nombre del interlocutor en la pantalla, pareció preocupado. Se alejó de la mesa para contestar.

Charlotte Brown no pudo oír de qué iba la conversación, pero le llegaron unas cuantas voces y notó una gran irritación en los ademanes de su marido. De pronto le oyó decir con voz casi suplicante: «No haga eso, ya encontraré una solución», antes de colgar y regresar furioso en el momento en que un camarero dejaba en la mesa los postres que habían pedido.

—Tengo que ir al ayuntamiento —dijo Alan con tono desabrido.

—¿Ya? —se lamentó Charlotte—. Pero cómete por lo menos el postre, Alan. El asunto podrá esperar un cuarto de hora, ¿no?

—Tengo muchas jodiendas, Charlotte. Era el empresario de la compañía que tiene que representar la obra principal del festival. Dice que se ha enterado de lo de la huelga y que los actores temen por su seguridad. Dan marcha atrás. Me he quedado sin obra. Es una catástrofe.

El alcalde se fue en el acto, sin fijarse en una persona sentada a otra mesa, a la que había estado dando la espalda desde el principio del almuerzo y que no se había perdido ni un ápice de la conversación. Esta esperó a que Charlotte Brown se fuera también para llamar por teléfono.

—¿Michael Bird? —dijo—. Soy Sylvia Tennenbaum. Tengo informaciones sobre el alcalde que podrían resultarle interesantes. ¿Puede pasarse por el Café Athéna?

*

Cuando le pregunté a Steven Bergdorf dónde se encontraba la noche de la desaparición de Stephanie Mailer, este, con expresión ofendida, contestó: «Estaba en la inauguración de una exposición de pintura. Puede comprobarlo, capitán». Y eso fue lo que hicimos tras regresar al despacho de Anna en la comisaría de Orphea.

La galería que organizaba el acto nos confirmó la presencia de Bergdorf, especificando que había concluido a las siete de la tarde.

—Si salió de Manhattan a las siete, pudo estar en Orphea a las diez —comentó Anna.

—¿Crees que es posible que atacase a Stephanie? —le pregunté.

—Bergdorf conoce perfectamente el edificio de la redacción del *Orphea Chronicle*. Sabía cómo colarse para robar el ordenador. También que Michael Bird era el redactor jefe y a él fue a quien envió el SMS desde el teléfono de Stephanie. Y, además, podemos suponer que le daba miedo que aún lo reconociesen en Orphea y por eso renunció por fin a verse con Stephanie en el Kodiak Grill y la citó en la playa. Recuérdame por qué no lo hemos detenido hace un rato.

—Porque solo son suposiciones, Anna —intervino Derek—. Nada concreto. Un abogado te lo desmonta en cinco minutos. No tenemos nada concreto contra él; aunque hubiera estado solo en su casa, sería imposible probar nada. Por si fuera poco, esa mierda de coartada es la prueba de que ni siquiera sabe a qué hora asesinaron a Stephanie.

Derek no andaba errado en ese punto. Pese a todo, pegué una foto de Bergdorf en la pizarra magnética.

—Yo, Jesse —sugirió Anna—, vería más bien a Bergdorf como la persona que le encargó el libro a Stephanie.

Volvió a unos cuantos pasajes del texto encontrado en el ordenador y que habíamos pegado en la pizarra y nos dijo:

—Cuando Stephanie le pregunta al patrocinador por qué no escribía ese libro de su puño y letra, esa persona le contesta: «¿Yo? ¡Imposible! ¿Qué diría la gente?». Así que podría ser una persona que claramente no puede escribir, hasta tal punto que le confía la tarea a otra.

Leí entonces el párrafo siguiente: «poco antes de las siete, salí a la calle para estirar las piernas y vi pasar una camioneta. Se la podía identificar con facilidad por la curiosa pegatina del cristal trasero. Mucho después caí en la cuenta, al leer los periódicos, de que era el vehículo de Ted Tennenbaum. El problema era que quien iba al volante no era él». Bergdorf precisamente nos dijo que dudaba de la culpabilidad de Tennenbaum. Y estaba en el Gran Teatro.

—Lo que daría por saber quién iba al volante de esa camioneta —dijo Anna.

—Lo que yo me pregunto —le contestó Derek— es por qué el alcalde Brown no mencionó nunca la corrupción del alcalde Gordon. Si lo hubiésemos sabido por entonces, habría cambiado el curso de la investigación. Y, sobre todo, si el dinero que Gordon transfería a Montana venía de sobornos de los contratistas, ¿a qué corresponden las retiradas de dinero en efectivo que hizo Ted Tennenbaum y que nunca pudo justificar?

Hubo un largo silencio. Viéndonos a Derek y a mí tan perplejos, Anna preguntó:

—¿Cómo murió Ted Tennenbaum?

—Durante la detención —me limité a responder.

Derek, por su parte, sencillamente cambió de tercio para que Anna entendiera que no nos apetecía hablar de eso.

—Deberíamos ir a tomar algo —dijo—; nos hemos quedado sin comer. Invito yo.

*

El alcalde Brown había vuelto a casa a una hora inusualmente temprana. Necesitaba tranquilidad para concretar las alternativas posibles si se cancelaba el festival de teatro. Su mujer, Charlotte, que lo observaba de lejos, podía notar lo nervioso que estaba. Acabó por acercarse a él para intentar hacerlo entrar en razón.

—Alan, cariño —le dijo acariciándole el pelo—, ¿y si a lo mejor fuera la señal de que habría que renunciar al festival? Es que te altera tanto...

—¿Cómo puedes decir algo así? Tú, que has sido actriz... ¡Ya sabes lo que significa! Necesito que me apoyes.

—Pero me digo que a lo mejor es el destino. De todas formas, hace mucho que este festival pierde dinero.

—¡Este festival tiene que celebrarse, Charlotte! De eso depende nuestra ciudad.

—Pero ¿qué vas a hacer para sustituir la obra principal?

—No tengo ni idea —suspiró él—. Voy a quedar en ridículo.

—Se arreglará todo, Alan, ya verás.

—¿Cómo?

Ella no tenía la mínima idea. Solo lo había dicho para subirle a su marido los ánimos. Empezó a buscar una solución.

—¡Voy..., voy a poner en marcha mis contactos en los ambientes teatrales!

—¿Tus contactos? Cariño, es un gesto adorable, pero no has pisado un escenario desde hace veinte años. No te queda ya la menor relación...

Rodeó a su mujer con el brazo y ella le apoyó la cabeza en el hombro.

—Es una catástrofe —dijo—. Nadie quiere venir al festival. Ni los actores, ni la prensa, ni los críticos. Hemos enviado decenas de invitaciones que no han recibido respuesta. He escrito incluso a Meta Ostrovski.

—¿Al Meta Ostrovski de *The New York Times*?

—Ex-*The New York Times*. Ahora trabaja en la *Revista de Letras de Nueva York*. Menos da una piedra. Pero tampoco ha contestado. Faltan menos de veinte días para la inauguración y el festival está a punto de venirse abajo. Más me valdría prenderle fuego al teatro para...

—Alan —lo interrumpió su mujer—, ¡no digas esas tonterías!

En ese instante llamaron a la puerta de la calle.

—¡Anda! A lo mejor es él —dijo Charlotte bromeando.

—¿Esperas a alguien? —preguntó Alan, que no estaba con ganas de guasa.

—No.

Alan se levantó y cruzó la casa para ir a abrir: era Michael Bird.

—Hola, Michael —le dijo.

—Hola, señor alcalde. Le pido perdón por venir a importunarlo a su casa; he intentado desesperadamente llamarlo al móvil, pero estaba apagado.

—Necesitaba un momento de tranquilidad. ¿Qué sucede?

—Quería que me comentase el rumor, señor alcalde.

—¿Qué rumor?

—Ese de que ya no tiene obra principal para el festival de teatro.

—¿Quién le ha dicho eso?

—Soy periodista.

—Por eso mismo debería saber que los rumores no tienen ningún valor, Michael —dijo Brown, irritado.

—Estoy de acuerdo con usted, señor alcalde. Ese es el motivo por el que me he tomado la molestia de llamar al agente de la compañía, que me ha confirmado la anulación del espectáculo. Me ha dicho que los actores no se sienten ya seguros en Orphea.

—Todo esto es ridículo —contestó Alan sin perder la calma—. Y yo, en su lugar, no publicaría tal cosa...

—¿Ah? Y ¿por qué?

—¡Porque... haría el ridículo!

—¿Haría el ridículo?

—Eso mismo. ¿Qué se cree, Michael? Ya tengo solucionada la deserción de la compañía que estaba inicialmente en el programa.

—¿De verdad? Y ¿por qué no lo ha anunciado todavía?

—Porque..., porque es una producción de mucha envergadura —contestó el alcalde sin pararse a pensar—. ¡Algo único! Algo que va a hacer tanto ruido que los espectadores acudirán.

Quiero anunciarlo bien y a lo grande, y no en un comunicado hecho deprisa y corriendo que pasaría inadvertido.

—Y, entonces, ¿cuándo va a hacer ese anuncio a lo grande? —preguntó Michael.

—Lo anunciaré este viernes —contestó el alcalde Brown en el acto—. Sí, eso es, el viernes 11 de julio daré una rueda de prensa en el ayuntamiento y puede usted creerme: ¡lo que anuncie será una completa sorpresa para todo el mundo!

—Bueno, pues le agradezco esta información, señor alcalde. Lo pondré todo en la edición de mañana —dijo Michael, que quería saber si el alcalde se estaba marcando un farol o no.

—No deje de hacerlo, por favor —le contestó Alan, esforzándose por mantener un tono que sonara confiado.

Michael asintió e hizo ademán de irse. Pero Alan no pudo por menos de añadir:

—Que no se le olvide que es el ayuntamiento el que subvenciona su periódico al ahorrarle el precio de un alquiler, Michael.

—¿Qué quiere decir, señor alcalde?

—Que el perro no muerde la mano que le da de comer.

—¿Me está amenazando, señor alcalde?

—No me permitiría tal cosa. Solo le doy un consejo amistoso.

Michael se despidió con un gesto de la cabeza y se fue. Alan cerró la puerta y apretó los puños de rabia. Notó una mano en el hombro: Charlotte. Lo había oído todo y le echó una mirada inquieta.

—¿Anunciar a lo grande? —repitió—. Pero, cariño, ¿qué vas a anunciar?

—No lo sé. Tengo dos días para que ocurra un milagro. Y, si no, lo que anunciaré será mi dimisión.

−5
La noche negra

Miércoles 9 de julio-jueves 10 de julio de 2014

Jesse Rosenberg

Miércoles 9 de julio de 2014

Diecisiete días antes de la inauguración

Extractos de la primera plana del *Orphea Chronicle* del miércoles 9 de julio de 2014:

OBRA MISTERIOSA
PARA LA INAUGURACIÓN DEL FESTIVAL DE TEATRO

Cambio de programa: el alcalde anunciará el viernes la obra que se representará en la inauguración y promete una producción espectacular que debería convertir esta vigésima primera edición del festival en una de las más determinantes de su historia.

Dejé el periódico en el momento en que mi avión aterrizaba en Los Ángeles. Era Anna quien me había dado su ejemplar del *Orphea Chronicle* cuando la vi por la mañana, junto con Derek, para hacer balance de la situación.

—Toma —me dijo alargándome el periódico—, para que tengas algo que leer durante el trayecto.

—O el alcalde es un genio, o está de mierda hasta el cuello —dije con una sonrisa al leer la primera plana del diario antes de meterlo en la bolsa.

—Voy a optar por la segunda hipótesis —dijo Anna, riéndose.

Era la una de la tarde en California. Había despegado de Nueva York a media mañana y, pese a las seis horas y media de vuelo, la magia del desfase horario me dejaba aún unas cuantas horas antes de la cita con Kirk Harvey. Quería aprovecharlas para entender a qué había venido aquí Stephanie. No tenía mucho tiempo, tenía reserva para el vuelo de vuelta al día siguiente por la tarde, lo que me dejaba por delante veinticuatro horas exactas.

El procedimiento hay que cumplirlo; había informado a la policía de carreteras de California, que allí es el equivalente de la policía estatal. Un policía apellidado Cruz vino a buscarme al aeropuerto y estaba a mi disposición durante toda mi estancia. Le pedí al sargento Cruz que tuviera la amabilidad de llevarme derecho al hotel en el que, según decía su tarjeta, se había alojado Stephanie. Era un Best Western coqueto situado muy cerca del Beluga Bar. Las habitaciones eran caras. Así que estaba claro que el dinero no le suponía ningún problema. Alguien la financiaba. Pero ¿quién? ¿Quién le había hecho el encargo?

El recepcionista del hotel reconoció de inmediato a Stephanie cuando le enseñé una foto.

—Sí, la recuerdo bien —me aseguró.

—¿Se fijó en algo en particular? —pregunté.

—En una mujer joven, guapa y elegante siempre se fija uno —me contestó el recepcionista—. Pero lo que más me llamó la atención fue que era la primera escritora a la que conocía.

—¿Así fue como se presentó?

—Sí, decía que estaba escribiendo una novela policíaca basada en una historia verdadera y que había venido aquí a buscar respuestas.

Así que lo que Stephanie escribía era, en efecto, un libro. Cuando la despidieron de la *Revista* decidió cumplir ese deseo suyo de llegar a escritora, pero ¿a qué precio?

No había reservado en ningún hotel, así que, por comodidad, cogí una habitación para esa noche en el Best Western. Luego, el sargento Cruz me llevó al Beluga Bar, donde llegué a las cinco en punto. Tras la barra del establecimiento había una joven secando vasos. Comprendió por mi actitud que buscaba a alguien. Cuando mencioné el nombre de Kirk Harvey, sonrió con expresión divertida.

—¿Es usted actor?

—No —le aseguré.

Se encogió de hombros como si no me creyese.

—Cruce la calle, hay una escuela. Baje al sótano, al salón de actos.

Obedecí al instante. Como no encontraba la entrada del sótano, me dirigí al portero, que estaba barriendo el patio cubierto.

—Perdone, caballero, estoy buscando a Kirk Harvey.

El buen hombre se echó a reír.

—¡Otro! —dijo.

—Otro ¿qué? —pregunté.

—Es actor, ¿no?

—No. ¿Por qué todo el mundo piensa que soy actor?

El hombre se carcajeó aún más.

—Lo va a entender enseguida. ¿Ve esa puerta de hierro de allí? Baje un piso y verá un cartel. No puede equivocarse. ¡Buena suerte!

Como continuaba riéndose, dejé que lo hiciera a gusto y seguí sus indicaciones. Entré por la puerta, que daba a unas escaleras, bajé un piso y vi una pesada puerta en la que habían pegado chapuceramente con cinta adhesiva un cartel enorme:

Aquí ensayo de:

LA NOCHE NEGRA
LA OBRA DE TEATRO DEL SIGLO

A los actores interesados: se ruega que
se presenten al Maestro Kirk Harvey
para el ensayo.
Se admiten obsequios.

En todo momento: ¡silencio!
¡Prohibido charlar!

Me empezó a latir más deprisa el corazón en el pecho. Hice una foto del cartel con el móvil y se la envié en el acto a Anna y Derek. Cuando me disponía a girar el picaporte, se abrió la hoja de la puerta con violencia y tuve que retroceder un paso para que no me diera en toda la cara. Vi pasar a un hombre que escapó escaleras arriba sollozando. Oí cómo se juraba a sí mismo, muy rabioso: «¡Nunca más! ¡Nunca más volverán a tratarme así!».

La puerta se había quedado abierta y entré tímidamente en la estancia sumida en la oscuridad. Era el típico salón de actos de una escuela, bastante amplio, con techos altos. Había filas de sillas frente a un escenario pequeño, que iluminaban unos focos demasiado fuertes y de luz cegadora, en el que había dos personas: una señora gruesa y un señor menudo.

Apiñado delante de ellos y pendiente, con atención religiosa, de lo que ocurría, había una reducida pero impresionante multitud; en una esquina, una mesa con café, bebidas, *donuts* y galletas. Vi a un hombre medio desnudo que se zampaba un dulce deprisa y corriendo mientras se ponía un uniforme de policía. Se trataba visiblemente de un actor que se estaba cambiando. Me acerqué y le pregunté en un susurro:

—Perdone, pero ¿qué está pasando aquí?

—¿Cómo que «qué está pasando aquí»? ¡Es el ensayo de *La noche negra*!

—¡Ah! —dije con precaución—. Y ¿qué es *La noche negra*?

—Es la obra en la que el Maestro Harvey lleva trabajando veinte años. ¡Veinte años de ensayo! Hay una leyenda que dice que el día en que por fin esté lista la obra, tendrá un éxito nunca visto.

—Y ¿cuándo estará lista?

—Nadie lo sabe. De momento, no ha acabado de ensayar la primera escena. Veinte años solo para la primera escena. ¡Imagínese la calidad del espectáculo!

Las personas que teníamos alrededor se volvieron y nos lanzaron miradas aviesas para indicarnos que nos callásemos. Me arrimé a mi interlocutor y le susurré al oído:

—¿Quién es toda esta gente?

—Actores. Todo el mundo quiere probar suerte y estar en el reparto de la obra.

—¿Tantos papeles hay? —pregunté, calculando la cantidad de personas presentes.

—No, pero hay mucha rotación. Por culpa del Maestro. Es muy exigente...

—Y ¿dónde está el Maestro?

—Ahí, en la primera fila.

Me indicó por señas que ya habíamos hablado bastante y ahora debíamos callarnos. Me colé entre el gentío. Me di cuenta de que la obra había empezado y que el silencio era parte de ella. Al acercarme al escenario, vi a un hombre tumbado, haciendo de muerto. Una mujer se acercó al cuerpo que el señor menudo de uniforme estaba contemplando.

El silencio duró muchos minutos. De pronto una voz extasiada dijo entre la asistencia:

—¡Es una obra maestra!

—¡Cierra la bocaza! —le contestó otra.

Volvió el silencio. Luego se puso en marcha una grabación y leyó una acotación:

> *Es una mañana lúgubre. Llueve. En una carretera de campo está paralizado el tráfico: se ha formado un atasco gigantesco. Los automovilistas, exasperados, tocan rabiosamente la bocina. Una joven va siguiendo por el arcén la hilera de coches parados. Llega hasta el cordón policial y pregunta al policía que está de guardia.*

> LA JOVEN: ¿Qué ocurre?
> EL POLICÍA: Un hombre muerto. Un accidente de moto. Una tragedia.

—¡Corten! —vociferó una voz gangosa—. ¡Luces! ¡Luces! Se encendió la luz muy bruscamente e iluminó el local. Un hombre con el traje arrugado, el pelo revuelto y un texto en la mano se acercó al escenario. Era Kirk Harvey con veinte años más que cuando lo había conocido yo.

—¡No, no, no! —rugió dirigiéndose al señor menudo—. ¿Qué tono es ese? ¡Sea convincente, amigo! Venga, repítamelo.

El señor menudo con el uniforme que le estaba grande sacó pecho y voceó:

—«¡Un tipo muerto!».

—¡Que no, idiota! —dijo airado Kirk—. Es: «Un hombre muerto». Y, además, ¿por qué ladra como un perro? Está anunciando un fallecimiento, no recontándole las ovejas a un pastor. ¡Sea dramático, carajo! El espectador tiene que estremecerse en la butaca.

—Perdone, Maestro Kirk —gimió el señor menudo—. ¡Deme otra oportunidad, se lo suplico!

—Bueno, pues la última. ¡Luego lo pongo de patitas en la calle!

Aproveché la interrupción para presentarme ante Kirk Harvey.

—¿Qué tal, Kirk? Soy Jesse Rosenberg y...

—¿Se supone que tengo que conocerlo, cara de atontado? ¡Si lo que quiere es un papel, cuando hay que venir a verme es al final del ensayo, pero usted ya no tiene nada que hacer! ¡Chapucero!

—Soy el capitán Rosenberg —aclaré—, de la policía estatal de Nueva York. Investigamos juntos hace veinte años el cuádruple asesinato de 1994.

Se le iluminó de repente la cara.

—¡Pues claro! ¡Por supuesto! ¡Leonberg! No has cambiado nada.

—«Rosenberg».

—Mira, Leonberg, vienes en un momento fatal. Me interrumpes en pleno ensayo. ¿Qué te trae por aquí?

—Habló con la subjefa Anna Kanner, de la policía de Orphea. Me envía ella. Como habían quedado en verse a las cinco...

—Y ¿qué hora es? —me preguntó Harvey.

—Las cinco.

—Oye, ¿eres el nieto de Eichmann o qué? ¿Haces en la vida todo lo que te dicen? Si te dijera que sacases el arma y les disparases a la cabeza a mis actores, ¿lo harías?

—Esto... no. Kirk, tengo que hablar con usted, es importante.

—¡Ah, escuchen a este! ¡«Importante, importante»! Permite que te diga lo que es importante, muchacho: ese escenario. ¡Eso es lo que está pasando aquí ahora!

Se volvió hacia el escenario y, señalándolo con ambas manos, dijo:

—¡Mira, Leonberg!

—¡«Rosenberg»!

—¿Qué ves?

—Solo veo unas tablas vacías...

—Cierra los ojos y mira bien. Acaba de haber un asesinato, pero aún no lo sabe nadie. Es por la mañana. Es verano, pero hace frío. Nos está cayendo encima una llovizna muy fría. Se nota la tensión, la exasperación de los automovilistas que no pueden avanzar, porque la policía ha cortado la carretera. El aire apesta con los olores acres de los tubos de escape, porque a todos esos imbéciles que llevan atrapados una hora no les ha parecido oportuno parar el motor. ¡Paren los motores, panda de gilipollas! Y, de pronto, ¡paf! Vemos llegar a esa mujer que sale de la niebla. Le pregunta a un policía: «¿Qué ocurre?», y el policía le responde: «Un hombre muerto...». ¡Y la escena arranca de verdad! El espectador se queda con la boca abierta. ¡Luces! ¡Luces! ¡Que me apaguen esa luz, me cago en Dios!

Se apagó la luz de la sala y solo quedó iluminado el escenario entre un silencio religioso.

—¡Venga, criatura! —le gritó Harvey a la actriz que hacía de la mujer, para darle la señal de salida.

Esta recorrió medio escenario hasta llegar al policía y dijo su frase:

—«¿Qué ocurre?» —preguntó.

—«¡Un hombre muerto!» —se desgañitó el señor menudo metido en un uniforme que le estaba grande.

Harvey aprobó con la cabeza y dejó que la escena siguiera.

La actriz sobreactuó en su papel de mujer intrigada y quiso acercarse al cadáver. Pero, seguramente por los nervios, no vio la mano del que hacía de cadáver y se la aplastó.

—¡Ay! —se quejó el muerto—. ¡Me ha pisado!

—¡Corten! —vociferó Harvey—. ¡Luces! ¡Luces, cojones!

Volvió a encenderse la sala. Harvey se subió de un salto al escenario. El que hacía de cadáver se dio un masaje en la mano.

—¡No andes como una vaca gorda! —gritó Harvey—. ¡Fíjate en dónde pones los pies, atontada!

—¡No soy una vaca gorda ni una atontada! —exclamó la actriz, rompiendo a llorar.

—¡Ah, conque no! ¡Un poco de honradez, por favor! ¡Mira la tripa que tienes!

—¡Me voy! —vociferó la mujer—. ¡Me niego a consentir que me traten así!

Quiso irse del escenario, pero estaba tan nerviosa que volvió a pisotear al cadáver, que voceó a más y mejor.

—¡Eso es! —le gritó Harvey—. ¡Vete, vaca espantosa!

La infeliz, hecha un mar de lágrimas, se abrió camino a empujones entre los asistentes hasta llegar a la puerta y salió huyendo. Pudieron oírse los gritos que iban escaleras arriba. Harvey tiró con rabia el mocasín de charol contra la puerta. Luego, dándose la vuelta, miró de arriba abajo a la muchedumbre de actores silenciosos que no le quitaban ojo y dejó que estallara su ira:

—¡Sois todos unos negados! ¡No entendéis nada! ¡Que se vaya todo el mundo! ¡Fuera, joder, fuera! ¡El ensayo ha acabado por hoy!

Los actores se fueron dócilmente. Cuando se hubo marchado el último, Harvey cerró la puerta por dentro y se desplomó contra ella. Soltó un prolongado estertor de desesperación:

—¡No lo conseguiré nunca! ¡NUNCA!

Yo me había quedado en la sala y me acerqué a él, un tanto apurado.

—Kirk —le dije con suavidad.

—Llámame Maestro, sin más.

Le tendí una mano amistosa; se incorporó y se secó los ojos con las vueltas de ambas mangas del traje negro.

—¿No querrías ser actor, por casualidad? —me preguntó entonces Harvey.

—No, gracias, Maestro. Pero tengo preguntas que hacerle, si me puede conceder un momento.

Me llevó a tomar una cerveza al Beluga Bar, mientras el sargento Cruz, acomodado en una mesa vecina, me esperaba fielmente haciendo un crucigrama.

—¿Stephanie Mailer? —me dijo Harvey—. Sí, la vi aquí mismo. Quería hablar conmigo. Estaba escribiendo un libro sobre el cuádruple asesinato de 1994. ¿Por qué?

—Está muerta. Asesinada.

—Vaya...

—Creo que ha muerto por lo que había descubierto relacionado con los asesinatos de 1994. ¿Qué le dijo usted exactamente?

—Que seguramente os habíais equivocado de culpable.

—¿Así que fue usted quien le metió esa idea en la cabeza? Pero ¿por qué no nos lo dijo en el momento de la investigación?

—Porque me di cuenta después.

—¿Esa es la razón por la que escapó de Orphea?

—No puedo revelarte nada, Leonberg. Todavía no.

—¿Cómo que «todavía no»?

—Ya lo entenderás.

—Maestro, he recorrido unas dos mil quinientas millas para verlo.

—No deberías haber venido. No puedo arriesgarme a comprometer mi obra.

—¿Su obra? ¿Qué quiere decir *La noche negra*? ¿Tiene que ver con los sucesos de 1994? ¿Qué pasó la noche del 30 de julio de 1994? ¿Quién mató al alcalde y a su familia? ¿Por qué huyó usted? Y ¿qué hace en esa sala del sótano de una escuela?

—Ven conmigo, vas a entenderlo.

En el coche patrulla, el sargento Cruz nos llevó a Kirk Harvey y a mí a lo alto de las colinas de Hollywood para contemplar la ciudad, que se extendía ante nosotros.

—¿Existe una razón para que estemos aquí? —acabé por preguntarle a Harvey.

—¿Crees que conoces Los Ángeles, Leonberg?

—Un poco...

—¿Eres un artista?

—La verdad es que no.

—¡Pfff! Entonces eres como los demás, solo conoces lo que brilla: el Château Marmont, el Nice Guy, el Rodeo Drive y Beverly Hills.

—Procedo de una familia modesta de Queens.

—Da igual de dónde vengas, la gente te juzgará por adónde vas. ¿Cuál es tu destino, Leonberg? ¿Qué es para ti el arte? Y ¿qué haces para servirlo?

—¿Adónde quiere ir a parar, Kirk? Habla como si dirigiera una secta.

—¡Llevo veinte años construyendo esta obra! Todas las palabras cuentan, todos los silencios de los actores, también. Es una obra maestra, ¿entiendes? Pero no puedes entenderlo, no puedes notarlo. No es culpa tuya, Leonberg, naciste idiota.

—¿Sería posible dejar los insultos?

No contestó y siguió mirando la inmensa extensión de Los Ángeles.

—¡Vamos allá! —dijo de repente—. ¡Te lo voy a enseñar! Te voy a enseñar al otro pueblo de Los Ángeles, ese a quien engañó el espejismo de la gloria. Te voy a enseñar la ciudad de los sueños rotos y de los ángeles con las alas quemadas.

Le indicó al sargento Cruz el camino hacia un local de hamburguesas y me mandó que entrase solo y pidiera para los tres. Obedecí sin entender bien a qué venía todo aquello. Al acercarme al mostrador, reconocí al señor menudo a quien le estaba grande el traje de policía, al que había visto en el escenario hacía dos horas.

—Bienvenido a In-N-Out. ¿Qué va a pedir? —me preguntó.

—Lo he visto hace un rato —dije—. Estaba en el ensayo de *La noche negra*.

—Sí.

—Terminó mal.

—Termina así con frecuencia; el Maestro Harvey es muy exigente.

—Yo diría más bien que está completamente chalado.

—No diga eso. Es como es. Está montando un gran proyecto.

—¿*La noche negra*?

—Sí.

—Pero ¿qué es?

—Solo los iniciados pueden entenderlo.

—¿Iniciados en qué?

—Ni siquiera lo tengo claro.

—Alguien me ha hablado de una leyenda —seguí diciendo.

—¡Sí, que *La noche negra* va a convertirse en la obra de teatro más grande de todos los tiempos!

La cara se le había iluminado de repente y rebosaba entusiasmo.

—¿Tiene un medio de conseguirme el texto de esa obra? —pregunté.

—Nadie tiene el texto. Solo está en circulación la primera escena.

—Pero ¿por qué acepta que lo trate así?

—Míreme: llegué aquí hace ahora treinta años. Treinta años llevo intentando despuntar como actor. Ahora tengo cincuenta, gano siete dólares a la hora, no tengo ni jubilación, ni seguro. Vivo en un estudio alquilado. No tengo nada. *La noche negra* es mi última esperanza de despuntar. ¿Qué va a pedir?

Unos minutos después, volví al coche cargado con una bolsa de hamburguesas y patatas fritas.

—¿Y qué? —me preguntó Harvey.

—He visto a uno de sus actores.

—Ya lo sé. Encantador sargento Cruz, tire por Westwood Boulevard, por favor. Hay un bar de moda que se llama Flamingo, no puede usted perderse. No me importaría ir allí a tomar algo.

Cruz asintió y se puso en camino. Harvey era tan odioso como carismático. Al llegar delante del Flamingo, reconocí a uno de los aparcacoches: era el actor con quien había hablado en la mesa del café y los *donuts*. Cuando me estaba acercando a él, se subió al coche de lujo de unos clientes que acababan de llegar.

—Vayan a coger mesa —le dije a Harvey—. Ahora voy yo.

Me subí precipitadamente al coche, en el asiento del acompañante.

—¿Qué hace? —se alarmó el aparcacoches.

—¿Me recuerda? —pregunté, esgrimiendo la placa de policía—. Hemos hablado durante el ensayo de *La noche negra*.

—Sí.

Arrancó y condujo el coche hacia un amplio aparcamiento al aire libre.

—¿Qué es *La noche negra*? —le pregunté.

—Algo de lo que todo el mundo habla en Los Ángeles. Quienes participen en ella...

—Tendrán un enorme éxito. Ya lo sé. ¿Qué puede decirme que no sepa ya?

—¿Por ejemplo?

Entonces se me vino a la cabeza una pregunta que debería haberle hecho al empleado del In-N-Out:

—¿Cree que Kirk Harvey podría ser un asesino?

El hombre contestó sin titubear:

—Pues claro. ¿No lo ha visto? Si le llevas la contraria, te aplasta como a una mosca.

—¿Ha sido violento alguna vez?

—No hay más que ver cómo berrea. Eso ya dice mucho, ¿no?

Aparcó el coche y se bajó. Se encaminó hacia uno de sus compañeros, instalado tras una mesa de jardín de plástico, que preparaba las llaves de los coches de los clientes atendiendo a las llamadas que llegaban por radio desde el restaurante. Le alargó un juego de llaves al aparcacoches y le indicó qué coche tenía que llevarse.

—¿Qué representa para usted *La noche negra*? —le seguí preguntando al aparcacoches.

—La reparación —me dijo como si fuera una obviedad.

Se subió a un BMW negro y desapareció, dejándome con más preguntas que respuestas.

Fui andando hasta el Flamingo, que estaba solo a una manzana. Al entrar en el establecimiento, reconocí en el acto al recepcionista: era el que interpretaba el papel de cadáver. Me acompañó hasta la mesa de Kirk, que ya se estaba bebiendo a sorbitos un Martini. Se acercó una camarera para traerme la carta. Era la actriz de antes.

—¿Y qué? —me preguntó Harvey.

—¿Quiénes son esas personas?

—El pueblo de los que esperaban la gloria y la siguen esperando. Es el mensaje que nos envía a diario la sociedad: la gloria o la muerte. Ellos esperarán la gloria hasta que la palmen, porque, al final, las dos se encuentran.

Le pregunté entonces a bocajarro:

—Kirk, ¿mató usted al alcalde y a su familia?

Soltó la carcajada, se acabó el Martini y, luego, miró el reloj.

—Ya es la hora. Tengo que ir a trabajar. ¡Llévame, Leonberg!

El sargento Cruz nos llevó a Burbank, en los arrabales del norte de Los Ángeles. Las señas que le había dado Harvey correspondían a un poblado de caravanas.

—Final del trayecto para mí —me dijo amablemente Kirk—. Me alegro de haber vuelto a coincidir contigo, Leonberg.

—¿Es aquí donde trabaja? —pregunté.

—Aquí es donde vivo —me contestó—. Tengo que ponerme el uniforme de trabajo.

—¿A qué se dedica? —pregunté.

—Soy limpiador en el turno de noche de los estudios Universal. Soy como todas esas personas a quienes has visto esta tarde, Leonberg: mis sueños me engulleron. Creo que soy un gran director, pero les friego la taza del váter a los grandes directores.

Así que el antiguo jefe de la policía de Orphea, convertido en director escénico, vivía en la miseria en un suburbio de Los Ángeles.

Kirk se bajó del coche. Yo hice lo mismo para coger la bolsa en el maletero y darle mi tarjeta.

—La verdad es que querría poder verlo otra vez mañana —le dije—. Necesito avanzar en esta investigación.

Mientras hablaba, rebuscaba entre mis cosas. Kirk se fijó entonces en el ejemplar del *Orphea Chronicle*.

—¿Puedo quedarme con el periódico? —me preguntó—. Me entretendrá durante el descanso y me traerá unos cuantos recuerdos.

—Faltaría más —contesté, alargándole el diario.

Lo abrió y echó una ojeada a la primera página:

**OBRA MISTERIOSA
PARA LA INAUGURACIÓN DEL FESTIVAL DE TEATRO**

Kirk exclamó entonces:

—¡Por los clavos de Cristo!

—¿Qué ocurre, Kirk?

—¿Cuál es esa «obra misteriosa»?

—No lo sé... A decir verdad ni siquiera sé si el alcalde Brown lo sabe.

—Y ¿si fuera la señal? ¡La señal que llevo esperando veinte años!

—¿La señal de qué? —pregunté.

Con ojos extraviados, Harvey me agarró por los hombros.

—¡Leonberg! ¡Quiero representar *La noche negra* en el festival de Orphea!

—¿Cómo? El festival es dentro de dos semanas. Lleva ensayando veinte años y solo va por la primera escena.

—No entiendes...

—¿No entiendo qué?

—Leonberg, quiero figurar en el programa del festival de Orphea. Quiero representar *La noche negra*. Y tú hallarás respuesta a todas tus preguntas.

—¿Acerca del asesinato del alcalde?

—Sí, lo sabrás todo. ¡Si me dejáis representar *La noche negra,* lo sabrás todo! ¡La noche del estreno, quedará revelada toda la verdad sobre ese caso!

Llamé en el acto por teléfono a Anna y le expliqué la situación:

—Harvey dice que, si lo dejamos representar la obra, nos revelará quién mató al alcalde Gordon.

—¿Qué? ¿Lo sabe todo?

—Eso es lo que dice.

—¿No es un farol?

—Pues, curiosamente, no lo creo. Se pasó toda la última parte de la tarde negándose a contestar a mis preguntas y estaba a punto de irse cuando vio la primera plana del *Orphea Chronicle*. La reacción fue inmediata: me propuso revelarme la verdad si lo dejamos representar la dichosa obra.

—O, a lo mejor —me dijo Anna—, mató él al alcalde y a su familia, está como una cabra y va a delatarse.

—Eso ni se me había ocurrido —le contesté.

Anna me dijo entonces:

—Confírmale a Harvey que de acuerdo. Ya me las apañaré para conseguir lo que quiere.

—¿De verdad?

—Sí. Tienes que traerlo aquí. En el peor de los casos, lo detenemos y estará en nuestra jurisdicción. No le quedará más remedio que hablar.

—Muy bien —asentí—. Deja que vaya a decírselo.

Volví junto a Kirk, que me estaba esperando delante de su caravana.

—Tengo al teléfono a la subjefa de la policía de Orphea —le expliqué—. Me dice que de acuerdo.

—¡No me tome por un papanatas! —vociferó Harvey—. ¿Desde cuándo decide la policía el programa del festival? Quiero una carta de puño y letra del alcalde de Orphea. Voy a dictarle mis condiciones.

*

Con el desfase horario, eran las once de la noche en la costa este. Pero a Anna no le quedó más remedio que ir a ver al alcalde Brown a su casa.

Al llegar delante de la puerta, se fijó en que había luz en la planta baja. Con un poco de suerte, el alcalde estaba levantado todavía.

En efecto, Alan Brown no dormía. Andaba arriba y abajo por la habitación que le hacía las veces de despacho, repasando su discurso de dimisión para sus colaboradores. No había encontrado solución para sustituir la obra inicial. Las otras compañías eran de aficionados o demasiado modestas para atraer espectadores suficientes y llenar el Gran Teatro de Orphea. La idea de que las tres cuartas partes de la sala estuvieran vacías se le hacía insoportable y era económicamente arriesgada. Ya estaba decidido: al día siguiente, jueves, por la mañana reuniría a los empleados del ayuntamiento y les comunicaría que se iba. El viernes convocaría a la prensa, como estaba previsto, y la noticia se haría pública.

Se asfixiaba. Necesitaba aire. Como estaba ensayando el discurso en voz alta, no había querido abrir la ventana por temor a que Charlotte, que dormía justo en la habitación de arriba, lo oyera. Cuando no pudo aguantar más, abrió las hojas de la puerta vidriera que daba al jardín y el aire tibio de la noche entró en la habitación. Le llegó el aroma de los rosales y lo calmó. Volvió a leer, en un cuchicheo ahora: «Señoras y señores: los he reunido hoy con honda consternación para comunicarles que el festival de Orphea no podrá celebrarse. Saben hasta qué punto me sentía unido a este acontecimiento, a título personal, pero también en el ámbito político. No he conseguido convertir el festival en la cita imprescindible que habría tenido que volver a dar nuevo lustre a nuestra ciudad. He fracasado en el proyecto mayor de mi mandato. Es pues con gran emoción como tengo que anunciarles que voy a dimitir de mi cargo de alcalde de la ciudad de Orphea. Quería que fueran ustedes los primeros en saberlo. Cuento con su absoluta discreción para que esta noticia no salga a la luz hasta la rueda de prensa del viernes».

Casi se sentía aliviado. Había sido demasiado ambicioso para sí mismo, para Orphea y para aquel festival. Cuando puso en marcha el proyecto era solo el vicealcalde. Supuso que lo convertiría en uno de los acontecimientos culturales de más envergadura del estado y, más adelante, del país. El Sundance del teatro. Pero todo había sido solo un fracaso rotundo.

En ese momento, sonó el timbre de la puerta de la calle. ¿Quién podía presentarse a aquellas horas? Se dirigió a la puerta. Charlotte, a quien había despertado el ruido, estaba bajando las escaleras mientras se ponía una bata. Miró por la mirilla y vio a Anna de uniforme.

—Alan —le dijo—, de verdad que siento muchísimo molestarle a semejante hora. No habría venido si no fuera muy importante.

Poco después, en la cocina de los Brown, Charlotte, que estaba preparando té, se quedó de piedra al oír el nombre pronunciado.

—¿Kirk Harvey? —repitió.

—¿Qué quiere ese loco? —preguntó Alan, visiblemente irritado.

—Ha montado una obra de teatro y querría representarla en el festival de Orphea. A cambio...

Anna aún no había terminado la frase cuando Alan dio un bote en la silla. Había recobrado el color del rostro de repente.

—¿Una obra de teatro? ¡Pues claro! ¿Crees que podría llenar el Gran Teatro varias noches seguidas?

—Por lo visto, es la obra del siglo —contestó Anna, enseñándole la foto del cartel pegado en la puerta de la sala de ensayos.

—¡La obra del siglo! —repitió el alcalde Brown dispuesto a lo que fuera para salvar el pellejo.

—A cambio de poder representar su obra, Harvey nos dará información crucial sobre el cuádruple asesinato de 1994 y, quizá, del de Stephanie Mailer.

—Cariño —dijo con suavidad Charlotte Brown—, ¿no crees que...?

—¡Creo que es un regalo del cielo! —dijo jubiloso Alan.

—Tiene exigencias —avisó Anna, desdoblando la hoja en la que había apuntado una serie de cosas que procedió a leer—. Pide una *suite* en el mejor hotel de la ciudad, que se le paguen todos los gastos y se ponga a su disposición inmediatamente el Gran Teatro para los ensayos. Quiere un acuerdo con su firma de puño y letra. Esta es la razón por la que me he permitido venir a semejante hora.

—Y ¿no pide caché? —se sorprendió el alcalde Brown.

—Por lo visto, no.

—¡Amén! Todo eso me va de maravilla. Dame esa hoja para que la firme. ¡Y ve corriendo a avisar a Harvey de que va a ser la cabecera de cartel del festival! Necesito que coja mañana el primer vuelo para Nueva York; ¿le puedes dar el recado? Tiene que estar a toda costa conmigo el viernes por la mañana en la rueda de prensa.

—Muy bien —asintió Anna—, se lo diré.

El alcalde Brown agarró un bolígrafo y, antes de firmar, añadió en la parte de abajo del documento una línea manuscrita que confirmaba su compromiso.

—Toma, Anna. Ahora te toca a ti.

Anna se fue, pero, cuando Alan cerró la puerta, ella no bajó en el acto las escaleras de la entrada. Y oyó la conversación entre el alcalde y su mujer.

—¡Es una locura que te fíes de Harvey! —dijo Charlotte.

—Pero, bueno, cariño, ¡es algo inesperado!

—¡Va a volver aquí, a Orphea! ¿Te das cuenta de lo que eso significa?

—Me va a salvar la carrera, eso es lo que significa —contestó Brown.

*

Por fin, sonó mi teléfono.

—Jesse —me dijo Anna—, el alcalde acepta. Ha firmado la solicitud de Harvey. Quiere que estéis en Orphea el viernes por la mañana para la rueda de prensa.

Le di el recado a Harvey, que enseguida se entusiasmó:

—¡Sí, qué demonios! —vociferó—. ¡Sí, qué demonios! ¡Rueda de prensa y todo! ¿Puedo ver la carta firmada? Quiero tener la seguridad de que no me estáis liando.

—Todo está en orden —le prometí—. Anna tiene la carta.

—¡Pues que me la mande por fax! —exclamó.

—¿Que se la mande por fax? Pero, Harvey, ¿quién sigue teniendo fax hoy?

—Apañaos. Aquí la estrella soy yo.

Se me estaba empezando a agotar la paciencia, pero me esforcé en conservar la calma. Kirk podía estar en posesión de informaciones decisivas. Había un fax en la comisaría de Orphea y Anna sugirió que podía enviar la carta al despacho del sargento Cruz, donde seguramente también había fax.

Media hora después, en un despacho del centro de la policía de carreteras de California, Harvey leía el fax, muy ufano.

—¡Es maravilloso! —exclamó—. Se va a representar *La noche negra*.

—Harvey —le dije entonces—, ahora que ya tiene la garantía de que se va a representar su obra en Orphea, ¿podría decirme lo que sabe del cuádruple asesinato de 1994?

—¡La noche del estreno se sabrá todo, Leonberg!

—El estreno es el 26 de julio. No podemos esperar hasta entonces. Una investigación policial depende de usted.

—Nada antes del 26. ¡Y se acabó!

La ira me hervía por dentro.

—Harvey, exijo saberlo todo, ahora. O hago que rescindan la representación de su obra.

Me miró con desprecio:

—¡Cierra el pico, Leomierda! ¿Cómo te atreves a amenazarme? ¡Soy un gran director! ¡Como sigas te hago lamer el suelo con cada paso que dé!

Ya era demasiado. Perdí los nervios, agarré a Harvey por el pescuezo y lo puse contra la pared.

—¡Hable! —vociferé—. ¡Hable o lo dejo sin dientes! ¡Quiero saber lo que sabe usted! ¿Quién es el asesino de la familia Gordon?

Como Harvey pedía ayuda, acudió el sargento Cruz a separarnos.

—¡Quiero ponerle una denuncia a este hombre! —pidió Harvey.

—¡Han muerto inocentes por su culpa, Harvey! No lo dejaré en paz hasta que hable.

El sargento Cruz me hizo salir de la habitación para que me calmase, pero decidí, rabioso, irme de la comisaría. Encontré un taxi que me llevó al poblado de caravanas donde vivía Kirk Harvey. Pregunté cuál era la suya y tiré abajo la puerta de una patada. Me puse a registrar el interior. Si la respuesta estaba en la vivienda de Kirk, me bastaba con dar con ella. Encontré diversos papeles sin interés. Luego, en el fondo de un cajón, una carpeta de cartón con el logo de la policía de Orphea. Dentro, fotos policiales de los cuerpos de la familia Gordon y de Meghan Padalin. Eran los documentos de la investigación de 1994, los que habían desaparecido de la sala de archivos.

En ese instante oí un grito: era Kirk Harvey.

—¿Qué haces aquí, Leonberg? —vociferó—. ¡Sal ahora mismo!

Me lancé sobre él y rodamos por el polvo. Y entonces le arreé unos cuantos puñetazos en el vientre y en la cara.

—¡Ha muerto gente, Harvey! ¿Lo entiende? ¡Este caso me quitó lo que más quería! ¿Y usted lleva veinte años guardándose el secreto? ¡Hable ya!

Como con el último golpe había caído al suelo, le di una patada en las costillas.

—¿Quién está detrás de todo este asunto? —exigí.

—¡No lo sé! —gimió Harvey—. ¡No lo sé! Llevo veinte años haciéndome la pregunta.

Vecinos del poblado de caravanas habían avisado a la policía y llegaron a toda velocidad varias patrullas, con las sirenas aullando. Los policías se arrojaron sobre mí, me pegaron al capó de un coche y me esposaron sin contemplaciones.

Miré a Harvey, hecho un ovillo en el suelo y tembloroso. ¿Cómo se me había ocurrido pegarle así? No me reconocía a mí mismo. Tenía los nervios destrozados. Esta investigación me estaba corroyendo. Los demonios del pasado retornaban.

Derek Scott

Últimos días de agosto de 1994. Había transcurrido un mes desde el cuádruple asesinato. El cepo se iba cerrando alrededor de Ted Tennenbaum: a las sospechas que teníamos ya Jesse y yo, se sumaba ahora la del chantaje del alcalde para no retrasar las obras del Café Athéna.

Aunque las retiradas de efectivo de Tennenbaum y los ingresos del alcalde Gordon coincidían tanto en los importes como en las fechas, no tenían valor de pruebas concretas. Queríamos interrogar a Tennenbaum acerca de sus retiradas de dinero, pero, sobre todo, no dar pasos en falso. Así que lo citamos oficialmente por carta para que fuera al centro regional de la policía estatal. Como era de esperar, se presentó con Robin Starr, su abogado.

—¿Creen que el alcalde Gordon me chantajeaba? —dijo Tennenbaum, divertido—. Esto se vuelve cada vez más absurdo, sargento Scott.

—Señor Tennenbaum —repliqué—, durante el mismo período de tiempo una cantidad idéntica, con una diferencia de unos cuantos miles de dólares, salió de su cuenta y entró en la del alcalde Gordon.

—¿Sabe, sargento? —me hizo notar Robin Starr—. Todos los días millones de estadounidenses hacen, sin que ustedes lo sepan, transacciones similares.

—¿A qué corresponden esas retiradas, señor Tennenbaum? —preguntó Jesse—. Medio millón de dólares no es moco de pavo. Y sabemos que no son para las obras del restaurante; es otra contabilidad a la que hemos tenido acceso.

—Han tenido acceso porque lo ha permitido mi cliente —nos recordó Starr—. Lo que el señor Tennenbaum haga con su dinero no le importa a nadie.

—¿Por qué no nos dice sencillamente cómo se gastó esa suma, señor Tennenbaum, ya que no tiene nada que ocultar?

—Me gusta salir, me gusta ir a cenar, me gusta vivir. No tengo nada en absoluto que justificar —replicó Tennenbaum.

—¿Tiene recibos que demuestren eso que dice?

—¿Y si hubiera sido para mantener a montones de amiguitas? —sugirió con tono de guasa—. Esa clase de amiguitas que no dan recibo. Dejémonos de bromas, caballeros, ese dinero es legal, lo heredé de mi padre. Hago con él lo que quiero.

En ese punto, Tennenbaum tenía toda la razón. Sabíamos que no le íbamos a sacar nada más.

El mayor McKenna nos hizo notar a Jesse y a mí que teníamos un puñado de indicios que incriminaban a Tennenbaum, pero que nos faltaba un dato para remachar el clavo. «Hasta ahora Tennenbaum no necesita invertir la carga de la prueba. No podéis demostrar que su camioneta estaba en la calle, no podéis demostrar el chantaje. Encontrad un indicio que obligue a Tennenbaum a probar lo contrario».

Volvimos a empezar la investigación desde el principio; tenía que haber, por fuerza, una grieta en alguna parte, debíamos sacarla a la luz. En el salón de Natasha, que nuestra investigación había empapelado por completo, volvimos a estudiar todas las pistas posibles y otra vez nos llevaba todo a Tennenbaum.

Andábamos entre dos restaurantes, el Café Athéna y La Pequeña Rusia. El proyecto de Darla y Natasha avanzaba a buen ritmo. Se pasaban el día cocinando y probando recetas que luego anotaban en un gran libro rojo con vistas a elaborar la carta. Jesse y yo éramos los primeros beneficiarios; siempre que íbamos y veníamos por la casa, a cualquier hora del día o de la noche, estaba ocurriendo algo en la cocina. Hubo, por lo demás, un breve incidente diplomático cuando mencioné esos famosos sándwiches de Natasha.

—Por favor, decidme que tenéis previsto poner en la carta esos sándwiches increíbles de carne a la brasa.

—¿Los has probado? —dijo entonces muy sorprendida Darla.

Comprendí que había metido la pata y Natasha se esforzó en minimizar los daños:

—Cuando se fueron a Montana la semana pasada le di a Jesse sándwiches para el avión.

—Habíamos dicho que se los daríamos a probar las dos juntas para ver su reacción —se lamentó Darla.

—Lo siento —dijo Natasha, arrepentida—. Me dieron pena al ver cómo se iban de madrugada a coger un vuelo para cruzar todo el país.

Creí que el incidente había quedado zanjado enseguida. Pero Darla me lo volvió a mencionar pocos días después, cuando estábamos solos.

—Hay que ver, Derek —me dijo—, no me puedo creer que Natasha me haya hecho una faena así.

—¿Sigues hablando de esos dichosos sándwiches? —le dije.

—Sí. Para ti a lo mejor no es nada, pero, cuando trabajas con alguien y se pierde la confianza, la cosa deja de funcionar.

—¿No te parece que exageras un poco, Darla?

—¿De parte de quién estás, Derek? ¿De la mía o de la suya?

Creo que Darla, que no tenía nada que envidiarle a nadie, estaba un poco celosa de Natasha. Pero supongo que todas las chicas estaban celosas de Natasha en un momento o en otro: era más inteligente y más guapa y tenía más personalidad. Cuando entraba en una habitación, ya solo se la veía a ella.

En lo referido a la investigación, Jesse y yo nos centramos en lo que teníamos que demostrar. Y había un elemento en concreto que destacaba: la ausencia de Tennenbaum del Gran Teatro durante un lapso de por lo menos veinte minutos. Él aseguraba que no se había movido de allí. Así que nosotros teníamos que probar que mentía. Y en ese punto nos quedaba aún un margen de maniobra. Habíamos interrogado a todos los voluntarios, pero no habíamos podido hablar con la compañía teatral que había representado la obra inaugural, ya que solo habíamos empezado a sospechar de Tennenbaum cuando el festival había concluido.

Por desgracia, la compañía, vinculada a la universidad de Albany, se había disuelto entretanto. La mayoría de los estudiantes que la componían habían acabado los estudios y estaban desperdigados por todo el país. Para ganar tiempo, Jesse y yo decidimos centrarnos en los que vivían aún en el estado de Nueva York y nos repartimos el trabajo.

Fue a Jesse a quien le tocó el premio gordo al ir a interrogar a Buzz Leonard, el director de la compañía, que se había quedado en la universidad de Albany.

Cuando Jesse le habló de Ted Tennenbaum, Buzz Leonard le dijo en el acto:

—¿Que si le noté algo raro al bombero de guardia la noche del estreno? Lo que más noté es que no pegaba ni chapa. Hubo un incendio en un camerino a eso de las siete. Se quemó un secador de pelo. No hubo forma de encontrar al individuo y tuve que apañármelas solo. Menos mal que había un extintor.

—¿Así que afirma que a las siete el bombero no estaba?

—Lo afirmo. En ese momento con mis gritos vinieron otros actores que estaban en el camerino de al lado. Se lo pueden confirmar todo. Y en cuanto a ese bombero suyo ya le dije lo que opinaba de él cuando volvió a aparecer como por arte de magia al dar las siete y media.

—¿Así que el bombero se ausentó durante media hora? —repitió Jesse.

—Eso mismo —ratificó Buzz Leonard.

Jesse Rosenberg
Jueves 10 de julio de 2014
Dieciséis días antes de la inauguración

Pasé la noche en el calabozo y me sacaron al alba. Me llevaron a un despacho en donde me esperaba un teléfono descolgado. En el otro extremo del cable, el mayor McKenna.

—¡Jesse! —voceó—. ¡Te has vuelto loco del todo! ¡Darle una paliza a un infeliz después de haberle destrozado la caravana!

—Lo siento mucho, mayor. Decía que tenía información crucial sobre el cuádruple asesinato de 1994.

—¡Tus disculpas me la sudan, Jesse! No hay nada que justifique que se pierdan los estribos. A menos que tu estado psíquico ya no te permita seguir en esta investigación.

—Voy a serenarme, mayor, se lo prometo.

El mayor dio un prolongado suspiro y me dijo luego, con voz repentinamente más suave:

—Mira, Jesse, no puedo ni imaginarme lo que debe de ser volver a vivir todo lo que sucedió en 1994. Pero tienes que controlarte. He tenido que recurrir a todos mis contactos para sacarte de ahí.

—Gracias, mayor.

—Harvey no denunciará si te comprometes a no volver a acercarte a él.

—Muy bien, mayor.

—Bueno, pues ahora búscate un vuelo para Nueva York y vuelve ahora mismo. Tienes una investigación que rematar.

Mientras estaba de camino para volver de California a Orphea, Anna y Derek fueron a ver a Buzz Leonard, el director de la obra que había abierto el primer festival, que ahora vivía en Nueva Jersey, donde impartía arte dramático en un instituto de secundaria.

Por el camino, Derek le resumió a Anna en qué punto estaba la situación:

—En 1994 —le explicó— hubo dos indicios de la investigación que fueron especialmente determinantes en contra de Ted Tennenbaum: las transacciones económicas, que ahora sabemos que no venían de él, y su ausencia durante un conato de incendio entre bastidores en el Gran Teatro. Ahora bien, la posibilidad de que hubiera salido del teatro podía resultar clave. Uno de los testigos de entonces, Lena Bellamy, que vivía a pocas casas de los Gordon, afirmaba que había visto la camioneta de Tennenbaum en la calle en el momento de los disparos, mientras que Ted afirmaba que no se había ausentado del teatro donde se hallaba como bombero de guardia. Era la palabra de Bellamy contra la de Tennenbaum. Pero resulta que Buzz Leonard, el director, apareció luego afirmando que, antes del comienzo de la representación, se había quemado un secador de pelo en uno de los camerinos y que no había habido forma de dar con Tennenbaum

—Así que, si Tennenbaum no estaba en el Gran Teatro —dijo Anna—, es que había cogido la camioneta para ir a asesinar al alcalde Gordon y a su familia.

—Exacto.

En el salón en donde los recibió Buzz Leonard, un sesentón algo calvo, había en la pared, enmarcado, un cartel del espectáculo de 1994.

—*Tío Vania* en el festival de Orphea de aquel año se quedó grabada en la memoria de todos. Recuerden que no éramos más que una compañía universitaria; en aquellos tiempos, el festival estaba en sus primeros balbuceos y el ayuntamiento de Orphea no podía albergar la esperanza de interesarle a una compañía profesional. Pero le dimos al público una representación excepcional. El Gran Teatro se llenó diez noches seguidas, las críticas eran unánimes. Un triunfo. Fue un éxito tal que todo el mundo pensó que los actores iban a hacer carrera.

Se notaba por su expresión risueña que Buzz Leonard disfrutaba recordando aquel período. El cuádruple asesinato no había sido para él sino un suceso inconcreto sin gran importancia.

—Y ¿qué pasó? —preguntó Derek, curioso—. ¿Los demás miembros de la compañía hicieron carrera en el teatro igual que usted?

—No, ninguno siguió por ese camino. No puedo reprochárselo, es un mundo tan difícil. A mí me lo van a decir; quise apuntar hacia Broadway y he venido a parar a un centro escolar privado del extrarradio. Solo una de aquellas personas podría haberse convertido en una auténtica estrella: Charlotte Carell. Interpretaba el papel de Elena, la mujer del profesor Serebriakov. Era extraordinaria, todas las miradas se clavaban en el escenario. Tenía una ingenuidad y una desenvoltura que le daban una categoría superior. Más presente, más fuerte. Si he de ser honrado con ustedes, el éxito de la obra en el festival se lo debimos a ella. Ninguno de nosotros le llegaba a la suela de los zapatos.

—¿Por qué no siguió con su carrera?

—No le interesaba. Estaba en el último curso en la universidad, estudiaba Veterinaria. Lo último que supe es que abrió una clínica de animales en Orphea.

—Espere —dijo Anna, cayendo de pronto en la cuenta—. ¿Esa Charlotte de la que habla es Charlotte Brown, la mujer del alcalde de Orphea?

—Eso mismo —asintió Buzz Leonard—. Se conocieron gracias a la obra, fue un flechazo inmediato. Formaban una pareja magnífica. Fui a su boda, pero con el paso de los años he perdido el contacto. Una lástima.

Derek preguntó entonces:

—¿Eso quiere decir que la encantadora amiguita de Kirk Harvey en 1994 era Charlotte, la futura mujer del alcalde?

—Desde luego. ¿No lo sabía, sargento?

—En absoluto —contestó Derek.

—Ese Kirk Harvey era un imbécil, ¿sabe?, un policía pretencioso y un artista fracasado. Quería ser dramaturgo y director escénico, pero no tenía ni pizca de talento.

—Sin embargo, me dijeron que su primera obra tuvo un modesto éxito.

—Tuvo éxito por una única razón: actuaba Charlotte. Lo magnificó todo. La obra en sí era malísima. Pero Charlotte te leía en el escenario la guía de teléfonos y era algo tan hermoso que te caías de espaldas. Por lo demás, nunca entendí que estuviera con un individuo como Harvey. Es algo que forma parte de los misterios sin resolver de la vida. Todos hemos conocido a chicas extraordinarias y sublimes encaprichadas con tipos tan feos como estúpidos. Bueno, en resumen, el tío ese era tan imbécil que no supo conservarla.

—¿Estuvieron mucho juntos?

Buzz Leonard se lo pensó antes de contestar:

—Creo que un año. Harvey se pateaba todos los teatros de Nueva York y Charlotte, también. Así fue como se conocieron. Ella participó en esa dichosa primera obra y el éxito que tuvo le dio alas a Harvey. Fue en la primavera de 1993. Me acuerdo porque fue por entonces cuando estábamos empezando a preparar *Tío Vania*. Él se hizo ilusiones, creyó que tenía dotes y escribió otra obra por su cuenta. Cuando surgió el tema de un festival de teatro en Orphea, estaba convencido de que la escogerían como obra principal. Pero yo la había leído y era muy mala. Propuse, de forma paralela, *Tío Vania* al comité artístico del festival y, tras unas cuantas audiciones, nos escogieron.

—Harvey debió de ponerse hecho una furia con usted.

—Ya lo creo. Decía que lo había traicionado y que, de no haber sido por él, a mí no se me habría ocurrido presentar la obra al festival. Lo cual era cierto. Pero, en cualquier caso, su obra no la habrían representado nunca. El propio alcalde se oponía.

—¿El alcalde Gordon?

—Sí. Sorprendí una conversación un día en que me había pedido que fuera a verlo a su despacho. Debió de ser a mediados de junio. Llegué pronto y estaba esperando a la puerta. De repente, Gordon la abrió para echar a Harvey. Le dijo: «Su obra es horrorosa, Harvey. ¡Mientras yo viva nunca le dejaré representarla en mi ciudad! Es usted una vergüenza para Orphea». Y, a continuación, el alcalde rompió delante de todo el mundo el texto de la obra, que Harvey le había dado.

—¿El alcalde dijo «mientras yo viva»? —preguntó Derek.

—Como lo oye —aseguró Buzz Leonard—. Tanto es así que, cuando lo asesinaron, toda la compañía se preguntó si Harvey no tendría algo que ver. Para empeorar las cosas, al día siguiente de la muerte del alcalde, Harvey se incautó del escenario del Gran Teatro en la segunda parte de la velada, después de nuestra representación, para recitarnos un monólogo espantoso.

—¿Quién lo autorizó? —preguntó Derek.

—Aprovechó la confusión general que reinaba después del cuádruple asesinato. Aseguraba a todo el que quisiera oírlo que era algo ya acordado con el alcalde Gordon; y los organizadores se lo permitieron.

—¿Por qué no mencionó usted nunca a la policía esa conversación entre el alcalde Gordon y Kirk Harvey?

—¿Para qué? —se preguntó Buzz torciendo el gesto—. Habría sido su palabra contra la mía. Y, además, la verdad es que a ese individuo no le pegaba asesinar a una familia entera. Era tan negado que daba risa. Al final de *Tío Vania,* cuando los espectadores se levantaban de la butaca para salir de la sala, se subía corriendo al escenario y decía: «¡Atención, la velada no ha terminado! Ahora viene *Yo, Kirk Harvey,* de y con el famoso Kirk Harvey!».

Anna no pudo contener la risa.

—¿Bromea? —preguntó.

—No puedo hablar más en serio, señora —le aseguró Buzz Leonard—. Y arrancaba en el acto con su soliloquio, cuyas primeras palabras recuerdo aún; «¡Yo, Kirk Harvey, el hombre sin obra!», berreaba. Se me ha olvidado qué venía a continuación, pero me acuerdo de que todos nos dábamos prisa para salir de entre bastidores e irnos a la fila de palcos para ver cómo se desgañitaba. Aunque en la sala no quedasen espectadores, seguía impasible ante los tramoyistas y los limpiadores. Cuando terminaba el recital, bajaba del escenario y desaparecía sin que nadie le hiciera ni caso. A veces, los limpiadores acababan la tarea antes y el último en irse interrumpía a Harvey en plena declamación. Le decía: «¡Ya basta, caballero! Vamos a cerrar la sala, tiene que irse!». En los segundos siguientes se apagaban las luces. Y, mientras Harvey se humillaba él solito, Alan Brown se había reunido con nosotros en las butacas y cortejaba a Charlotte, sentada a su lado. Disculpen, pero ¿por qué les interesa todo esto? Por teléfono dijeron que querían hablar de un incidente en particular.

—Exacto, señor Leonard —contestó Derek—. Lo que nos interesa sobre todo es que se quemase un secador en uno de los camerinos antes del estreno de *Tío Vania.*

—Ah, sí, me acuerdo de eso porque fue un inspector a preguntarme si el bombero de guardia había hecho algo fuera de lo normal.

—Era mi colega de entonces, Jesse Rosenberg —especificó Derek.

—Sí, eso es, Rosenberg, así se llamaba. Le dije que el bombero me había parecido nervioso, pero que, sobre todo, hecho asombroso, esa tarde se había quemado un secador a eso de las siete y no hubo forma de dar con el bombero. Menos mal que uno de los actores se las apañó para encontrar un extintor y acabar con el siniestro antes de que ardiera todo el camerino. Habría podido ser una catástrofe.

—Según el informe de entonces, el bombero no volvió a aparecer hasta eso de las siete y media —dijo Derek.

—Sí, de eso es de lo que me acuerdo. Pero, si han leído mi testimonio, ¿por qué vienen a verme? Fue hace veinte años... ¿Tienen la esperanza de que les cuente algo más?

—En el informe indica que estaba usted en el pasillo, que vio el humo salir por debajo de la puerta y que llamó al bombero de guardia y no se lo pudo encontrar.

—Exacto —confirmó Buzz Leonard—. Abrí la puerta, vi el secador echando humo y las llamas que empezaban a prender. Todo sucedió muy deprisa.

—Eso lo entiendo —dijo Derek—. Pero lo que me ha llamado la atención al volver a leer su testimonio es que la persona que estuviera en el camerino no reaccionase ante ese conato de incendio.

—Porque el camerino estaba vacío —se percató de repente Buzz—. No había nadie dentro.

—Pero ¿sí estaba ese secador de pelo funcionando?

—Sí —afirmó Buzz Leonard, confuso—. No entiendo por qué ese detalle no me ha llamado nunca la atención... Estaba tan obnubilado con el incendio...

—A veces tenemos algo delante de los ojos y no lo vemos —dijo Anna, repitiendo más o menos la funesta frase de Stephanie.

Derek prosiguió:

—Dígame, Buzz, ¿quién ocupaba ese camerino?

—Charlotte Brown —respondió en el acto el director.

—¿Cómo puede estar tan seguro?

—Porque ese secador de pelo estropeado era el suyo. Me acuerdo. Decía que, si lo usaba demasiado rato, se recalentaba y empezaba a echar humo.

—¿Podría haber dejado voluntariamente que se calentase demasiado? —dijo Derek, extrañado—. ¿Por qué?

—No, no —aseguró Buzz Leonard, haciendo memoria—. Hubo un corte de luz muy largo esa tarde. Un problema con los plomos que no soportaban toda la carga eléctrica necesaria. Eran alrededor de las siete, me acuerdo porque faltaba una hora para que empezase la representación y a mí me estaba entrando el pánico porque los técnicos no conseguían volver a dar la corriente. Tardaron un buen rato, pero al final lo consiguieron y poco después hubo ese conato de incendio.

—Eso quiere decir que Charlotte salió de su camerino durante la avería —dedujo Anna—. El secador estaba enchufado y se puso en marcha mientras ella no estaba.

—Pero, si no estaba en el camerino, ¿dónde estaba? —se preguntó Derek—. ¿En otro lugar del teatro?

—Si hubiera estado entre bastidores —comentó Buzz Leonard—, habría acudido a la fuerza con el barullo del incendio. Hubo gritos y nervios. Pero me acuerdo de que vino a quejárseme de que le había desaparecido el secador por lo menos media hora más tarde. Puedo asegurarlo porque en ese momento yo estaba aterrado con la idea de no estar preparados a tiempo para alzar el telón. Ya había empezado la parte oficial, no podíamos permitirnos un retraso. Charlotte se presentó en mi camerino y me dijo que alguien le había cogido el secador. Y le dije muy irritado: «¡Tu secador se ha achicharrado y está en la basura! ¿Todavía no estás peinada? Y ¿por qué llevas los zapatos mojados?». Me acuerdo de que tenía chorreando el calzado que llevaba en la obra. Como si se hubiera metido aposta en el agua. Cuando faltaban treinta minutos para subir a escena. ¡Qué angustia!

—¿Tenía los zapatos mojados? —repitió Derek.

—Sí, me acuerdo bien de esos detalles, porque en aquellos momentos creía que la obra iba a ser un fracaso. Faltaban treinta minutos para alzar el telón. Entre los plomos que habían saltado, el conato de incendio y que mi actriz principal no estaba lista y llegaba con los zapatos de la obra calados, no podía ni imaginarme qué éxito íbamos a tener aquella noche.

—Y, luego, ¿la obra transcurrió con normalidad? —siguió preguntando Derek.

—A la perfección.

—¿Cuándo se enteró de que habían asesinado al alcalde Gordon y a su familia?

—Corrió un rumor en el descanso, pero la verdad es que no hicimos mucho caso. Yo quería que mis actores se concentrasen en la obra. Me di cuenta, cuando se reanudó la función, de que se habían ido algunas personas del público, entre ellas el vicealcalde Brown, me fijé porque estaba sentado en primera fila.

—¿En qué momento se esfumó el vicealcalde?

—Eso no se lo puedo decir. Pero, si puede serle de ayuda, tengo la cinta del vídeo de la obra.

Buzz Leonard se fue a revolver en un montón de reliquias amontonadas en la biblioteca y volvió con una cinta VHS antigua.

—Grabamos en vídeo el estreno de la obra, para tener un recuerdo. La calidad no es muy allá, está hecho con los medios que había entonces, pero a lo mejor les ayuda a volver a meterse en el ambiente. Prométame que me devolverá la cinta, que le tengo cariño.

—Por supuesto —le aseguró Derek—. Gracias por su valiosísima ayuda, señor Leonard.

Al salir de casa de Buzz Leonard, Derek parecía muy preocupado.

—¿Qué pasa, Derek? —le preguntó Anna según se subían al coche.

—Es esa historia de los zapatos —contestó él—. Me acuerdo de que la tarde de los asesinatos la cañería de riego automático de los Gordon estaba rota y el césped de delante de la casa estaba empapado.

—¿Crees que Charlotte podría estar implicada?

—Ahora sabemos que no estaba en el Gran Teatro a una hora que corresponde a la de los asesinatos. Si estuvo fuera media hora, tuvo tiempo de sobra para un trayecto de ida y vuelta hasta el barrio de Penfield mientras todo el mundo creía que se encontraba en su camerino. Me estoy acordando de esa frase de Stephanie Mailer: lo que teníamos delante de los ojos y que no vimos. ¿Y si aquella noche, mientras el barrio de Penfield estaba acordonado y ponían controles en toda la comarca, el autor del cuádruple asesinato estaba de hecho en el escenario del Gran Teatro ante cientos de espectadores que le servían de coartada?

—Derek, ¿tú crees que la cinta de vídeo nos ayudará a ver las cosas más claras?

—Eso espero, Anna. Si vemos al público, a lo mejor podemos dar con algún detalle que se nos hubiera escapado. Tengo que confesarte que en la época de la investigación lo que sucedió mientras se representaba la obra no nos pareció de interés. Gracias a Stephanie Mailer estamos ahora mirándolo de cerca.

*

En ese mismo instante, en su despacho del ayuntamiento, Alan Brown escuchaba, irritado, las dudas de su vicealcalde, Peter Frogg.

—¿Kirk Harvey es su baza para salir del apuro en el festival? ¿El antiguo jefe de policía? ¿Tengo que recordarle los servicios prestados con *Yo, Kirk Harvey*?

—No, Peter, pero por lo visto su nueva obra es muy buena.

—Pero ¿cómo lo sabe? ¡Ni siquiera la ha visto! ¡Qué locura haber prometido en la prensa «una obra de teatro sensacional»!

—Y ¿qué tendría que haber hecho? Michael me tenía acorralado, debía encontrar una salida. Peter, hace veinte años que trabajamos juntos; ¿te he dado alguna vez algún motivo para dudar?

Se entornó la puerta del despacho; una secretaria asomó tímidamente la cabeza por la rendija.

—¡He dicho que no quería que me molestasen! —dijo, irritado, el alcalde Brown.

—Ya lo sé, señor alcalde. Pero tiene una visita imprevista: Meta Ostrovski, el gran crítico.

—¡Lo que nos faltaba! —dijo, espantado, Peter Frogg.

Pocos minutos después, Ostrovski, muy sonriente, estaba repantigado en un sillón enfrente del alcalde. Le encantaba haber podido escaparse de Nueva York para ir a aquella ciudad deliciosa donde sentía que lo respetaban como se merecía. Sin embargo, la primera pregunta del alcalde lo molestó.

—Señor Ostrovski, no acabo de entender qué hace usted en Orphea.

—Ah, pues, embelesado con su hermosa invitación, he venido para asistir a su celebérrimo festival.

—Pero ya sabe que el festival no empieza hasta dentro de dos semanas —le hizo notar el alcalde.

—Por supuesto —contestó Ostrovski.

—Pero ¿para qué? —preguntó el alcalde.

—Para qué ¿qué?

—Para hacer ¿qué? —preguntó el alcalde, que estaba empezando a perder la paciencia.

—¿Cómo que para hacer qué? —preguntó Ostrovski—. Explíquese con mayor claridad, amigo, me está volviendo loco.

Peter Frogg, que captaba la exasperación de su jefe, tomó el relevo.

—El alcalde querría saber si existe una razón para que haya venido usted, ¿cómo lo diría yo?, de forma tan prematura a Orphea.

—¿Una razón para que haya venido? ¡Pero bueno! Si fue usted quien me invitó. Y, cuando por fin llego, tan fraternal y tan alegre, ¿me pregunta qué hago aquí? Me parece a mí que es usted un pelín perverso narcisista, ¿no? ¡Si lo prefiere, me vuelvo a Nueva York a contarle a todo el que lo quiera oír que Orphea es la fértil tierra de la arrogancia y la deshonra intelectual!

Al alcalde Brown se le ocurrió de repente una idea.

—¡No se vaya a ningún sitio, señor Ostrovski! Resulta que lo necesito.

—¡Ah! ¿Ve qué bien he hecho en venir?

—Mañana viernes doy una rueda de prensa para anunciar la obra con que se inaugura el festival. Será un preestreno mundial. Querría tenerlo a mi lado y que dijera que es la obra más extraordinaria que haya podido usted ver en toda su carrera.

Ostrovski se quedó mirando al alcalde, pasmado por aquella petición.

—¿Quiere que le mienta descaradamente a la prensa ensalzando una obra que nunca he visto?

—Eso mismo —le confirmó el alcalde Brown—. A cambio lo acomodo esta misma noche en una *suite* del Palace del Lago hasta que termine el festival.

—¡Choque esos cinco, amigo! —exclamó Ostrovski lleno de entusiasmo—. ¡Por una *suite* le prometo los mejores elogios!

Cuando se marchó Ostrovski, Brown encargó al vicealcalde Frogg que organizase la estancia del crítico.

—¿Tres semanas en una *suite* del Palace, Alan? —dijo este, atragantándose—. ¿Lo dice en serio? Va a salir por un dineral.

—No te preocupes, Peter. Ya encontraremos la forma de equilibrar las cuentas. Si el festival es un éxito, tengo la reelección asegurada y a los vecinos les importará un bledo saber si se ha superado el presupuesto. Ya recortaremos en la edición siguiente si hace falta.

*

En Nueva York, en el piso de los Eden, Dakota descansaba en su cuarto. Metida en la cama y con los ojos clavados en el techo, lloraba en silencio. Por fin había podido salir del hospital Mount Sinai y volver a casa.

No se acordaba de lo que había hecho después de escaparse de casa el sábado. Tenía el vago recuerdo de haber ido a reunirse con Leyla en una fiesta y haberse colocado con ketamina y alcohol; luego, de vagabundeos, de lugares desconocidos, de un club, de un piso, de besar a un chico y a una chica también. Se acordaba de haber estado en el tejado de un edificio vaciando una botella de vodka, de haberse acercado al filo para mirar la calle que bullía más abajo. Se había sentido irremediablemente atraída por el vacío. Había querido saltar. Pero no lo había hecho. A lo mejor esa era la razón por la que se colocaba. Para tener el valor de hacerlo un día. Desaparecer. Quedar en paz.

Unos policías la habían despertado en el callejón donde dormía, andrajosa. Según los exámenes ginecológicos que le habían hecho los médicos, no la habían violado.

Tenía la mirada clavada en el techo. Le corrió un lagrimón por la mejilla hasta la comisura de los labios. ¿Cómo había podido llegar a esto? Había sido una buena alumna, muy capaz, ambiciosa, querida. Lo había tenido todo a su favor. Una vida fácil y sin escollos, y unos padres que siempre habían estado a su lado. Todo cuanto había querido, lo había tenido. Y luego había llegado Tara Scalini y la tragedia posterior. Desde aquel episodio, se aborrecía. Tenía ganas de destruirse. Tenía ganas de reventar de una vez. Tenía ganas de arañarse hasta hacerse sangre, de hacerse daño y que todo el mundo pudiera ver después, por las señales, cuánto se odiaba y cuánto sufría.

Su padre, Jerry, tenía la oreja pegada a la puerta. No la oía ni siquiera respirar. Entreabrió la puerta. Ella cerró en el acto los párpados para hacerse la dormida. Su padre se acercó a la cama, la gruesa moqueta amortiguaba el ruido de los pasos; vio que tenía los ojos cerrados y salió de la habitación. Cruzó la amplia vivienda y volvió a la cocina, donde Cynthia lo esperaba, sentada en un taburete alto, delante de la barra.

—¿Y qué? —preguntó.

—Está durmiendo.

Se puso un vaso de agua y se acodó en el mostrador, enfrente de su mujer.

—¿Qué vamos a hacer? —se desesperó Cynthia.

—No lo sé —suspiró Jerry—. A veces me digo que ya no queda nada por hacer. No hay esperanza.

—Jerry, no te reconozco. ¡Habrían podido violarla! Cuando te oigo hablar así, me da la impresión de que has renunciado a tu hija.

—Cynthia, hemos probado las terapias individuales, las terapias familiares, un gurú, un hipnotizador, médicos de todo tipo, ¡de todo! La hemos mandado dos veces a curas de desintoxicación y las dos veces ha sido una catástrofe. No reconozco a mi hija. ¿Qué quieres que te diga?

—¡Tú no has probado, Jerry!

—¿Qué quieres decir?

—Sí, la has mandado a todos los médicos habidos y por haber, e incluso la has acompañado a veces, pero ¡tú no has intentado ayudarla!

—Pero ¿qué más podría hacer yo que no hayan hecho los médicos?

—¿Que qué más podrías hacer? ¡Eres su padre, caramba! No has estado siempre así con ella. ¿Se te han olvidado los tiempos en que teníais tanta complicidad?

—¡Sabes muy bien lo que ha pasado entremedias, Cynthia!

—¡Lo sé, Jerry! Y precisamente tienes que recomponerla. Solo tú puedes hacerlo.

—¿Y a esa muchachita que se murió? —dijo Jerry con un nudo en la garganta—. ¿Se la puede recomponer?

—¡Para ya, Jerry! No se puede dar marcha atrás. Ni tú, ni yo, ni nadie. Llévate a Dakota, por favor, y sálvala. Nueva York la está matando.

—Llevármela, ¿dónde?

—Donde éramos felices. Llévala a Orphea. Dakota necesita un padre. No una pareja de padres que se pasan el día chillándose.

—Nos chillamos porque...

Jerry había alzado la voz y su mujer le puso en el acto suavemente los dedos en los labios para hacerlo callar.

—Salva a nuestra hija, Jerry. Solo tú puedes hacerlo. Tiene que irse de Nueva York, llévala lejos de sus fantasmas. Vete, Jerry, te lo ruego. Vete y vuelve después a mí. Quiero recuperar a mi marido, quiero recuperar a mi hija. Quiero recuperar a mi familia.

Se echó a llorar. Jerry asintió con expresión de conformidad y ella le apartó el dedo de los labios; Jerry salió de la cocina y se encaminó con paso decidido al cuarto de su hija. Abrió la puerta con brusquedad y levantó las persianas.

—¡Eh! ¿Qué haces? —protestó Dakota incorporándose en la cama.

—Lo que tendría que haber hecho hace mucho.

Abrió un cajón al azar y luego otro y los registró sin miramientos. Dakota se levantó de un salto.

—¡Para! ¡Para, papá! El doctor Lern ha dicho que...

Quiso interponerse entre su padre y el cajón, pero Jerry se lo impidió, apartándola con un enérgico ademán que la sorprendió.

—El doctor Lern ha dicho que tenías que dejar de meterte cosas —dijo Jerry con voz de trueno, sacudiendo una bolsita llena de un polvo blanco que acababa de encontrar.

—¡Deja eso! —gritó ella.

—¿Qué es? ¿La puta ketamina esa?

Sin esperar la respuesta, entró en el cuarto de baño contiguo a la habitación.

—¡Para! ¡Para! —chillaba Dakota, queriendo recuperar la bolsita de la mano de su padre, mientras este la mantenía a distancia con el musculoso brazo.

—¿Qué andas buscando? —preguntó levantando la tapa del retrete—. ¿Reventar? ¿Acabar en la cárcel?

—¡No hagas eso! —imploró ella echándose a llorar, sin que fuera posible saber si era de tristeza o de rabia.

Jerry tiró el polvo por el retrete y descargó en el acto la cisterna ante la mirada impotente de su hija, que acabó por vociferar:

—¡Tienes razón, lo que quiero es reventar para no tener que seguir soportándote!

Su padre le lanzó una mirada triste y le anunció con voz pasmosamente tranquila:

—Haz la maleta, nos vamos mañana por la mañana, temprano.

—¿Qué? ¿Cómo que «nos vamos»? Yo no voy a ninguna parte —avisó ella.

—No te he pedido tu opinión.

—Y ¿se puede saber adónde vamos?

—A Orphea.

—¿A Orphea? ¿Qué te ha dado? ¡No pienso volver nunca allí! Y, de todas formas, ya he hecho planes, mira tú por dónde. Leyla tiene un amigo que tiene una casa en Montauk y...

—Olvídate de Montauk. Tus planes acaban de cambiar.

—¿Cómo? —gritó Dakota—. ¡No, no puedes hacerme eso! ¡Ya no soy una niña pequeña, hago lo que quiero!

—No, no haces lo que quieras. Ya te he dejado demasiado tiempo hacer lo que has querido.

—¡Sal ahora mismo de mi cuarto, déjame en paz!

—No te reconozco, Dakota...

—¡Soy una adulta, ya no soy tu niña que te decía el alfabeto mientras se comía los cereales!

—Eres mi hija, tienes diecinueve años y haces lo que yo diga. Y lo que te digo es: haz la maleta.

—¿Y mamá?

—Tú y yo solos, Dakota.

—¿Por qué voy a irme contigo? Quiero hablarlo primero con el doctor Lern.

—No, no se habla con Lern, ni con nadie. Ya es hora de ponerte límites.

—¡No puedes hacerme eso! ¡No puedes obligarme a irme contigo!

—Sí puedo. Porque soy tu padre y te lo ordeno.

—¡Te odio! Te odio, ¿me oyes?

—Lo sé muy bien, Dakota, no hace falta que me lo recuerdes. Haz la maleta ya. Nos vamos mañana a primera hora —repitió Jerry con un tono que no dejaba lugar a dudas.

Salió de la habitación con paso decidido, fue a ponerse un whisky y se lo tomó en unos pocos tragos mirando por el ventanal la noche espectacular que caía sobre Nueva York.

En ese mismo momento, Steven Bergdorf volvía a su casa. Apestaba a sudor y a sexo. Le había asegurado a su mujer que asistía a la inauguración de una exposición de pintura en representación de la *Revista,* pero en realidad había ido de tiendas con Alice. Había vuelto a contemporizar con locuras carísimas y ella le había prometido que luego podría echarle un polvo y había cumplido su palabra. Steven se la había follado como un gorila enfurecido en su pisito de la calle 100 y luego ella le pidió un fin de semana romántico.

—Vayámonos mañana, Stevie; vamos a pasar dos días de enamorados.

—Imposible —le afirmó con tono consternado Steven, mientras volvía a ponerse los calzoncillos, pues no solo no le quedaba ni un céntimo, sino que, además, tenía la carga de una familia.

—¡Contigo todo es siempre imposible, Stevie! —gimoteó Alice, que estaba en plan niña pequeña—. ¿Por qué no vamos a Orphea, esa ciudad encantadora donde fuimos el año pasado en primavera?

¿Cómo iba a justificar ese viaje? La vez anterior ya había jugado la baza de que lo habían invitado al festival.

—Y ¿qué se supone que le voy a decir a mi mujer? —preguntó.

Alice se puso como una pantera y le tiró a la cara un almohadón.

—¡Tu mujer! ¡Tu mujer! —dijo a voces—. ¡Te prohíbo que menciones a tu mujer cuando esté yo delante!

Alice lo echó de su casa y Steven regresó a la suya.

Su mujer y los niños estaban terminando de cenar en la cocina. Ella le dirigió una sonrisa tierna; no se atrevió a darle un beso, apestaba a sexo.

—Mamá ha dicho que nos vamos de vacaciones al parque de Yellowstone —le comunicó entonces su hija mayor.

—Y hasta vamos a dormir en una autocaravana —dijo, extasiado, el pequeño.

—Mamá debería consultarme antes de prometer cosas —se limitó a decir Steven.

—Venga, Steve —objetó su mujer—, vámonos en agosto. Ya he pedido las vacaciones. Y mi hermana está de acuerdo en prestarnos la autocaravana.

—¡Pero bueno! —dijo Steven enfadado—. ¿Estáis locos? ¡Un parque por donde pululan osos grizzly hambrientos! ¿Tú has visto las estadísticas? ¡Solo el año pasado hubo decenas de heridos en el parque! ¡Incluso a una mujer la mató un bisonte! Y eso sin mencionar los pumas, los lobos y los géiseres.

—Estás exagerando, Steve —dijo su mujer en tono de censura.

—¿*Que yo exagero?* ¡Toma, mira!

Se sacó del bolsillo un artículo que había imprimido antes y lo leyó: «Veintidós personas han muerto desde 1870 en los manantiales sulfúricos de Yellowstone. La pasada primavera, un joven de veinte años, haciendo caso omiso de las advertencias, se tiró a una piscina de azufre hirviendo. Murió en el acto y, al no haber podido los servicios de emergencia sacar el cuerpo hasta el día siguiente del accidente debido a las condiciones climáticas, solo encontraron sus chanclas. El cuerpo entero se había disuelto en el azufre. No quedaba nada de él».

—¡Es que hay que ser idiota para tirarse a un manantial de azufre! —protestó su hija.

—¡Y tú que lo digas, cariño! —le dio la razón la mujer de Steven.

—Mamá, ¿nos vamos a morir en Yellowstone? —preguntó preocupado el pequeño.

—No —contestó la madre, irritada.

—¡Sí! —voceó Steven antes de encerrarse en el cuarto de baño con el pretexto de darse una ducha.

Abrió el agua y se sentó en la taza del retrete, contrariadísimo. ¿Qué tenía que decirles a sus hijos? ¿Que su papá se había gastado todos los ahorros de la familia, porque era incapaz de controlar sus impulsos?

Se había visto en la tesitura de tener que despedir a Stephanie, que era una periodista con talento y prometedora, y, luego, de echar al pobre Meta Ostrovski, que no le hacía daño a nadie, y, de propina, era su cronista estrella. ¿Quién sería el siguiente? Seguramente él cuando se descubriera que tenía un lío con una empleada a la que le doblaba la edad y le compraba regalos cargándoselos a la *Revista*.

Alice era insaciable. Él no sabía ya cómo poner coto a esa espiral infernal. ¿Dejarla? Amenazaba con acusarlo de violación. Quería que todo pudiera parar ya. Por primera vez, tenía ganas de que Alice se muriera. Le pareció incluso que la vida era injusta; si se hubiera muerto ella en vez de Stephanie, ahora todo sería muy sencillo.

El pitido del teléfono le anunció que acababa de entrar un correo electrónico. Miró la pantalla maquinalmente y, de pronto, se le iluminó el rostro. El correo era del ayuntamiento de Orphea. ¡Qué coincidencia! Desde su artículo del año anterior sobre el festival, su dirección estaba en la lista de envíos del ayuntamiento. Lo abrió en el acto: era un recordatorio de la rueda de prensa que se celebraría al día siguiente a las once en el ayuntamiento en la que el alcalde iba a «desvelar el nombre de la obra única cuyo preestreno mundial inauguraría el festival de teatro».

Le envió de inmediato un mensaje a Alice para decirle que la llevaba a Orphea y que saldrían temprano a la mañana siguiente. Notaba que el corazón le aporreaba el pecho. Iba a matarla.

Nunca se habría imaginado que algún día estaría dispuesto a matar a alguien a sangre fría. Pero se trataba de un caso de fuerza mayor. Era la única solución para librarse de ella.

Steven Bergdorf

Tracy, mi mujer, y yo siempre hemos tenido una política muy estricta en lo referido al uso de internet por los niños: podían usarlo para instruirse y formarse, pero nada de hacer de todo y a lo loco. En especial tenían prohibido darse de alta en páginas para chatear. Demasiadas historias sórdidas habíamos oído de niños con los que entraban en contacto pedófilos que se hacían pasar por críos de su edad.

Pero, en la primavera de 2013, al cumplir nuestra hija diez años, exigió poder registrarse en Facebook.

—¿Para qué? —le pregunté.

—¡Todas mis amigas tienen Facebook!

—Esa no es una razón que me valga. Ya sabes que a tu madre y a mí no nos gustan esas páginas. Internet no se inventó para esas bobadas.

A ese comentario, mi hija de diez años me respondió:

—El Metropolitan Museum está en Facebook, el MoMA, también, y National Geographic, y el ballet de San Petersburgo. ¡Todo el mundo está en Facebook menos yo! ¡En esta casa vivimos como los amish!

Tracy, mi mujer, opinó que no le faltaba razón y alegó que nuestra hija iba muy adelantada intelectualmente respecto a sus compañeras y que era importante que pudiera relacionarse con niños de su edad si no quería acabar aislada por completo en el colegio.

Yo, pese a todo, tenía reticencias. Había leído muchos artículos sobre lo que se hacían mutuamente los adolescentes en las redes sociales: agresiones escritas y visuales, insultos de todo tipo e imágenes escandalosas. Mi mujer, mi hija y yo celebramos un consejo de familia para discutir el asunto y les leí un artículo de *The New York Times* que refería un drama reciente que había ocurrido en un instituto de Manhattan, donde una alumna se había suicidado tras haber sido víctima de una campaña de acoso en Facebook.

—¿Estabais al tanto de esa historia? Ocurrió la semana pasada, aquí, en Nueva York: «Violentamente insultada y amenazada en Facebook, donde, sin saberlo ella, se había divulgado un mensaje suyo en el que revelaba su homosexualidad, la joven de dieciocho años, que cursaba el último año en el muy prestigioso instituto privado de Hayfair, se mató en su domicilio». ¡Os dais cuenta!

—Papá, yo solo quiero interactuar con mis amigas —me dijo mi hija.

—Tiene diez años y usa la palabra *interactuar* —recalcó Tracy—. Creo que ya tiene la madurez suficiente para tener cuenta en Facebook.

Acabé por ceder con una condición: tener yo también una cuenta de Facebook para poder ir siguiendo las actividades de nuestra hija y asegurarme de que no era víctima de ningún acoso.

Llegados a este punto, tengo que reconocer que nunca se me han dado demasiado bien las nuevas tecnologías. Por eso, después de haberme abierto la cuenta de Facebook, como necesitaba ayuda para configurarla, se lo dije a Stephanie Mailer mientras tomábamos un café en la sala de descanso de la redacción de la *Revista*. «¿Se ha registrado en Facebook, Steven?», dijo Stephanie, divertida, antes de darme un breve curso sobre cómo configurar y usar la cuenta.

Más adelante, ese mismo día, Alice, cuando entró en mi despacho para traerme el correo, me dijo:

—Debería poner una foto en su perfil.

—¿Una foto de mi perfil? ¿Dónde?

Se rio:

—En su perfil de Facebook. Debería poner una foto suya. Lo he añadido como amigo.

—¿Estamos conectados en Facebook?

—Si acepta mi solicitud de amistad, sí.

Lo hice en el acto. Me hizo gracia. Cuando se fue, le eché una ojeada a su página de Facebook, miré sus fotos y debo reconocer que me resultó divertido. Solo conocía a Alice como la chica que me traía el correo. Ahora descubría a su familia, sus lugares favoritos, lo que le gustaba leer. Descubría su vida. Stephanie me había enseñado a mandar mensajes y decidí mandarle uno a Alice:

> ¿Ha ido de vacaciones a México?

Me contestó:

> Sí, el invierno pasado.

Le dije:

> Las fotos son estupendas.

Y me volvió a contestar:

> Gracias.

Fue el principio de una serie de intercambios intelectualmente penosos, pero debo reconocer que adictivos. Conversaciones del todo inanes, pero que me divertían.

Por las noches, en lugar de leer o ver una película con mi mujer, como solía, empecé a tener conversaciones estúpidas con Alice en Facebook.

> Yo: He visto que has colgado una foto de un ejemplar de *El conde de Montecristo*. ¿Te gusta la literatura francesa?
> ALICE: Me encanta la literatura francesa. Di clases de francés en la universidad.
> Yo: ¿De verdad?
> ALICE: Sí. Sueño con ser escritora e irme a vivir a París.
> Yo: ¿Escribes?
> ALICE: Estoy escribiendo una novela.
> Yo: Me encantaría leerla.
> ALICE: A lo mejor cuando la acabe. ¿Está todavía en la oficina?
> Yo: No, en mi casa. Acabo de terminar de cenar.

Mi mujer, que estaba leyendo en el sofá, se interrumpió para preguntarme qué hacía.

—Tengo que terminar un artículo —le dije.

Se volvió a su libro y yo, a mi pantalla:

ALICE: ¿Qué ha cenado?
YO: Pizza. ¿Y tú?
ALICE: Voy a ir a cenar ahora.
YO: ¿Dónde?
ALICE: Todavía no lo sé, algo con unas amigas.
YO: Pues que lo paséis bien.

Aquí se acabó la conversación; seguramente había salido ya. Pero, pocas horas después, cuando me disponía a irme a la cama, tuve la curiosidad de dar una última vuelta por Facebook y vi que me había contestado:

ALICE: Gracias.

Me apetecía reanudar la conversación.

YO: ¿Lo has pasado bien?
ALICE: Bah, un aburrimiento. Espero que esté usted pasando una buena velada.
YO: ¿Por qué «un aburrimiento»?
ALICE: Me aburro un poco con la gente de mi edad. Prefiero estar con personas más maduras.

Mi mujer me llamó desde el dormitorio.

—Steve, ¿te vienes a la cama?

—Ahora voy.

Pero me enganchó la conversación y seguí conectado con Alice hasta las tres de la mañana.

Pocos días después, cuando iba con mi mujer a la inauguración de una exposición de pintura, me di de bruces con Alice en el bufé. Llevaba un vestido corto y tacones: estaba estupenda.

—¿Alice? —dije, extrañado—. No sabía que venías.

—Yo sabía que venía usted.

—¿Cómo?

—Recibió la invitación en Facebook y contestó que iría.

—Y ¿puedes ver eso en Facebook?

—Sí, en Facebook se ve todo.

Sonreí, divertido.

—¿Qué bebes? —le pregunté.

—Un Martini.

Lo pedí y, luego, también dos copas de vino.

—¿Está con alguien? —preguntó Alice.

—Con mi mujer. Por cierto, me está esperando; voy para allá.

Alice puso cara de chasco.

—Peor para mí —dijo.

Aquella noche, al volver de la exposición, me estaba esperando un mensaje en Facebook.

Lo que me gustaría poder tomar algo sola con usted.

Tras pensármelo mucho, contesté:

¿Mañana, a las cuatro, en el bar del Plaza?

No sé cómo se me ocurrió aquella idea descabellada de sugerir a la vez lo de tomar algo y lo del Plaza. Lo de tomar algo, sin duda, porque Alice me atraía y porque la idea de gustarle a una mujer guapa de veinticinco años me halagaba. El Plaza seguramente porque era el último lugar de Nueva York a donde iría a tomar algo: era un sitio que no me iba nada y estaba en el extremo opuesto de mi barrio. Así que no corría el riesgo de toparme con nadie. No es que supusiera que iba a ocurrir algo con Alice, pero no quería que la gente lo pensara. A las cuatro, en el Plaza, estaría de lo más tranquilo.

Al entrar en el bar, me encontraba nervioso y excitado a la vez. Ya me estaba esperando, acurrucada en un sillón. Le pregunté qué tomaba y me contestó:

—A usted, Steven.

Una hora después, borracho de champán, me estaba acostando con ella en una habitación del Plaza. Fue un momento de una tremenda intensidad. Creo que nunca había vivido algo así con mi propia mujer.

Eran las diez cuando llegué a casa, con los sentidos trastornados, con el corazón palpitante y alteradísimo por lo que acababa de vivir. Conservaba las imágenes de aquel cuerpo que había penetrado, de aquellos pechos tan firmes que había agarrado, de aquella piel que se me había brindado. Notaba en mí una excitación adolescente. Nunca había engañado antes a mi mujer. Nunca me había imaginado que algún día engañaría a mi mujer. Siempre había juzgado con mucha severidad a mis amigos o colegas que habían tenido una aventura extraconyugal. Pero, al llevarme a Alice a aquella habitación de hotel, ni siquiera había pensado en eso. Y había salido de esa habitación con una única idea en la cabeza: repetirlo. Me sentía tan bien que no me parecía que hubiera nada malo en engañar a tu mujer. Ni siquiera tenía la impresión de haber cometido una falta. Había vivido. Sencillamente.

Al entrar en casa, Tracy se me echó encima:

—¿Dónde te habías metido, Steven? Me moría de preocupación.

—Lo siento. Una emergencia tremenda en la *Revista;* creí que acabaría antes.

—Pero, a ver, te he dejado por lo menos diez mensajes. Me podrías haber llamado —me reprochó—. Casi aviso a la policía.

Fui a la cocina para revolver en la nevera. Estaba muerto de hambre. Encontré un plato con sobras que me calenté y me comí allí mismo, en la barra. Mi mujer, mientras tanto, andaba de la mesa al fregadero, recogiendo el follón que habían dejado nuestros hijos. Seguía sin sentirme culpable. Me sentía bien.

Al día siguiente por la mañana, al presentarse en mi despacho con el correo del día, Alice me soltó con expresión traviesa:

—Buenos días, señor Bergdorf.

—Alice —susurré—, tengo que volver a verte sin falta.

—A mí también me apetece, Steven. ¿Después, en mi casa?

Me apuntó las señas en un trozo de papel y lo dejó encima de un montón de cartas.

—Estaré a las seis. Ven cuando quieras.

Me pasé el día en un estado de total sobreexcitación. Cuando llegó por fin la hora, cogí un taxi para ir a la calle 100. Me bajé dos manzanas antes para comprar unas flores de supermercado. El edificio era muy antiguo y tiñoso. El telefonillo de la entrada estaba roto, pero el portal se encontraba abierto. Subí los dos pisos a pie y recorrí luego un pasillo estrecho. Había dos nombres en el timbre, no me fijé en ellos, pero me inquietó que pudiera haber alguien más en el piso. Cuando me abrió Alice, medio desnuda, comprendí que no era el caso.

—¿Compartes piso? —pregunté, pese a todo, con la preocupación de que no me viera nadie.

—Ni caso, la otra no está —me contestó Alice agarrándome el brazo para hacerme pasar y cerrando la puerta con la punta del pie.

Me llevó a su cuarto, en donde me quedé hasta muy tarde. Y volví a hacer lo mismo al día siguiente, y al otro. Solo pensaba en ella, solo quería estar con ella. Alice todo el rato. Alice por todas partes.

Al cabo de una semana, me propuso que quedásemos en el bar del Plaza, como la primera vez. Me pareció una idea estupenda: reservé una habitación y avisé a mi mujer de que tenía que ir a Washington y de que pasaría allí la noche. No sospechaba nada; todo me parecía tan sencillo.

Nos emborrachamos en el bar con champán gran reserva y cenamos en La Palmeraie. No sé por qué, pero me apetecía impresionarla. Quizá era un efecto del Plaza. O a lo mejor era el hecho de sentirme más libre. Con mi mujer siempre era todo presupuesto, presupuesto y presupuesto. Siempre había que andar con cuidado: la comida, las salidas, las compras. Se sometía a una deliberación el mínimo gasto. Por lo demás, las vacaciones de verano estaban decididas ya de año en año: las pasábamos en la cabañita que tenían mis suegros cerca del lago Champlain, donde nos apretujábamos con la familia de mi cuñada. Había propuesto muchas veces cambiar de destino, pero mi mujer me decía: «A los niños les gusta ir allí. Pasan tiempo con sus primos. Se puede ir en coche, resulta práctico y, además, nos ahorramos el hotel. ¿Para qué meternos en gastos inútiles?».

En este hotel Plaza, que ya me resultaba casi familiar, cenando a solas con aquella chica de veinticinco años, pensé que mi mujer no sabía vivir.

—Stevie, ¿me escuchas? —me preguntó Alice pelando el bogavante.

—Solo te escucho a ti.

El sumiller nos llenó las copas con un vino de un precio absurdo. Se había acabado la botella y pedí otra inmediatamente. Alice me dijo:

—¿Sabes lo que me gusta de ti, Stevie? Que eres un hombre, un hombre de verdad, con los cojones bien puestos, con responsabilidades, con pasta. No aguanto más a esos chiquilicuatres que andan contando los dólares y me llevan a una pizzería. Tú sabes follar y sabes vivir y me haces feliz. Vas a ver de qué forma voy a darte las gracias.

Alice no solo me hacía feliz, sino que me magnificaba. A su lado, me sentía poderoso, me sentía un hombre cuando me la llevaba de tiendas y la mimaba. Me daba la impresión de ser por fin el hombre que siempre había querido ser.

Podía gastar sin preocuparme demasiado por mi economía: tenía algo de dinero ahorrado, una cuenta de la que no le había hablado a mi mujer, donde se ingresaban los reembolsos de los gastos de la *Revista,* que no había tocado nunca y donde, andando el tiempo, se había juntado un capital de unos cuantos miles de dólares.

*

No tardaron en decir de mí que había cambiado. Parecía más seguro de mí mismo, más feliz, se fijaban más en mí. Había empezado a hacer deporte, había adelgazado y lo había usado de pretexto para remozar un poco el guardarropa, en compañía de Alice.

—¿Cuándo te ha dado tiempo a ir de compras? —me preguntó mi mujer cuando se fijó en mi ropa nueva.

—Una tienda que está cerca de la oficina. Me estaba haciendo mucha falta, me quedan ridículos esos pantalones que me están grandes.

Torció el gesto:

—Es como si quisieras parecer más joven.

—Todavía no he cumplido los cincuenta. Aún soy joven, ¿no?

Mi mujer no entendía nada. Y yo nunca había vivido una historia de amor así, porque desde luego se trataba de amor. Estaba tan encaprichado con Alice que no tardé en pensar en divorciarme de mi mujer. Solo concebía el futuro con Alice. Me hacía soñar. Me veía incluso viviendo en aquel pisito suyo, minúsculo, si fuera necesario. Pero, como mi mujer no sospechaba absolutamente nada, decidí no precipitar las cosas: ¿por qué buscarme complicaciones cuando todo iba de maravilla? Prefería dedicarle a Alice todas las energías y, sobre todo, el dinero: la vida que llevábamos estaba empezando a salirme cara, pero me importaba un bledo. O será que no quería pensar en ello. Me agradaba tanto darle gusto. Para lograrlo, tuve que pedir otra tarjeta de crédito con más disponible; y me organicé también para meter parte de nuestras cenas en las notas de gastos de la *Revista*. No había problemas, solo había soluciones.

A principios de mayo de 2013, recibí en la *Revista* una carta del ayuntamiento de Orphea que me proponía pasar un fin de semana en los Hamptons con todos los gastos pagados a cambio de publicar un artículo sobre el festival de teatro en el siguiente número de la *Revista,* que, en teoría, debería salir a finales de junio. Es decir, justo a tiempo para atraer a más espectadores. Estaba claro que el ayuntamiento tenía miedo de que la afluencia fuera escasa; se comprometía incluso a comprar tres páginas de publicidad de la *Revista*.

Hacía tiempo que andaba pensando en organizar algo especial para Alice. Soñaba con llevármela a alguna parte para un fin de semana romántico. Hasta aquel momento no veía muy bien cómo hacerlo, teniendo que cargar con mi mujer y con los niños, pero aquella invitación cambiaba las circunstancias.

Cuando le anuncié a mi mujer que tenía que irme a Orphea el fin de semana porque había un artículo por medio, dijo que quería acompañarme.

—Demasiado complicado —le dije.

—¿Complicado? Le pido a mi hermana que se quede con los niños. Hace lustros que no hemos pasado un fin de semana juntos, como dos enamorados.

Habría querido contestarle que era eso precisamente, un fin de semana de enamorados, pero con otra. Me limité a una explicación muy liosa.

—Ya sabes lo complicado que es mezclar el trabajo y la vida privada. Daría que hablar en la redacción; y ni te cuento lo que diría el departamento de contabilidad, al que no le gustan estas cosas y me va a regatear todas las notas de gastos de las comidas.

—Me pagaré mi parte —me aseguró mi mujer—. ¡Venga, Steve, no seas tan cabezota, hombre!

—No, es imposible. No puedo hacer las cosas como a mí me dé la gana. No lo compliques todo, Tracy.

—¿«Complicarlo todo»? ¿Qué es lo que estoy complicando? Steve, es una oportunidad para estar juntos como antes, para pasar dos días en un hotel bonito.

—No es ninguna juerga, ¿sabes? Es un viaje de trabajo. No te creas que me gusta la idea.

—Entonces, ¿por qué tienes tanto empeño en ir? Tú que siempre has dicho que no volverías a pisar Orphea. Manda a alguien que vaya por ti. A fin de cuentas, eres el redactor jefe.

—Por eso mismo tengo que ir.

—¿Sabes, Steven? Desde hace una temporada, no eres el mismo: ya no me hablas, ya no me tocas, ya no te veo, casi ni te ocupas de los niños, e incluso cuando estás con nosotros es como si no estuvieras. ¿Qué pasa, Steven?

Estuvimos discutiendo un buen rato. Lo más raro es que ahora nuestras discusiones me dejaban indiferente. Me importaba un rábano lo que opinase mi mujer y que estuviera descontenta. Me sentía en una posición de fuerza: si ella no estaba a gusto, que se fuera. Yo tenía otra vida que me esperaba en otra parte, con una joven de la que estaba locamente enamorado, y, cuando pensaba en Tracy, era para decirme a mí mismo: «Como esta gilipollas me siga dando por saco, me divorcio».

Al día siguiente por la noche, alegando ante mi mujer que tenía que ir a Pittsburgh para una entrevista con un gran escritor, reservé una habitación en el Plaza —al que me había aficionado del todo— e invité a Alice a cenar en La Palmeraie y pasar la noche juntos. Aproveché para anunciarle la buena noticia de nuestro fin de semana en Orphea; fue una velada mágica.

Pero, al día siguiente, en el momento de irme del hotel, el recepcionista me indicó que rechazaban mi tarjeta de crédito por falta de saldo. Noté un nudo en el estómago y me entraron sudores fríos. Menos mal que Alice ya se había ido a la *Revista* y no presenció esa embarazosa escena. Telefoneé inmediatamente a mi banco para que me dieran explicaciones y, en el otro extremo del cable, el empleado me dijo:

—Su tarjeta ha llegado a su tope de diez mil dólares, señor Bergdorf.

—Pero si tengo otra tarjeta con ustedes.

—Sí, la tarjeta platino. El tope es de veinticinco mil dólares, pero también ha llegado usted a él.

—Entonces pase dinero de la cuenta asociada.

—Tiene un saldo negativo de quince mil dólares.

Me entró el pánico:

—¿Me está diciendo que tengo con ustedes un descubierto de cuarenta y cinco mil dólares?

—58.480 dólares para ser exactos, señor Bergdorf. Porque están los diez mil dólares de su otra tarjeta de crédito y, además, los intereses.

—Y ¿por qué no me han avisado antes? —escupí.

—La gestión de sus gastos no nos compete, señor —me contestó el empleado sin perder la calma.

Llamé «idiota» al individuo aquel y pensé que mi mujer nunca me habría dejado llegar a una situación así. Era siempre ella la que tenía cuidado con el presupuesto. Decidí dejar el problema para más adelante: nada debía estropearme el fin de semana con Alice; y, como el tipo del banco dijo que me correspondía otra tarjeta de crédito, la acepté en el acto.

Debía tener cuidado, sin embargo, con lo que gastaba y, sobre todo, pagar la noche en el Plaza, cosa que hice con la tarjeta de la *Revista*. Fue el primero de una serie de errores que iba a cometer.

Segunda parte

HACIA LA SUPERFICIE

–4
Secretos

Viernes 11 de julio-domingo 13 de julio de 2014

Jesse Rosenberg

Viernes 11 de julio de 2014

Quince días antes de la inauguración

Estaba tomando un café en el paseo marítimo de Orphea con Anna mientras esperábamos a Derek.

—¿Así que, al final, te dejaste a Kirk Harvey en California? —me preguntó Anna cuando le conté lo que había ocurrido en Los Ángeles.

—Menudo embustero —dije.

Por fin llegó Derek. Parecía preocupado.

—El mayor McKenna está furioso contigo —me dijo—. Después de lo que le has hecho a Harvey, estás a medio palmo de que te larguen. No te acerques a él bajo ningún concepto.

—Ya lo sé —respondí—. De todas formas no hay peligro. Kirk Harvey está en Los Ángeles.

—El alcalde quiere vernos —dijo entonces Anna—. Supongo que para echarnos una bronca.

Al ver la mirada que me dirigió el alcalde Brown cuando entramos en su despacho, me di cuenta de que Anna tenía razón.

—Me han informado de lo que le ha hecho a ese pobre Kirk Harvey, capitán Rosenberg. Es indigno de su rango.

—Ese tipo quería tomarnos el pelo a todos, no tiene ni un solo dato útil sobre la investigación de 1994.

—¿Lo sabe porque no dijo nada cuando lo torturó? —preguntó irónicamente el alcalde.

—Señor alcalde, perdí los nervios y lo lamento, pero...

El alcalde Brown no me dejó concluir.

—Me pone usted enfermo, Rosenberg. Y dese por avisado. Si le toca a ese hombre, aunque sea un pelo, acabo con usted.

En ese momento, la asistente de Brown anunció por el intercomunicador que Kirk Harvey estaba a punto de entrar.

—¿Lo ha traído usted a pesar de todo? —dije, atónito.

—Su obra es extraordinaria —se justificó el alcalde.

—Pero ¡si es un timo! —exclamé.

Se abrió de pronto la puerta del despacho y apareció Kirk Harvey. En cuanto me vio, se puso a vociferar.

—¡Ese hombre no tiene derecho a estar en mi presencia! ¡Me ha dado una paliza sin motivo!

—Kirk, no tienes nada que temer de este hombre —le aseguró el alcalde Brown—. Estás bajo mi protección. Precisamente el capitán Rosenberg y sus colegas ya se iban.

El alcalde nos pidió que nos marchásemos y lo obedecimos para no empeorar la situación.

Nada más irnos, llegó Meta Ostrovski al despacho del alcalde. Al entrar en la habitación, se quedó mirando a Harvey de arriba abajo antes de presentarse.

—Meta Ostrovski, el crítico más temido y más famoso de este país.

—¡Huy, si yo a ti te conozco! —dijo Kirk fulminándolo con la mirada—. ¡Veneno! ¡Batracio! Hace veinte años me arrastraste por el fango.

—¡Ah, nunca olvidaré ese monólogo criminal tuyo con el que nos estuviste machacando todas las noches del festival después de *Tío Vania*! ¡El espectáculo era tan espantoso que los pocos espectadores que tuvo se quedaron ciegos!

—¡Trágate la lengua! ¡Acabo de escribir la mejor obra de teatro de los últimos cien años!

—¿Cómo te atreves a elogiarte a ti mismo? —se encrespó Ostrovski—. Únicamente un «Crítico» puede decidir lo que es bueno y lo que es malo. Soy el único cualificado para decidir lo que vale tu obra. ¡Y mi juicio será implacable!

—¡Y dirá usted que es una obra extraordinaria! —estalló el alcalde Brown, encarnado de ira, interponiéndose entre ambos—. ¿Tengo que recordarle nuestro trato, Ostrovski?

—¡Me había hablado de una obra prodigiosa, Alan! —protestó Ostrovski—. ¡No de la última birria de Kirk Harvey!

—¿A ti quién te ha invitado, amasijo de bilis gástrica? —se rebeló Harvey.

—¿Cómo te atreves a dirigirme la palabra? —dijo, muy ofendido, Ostrovski, llevándose las manos a la boca—. ¡Me basta con chasquear los dedos para arruinar tu carrera!

—¿Han terminado ya de decir gilipolleces? —vociferó Brown—. ¿Este es el espectáculo que les van a dar a los periodistas?

El alcalde había gritado tan fuerte que se estremecieron las paredes. De pronto, reinó un silencio de muerte. Tanto Ostrovski como Harvey pusieron cara avergonzada y se miraron los zapatos. El alcalde se arregló el cuello de la chaqueta y, esforzándose por serenar el tono, le preguntó a Kirk:

—¿Dónde está el resto de la compañía?

—Todavía no hay actores —contestó Harvey.

—¿Cómo que «todavía no hay actores»?

—Voy a hacer el *casting* aquí, en Orphea —le explicó Harvey.

A Brown, aterrado, se le salieron los ojos de las órbitas.

—¿Qué es eso de «hacer el *casting* aquí»? ¡La obra se estrena dentro de quince días!

—No te preocupes, Alan —lo tranquilizó Harvey—. Lo preparo todo durante el fin de semana. Audiciones el lunes y el primer ensayo el jueves.

—¿El jueves? —dijo Brown, asfixiándose—. Pero ¡eso solo te va a dejar nueve días para montar la obra, que tiene que ser la joya del festival!

—De sobra. Llevo ensayando la obra veinte años. Fíate de mí, Alan, esta obra va a ser tan sonada que se hablará de tu festival de mierda en los cuatro puntos cardinales del país.

—¡Madre mía, con la edad te has vuelto completamente loco, Kirk! —vociferó Brown fuera de sí—. ¡Lo cancelo todo! Puedo soportar el fracaso, pero no la humillación.

Ostrovski se rio con sorna y Harvey se sacó del bolsillo una hoja de papel arrugada y la agitó delante de los ojos del alcalde:

—¡Has firmado un compromiso, hijo de estríper! ¡Tienes la obligación de dejarme actuar!

En ese instante, una empleada del ayuntamiento abrió la puerta de comunicación.

—Señor alcalde, la sala de prensa está llena de periodistas que empiezan a impacientarse. Todos quieren saber cuál es la gran noticia.

Brown suspiró: ya no podía dar marcha atrás.

*

Steven Bergdorf entró en el ayuntamiento y se presentó en recepción para que lo llevasen a la sala de prensa. Le dio con mucho esmero el nombre a la empleada, preguntó si había que firmar en un registro, comprobó que el edificio estaba equipado con cámaras de seguridad que lo grababan: esta rueda de prensa iba a ser su coartada. Era el gran día: iba a matar a Alice.

Aquella mañana había salido de casa como si fuera a la oficina. Se había limitado a mencionarle a su mujer que cogía el coche para ir a una rueda de prensa en el extrarradio. Pasó por casa de Alice para recogerla; cuando ella metió su equipaje en el maletero, no se fijó en que él no llevaba nada. No tardó en quedarse traspuesta y, finalmente, durmió todo el trayecto acurrucada contra él. Y, acto seguido, los pensamientos asesinos de Steven se difuminaron. Le pareció tan enternecedora así, dormida: ¿cómo podía haber pensado siquiera en matarla? Acabó por reírse de sí mismo: ¡si ni sabía cómo se mata a alguien! Según iba recorriendo millas, le cambió el humor: se alegraba de estar allí con ella. La quería, aunque ya no les fuera bien juntos. Aprovechó el trayecto para meditar y decidió por fin romper ese mismo día. Irían a dar una vuelta por el paseo marítimo, le explicaría que ya no podían seguir así, que tenían que separarse, y ella lo entendería. Y, además, él notaba que las cosas ya no eran como antes, Alice tenía que notarlo también. Eran adultos. Sería una separación amistosa. Volverían a Nueva York a última hora del día y las aguas regresarían a su cauce. ¡Ay, qué ganas tenía de que fuera por la noche! Necesitaba volver a la tranquilidad y a la estabilidad de su vida familiar. Solo tenía una urgencia: estar de nuevo de vacaciones en la casita del lago Champlain y que su mujer volviera a hacerse cargo de los gastos, como siempre había hecho con tanta diligencia.

Alice se despertó cuando estaban llegando a Orphea.

—¿Has dormido bien? —le preguntó Steve, afectuoso.

—No lo suficiente, estoy muerta. Me alegro de poder echar una siesta en el hotel. Tienen unas camas tan cómodas... Espero que nos den la misma habitación que el año pasado. Era la 312. La pedirás, ¿verdad, Stevie?

—¿El hotel? —dijo Steven, atragantándose.

—¡Pues claro! Contaba con que nos alojáramos en el Palace del Lago. ¡Ay, Stevie, por compasión, no me digas que te has puesto en plan tacaño y has reservado en un motel paleto! No podría soportar la idea de un vulgar motel.

Steven, con un nudo en el estómago, se metió en el arcén y paró el motor.

—Alice —dijo con tono decidido—, tenemos que hablar.

—Stevie, cariño, ¿qué te pasa? Estás muy pálido.

Steve respiró hondo y se lanzó:

—No tengo previsto pasar el fin de semana contigo. Quiero romper.

Se sintió en el acto mucho mejor por habérselo confesado todo. Ella lo miró con expresión de sorpresa y, luego, se echó a reír.

—¡Ay, Stevie, casi me lo creo! ¡Dios mío, qué susto me has dado!

—No estoy de broma, Alice —le espetó Steve—. Ni siquiera he traído equipaje. He venido aquí para romper contigo.

Alice se dio la vuelta en el asiento y vio que efectivamente en el maletero solo estaba su maleta.

—Steven, ¿qué mosca te ha picado? Y ¿por qué me has dicho que me llevabas de fin de semana, si era para romper?

—Porque ayer por la noche creía que te llevaba de fin de semana. Pero, al final, me he dado cuenta de que hay que terminar con esta relación. Se ha vuelto tóxica.

—¿Tóxica? Pero ¿qué me estás contando, Stevie?

—Alice, a ti lo único que te importa son tu libro y los regalos que te hago. No nos acostamos casi nunca, Alice, ya te has aprovechado bastante de mí.

—¿Qué pasa? ¿Que a ti solo te interesa el folleteo, Steven?

—Alice, ya está decidido. No vale de nada andar discutiendo. Además, no tendría que haber venido hasta aquí. Nos volvemos a Nueva York.

Volvió a arrancar el motor e inició una maniobra para dar media vuelta.

—¿La dirección de correo electrónico de tu mujer es tracy. bergdorf@lightmail.com? —preguntó entonces Alice con acento sosegado mientras empezaba a teclear en el móvil.

—¿Cómo has conseguido su dirección? —exclamó Steven.

—Tiene derecho a enterarse de lo que me has hecho. Todo el mundo se va a enterar.

—¡No puedes demostrar nada!

—Vas a ser tú quien tenga que demostrar que no has hecho nada, Stevie. Sabes muy bien cómo funciona esto. Iré a ver a la policía y le enseñaré los mensajes que me pusiste en Facebook. Cómo me tendiste una trampa y me citaste un día en el Plaza, donde me emborrachaste antes de abusar de mí en una habitación del hotel. ¡Les diré que me tenías dominada y que no me he atrevido a decir nada hasta ahora por lo que le habías hecho a Stephanie Mailer!

—¿Lo que le había hecho a Stephanie?

—¡Cómo abusaste de ella antes de despedirla cuando quiso romper!

—Pero ¡si yo nunca he hecho nada semejante!

—¡Demuéstralo! —chilló Alice con una mirada terrible—. Le diré a la policía que Stephanie se sinceró conmigo, que me dijo lo que tú le habías hecho padecer y que te tenía miedo. ¿No estuvo en tu despacho la policía el martes, Stevie? ¡Ay, Dios mío, espero que no te tengan ya en la lista de sospechosos!

Steve, petrificado, tenía la cabeza apoyada en el volante. Estaba completamente pillado. Alice le dio unas palmaditas condescendientes en el hombro, antes de susurrarle al oído:

—Ahora, Stevie, vas a dar media vuelta para llevarme al Palace del Lago. Habitación 312, ¿te acuerdas? Vas a hacer que pase un fin de semana de ensueño, como me habías prometido. Y, si te portas bien, a lo mejor te dejo dormir en la cama en vez de en la moqueta.

A Steven no le quedó más remedio que obedecer. Fue al Palace del Lago. Como estaba pelado, dejó la tarjeta de la *Revista* como garantía por la estancia. La habitación 312 era una *suite* que costaba novecientos dólares por noche. A Alice le apetecía dormir una siesta y la dejó en el Palace para ir a la rueda de prensa del alcalde en el ayuntamiento. Su presencia allí podría justificar, de momento, el uso de la tarjeta de crédito de la *Revista*, si el departamento de contabilidad le hacía preguntas. Y, sobre todo, si la policía lo interrogaba cuando encontrasen el cuerpo de Alice, diría que había ido a la rueda de prensa —cosa que todo el mundo podría confirmar— y que no sabía que Alice también estaba allí. Mientras recorría los pasillos del ayuntamiento hasta la sala de prensa, intentaba dar con un buen método para matarla. De momento, se le ocurría echarle matarratas en la comida. Pero eso implicaba que no lo hubieran visto en público con Alice y resultaba que habían llegado juntos al Palace. Se dio cuenta de que la coartada ya se le había ido al garete: los empleados del Palace los habían visto llegar juntos.

Un empleado municipal le hizo una seña, arrancándolo de sus reflexiones, y lo introdujo en una habitación abarrotada en la que unos periodistas escuchaban atentamente al alcalde Brown que estaba acabando la introducción.

—Y ese es el motivo por el que tengo la gran satisfacción de comunicarles que es *La noche negra,* la recientísima creación del director escénico Kirk Harvey, la que se representará, como preestreno mundial, en el festival de Orphea.

Estaba sentado a una mesa larga, de cara al auditorio. Steven se fijó, con tremendo asombro, en que, a la izquierda, tenía a Meta Ostrovski y, a la derecha, a Kirk Harvey, quien, la última vez que lo había visto, desempeñaba en la ciudad el cargo de jefe de la policía. Este último tomó la palabra.

—Llevo veinte años preparando *La noche negra* y me llena de orgullo que el público pueda por fin descubrir esta joya que está entusiasmando a los críticos más importantes del país, entre los que se cuenta el legendario Meta Ostrovski, aquí presente, que va a poder decirnos todo lo bueno que opina de esta obra.

Ostrovski, acordándose de sus vacaciones en el Palace del Lago que costeaban los contribuyentes de Orphea, sonrió asintiendo con la cabeza ante la muchedumbre de fotógrafos que lo ametrallaban.

—Una gran obra, amigos míos, una obra muy grande —aseguró—. De una calidad infrecuente. Y ya saben ustedes que soy cicatero con los elogios. Pero es que en este caso... ¡La renovación del teatro mundial!

Steven se preguntó qué demonios pintaba allí Ostrovski. En la tarima, Kirk Harvey, galvanizado por la buena acogida que le estaban dando, prosiguió:

—Si esta obra es tan excepcional, es porque la van a interpretar actores de esta zona. He rechazado a los actores más importantes de Broadway y de Hollywood para darles su oportunidad a los vecinos de Orphea.

—¿Actores aficionados, quiere decir? —lo interrumpió Michael Bird, que se hallaba entre los asistentes.

—No sea grosero. ¡Me refiero a actores de verdad! —le contestó Kirk, irritado.

—¡Una compañía aficionada y un director desconocido: el alcalde Brown no se para en barras! —replicó muy seco Michael Bird.

Brotaron risas y un rumor inundó la sala. El alcalde Brown, completamente decidido a mantener el tipo, declaró entonces:

—Lo que propone Kirk Harvey es una *performance* extraordinaria.

—A nadie le gustan las *performances,* son un latazo —replicó una periodista de la emisora de radio local.

—La gran noticia se convierte en gran timo —se lamentó Michael Bird—. Creo que en esa obra no hay nada sensacional. El alcalde Brown intenta a toda costa salvar el festival y, sobre todo, que lo reelijan este otoño; ¡pero no cuela!

Kirk exclamó entonces:

—¡Si es una obra excepcional, es porque va a dar pie a unas revelaciones estrepitosas! No se hizo toda la luz en el cuádruple asesinato de 1994. Al dejarme representar mi obra, el alcalde Brown permitirá que se alce el velo y se descubra toda la verdad.

Con eso, se ganó a todos los allí reunidos.

—Tenemos un acuerdo Kirk y yo —explicó el alcalde Brown, que habría preferido callarse ese detalle, aunque le había proporcionado una forma de convencer a los periodistas—. A cambio de la oportunidad de representar su obra, Kirk entregará a la policía toda la información que tiene en su poder.

—La noche del estreno —especificó Kirk—. No divulgaré nada antes; queda descartado que, una vez informada la policía, me prohíban representar mi obra maestra.

—La noche del estreno —repitió Brown—. Espero, pues, que acuda mucho público para apoyar esta obra que permitirá restablecer la verdad.

Tras esas palabras, hubo un momento de silencio sobrecogedor, al cabo del cual los periodistas, notando que ahí había una información de primer orden, de pronto empezaron a rebullir ruidosamente.

*

En su despacho de la comisaría de Orphea, Anna había mandado colocar un televisor y un vídeo VHS.

—Nos hemos traído la grabación en vídeo del espectáculo de 1994 de casa de Buzz Leonard —me explicó—. Querríamos visionarla, con la esperanza de encontrar algo.

—¿Ha sido productiva la visita a Buzz Leonard? —pregunté.

—Mucho —me contestó Derek con tono entusiasta—. Primero, Leonard habló de un altercado entre Kirk Harvey y el alcalde Gordon. Harvey quería representar su obra durante el festival y, por lo visto, Gordon le dijo: «Mientras yo viva, no representará esa obra». Luego asesinaron al alcalde Gordon y Harvey pudo hacerlo.

—Y, entonces, ¿mató él al alcalde? —pregunté.

Derek no estaba convencido.

—No lo sé —me dijo—. Me parece un poco fuerte eso de matar al alcalde, a su familia y a una pobre chica que había salido a correr, y todo por una obra de teatro.

—Harvey era el jefe de la policía —comentó Anna—. Meghan lo tuvo que reconocer al verlo salir de casa de los Gordon y a él no le quedó más remedio que matarla a ella también. Es verosímil.

—Y, entonces, ¿qué? —argumentó Derek—. ¿Antes de que su obra inaugure el festival, el 26 de julio, Harvey va a agarrar el micrófono y va a anunciar a la sala: «Señoras y señores, yo fui quien se cargó a todo el mundo»?

Me entró la risa al imaginar la escena.

—Kirk Harvey está lo bastante chalado para montarnos un número así —dije.

Derek pasó revista a la pizarra magnética en la que íbamos añadiendo datos según avanzaba la investigación.

—Ahora sabemos que el dinero del alcalde eran sobornos que le pagaban los empresarios de la zona y que no procedían de Ted Tennenbaum —dijo—. Pero, en vista de eso, si no eran para el alcalde, me gustaría mucho saber para qué retiraba Ted Tennenbaum tantísimo dinero.

—Y, en cambio —añadí yo—, ahí sigue el asunto de su vehículo por la calle más o menos en el momento de los asesinatos. Desde luego era su camioneta, nuestra testigo fue concluyente. ¿Pudo Buzz Leonard confirmaros si Ted Tennenbaum, en efecto, había salido del Gran Teatro a la hora de los asesinatos, como determinamos en su momento?

—Sí, Jesse, lo confirmó. En cambio, por lo visto no fue el único en desaparecer misteriosamente durante media hora. Resulta que Charlotte, que actuaba en la compañía y era también la chica de Kirk Harvey...

—¿La novia despampanante que lo dejó?

—Esa misma. Bueno, pues Buzz Leonard asegura que estuvo fuera entre las siete y las siete y media. O sea en el momento de los asesinatos. Y que volvió con los zapatos empapados.

—¿Con los zapatos empapados como el césped del alcalde Gordon por culpa de la tubería rota? —dije.

—Exactamente —contestó Derek, sonriendo, divertido por el hecho de que me acordase de aquel detalle—. Pero, espera, que hay más: Charlotte dejó a Harvey por Alan Brown. Fue su gran amor y acabaron por casarse. Y siguen casados, por cierto.

—¡Vaya! —dije en un susurro.

Miré los documentos que habíamos encontrado en el guardamuebles de Stephanie, pegados en la pared. Estaba su billete de avión para Los Ángeles y la anotación «Localizar a Kirk Harvey». Eso ya estaba hecho. Pero ¿le había dicho Harvey más cosas a ella que a nosotros? Luego me quedé mirando el recorte antiguo del *Orphea Chronicle*, en cuya foto de primera plana, con un círculo rojo alrededor, se nos veía a Derek y a mí mirando la sábana que cubría a Meghan Padalin delante de la casa del alcalde Gordon, y, justo detrás de nosotros: Kirk Harvey y Alan Brown. Se estaban mirando; o a lo mejor estaban hablando. Volví a mirarlos. Me fijé entonces en la mano de

Alan Brown. Parecía estar formando el número tres. ¿Era una seña que le hacía a alguien? ¿A Harvey? Y, debajo de la foto, la letra de Stephanie con rotulador rojo, que insistía: «Lo que nadie vio».

—¿Qué pasa? —me preguntó Derek.

Le pregunté:

—¿Qué punto hay en común entre Kirk Harvey y Alan Brown?

—Charlotte Brown —me contestó.

—Charlotte Brown —asentí—. Ya sé que entonces los expertos aseguraban que se trataba de un hombre, pero ¿y si se hubieran equivocado? ¿Y si la asesina fue una mujer? ¿Es eso lo que no vimos en 1994?

Nos dedicamos luego a visionar minuciosamente el vídeo de la obra de 1994. La calidad de la imagen no era muy buena y solo se hallaba enfocado el escenario. Al público, ni se lo veía. Pero la grabación estaba ya en marcha durante el acto oficial. Se ve entonces al vicealcalde Alan Brown subir al escenario con expresión de apuro y acercarse al micrófono. Hay un intervalo. Brown parece acalorado. Tras un titubeo, desdobla una hoja de papel que se ha sacado del bolsillo y en la que se supone que ha anotado unas cuantas cosas deprisa y corriendo sentado en su butaca. «Señoras y señores —dice—, tomo la palabra en nombre del alcalde Gordon, que no está aquí esta noche. Les confieso que pensaba que estaría con nosotros y, por desgracia, no he podido preparar un discurso de verdad. Me limitaré, pues, sencillamente a dar la bienvenida a...».

—¡Para! —le gritó de pronto Anna a Derek para que pusiera la grabación en «pausa»—. ¡Mirad!

La imagen se quedó fija. Se veía a Alan Brown solo en el escenario con la hoja en las manos. Anna se levantó de la silla para ir a coger una imagen pegada en la pared, otra de las que habíamos encontrado en el guardamuebles. Era exactamente la misma escena: Brown delante del micrófono, y, en las manos, la hoja, que Stephanie había rodeado con rotulador rojo.

—Esta imagen está sacada del vídeo —dijo Anna.

—Entonces, ¿Stephanie vio este vídeo? —susurré—. ¿Quién se lo dio?

—Stephanie está muerta, pero nos sigue llevando la delantera —suspiró Derek—. Y ¿por qué marcaría la hoja con un círculo?

Oímos el resto del discurso, pero no tenía ningún interés. ¿Había destacado Stephanie la hoja por el discurso que pronunció Brown o por lo que ponía en ese trozo de papel?

*

Ostrovski iba andando por Bendham Road. No conseguía localizar a Stephanie: continuaba con el teléfono apagado. ¿Habría cambiado de número? ¿Por qué no contestaba? Había decidido ir a verla a su casa. Fue siguiendo la numeración de la calle mientras comprobaba la dirección exacta que tenía anotada en una libretita de cuero que llevaba siempre encima. Llegó por fin ante el edificio y se detuvo, sobrecogido: parecía haberse quemado y unas cintas policiales impedían acercarse.

Divisó en ese momento un coche patrulla de la policía, que subía la calle despacio, y le hizo una seña al agente que iba dentro.

Al volante del vehículo, el subjefe Montagne se paró y bajó el cristal de la ventanilla.

—¿Algún problema, caballero? —le preguntó a Ostrovski.

—¿Qué ha ocurrido aquí?

—Un incendio. ¿Por qué?

—Estoy buscando a alguien que vive aquí. Se llama Stephanie Mailer.

—¿Stephanie Mailer? Pero si la han asesinado. ¿De dónde sale usted?

Ostrovski se quedó cortado. Montagne volvió a subir el cristal y reanudó su recorrido camino de la calle principal. La radio lo avisó de repente de la pelea de una pareja en el aparcamiento del puerto deportivo. Le pillaba muy cerca. Comunicó al operador que iba para allá en el acto y puso en marcha las luces y la sirena. Un minuto después, llegaba al aparcamiento, en cuyo centro estaba parado un Porsche negro con las dos puertas abiertas: una joven corría hacia el espigón y la perseguía sin muchos bríos un individuo alto que tenía edad para ser su padre. Montagne hizo sonar brevemente la sirena: una bandada de gaviotas alzó el vuelo y la pareja se quedó paralizada. A la chica pareció hacerle gracia.

—¡Ah, bravo, Dakota! —renegó Jerry Eden—. ¡Ya tenemos aquí a la policía! ¡Empezamos bien!

—¡Policía de Orphea, no se mueva! —le ordenó Montagne—. Hemos recibido una llamada porque una pareja se estaba peleando.

—¿Una pareja? —repitió el hombre, como si no se lo pudiera creer—. ¡Esta sí que es buena! ¡Es mi hija!

—¿Es tu padre? —le preguntó Montagne a la joven.

—Sí, señor, por desgracia.

—¿De dónde vienen?

—De Manhattan —contestó Jerry.

Montagne comprobó la identidad de ambos y le siguió preguntando a Dakota:

—Y ¿por qué corrías así?

—Quería escaparme.

—¿De qué?

—De la vida, señor policía.

—¿Te ha violentado tu padre? —le preguntó Montagne.

—¿Violentarla yo? —exclamó Jerry.

—Le agradecería que se callase, caballero —le ordenó, muy seco, Montagne—. No hablaba con usted.

Se llevó a Dakota aparte y volvió a hacerle la pregunta. La joven se echó a llorar.

—No, claro que no, mi padre no me ha tocado —dijo entre dos sollozos.

—Entonces, ¿por qué estás así?

—Hace un año que estoy así.

—¿Por qué?

—Huy, sería demasiado largo de explicar.

Montagne no insistió y los dejó irse.

—¡Tenga usted hijos para esto! —voceó Jerry Eden cerrando el coche de un portazo antes de arrancar estruendosamente y salir del aparcamiento.

Pocos minutos después llegaba con Dakota al Palace del Lago, donde había reservado una *suite*. Tras la larga procesión ritual, los mozos de equipajes los acomodaron en la *suite* 308.

En la *suite* contigua, la 310, Ostrovski, que acababa de volver, se sentó en la cama con un marco en las manos. En él, la foto de una mujer radiante. Era Meghan Padalin. Miró largo y tendido esa imagen y luego susurró: «Voy a descubrir quién te hizo aquello. Te lo prometo». Después le dio un beso al cristal que los separaba.

En la *suite* 312, mientras Alice se daba un baño, Steven Bergdorf, con los ojos relucientes, estaba sumido en sus pensamientos: ese trueque de una obra de teatro a cambio de unas revelaciones policíacas era un caso único en toda la historia de la cultura. El instinto le decía que se quedase un poco más en Orphea. No solo por esa emoción periodística, sino también porque pensaba que unos cuantos días más aquí le dejarían más tiempo para solucionar sus conflictos afectivos con Alice. Salió a la terraza para poder hablar tranquilamente con Skip Nalan, su adjunto en la redacción de la *Revista*.

—Estaré fuera unos días para cubrir el acontecimiento del siglo —le explicó a Skip, antes de entrar en detalles acerca de lo que acababa de presenciar—. Un antiguo jefe de la policía convertido en director escénico representa su obra a cambio de hacer unas revelaciones en un caso criminal de hace más de veinte años y que todo el mundo creía cerrado. Voy a hacerte un reportaje desde dentro; todo el mundo nos quitará el artículo de las manos, vamos a triplicar las ventas.

—Quédate el tiempo que necesites —le contestó Skip—. ¿Tú crees que va en serio?

—¿Que si va en serio? Ni te lo imaginas. Es algo tremendo.

Bergdorf llamó luego a Tracy, su mujer, y le explicó que iba a estar unos días fuera aduciendo las mismas razones que le había dado a Skip un momento antes. Tras unos instantes de silencio, Tracy acabó por preguntarle con voz preocupada:

—Steven, ¿qué ocurre?

—Una obra de teatro curiosísima, cariño, te lo acabo de explicar. Es una oportunidad única para la *Revista*; ya sabes que las suscripciones están cayendo en picado ahora mismo.

—No —contestó ella—; quiero decir: ¿qué te pasa a ti? Hay algo que no va bien y me doy cuenta perfectamente. No eres el mismo. Han llamado del banco, dicen que tienes un descubierto.

—¿Un descubierto? —dijo él con un nudo en la garganta.

—Sí, en tu cuenta bancaria —repitió ella.

Estaba demasiado tranquila para estar al tanto de que también había vaciado la cuenta de ahorros de la familia. Pero él sabía que era ya solo cuestión de tiempo que lo descubriera. Se esforzó por mantener la calma.

—Sí, ya lo sé, por fin pude hablar con el banco. Era un error suyo en la gestión de una transacción. Todo va bien.

—Haz lo que tengas que hacer en Orphea, Steven. Espero que luego vayan mejor las cosas.

—Irán mucho mejor, Tracy. Te lo prometo.

Colgó. Aquella obra de teatro era un regalo del cielo: iba a poder arreglarlo todo tranquilamente con Alice. Había sido demasiado brusco antes. Dedicaría el tiempo que hiciera falta a explicárselo bien y ella lo entendería. Al final, no iba a tener que matarla. Todo se arreglaría.

Steven Bergdorf

El fin de semana que pasé con Alice en Orphea en mayo de 2013 fue absolutamente maravilloso y me inspiró, de paso, un artículo ditirámbico para la *Revista* que titulé «El más pequeño de los grandes festivales» y en el que invitaba a los lectores a ir para allá corriendo.

En agosto tuve que separarme de Alice para ir a pasar las vacaciones familiares en la asquerosa cabaña del lago Champlain. Tres horas de coche con retenciones, los niños pegando voces y mi mujer de mal humor, para descubrir con espanto, al entrar en la casa, que una ardilla se había metido por la chimenea y se había quedado atrapada dentro. Había causado unos pocos desperfectos, al roer las patas de algunas sillas y los cables de la televisión, y había ensuciado la alfombra; al final había acabado muerta de hambre en el salón. Su cadáver, aunque pequeño, impregnaba toda la casa de una peste horrible.

Las vacaciones empezaron con tres horas de limpieza intensiva.

—¡A lo mejor tendríamos que haber ido a «la ciudad del mundo donde más grato resulta vivir»! —renegó mi mujer, con la frente cubierta de sudor de tanto frotar como una posesa la porquería de la alfombra.

Aún me guardaba rencor por el fin de semana en Orphea. Y yo estaba empezando a preguntarme si no sospechaba algo. Por mucho que me dijera a mí mismo que estaba dispuesto a divorciarme por Alice, la situación actual me convenía: estar con Alice sin tener que pasar por todas las jodiendas que implica un divorcio. A veces, pensaba que era un cobarde. Igual que todos los hombres, en el fondo. Si Dios nos había dado un par de cojones, era precisamente porque no teníamos huevos.

Aquellas vacaciones fueron un infierno para mí. Echaba de menos a Alice. Todos los días, salía a correr mucho rato para poder escaparme y telefonearle. Me iba al bosque y me detenía pasado un cuarto de hora. Me sentaba en un tocón, de cara al río, la llamaba y hablábamos siempre más de una hora. Las conversaciones podrían haber durado más, si no me hubiera sentido en la obligación de regresar a la casa porque difícilmente podía justificar más de hora y media de ejercicio físico.

Por fortuna, una urgencia auténtica en la *Revista* me obligó a volver en autobús a Nueva York un día antes que el resto de la familia. Disponía de una noche de libertad total con Alice. La pasé en su casa. Cenamos pizzas en la cama e hicimos el amor cuatro veces. Acabó por quedarse dormida. Eran casi las doce de la noche. Me entró sed y salí del dormitorio, sin más ropa que una camiseta raquítica y los calzoncillos para ir a beber agua a la cocina. Me di de bruces con la chica con la que compartía piso y vi, espantado, que se trataba de una de mis periodistas: Stephanie Mailer.

—¿Stephanie? —dije, atragantándome.

—¿Señor Bergdorf? —dijo ella, tan sorprendida como yo.

Me miró con aquel atuendo ridículo y se contuvo para no echarse a reír.

—¿Así que la otra inquilina eres tú? —dije.

—¿Así que el novio al que oigo a través de las paredes es usted?

Me sentí muy apurado y la cara se me puso roja de vergüenza.

—No se preocupe, señor Bergdorf —me prometió saliendo de la habitación—, no diré nada. Lo que usted haga es solo cosa suya.

Stephanie Mailer era una mujer con clase. Cuando volví a verla en la redacción al día siguiente, hizo como si no hubiera sucedido nada. Por lo demás, no volvió a mencionarlo nunca, en ninguna circunstancia. Yo, en cambio, le reproché a Alice que no me hubiera avisado.

—¡La verdad, ya podrías haberme dicho que compartías piso con Stephanie! —le dije, cerrando la puerta del despacho para que no nos oyera nadie.

—Y ¿qué habría cambiado eso?

—No habría ido a tu casa. ¿Te imaginas si alguien se entera de lo nuestro?

—¿Y qué? ¿Te avergüenzas de mí?

—No, pero soy tu superior jerárquico. Podría tener un disgusto muy serio.

—A ti todo te parece un drama, Stevie.

—¡No, no todo me parece un drama! —me indigné—. Por lo demás, no pienso volver por tu casa; se acabaron las chiquilladas. Nos veremos en otro sitio. Ya decidiré dónde.

Fue en ese momento, tras cinco meses de relación, cuando todo empezó a dar un vuelco y descubrí que Alice podía tener unos ataques de ira tremendos.

—¿Cómo que «no quieres volver a mi casa»? Pero ¿quién te has creído que eres, Stevie? ¿Te piensas que eres tú el que decide?

Tuvimos la primera pelea a la que ella puso fin diciendo: «Me he equivocado contigo, no estás a la altura, Stevie. Eres un acojonado de mierda, como todos los hombres de tu clase». Salió del despacho y decidió cogerse en el acto los quince días de vacaciones que le quedaban.

Estuvo diez días sin dar señales de vida, ni contestar a mis llamadas. Aquel episodio me afectó y me hizo sentirme muy desgraciado. Y, sobre todo, me permitió caer en la cuenta de que estaba equivocado desde el principio: tenía la impresión de que Alice parecía dispuesta a todo por mí y para satisfacer mis deseos, pero era exactamente lo contrario. La que mandaba era ella, yo obedecía. Creía que ella era mía cuando, en realidad, yo era suyo. Desde el primer día era ella la que dominaba por completo nuestra relación.

Mi mujer me notó muy raro.

—¿Qué pasa, cariño? —me preguntó—. Te noto muy preocupado.

—Nada, cosas del trabajo.

En realidad, estaba al mismo tiempo muy triste por haber perdido a Alice y preocupadísimo por si me hacía una putada al revelarles nuestra relación a mi mujer y a los compañeros de la *Revista*. Yo, que un mes antes, muy gallito, lo hubiera mandado todo a la porra por ella, ahora estaba cagado: iba a perder a mi familia y mi trabajo, a quedarme sin nada. Mi mujer se esforzó en entender qué era lo que iba mal, se portó de forma tierna y dulce, y, cuanto más cariñosa era conmigo, más pensaba yo que no quería perderla.

Al final no aguanté más y decidí ir a casa de Alice después del trabajo. No sé ya si era porque necesitaba oírle decir que nunca le iba a contar lo nuestro a nadie o porque tenía ganas de volver a verla. Eran las siete de la tarde cuando llamé al telefonillo del edificio. No contestó nadie. Parecía claro que no estaba y decidí esperarla sentado en los escalones de la puerta de entrada. Esperé tres horas sin moverme. Había un café pequeño enfrente, en donde habría podido cobijarme, pero tenía miedo de no verla llegar. Por fin apareció. Vi su silueta por la acera: llevaba pantalones de cuero y tacones. Estaba despampanante. Después me fijé en que no iba sola: la acompañaba Stephanie Mailer. Habían salido las dos juntas.

Al verlas acercarse, me puse de pie. Stephanie me saludó muy amable, pero sin detenerse, y se metió en el edificio para dejarnos a solas a Alice y a mí.

—¿Qué quieres? —me preguntó Alice con tono distante.

—Pedirte perdón.

—Y ¿así es como me pides perdón?

No sé qué me entró, pero me arrodillé delante de ella en plena acera. Me dijo entonces con esa voz amorosa con la que yo me derretía:

—¡Ay, Stevie, eres una monada!

Me hizo ponerme de pie y me dio un lánguido beso. Luego me llevó a su casa, me metió en su dormitorio y me ordenó que le hiciera el amor. En plena penetración, me dijo, arañándome los hombros con las uñas:

—Sabes que te quiero, Stevie, pero tienes que hacer méritos para que te perdone. Quedamos mañana en el Plaza a las cinco y ven con un regalo bonito. Ya sabes qué cosas me gustan, no seas tacaño.

Se lo prometí y, al día siguiente, a las cinco, en el Plaza, tomando champán gran reserva, le regalé una pulsera de brillantes pagada con el dinero procedente de la cuenta que habíamos abierto mi mujer y yo para nuestros hijos. Sabía que mi mujer no la comprobaba nunca y que me daría tiempo a reponer esa cantidad antes de que notase algo.

—Está bien, Stevie —me dijo Alice con tono condescendiente poniéndose la pulsera en la muñeca—. Por fin has entendido cómo tienes que tratarme.

Apuró la copa de champán de un trago y se puso de pie.

—¿Adónde vas? —le pregunté.

—He quedado con unos amigos. Nos vemos mañana en la oficina.

—Pero yo creía que pasábamos la noche juntos —me oí quejarme—. He reservado una habitación.

—Bueno, pues aprovéchala para descansar bien, Stevie.

Se fue. Y yo me pasé la velada en la habitación, que ya no podía anular, atiborrándome de hamburguesas y viendo la televisión.

Desde el principio, Alice había marcado la pauta. Yo, sencillamente, no quise enterarme. Y fue para mí el principio de un largo descenso a los infiernos. Ahora me sentía prisionero de Alice. Me daba una de cal y otra de arena. Si no me portaba como un cordero, amenazaba con contarlo todo y destruirme. Además de avisar a la *Revista* y a mi mujer, iría a la policía. Diría que había mantenido relaciones sexuales a la fuerza por imposición de un jefe retorcido y tiránico. A veces, durante unos días, era de una dulzura exquisita que me desarmaba por completo y me impedía odiarla de verdad. Sobre todo me recompensaba, aunque ahora de forma muy ocasional, con sesiones de sexo extraordinarias que yo esperaba ansiosamente y que habían forjado en mí un terrible lazo de dependencia.

Fue finalmente durante el mes de septiembre de 2013 cuando caí en la cuenta de que los motivos de Alice no solo eran económicos. Cierto es que yo me arruinaba comprándole regalos y ya tenía cuatro tarjetas de crédito, tras haberme gastado más de la cuarta parte de la cuenta de ahorros familiar, pero habría podido seducir a hombres ricos y sacarles cien veces más que a mí. Lo que le interesaba de verdad era su carrera de escritora y pensaba que yo podría ayudarla. La idea de convertirse en la siguiente escritora de moda en Nueva York la tenía obsesionada. Estaba decidida a quitar de en medio a cualquiera que pudiera hacerle la competencia. Me acuerdo en particular del sábado 14 de septiembre de 2013 por la mañana. Yo había salido de compras con mi mujer y mis hijos cuando me llamó por teléfono. Me alejé un momento para coger la llamada y la oí vociferar:

—¿La has puesto en portada? ¡Eres un cabrón!

—¿De qué hablas, Alice?

Hablaba de la primera plana del nuevo número de otoño de la *Revista*. Stephanie Mailer había escrito un texto tan bueno que le había hecho los honores mencionándola en portada, cosa que Alice acababa de descubrir.

—Pero, vamos a ver, Alice, ¿estás loca? ¡Stephanie ha escrito un texto increíble!

—¡Me importan un bledo tus explicaciones, Stevie! ¡Te va a costar caro! Quiero verte, ¿dónde estás?

Me las apañé para verla a última hora de la tarde en el café de abajo de su casa. Temeroso de su ira, le llevé un fular muy bonito de una marca de lujo francesa. Se presentó fuera de sí y me tiró el regalo a la cara. Nunca la había visto tan furiosa.

—Te ocupas de que ella haga carrera, la pones en primera plana de la *Revista* y ¿yo qué? ¡Yo sigo siendo una ridícula empleaducha del correo!

—¡Pero, vamos a ver, Alice, si tú no escribes artículos!

—Sí que los escribo. Tengo mi blog de escritora y me has dicho que estaba muy bien. ¿Por qué no publicas extractos de mi blog en la *Revista*?

—Alice, yo...

Me hizo callar con un ademán rabioso, azotando el aire con el fular como si estuviera domando un caballo.

—¡Deja de discutir! —ordenó—. ¿Quieres impresionarme con esta birria de trapo? ¿Me tomas por una puta? ¿Te crees que puedes comprarme así como así?

—Alice, ¿qué quieres de mí? —acabé por gimotear.

—¡Quiero que prescindas de esa idiota de Stephanie! ¡Quiero que la despidas ahora mismo!

Se levantó de la silla para indicarme que ya me había dicho lo que me tenía que decir. Quise cogerle el brazo con suavidad para retenerla. Me hincó los dedos en la carne.

—¡Podría sacarte los ojos, Stevie! Así que escúchame bien: el lunes por la mañana, la *Revista* va a despedir a Stephanie Mailer, ¿me oyes? Si no, todo el mundo se enterará de lo mal que me tratas.

Cuando lo pienso ahora, podría no haber cedido. No habría despedido a Stephanie, Alice me habría denunciado a la policía y a mi mujer, a quien le guardaba rencor, y yo habría pagado las consecuencias de mis actos. Al menos, habría asumido mis responsabilidades. Pero era demasiado cobarde para hacerlo. Así que el lunes siguiente despedí a Stephanie de la *Revista de Letras de Nueva York,* alegando problemas económicos. Cuando ya se iba, pasó por mi despacho, llorando y con sus cosas metidas en una caja de cartón.

—No entiendo por qué me hace esto, Steven. ¡Con todo lo que he trabajado para usted!

—Lo siento muchísimo, Stephanie. Esta maldita coyuntura... nos han recortado mucho el presupuesto.

—Está mintiendo —me dijo—. Sé que Alice lo manipula. Pero no se preocupe, no le diré nunca nada a nadie. Puede dormir tranquilo, no le voy a causar ningún perjuicio.

El despido de Stephanie aplacó a Alice, que en ese momento estaba entregada en cuerpo y alma a su novela. Decía que se le había ocurrido la idea del siglo y que el libro iba a ser bueno de verdad.

Pasaron tres meses hasta diciembre de 2013 y las Navidades, en las que me gasté mil quinientos dólares en un colgante para Alice y ciento cincuenta en bisutería para mi mujer, quien, por su parte, me dio la sorpresa de regalar a toda la familia una semana de vacaciones al sol. Nos lo anunció un viernes por la noche, durante la cena, radiante, mientras nos enseñaba el folleto: «Miramos tanto los gastos que nunca nos damos un capricho. Llevo desde Pascua ahorrando de mi sueldo para que podamos pasar juntos el Año Nuevo en el Caribe». Lo que llamaba el Caribe era Jamaica, en uno de esos hoteles con todo incluido para que la gente de clase más que media, mediocre, pueda dárselas de marqueses, con una enorme piscina de agua insalubre y un bufé libre infumable. Pero en el calor húmedo de la costa jamaicana, resguardado del sol ardiente bajo unas palmeras, tomando a sorbitos cócteles hechos con licores de tercera categoría, lejos de Alice y de cualquier otra preocupación, me sentí a gusto. Sereno por primera vez desde hacía mucho. Me di cuenta de que quería irme de Nueva York, comenzar de nuevo mi vida en otro sitio a partir de cero y no volver a cometer esos errores que me habían descarriado. Acabé por contárselo a mi mujer y preguntarle:

—¿No te gustaría irte de Nueva York?

—¿Cómo? ¿Por qué ibas a querer irte de Nueva York? Se está bien, ¿no?

—Sí, pero ya sabes a lo que me refiero.

—Pues no, precisamente, no sé a qué te refieres.

—Podríamos vivir en una ciudad más pequeña, no pasarnos la vida en los transportes públicos sin coincidir nunca los dos en casa.

—¿Qué nueva locura es esa, Steven?

—No es una locura, es una idea que comento contigo, nada más.

Mi mujer, como todos los neoyorquinos de pura cepa, no se veía viviendo en ningún otro sitio, y mi idea de huida y de una vida nueva no tardó en quedar olvidada.

*

Transcurrieron seis meses.

En el mes de junio de 2014, en la cuenta de ahorros de mis hijos no quedaba nada. Intercepté una llamada del banco para avisarnos de que no podíamos conservar una cuenta vacía e hice una transferencia para quitarme de encima esa preocupación. No me quedaba más remedio que dar con una forma de meter más dinero para reflotarla y, de paso, dejar de cavar mi propia tumba económica. Debía zanjar todo aquello. No dormía y, cuando por fin me vencía el sueño, tenía unas pesadillas insufribles. Aquella historia me estaba corroyendo por dentro.

Alice acababa de terminar su novela. Me pidió que la leyera y que fuera totalmente sincero. «Como en la cama —me dijo—;

sé duro, pero justo». Me costó leer el libro y acabé por saltarme pasajes enteros porque le corría prisa saber mi opinión, que, por desgracia, estaba clarísima: era un texto tan malo que daba pena. Pero no podía decírselo. Y en un sofisticado restaurante del SoHo brindamos con champán por el gran éxito que se avecinaba.

—Estoy tan contenta de que te haya gustado, Stevie —dijo, muy alegre—. No lo dices para hacerme feliz, ¿a que no?

—No, de verdad que me ha encantado. ¿Cómo puedes dudarlo?

—Porque se la he ofrecido a tres agentes literarios que se han negado a representarme.

—Bah, no te desanimes. Si supieras cuántos libros hay que al principio rechazaron varios agentes y editores...

—Pues por eso mismo quiero que me ayudes a darla a conocer y que le pidas a Meta Ostrovski que la lea.

—¿Ostrovski, el crítico? —pregunté inquieto.

—Sí, claro. Podría escribir algo en el próximo número de la *Revista*. Todo el mundo hace caso de su opinión. Puede convertir este libro en un éxito incluso antes de que se publique, si escribe sobre él un artículo elogioso. Los agentes y los editores vendrán a suplicarme que acepte su oferta.

—No estoy seguro de que sea una buena idea. Ostrovski puede ser muy duro e incluso perverso.

—Eres su jefe, ¿no? Lo que tienes que hacer es exigirle que lo ponga bien en un artículo.

—Las cosas no funcionan exactamente así, Alice, y lo sabes de sobra. Cada cual puede elegir libremente lo que...

—No empieces con la moralina, Stevie. Exijo que Ostrovski escriba un artículo muy entusiasta sobre mi libro y eso es lo que hará. Apáñatelas.

El camarero llegó en ese momento con nuestros bogavantes del Maine, pero ella le indicó con la mano que se los llevara.

—Se me ha quitado el hambre, está siendo una velada espantosa. Quiero irme a casa.

Durante los diez días siguientes, me exigió regalos que yo ya no podía costear. Cuando no la obedecía, me hacía pasar por mil penalidades. Al final la apacigüe asegurándole que Ostrovski leería su libro y que escribiría una crítica elogiosa.

Le entregué el texto a Ostrovski, quien me prometió leerlo. Al cabo de quince días en que no me dijo nada, le pregunté si había podido empezar la novela y me comunicó que ya la había terminado. Alice exigió que lo llamase a mi despacho para que me hiciera un informe de viva voz y quedamos para el 30 de junio. Ese día, Alice se escondió en el armario del despacho justo antes de que Ostrovski llegara. Su opinión fue muy ofensiva.

—¿Le he hecho algún daño sin querer, Steven? —me preguntó de entrada cuando tomó asiento en mi despacho—. Si es así, le pido disculpas.

—No —le contesté extrañado—. ¿A qué viene eso?

—¡Porque tiene que guardarme mucho rencor por algo para imponerme semejante lectura! Y, por si fuera poco, aquí estoy perdiendo aún más tiempo en comentarla. Aunque, al final, he comprendido por qué insistía tanto para que leyese esa ignominia.

—¡Ah! Y ¿por qué? —pregunté algo intranquilo.

—Porque ese libro lo ha escrito usted y necesitaba una opinión. Sueña con ser escritor, ¿no es así, Steven?

—No, no soy el autor de ese texto —le aseguré.

Pero Ostrovski no me creyó y me dijo:

—Steven, voy a hablarle como a un amigo porque no quiero darle falsas esperanzas: no tiene ningún talento. ¡Es malísimo! ¡Malo, malo, malo! Diré incluso que ese libro es la definición perfecta de lo malo. Hasta un mono lo haría mejor. Hágale un favor a la humanidad, ¿quiere? No siga por ese camino. Pruebe a pintar, quizá. O a tocar el oboe.

Se fue. En cuanto cruzó la puerta de mi despacho, Alice salió de un salto del armario.

—Alice —le dije para calmarla—, no pensaba lo que decía.

—¡Quiero que lo eches!

—¿Echarlo? Pero no puedo echar a Ostrovski. Los lectores lo adoran.

—¡Que lo eches, Stevie!

—¡Que no, Alice, no puedo hacer eso! ¿Te das cuenta? ¿Echar a Ostrovski?

Me apuntó con un dedo amenazador.

—Te prometo que tu vida va a ser un infierno, Stevie. Ruina y cárcel. ¿Por qué no me obedeces? ¡Me obligas a castigarte luego!

No podía despedir a Ostrovski. Pero Alice me forzó a llamarlo delante de ella por el intercomunicador. Me causó un gran alivio que no contestase. Decidí dejar el asunto como estaba con la esperanza de que la ira de Alice amainase. Pero dos días después, el 2 de julio, entró en mi despacho hecha una furia.

—¡No has despedido a Ostrovski! ¿Te has vuelto loco? ¿Te atreves a desafiarme?

—Intenté llamarlo delante de ti y no me contestó.

—¡Inténtalo otra vez! Está en su despacho, me he cruzado con él hace un rato.

Lo llamé por la línea directa, pero no cogió el teléfono. La llamada se desvió a una secretaria que me informó de que un periódico francés le estaba haciendo una entrevista telefónica.

Alice, roja de ira, me echó de mi silla con un ademán rabioso y se sentó ante mi ordenador.

—Alice —dije, intranquilo al ver que abría mi cuenta de correo—, ¿qué haces?

—Hago lo que tendrías que haber hecho tú si tuvieras huevos.

Pinchó en redactar y escribió: «Meta, como no se digna coger el teléfono, le escribo para decirle que queda usted despedido de la *Revista* con efecto inmediato. Steven Bergdorf». Pulsó «Enviar» y salió de mi despacho con expresión satisfecha.

En ese momento pensé que aquello no podía seguir así. Estaba perdiendo el control de la *Revista* y de mi vida. Entre las tarjetas de crédito y la sangría total de la cuenta de ahorros familiar, estaba lleno de deudas.

Jesse Rosenberg
Sábado 12 de julio de 2014
Catorce días antes de la inauguración

Habíamos decidido tomarnos un fin de semana libre. Necesitábamos un respiro y ganar perspectiva. Derek y yo teníamos que mantener la calma: si dábamos un mal paso con Kirk Harvey, la cosa podía ponerse fea.

Por segunda semana consecutiva me pasé el sábado en la cocina practicando con las hamburguesas y la salsa.

Derek, por su parte, disfrutaba de su familia.

En cuanto a Anna, no conseguía quitarse nuestro caso de la cabeza. Creo que lo que más quebraderos de cabeza le daba era lo que Buzz Leonard había revelado sobre Charlotte Brown. ¿Dónde se había metido la noche del estreno en 1994? Y ¿por qué? ¿Qué ocultaba? Alan y Charlotte Brown habían sido los dos muy amables con Anna cuando se fue a vivir a Orphea. Había perdido ya la cuenta de todas las veces que la habían invitado a cenar, que le habían propuesto ir a pasear o a navegar. Había quedado con Charlotte a cenar regularmente, la mayoría de las veces en el Café Athéna, donde se quedaban horas charlando. Anna la había puesto al tanto de sus malos tragos con el jefe Gulliver y Charlotte le había contado cómo se había mudado a Orphea. Por entonces, tenía recién acabada la carrera. Había encontrado trabajo con un veterinario gruñón que solo le encomendaba tareas de secretaria y le tocaba el culo con sonrisa bobalicona. Anna no se imaginaba a Charlotte colándose en una casa y asesinando a una familia entera.

La víspera, tras visionar el vídeo, habíamos vuelto a llamar a Buzz Leonard para hacerle dos preguntas importantes: ¿disponían de un coche los miembros de la compañía? Y ¿quién tenía una copia de la grabación en vídeo de la obra?

En el asunto del coche, fue categórico: toda la compañía había llegado junta en autobús. Nadie tenía coche. En cuanto al vídeo, se habían vendido seiscientas copias a los vecinos de la ciudad en diferentes puntos de distribución. «Había casetes en las tiendas de la calle principal, en las tiendas de ultramarinos, en las estaciones de servicio. A la gente le parecía que era un recuerdo bonito. Entre el otoño de 1994 y el verano siguiente, les dimos salida a todas.»

Eso quería decir dos cosas: Stephanie podía haber comprado fácilmente el vídeo de segunda mano, incluso había una copia en la biblioteca municipal. Pero lo esencial era que, cuando Charlotte Brown desapareció alrededor de treinta minutos la tarde de los asesinatos, al no tener coche, no podía andar más que en un radio de treinta minutos de ida y de vuelta desde el Gran Teatro. Derek, Anna y yo llegamos a la conclusión de que, si hubiera cogido uno de los pocos taxis de la ciudad, o si le hubiera pedido a alguien que la llevase al barrio de Penfield, es muy probable que el conductor hubiera dicho algo después de los trágicos acontecimientos,

Aquella mañana, Anna decidió aprovechar que salía a correr para cronometrar el tiempo necesario para ir y volver a pie desde el teatro hasta la casa del alcalde Gordon. Andando necesitó casi cuarenta y cinco minutos. Charlotte había estado ausente alrededor de media hora. ¿Qué margen de interpretación se le podía dar a la palabra *alrededor*? Corriendo bastaban veinticinco minutos. Un buen corredor podía hacer el trayecto en veinte y con calzado inadecuado tardaría más bien treinta. Así que técnicamente resultaba posible. A Charlotte Brown le habría dado tiempo a ir corriendo hasta casa de los Gordon, asesinarlos y regresar al Gran Teatro a continuación.

Mientras Anna pensaba, sentada en un banco en el parque que estaba delante de la que fuera la casa de la familia Gordon, recibió una llamada de Michael Bird.

—Anna —le dijo con voz intranquila—, ¿puedes venir a la redacción ahora mismo? Acaba de pasar algo muy raro.

En su despacho del *Orphea Chronicle,* Michael le contó a Anna la visita que acababa de recibir.

—Meta Ostrovski, el famoso crítico literario, se ha presentado en recepción. Quería saber qué le había pasado a Stephanie. Cuando le hablé del asesinato, se puso a gritar: «¿Por qué no me ha avisado nadie?».

—¿Qué tiene él que ver con Stephanie? —preguntó Anna.

—No lo sé. Por eso te he llamado. Empezó a hacerme toda clase de preguntas. Quería saberlo todo. Cómo había muerto, por qué, qué pistas tenía la policía.

—¿Qué le has contestado?

—Me he limitado a repetirle lo que es del dominio público y se puede encontrar en los periódicos.

—¿Y después?

—Después me ha pedido números antiguos del periódico en donde saliera su desaparición. Le he dado los que me sobraban aquí. Ha insistido en pagármelos. Y se ha ido inmediatamente.

—¿Dónde?

—Dijo que iba a estudiarlo todo en su hotel. Tiene una habitación en el Palace del Lago.

Tras pasar rápidamente por su casa para ducharse, Anna fue al Palace del Lago. Encontró a Ostrovski en el bar del hotel, donde él la había citado cuando ella pidió que lo avisaran a su habitación.

—Conocí a Stephanie en la *Revista de Letras de Nueva York* —le explicó Ostrovski—. Era una mujer brillante con un enorme talento. Una gran escritora en ciernes.

—¿Cómo sabía que se había venido a Orphea? —preguntó Anna.

—Cuando la despidieron, seguimos en contacto. Hablábamos de vez en cuando.

—Y ¿no le extrañó que se fuera a trabajar a una ciudad pequeña de los Hamptons?

—Ahora que he vuelto a Orphea me parece que fue una elección muy juiciosa: decía que quería escribir y una ciudad de una tranquilidad tan absoluta se presta a ello.

—Lo de «tranquilidad tan absoluta» se dice pronto ahora mismo —le replicó Anna—. Si no estoy equivocada, no es la primera vez que viene aquí, señor Ostrovski.

—Sus informaciones son exactas, mi joven oficial. Estuve aquí hace veinte años, en el primer festival. No es que me haya quedado un recuerdo imperecedero del conjunto de la programación, pero la ciudad me gustó.

—Y, desde 1994, ¿nunca más asistió al festival?

—No, nunca —afirmó Ostrovski.

—Entonces, ¿por qué volver de repente después de veinte años?

—Recibí una invitación muy simpática del alcalde Brown y me dije: ¿por qué no?

—¿Era la primera vez que volvían a invitarlo desde 1994?

—No. Pero este año me apetecía venir.

Anna notaba que Ostrovski no se lo estaba diciendo todo.

—Señor Ostrovski, ¿qué tal si deja de tomarme por tonta? Sé que ha estado hoy en la redacción del *Orphea Chronicle* y que ha hecho preguntas sobre Stephanie. El redactor jefe me ha dicho que parecía usted muy alterado. ¿Qué sucede?

—¿«Qué sucede»? —dijo él indignado—. ¡Sucede que han asesinado a una joven por quien sentía la mayor estima! Así que usted me disculpará si controlo mal las emociones al enterarme de esa tragedia.

Se le quebraba la voz. Anna notó que le faltaba poco para un ataque de nervios.

—¿No sabía lo que le había pasado a Stephanie? ¿Nadie lo mencionó en la redacción de la *Revista*? Y, sin embargo, es la clase de rumor que circula rápido en torno a la máquina de café, ¿no?

—Seguramente —dijo Ostrovski con voz ahogada—, pero no podía saberlo porque me echaron de la *Revista*. ¡Despedido! ¡Humillado! ¡Tratado como un cualquiera! De la noche a la mañana, ese sinvergüenza de Bergdorf me pone en la calle, me expulsa con mis cosas en unas cajas de cartón, no me dejan ya entrar en las oficinas, no me cogen ya el teléfono. Yo, el gran Ostrovski, tratado como un pelagatos. Y resulta, oficial, que en este país solo quedaba una persona que me tratase aún con amabilidad, y esa mujer era Stephanie Mailer. A punto de caer en la depresión en Nueva York, y al no poder localizarla, decidí venir a verla a Orphea, considerando que la invitación del alcalde era una estupenda coincidencia y, ¿quién sabe?, puede que una señal del destino. Pero, cuando ya estuve aquí, como seguía sin poder localizar a mi amiga, decidí ir a su domicilio particular, en donde un agente de la fuerza pública me dice que la han asesinado. Ahogada en un lago fangoso, y su cuerpo pasto de insectos, gusanos, aves y sanguijuelas. He ahí, oficial, el motivo de mi pena y de mi ira.

Hubo un momento de silencio. Ostrovski se sonó, se secó una lágrima e intentó recobrar la compostura respirando a fondo.

—De verdad que siento muchísimo la muerte de su amiga, señor Ostrovski —dijo por fin Anna.

—Le agradezco, oficial, que comparta mi pena.

—¿Dice que fue Steven Bergdorf quien lo despidió?

—Sí, Steven Bergdorf. El redactor jefe de la *Revista*.

—¿Así que despidió a Stephanie y, a continuación, a usted?

—Sí —confirmó Ostrovski—. ¿Cree que podría haber alguna relación?

—No lo sé.

Tras esa conversación con Ostrovski, Anna fue al Café Athéna a almorzar. En el momento en que iba a sentarse a una mesa, la interpeló una voz:

—Qué bien te queda la ropa de paisano, Anna.

Anna se volvió; era Sylvia Tennenbaum, que le sonreía; parecía estar de buenas.

—No sabía lo de tu hermano —dijo Anna—. Ignoraba lo que le había ocurrido.

—¿Qué diferencia hay? —dijo Sylvia—. ¿Vas a tratarme de otra manera?

—Quería decir que lo siento mucho. Qué mal debiste de pasarlo. Me caes muy bien y me da pena por ti. Nada más.

Sylvia puso cara de tristeza.

—Es todo un detalle. ¿Me permites que almuerce contigo, Anna? Invito yo.

Se sentaron a una mesa en la terraza, algo apartadas de los demás clientes.

—Durante mucho tiempo fui la hermana del monstruo —le contó Sylvia—. A la gente de aquí le habría gustado que me fuera; que malvendiera su restaurante y que me fuera.

—¿Cómo era tu hermano?

—Tenía un corazón de oro. Simpático, generoso. Pero demasiado impulsivo, demasiado amigo de las broncas. Eso fue lo que lo perdió. Se pasó la vida estropeándolo todo por un puñetazo. Ya desde el colegio. En cuanto surgía un roce con otro niño, había pelea, no lo podía remediar. Lo expulsaban continuamente. Los negocios de mi padre iban viento en popa y nos matriculó en los mejores centros privados de Manhattan, donde vivíamos. Mi hermano pasó por todos los colegios antes de acabar en casa con un preceptor. Luego, lo admitieron en la universidad de Stanford. Y lo expulsaron al cabo de un año por pegarse con un profesor. ¡Un profesor, se dice pronto! Tras regresar a Nueva York, mi hermano encontró un trabajo. Le duró ocho meses y, después, se pegó con un compañero. Lo despidieron. Teníamos una casa de vacaciones en Ridgesport, no muy lejos de aquí, y mi hermano se mudó allí. Se colocó de gerente en un restaurante. Le gustó muchísimo, el restaurante iba muy bien, pero se juntó con quien no debía. Después del trabajo, andaba rodando por un bar de mala fama. Lo detuvieron por embriaguez y por llevar un poco de marihuana. Y luego hubo una pelea muy violenta en un aparcamiento. Condenaron a Ted a seis meses de cárcel. Cuando salió, tenía ganas de volver a los Hamptons, pero no a Ridgesport. Quería hacer borrón y cuenta nueva con su pasado. Decía que quería volver a empezar de cero. Y así fue como se vino a Orphea. Por culpa de su pasado carcelario, aunque hubiera sido por poco tiempo, le costó mucho encontrar trabajo. Por fin, el dueño del Palace del Lago lo contrató como mozo de equipajes. Era un empleado modélico y no tardó en ir subiendo peldaños. Fue conserje y luego subdirector. Se había implicado en la vida de la ciudad. Se apuntó como bombero voluntario. Todo iba bien.

Sylvia se interrumpió. Anna se daba cuenta de que posiblemente no le apetecía contar nada más y la impulsó a hacerlo.

—¿Qué pasó luego? —preguntó con suavidad.

—Ted tenía instinto para los negocios —siguió diciendo Sylvia—. En el hotel, se había fijado en que la mayoría de los clientes se quejaban de no encontrar en Orphea un restaurante digno de ese nombre. Le entraron ganas de montar su propio negocio. Mi padre, que había fallecido entretanto, nos dejó una considerable herencia y Ted pudo comprar un edificio en mal estado en el centro de la ciudad, muy bien ubicado, con la idea de restaurarlo y de convertirlo en el Café Athéna. Por desgracia todo se torció rápidamente.

—¿Te refieres al incendio? —preguntó Anna.

—¿Estás enterada?

—Sí, me han contado lo tensa que era la relación entre tu hermano y el alcalde Gordon, porque se negaba a autorizar otro uso para el edificio. Según dicen, Ted lo incendió para facilitar que le concedieran un permiso de obra. Pero siguió teniendo mala relación con el alcalde...

—¿Sabes, Anna? He oído de todo al respecto. Aun así puedo asegurarte que mi hermano no incendió el edificio. Era un hombre iracundo, sí, pero no era un timador cualquiera. Era un hombre elegante. Un hombre que tenía valores. Es cierto que mi hermano y el alcalde Gordon siguieron llevándose mal después del incendio. Sé que muchos testigos los vieron discutir violentamente en plena calle. Sin embargo, si te cuento la razón de esa desavenencia, no sé si me vas a creer.

*

Calle principal de Orphea
21 de febrero de 1994
Dos semanas después del incendio

Cuando Ted Tennenbaum llegó ante el edificio del futuro Café Athéna, descubrió que el alcalde Gordon lo estaba esperando, paseando arriba y abajo por la acera para entrar en calor.

—Ted —le dijo el alcalde Gordon a modo de saludo—, ya veo que usted siempre va por libre.

Tennenbaum al principio no comprendió de qué se trataba.

—No estoy seguro de entenderlo, señor alcalde. ¿Qué ocurre?

Gordon se sacó una hoja del bolsillo del abrigo.

—Le di el nombre de estas empresas para sus obras y no ha contratado a ninguna de ellas.

—Es verdad —le contestó Ted—. Pedí presupuestos y escogí a las que ofrecían mejores precios. No veo dónde está el problema.

El alcalde Gordon subió el tono.

—Ted, deje de poner pegas. Si quiere empezar la reforma, le aconsejo que se dirija a esas empresas, que están mucho más cualificadas.

—He recurrido a empresas de la zona muy competentes. Tengo derecho a elegir lo que me parezca mejor, ¿no?

El alcalde Gordon perdió la paciencia.

—¡No le daré el permiso para trabajar con esas empresas! —exclamó.

—¿No me dará el permiso?

—No. Haré que le paralicen las obras el tiempo que haga falta y por todos los medios.

Unos cuantos transeúntes, intrigados por las voces, se pararon. Ted, que se había acercado al alcalde, exclamó:

—¿Puedo saber qué cojones le va a usted en esto, Gordon?

—«Señor alcalde», por favor —le enmendó la plana Gordon, poniéndole un dedo en el pecho como para reforzar la orden.

Ted se puso rojo, lo agarró de pronto por las solapas del abrigo y enseguida lo soltó. El alcalde lo desafió con la mirada:

—¿Qué pasa, Tennenbaum, se cree que me impresiona? ¡Procure mantener la compostura en vez de montar un numerito!

En aquel momento llegó un coche patrulla del que salió disparado el subjefe Gulliver.

—Señor alcalde, ¿va todo bien? —preguntó el policía, con la mano en la porra.

—Todo va de maravilla, subjefe, muchas gracias.

*

—Esa fue la razón del desacuerdo —le explicó Sylvia a Anna en la terraza del Café Athéna—. Las empresas que había elegido para las obras.

—Te creo —le aseguró Anna.

Sylvia pareció casi asombrada:

—¿De verdad?

—Sí, el alcalde les cobraba comisión a las empresas a cambio de adjudicarles contratos. Me imagino que las obras de construcción del Café Athéna suponían sumas relativamente elevadas y que Gordon quería su parte del pastel. ¿Qué pasó luego?

—Ted aceptó. Sabía que el alcalde contaba con medios para paralizar las obras y causarle mil problemas. Las cosas se arreglaron, el Café Athéna pudo abrir una semana antes de que se inaugurase el festival. Todo iba bien. Hasta que asesinaron al alcalde Gordon. Mi hermano no mató al alcalde Gordon, estoy segura.

—Sylvia, ¿las palabras «la noche negra» te dicen algo?

—«La noche negra» —contestó Sylvia, parándose a pensarlo—. Las he visto en alguna parte.

Se fijó en un ejemplar de la edición del día del *Orphea Chronicle* que se habían dejado encima de una mesa vecina y lo cogió.

—Sí, aquí está —continuó, leyendo la primera plana del periódico—, es el nombre de la obra que finalmente va a inaugurar el festival.

—¿Tu hermano tenía amistad con el antiguo jefe de policía, Kirk Harvey? —preguntó Anna.

—No que yo sepa. ¿Por qué?

—Porque *La noche negra* tiene que ver con unos mensajes misteriosos que aparecieron en la ciudad durante el año anterior al primer festival. Esas mismas palabras estaban en una pintada entre los escombros del incendio del futuro Café Athéna en febrero de 1994. ¿No estabas enterada?

—No, no lo sabía. Pero no olvides que yo no me vine a vivir aquí hasta mucho después de ese drama. Por entonces, vivía en Manhattan, estaba casada y había seguido con los negocios de mi padre. Cuando murió mi hermano, heredé el Café Athéna y decidí no venderlo. Estaba tan encariñado con él... Cogí a un gerente; luego me divorcié y decidí vender la empresa de mi padre. Me apetecía cambiar de vida. Al final, me mudé aquí en 1998. Te cuento esto para que veas que me falta una parte de la historia, sobre todo lo que tenga que ver con *La noche negra* esa de la que me hablas. No tengo ni idea de la relación con el incendio, pero en cambio sé quién lo provocó.

—¿Quién? —preguntó Anna con el corazón palpitante.

—Hace un rato te dije que Ted frecuentaba malas compañías en Ridgesport. Había un individuo, Jeremiah Fold, un sinvergüenza de mala muerte que vivía de extorsiones y que le buscaba las cosquillas. Jeremiah era muy mala persona y a veces iba a fardar al Palace con unas chicas muy peculiares. Se plantaba allí con los bolsillos llenos de billetes, subido en una moto enorme con la que metía mucho ruido. Era escandaloso y grosero, y muchas veces iba colocado. Les pagaba las consumiciones a mesas enteras que acababan montando orgías y les tiraba billetes de cien dólares a los camareros. Al dueño del hotel no le gustaba, pero no se atrevía a prohibir a Jeremiah que fuera allí porque no quería tener problemas con él. Un día, Ted, que por entonces trabajaba aún en el hotel, decidió intervenir. Por lealtad hacia el dueño del Palace, que le había dado una oportunidad. Cuando Jeremiah se fue del hotel, Ted lo persiguió en coche. Al final lo obligó a pararse en el arcén para aclarar las cosas y decirle que su presencia no era grata en el Palace. Pero Jeremiah llevaba a una chica de paquete en la moto. Para impresionarla, intentó pegar a Ted, y este le partió la cara de mala manera. Jeremiah se quedó humilladísimo. Poco tiempo después fue a casa de Ted con dos tiarrones que le dieron una paliza. Y, más adelante, cuando Jeremiah se enteró de que Ted se embarcaba en el proyecto del Café Athéna, fue a exigirle que fueran «socios». Quería una comisión por dejar que las empresas trabajasen sin incidentes y luego un porcentaje sobre la recaudación cuando el restaurante estuviera abierto. Se había dado cuenta de que allí había potencial.

—Y ¿qué hizo Ted? —preguntó Anna.

—Al principio, se negó a pagar. Y una noche de febrero el edificio del Café Athéna ardió.

—¿Una jugarreta del tal Jeremiah Fold?

—Sí. La noche del incendio Ted se presentó en mi casa a las tres de la mañana. Así fue como me enteré de todo lo que estaba pasando.

*

Noche del 11 al 12 de febrero de 1994
Piso de Sylvia Tennenbaum en Manhattan

El teléfono despertó a Sylvia. El despertador marcaba las tres menos cuarto. Era el portero del edificio: su hermano estaba allí. Era urgente.

Lo hizo subir y, cuando se abrieron las puertas del ascensor, se encontró con Ted, palidísimo y que apenas se tenía de pie. Lo acomodó en el salón y le preparó un té.

—El Café Athéna se ha quemado —le dijo Ted—. Estaba todo dentro, los planos de las obras, mis carpetas de documentos, meses de trabajo que se han convertido en humo.

—¿Los arquitectos tienen copia? —preguntó Sylvia, deseosa de calmar a su hermano.

—¡No, no lo entiendes! Es muy grave.

Ted se sacó del bolsillo una hoja de papel arrugada. Una carta anónima. La había encontrado sujeta al limpiaparabrisas de su coche cuando lo avisaron del terrible incendio y salió corriendo de casa: «La próxima vez, la que se quema es tu casa».

—¿Quieres decir que ha sido un incendio provocado? —preguntó Sylvia, espantada.

Ted asintió.

—¿Quién ha hecho eso? —exclamó Sylvia.

—Jeremiah Fold.

—¿Quién?

Su hermano se lo contó todo. Cómo le había prohibido a Jeremiah Fold que volviera por el Palace, la pelea y las consecuencias que aquello tenía ahora.

—Jeremiah quiere dinero —explicó Ted—. Quiere mucho dinero.

—Hay que ir a la policía —fue el ruego de Sylvia.

—Eso es imposible de momento; conociéndolo, habrá pagado a alguien para que lo haga. La policía nunca llega hasta él. Al menos, no de forma inmediata. Todo lo que conseguiré serán unas represalias terribles. Está de la olla y dispuesto a todo.

La cosa irá a más; en el mejor de los casos, quemará todo lo que tengo. Y, en el peor, habrá algún muerto.

—¿Y crees que, si le pagas, se estará quieto? —preguntó Sylvia, muy pálida.

—Estoy seguro —dijo Ted—. Le encanta la pasta.

—Entonces, paga por ahora —le suplicó su hermana—. Tenemos dinero de sobra. Paga hasta que se calme la situación y podamos avisar a la policía sin que nos tenga el pie puesto en la yugular.

—Creo que tienes razón —asintió Ted.

*

—Así que mi hermano decidió pagar, temporalmente por lo menos, para que se calmasen las cosas —le contó Sylvia a Anna—. Estaba tan entusiasmado con su restaurante... Era su orgullo, su logro personal. Contrató a las empresas que decía el alcalde Gordon y fue pagando con regularidad a Jeremiah Fold grandes cantidades de dinero para que no saboteasen las obras; y así el Café Athéna pudo abrir a tiempo.

Anna se quedó perpleja: así que no era al alcalde Gordon a quien había dado dinero Ted Tennenbaum entre febrero y julio de 1994, sino a Jeremiah Fold.

—¿Le contaste todo eso a la policía en su momento? —preguntó entonces Anna.

—No —dijo Sylvia con un suspiro.

—¿Por qué?

—Mi hermano empezó a ser sospechoso de aquellos asesinatos. Luego, un día, desapareció antes de matarse por fin en una persecución de la policía. No me apetecía cargarle más cosas. Pero lo seguro es que, si no lo hubieran matado, habría podido hacerle todas las preguntas que me agobiaban.

*

Mientras Anna y Sylvia Tennenbaum estaban sentadas en la terraza del Café Athéna, Alice llevaba a rastras a Steven Bergdorf de tienda en tienda. «Haberte traído tus cosas en vez de hacer el idiota. ¡Ahora tienes que volver a comprar de todo!», le repetía machaconamente cada vez que protestaba. Cuando iban a entrar en una tienda de lencería, Steven se detuvo en seco en la acera.

—Tú tienes todo lo que necesitas —objetó—. Nada de entrar ahí.

—Un regalo para ti, un regalo para mí —exigió Alice, empujándolo para que entrase.

No se cruzaron por poco con Kirk Harvey, que pasó delante de la tienda y se detuvo ante una pared de ladrillo. Sacó de una bolsa un bote de cola y una brocha, y pegó uno de los carteles que acababa de recoger de la imprenta.

CASTING

Con vistas a la representación de la celebérrima

LA NOCHE NEGRA

<u>genial e inmenso</u> director escénico <u>muy conocido</u>

BUSCA:

ACTORES: CON Y SIN EXPERIENCIA

¡Éxito mundial asegurado!
¡Fama garantizada en el mundo entero!
¡Paga desorbitada!

Audiciones el lunes 14 a las 10:00 h
en el Gran Teatro de Orphea

Atención:
¡¡¡¡NO HABRÁ SITIO PARA TODOS!!!!

Se aceptan regalos y ofrendas, ¡e incluso se recomiendan!

A unos cientos de metros de allí, Jerry y Dakota Eden, que paseaban ociosos por la calle principal, se toparon con uno de esos carteles.

—Una audición para una obra de teatro —le dijo Jerry, al leerlo, a su hija—. ¿Y si nos lanzamos? Cuando eras más pequeña, querías ser actriz.

—No en una obra para mindundis, desde luego —replicó Dakota.

—Vamos a probar suerte y ya veremos —contestó Jerry, esforzándose por aparentar entusiasmo.

—Pone que las audiciones son el lunes —se lamentó Dakota—. ¿Hasta cuándo vamos a quedarnos en este agujero?

—No lo sé, Dakota —dijo Jerry, irritado—. Lo que sea necesario. Acabamos de llegar, no empieces. ¿Tienes otros planes? ¿Ir a la universidad, quizá? Ah, no, se me olvidaba, no estás matriculada en ninguna parte.

Dakota, enfurruñada, siguió andando delante de su padre. Llegaron ante la librería de Cody. Dakota entró y miró los estantes, fascinada. Encima de una mesa, vio un diccionario. Lo cogió y lo hojeó. Una palabra trajo la siguiente y fue mirando definiciones. Notó que tenía a su padre detrás.

—Hacía tanto que no veía un diccionario —le dijo.

Sin soltar el diccionario, fue a curiosear entre las novelas. Cody se le acercó.

—¿Buscas algo en particular? —le preguntó.

—Una buena novela —le contestó Dakota—. Hace mucho que no leo nada.

Él se fijó en el diccionario que tenía debajo del brazo.

—Eso no es una novela —dijo sonriendo.

—Es mucho mejor. Me lo voy a llevar. Ya no me acuerdo de la última vez en que usé un diccionario de papel. Por lo general, solo escribo en el ordenador y el procesador de texto me corrige las faltas.

—¡Hay que ver, menudo siglo! —suspiró Cody.

Ella asintió y siguió diciendo:

—Cuando era pequeña, participaba en concursos de deletrear palabras. Me llevaba mi padre. Nos pasábamos la vida deletreando y volvíamos loca a mi madre. Hubo una época en que podía pasarme horas leyendo el diccionario y memorizando la ortografía de las palabras más complicadas. Venga, escoja una al azar.

Le alargó el diccionario a Cody, que lo cogió y lo abrió al azar. Miró la página de arriba abajo y dijo:

—Holosistólico.

—Qué fácil: h-o-l-o-s-i-s-t-o acentuada-l-i-c-o.

Él sonrió, travieso.

—¿Leías de verdad el diccionario?

—Huy, todo el día.

Se rio y de pronto brotó de ella una luz.

—¿De dónde vienes? —le preguntó Cody.

—De Nueva York. Me llamo Dakota.

—Yo, Cody.

—Me encanta su librería, Cody. Me habría gustado ser escritora.

Volvió a parecer disgustada de pronto.

—¿«Habría»? —repitió Cody—. Y ¿quién te lo impide? No debes de tener ni veinte años.

—Ya no consigo escribir.

—¿Ya no? ¿Qué quieres decir?

—Ya no, desde que hice una cosa muy grave.

—¿Qué hiciste?

—Es demasiado grave para hablar de ello.

—Podrías escribir acerca de eso —sugirió Cody.

—Ya lo sé, es lo que me dice mi psiquiatra. Pero no me sale. No me sale nada. Estoy completamente vacía por dentro.

Esa noche, Jerry y Dakota cenaron en el Café Athéna. Jerry sabía que a Dakota siempre le había gustado aquel sitio; había tenido la esperanza de que le agradase que la llevara allí. Pero estuvo de morros toda la cena.

—¿Por qué te has empeñado en que vengamos aquí? —acabó por preguntar a su padre mientras hurgaba en la pasta con marisco.

—Creía que te gustaba este sitio —se defendió el padre.

—Me refiero a Orphea. ¿Por qué me has traído aquí a la fuerza?

—Pensé que te sentaría bien.

—¿Pensaste que me sentaría bien? ¿O querías demostrarme cuánto te decepciono y recordarme que por mi culpa te quedaste sin tu casa?

—Dakota, ¿cómo puedes decir unas cosas tan horribles?

—¡Ya sé que te he destrozado la vida!

—Dakota, tienes que dejar de culparte continuamente, tienes que seguir adelante, tienes que rehacerte.

—Pero ¿es que no lo entiendes? ¡Nunca podré reparar lo que hice, papá! ¡Odio esta ciudad, lo odio todo, odio la vida!

No pudo contener las lágrimas y buscó refugio en los aseos para que no la vieran llorar. Cuando salió por fin, al cabo de veinte minutos largos, le dijo a su padre que quería regresar al Palace.

Jerry no se había fijado en que había un minibar en los dos dormitorios que componían la *suite*. Dakota, sin hacer ruido, abrió la puerta del mueble, cogió un vaso y sacó de la neverita un botellín de vodka. Se sirvió y tomó unos cuantos tragos. Luego, revolviendo en el cajón de la ropa interior, cogió una ampolla de ketamina. Leyla decía que era un formato práctico y más discreto que el polvo.

Dakota partió la punta del tubo y vació el contenido en el vaso. Lo mezcló todo con el dedo y se lo bebió de un trago.

Pasados unos minutos, notó que se iba serenando. Se sentía más liviana. Más feliz. Se echó en la cama y miró el techo, cuya pintura blanca pareció resquebrajarse para permitir que asomara un fresco precioso: reconoció la casa de Orphea y sintió deseos de pasearse por su interior.

*

Orphea, diez años antes
Julio de 2004

Un alegre alboroto reinaba en la mesa del desayuno de la suntuosa casa de verano de la familia Eden, que se erguía de cara al océano, en Ocean Road.

—«Masajista» —dijo Jerry con expresión traviesa.

Dakota, de nueve años, frunció la nariz en una mueca pícara, lo que trajo una sonrisa embelesada al rostro de su madre, que la estaba observando. Luego, asiendo con expresión decidida la cuchara metida en el tazón, la niña la sumergió para que salieran a flote los cereales en forma de letras y vocalizó despacio.

—M-a-s-a-j-i-s-t-a.

Según iba diciendo las letras, dejaba en un plato que tenía al lado el cereal correspondiente. Miró el resultado final, satisfecha.

—¡Bravo, cariño! —exclamó su padre, impresionado.

Su madre aplaudió entre risas.

—Pero ¿cómo lo haces? —le preguntó.

—Ni idea, mamá. Veo como una foto de la palabra en la cabeza y, en principio, está bien.

—Vamos a probar otra vez. «Alhelí».

Dakota revolvió los ojos, haciendo reír a sus padres, luego deletreó y solo le faltó la «h».

—Casi —la felicitó su padre.

—Por lo menos he aprendido una palabra nueva —dijo filosóficamente Dakota—. Ya no me volveré a equivocar. ¿Puedo ir a la piscina?

—Anda, ve a ponerte el bañador —le dijo su madre con una sonrisa.

La niña soltó un grito de alegría y se levantó precipitadamente de la mesa. Jerry la miró con ternura cuando desaparecía por el pasillo y Cynthia aprovechó ese rato de tranquilidad para ir a sentarse en el regazo de su marido.

—Gracias, amor mío, por ser un marido y un padre tan estupendo.

—Gracias a ti por ser una mujer tan extraordinaria.

—Nunca habría podido imaginar que iba a ser tan feliz —le dijo Cynthia con el amor brillándole en los ojos.

—Ni yo tampoco. Tenemos tanta suerte... —contestó Jerry.

Jesse Rosenberg
Domingo 13 de julio de 2014
Trece días antes de la inauguración

Ese domingo de verano Derek y Darla nos habían invitado a Anna y a mí a disfrutar de su piscinita. Era la primera vez que nos reuníamos todos fuera del ámbito de la investigación. Y, para mí, era la primera vez desde hacía mucho que pasaba una tarde en casa de Derek.

La principal finalidad de esa invitación era relajarnos tomando unas cervezas. Pero Darla se ausentó un momento, los niños estaban entretenidos en el agua y no pudimos resistir la tentación de hablar del caso.

Anna nos contó su conversación con Sylvia Tennenbaum. Nos explicó luego con todo detalle cómo a Ted lo presionaba, por una parte, el alcalde Gordon, que quería imponerle las empresas que elegía él, y, por otra, Jeremiah Fold, un conocido cabecilla de una banda de la zona que tenía el firme propósito de extorsionarlo.

—*La noche negra* —nos explicó— podría tener algo que ver con Jeremiah Fold. Fue él quien le prendió fuego al Café Athéna en febrero de 1994 para presionar a Ted y para que pagase.

—¿*La noche negra* podría ser el nombre de una banda criminal? —sugerí.

—Es una pista que hay que tener en cuenta, Jesse —me contestó Anna—. No me ha dado tiempo a pasar por comisaría para investigar más a fondo al tal Jeremiah Fold. Lo que sé es que el incendio convenció a Ted de que tenía que pagar.

—¿Así que los movimientos de dinero que localizamos por entonces en las cuentas de Tennenbaum eran, en realidad, para Jeremiah Fold? —dijo Derek, cayendo en la cuenta.

—Sí —asintió Anna—. Tennenbaum quería asegurarse de que Jeremiah iba a dejarlo hacer las obras en paz y que el Café Athéna podría abrir a tiempo para el festival. Y, como ahora sabemos que a quienes pedía sobornos Gordon era a las constructoras, ya podemos entender por qué recibió dinero en las mismas fechas. Seguramente exigió a las empresas escogidas para construir el Café Athéna que le pagasen una comisión asegurándoles que, si habían conseguido esas obras, era gracias a él.

—¿Y si hubiera algún vínculo entre el alcalde Gordon y Jeremiah Fold? —dijo entonces Derek—. A lo mejor el alcalde Gordon tenía relaciones con el hampa local.

—¿Se os ocurrió esa pista entonces? —preguntó Anna.

—No —le contestó Derek—. Pensábamos que el alcalde era nada más que un político corrupto. No que cobrase comisiones a cuatro manos.

—Supongamos que *La noche negra* —siguió diciendo Anna— fuera el nombre de una banda criminal. ¿Y si el asesinato del alcalde Gordon fuese ese trascendental anuncio que apareció en todas las paredes de Orphea los meses anteriores a los asesinatos? Un asesinato anunciado a las claras, pero que nadie vio.

—¡Lo que nadie vio! —exclamó Derek—. ¡Lo que teníamos ante los ojos y que no vimos! ¿Qué te parece, Jesse?

—Eso querría decir que por entonces Kirk Harvey estaba investigando a esa organización —respondí tras pararme a pensar un rato—. Y que estaba enterado de todo. Y por esa razón se llevó el expediente al irse.

—Mañana lo primero que tenemos que hacer es ahondar en eso —sugirió Anna.

—A mí lo que me fastidia —continuó diciendo Derek— es por qué, en 1994, Ted Tennenbaum no nos dijo nunca que lo extorsionaba Jeremiah Fold cuando lo interrogamos sobre los movimientos de dinero.

—¿Por miedo a las represalias? —se preguntó Anna.

Derek torció el gesto.

—Puede. Pero, si se nos pasó esa historia de Jeremiah Fold, a lo mejor se nos pasó también algo más. Yo querría volver a examinar desde cero el contexto del caso y saber lo que decían por entonces los periódicos locales.

—Le puedo pedir a Michael Bird que nos prepare todo lo que haya archivado y lo que pueda disponer sobre el cuádruple asesinato.

—Buena idea —aprobó Derek.

Al final del día, nos quedamos a cenar. Derek encargó unas pizzas como todos los domingos. Cuando nos estábamos acomodando en la cocina, Anna se fijó en una foto que había en la pared: se nos veía en ella a Darla, a Derek, a Natasha y a mí delante de La Pequeña Rusia en obras.

—¿Qué es La Pequeña Rusia? —preguntó Anna con total inocencia.

—El restaurante que nunca abrí —le contestó Darla.

—¿Te gusta cocinar? —le preguntó Anna.

—Hubo una época en que vivía para eso.

—Y ¿quién es la chica que está contigo, Jesse? —preguntó Anna señalando a Natasha.

—Natasha —le contesté.

—¿Natasha, tu novia de entonces?

—Sí —dije.

—Nunca me has dicho qué ocurrió entre vosotros...

Darla, al darse cuenta por la avalancha de preguntas de que Anna no estaba al corriente de nada, me dijo al final, meneando la cabeza:

—Dios mío, Jesse, ¿es que no le has contado nada?

*

En el Palace del Lago, Steven Bergdorf y Alice acababan de acomodarse en unas tumbonas junto a la piscina. El día era tremendamente caluroso y, entre los bañistas que se refrescaban allí, chapoteaba Ostrovski. Cuando tuvo los dedos completamente arrugados, salió del agua y fue a su tumbona para secarse. Entonces descubrió con espanto que, en la tumbona de al lado, estaba Steven Bergdorf poniéndole crema solar en la espalda a una joven que no era su mujer.

—¡Steven! —exclamó Ostrovski.

—¿Meta? —dijo Bergdorf, atragantándose al ver ante sí al crítico—. ¿Qué hace aquí?

Es verdad que había visto de lejos a Ostrovski en la rueda de prensa, pero ni se le había ocurrido que pudiera alojarse en el Palace.

—Permítame que le devuelva la pregunta, Steven. ¡Me voy de Nueva York para que me dejen en paz y me lo tengo que encontrar aquí!

—He venido para enterarme de más cosas sobre esa obra misteriosa que van a representar.

—Yo llegué primero, Steven; vuélvase a Nueva York con viento fresco.

—Vamos donde queremos, vivimos en una democracia —le contestó Alice, muy seca.

Ostrovski la reconoció; trabajaba en la *Revista.*

—Vaya, Steven —dijo con voz sibilante—, ya veo que sabe aunar trabajo y diversión. Su mujer debe de estar encantada.

Recogió sus cosas y se marchó, furioso. Steven se apresuró a darle alcance.

—Espere, Meta...

—No se preocupe, Steven —dijo Ostrovski, encogiéndose de hombros—. No le diré nada a Tracy.

—No se trata de eso. Quería decirle que lo siento mucho. Me arrepiento de la forma en que me porté con usted. No..., no me encuentro en mi estado normal ahora mismo. Le pido perdón.

A Ostrovski le dio la impresión de que Bergdorf era sincero y aquellas disculpas lo emocionaron.

—Gracias, Steven —dijo.

—Se lo digo como lo pienso, Meta. ¿Lo ha mandado aquí *The New York Times*?

—No, ¡vive el cielo!; estoy sin empleo. ¿Quién querría volver a contar con un crítico obsoleto?

—Es usted un gran crítico, Meta; cualquier periódico lo contrataría.

Ostrovski se encogió de hombros y luego suspiró:

—A lo mejor ahí está el problema.

—¿Y eso? —preguntó Bergdorf.

—Desde ayer me tiene obsesionado una idea; me apetece presentarme a la audición de *La noche negra.*

—Y ¿por qué no?

—¡Porque es imposible! ¡Soy crítico literario y crítico de teatro! No puedo ser ni escritor, ni intérprete.

—Creo que me he perdido, Meta...

—¡Hombre, Steven, esfuércese un poquito, por Dios! Explíqueme por qué milagro un crítico de teatro iba a poder actuar en una obra. ¿Se imagina qué pasaría si los críticos literarios se pusieran a escribir y los escritores se hicieran críticos literarios? ¿Se imagina a Don DeLillo escribiendo en *The New Yorker* una crítica de la última obra de David Mamet? ¿Se imagina qué habría pasado si Pollock hubiera hecho la crítica de la última exposición de Rothko en *The New York Times*? ¿Se imagina a Jeff Koons desmenuzando la última creación de Damien Hirst en *The Washington Post*? ¿Puede concebir que Spielberg escriba la crítica de lo último de Coppola en *Los Angeles Times*? «No vayan a ver esa porquería. Es una abominación.» A todo el mundo le parecería, con razón, escandaloso y falto de objetividad. No se puede hacer la crítica de un arte que se ejerce.

Bergdorf, captando el derrotero intelectual de Ostrovski, le comentó entonces:

—Técnicamente, Meta, usted ya no es crítico, puesto que lo he despedido.

A Ostrovski se le iluminó el rostro: Bergdorf tenía razón. El excrítico se fue en el acto a su habitación y cogió los ejemplares del *Orphea Chronicle* que hablaban de la desaparición de Stephanie Mailer.

«¿Y si estuviera escrito en alguna parte que tengo que cambiar de bando?», pensó Ostrovski. ¿Y si Bergdorf, al despedirlo, le hubiese devuelto la libertad? ¿Y si llevase todo ese tiempo siendo un creador, sin saberlo?

Recortó los artículos y los colocó encima de la cama. En la mesilla de noche, lo miraba la foto de Meghan Padalin.

Cuando volvió junto a la piscina, Steven regañó a Alice.

—No provoques a Ostrovski —le dijo—; no te ha hecho nada.

—Y ¿por qué no? ¿Tú has visto con qué desdén me mira? Como si fuera una puta. La próxima vez le digo que lo echaron porque yo quise.

—¡No puedes ir contando por ahí que el despido fue cosa tuya! —bramó Steven.

—Pero ¡si es la verdad, Stevie!

—Bueno, pues por tu culpa yo estoy bien jodido.

—¿Por mi culpa? —dijo indignada Alice.

—¡Sí, por tu culpa y por la de tus estúpidos regalos! El banco ha llamado a mi casa y es solo cuestión de tiempo que mi mujer se entere de que tenemos problemas de pasta.

—¿Tienes problemas de pasta, Stevie?

—¡Por supuesto! —ladró Steven, exasperado—. ¿Tú has visto todo lo que gastamos? ¡Tengo las cuentas vacías y me he entrampado como un gilipollas!

Alice lo miró con expresión afligida:

—¡Nunca me lo has dicho! —le reprochó.

—Que nunca te he dicho ¿qué?

—Que no podías pagar los regalos que me hacías.

—¿Habría cambiado algo?

—¡Todo! —dijo Alice, enfadada—. ¡Habría cambiado todo! No habríamos gastado tanto. ¡Ni habríamos ido a hoteles de lujo! Pero, hombre, Stevie, hay que ver... Yo creía que eras un cliente habitual del Plaza, veía que seguías comprando como un loco y pensaba que tenías dinero. Nunca supuse que vivieras a crédito. ¿Por qué no me lo comentaste nunca?

—Porque me daba vergüenza.

—Pero ¿vergüenza de qué? Vamos, Stevie, que no soy ni una puta, ni una guarra. No estoy contigo para que me hagas regalos, ni para causarte complicaciones.

—Entonces, ¿por qué estás conmigo?

—¡Pues porque te quiero! —exclamó Alice.

Miró a la cara a Steven y le corrió una lágrima por la mejilla.

—¿Tú a mí no me quieres? —dijo rompiendo a llorar—. Me guardas rencor, ¿no es eso? Porque te he jodido.

—Como te dije ayer en el coche, Alice, tal vez deberíamos reflexionar, por separado, y tomarnos un descanso —se atrevió a sugerir Steven.

—¡No, no me dejes!

—Quiero decir...

—¡Deja a tu mujer! —suplicó Alice—. Si me quieres, deja a tu mujer. Pero no a mí. Solo te tengo a ti, Steven. No tengo a nadie más que a ti. Si te vas, me quedo sin nadie.

Lloraba a mares y con las lágrimas se le corría el rímel por las mejillas. Todos los clientes del hotel que tenían alrededor los estaban mirando. Steven se apresuró a calmarla.

—Eh, vamos, Alice, ya sabes cuánto te quiero.

—¡No, no lo sé! ¡Así que dímelo, demuéstramelo! No nos iremos mañana, vamos a quedarnos unos días más aquí, juntos, son los últimos. ¿Por qué no dices en la *Revista* que nos presentamos a las audiciones para hacer el reportaje sobre la obra desde dentro? Camuflados entre los bastidores de la obra de la que va a hablar todo el mundo. Te pagarán los gastos. ¡Por favor! Unos pocos días nada más.

—Está bien, Alice —le prometió Steven—. Nos quedaremos el lunes y el martes, lo que se tarde en presenciar las audiciones. Escribiremos un artículo juntos para la *Revista*.

*

Después de cenar, en casa de Derek y Darla.

El barrio estaba envuelto en la oscuridad. Anna y Derek recogieron la mesa. Darla estaba fuera, fumando un cigarrillo junto a la piscina. Me reuní con ella. Todavía hacía mucho calor. Cantaban los grillos.

—Ya ves, Jesse —dijo Darla con tono sarcástico—. Quería abrir un restaurante y me veo pidiendo pizzas todos los domingos.

Noté su desasosiego e intenté consolarla:

—La pizza es una tradición.

—No, Jesse. Y tú lo sabes. Estoy cansada. Cansada de esta vida, cansada de mi trabajo, que es odioso. Cada vez que paso delante de un restaurante, ¿sabes lo que pienso? «Podría haber sido el mío.» Y, en vez de eso, me deslomo bregando como auxiliar sanitaria. Derek aborrece lo que hace. Lleva veinte años odiando su trabajo. Y, desde hace una semana, desde que cabalga de nuevo contigo, desde que ha vuelto a la calle, está como unas pascuas.

—Su sitio está en la calle, Darla. Derek es un policía fantástico.

—Ya no puede ser policía, Jesse. No puede después de lo que ocurrió.

—¡Pues que dimita! Que haga otra cosa. Tiene derecho a cobrar su pensión.

—La casa no está pagada.

—¡Pues vendedla! De todas formas, de aquí a dos años vuestros hijos se habrán ido a la universidad. Buscaos un rincón tranquilo, lejos de esta jungla urbana.

—Y ¿qué haremos? —preguntó Darla con tono desesperado.

—Vivir —le contesté.

Se quedó con la mirada perdida. Yo solo le veía la cara a la luz de la piscina.

—Ven —le dije por fin—. Te quiero enseñar una cosa.

—¿Qué?

—El proyecto que tengo entre manos.

—¿Qué proyecto?

—Ese por el que voy a dejar la policía y del que no quería decirte nada. Todavía no estaba preparado. Ven.

Dejamos a Derek y a Anna y cogimos el coche. Fuimos en dirección a Queens, y luego a Rego Park. Cuando aparqué en la callejuela, Darla lo entendió. Bajó del coche y miró la tiendecita.

—¿La has alquilado? —me preguntó.

—Sí. Aquí había una mercería que no iba muy bien. El traspaso me ha salido barato. Estoy empezando a reformarla.

Darla miró el rótulo, que tenía una sábana por encima.

—No me digas que...

—Sí —le contesté—. Espera aquí un momento...

Entré para encender el rótulo y coger una escalera; luego salí, me encaramé para llegar a la sábana y la quité. Las letras brillaron en la oscuridad.

LA PEQUEÑA RUSIA

Darla no decía nada. Me sentí incómodo.

—Mira, todavía tengo el libro rojo con todas vuestras recetas —le dije, enseñándole la valiosa recopilación, que había sacado al mismo tiempo que la escalera.

Darla seguía callada. Dije, para que reaccionase:

—Es verdad, soy un desastre cocinando. Haré hamburguesas. Es lo único que sé hacer. Hamburguesas con salsa Natasha. A menos que quieras ayudarme, Darla. Embarcarte en este proyecto conmigo no deja de ser una locura, ya lo sé, pero...

Acabó por exclamar:

—¿Una locura? ¡Querrás decir que es una insensatez! ¡Estás loco, Jesse! ¡Has perdido la cabeza! ¿Por qué has hecho una cosa así?

—Por la reparación —le contesté con suavidad.

—Pero, Jesse —dijo a voces—, ¡nada de todo eso podrá repararse nunca! ¿Me oyes? ¡Nunca podremos reparar lo que sucedió!

Rompió a llorar y echó a correr en la oscuridad.

−3
Audiciones

Lunes 14 de julio-miércoles 16 de julio de 2014

Jesse Rosenberg
Lunes 14 de julio de 2014
Doce días antes de la inauguración

Esa mañana, Derek y yo, camuflados en el restaurante del Palace del Lago, observábamos a distancia a Kirk Harvey, que acababa de tomar asiento para desayunar.

Llegó Ostrovski, lo vio y se sentó a su mesa.

—Por desgracia, algunos se van a llevar un chasco, porque esta mañana no todo el mundo va a pasar la selección —dijo Harvey.

—¿Qué decías, Kirk?

—¡No te hablaba a ti, Ostrovski! Me estaba dirigiendo a las tortitas, que no van a pasar la selección. Ni tampoco las gachas; ni las patatas.

—Kirk, esto es solo un desayuno.

—¡No, pedazo de imbécil congénito! ¡Es mucho más! Tengo que prepararme para seleccionar a los mejores actores de Orphea.

Un camarero se acercó a la mesa para tomar nota. Ostrovski pidió un café y un huevo pasado por agua. El camarero se volvió luego hacia Kirk, pero este, en vez de hablar, se limitó a mirarlo fijamente. Entonces, el camarero le preguntó:

—¿Y usted, caballero?

—Pero ¿este quién se cree que es? —vociferó Kirk—. ¡Le prohíbo que me dirija directamente la palabra! ¡Soy un gran director escénico, hombre! ¿Con qué derecho se toman esas confianzas los subalternos?

—Lo siento mucho, caballero —se disculpó el camarero, muy apurado.

—¡Que llamen al director! —exigió Harvey—. Solo puede dirigirme la palabra el director del hotel.

Todos los clientes, pasmados, callaron y observaron la escena. Se informó al director, que se presentó allí de inmediato.

—El gran Kirk Harvey quiere huevos benedictine y caviar —explicó Harvey.

—El gran Kirk Harvey quiere huevos benedictine y caviar —le repitió el director a su empleado.

El camarero lo apuntó y la tranquilidad volvió al comedor.

Sonó mi teléfono. Era Anna. Nos esperaba en la comisaría. Cuando le dije dónde estábamos Derek y yo, nos apremió para que nos fuéramos en el acto.

—No deberíais estar ahí —nos dijo—. Si se entera el alcalde, vamos a tener problemas todos.

—Este Harvey es un mamarracho —dije, irritado—. Y todo el mundo lo toma en serio.

—Razón de más para centrarnos en seguir trabajando —añadió Anna.

Tenía razón. Salimos de allí y nos fuimos a la comisaría. Nos pusimos a investigar a Jeremiah Fold y descubrimos que había fallecido el 16 de julio de 1994, en un accidente de tráfico, es decir, dos semanas antes que el alcalde Gordon.

Nos llevamos una gran sorpresa al ver que Jeremiah no estaba fichado. Todo cuanto había en su expediente era una investigación abierta por la ATF —la oficina federal encargada del control del alcohol, el tabaco y las armas de fuego—, pero que, aparentemente, no había llegado a ninguna conclusión. Entramos en contacto con la policía de Ridgesport para intentar saber más, pero el agente con el que hablamos no nos aportó ninguna ayuda: «Aquí no hay ningún historial de Fold», nos aseguró. Lo cual quería decir que la muerte de Fold no había parecido sospechosa.

—Si Jeremiah Fold murió antes de la matanza de los Gordon —dijo Derek—, eso descarta que estuviera implicado en el cuádruple asesinato.

—Por mi parte —indiqué—, he revisado los ficheros del FBI y no existe ninguna organización criminal que se llame *La noche negra*. Así que no tiene ningún vínculo con el crimen organizado, ni tampoco es la firma de quien lo hizo.

Por lo menos, podíamos descartar la pista Fold. Quedaba por resolver la de la persona que le había encargado el libro a Stephanie.

Derek había traído unas cajas llenas de periódicos.

—El anuncio que le permitió a Stephanie Mailer conocer a quien le costeaba el libro tuvo que aparecer por fuerza en algún periódico —nos explicó a Anna y a mí—, ya que, en la charla que refiere en ese libro, menciona que lleva veinte años publicándolo.

Y nos volvió a leer lo que había escrito Stephanie:

El anuncio estaba entre otros dos, uno de un zapatero y otro de un restaurante chino que ofrecía un bufé libre por menos de veinte dólares:

¿QUIERE ESCRIBIR UN LIBRO DE ÉXITO?
LITERATO BUSCA ESCRITOR AMBICIOSO PARA TRABAJO
SERIO. REFERENCIAS INDISPENSABLES.

—Así que se trata por fuerza de una publicación periódica —siguió diciendo Derek—. Resulta que Stephanie solo estaba suscrita a una: la revista del departamento de letras de la universidad Notre-Dame, donde estudió. Así que hemos conseguido todos los números del año pasado.

—A lo mejor leyó el anuncio en una revista que se encontró por ahí —le replicó Anna—. En un café, en un asiento del metro o en la sala de espera del médico.

—A lo mejor —contestó Derek—; y a lo mejor, no. Si encontramos el anuncio, podremos remontarnos hasta quien lo puso y descubrir por fin a quién vio al volante de la camioneta de Ted Tennenbaum el día de los asesinatos.

*

En el Gran Teatro, se agolpaba una nutrida multitud para presentarse a las audiciones. Estas transcurrían con una lentitud descorazonadora. Kirk Harvey se había instalado en el escenario, detrás de una mesa. Mandaba subir a los aspirantes de dos en dos para que se dieran la réplica en la primera escena de la obra, que cabía en una triste hoja que los aspirantes a actores tenían que compartir.

Es una mañana lúgubre. Llueve. En una carretera de campo está paralizado el tráfico: se ha formado un atasco gi-

gantesco. Los automovilistas, exasperados, tocan rabiosamente
la bocina. Una joven va siguiendo por el arcén la hilera de
coches parados. Llega hasta el cordón policial y pregunta al
policía que está de guardia.

LA JOVEN: ¿Qué ocurre?
EL POLICÍA: Un hombre muerto. Un accidente de
moto. Una tragedia.

Los aspirantes se agolpaban delante del escenario, en un
desorden absoluto, y esperaban las consignas de Kirk Harvey
para ir pasando. Este les voceaba órdenes y contraórdenes: al
principio, hubo que subir por la escalera de la derecha; luego,
por la de la izquierda; luego, saludar antes de subir al escenario;
luego, una vez arriba, no saludar nada de nada, porque, en caso
contrario, Kirk ordenaba que volviera a empezar toda la procesión de subir al escenario desde el principio. Luego, los actores
tenían que interpretar la escena. El veredicto era inmediato:
«¡Fatal!», gritaba Harvey, lo cual indicaba al aspirante que tenía
que salir a toda prisa del campo visual del Maestro.
Hubo quienes protestaron:
—¿Cómo puede juzgar a la gente con una única línea?
—¡Ah, no me toquen las pelotas y lárguense! ¡El director
soy yo!
—¿Puedo repetirlo? —preguntó un aspirante desafortunado.
—¡No! —vociferó Harvey.
—Pero es que llevamos horas esperando y solo hemos leído
una línea cada uno.
—¡No están ustedes hechos para la gloria, su destino los
espera en el arroyo de la vida! Y, ahora, ¡váyanse, que me escue-
cen los ojos solo de mirarlos!

*

En el Palace del Lago, en el salón de la *suite* 308, Dakota
estaba repantigada en el sofá, mientras su padre colocaba el
ordenador portátil encima del escritorio y le sugería:

—Deberíamos ir a esa audición para la obra de teatro. Así hacíamos algo juntos.

—¡Pffff! ¡Teatro, menudo coñazo! —contestó Dakota.

—¿Cómo puedes decir algo así? ¿Y esa obra maravillosa que escribiste y que iba a representar la compañía de tu colegio?

—Y que nunca se representó —recordó Dakota—. Ahora ya me importa un pimiento el teatro.

—¡Cuando pienso en lo curiosa que eras de niña! —se lamentó Jerry—. ¡Qué maldición, la generación esta obsesionada con los teléfonos y las redes sociales! Ya no leéis, ya solo os interesa hacerle una foto a lo que estáis comiendo. ¡Qué tiempos!

—¡Pues anda que tú! —le contestó Dakota—. ¡Es esa mierda de programa tuyo lo que vuelve a la gente gilipollas!

—No seas vulgar, Dakota, por favor.

—En cualquier caso, de esa obra que dices, ni hablar; si nos cogieran nos quedaríamos aquí atrapados hasta agosto.

—Pues ¿qué te apetece hacer entonces?

—Nada —dijo Dakota, enfurruñada.

—¿Quieres ir a la playa?

—No. ¿Cuándo volvemos a Nueva York?

—No lo sé, Dakota —dijo Jerry, irritado—. Estoy dispuesto a tener paciencia, pero ¿puedes poner algo de tu parte? Sabrás que yo también tengo mejores cosas que hacer que estar aquí. Channel 14 no tiene ningún programa para después de las vacaciones y...

—Pues vámonos entonces —lo interrumpió Dakota—. Ve a hacer lo que tengas que hacer.

—No. Ya lo he arreglado para dirigirlo todo desde aquí. Por cierto, tengo una videoconferencia que empieza ahora.

—¡Claro, siempre alguna llamada, siempre a vueltas con el trabajo! No te importa nada más.

—¡Dakota, es cosa de diez minutos! Estoy muy disponible para ti, al menos podrías reconocerme eso. Dame solo diez minutos y luego hacemos lo que quieras.

—No tengo ganas de hacer nada —rezongó Dakota antes de ir a encerrarse a su habitación.

Jerry suspiró y conectó la cámara al portátil para comenzar la reunión por videoconferencia con sus equipos de trabajo.

A ciento cincuenta millas de allí, en el corazón de Manhattan, en una sala de reuniones abarrotada del piso 53 de la torre de Channel 14, los participantes en la reunión hacían tiempo charlando.

—¿Dónde está el jefe? —preguntó uno.

—En los Hamptons.

—¡Caramba, pues sí que se cuida mientras curramos como mulas! Nosotros trabajamos y él cobra.

—Creo que algo le pasa con su hija —dijo una mujer que era amiga de la auxiliar de Jerry—. Se droga o algo por el estilo.

—La verdad es que los críos de los ricos son todos iguales. Cuantas menos preocupaciones tienen, más problemas dan.

De pronto empezó la conexión y todo el mundo se calló. En la pantalla mural apareció el jefe y todos se volvieron hacia él para saludarlo.

El primero en hablar fue el director creativo:

—Jerry —dijo—, creo que vamos por buen camino. Nos hemos centrado en un proyecto que ha contado enseguida con la aprobación general: un programa de telerrealidad que siga la evolución de una familia de obesos que intenta perder peso contra viento y marea. Es un concepto que debería gustar a todas las audiencias, porque todo el mundo encontraría algo de su agrado: es posible identificarse con ellos, cogerles cariño y también reírse de ellos. Hemos consultado a un grupo de control y, al parecer, es la opción ganadora.

—¡Me gusta mucho! —dijo Jerry, entusiasmado.

El director creativo le cedió la palabra al director del proyecto:

—Hemos pensado que a la familia de obesos podría entrenarla un entrenador personal superguapo y supercachas, muy duro y muy malo, pero, a lo largo de los programas, se descubre que él también fue un gordo que consiguió librarse de los michelines. Es el tipo de personaje polifacético que gusta mucho al público.

—Sería también el elemento conflictivo que va marcando el ritmo de los episodios —aclaró el director creativo—. Tenemos ya previstas dos o tres escenas que podrían dar mucho juego. Por ejemplo, el gordo, deprimido, llora y se come una tarrina de helado de chocolate, mientras el entrenador lo escucha lloriquear haciendo flexiones y abdominales para estar aún más cachas y más guapo.

—Es una idea que me parece realmente buena —comentó Jerry—, pero hay que tener cuidado; por lo que veo, se hace demasiado hincapié en la emoción y no lo suficiente en el conflicto. Y los espectadores prefieren el conflicto. Si hay muchos lloriqueos, se aburren.

—Hemos tenido en cuenta esa situación hipotética —intervino, muy ufano, el director creativo—. Para que haya más conflicto, se nos ha ocurrido una variante: metemos a dos familias en una casa de veraneo. Una de las familias es muy deportista: los padres y los hijos son atléticos, sanos, solo comen verdura hervida y nunca toman grasas. La otra familia es la de los obesos que se pasan el día delante de la televisión atiborrándose de pizzas. Esas formas de vida opuestas crean muchísima tensión. Los deportistas les dicen a los gordos: «¡Eh, chicos, veníos a hacer gimnasia y luego nos tomamos una tapioca!». Y los gordos los mandan a la porra y les contestan: «¡No, gracias, preferimos tumbarnos en el sofá a zampar nachos con queso y pasarlos con refrescos!».

A cuantos estaban en la sala los convenció la idea. Tomó entonces la palabra el director del departamento jurídico.

—La única pega es que, si obligamos a unas personas a comer como cerdos, pueden desarrollar diabetes y, una vez más, tendremos que pagar el tratamiento médico.

Jerry hizo un ademán con la mano para descartar el problema.

—Prepare una exención de responsabilidad a prueba de bomba para impedirles que intenten cualquier demanda.

Los miembros del departamento jurídico tomaron nota en el acto. Intervino entonces el director de *marketing*:

—A la marca de patatas fritas Grassinos le ha entusiasmado el proyecto y quiere participar. Están dispuestos a aportar fondos siempre y cuando se desprenda del programa la idea de que comer patatas fritas puede ayudar a perder peso. Quieren limpiar su imagen después del desastre de las manzanas envenenadas.

—¿Las manzanas envenenadas? —preguntó Jerry—. ¿Eso qué es?

—Hace unos años, acusaron a Grassinos de cebar a los niños en el comedor escolar y, para compensar, costeó el reparto de manzanas en varias escuelas de zonas necesitadas de la región de Nueva York. Pero la fruta estaba llena de pesticidas y los niños desarrollaron cáncer. Cuatrocientos niños enfermos dan muy mala imagen.

—¡Ya lo creo! —dijo Jerry, con pesar.

—Bueno —matizó el director de *marketing*—, tuvieron suerte dentro de lo malo; eran niños de barrios pobres y, afortunadamente, los padres no tenían recursos para meterse en juicios. Algunos de esos críos no van a ver nunca a un médico ni en pintura.

—Los de Grassinos quieren que los tíos cachas también coman patatas fritas. El público tiene que relacionar estar cachas con comer patatas fritas. Les gustaría que el entrenador personal o la familia deportista fueran latinos. Es un mercado importante para ellos y quieren que crezca. Ya tienen el eslogan: «Los latinos prefieren los Grassinos».

—Me parece muy bien —dijo Jerry—. Pero lo primero que habrá que hacer será valorar los fondos que quieren aportar para que la colaboración nos interese a nosotros.

—Y ¿lo de los latinos musculosos le parece bien? —preguntó el director de *marketing*.

—Sí, muy bien —confirmó Jerry.

—¡Necesitamos latinos! —voceó el director creativo—. ¿Alguien toma nota?

En la *suite* del Palace del Lago, Jerry, con la nariz pegada a la pantalla, no se fijó en que Dakota había salido de su habitación y estaba detrás de él. Vio que la reunión lo tenía absorto y se marchó de la *suite*. Anduvo arriba y abajo por el pasillo, sin saber qué hacer consigo misma. Pasó por delante de la habitación 310, donde Ostrovski se preparaba para ir a las audiciones recitando textos dramáticos clásicos. En la habitación 312, la de Bergdorf y Alice, a Dakota le hizo gracia oír el escándalo de un ruidoso coito. Por fin, decidió irse del Palace. Le pidió al aparcacoches el Porsche de su padre y se dirigió a Orphea. Llegó hasta Ocean Road. Fue siguiendo la hilera de casas en dirección a la playa. Estaba nerviosa. No tardó en llegar delante de la que había sido su casa de vacaciones, donde habían sido tan felices todos juntos. Aparcó ante el portón y se quedó mirando las letras de hierro forjado: EL JARDÍN DE EDEN.

No pudo contener las lágrimas mucho rato. Aferrada al volante, se echó a llorar.

*

—Jesse —dijo Michael Bird sonriéndome cuando me vio aparecer en la puerta de su despacho—, ¿a qué debo el placer de su visita?

Mientras en la comisaría Anna y Derek buceaban en las revistas de la universidad Notre-Dame, yo había ido a la redacción del *Orphea Chronicle* a buscar artículos de aquellas fechas que tratasen del cuádruple asesinato.

—Necesito consultar los archivos del periódico —le expliqué a Michael—. ¿Puedo pedirle que me eche una mano sin que esta información aparezca en la edición de mañana?

—Por supuesto, Jesse —me prometió—. Aún lamento haber traicionado su confianza. No resultó nada profesional. Ya sabe que no paro de darle vueltas a lo mismo: ¿podría haber protegido a Stephanie?

Tenía los ojos tristes. Vi cómo clavaba la mirada en el escritorio de Stephanie, frente al suyo, que seguía tal cual.

—No podía hacer nada, Michael —dije, esforzándome en consolarlo.

Se encogió de hombros y me llevó a la sala de archivos, en el sótano.

Michael fue un asistente valiosísimo: me ayudó a seleccionar las ediciones del *Orphea Chronicle,* a dar con los artículos que parecían pertinentes y a fotocopiarlos. Le saqué provecho también al amplísimo conocimiento que tenía Michael de la zona para preguntarle por Jeremiah Fold.

—¿Jeremiah Fold? —repitió—. Nunca lo he oído mencionar. ¿Quién es?

—El jefecillo de una banda de Ridgesport —le expliqué—. Le sacaba dinero a Ted Tennenbaum amenazándolo con impedirle abrir el Café Athéna.

Michael se quedó de una pieza:

—¿A Tennenbaum lo extorsionaban?

—Sí. La policía estatal no cayó en la cuenta en 1994.

Gracias a Michael pude también llevar a cabo unas últimas comprobaciones relacionadas con *La noche negra:* habló con los demás periódicos de la zona y, sobre todo, con *The Ridgesport Evening Star,* el diario de Ridgesport, preguntando si andaba enterrado en sus archivos algún artículo con las palabras clave *La noche negra*. Pero no había nada. Los únicos datos que tenían que ver eran los sucesos ocurridos entre el otoño de 1993 y el verano de 1994 en Orphea.

—¿Qué relación hay entre la obra de Harvey y esos hechos? —me preguntó Michael, que hasta entonces no había establecido un paralelismo entre ambas cosas.

—Ya me gustaría a mí saberlo. Sobre todo ahora, cuando estamos al tanto de que *La noche negra* solo se refiere a Orphea.

Me llevé todas las fotocopias de los archivos del *Orphea Chronicle* a la comisaría para estudiármelas a fondo. Empecé a leer, a recortar, a marcar, a tirar o a clasificar, mientras Anna y Derek seguían explorando con minuciosidad los ejemplares de la revista de Notre-Dame. El despacho de Anna comenzaba a parecerse muchísimo a un centro de distribución de prensa. De pronto, Derek exclamó: «¡Bingo!». Había encontrado el anuncio. En la página 21 del número de otoño de 2013, entre un anuncio de un zapatero y otro de un restaurante chino que ofrecía un bufé libre por menos de veinte dólares, estaba este otro, misterioso:

¿QUIERE ESCRIBIR UN LIBRO DE ÉXITO?
LITERATO BUSCA ESCRITOR AMBICIOSO PARA TRABAJO
SERIO. REFERENCIAS INDISPENSABLES.

Solo nos quedaba ya entrar en contacto con la persona encargada de la sección de anuncios de la revista.

*

Dakota seguía aparcada delante del portón de El Jardín de Eden. Su padre ni siquiera la había llamado. Pensó que seguramente la odiaba, como todo el mundo. Por lo que había pasado en casa. Por lo que le había hecho a Tara Scalini. Y ella no se lo perdonaría nunca.

Tuvo un nuevo ataque de llanto. Sentía tanto dolor por dentro... Estaba convencida de que las cosas nunca iban a ir a mejor. Ya no tenía ganas de vivir. Con la vista nublada, hurgó en el bolso, buscando una ampolla de ketamina. Necesitaba sentirse más animada. Encontró entonces, entre sus cosas, una cajita de plástico que le había dado su amiga Leyla. Era heroína, para esnifarla. Dakota nunca lo había intentado aún. Puso en el salpicadero una raya de polvo blanco y se contorsionó para acercar la nariz.

En la casa, Gerald Scalini, a quien su mujer había avisado de que un coche llevaba parado mucho rato delante del portón, decidió llamar a la policía.

En el Gran Teatro, el alcalde Brown había ido a presenciar el final del día de audiciones. Había sido testigo de cómo Kirk Harvey humillaba a los aspirantes, rechazándolos uno tras otro, antes de decidir echar a todo el mundo al grito de: «Se acabó por hoy. ¡Vuelvan mañana e intenten ser menos negados, por Dios!».

—¿Cuántos actores necesitas? —le preguntó Brown a Harvey tras subir al escenario.

—Ocho. Por ahí. Total, uno más o uno menos...

—¿Cómo que «por ahí»? —dijo Brown, atragantándose—. ¿No tienes un reparto exacto?

—Por ahí —repitió Harvey.

—Y ¿con cuántos te has quedado hoy?

—Cero.

El alcalde soltó un prolongado suspiro de desesperación.

—Kirk —le recordó antes de irse—, no te queda más que un día para acabar con el reparto. Debes darte prisa. Si no, no lo conseguiremos nunca...

Varios vehículos de la policía estaban aparcados delante de El Jardín de Eden. En la parte trasera del coche patrulla de Montagne, Dakota, con las manos esposadas a la espalda, lloraba. Montagne la interrogaba por la puerta abierta:

—¿Qué coño pintabas aquí? —preguntó—. ¿Esperas a un cliente? ¿Vendes aquí esta mierda?

—No, se lo aseguro —decía Dakota llorando y consciente solo a medias.

—¡Estás demasiado colocada para contestar, idiota! Y no me potes en los asientos, ¿te enteras? ¡Puta yonqui!

—Quiero hablar con mi padre —suplicó Dakota.

—Sí, claro, y ¿qué más? Con lo que hemos encontrado en el coche vas a ir de cabeza al juzgado. Para ti, la próxima casilla va a ser la de la cárcel, guapa.

Era ya media tarde y en el apacible barrio residencial donde vivían los Brown, Charlotte, que acababa de volver de la jornada laboral en la clínica veterinaria, estaba ensimismada en el porche de la casa. Su marido llegó del Gran Teatro y se sentó a su lado. Parecía exhausto. Ella le pasó cariñosamente la mano por el pelo.

—¿Qué tal van las audiciones? —preguntó.

—Muy mal.

Ella encendió un cigarrillo.

—Alan... —dijo.

—¿Qué?

—Me están entrando ganas de presentarme.

Él sonrió.

—Deberías hacerlo —la animó.

—No sé yo..., hace veinte años que no me he subido a un escenario.

—Estoy seguro de que arrasarías.

La respuesta de Charlotte fue un largo suspiro:

—¿Qué pasa? —preguntó Alan, que se daba cuenta de que algo no iba como es debido.

—Creo que a lo mejor debería ser discreta y, sobre todo, no acercarme a Harvey.

—¿De qué tienes miedo?

—Lo sabes muy bien, Alan.

A pocas millas de allí, en el Palace del Lago, Jerry Eden estaba fuera de sí: Dakota había desaparecido. La había buscado por todo el hotel, en el bar, en la piscina, en la sala de *fitness;* todo en vano. No cogía el teléfono y no había dejado ninguna nota. Por fin, avisó a los servicios de seguridad del hotel. En las grabaciones de las cámaras se veía a Dakota saliendo de la habitación, vagando un momento por el pasillo y bajando luego a recepción para pedir el coche e irse. El jefe de seguridad, tras quedarse sin soluciones, propuso llamar a la policía. Jerry prefería no llegar a eso por miedo a perjudicar a su hija. De repente, sonó el móvil. Se apresuró a cogerlo.

—¿Dakota?

—¿Jerry Eden? —le contestó una voz grave—. Aquí el subjefe Jasper Montagne de la policía de Orphea.

—¿La policía? ¿Qué sucede?

—Su hija Dakota está en comisaría. La hemos detenido por posesión de drogas y comparecerá ante el juez mañana por la mañana. Va a pasar la noche en el calabozo.

Jerry Eden

En el verano de 1994, yo era el joven director de una emisora de radio de Nueva York, me ganaba la vida modestamente y acababa de casarme con Cynthia, mi amor del instituto, la única chica que ha creído en mí.

Había que vernos en aquellos tiempos, con aquellas pintas. Estábamos enamorados, acabábamos de cumplir los treinta y éramos libres como el aire. Mi posesión más preciada era un Corvette de segunda mano con el que nos tirábamos los fines de semana viendo mundo, yendo de una ciudad a otra, alojándonos en moteles o en pensiones.

Cynthia trabajaba en la administración de un teatro pequeño. Tenía todos los contactos que merecían la pena y nos pasábamos la semana yendo a ver representaciones en Broadway sin gastar ni un dólar. Era una vida con pocos recursos económicos, pero lo que teníamos nos bastaba de sobra. Éramos felices.

1994 fue el año en que nos casamos. La boda se celebró en el mes de enero y decidimos dejar la luna de miel para cuando hiciera bueno; dado nuestro reducido presupuesto, escogimos destinos que estuvieran a tiro de Corvette. Fue Cynthia quien oyó hablar del recientísimo festival de teatro de Orphea. En los ambientes artísticos se hablaba muy bien de él y se esperaba que asistieran periodistas famosos, señal de calidad. Por mi parte, localicé una casa de huéspedes encantadora, una cabaña rodeada de hortensias y a dos pasos del mar, y no me cupo duda de que los diez días que íbamos a pasar en ella serían inolvidables. Lo fueron en todos los aspectos. Al regresar a Nueva York, Cynthia se dio cuenta de que estaba embarazada. En abril de 1995, nació nuestra única hija, nuestra querida Dakota.

Sin pretender menoscabar la dicha que supuso la llegada de Dakota, no estoy muy seguro de que tuviéramos previsto tener hijos tan pronto. Los meses siguientes fueron como los de todos los padres jóvenes cuyo retoño les pone la existencia patas arriba; ahora nuestra vida era múltiplo de tres en un mundo en el que hasta ese momento nos habíamos movido en un Corvette de dos plazas. Hubo que vender el coche para comprar otro mayor, cambiar de piso para tener una habitación más y cargar con el coste de pañales, ropita, toallitas, esponjitas, sillita y demás «itas». En resumen, eso era lo que había.

Para rizar el rizo, a Cynthia la despidieron del teatro cuando regresó del permiso de maternidad. En cuanto a mí, la emisora de radio la compró un gran grupo y, tras oír todo tipo de rumores de reestructuración y haber temido por mi puesto de trabajo, no me quedó más remedio que aceptar por el mismo sueldo mucho menos tiempo en antena y mucha más tarea administrativa y más responsabilidades. Nuestras semanas se convirtieron en una auténtica carrera contrarreloj: el trabajo, la familia, Cynthia que buscaba empleo y no sabía qué hacer con Dakota, yo que volvía agotado por las noches... Nuestra pareja pasó una prueba muy dura. Así que, al llegar el verano, propuse que fuéramos a pasar unos días, a finales de julio, a nuestra modesta pensión de Orphea, para recobrar la convivencia. Y también esta vez funcionó el milagro de Orphea.

Eso mismo fue ocurriendo durante los años siguientes. Ocurriera lo que ocurriese en la efervescencia de Nueva York, nos impusiera lo que nos impusiese la vida cotidiana, Orphea lo arreglaba todo.

Cynthia había encontrado trabajo en Nueva Jersey, a una hora de tren. Se pasaba tres horas diarias en transporte público y teníamos que hacer juegos malabares con las agendas y los calendarios, llevar a la niña a la guardería primero, y al colegio más adelante, hacer la compra, asistir a reuniones, dar la talla en todas partes, en el trabajo y en casa, de sol a sol y todos los días de Dios. Estábamos con los nervios a flor de piel, había días en que apenas si nos cruzábamos. Pero una vez al año, gracias al ciclo reparador, todas esas tensiones, esas incomprensiones, ese estrés y esas carreras dejaban de existir en cuanto llegábamos a Orphea. La ciudad era una catarsis. El aire parecía más limpio;

el cielo, más hermoso; la vida, más tranquila. La dueña de la pensión, que tenía hijos ya crecidos, atendía muy bien a Dakota y siempre estaba dispuesta a quedarse con ella si queríamos asistir a algunas funciones del festival.

Al final de la estancia, nos volvíamos a Nueva York felices, descansados, serenos. Dispuestos a reanudar el curso de la vida.

*

Nunca fui muy ambicioso y creo que no habría logrado la carrera profesional ascendente que he tenido de no ser por Cynthia y Dakota. Pues, con el correr de los años, a fuerza de volver a Orphea y de sentirme tan a gusto allí, me entraron ganas de darles más cosas. Empecé a querer algo más que la casa de huéspedes, a querer pasar más de una semana en los Hamptons. Quería que Cynthia pudiera dejar de pasar tres horas diarias en el transporte público para casi no llegar a fin de mes, quería que Dakota pudiera ir a una escuela privada y disfrutar de las ventajas de la mejor educación posible. Por ellas empecé a trabajar con mayor ahínco, a pensar en ascensos, a pedir subidas de sueldo. Por ellas acepté dejar el trabajo en antena y tener más responsabilidades y puestos que me interesaban menos, pero en los que me pagaban más. Y comencé a ascender peldaños aprovechando todas las oportunidades que se me presentaban, llegando al trabajo el primero y yéndome el último. En tres años, pasé de director de la emisora de radio a responsable del desarrollo de las series televisivas del conjunto de las cadenas del grupo.

Empecé a ganar el doble, y el triple; también creció nuestra calidad de vida. Cynthia pudo dejar de trabajar para disfrutar de Dakota, que todavía era muy pequeña. Dedicó parte de su tiempo a colaborar de voluntaria en un teatro. Las vacaciones en Orphea se alargaron; duraron tres semanas, luego un mes entero, luego todo el verano, en una casa de alquiler cada vez mayor y más suntuosa, con una asistenta una vez por semana, luego dos veces por semana, luego a diario, que llevaba la casa, hacía las camas, nos preparaba la comida y recogía todo lo que dejábamos por ahí rodando.

La buena vida. Y algo diferente de lo que me había imaginado: en la época de la semana de vacaciones en la pensión, me desconectaba por completo del trabajo. Con mis nuevas responsabilidades, no podía tomarme más de unos pocos días seguidos; mientras Cynthia y Dakota disfrutaban de dos meses junto a la piscina sin tener que preocuparse de nada, yo volvía a Nueva York a intervalos regulares para llevar los temas cotidianos y tramitar los asuntos pendientes. Cynthia lamentaba que no pudiera quedarme más tiempo, pero todo iba bien pese a todo. ¿De qué podíamos quejarnos?

Seguí ascendiendo. Quizá incluso a mi pesar, ya no lo sé. Mi sueldo, que ya me parecía astronómico, crecía al mismo ritmo que mi carga de trabajo. Los grupos de medios de comunicación seguían comprándose entre sí para formar poderosísimos conglomerados de empresas. Me veía de pronto en un despacho enorme de un rascacielos de cristal, podía calibrar mis logros profesionales por las mudanzas a despachos cada vez mayores y cada vez más altos. Mi remuneración corría pareja con mi ascenso de piso en piso. Mis ganancias se multiplicaron por diez y por cien. De director de una modesta emisora de radio pasé, en diez años, a director general de Channel 14, la cadena de televisión más vista y más rentable del país, que dirigía desde el piso 53 de la torre de cristal, el más alto, con un sueldo de nueve millones de dólares al año, incluidas las bonificaciones. O sea setecientos cincuenta mil dólares al mes. Ganaba más dinero del que nunca podría gastar.

Todo cuanto quería darles a Cynthia y a Dakota pude dárselo. Ropa cara, coches deportivos, un piso fabuloso, escuela privada, vacaciones de ensueño. Si el invierno de Nueva York nos ponía mustios, nos íbamos en avión privado a pasar una semana revitalizadora a la isla de San Bartolomé. En cuanto a Orphea, construí, pagando una cantidad desorbitada, la casa de nuestros sueños a orillas del océano y la bauticé, poniendo mi apellido en el portón con letras de hierro forjado, EL JARDÍN DE EDEN.

Todo se había vuelto tan sencillo, tan fácil. Tan extraordinario. Pero tenía un precio, y no solo pecuniario: implicaba que me entregase aún más a mi trabajo. Cuanto más quería darles a mis dos mujeres adoradas, más tenía que darle a Channel 14, en tiempo, en energía y en concentración.

Cynthia y Dakota pasaban todos los veranos y todos los fines de semana de primavera y otoño en nuestra casa de los Hamptons. Yo iba a reunirme con ellas siempre que podía. Me monté un despacho para poder ocuparme de los asuntos rutinarios e incluso organizar reuniones telefónicas.

Pero, cuanto más fácil parecía nuestra existencia, más complicada se volvía. Cynthia quería que le dedicase más tiempo al matrimonio y a la familia y que no estuviera siempre pensando en el trabajo, pero, sin ese trabajo, no podía haber casa. Era la pescadilla que se muerde la cola. Nuestras vacaciones eran una alternancia de reproches y de peleas:

—¿De qué sirve que vengas, si te encierras en el despacho?

—Pero si estamos juntos...

—No, Jerry, estás aquí, pero estás ausente.

Y más de lo mismo en la playa o en el restaurante. A veces, cuando salía a correr, iba hasta la antigua casa de huéspedes, que había cerrado al morir la dueña. Miraba aquella bonita cabaña y soñaba con lo que habían sido nuestras vacaciones, tan modestas, tan cortas, pero tan maravillosas. Cuánto me habría gustado volver a aquella época. Pero ya no sabía cómo.

Si me lo preguntan, diré que todo lo hice por mi mujer y por mi hija.

Si se lo preguntan a Cynthia o a Dakota, dirán que lo hice por mí, por mi ego, por mi obsesión por el trabajo.

Pero da igual de quién sea la culpa; con el correr de los años, la magia de Orphea dejó de funcionar. Nuestra pareja, nuestra familia no conseguía ya remediarse, volverse a unir en las temporadas que pasábamos allí. Al contrario, nos destrozaban más.

Y luego todo dio un vuelco.

Sucedieron los acontecimientos de la primavera de 2013, que nos obligaron a desprendernos de la casa de Orphea.

Jesse Rosenberg
Martes 15 de julio de 2014
Once días antes de la inauguración

El anuncio localizado en la revista de la universidad Notre-Dame no nos permitió remontarnos hasta la persona que lo había puesto. En la redacción de la revista, la encargada de la sección de publicidad no tenía ninguna información: el anuncio lo habían dejado en recepción y lo habían pagado en efectivo. Un completo misterio. En compensación, la empleada consiguió encontrar en los archivos un anuncio igual publicado exactamente un año antes. Y también el anterior. Ese anuncio aparecía en todos los números de otoño. Pregunté:

—¿Qué pasa de particular en otoño?

—Es el número más leído —me explicó la empleada—. Es el del comienzo de curso universitario.

Derek formuló entonces una hipótesis: el comienzo de curso coincidía con la llegada de nuevos estudiantes y, en consecuencia, de potenciales candidatos a escribir ese libro que tanto ansiaba quien quería encargarlo y costearlo.

—Si yo fuera esa persona —afirmó Derek—, no me limitaría a una única revista, sino que daría una difusión más amplia al anuncio.

Unas cuantas llamadas a las redacciones de las revistas de las facultades de letras de varias universidades de Nueva York y alrededores nos permitieron comprobar dicha hipótesis: aparecía un anuncio similar desde hacía años en los números de todos los otoños. Pero quien los ponía no dejaba ningún rastro.

Todo cuanto sabíamos era que se trataba de un hombre, que estaba en Orphea en 1994, que tenía información que permitía suponer que Ted Tennenbaum no era el asesino y que opinaba que la situación era lo bastante grave como para escribir un libro, aunque él no podía hacerlo personalmente. Eso era lo más raro. Derek se preguntó en voz alta:

—¿Quién querría escribir, pero no puede escribir? ¿Hasta el punto de buscar a la desesperada a alguien para que lo haga poniendo anuncios durante años en las revistas estudiantiles?

Anna apuntó entonces con rotulador negro en la pizarra magnética algo que parecía un enigma digno de la Esfinge de Tebas: «Quiero escribir, pero no puedo escribir. ¿Quién soy?».

Por el momento, y a falta de algo mejor, solo nos quedaba centrarnos en los artículos del *Orphea Chronicle* que ya habíamos revisado bastante sin sacarles nada. De repente, enfrascado en un artículo, Derek reaccionó y marcó un párrafo con un círculo rojo. Parecía muy atento y su actitud nos puso sobre aviso.

—¿Has encontrado algo? —le preguntó Anna.

—Oíd esto —dijo, incrédulo, sin dejar de mirar la fotocopia que tenía en la mano—. Aquí hay un artículo publicado en el *Orphea Chronicle* del 2 de agosto de 1994. Y pone: «Según una fuente policial, al parecer se ha presentado un tercer testigo. Un testimonio que podría ser de importancia capital para la policía, que no dispone de casi ningún dato por ahora».

—¿Qué historia es esa? —pregunté, extrañado—. ¿Un tercer testigo? No había más que dos testigos, los dos vecinos del barrio.

—Ya lo sé, Jesse —dijo Derek, que estaba tan sorprendido como yo.

Anna habló en el acto con Michael Bird. No se acordaba en absoluto de ese testigo, pero nos recordó que, tres días después del cuádruple asesinato, la ciudad era un hervidero de rumores. Por desgracia, era imposible preguntar al autor del artículo, porque había fallecido diez años antes, pero Michael nos especificó que la fuente policial era seguramente el jefe Gulliver, que nunca había tenido pelos en la lengua.

Gulliver no estaba en la comisaría. Cuando regresó, vino a vernos al despacho de Anna. Le expliqué que habíamos descubierto una mención a un tercer testigo y me contestó en el acto.

—Era Marty Connors. Trabajaba en una estación de servicio cerca de Penfield Crescent.

—¿Por qué no lo oímos mencionar nunca?

—Porque, después de las oportunas comprobaciones, era un testimonio sin ningún valor.

—Nos habría gustado decidir eso por nosotros mismos.

—Bueno, por entonces hubo decenas de cosas así que comprobamos escrupulosamente antes de pasárselas a ustedes. La gente venía a vernos a lo loco: habían notado una presencia, habían oído un ruido raro o habían visto un platillo volante. En fin, ese tipo de idioteces. No nos quedaba más remedio que filtrarlas, porque, si no, para ustedes habría sido abrumador. Pero trabajamos escrupulosamente.

—No lo dudo. ¿Lo interrogó usted?

—No. Ya no me acuerdo de quién lo hizo.

Cuando iba a salir de la habitación, Gulliver se quedó parado de pronto en el umbral y dijo:

—Un manco.

Los tres nos quedamos mirándolo. Acabé por preguntarle:

—¿De qué habla, jefe?

—De eso que pone en la pizarra: «Quiero escribir, pero no puedo escribir. ¿Quién soy?». Respuesta: un manco.

—Gracias, jefe.

Llamamos a la estación de servicio de la que nos había hablado Gulliver, que aún existía. Y hubo suerte: al cabo de veinte años, Marty Connors seguía trabajando allí.

—Marty está en el turno de noche —me dijo por teléfono la empleada—. Entra a las once.

—¿Trabaja esta noche?

—Sí. ¿Quieren que le deje un recado?

—Muy amable, gracias. No. Iré a verlo personalmente.

*

Los que no tienen tiempo que perder para llegar a los Hamptons desde Manhattan van por vía aérea. Saliendo del helipuerto del extremo sur de la isla, veinte minutos de helicóptero bastan para ir de Nueva York a cualquier otra ciudad de Long Island.

En el aparcamiento del aeródromo de Orphea, Jerry Eden esperaba sentado al volante. El estruendo de un motor lo arrancó de sus pensamientos. Alzó la vista y vio llegar el helicóptero.

Salió del coche. El aparato se estaba posando en la pista, a pocos metros. En cuanto se paró el motor y estuvieron quietas las aspas, se abrió la puerta lateral del helicóptero y bajó Cynthia Eden, con el abogado de la familia detrás, Benjamin Graff. Cruzaron la verja que separaba la pista del aparcamiento y Cynthia cayó, sollozando, en brazos de su marido.

Jerry, mientras abrazaba a su mujer, le dio un cordial apretón de manos al abogado.

—Benjamin —le preguntó—, ¿existe el riesgo de que Dakota vaya a la cárcel?

—¿Qué cantidad de droga llevaba encima?

—Ni idea.

—Vamos ahora mismo a la comisaría —sugirió el abogado—. Hay que preparar la vista. En circunstancias normales, no me preocuparía, pero están los antecedentes del caso Tara Scalini. Si el juez se estudia el expediente como es debido, dará con él y podría caer en la tentación de tomarlo en cuenta. Para Dakota resultaría muy problemático.

Jerry estaba temblando. Notaba que le flojeaban las piernas; tanto que le pidió a Benjamin que se sentase al volante. Al cabo de un cuarto de hora se encontraban en la comisaría de Orphea. Los llevaron a una sala de interrogatorios a la que condujeron luego a Dakota, esposada. En cuanto vio a sus padres rompió a llorar. El policía le quitó las esposas y ella, acto seguido, se echó en brazos de ambos. «¡Mi niña!», exclamó Cynthia estrechándola con toda la fuerza que pudo.

Cuando los policías los dejaron solos en la sala, se sentaron alrededor de la mesa de plástico. Benjamin Graff sacó una carpeta y un bloc de la cartera y se puso inmediatamente manos a la obra.

—Dakota —dijo—, necesito saber con todo detalle qué le has dicho a la policía. Sobre todo necesito saber si les has contado algo de Tara.

*

En el Gran Teatro seguían adelante las audiciones. El alcalde Brown se había sentado en el escenario al lado de Kirk Harvey para presionarlo y para que cerrase pronto el reparto de papeles. Pero a este no le gustaba nadie.

—Son todos unos negados —repetía Kirk Harvey—. Se supone que es la obra dramática del siglo y solo se me pone delante la hez de la tierra.

—¡Esfuérzate un poco, Kirk! —le rogó el alcalde.

Harvey llamó a los siguientes aspirantes para que subieran al escenario. En contra de la consigna, se presentaron ante él dos hombres: Ron Gulliver y Meta Ostrovski.

—¿Qué puñetas hacen aquí los dos?

—¡Vengo a hacer la audición! —vociferó Ostrovski.

—¡Y yo! —berreó Gulliver.

—Las consignas estaban claras: un hombre y una mujer. Descalificados los dos.

—¡Yo llegué primero! —protestó Ostrovski.

—Yo estoy de servicio hoy. No puedo esperar a que me llegue el turno. Tengo prioridad.

—¿Ron? —dijo extrañado el alcalde Brown—. Pero ¡usted no puede trabajar en la obra!

—Y ¿por qué no? —se rebeló el jefe Gulliver—. Me cogeré vacaciones. Es una oportunidad única, tengo derecho a aprovecharla. Y, además, en 1994 al jefe Harvey se le permitió actuar.

—Les daré una oportunidad —zanjó entonces Kirk—. Pero uno de los dos tiene que hacer de mujer.

Y pidió que le trajeran una peluca, con lo que se interrumpió la audición durante veinte minutos, mientras buscaban el accesorio. Por fin, un voluntario que conocía bien todo aquello volvió con una larga pelambrera rubia que había encontrado entre bastidores y que se pidió Ostrovski. Así tocado y provisto de la hoja en que figuraba la primera escena oyó cómo Harvey leía la acotación.

Es una mañana lúgubre. Llueve. En una carretera de campo está paralizado el tráfico: se ha formado un atasco gigantesco. Los automovilistas, exasperados, tocan rabiosamente la bocina. Una joven va siguiendo por el arcén la hilera de coches parados. Llega hasta el cordón policial y pregunta al policía que está de guardia.

Ostrovski se acercó a Gulliver haciendo como que andaba con tacones de aguja y dijo su frase:

OSTROVSKI *(chillando como un poseso con voz demasiado aguda)*: ¿Qué ocurre?
EL JEFE GULLIVER *(volviendo a empezar la frase tres veces):* Un hombre muerto. Un accidente de moto. Una tragedia.

Eran espantosos. Pero, cuando hubieron acabado, Kirk Harvey se levantó de la silla y aplaudió antes de exclamar:
—¡Están contratados los dos!
—¿Estás seguro? —le susurró el alcalde Brown—. Son malísimos.
—¡Segurísimo! —dijo Harvey, entusiasmado.
—Has rechazado a otros aspirantes mejores.
—¿No te estoy diciendo que estoy seguro de mi decisión, Alan?
Y exclamó entonces, dirigiéndose a la sala y a los aspirantes:
—He aquí a los dos primeros actores.
Ostrovski y Gulliver bajaron del escenario entre los aplausos de los demás aspirantes antes de que los cegase el fogonazo del fotógrafo del *Orphea Chronicle* y los pillase por banda un periodista deseoso de recoger sus impresiones. Ostrovski estaba radiante. Pensaba: «Los directores escénicos me reclaman, los periodistas me acosan, heme aquí hecho un artista, ya adulado y reconocido. ¡Ay, querida gloria, que codicié tantas veces, por fin has llegado!».

Delante del Gran Teatro, Alice esperaba en el coche de Steven, aparcado de mala manera. Cuando se hallaba a punto de volver a Nueva York, había querido echar un vistazo rápido a las audiciones para tener algo con que completar el artículo que iba a justificar ese fin de semana en Orphea.
—Cinco minutos —le prometió a Alice, que empezaba a refunfuñar. Al cabo de cinco minutos, salió del edificio. Ya estaba, todo había acabado con Alice. Habían hablado de la separa-

ción y ella había dicho por fin que lo entendía y que no montaría ningún número. Pero, cuando Steven se disponía a subirse al coche, recibió una llamada de Skip Nalan, su redactor jefe adjunto.

—¿A qué hora vuelves hoy, Steven? —preguntó Skip con una voz muy rara—. Tengo que hablar contigo, es muy importante.

Por el tono de Skip, Bergdorf entendió enseguida que algo pasaba y prefirió decir una mentira:

—No lo sé, depende de las audiciones. Aquí ocurren cosas apasionantes. ¿Por qué?

—Steven, ha venido la contable a verme. Me ha enseñado los extractos de la tarjeta de crédito de la *Revista* que usas tú; hay transacciones muy raras. Compras de todo tipo, sobre todo en tiendas de lujo.

—¿En tiendas de lujo? —repitió Steven, como si se cayera del guindo—. ¿Me habrá pirateado alguien la tarjeta? Por lo visto en China...

—La tarjeta se ha usado en Manhattan, Steven, no en China. También hay noches en el Plaza y cuentas de restaurante excesivas.

—¡Qué barbaridad! —dijo Steven, que seguía fingiendo asombro.

—Steven, ¿tienes algo que ver con esto?

—¿Yo? Claro que no, Skip. Vamos a ver, ¿me ves tú haciendo algo así?

—No, desde luego. Pero hay un cargo de una estancia en el Palace del Lago de Orphea. Y ese solo puede ser tuyo.

Steven estaba temblando. Sin embargo, se esforzó por mantener la calma.

—Eso es anómalo —dijo— y haces bien en avisarme; no di la tarjeta de crédito más que para los extras. El ayuntamiento me había asegurado que se hacía cargo de la habitación. La empleada de recepción ha debido de armarse un lío. Voy a llamarlos ahora mismo.

—Mejor —dijo Skip—, ya me quedo más tranquilo. No te voy a negar que he estado a punto de creer...

Steven se echó a reír:

—¿Tú me ves a mí cenando en el Plaza?

—No, claro —dijo Skip, divertido—. En fin, la buena noticia es que, según el banco, probablemente no vamos a tener que pagar nada, porque ellos tendrían que haber detectado el fraude. Dice que ya se han dado casos como ese: individuos que identifican el número de una tarjeta de crédito y hacen una copia.

—Ah, ¿ves? Ya te lo decía yo —remató Steven, que iba recuperando la arrogancia.

—Si puedes, cuando vuelvas hoy, deberías pasar por la comisaría para poner una denuncia. Lo pide el banco para devolvernos el dinero. Vista la cantidad, deberían localizar al falsificador. Tienen bastante claro que vive en Nueva York.

Bergdorf sintió que volvía a adueñarse de él el pánico: el banco lo identificaría en un abrir y cerrar de ojos. En algunas tiendas, las dependientas lo llamaban por su nombre. No podía volver ese día a Nueva York; antes tenía que encontrar una solución.

—Iré a poner la denuncia en cuanto llegue —le aseguró a Skip—. Pero tiene prioridad lo que está pasando aquí; esta obra es tan extraordinaria, los aspirantes tienen un nivel tan alto y el proceso de creación es tan singular que he decidido infiltrarme. Voy a presentarme a la audición y a camuflarme para escribir un artículo. La obra vista desde dentro. Me va a quedar un reportaje increíble. Fíate de mi olfato, Skip, será buenísimo para la *Revista*. ¡Tenemos el Pulitzer garantizado!

El premio Pulitzer. Eso fue exactamente lo que Steven contó luego a su mujer, Tracy.

—Pero ¿cuántos días más vas a quedarte ahí? —preguntó ella.

Notaba que Tracy no picaba el anzuelo y no le quedó más remedio que sacar la artillería pesada.

—Pues no sé decirte cuánto tiempo. Pero lo más importante es que la *Revista* me paga horas extra por estar aquí. Y, en vista del tiempo que le echo, va a ser un dineral. ¡Así que, en cuanto vuelva, hacemos nuestro viaje a Yellowstone!

—Entonces, ¿vamos a ir? —dijo Tracy, contenta.

—Pues claro —le dijo su marido—. Con la ilusión que me hace.

Steven colgó y abrió la puerta del coche del lado del acompañante.

—No podemos irnos —dijo con tono muy serio.

—¿Por qué no? —preguntó Alice.

Steven cayó en la cuenta de repente de que a ella tampoco podía decirle la verdad. Se esforzó entonces por sonreír y anunció:

—La *Revista* quiere que participes en las audiciones y que te camufles para escribir un artículo sobre la obra. Un artículo largo e incluso con una foto tuya en portada.

—¡Ay, Stevie, pero eso es extraordinario! ¡Mi primer artículo!

Le dio un lánguido beso y entraron atropelladamente en el teatro. Estuvieron horas esperando a que les llegase el turno. Cuando por fin los llamaron al escenario, Harvey había descartado a todos los aspirantes anteriores y el alcalde Brown, a su lado, le metía prisa para que se decidiese por otros. A Kirk, aunque no lo convencieron mucho las interpretaciones de Alice y de Steven, decidió aceptarlos para que Alan dejara de lamentarse.

—Con Gulliver y Ostrovski ya tenemos cuatro —dijo el alcalde, algo aliviado—. Ya hemos llegado a la mitad.

*

Empezaba a caer la tarde cuando, en la sala de vistas principal de los juzgados de Orphea, tras una espera interminable, Dakota Eden compareció por fin ante el juez Abe Cooperstin.

La escoltaba un policía; llegó ante el juez con paso trémulo, con el cuerpo molido de pasar la noche en el calabozo y con los ojos enrojecidos de tanto llorar.

—Caso 23450, el municipio de Orphea contra la señorita Dakota Eden —dijo el juez Cooperstin, mirando por encima el informe que le habían presentado—. Señorita Eden, leo aquí que la detuvieron ayer por la tarde al volante de un coche, metiéndose heroína por la nariz. ¿Es cierto?

Dakota miró aterrada al abogado Benjamin Graff, que la animó con un ademán de la cabeza a que contestara lo que habían preparado juntos.

—Sí, señoría —respondió con voz ahogada de tanto llorar.

—¿Puedo saber, señorita, por qué una joven tan agradable como usted toma drogas?

—He cometido un grave error, señoría. Estoy pasando por un momento difícil de mi vida. Pero hago todo lo que puedo para superarlo. Voy a un psiquiatra en Nueva York.

—¿Así que no es la primera vez que consume droga?

—No, señoría.

—Entonces, ¿es usted una consumidora habitual?

—No, señoría. No diría tanto.

—Y, sin embargo, la policía le ha encontrado encima una cantidad considerable de droga.

Dakota agachó la cabeza. Jerry y Cynthia Eden notaron un nudo en el estómago: si el juez sabía algo acerca de Tara Scalini, su hija lo tenía muy feo.

—¿A qué se dedica? —preguntó Cooperstin.

—De momento, a muy poca cosa —reconoció Dakota.

—Y ¿por qué?

Dakota se echó a llorar. Sentía deseos de decírselo todo, de hablarle de Tara. Se merecía ir a la cárcel. Como no conseguía calmarse, no pudo contestar a la pregunta y Cooperstin siguió diciendo:

—Le confieso, señorita, que hay un punto del informe de la policía que me trae de cabeza.

Hubo un instante de silencio. Jerry y Cynthia notaron que les estallaba el corazón en el pecho: el juez lo sabía todo. Era cárcel segura. Pero Cooperstin preguntó:

—¿Por qué fue a drogarse delante de esa casa? Quiero decir que cualquiera se habría ido al bosque o a la playa, a un sitio discreto, ¿no? Pero usted se para delante del portón de una casa. Ahí en medio. No es de extrañar que sus ocupantes avisaran a la policía. Estará de acuerdo conmigo en que es algo raro...

Jerry y Cynthia no podían más, era demasiada tensión.

—Es nuestra antigua casa de vacaciones —explicó Dakota—. Mis padres la perdieron por mi culpa.

—¿Por su culpa? —repitió el juez, intrigado.

A Jerry le entraron ganas de levantarse, o de gritar, o de hacer lo que fuera para interrumpir la sesión. Pero Benjamin

Graff lo hizo por él. Aprovechó el titubeo de Dakota para responder en su lugar:

—Señoría, mi cliente solo intenta redimirse y reconciliarse con la vida. Está claro que su comportamiento de ayer era una petición de ayuda. Aparcó delante de la casa porque sabía que la encontrarían. Sabía que a su padre se le ocurriría ir a buscarla allí. Dakota y su padre vinieron a Orphea para recuperar su relación y para volver a arrancar en la vida con buen pie.

El juez Cooperstin apartó los ojos de Dakota, miró al abogado un momento y volvió a centrarse en la acusada.

—¿Es eso cierto, jovencita?

—Sí —susurró ella.

Al juez pareció satisfacerle la respuesta. Jerry soltó un discreto suspiro de alivio; la maniobra de distracción de Benjamin Graff había sido perfecta.

—Creo que se merece una segunda oportunidad —decidió Cooperstin—. Pero, ¡ojo!, es una oportunidad que tiene que aprovechar. ¿Está presente su padre?

Jerry se puso en pie en el acto.

—Estoy aquí, señoría. Jerry Eden, el padre de Dakota.

—Señor Eden, todo esto le afecta también a usted, puesto que, por lo que he entendido, ha venido aquí con su hija para recuperar su buena relación.

—Eso es, señoría.

—¿Qué tenía previsto hacer en Orphea con su hija?

La pregunta pilló a Jerry desprevenido. El juez, al verlo titubear, añadió:

—No me diga, caballero, que solo vino aquí para que su hija pudiera sacar su incomodidad vital a tomar el aire junto a la piscina de un hotel.

—No, señoría. Queríamos..., queríamos participar juntos en las audiciones para la obra de teatro. Cuando Dakota era pequeña, decía que quería ser actriz; incluso escribió una obra hace tres años.

El juez se tomó un momento para pensar. Miró a Jerry, luego a Dakota y afirmó:

—Muy bien, señorita Eden, la pena queda en suspenso con la condición de que participe con su padre en esa obra de teatro.

Jerry y Cynthia se miraron, aliviados.

—Gracias, señoría —dijo Dakota sonriéndole—. No lo decepcionaré.

—Eso espero, señorita Eden. Pero que quede bien claro: si falla o si vuelven a detenerla con drogas, no habrá ya lugar para la clemencia. Su expediente pasará a la jurisdicción del estado. Dicho con claridad meridiana, eso significa que, en caso de reincidencia, irá derecha a la cárcel para varios años.

Dakota se comprometió y se echó en brazos de sus padres. Volvieron al Palace del Lago. Estaba exhausta y se quedó dormida en cuanto se sentó en el sofá de la *suite*. Jerry se llevó a Cynthia a la terraza para hablar tranquilamente.

—¿Y si te quedases con nosotros? Podríamos pasar tiempo en familia.

—¿Has oído al juez, Jerry? Esto es cosa tuya y de Dakota.

—Nada te impide quedarte aquí con nosotros...

Cynthia negó con la cabeza:

—No, no lo entiendes. No puedo pasar tiempo en familia, porque ahora mismo tengo la impresión de que no somos ya una familia. Me..., me he quedado sin fuerzas, Jerry. Me he quedado sin energía. Hace años que dejas que yo lo solucione todo. Eso sí, Jerry, pagas sin escatimar el tren de vida que llevamos, y te lo agradezco sinceramente, no me tomes por una ingrata. Pero ¿cuándo fue la última vez que pusiste algo de tu parte en esta familia, salvo en el aspecto económico? ¿Cuántos años me has dejado sola para dirigirlo todo y asumir la buena marcha de la familia? Tú te has conformado con ir a trabajar. Y ni una vez, Jerry, ni una sola vez, me has preguntado cómo estaba. Cómo me las apañaba. Ni una vez, Jerry, me has preguntado si era feliz. Has dado por descontada la felicidad creyendo que en San Bartolomé o en un piso con vistas a Central Park no queda más remedio que ser feliz. Ni una vez, Jerry, me has hecho esa maldita pregunta.

—¿Y tú? —le objetó Jerry—. ¿Alguna vez me has preguntado si era feliz? ¿Te has preguntado alguna vez si ese puñetero trabajo mío, que tanto aborrecéis Dakota y tú, no lo aborrecía yo también?

—¿Quién te impedía presentar la dimisión?

—Pero, Cynthia, si he hecho todo eso ha sido únicamente para daros una vida de ensueño. Que, en el fondo, no queréis.

—¿En serio, Jerry? ¿Vas a decirme que preferías la casa de huéspedes a la nuestra a orillas del océano?

—A lo mejor —susurró Jerry.

—¡No me lo creo!

Cynthia se quedó un rato mirando a su marido en silencio. Luego, le dijo con voz ahogada:

—Necesito que recompongas nuestra familia, Jerry. Ya has oído al juez: la próxima vez, Dakota irá a la cárcel. ¿Cómo vas a garantizar que no va a haber una próxima vez, Jerry? ¿Cómo vas a proteger a tu hija de sí misma e impedir que acabe en la cárcel?

—Cynthia, yo...

Ella no lo dejó hablar.

—Jerry, me vuelvo a Nueva York. Te dejo aquí con la misión de recomponer a nuestra hija. Es un ultimátum. Salva a Dakota. Sálvala; si no, te dejo. No puedo seguir viviendo así.

*

—Es aquí, Jesse —me dijo Derek, señalándome una estación de servicio deslucida al final de Penfield Road.

Torcí para meterme en la zona asfaltada y aparqué delante de la tienda iluminada. Eran las once y cuarto de la noche. No había nadie en los surtidores, el lugar parecía desierto.

Fuera, el aire era bochornoso pese a la hora tardía. Dentro de la estación de servicio, con el aire acondicionado, la temperatura era gélida. Fuimos por los pasillos de revistas, refrescos y patatas fritas hasta el mostrador, tras el cual, tapado por un expositor de barritas de chocolate, un hombre de pelo blanco estaba mirando la televisión. Me saludó sin apartar los ojos de la pantalla.

—¿Qué surtidor? —preguntó.

—No vengo por gasolina —contesté, enseñando la placa de oficial de policía.

Apagó en el acto el televisor.

—¿De qué se trata? —preguntó, poniéndose de pie.

—¿Es usted Marty Connors?

—Sí, soy yo. ¿Qué ocurre?

—Señor Connors, estamos investigando la muerte del alcalde Gordon.

—¿El alcalde Gordon? Pero si eso fue hace veinte años.

—Según mis datos, presenció usted algo aquella noche.

—Sí, desde luego. Pero se lo conté entonces a la policía y me dijeron que no tenía importancia.

—Necesito saber lo que vio.

—Un vehículo negro que iba a toda velocidad. Llegaba desde Penfield Road y se fue hacia Sutton Street. En línea recta. Corría como loco. Yo estaba en el surtidor y tuve el tiempo justo para verlo pasar.

—¿Reconoció el modelo?

—Claro. Una camioneta Ford E-150 con un dibujo muy raro detrás.

Derek y yo nos miramos: Tennenbaum conducía precisamente una Ford E-150. Entonces pregunté:

—¿Pudo ver quién conducía?

—No, nada. Sobre la marcha, pensé que serían unos jóvenes que iban haciendo el tonto.

—Y ¿qué hora era exactamente?

—Alrededor de las siete, pero de la hora exacta no tengo ni idea. Igual podían ser las siete en punto que las siete y diez. Ya sabe, ocurrió en una fracción de segundo y la verdad es que no me fijé mucho. Fue más adelante, al enterarme de lo que había ocurrido en casa del alcalde, cuando me dije que a lo mejor había alguna relación. Y hablé con la policía.

—¿Con quién habló? ¿Se acuerda del nombre del policía?

—Sí, claro, vino a interrogarme el propio jefe de policía. El jefe Kirk Harvey.

—¿Y...?

—Y le conté lo mismo que a ustedes y me dijo que no tenía nada que ver con la investigación.

Lena Bellamy había visto la camioneta de Ted Tennenbaum delante de la casa del alcalde Gordon en 1994. El testimonio de

Marty Connors, que había identificado ese mismo vehículo viniendo de Penfield Road, nos lo confirmaba. ¿Por qué nos lo había ocultado Kirk Harvey?

Al salir de la tienda de la estación de servicio nos quedamos un rato en el aparcamiento. Derek desdobló un mapa de la ciudad y estudiamos el itinerario de la camioneta según Marty Connors.

—La camioneta tiró por Sutton Street —dijo Derek recorriendo el mismo camino en el mapa con la yema del dedo— y Sutton Street lleva a la parte alta de la calle principal.

—Si lo recuerdas, la tarde de la inauguración del festival el acceso a la calle principal estaba cortado al tráfico con la excepción de un paso en lo alto de la calle para los coches autorizados a llegar hasta el Gran Teatro.

—¿«Autorizados», o sea, quieres decir, con el permiso para pasar o para aparcar que le habrían dado al bombero voluntario de guardia aquella tarde?

En aquella época ya nos habíamos hecho la pregunta de si alguien recordaba haber visto a Tennenbaum pasar por el control de tránsito de la calle principal que permitía llegar al Gran Teatro. Pero había quedado claro en la investigación, tras preguntar a los voluntarios y a los policías que se habían turnado en aquel punto, que se había formado tal lío que nadie había visto nada. El festival había sucumbido a su propio éxito: la calle principal estaba llena de gente; los aparcamientos, abarrotados; los equipos, desbordados. No había sido posible respetar mucho rato las consignas para canalizar a la muchedumbre: la gente había empezado a aparcar en cualquier sitio y a pasar por donde se pudiera, destrozando los arriates. Por lo tanto, saber quién y a qué hora había pasado por el control resultaba del todo imposible.

—Así que Tennenbaum fue por Sutton Street y regresó al Gran Teatro exactamente como lo pensamos —me dijo Derek.

—Pero ¿por qué Harvey no nos lo dijo nunca? Con ese testimonio podríamos haber desenmascarado a Tennenbaum mucho antes. ¿Harvey quería darle la oportunidad de librarse?

Marty Connors apareció de repente en la puerta de la tienda y se nos acercó corriendo.

—¡Qué suerte que todavía estén ustedes aquí! —nos dijo—. Acabo de acordarme de un detalle: en un momento dado hablé de la camioneta con otro individuo.

—¿Qué otro individuo? —preguntó Derek.

—No sé ya cómo se llamaba. Pero sé que no era de aquí. Desde el año siguiente a los asesinatos volvió a Orphea con regularidad. Decía que estaba realizando su propia investigación.

Jesse Rosenberg

Miércoles 16 de julio de 2014

Diez días antes de la inauguración

Primera plana del *Orphea Chronicle*:

LA NOCHE NEGRA: PRIMEROS PAPELES ADJUDICADOS

Hoy deberían concluir las audiciones que han atraído a una cantidad increíble de aspirantes llegados de toda la zona, hecho que les ha resultado muy agradable a los comercios de la ciudad. El primer aspirante que ha tenido el privilegio de entrar en el reparto es ni más ni menos que el famoso crítico Meta Ostrovski, cuya foto incluimos. Según él, se trata de una obra crisálida en la que «aquel a quien todos tenían por oruga resulta ser una señorial mariposa».

Anna, Derek y yo llegamos al Gran Teatro justo antes de que empezase el tercer día de audiciones. La sala aún estaba desierta. En el escenario solo se encontraba Harvey. Al vernos llegar, exclamó:

—¡No tienen derecho a estar aquí!

Ni me tomé la molestia de contestar. Me eché encima de él y lo agarré por el cuello de la camisa.

—¿Qué nos está ocultando, Harvey?

Lo llevé a rastras detrás de los bastidores, en donde no nos vieran.

—En aquella época sabía seguro que era la camioneta de Tennenbaum la que estaba aparcada delante de casa de los Gordon. Pero le echó tierra deliberadamente al testimonio del empleado de la estación de servicio. ¿Qué sabe de este caso?

—¡No diré nada! —vociferó Harvey—. ¿Cómo te atreves a maltratarme así, mono comemierda?

Saqué la pistola y se la clavé en el vientre.

—Jesse, ¿qué haces? —dijo Anna, intranquila.

—A ver, un poco de calma, Leonberg —dijo en plan negociador Harvey—. ¿Qué quieres saber? Te concedo una pregunta.

—Quiero saber qué es *La noche negra* —dije.

—*La noche negra* es mi obra de teatro —contestó Harvey—. ¿Eres tonto?

—*La noche negra* de 1994 —aclaré—. ¿Qué significa esa jodida «Noche negra»?

—En 1994 también era mi obra. Bueno, no la misma obra. Tuve que volver a escribirla entera por culpa de ese memo de Gordon. Pero conservé el mismo título porque me parecía muy bueno. «La noche negra.» ¿A que tiene gancho?

—No nos tome por idiotas —dije, irritado—. Pasó algo que tenía que ver con *La noche negra* y usted lo sabe muy bien, porque entonces era jefe de la policía: esas misteriosas pintadas que aparecieron por toda Orphea y, luego, el incendio del futuro Café Athéna y la cuenta atrás que acabó con la muerte de Gordon.

—¡Desvarías, Leonberg! —exclamó Harvey, exasperado—. ¡Todo eso era cosa mía! ¡Era una forma de llamar la atención sobre mi obra! Cuando se crearon esas representaciones, estaba seguro de que *La noche negra* sería la función que inaugurase el festival. Pensaba que la gente relacionaría esas misteriosas pintadas y el anuncio de mi obra y que así sería mayor el interés general.

—¿Le prendió fuego al futuro Café Athéna? —le preguntó entonces Derek.

—¡Claro que no le prendí fuego! Me llamaron cuando se declaró el incendio y me quedé hasta mediada la noche, hasta que los bomberos consiguieron sofocarlo. Aproveché un momento de distracción general para meterme entre los escombros y escribir *La noche negra* en la pared. Era una ocasión de oro. En cuanto los bomberos lo vieron, al amanecer, dio mucho que hablar. ¡Y lo de la cuenta atrás no era para la muerte de Gordon, sino para la inauguración del festival, majadero! Estaba convencidísimo de que me iban a poner de cabecera de cartel y que el 30 de julio de 1994 iba a ser la fecha del advenimiento de *La noche negra,* la obra sensacional del gran Maestro Kirk Harvey.

—¿Así que todo eso no era sino una estúpida campaña publicitaria?

—«Estúpida, estúpida» —dijo muy ofendido Harvey—. ¡No sería tan estúpida cuando pasados veinte años aún me la mencionas, Leonberg!

En ese momento oímos ruido que venía de la sala. Los aspirantes estaban llegando. Aflojé la presión.

—No nos has visto, Kirk —dijo Derek—. De lo contrario, te vas a enterar.

Harvey no contestó. Se remetió los faldones de la camisa y volvió al escenario, mientras nosotros nos esfumábamos por una salida de emergencia.

En la sala empezó el tercer día de audición. El primero en presentarse fue ni más ni menos que Samuel Padalin, que había ido a exorcizar a los fantasmas y a homenajear a su mujer asesinada. Harvey lo seleccionó en el acto so pretexto de que le daba pena.

—Ay, amigo —le dijo Kirk—, si tú supieras: a tu mujer la recogí de la acera hecha unos zorros. ¡Un trocito por aquí y un trocito por allá!

—Sí, ya lo sé —contestó Samuel Padalin—. Yo también estaba.

A continuación, Harvey se quedó pasmado al ver aparecer a Charlotte Brown en el escenario. Lo enterneció verla. Había pensado mucho en ese momento. Le habría gustado mostrarse duro y humillarla delante de todo el mundo, como lo había hecho ella al preferir a Brown. Le habría gustado decirle que no tenía nivel para sumarse al reparto de su obra, pero no fue capaz. Bastaba con una ojeada para calibrar el magnetismo que se desprendía de ella. Era una actriz nata.

—No has cambiado —le dijo por fin.

Ella sonrió:

—Gracias, Kirk. Tú tampoco.

Él se encogió de hombros:

—¡Pfff! ¡Yo me he vuelto un viejo loco! ¿Te apetece volver a las tablas?

—Ya lo creo.

—Contratada —dijo él sencillamente.

Y anotó el nombre en su ficha.

*

El hecho de que Kirk Harvey hubiera organizado aquel montaje de *La noche negra* de principio a fin nos confirmaba la imagen de iluminado que ya teníamos de él. No había nada que objetar a que se representase su obra y se pusieran en ridículo él y el alcalde Brown.

Brown era el que nos tenía intrigados. ¿Por qué Stephanie había pegado en el guardamuebles una foto suya en la que aparecía pronunciando el discurso de inauguración del festival de 1994?

En el despacho de Anna, repasamos esa parte del vídeo. Lo que decía Brown carecía de interés. ¿Qué más podía haber allí? Derek sugirió que enviásemos la cinta a los expertos de la policía para que intentasen analizar la secuencia. Luego se puso de pie y miró la pizarra magnética. Y borró las palabras *La noche negra,* puesto que ya no tenían interés para la investigación, dado que se había disipado el misterio.

—No puedo creer que todo eso no sea más que el título de la obra que Harvey quería representar —suspiró Anna—. ¡Cuando pienso en todas las hipótesis que hemos elaborado!

—A veces, la solución la tienes delante de los ojos —dijo Derek, repitiendo la frase profética de Stephanie que nos obsesionaba a los tres.

De repente su rostro cobró un aire pensativo.

—¿Qué se te ha ocurrido? —le pregunté.

Se volvió hacia Anna.

—Anna —le dijo—, ¿te acuerdas de cuando fuimos a ver a Buzz Leonard el jueves pasado y nos dijo que Kirk Harvey había recitado un monólogo que se llamaba *Yo, Kirk Harvey*?

—Claro.

—Y ¿por qué ese monólogo y no *La noche negra*?

Era una buena pregunta. En ese momento sonó mi teléfono. Era Marty Connors, el empleado de la estación de servicio.

—Acabo de encontrarlo —me dijo Marty.

—¿A quién? —pregunté.

—Al individuo que investigaba por su cuenta después de los asesinatos. Acabo de ver su foto en el *Orphea Chronicle* de hoy. Va a trabajar en la obra de teatro. Se llama Meta Ostrovski.

*

En el Gran Teatro, tras unos cuantos vaivenes y algunos ataques de nervios de Kirk Harvey, subieron al escenario Jerry y Dakota Eden al llegarles el turno para la audición.

Harvey miró atentamente a Jerry.

—¿Cómo te llamas y de dónde vienes? —preguntó con tono marcial.

—Jerry Eden, de Nueva York. Ha sido el juez Cooperstin quien...

—¿Has venido desde Nueva York para trabajar en la obra? —lo interrumpió Harvey.

—Necesito pasar tiempo con mi hija Dakota y vivir una experiencia nueva con ella.

—¿Por qué?

—Porque tengo la impresión de haberla perdido y querría recuperarla.

Hubo un silencio. Harvey miró al hombre que tenía delante y determinó:

—Me gusta. El padre queda contratado. A ver lo que da de sí la hija. Colócate a la luz, por favor.

Dakota obedeció y se puso bajo el foco. Harvey tuvo de pronto un sobresalto: desprendía una fuerza extraordinaria. Clavó en él una mirada tan intensa que casi no se podía soportar. Harvey cogió la transcripción de la escena de encima de la mesa y se levantó para llevársela a Dakota, pero ella le dijo:

—No hace falta; llevo por lo menos tres horas oyendo esa escena; ya me la sé.

Cerró los ojos y se quedó así un instante. Todos los demás aspirantes que había en la sala la miraron entregados, impresionados por el magnetismo que desprendía; Harvey, subyugado, no decía nada.

Dakota abrió los ojos y declamó:

Es una mañana lúgubre. Llueve. En una carretera de campo está paralizado el tráfico: se ha formado un atasco gigantesco. Los automovilistas, exasperados, tocan rabiosamente la bocina. Una joven va siguiendo por el arcén la hilera de coches parados. Llega hasta el cordón policial y pregunta al policía que está de guardia.

Luego dio unos cuantos brincos en el escenario, se subió el cuello de un abrigo que no llevaba, sorteó unos charcos imaginarios y se acercó a Harvey trotando como para evitar las gotas de lluvia que caían.

—«¿Qué ocurre?» —preguntó.

Harvey se quedó mirándola y no contestó nada. Ella repitió:

—Diga, agente, ¿qué ocurre aquí?

Harvey volvió en sí y le dio la réplica:

—«Un hombre muerto» —dijo—. «Un accidente de moto. Una tragedia.»

Se quedó un momento mirando a Dakota y luego exclamó con expresión triunfal:

—¡Ya tenemos al octavo y último intérprete! Mañana a primera hora pueden empezar los ensayos.

La sala aplaudió. El alcalde Brown soltó un suspiro de alivio.

—Eres extraordinaria —dijo Kirk a Dakota—. ¿Has ido alguna vez a clases de arte dramático?

—Nunca, señor Harvey.

—¡Vas a interpretar el papel principal!

Seguían mirándose con una intensidad fuera de lo habitual. Y Harvey le preguntó entonces:

—¿Has matado a alguien, hija?

Ella palideció y empezó a temblar.

—¿Cómo..., cómo lo sabe? —tartamudeó presa del pánico.

—Lo llevas escrito en los ojos. Nunca he visto un alma tan oscura. Es fascinante.

Dakota, aterrada, no pudo contener las lágrimas.

—No te preocupes, cariño —le dijo suavemente Harvey—. Vas a ser una estrella impresionante.

*

Eran casi las diez y media de la noche, delante del Café Athéna. Metida en el coche, Anna vigilaba el interior. Ostrovski acababa de pagar la cuenta. En cuanto se puso de pie, ella cogió la radio.

—Ya sale Ostrovski —nos avisó.

Derek y yo, emboscados en la terraza, interceptamos al crítico en cuanto asomó por la puerta.

—Señor Ostrovski —le dije, señalando el coche patrulla aparcado delante de sus narices—, si no tiene inconveniente en acompañarnos, nos gustaría hacerle unas preguntas.

Diez minutos después, Ostrovski estaba en la comisaría, tomándose un café en el despacho de Anna.

—Es cierto —admitió—, fue un caso que me intrigó mucho. Mira que he estado en festivales de teatro, pero el truco de la matanza la noche de la inauguración nunca lo había visto. Como cualquier ser humano algo curioso, sentí deseos de enterarme de los entresijos.

—Según el empleado de la estación de servicio —dijo Derek—, volvió usted a Orphea durante el año que siguió a los asesinatos. Sin embargo, la investigación ya estaba cerrada.

—Por lo que sabía del caso, el asesino, cuya culpabilidad era indudable para la policía, había muerto antes de confesar. Reconozco que en ese momento me desazonó. Sin confesión, yo no me quedaba satisfecho.

Derek me dirigió una mirada cómplice. Ostrovski siguió diciendo:

—Así que, de paso que descansaba en esta zona maravillosa que son los Hamptons, aproveché para venir a Orphea de cuando en cuando. Hice algunas preguntas aquí y allá.

—Y ¿quién le dijo que el empleado de la estación de servicio había visto algo?

—Pura casualidad. Me paré un día a llenar el depósito. Charlamos. Me dijo lo que había visto. Añadió que se lo había contado a la policía, pero que su testimonio no les había parecido pertinente. Y, en mi caso, con el tiempo se me fue pasando la curiosidad.

—Y ¿ya está? —pregunté.

—Ya está, capitán Rosenberg. De verdad que siento mucho no poder ayudar más.

Agradecí a Ostrovski la colaboración y le propuse llevarlo donde quisiera.

—Gracias, capitán, muy amable, pero me apetece andar un poco y disfrutar de esta noche tan hermosa.

Se puso de pie y se despidió. Pero, según salía, se volvió. Y nos dijo:

—Un crítico.

—¿Cómo dice?

—La adivinanza esa de la pizarra —contestó muy ufano Ostrovski—. Llevo un rato mirándola. Y acabo de entenderla: «¿Quién querría escribir, pero no puede escribir?». La respuesta es: un crítico.

Se despidió haciendo un ademán con la cabeza y se fue.

—¡Es él! —les grité entonces a Anna y a Derek, que no reaccionaron enseguida—. ¡El que quería escribir, pero no puede, y estaba en el Gran Teatro la noche de los asesinatos es Ostrovski! ¡Es quien le encargó el libro a Stephanie!

Al poco rato, Ostrovski estaba en la sala de interrogatorios para una charla mucho menos agradable que la anterior.

—¡Lo sabemos todo, Ostrovski! —bramó Derek—. Lleva veinte años poniendo un anuncio cada otoño en las revistas de las facultades de letras de la zona de Nueva York para dar con alguien que pueda escribir una investigación sobre el cuádruple asesinato.

—¿Por qué ese anuncio? —pregunté—. Ahora tiene usted que hablar.

Ostrovski me miró como si se tratase de una obviedad:

—Vamos, capitán... ¿Se imagina a un gran crítico literario rebajándose a escribir una novela policíaca? ¿Se imagina lo que diría la gente?

—¿Dónde está el problema?

—Pues está en que, según el grado de respetabilidad que se concede a los géneros, la primera es la novela incomprensible; luego, la novela intelectual; luego, la novela histórica; luego, la novela a secas. Y, mucho más atrás, inmediatamente antes de la novela rosa, viene la novela policíaca.

—¿Es una broma? —le dijo Derek—. Nos está tomando el pelo, ¿no?

—¡Por todos los demonios, no! ¡No! Ahí es justo donde reside el problema. Desde la noche de los asesinatos, estoy preso en una intriga de novela policíaca genial, pero no puedo escribirla.

*

Orphea, 30 de julio de 1994
La noche de los asesinatos

Tras concluir la representación de *Tío Vania,* Ostrovski salió de la sala. Dirección aceptable, interpretación buena. Desde el descanso, oía a la gente rebullir en su fila de butacas. Algunos espectadores no habían vuelto para la segunda parte. Comprendió el motivo cuando cruzó el *foyer* del Gran Teatro, que estaba en plena efervescencia: todo el mundo hablaba de un cuádruple asesinato que acababan de perpetrar.

Desde la escalera del edificio, por encima del nivel de la calle, se fijó en que el flujo continuo del gentío iba en la misma dirección: la del barrio de Penfield. Todo el mundo quería ir a ver qué había sucedido.

El ambiente estaba cargado de electricidad, era frenético; la gente corría, formando un torrente humano que recordó a Ostrovski la marea de ratas de *El flautista de Hamelín.* En su calidad de crítico, cuando todo el mundo se abalanzaba a alguna parte, ese era precisamente el sitio adonde él no iba. No le gustaba lo que estaba de moda, despotricaba de lo que era popular, aborrecía las corrientes de entusiasmo generalizado. Y, sin embargo, el ambiente lo fascinó y sintió deseos de dejarse arrastrar. Comprendió que era curiosidad. Se metió a su vez en el río humano que bajaba por la calle principal y al que iban a dar los de las calles adyacentes hasta llegar a un barrio residencial tranquilo. Ostrovski, caminando a buen paso, no tardó en llegar a los aledaños de Penfield Crescent. Había coches de policía por todos lados. Los destellos rojos y azules de las luces iluminaban las paredes de las casas. Ostrovski se abrió paso entre el gentío que se agolpaba contra las cintas del cordón policial. El aire de aquella noche tropical era bochornoso. La gente estaba excitada, nerviosa, inquieta, intrigada. Decían que era la casa del alcalde; que lo habían asesinado junto con su mujer y su hijo.

Ostrovski se quedó mucho rato en Penfield Crescent, fascinado por lo que veía; pensó que el auténtico espectáculo no se había representado en el Gran Teatro, sino allí. Pero ¿quién había atacado al alcalde? ¿Por qué? Lo devoraba la curiosidad. Empezó a bosquejar miles de teorías.

Al regresar al Palace del Lago, se fue al bar. Pese a que ya era tarde, estaba demasiado nervioso para dormir. ¿Qué pasaba? ¿Por qué se apasionaba tanto por un simple suceso? De repente, lo entendió; pidió papel y un bolígrafo. Por primera vez en la vida, tenía en la cabeza el argumento de un libro. La intriga era apasionante: mientras una ciudad entera está entregada a la celebración de un festival de teatro, ocurre un espantoso asesinato. Como en un truco de magia, la gente mira a la izquierda, mientras las cosas ocurren a la derecha. Ostrovski llegó incluso a escribir en mayúsculas *LA PRESTIDIGITACIÓN*. ¡Era el título! El día siguiente a primera hora iría corriendo a la librería local y compraría todas las novelas policíacas que encontrase. Fue entonces cuando frenó en seco de repente, cayendo en la cuenta de la terrible realidad. Si escribía ese libro, todo el mundo diría que se trataba de una novela de un género inferior; una novela policíaca. Su reputación quedaría arruinada.

*

—Así que nunca pude escribir ese libro —nos explicó Ostrovski, veinte años después en la sala de interrogatorios de la comisaría—. Soñaba con él, no se me iba de la cabeza. Quería leer esa historia, pero yo no podía escribirla. Una novela policíaca, no. Era demasiado arriesgado.

—¿Así que quiso contratar a alguien?

—Sí. No podía pedírselo a un escritor consolidado. Imagínese que le hubiese dado por chantajearme con la amenaza de revelar a todo el mundo mi pasión secreta por una intriga policíaca. Pensé que contratar a un estudiante sería menos arriesgado.

Y así es como encontré a Stephanie. A la que ya conocía de la *Revista,* de la que acababa de despedirla ese imbécil de Steven Bergdorf. Stephanie tenía un estilo único, era un talento en estado puro. Aceptó escribir el libro; decía que llevaba años buscando un buen argumento. Era el encuentro perfecto.

—¿Mantenía un contacto regular con Stephanie?

—Al principio, sí. Venía con frecuencia a Nueva York, quedábamos en el café que está cerca de la *Revista.* Me ponía al día de cómo iba avanzando. A veces, me leía párrafos. Pero también había temporadas en que no daba señales de vida, cuando estaba metida en sus investigaciones. Por eso no me preocupé la semana pasada, cuando no conseguí localizarla. Le había dado carta blanca y treinta mil dólares en efectivo para sus gastos. Le cedía a ella el dinero y la fama, yo solo quería saber el desenlace de la historia.

—¿Porque usted piensa que el culpable no fue Ted Tennenbaum?

—Precisamente. Fui siguiendo de cerca el desarrollo del caso y sabía que, según un testigo, habían visto su camioneta delante de la casa del alcalde. Ahora bien, cuando me la describieron, yo sabía que había visto pasar esa misma camioneta delante del Gran Teatro, la tarde de los asesinatos, un poco antes de las siete. Había llegado con mucho adelanto al Gran Teatro y allí dentro hacía un calor espantoso. Salí a fumar un cigarrillo. Para evitar a tanta gente, me fui a una bocacalle que no tiene salida en la que está la entrada de artistas. Fue entonces cuando vi pasar ese vehículo negro que me llamó la atención porque tenía un dibujo muy raro en la ventanilla trasera. La camioneta de Tennenbaum de la que todo el mundo iba a hablar luego.

—Pero ¿ese día vio a quien conducía la camioneta y no era Ted Tennenbaum?

—Exacto —dijo Ostrovski.

—Entonces, ¿quién iba al volante, señor Ostrovski? —preguntó Derek.

—Era Charlotte Brown, la mujer del alcalde —contestó—. Era ella quien conducía la camioneta de Ted Tennenbaum.

−2
Ensayos

Jueves 17 de julio-sábado 19 de julio de 2014

Jesse Rosenberg
Jueves 17 de julio de 2014
Nueve días antes de la inauguración

La clínica veterinaria de Charlotte Brown se hallaba en la zona industrial de Orphea, cerca de dos grandes centros comerciales. Como todas las mañanas, llegó a las siete y media al aparcamiento, desierto aún, y aparcó en el sitio que tenía reservado delante de la consulta. Salió del coche con un café en la mano. Parecía de buen humor. Se hallaba tan absorta que, aunque yo me encontraba a pocos metros, no se fijó en mí hasta que le dirigí la palabra.

—Buenos días, señora Brown —me presenté—. Soy el capitán Rosenberg, de la policía estatal.

Se sobresaltó y volvió la vista hacia mí.

—Qué susto me ha dado —me dijo, sonriendo—. Sí, sé quién es usted.

Vio entonces a Anna, que estaba detrás de mí, apoyada en el coche patrulla.

—¿Anna? —dijo Charlotte, extrañada, antes de alarmarse de pronto—. ¡Ay, Dios mío! ¿A Alan...?

—Tranquilícese, señora —le contesté—, su marido está perfectamente. Pero necesitamos hacerle unas preguntas.

Anna abrió la puerta trasera de su coche.

—No entiendo... —articuló Charlotte.

—Va a entenderlo enseguida —le aseguré.

Llevamos a Charlotte Brown a la comisaría de Orphea, en donde le dimos permiso para que avisara a su secretaria de que debía anular las citas de ese día y también al abogado al que tenía derecho. Mejor que a un abogado, prefirió llamar a su marido, quien acudió enseguida. Sin embargo, por muy alcalde de la ciudad que fuera, Alan Brown no podía asistir al interrogatorio de su mujer. Estuvo intentando montar un escándalo hasta que el jefe Gulliver consiguió hacerlo entrar en razón. «Alan —le dijo—, os están haciendo un favor interrogando aquí a Charlotte por la vía rápida y de forma discreta, en vez de llevarla al centro regional de la policía estatal».

Sentada en la sala de interrogatorios, con un café delante, Charlotte Brown parecía muy nerviosa.

—Señora Brown —le dije—, un testigo la ha identificado saliendo del Gran Teatro la noche del sábado 30 de julio de 1994, un poco antes de las siete de la tarde, conduciendo un vehículo que pertenecía a Tennenbaum y que vieron, pocos minutos después, delante de la casa del alcalde Gordon a la hora en que lo asesinaban a él y a su familia.

Charlotte Brown bajó la vista.

—Yo no maté a los Gordon —recalcó de entrada.

—Entonces, ¿qué ocurrió esa tarde?

Hubo un momento de silencio. Al principio, Charlotte no reaccionó; luego murmuró:

—Sabía que tendría que llegar este día. Sabía que no podría conservar el secreto toda la vida.

—¿Qué secreto, señora Brown? —pregunté—. ¿Qué es lo que lleva ocultándonos veinte años?

Charlotte titubeó y, por fin, nos dijo con un hilo de voz:

—La noche de la inauguración, cogí, en efecto, la camioneta de Ted Tennenbaum. La había visto aparcada delante de la entrada de artistas. Era imposible no fijarse en ella por esa especie de lechuza que tenía dibujada en la parte de atrás. Sabía que era suya porque unos cuantos actores habíamos pasado las anteriores veladas en el Café Athéna y Ted nos había llevado después al hotel. Así que ese día, cuando tuve que ausentarme un rato, justo a las siete, se me ocurrió enseguida cogérsela prestada. Para ganar tiempo. Nadie de la compañía se había traído el coche a Orphea. Por supuesto, tenía intención de pedirle permiso. Fui a verlo a la garita de bombero que se hallaba al lado de nuestros camerinos. Pero no estaba. Di una vuelta rápida entre bastidores y no lo encontré. Había un problema con los fusibles y pensé que andaría liado con eso. Me fijé en que las llaves estaban en su puesto de guardia, muy a la vista encima de una mesa. Iba mal de tiempo. Faltaba media hora para que empezase el acto oficial y Buzz, el director, no quería que saliéramos del Gran Teatro. Así que cogí las llaves. Creía que no lo notaría nadie. Además, en cualquier caso, Tennenbaum se encontraba de guardia durante el espectáculo, no iba a ir a ningún sitio. Salí con discreción del Gran Teatro por la entrada de artistas y me fui con su camioneta.

—Pero ¿qué era eso tan urgente que tenía que hacer para que no le quedase más remedio que ausentarse media hora antes del comienzo del acto oficial?

—Necesitaba hablar obligatoriamente con el alcalde Gordon. Pasé por su casa pocos minutos antes de que lo asesinaran a él y a toda su familia.

*

Orphea, 30 de julio de 1994, siete menos diez
La tarde de los asesinatos

Charlotte arrancó la camioneta de Tennenbaum y salió del callejón para tomar la calle principal; se quedó asombrada al ver el barullo indescriptible que reinaba en ella. La calle se encontraba abarrotada y cerrada al tráfico. Cuando llegó por la mañana con la compañía, todo se hallaba tranquilo y desierto. Ahora se apelotonaba en ella una muchedumbre compacta.

En el cruce, un voluntario que tenía a su cargo la circulación estaba dando indicaciones a unas cuantas familias visiblemente perdidas. Abrió la barrera de la policía para que pasara Charlotte, indicándole que solo podía ir calle arriba, por un pasillo que habían dejado libre para que pudieran acceder los vehículos de emergencia. Obedeció; de todas formas no le quedaba otra elección. No conocía Orphea y solo tenía para orientarse un plano esquemático de la ciudad que figuraba en la contraportada de un folleto que la oficina de turismo había editado con motivo del festival. No aparecía Penfield Crescent, pero vio el barrio de Penfield. Decidió empezar por ir allí; ya preguntaría luego a algún transeúnte. Así que subió hasta Sutton Street y después fue siguiendo la calle hasta llegar a Penfield Road, que era la entrada al barrio residencial del mismo nombre. Pero se trataba de una zona laberíntica: las calles se cruzaban en todas direcciones. Charlotte fue al azar, dio marcha atrás muchas veces y anduvo perdida un rato. Las calles se hallaban desiertas, parecían casi fantasmales; no pasaba ni un alma. El tiempo apremiaba, tenía que apresurarse. Volvió por fin a Penfield Road, la arteria principal, y fue por ella a toda velocidad. Acabaría por cruzarse con alguien. Fue entonces cuando vio a una joven con ropa deportiva que hacía ejercicio en un parquecillo. Charlotte se detuvo en el acto en el arcén, bajó de la camioneta y cruzó corriendo el césped.

—Disculpe —le dijo a la joven—, estoy completamente perdida. Tengo que ir a Penfield Crescent.

—Ya ha llegado —le dijo ella, sonriendo—. Es esa calle semicircular que rodea el parque. ¿Qué número busca?

—No sé ni el número —confesó Charlotte—. Busco la casa del alcalde Gordon.

—Ah, está ahí mismo —dijo la joven, indicando una casa muy coqueta en el tramo de enfrente del parque y de la calle.

Charlotte le dio las gracias y se subió a la camioneta. Torció en Penfield Crescent y llegó frente a la casa del alcalde; dejó el vehículo en la calle, con el motor en marcha. El reloj del salpicadero marcaba las siete y cuatro minutos. Tenía que darse prisa, el tiempo apremiaba. Fue corriendo hasta la puerta de casa de los Gordon y llamó. No hubo respuesta. Volvió a llamar y pegó el oído a la puerta. Le pareció oír ruido dentro. Golpeó con el puño en la puerta. «¿Hay alguien?», gritó. Pero seguía sin haber respuesta. Bajó los peldaños del porche y vio que las cortinas echadas de una de las ventanas se movían un poco. Divisó entonces a un niño que la miraba y que corrió enseguida la cortina. Lo llamó: «¡Eh, tú, espera...!», y echó a correr por el césped para llegar a la ventana. Pero la hierba se hallaba completamente inundada: Charlotte chapoteó en el agua. Debajo de la ventana, volvió a llamar en vano al chico. No le daba tiempo a insistir más. Tenía que volver al Gran Teatro. Cruzó por el césped de puntillas para volver a la acera. ¡Vaya lata! Los zapatos que usaba en la obra estaban calados. Subió a la camioneta y se fue a toda velocidad. El reloj del salpicadero marcaba las siete y nueve minutos. Tenía que darse prisa.

*

—¿Así que se fue de Penfield Crescent justo antes de que llegase el asesino? —le pregunté a Charlotte.

—Sí, capitán Rosenberg —asintió ella—. Si me llego a quedar un minuto más, me habrían matado también a mí.

—A lo mejor andaba ya por allí —sugirió Derek— y esperaba a que se fuera.

—A lo mejor —dijo Charlotte.

—¿Le llamó la atención algo? —seguí preguntando.

—No, nada. Volví al Gran Teatro tan deprisa como pude. Había muchísima gente en la calle principal, todo se encontraba cortado, creí que no llegaba a tiempo para el principio de la obra. Habría ido más rápido a pie, pero no podía dejar abandonada la camioneta de Tennenbaum. Por fin llegué al Gran Teatro a las siete y media, el acto oficial había empezado ya. Volví a poner en su sitio las llaves de la camioneta y me fui corriendo a mi camerino.

—¿Y Tennenbaum no la vio?

—No y tampoco le dije nada luego. Pero, de todas formas, mi escapada había sido un desastre: no pude ver a Gordon y Buzz, el director, había descubierto mi ausencia, porque se había quemado mi secador de pelo. Bueno, pero no se lo tomó a mal, estábamos a punto de empezar; más que nada se sentía aliviado de verme entre bastidores y la obra fue todo un éxito. Nunca hemos vuelto a hablar de ello.

—Charlotte —le dije entonces, para enterarnos por fin de lo que nos interesaba a todos—, ¿por qué tenía que hablar con el alcalde Gordon?

—Tenía que recuperar *La noche negra,* la obra de Harvey.

*

En la terraza del Café Athéna, Steven Bergdorf y Alice estaban acabando de desayunar en silencio. Alice fulminaba a Steven con la mirada. Él ni siquiera se atrevía a alzar los ojos hacia ella y los tenía fijos en el plato de patatas salteadas.

—¡Cuando pienso en ese hotelucho en el que me obligas a dormir! —acabó por decir Alice.

Sin la tarjeta de la *Revista,* a Steven no le había quedado más remedio que tomar una habitación en un motel sórdido a unas cuantas millas de Orphea.

—¿Pues no decías que el lujo no te importaba? —se defendió Steven.

—¡Sí, Stevie, pero todo tiene un límite! ¡No soy tan rústica!

Era hora de ponerse en camino. Steven pagó; luego, cuando cruzaban la calle para llegar al Gran Teatro, Alice se quejó:

—No entiendo qué pintamos aquí, Stevie.

—Quieres la portada de la *Revista,* ¿sí o no? Pues pon algo de tu parte. Tenemos que hacer un artículo sobre esta obra de teatro.

—Pero si a nadie le importa un bledo esa obra ridícula. ¿No podemos hacer otro artículo sobre un tema diferente, que no implique vivir en un hotel lleno de chinches, y conseguir de todos modos la portada?

Mientras Steven y Alice subían las escaleras del Gran Teatro, Jerry y Dakota salían del coche, aparcado delante del edificio, y el jefe Gulliver, que por fin había podido abandonar la comisaría, llegaba en el coche patrulla.

En la sala, Samuel Padalin y Ostrovski se encontraban ya sentados frente al escenario que presidía Kirk Harvey, radiante. Era el gran día.

*

En la comisaría, Charlotte Brown nos contaba cómo y por qué, en 1994, Kirk Harvey le había encomendado la misión de recuperar el texto de *La noche negra* de manos del alcalde Gordon.

—Llevaba días atosigándome con el tema —nos dijo—. Aseguraba que el alcalde tenía su obra y no se la quería devolver. El día de la inauguración, vino a darme la murga a mi camerino.

—En aquel momento todavía mantenía una relación con Harvey, ¿verdad? —pregunté.

—Sí y no, capitán Rosenberg. Ya estaba saliendo con Alan y había roto con Harvey, pero él se negaba a ceder. Me amargaba la vida.

*

Charlotte entró en su camerino y se sobresaltó al encontrarse a Kirk de uniforme, repantigado en el sofá.

—Kirk, ¿qué haces aquí?

—Charlotte, si me abandonas, me suicido.

—¡Ay, por favor, deja de montar numeritos!

—¿Numeritos? —exclamó Kirk.

Se levantó de un salto del sofá, agarró el arma y se la metió en la boca.

—¡Kirk, para, por Dios! —chilló Charlotte, aterrada.

Él obedeció y devolvió el arma al cinturón.

—Ya ves que no bromeo —dijo.

—Ya lo sé, Kirk. Pero tienes que aceptar que lo nuestro ya se ha acabado.

—¿Qué tiene Alan Brown que no tenga yo?

—Todo.

Él suspiró y se volvió a sentar.

—Kirk, es el día de la inauguración, ¿no deberías estar en la comisaría? Vais a estar ocupadísimos.

—No me he atrevido a decirte nada, Charlotte, pero las cosas van muy mal en el trabajo. Muy mal. Precisamente necesito apoyo moral. No puedes dejarme ahora.

—Se acabó, Kirk. Y punto.

—Charlotte, ya no me funciona nada en la vida. Esta tarde tendría que deslumbrar con mi obra. ¡Te iba a dar el papel principal! Si ese borrico de Joseph Gordon me hubiera dejado representarla...

—Kirk, tu obra no era muy buena que digamos.

—Tú lo que quieres es que me pegue un tiro de verdad...

—No, pero intento abrirte los ojos. Vuelve a escribir la obra, mejórala y seguro que podrá representarse el año que viene.

—¿Aceptarías el papel principal? —preguntó Harvey, esperanzado de nuevo.

—Claro —le mintió Charlotte, que quería que se fuese de su camerino.

—Pues, entonces, ¡ayúdame! —suplicó Harvey, poniéndose de rodillas—. ¡Ayúdame, Charlotte, si no, voy a volverme loco!

—Ayudarte ¿a qué?

—El alcalde Gordon tiene el texto de mi obra y se niega a devolvérmelo. Ayúdame a recuperarlo.

—¿Cómo que «Gordon tiene tu obra»? ¿No conservas una copia?

—¡Es que hace como dos semanas tuvimos un pequeño malentendido los chicos y yo, en la comisaría! Como represalia, me desvalijaron el despacho. Destruyeron todos mis textos. Lo tenía todo allí, Charlotte. Todo lo que tenía de *La noche negra* ya no existe. Solo queda una copia, y la tiene Gordon. ¡Si no me la devuelve, no respondo de nada!

Charlotte miró a aquel hombre vencido, a sus pies, desdichado y a quien en su día había querido. Sabía cuánto había trabajado en esa obra.

—Kirk —le dijo—, si recupero ese texto de manos de Gordon, ¿prometes que nos dejarás tranquilos a Alan y a mí?

—¡Te doy mi palabra, Charlotte!

—¿Dónde vive el alcalde Gordon? Iré a su casa mañana.

—En Penfield Crescent. Pero tienes que ir hoy.

—Kirk, es imposible, vamos a estar ensayando por lo menos hasta las seis y media.

—Charlotte, te lo pido por favor. Con un poco de suerte, podría intentar subir al escenario después de vuestra representación para ofrecer una lectura de la obra; estoy seguro de que la gente se quedará. Vendré a verte en el descanso, para recuperar mi obra. Prométeme que irás a ver a Gordon hoy mismo.

Charlotte suspiró. Harvey le daba lástima. Sabía que aquel festival era toda su vida.

—Te lo prometo, Kirk. Vuelve en el descanso. A eso de las nueve. Tendré tu obra.

*

En la sala de interrogatorios de la comisaría, Derek interrumpió el relato de Charlotte:

—Así que ¿lo que Harvey quería representar era *La noche negra*?

—Sí —asintió Charlotte—. ¿Por qué?

—Porque Buzz Leonard nos habló de un monólogo: *Yo, Kirk Harvey*.

—No —explicó Charlotte—. Tras el asesinato del alcalde Gordon, Kirk nunca pudo recuperar su obra. Y, en vista de eso, al día siguiente por la noche interpretó una improvisación sin pies ni cabeza que se llamaba *Yo, Kirk Harvey* y empezaba así: «Yo, Kirk Harvey, el hombre sin obra».

—Sin obra porque se había quedado sin todos los ejemplares de *La noche negra* —dijo Derek, entendiéndolo ya todo.

La discusión entre Kirk Harvey y el alcalde Gordon que Buzz Leonard había presenciado en 1994 tenía que ver, de hecho, con *La noche negra*. Era ese texto el que había roto el alcalde. ¿Qué podía mover a Kirk a pensar que Gordon poseía el único ejemplar de su texto? Charlotte no tenía ni idea. Así que le pregunté:

—¿Por qué no nos dijo entonces que era usted la de la camioneta?

—Porque la relación con la camioneta de Tennenbaum no quedó establecida hasta después del festival y no me enteré de inmediato: me había vuelto a Albany una temporada antes de pasar unos meses de prácticas con un veterinario de Pittsburgh. No volví a Orphea hasta pasados seis meses, para irme a vivir con Alan, y hasta ese momento no me enteré de todo lo que había pasado. Aun así, habían pillado a Tennenbaum. El culpable era él, ¿no?

No contestamos nada. Luego le pregunté:

—¿Y Harvey? ¿Le comentó algo del caso?

—No. Después del festival, nunca volví a saber nada de Kirk Harvey. Cuando me vine a vivir a Orphea, en enero de 1995, me enteré de que había desaparecido de forma misteriosa. Nadie supo nunca por qué.

—Creo que Harvey se fue porque creía que era usted culpable de los asesinatos, Charlotte.

—¿Cómo? —dijo ella, asombrada—. ¿Pensaba que había visto al alcalde, que se había negado a darme la obra y que había matado a todo el mundo como represalia?

—No puedo estar tan seguro —le dije—, pero lo que sí sé es que Ostrovski, el crítico, la vio irse del Gran Teatro al volante de la camioneta de Tennenbaum justo antes de los asesinatos. Nos contó ayer por la noche que, cuando se enteró de que habían incriminado a Tennenbaum por la camioneta, fue a ver al jefe Harvey para contárselo. Eso fue en octubre de 1994. Creo que Kirk se quedó tan destrozado que prefirió desaparecer.

Así que Charlotte Brown era inocente. Tras salir de la comisaría se fue directa al Gran Teatro. Nos enteramos porque nos lo dijo Michael Bird, que estaba allí y nos refirió la escena.

Cuando apareció en la sala del teatro, Harvey exclamó, risueño:

—¡Charlotte llega antes de tiempo! El día no podría ir mejor. Ya le hemos dado el papel de cadáver a Samuel y el del policía, a Jerry.

Charlotte se acercó sin decir nada.

—¿Va todo bien, Charlotte? —le preguntó Harvey—. Tienes una cara muy rara.

Ella se quedó un buen rato mirándolo antes de murmurar:

—¿Saliste huyendo de Orphea por mi culpa, Kirk?

Él no contestó.

—¿Sabías que era yo quien conducía la camioneta de Tennenbaum y creíste que los había matado a todos? —añadió ella.

—Qué más da lo que yo piense, Charlotte. Solo cuenta lo que sé. Se lo he prometido a tu marido: si me deja representar mi obra, lo sabrá todo.

—Kirk, murió una joven. Y su asesino es seguramente el asesino de la familia Gordon. No podemos esperar al 26 de julio, tienes que decírnoslo todo ahora.

—La noche del estreno lo sabréis todo —repitió Harvey.

—Pero ¡eso es descabellado, Kirk! ¿Por qué te portas así? Murieron varias personas, ¿te das cuenta?

—¡Y yo morí con ellas! —exclamó Harvey.

Hubo un largo silencio. Todas las miradas estaban clavadas en Kirk y Charlotte.

—Y, entonces, ¿qué? —dijo Charlotte, exasperada y a punto de echarse a llorar—. ¿El sábado que viene la policía tendrá que esperar sin dar la lata a que acabe la representación para que te dignes revelar lo que sabes?

Harvey la miró, extrañado.

—¿A que acabe la representación? No, será más bien hacia la mitad.

—¿La mitad? ¿La mitad de qué? ¡Kirk, ya no entiendo nada!

Parecía perdida. Entonces Kirk, con mirada aviesa, declaró:

—He dicho que lo sabréis todo la noche del estreno, Charlotte; eso quiere decir que la respuesta está en la obra. *La noche negra* es la revelación de ese caso. Son los actores los que lo explicarán todo, no yo.

Derek Scott

Primeros días de septiembre de 1994.

Pasado un mes desde el cuádruple asesinato, a Jesse y a mí no nos quedaba ya ninguna duda de la culpabilidad de Ted Tennenbaum. El caso estaba casi cerrado.

Tennenbaum había matado al alcalde Gordon porque este lo había chantajeado para que él pudiera seguir con las obra del Café Athéna. Las cantidades de dinero que habían intercambiado correspondían a retiradas e ingresos de ambos; un testigo afirmaba que había abandonado su puesto de bombero en el Gran Teatro coincidiendo con el momento de las muertes y habían visto su camioneta delante de la casa del alcalde. Por no mencionar que existía constancia de que era un tirador de primera.

Otros policías ya habrían dispuesto seguramente la detención preventiva de Tennenbaum y habrían dejado que la instrucción judicial rematase el trabajo. Había motivos de sobra para acusarlo de cuatro asesinatos en primer grado e ir a juicio. Pero ahí estaba el problema: conociendo a Tennenbaum y a ese abogado diabólico, nos arriesgábamos a que convencieran a un jurado popular de que existía una duda razonable en favor del acusado. Y lo absolverían.

Así que no queríamos precipitarnos para detenerlo; con nuestros progresos nos habíamos ganado al mayor y decidimos esperar un poco. El tiempo jugaba a nuestro favor. Tennenbaum acabaría por bajar la guardia y cometer un error. La reputación de Jesse y la mía dependían de que tuviésemos paciencia. Nuestros compañeros y superiores no nos quitaban ojo y lo sabíamos. Queríamos ser los policías jóvenes e inasequibles al desaliento que habían mandado a la cárcel a un asesino múltiple y no los aficionados a los que humillara una absolución de Tennenbaum con daños y perjuicios a costa del Estado.

Había un aspecto de la investigación que aún no habíamos explorado: el arma del crimen. Una Beretta con el número de serie limado. Un arma de matón. Eso era lo que nos intrigaba: ¿cómo un hombre que pertenecía a una conocida familia de Manhattan se había hecho con un arma así?

Esa pregunta nos movió a recorrer los Hamptons discretamente. Sobre todo un bar de mala fama de Ridgesport delante del que habían detenido a Tennenbaum unos años antes por una pelea. Estuvimos de plantón días enteros delante del local, con la esperanza de que Tennenbaum apareciera por allí. Pero, debido a esa iniciativa, una mañana temprano nos llamaron al despacho del mayor McKenna. Además de McKenna, encontramos allí a un individuo que se puso a ladrarnos.

—Soy el agente especial Grace de la ATF. ¿Así que vosotros sois los cretinos que se están cargando una investigación federal?

—¿Qué tal, amable caballero? —me presenté—. Soy el sargento Derek Scott y este es...

—¡Ya sé quiénes sois, payasos! —me interrumpió Grace.

El mayor nos explicó la situación de forma más diplomática:

—A la agencia federal le ha llamado la atención vuestra presencia delante de un bar que ya están vigilando ellos.

—Tenemos alquilado un piso enfrente del bar. Llevamos meses allí.

—Agente especial Grace, ¿podemos saber qué saben ustedes de ese bar? —preguntó Jesse.

—Lo rastreamos cuando un individuo al que cogieron después de atracar un banco en Long Island cantó como un canario a cambio de reducirle la pena. Explicó que había conseguido el arma en ese bar. Al investigarlo descubrimos que podría tratarse de un lugar de reventa de armas robadas al ejército. Y robadas desde dentro, ya me entendéis. Es decir, hay militares implicados. Así que no me echéis en cara que no os cuente más, pero el asunto es bastante delicado.

—Y ¿podría por lo menos decirnos de qué tipo de armas se trata? —siguió preguntando Jesse.

—Pistolas Beretta con el número de serie limado.

Jesse me lanzó una mirada de desconcierto; a lo mejor estábamos a punto de dar en el clavo. Era en ese bar en donde el asesino había conseguido el arma del cuádruple asesinato.

Jesse Rosenberg
Viernes 18 de julio de 2014
Ocho días antes de la inauguración

El anuncio de Kirk, la víspera en el Gran Teatro, de que el nombre del verdadero asesino de 1994 se revelaría durante la representación de la obra tenía a toda la zona soliviantada. Orphea, en particular, estaba en estado de ebullición. Para mí, lo de Kirk era un bluf. No sabía nada, solo aspiraba que se hablase de él.

Sin embargo, había un punto que nos traía de cabeza: *La noche negra.* ¿Cómo era posible que el alcalde Gordon aún tuviera el texto, si sabíamos que había roto su ejemplar? Para intentar responder a esa pregunta, Anna, Derek y yo estábamos a bordo del ferri que enlazaba Port Jefferson, en los Hamptons, con Bridgeport, en el estado de Connecticut. Íbamos a New Haven para interrogar al hermano del alcalde Gordon, Ernest Gordon, que era profesor de Biología en Yale. Al desaparecer por completo la familia de su hermano, él lo había heredado todo. Era quien se había encargado de clasificar las cosas de este en su momento y quizá hubiera visto la obra por algún sitio. Se trataba de nuestra última esperanza.

Ernest Gordon tenía ahora setenta años. Era el hermano mayor de Joseph. Nos recibió en la cocina, donde nos tenía preparados café y galletas. Su mujer también estaba presente. Parecía nerviosa.

—¿Por teléfono decían ustedes que había novedades acerca del asesinato de mi hermano y de su familia? —preguntó Ernest Gordon.

Su mujer no conseguía quedarse quieta en la silla.

—Así es, señor Gordon —le contesté—. Para ser sinceros, hemos descubierto indicios recientes que nos obligan a considerar que pudimos equivocarnos hace veinte años en lo referido a Ted Tennenbaum.

—¿Quiere decir que no fue el asesino?

—Eso es lo que quiero decir. Señor Gordon, ¿recuerda una obra de teatro que debería haber estado en posesión de su hermano? Se titula *La noche negra*.

Ernest Gordon suspiró:

—Mi hermano tenía en casa una cantidad ingente de papeles; intenté hacer una selección, pero había demasiados. Acabé por tirarlo casi todo.

—Me da la impresión de que esa obra de teatro tenía cierta importancia. Por lo visto no se la quería devolver a su autor. Lo cual nos lleva a pensar que la había puesto a buen recaudo. En algún lugar poco habitual. Un sitio en donde nadie habría ido a buscarla.

Ernest Gordon nos miró. Hubo un silencio incómodo. Al cabo, fue la mujer quien habló.

—Ernie —dijo—, hay que contárselo todo. Podría ser muy grave.

El hermano del alcalde Gordon suspiró.

—Después de morir mi hermano, se puso en contacto conmigo un notario. Joseph había hecho testamento, algo que me sorprendió, porque, aparte de su casa, no tenía bienes. Ahora bien, en el testamento aparecía una caja de seguridad en un banco.

—Por entonces nunca oímos hablar de esa caja de seguridad —comentó Derek.

—No se lo mencioné a la policía —nos confesó Ernest Gordon.

—Pero ¿por qué?

—Porque en esa caja había dinero en efectivo. Mucho dinero en efectivo. Lo suficiente para mandar a nuestros tres hijos a la universidad. Así que decidí quedarme con el dinero y ocultar su existencia.

—Esas eran las comisiones que Gordon no había podido transferir a Montana —cayó Derek en la cuenta.

—¿Qué más había en esa caja? —pregunté.

—Documentos, capitán Rosenberg. Pero le confieso que no miré de qué se trataba.

—¡Mierda! —renegó Derek—. ¡Supongo que lo tiró todo!

—A decir verdad —nos explicó Ernest Gordon—, no le comuniqué el fallecimiento de mi hermano al banco y le di al notario la cantidad suficiente para pagar el alquiler de la caja hasta que yo muera. Ya sospechaba yo que el dinero que había allí no era muy limpio y pensé que la mejor manera de conservar en secreto la existencia de esa caja era no meterme en nada. Me dije que, si empezaba a hacer gestiones con el banco para cerrarla...

Derek no lo dejó terminar.

—¿Qué banco era, señor Gordon?

—Voy a devolver todo el dinero —aseguró Gordon—, lo prometo...

—Nos importa un bledo ese dinero, no tenemos intención de buscarle las vueltas con eso. Pero es imprescindible que vayamos a ver qué documentos ocultaba su hermano en esa caja.

*

A las pocas horas, Anna, Derek y yo estábamos entrando en la sala de las cajas de seguridad de un pequeño banco privado de Manhattan. Un empleado nos abrió el cubículo y sacó la caja, que nos apresuramos a destapar.

Dentro encontramos un fajo de páginas encuadernadas en cuya cubierta ponía:

LA NOCHE NEGRA
por Kirk Harvey

—Pero ¡bueno...! —dijo Anna—. ¿Por qué el alcalde Gordon había guardado este texto en la caja de seguridad de un banco?

—Y ¿qué relación hay entre los asesinatos y esta obra? —se preguntó Derek.

En la caja había también documentos bancarios. Derek los hojeó, parecía intrigado.

—¿Qué has encontrado, Derek? —le pregunté.

—Son extractos de cuenta con ingresos muy elevados. Comisiones, casi seguro. También hay retiradas. Creo que corresponden al dinero que Gordon se envió a Montana antes de escapar.

—Ya sabíamos que Gordon era un corrupto —le recordé a Derek, sin entender por qué parecía tan desconcertado.

Y entonces me contestó:

—La cuenta está a nombre de Joseph Gordon y de Alan Brown.

Así que Brown también estaba pringado. Y no se habían acabado ahí nuestras sorpresas. Al salir del banco, fuimos al centro regional de la policía estatal para recoger los resultados del análisis del vídeo del discurso de Alan Brown la tarde del primer festival.

Los expertos en imagen habían encontrado un brevísimo momento de la secuencia del vídeo en que, con el contraluz de los focos del escenario en la hoja de Alan Brown, se veía por transparencia el texto que había en ella. El informe decía, de forma concisa: «Por las pocas palabras que pueden verse, el texto que pronuncia el orador parece corresponder a lo que pone en la hoja».

Al observar la ampliación, me quedé con la boca abierta.

—¿Dónde está el problema, Jesse? —me preguntó entonces Derek—. Acabas de decirme que el texto de la hoja corresponde al discurso de Brown, ¿no?

—El problema —le contesté, enseñándole la imagen— es que el texto está escrito a máquina. La noche de los asesinatos, al contrario de lo que afirmó, Alan Brown no improvisó un discurso. Lo llevaba escrito de antemano. Sabía que el alcalde Gordon no iba a ir. Lo tenía todo preparado.

Jesse Rosenberg

Sábado 19 de julio de 2014
Siete días antes de la inauguración

Los documentos bancarios descubiertos en la caja de seguridad de Gordon eran auténticos. La cuenta a la que había transferido el dinero de la corrupción la habían abierto Gordon y Brown. Juntos. Y este último había firmado de su puño y letra los impresos de apertura.

A primerísima hora de la mañana y con la mayor discreción, llamamos a la puerta de casa de Alan y Charlotte Brown y los llevamos a ambos al centro regional de la policía estatal para interrogarlos. Charlotte no podía por menos de estar al tanto de la implicación de Alan en la corrupción endémica que gangrenaba Orphea en 1994.

Pese a nuestros esfuerzos para no hacernos notar en el momento de llevarnos a los Brown, una vecina madrugadora, apalancada en la ventana de la cocina, los había visto subir en dos coches de la policía estatal. La noticia corrió de casa en casa a la velocidad exponencial de los mensajes electrónicos. Algunos incrédulos extremaron la curiosidad hasta el punto de ir a llamar a la puerta de los Brown y, entre ellos, Michael Bird, que quería comprobar la autenticidad del rumor. La onda expansiva no tardó en llegar a las televisiones locales; al parecer, al alcalde de Orphea y a su mujer los había detenido la policía. Peter Frogg, el vicealcalde, al que hostigaban por teléfono, se encerró en su casa. Por su parte, el jefe Gulliver contestaba de buen grado a todo el mundo, pero no parecía enterado de nada. Empezaba a cocerse un escándalo a fuego lento.

Cuando Kirk Harvey llegó al Gran Teatro, poco antes de la hora a la que comenzaban los ensayos, se encontró allí plantados a los periodistas. Lo estaban esperando.

—Señor Harvey, ¿existe alguna relación entre su obra y la detención de Charlotte Brown?

Harvey titubeó un momento antes de contestar.

—Tendrán que venir a ver la obra. Está todo en ella —dijo por fin.

Los periodistas se entusiasmaron aún más y Harvey sonrió. Todo el mundo hablaba ya de *La noche negra*.

*

En el centro regional de la policía estatal, interrogamos a Alan y a Charlotte en salas separadas. La primera en desmoronarse fue Charlotte, cuando Anna le enseñó los extractos bancarios hallados en la caja del alcalde Gordon. Al descubrir esos documentos, Charlotte se puso pálida.

—¿Que cobraba comisiones? —dijo indignada—. ¡Alan no habría hecho nunca algo así! ¡No existe hombre más honrado que él!

—Están ahí las pruebas, Charlotte —le dijo Anna—. ¿Reconoces su firma, sí o no?

—Sí, de acuerdo, es su firma, pero tiene que haber otra explicación. Estoy segura. ¿Él qué ha dicho?

—De momento lo niega todo —reconoció Anna—. Si no nos ayuda, nosotros no podremos ayudarlo a cambio. Pasará a la oficina del fiscal y lo meterán en prisión preventiva.

Charlotte rompió a llorar.

—¡Ay, Anna, te juro que yo no sé nada de todo esto...!

Anna le tocó la mano, compasiva, y preguntó:

—Charlotte, ¿nos lo contaste todo el otro día?

—Me callé un detalle, Anna —confesó entonces Charlotte, recobrando el aliento con dificultad—. Alan sabía que los Gordon iban a escapar.

—¿Lo sabía? —dijo Anna, asombrada.

—Sí, sabía que la noche de la inauguración del festival iban a irse de la ciudad a hurtadillas.

*

En el escenario del Gran Teatro, Buzz Leonard daba a sus actores, reunidos a su alrededor, las últimas indicaciones. Quería pulir aún unos cuantos detalles. Charlotte aprovechó una escena en que no salía para ir al baño. En el *foyer* se tropezó con Alan y se echó en sus brazos, radiante. Él se la llevó lejos de las miradas y se besaron con ternura.

—¿Has venido a verme? —preguntó ella, traviesa.

Le chispeaban los ojos. Pero él parecía preocupado:

—¿Todo va bien? —le preguntó a Charlotte.

—Muy bien, Alan.

—¿No has sabido nada del chiflado de Harvey?

—Pues sí. Una noticia tirando a buena: ha dicho que estaba dispuesto a dejarme en paz. Se acabaron las amenazas de suicidio, se acabaron los numeritos. A partir de ahora va a portarse como es debido. Solo quiere que lo ayude a recuperar el texto de su obra de teatro.

—Pero ¿qué chantaje es ese? —dijo Alan, irritado.

—No, Al, no me importa ayudarlo. Ha trabajado tanto en esa obra... Por lo visto, solo queda un ejemplar y lo tiene el alcalde Gordon. ¿Puedes pedirle que se lo devuelva? O que te lo dé a ti y nosotros se lo damos a Kirk.

Alan se puso de uñas enseguida.

—Olvídate de toda esa historia de la obra, Charlotte.

—¿Por qué?

—Porque te lo pido yo. Y, a Harvey, que le den.

—Alan, ¿por qué te pones así? No te reconozco. Harvey es raro, vale. Pero se merece recuperar su texto. ¿Sabes la cantidad de trabajo que hay ahí?

—Mira, Charlotte, yo respeto a Harvey como policía y como director escénico, pero olvídate de esa obra. Olvídate de Gordon.

Ella insistió:

—Pero, bueno, Alan, podrías hacerme ese favor. Tú no sabes lo que es aguantar a Kirk amenazando continuamente con volarse los sesos.

—¡Pues que se los vuele! —exclamó Brown, muy irritado.

—No sabía que fueras tan estúpido, Alan —se lamentó Charlotte—. Me he equivocado contigo.

Se apartó de él y se dirigió a la sala. Él la cogió del brazo.

—Espera, Charlotte. Perdóname, de verdad que lo siento. De verdad que me gustaría ayudar a Kirk, pero es imposible.

—Pero ¿por qué?

Alan titubeó un momento y luego confesó:

—Porque el alcalde Gordon está a punto de irse de Orphea. Para siempre.

—¿Cómo? ¿Esta noche?

—Sí, Charlotte. La familia Gordon se dispone a desaparecer.

*

—¿Por qué tenían que irse los Gordon? —le preguntó Anna a Charlotte veinte años después de aquella conversación.

—No lo sé —respondió esta—. Ni quería saberlo. El alcalde Gordon me había parecido siempre un individuo raro. Lo único que yo quería era recuperar el texto de la obra y devolvérselo a Harvey. Pero no conseguí salir del teatro en todo el día. Buzz Leonard estaba empeñado en seguir ensayando unas cuantas escenas; luego quiso hacer un ensayo leído y charlar con cada uno de nosotros. El reto que suponía aquella obra lo tenía muy nervioso. Hasta última hora del día no tuve un momento libre para ir a casa del alcalde y salí volando. Sin saber siquiera si seguían en casa o si se habían marchado ya. Sabía que era mi última oportunidad para recuperar el texto.

—¿Y después? —preguntó Anna.

—Cuando me enteré de que habían asesinado a los Gordon, quise hablar con la policía, pero Alan me disuadió. Me dijo que eso podría meterlo a él en serios problemas. Al igual que a mí, por haberme presentado en su casa poco antes de la matanza. Cuando le conté a Alan que una mujer que hacía ejercicio en el parque me había visto, me dijo con cara de terror: «También está muerta. Todos los que vieron algo están muertos. Creo que vale más no hablar de esto con nadie».

Anna fue luego a ver a Alan a la sala de al lado. No le mencionó su conversación con Charlotte y se limitó a decirle:

—Alan, usted sabía que el alcalde no iba a asistir al acto de inauguración. El discurso que supuestamente improvisó estaba escrito a máquina.

Bajó la vista.

—Te aseguro que no tengo nada que ver con la muerte de la familia Gordon.

Anna dejó encima de la mesa los extractos bancarios.

—Alan, usted abrió una cuenta conjunta con Joseph Gordon en 1992 en la que se ingresaron más de quinientos mil dólares en dos años, procedentes de comisiones relacionadas con las obras de mejora de los edificios públicos de Orphea.

—¿Dónde habéis encontrado eso? —preguntó Alan.

—En una caja de seguridad que pertenecía a Joseph Gordon.

—Anna, te juro que no soy un corrupto.

—¡Pues entonces explíqueme todo esto, Alan! Porque hasta ahora se ha limitado a negarlo todo, que es algo que no le beneficia en absoluto.

Tras un último titubeo, el alcalde Brown se decidió a hablar de una vez por todas:

—A principios de 1994, descubrí que Gordon era un corrupto.

—¿Cómo?

—Recibí una llamada anónima. Fue a finales de febrero. Una voz de mujer. Me dijo que examinase la contabilidad de las empresas que contrataba el ayuntamiento para las obras públicas y que comparase, en la misma contrata, la facturación interna de las empresas y la facturación entregada en el ayuntamiento. Existía una diferencia importante. Todas las empresas hinchaban las facturas de forma sistemática; alguien del ayuntamiento se llevaba un pellizco al pasar. Alguien que estaba en una posición que le permitía adoptar la decisión final en la adjudicación de contratas, es decir, Gordon o yo. Y yo sabía que no era yo.

—¿Qué hizo?

—Fui de inmediato a ver a Gordon para pedirle explicaciones. Te confieso que, sobre la marcha, aún le concedía el

beneficio de la duda. Pero lo que no me esperaba fue su con-
traofensiva.

*

Orphea, 25 de febrero de 1994
Despacho del alcalde Gordon

El alcalde Gordon estudió rápidamente los documentos
que le había llevado Alan Brown, a quien tenía delante. Este,
sintiéndose violento ante la falta de reacción de Gordon, acabó
por decirle:

—Joseph, tranquilíceme, no está metido en un escándalo
de corrupción, ¿verdad? ¿No ha pedido dinero a cambio de adjudicar contratas?

El alcalde Gordon abrió un cajón, sacó unos documentos y
se los alargó a Alan, diciéndole en tono de disculpa:

—Alan, no somos más que dos sinvergüenzas de poca
monta.

—¿Esto qué es? —preguntó Alan, leyendo los documentos—. ¿Y por qué está mi nombre en este extracto de cuenta?

—Porque abrimos esa cuenta juntos hace dos años. ¿No se
acuerda?

—¡Abrimos una cuenta del ayuntamiento, Joseph! Usted
decía que así se agilizaría la contabilidad, sobre todo en las
cuentas de gastos. Y veo aquí que se trata de una cuenta personal sin relación con el ayuntamiento.

—Haber leído atentamente antes de firmar.

—Pero ¡yo me fiaba de usted, Joseph! ¿Me tendió una
trampa? ¡Ay, Dios...! Si hasta le di mi pasaporte para verificar
mi firma en el banco...

—Sí, y le estoy agradecido por la colaboración. Eso quiere
decir que, si yo caigo, también cae usted, Alan. Ese dinero es de
los dos. No intente jugar a los justicieros, no vaya a la policía,
no se ponga a enredar en esa cuenta. Todo está a nombre de los
dos. Así que, a menos que desee que compartamos la misma
celda en una prisión federal por corrupción, más le vale olvidar-
se de esta historia.

—Pero ¡todo esto acabará por saberse, Joseph! ¡Aunque no fuera más que porque todos los contratistas de la ciudad saben que es usted un corrupto!

—Deje de lamentarse como un cobarde, Alan. Los contratistas están todos tan pillados como usted. No dirán nada porque son tan culpables como yo. Puede estar tranquilo. Y, además, esto no es una cosa de ayer, ni mucho menos, y todo el mundo está contento: los contratistas tienen garantizado su trabajo, no van a arriesgarlo todo para jugar a los caballeros andantes.

—Joseph, no lo entiende: hay alguien enterado de sus apaños y dispuesto a hablar. He recibido una llamada anónima. Así fue como lo descubrí todo.

Por primera vez, Gordon parecía asustado:

—¿Quién? ¿Quién?

—No lo sé, Joseph. Se lo repito, era una llamada anónima.

*

En la sala de interrogatorios del centro regional de la policía estatal, Alan miró a Anna en silencio.

—Me hallaba completamente pillado, Anna —le dijo—. Sabía que me resultaría imposible demostrar que no me había metido en ese caso de corrupción generalizada. La cuenta estaba también a mi nombre. Gordon era un demonio, lo tenía todo previsto. A veces parecía un poco blando, un poco torpe, pero en realidad sabía muy bien lo que hacía. Yo me encontraba a su merced.

—¿Qué ocurrió luego?

—Gordon empezó a asustarse por esa historia de la llamada anónima. Estaba tan seguro de que nadie se iba a ir de la lengua que no se le había ocurrido esa posibilidad. Deduje de ello que las ramificaciones de aquella corrupción eran aún más extensas de lo que yo sabía y que Gordon corría grandes riesgos. Los meses siguientes fueron muy complicados. Teníamos unas relaciones tóxicas, pero había que guardar las apariencias. Gordon no era un hombre que se quedase de brazos cruzados y yo sospechaba que buscaba una salida a aquella situación. En abril, en efecto, me citó una noche en el aparcamiento del puerto deportivo. «Dentro de poco voy a irme de la ciudad», me anunció. «¿Adónde va, Joseph?» «¿Qué mas da?» «¿Cuándo?», seguí preguntando. «En cuanto termine de despejar este jodido embrollo». Todavía pasaron dos meses, que me parecieron una eternidad. A finales de junio de 1994, volvió a citarme en el aparcamiento del puerto deportivo y me anunció que se iría a finales del verano: «Anunciaré en el festival que no pienso volver a presentarme a las elecciones municipales de septiembre. Y, acto seguido, me mudaré». «¿Por qué no se va antes?», le pregunté, «¿por qué esperar otros dos meses?». «Llevo desde marzo vaciando poco a poco la cuenta bancaria. Tengo que respetar un límite en las transferencias para no levantar sospechas. Al ritmo que voy, estará vacía a finales del verano. La organización del tiempo es perfecta. Llegado ese momento, cerraremos la cuenta. Dejará de existir. Nadie le buscará nunca a usted las vueltas. Y la ciudad será suya. Siempre había soñado con eso, ¿no?» «Y ¿de aquí a entonces?», dije, preocupado: «Este asunto puede estallarnos en las narices en cualquier instante. E incluso, aunque cierre la cuenta, siempre quedará en algún sitio un rastro de las transacciones. ¡No se puede borrar todo de un plumazo, Joseph!». «Que no le entre el pánico, Alan. Me he ocupado de todo. Como siempre.»

—¿El alcalde Gordon dijo: «Me he ocupado de todo»? —repitió Anna.

—Sí, fueron sus palabras exactas. Nunca se me olvidará aquella expresión tan fría y aterradora con que las pronunció. Después de llevar tanto tiempo tratándolo, nunca me había dado cuenta de que Joseph Gordon no era un hombre que permitiera que nadie se cruzara en su camino.

Anna asintió sin dejar de tomar notas. Alzó la vista para mirar a Brown y entonces le preguntó:

—Pero, si Gordon tenía previsto marcharse después del festival, ¿por qué cambió de planes y decidió irse la tarde de la inauguración?

Alan torció el gesto:

—Te lo ha contado Charlotte, ¿verdad? —dijo—. Solo ha podido ser ella, era la única que lo sabía. A medida que se acercaba el festival, me fastidiaba cada vez más que Gordon se lleva- se todo el mérito, cuando, en realidad, no había participado ni en su creación, ni en su organización. Todo cuanto había hecho era seguir embolsándose dinero con los permisos para montar puestos ambulantes en la calle principal. Yo no aguantaba más. Había llevado la cara dura hasta el punto de editar un librito de autobombo. Todo el mundo le daba la enhorabuena, ¡menuda farsa! La víspera del festival me planté en su despacho y le exigí que se fuera antes del día siguiente por la mañana. No quería que cosechara todos los laureles del acontecimiento, ni que pronun- ciase el discurso inaugural. Pensaba irse de Orphea tranquila- mente después de haberse llevado todos los honores y dejando el recuerdo imperecedero de un político fuera de serie, aunque lo hubiera hecho todo yo. Desde mi punto de vista, era algo intolerable. Quería que Gordon saliera huyendo como un pe- rro, que se fuera como un pobre hombre. Así que le exigí que se quitase de en medio la noche del 29 de julio. Pero se negó. La mañana del 30 de julio de 1994 me lo encontré provocándome, pavoneándose por la calle principal, haciendo como que se ase- guraba de que todo salía bien. Le dije que me iba derecho a su casa para hablar con su mujer. Me metí en el coche y salí a toda velocidad hacia Penfield Crescent. En el preciso momento en que su mujer, Leslie, me abría la puerta y me saludaba con ama- bilidad, oí que Gordon llegaba a toda prisa, pisándome los talo- nes. Leslie Gordon se encontraba ya al tanto de todo. En la co- cina, les dije: «Si no se han ido de Orphea de aquí a esta tarde, le cuento a todo el mundo, desde el escenario del Gran Teatro, que Joseph Gordon es un corrupto. ¡Tiro de la manta! No me dan miedo las consecuencias que pueda tener eso para mí. Su única oportunidad para escapar es hoy». Joseph y Leslie Gor- don se dieron cuenta de que no se trataba de un farol. Yo estaba a punto de estallar. Me prometieron que se esfumarían de la ciudad esa misma noche como muy tarde. Al salir de su casa, fui al Gran Teatro. Era a última hora de la mañana. Vi a Char- lotte, a quien se le había metido en la cabeza ir a buscar unos papeles que tenía Gordon, una puñetera obra de teatro que ha- bía escrito Harvey. Insistía tanto que le confié que Gordon se marcharía en las horas siguientes.

—Así que ¿nadie más que usted y Charlotte sabían que los Gordon iban a escapar ese mismo día? —preguntó Anna.

—Sí, éramos los únicos en saberlo. Te lo puedo asegurar. Conociendo a Gordon, seguro que no fue a contárselo a nadie. No le gustaban los imprevistos y tenía la costumbre de controlarlo todo. Por eso no me explico que lo matasen en su casa. ¿Quién podía saber que se hallaba allí? Oficialmente, se suponía que a esa hora estaba en el Gran Teatro conmigo, estrechando manos. Lo ponía en el programa: «19:00 h-19:30 h: recepción oficial en el *foyer* del Gran Teatro con el alcalde Joseph Gordon».

—Y ¿qué sucedió con la cuenta del banco? —preguntó Anna.

—Siguió abierta. Nunca se había declarado a Hacienda, era como si no existiera. Yo no la toqué nunca, me parecía que era la mejor forma de echarle tierra a esa historia. Seguro que todavía queda mucho dinero en ella.

—Y ¿la famosa llamada anónima? ¿Descubrió por fin de quién se trataba?

—Nunca, Anna.

*

Esa noche, Anna nos invitó a Derek y a mí a cenar en su casa.

Acompañamos los platos con unas botellas de un burdeos excelente y, cuando estábamos tomando una copita en el salón, Anna nos dijo:

—Podéis quedaros a dormir, si queréis. La cama del cuarto de invitados es muy cómoda. Tengo también un par de cepillos de dientes sin estrenar y un lote de camisetas viejas de mi exmarido que he conservado no sé muy bien por qué y que os sentarán estupendamente.

—¡Qué buena idea! —dijo entonces Derek—. Podemos aprovechar para contarnos nuestra vida. Anna nos hablará de su exmarido; yo, de esa vida espantosa que llevo en los servicios administrativos de la policía; y Jesse, de su proyecto de restaurante.

—¿Piensas abrir un restaurante, Jesse? —me preguntó Anna, intrigada.

—No hagas caso de lo que cuenta, Anna; el pobre chico se ha pasado con la bebida.

Derek se fijó en que había encima de la mesa una copia de *La noche negra*, que Anna se había llevado para leerla. La cogió.

—¿Tú no paras nunca de trabajar? —le dijo.

El ambiente se volvió de pronto grave.

—No entiendo por qué a Gordon le parecía tan valiosa esta obra de teatro —dijo Anna.

—Tan valiosa que la guardó en la caja de seguridad de un banco —precisó Derek.

—Con los documentos bancarios que incriminaban al alcalde Brown —añadí—. ¿Quiere eso decir que a lo mejor conservaba este texto como garantía para protegerse de alguien?

—¿Estás pensando en Kirk Harvey, Jesse? —me preguntó Anna.

—No lo sé —contesté—. En cualquier caso, la obra en sí no presenta ningún tipo de interés. Y el alcalde Brown afirma que nunca oyó a Gordon hablar de ella.

—¿Podemos creer a Alan Brown? —se preguntó Derek—. Después de todo lo que nos ha ocultado...

—No tendría ningún motivo para mentirnos —comenté—. Y, además, sabemos desde el principio que, en el momento de los asesinatos, estaba en el *foyer* del Gran Teatro dando la mano a decenas de personas.

Derek y yo habíamos leído la obra de Harvey, pero seguramente por culpa del cansancio no nos habíamos fijado en lo que le había llamado la atención a Anna.

—¿Y si tuviera que ver con las palabras subrayadas? —sugirió.

—¿Las palabras subrayadas? —dije, extrañado—. ¿A qué te refieres?

—En el texto hay alrededor de diez palabras subrayadas a lápiz.

—Pensaba que eran notas que Harvey había tomado —dijo Derek—. Cambios que quería hacer en la obra.

—No —contestó Anna—. Creo que se trata de otra cosa.

Nos sentamos en torno a la mesa. Derek volvió a coger el texto y Anna tomó nota de las palabras subrayadas según él las iba diciendo. De entrada, salió el siguiente galimatías: «jamás en regreso es mucho interés arrogante horizontal.fogón opaco los destinos».

—¿Qué demonios querrá decir esto? —me pregunté.

—¿Estará en clave? —sugirió Derek.

Entonces, Anna se inclinó sobre la hoja.

Parecía habérsele ocurrido una idea. Volvió a escribir la frase:

Jamás En Regreso Es Mucho Interés Arrogante Horizontal Fogón Opaco Los Destinos.

JEREMIAHFOLD

Derek Scott

Mediados de septiembre de 1994. Seis semanas después del cuádruple asesinato.

Si los datos del agente especial Grace de la ATF eran ciertos, habíamos rastreado bien la procedencia del arma del cuádruple asesinato: el bar de Ridgesport, en cuya barra podían conseguirse pistolas Beretta del ejército con el número de serie limado.

A petición de la ATF y en señal de buena voluntad, Jesse y yo dejamos en el acto de vigilar en Ridgesport. Solo nos quedaba ya esperar a que la ATF decidiera hacer un registro y dedicamos ese período a otros casos. Nuestra paciencia y nuestra diplomacia dieron fruto: un día de mediados de septiembre, a media tarde, el agente especial Grace nos invitó a Jesse y a mí a sumarnos a la gigantesca redada que hubo en el bar. Incautaron armas y municiones —entre ellas, las últimas Beretta del lote robado— y detuvieron a un cabo de infantería llamado Ziggy, cuya muy discutible perspicacia permitía suponer que se trataba más de un engranaje que de la cabeza pensante de una operación de tráfico de armas.

En este asunto, cada cual tenía sus intereses: la ATF y la policía militar, que se había incorporado al caso, consideraban que Ziggy no había podido conseguir solo las armas. En cuanto a nosotros, necesitábamos saber a quién le había vendido las Beretta. Acabamos por llegar a un acuerdo. La ATF nos dejaba interrogar a Ziggy y nosotros le hacíamos suscribir al cabo un trato: le daba a la ATF el nombre de sus cómplices y, a cambio, obtenía una reducción de pena. Todo el mundo quedaba contento.

Le enseñamos a Ziggy una serie de fotos, una de las cuales era de Ted Tennenbaum.

—Ziggy, nos vendría muy bien que nos echases una mano —le dijo Jesse.

—La verdad es que no recuerdo ninguna cara, se lo prometo.

Jesse le colocó delante a Ziggy una foto de la silla eléctrica.

—Esto, Ziggy —dijo con voz sosegada—, es lo que te espera si no hablas.

—¿Qué dice? —preguntó Ziggy, con un nudo en la garganta.

—Una de tus armas la han usado para matar a cuatro personas. Te van a acusar de esas muertes.

—Pero ¡si yo no he hecho nada! —Ziggy se desgañitó.

—Eso ya lo aclararás con el juez.

—A menos que recuperes la memoria, Ziggy, bonito —le explicó Jesse.

—Vuelvan a enseñarme las fotos —suplicó el cabo—. No las he visto bien.

—A lo mejor quieres acercarte a la ventana para tener más luz —le sugirió Jesse.

—Sí, había poca luz —asintió Ziggy.

—Si es que no hay nada como una buena iluminación.

El cabo se acercó a la ventana y miró todas las fotos que le habíamos llevado.

—Le vendí una pipa a este tío —nos aseguró.

La foto que nos alargó era la de Ted Tennenbaum.

—¿Estás seguro? —le pregunté.

—Segurísimo.

—Y ¿cuándo se la vendiste?

—En febrero. Ya lo había visto en el bar, pero de eso hacía varios años. Necesitaba un arma. Llevaba dinero en efectivo. Le vendí una Beretta y munición. Nunca lo volví a ver.

Jesse y yo cruzamos una mirada triunfante: ya teníamos pillado a Ted Tennenbaum.

−1
Dies iræ: El día de la ira

Lunes 21 de julio-viernes 25 de julio de 2014

Jesse Rosenberg

Lunes 21 de julio de 2014

Cinco días antes de la inauguración

Orphea estaba en ebullición. La noticia de que una obra de teatro iba a revelar la identidad de un asesino impune había corrido por la zona como un reguero de pólvora. Durante el fin de semana, los medios de comunicación habían llegado en masa, al mismo tiempo que hordas de turistas que buscaban sensacionalismo y se mezclaban con los vecinos, a quienes también devoraba la curiosidad. La calle principal, abarrotada, la habían tomado por asalto los vendedores ambulantes que aprovechaban la oportunidad para vender refrescos, comida e incluso camisetas en las que ponía: «Yo estaba en Orphea. Sé lo que pasó en 1994». Un tumulto indecible reinaba en las inmediaciones del Gran Teatro, cuyo acceso tenía completamente cortado la policía y ante el que se alineaban decenas de corresponsales de televisión que emitían en directo resúmenes regulares:

«¿Quién mató a la familia Gordon, a una joven que hacía *footing* y, además, a una periodista que estaba a punto de descubrirlo todo? La respuesta, dentro de cinco días, aquí, en Orphea, en el estado de Nueva York...»

«Dentro de cinco días, una de las obras teatrales más extraordinarias representadas en muchos años va a revelarnos los secretos...»

«Un asesino anda suelto por una tranquila ciudad de los Hamptons y es una obra de teatro la que va a revelarnos su nombre...»

«La realidad supera a la ficción aquí en Orphea, en donde las autoridades municipales han anunciado que la ciudad quedará acordonada la tarde del estreno. Se espera la llegada de refuerzos de la zona; y el Gran Teatro, donde en este momento se está ensayando la obra, cuenta con vigilancia las veinticuatro horas...»

A la policía local la tenía desbordada por completo la sobrecarga de trabajo. Por si eso no bastara, como Gulliver estaba ocupado ensayando la obra, era Montagne quien se encontraba al mando, con la ayuda de los refuerzos que procedían de las policías locales de la zona y de la policía estatal.

Para que el ambiente fuera aún más irreal, también cundía la agitación política: tras las últimas revelaciones, Sylvia Tennenbaum exigía que exculpasen de forma oficial a su hermano. Había constituido un comité de apoyo que gesticulaba delante de las cámaras de televisión con pancartas en donde ponía JUSTICIA PARA TED. Sylvia Tennenbaum pedía, además, la dimisión del alcalde Brown y que se convocasen elecciones municipales anticipadas, a las que comunicó que pensaba presentarse. Les repetía a los medios de comunicación en cuanto le hacían algo de caso: «Al alcalde Brown lo está interrogando la policía en relación con el cuádruple asesinato de 1994. Está completamente desacreditado».

Pero el alcalde Brown, como buen político nato, no tenía ni mucho menos intención de dejar el cargo. Y el alboroto reinante le venía bien: Orphea necesitaba más que nunca una cabeza rectora. Pese a las preguntas que había suscitado el interrogatorio de la policía, Brown gozaba aún de una gran credibilidad y los ciudadanos a quienes preocupaba la situación lo que menos querían era quedarse sin su alcalde en un momento de crisis. Los comerciantes de la ciudad, por su parte, no podían sentirse más afortunados: los restaurantes y los hoteles estaban a rebosar y las tiendas de recuerdos hablaban ya de que empezaban a quedarse sin existencias; para aquella edición del festival se barajaban cifras récord de negocio.

Lo que no se sabía era que, en la intimidad del Gran Teatro, en donde no podía entrar ya nadie que no perteneciese a la compañía, la obra de Kirk Harvey se iba convirtiendo en un tremendo desbarajuste. Nada presagiaba las extraordinarias revelaciones que esperaba el público. Lo supimos por Michael Bird, que se había convertido en un aliado indispensable para la investigación. Como Michael gozaba de la confianza de Kirk Harvey, era la única persona ajena a la compañía que podía entrar en el Gran Teatro. A cambio de la promesa de no revelar nada del contenido antes del estreno, Harvey le había concedido una acreditación especial. «Es indispensable que algún día un periodista pueda dar testimonio de lo que sucedió en Orphea», le explicó Kirk. De modo que le encargamos que se convirtiera en nuestros ojos dentro de la sala y que nos grabase en vídeo cómo transcurrían los ensayos. Aquella mañana nos invitó a su casa para ver juntos las secuencias tomadas el día anterior.

Vivía con su familia en una casa muy bonita a las afueras de Orphea, en la carretera de Bridgehampton.

—¿Puede permitirse esto con un sueldo de redactor jefe de un periódico local? —le preguntó Derek a Anna, según llegábamos delante de la casa.

—El padre de su mujer tiene dinero —nos explicó ella—. A lo mejor os suena el nombre de Clive Davis. Fue candidato a la alcaldía de Nueva York hace unos años.

Fue la mujer de Michael la que nos recibió. Una rubia muy guapa que no debía de llegar a los cuarenta y, por tanto, bastante más joven que su marido. Nos ofreció un café y nos llevó al salón, en donde nos encontramos a Michael forcejeando con los cables de la televisión para conectarla a un ordenador.

—Os agradezco que hayáis venido —nos dijo.

Parecía preocupado.

—¿Qué pasa, Michael? —pregunté.

—Creo que Kirk está como una cabra.

Trasteó en el ordenador y, de pronto, vimos en la pantalla el escenario del Gran Teatro, con Samuel Padalin haciendo de cadáver y Jerry, de policía. Harvey los miraba con un grueso volumen en rústica en las manos.

—¡Está bien! —gritó Harvey, que aparecía en pantalla—. ¡Impregnaos del personaje! ¡Samuel, eres un muerto muy muerto! ¡Jerry, tú eres un policía orgulloso!

Harvey abrió el cuadernillo y empezó a leer:

> *Es una mañana lúgubre. Llueve. En una carretera de campo está paralizado el tráfico: se ha formado un atasco gigantesco.*

—¿Qué es ese mazo de hojas que tiene en la mano? —le pregunté a Michael

—La obra entera. Por lo visto ahí dentro está todo. He intentado echarle una ojeada, pero Harvey no la suelta. Dice que el contenido es tan delicado que va a repartir las escenas sobre la marcha. Aunque los actores tengan que leerlas la noche del estreno, porque no les haya dado tiempo a estudiarse el papel.

HARVEY: *Los automovilistas, exasperados, tocan rabiosamente la bocina.*

Alice y Steven fingieron ser los irritados conductores atrapados en el embotellamiento.

De pronto, apareció Dakota.

HARVEY: *Una joven va siguiendo por el arcén la hilera de coches parados. Llega hasta el cordón policial y pregunta al policía que está de guardia.*

DAKOTA *(la joven):* ¿Qué ocurre?

JERRY *(el policía):* Un hombre muerto. Un accidente de moto. Una tragedia.

DAKOTA: ¿Un accidente de moto?

JERRY: Sí, chocó contra un árbol a toda velocidad. Se ha quedado hecho papilla.

—Siguen con la misma escena —observó Anna.

—Esperad —nos avisó Michael—, ahora viene lo mejor.

En la pantalla, Harvey gritó de pronto: «Y, ahora, ¡la danza de la muerte!». Todos los actores empezaron a gritar: «¡La danza de la muerte! ¡La danza de la muerte!», y, al momento, se presentaron Ostrovski y Ron Gulliver en calzoncillos.

—Pero ¿qué payasada es esa? —dijo Derek, espantado.

Ostrovski y Gulliver avanzaron hacia el borde del escenario. Gulliver llevaba un animal disecado. Lo miró y, luego, lo increpó: «¡Carcayú mío, carcayú lindo, sálvanos del final que se avecina!». Le dio un beso al animal y se tiró al suelo, en donde dio una trabajosa voltereta. Ostrovski, abriendo mucho los brazos, miró hacia las hileras de butacas vacías y exclamó:

Dies iræ, dies illa,
solvet sæclum in favilla!

No me podía creer lo que estaba viendo.

—¿Y ahora latinajos? —dije, atónito.

—Es grotesco —dijo Derek.

—La parte en latín —nos explicó Michael, a quien le había dado tiempo a investigar— es un texto apocalíptico medieval. Habla del día de la ira.

Y nos leyó la traducción del fragmento:

¡Día de la ira, aquel día
en que los siglos se reduzcan a cenizas!

—Suena como una amenaza —comentó Anna.

—Igual que las pintadas que fue dejando Harvey por la ciudad en 1994 —recordó Derek—. ¿*El día de la ira* será *La noche negra*?

—Lo que me preocupa —dije yo— es que ha quedado claro que la obra no va a estar lista a tiempo. Harvey intenta engañar a la gente. ¿Por qué? ¿Qué le anda rondando por la cabeza?

No podíamos interrogar a Harvey, que estaba bajo la protección del mayor McKenna, del alcalde y de la policía de Orphea. Nuestra única pista era Jeremiah Fold. Le mencionamos ese nombre a Michael Bird, pero no le sonaba de nada.

Le pregunté a Anna:

—¿Crees que podría tratarse de otra palabra que no fuera Jeremiah Fold?

—Lo dudo, Jesse —me contestó—. Me pasé el día de ayer volviendo a leer *La noche negra*. Intenté todas las combinaciones posibles y, por lo que pude ver, es la única pertinente.

¿Por qué había una clave oculta en el texto de *La noche negra*? Y ¿quién la había ocultado? ¿Kirk Harvey? ¿Qué sabía Harvey en realidad? ¿A qué estaba jugando con nosotros y con toda la ciudad de Orphea?

En ese momento, sonó el móvil de Anna. Era Montagne.

—Anna, te están buscando por todas partes. Tienes que ir urgentemente a comisaría. Anoche entraron a robar en tu despacho.

Cuando llegamos a la comisaría, todos los compañeros de Anna se encontraban apiñados en el umbral de su despacho, mirando los trozos de cristal del suelo y la persiana reventada e intentando comprender qué había pasado. Y eso que la respuesta era sencilla. La comisaría estaba al mismo nivel de la calle. Todos los despachos daban a la parte posterior del edificio y a una franja de césped con una empalizada alrededor. Solo había cámaras de seguridad en el aparcamiento y en las puertas de entrada. Seguro que al intruso no le había costado nada salvar la empalizada y le había bastado con cruzar el césped para llegar a la ventana del despacho. Luego había forzado las persianas para subirlas, había roto el cristal para abrir la ventana y había podido acceder a la habitación. El allanamiento lo había descubierto un policía al entrar en el despacho de Anna para dejar el correo.

Otro había pasado por allí la tarde anterior y todo estaba intacto. Así que había ocurrido por la noche.

—¿Cómo no se enteró nadie de lo que sucedía? —pregunté.

—Si todos los agentes están patrullando a un tiempo, no queda nadie en comisaría —me explicó Anna—. A veces pasa.

—Y ¿el ruido? —se preguntó Derek—. Subir esas persianas hace un ruido enorme. ¿Nadie oyó nada?

Todos los edificios de alrededor eran oficinas o depósitos municipales y los únicos testigos posibles, los bomberos del cuartelillo vecino. Pero, cuando un policía nos informó de que por la noche, a eso de la una de la madrugada, un grave accidente de tráfico había requerido la intervención de todas las patrullas y de los bomberos, comprendimos que el intruso había tenido el campo libre.

—Estaba escondido en algún sitio —afirmó Anna— y esperó el mejor momento para actuar. Puede que llevara ya varias noches esperando.

El visionado de las cámaras de seguridad interiores de la comisaría nos permitió determinar que nadie se había introducido en el edificio. Había, en concreto, una cámara en el pasillo cuyo ángulo enfocaba directamente a la puerta del despacho de Anna. No se había abierto. Quien hubiese entrado en ese despacho se había quedado allí. Era, pues, esa habitación la que le interesaba.

—No lo entiendo. La verdad es que no hay nada que robar —nos dijo Anna—. Y, por lo demás, no falta nada.

—No hay nada que robar, pero hay cosas que ver —contesté, indicando la pizarra magnética y las paredes empapeladas con los documentos del caso—. Quien entró aquí quería saber en qué punto está la investigación. Y ha tenido a su alcance el trabajo de Stephanie y el nuestro.

—Nuestro asesino se arriesga —dijo entonces Derek—. Le está empezando a entrar el pánico. Se expone. ¿Quién sabe cuál es tu despacho, Anna?

Anna se encogió de hombros.

—Todo el mundo. Quiero decir que no es un secreto. Incluso las personas que vienen a poner denuncias en comisaría pasan por este pasillo y ven mi despacho. Está mi nombre en la puerta.

Derek nos llevó aparte antes de cuchichear con expresión muy seria:

—Quien entró aquí no corrió ese riesgo a lo tonto. Sabía muy bien lo que había en este despacho. Es alguien de la casa.

—¡Dios mío! —dijo Anna—. ¿Será un policía?

—Si fuera un policía —objeté—, le habría bastado con entrar en tu despacho cuando no estuvieras tú, Anna.

—Lo habrían pillado —me hizo observar Derek—. Al pasar, lo habría grabado la cámara del pasillo. Si piensa que lo vigilan, no va a cometer ese error. En cambio, con un allanamiento, falsea las pistas. Igual hay una manzana podrida en esta comisaría.

Ya no estábamos seguros allí. Pero ¿adónde íbamos a ir? Yo no tenía ya despacho en el centro regional de la policía estatal y el de Derek estaba en una zona de paso. Necesitábamos un sitio en donde nadie fuera a buscarnos. Me acordé entonces de la sala de archivos del *Orphea Chronicle*, en la que podíamos entrar sin que nos viera nadie pasando directamente por la puerta trasera de la redacción.

Michael Bird nos acogió encantado.

—Nadie sabrá jamás que estáis aquí —nos aseguró—. Los periodistas no bajan nunca al sótano. Os doy la llave de la sala y, además, el duplicado, así nadie más podrá entrar. Y también la llave de la puerta trasera, para que podáis ir y venir a cualquier hora del día y de la noche.

Pocas horas después, con el mayor secreto, habíamos reconstruido tal cual nuestra pared de investigación.

*

Ese mismo día, Anna había quedado para cenar con Lauren y Paul. Habían vuelto para pasar la semana en su casa de Southampton y decidieron encontrarse en el Café Athéna para resarcirse de la catastrófica velada del 26 de junio.

Cuando regresó a casa para cambiarse, Anna se acordó de pronto de la charla con Cody sobre el libro que había escrito Bergdorf acerca del festival de teatro. Cody le había contado que, en la primavera de 1994, decidió dedicar una parte de la librería a los autores de la zona. ¿Y si Harvey hubiera sacado su obra a la venta? Antes de ir a cenar, pasó rápidamente por casa de Cody. Lo encontró en el porche disfrutando del agradable atardecer mientras se tomaba un whisky.

—Sí, Anna —le dijo—, dedicamos a los escritores locales un cuartito al fondo del almacén. Un trastero un poco lúgubre que se convirtió en un anexo de la librería con el nombre de El Cuarto de los Escritores. Tuvo enseguida mucho éxito. Más de lo que yo habría podido suponer: los turistas se vuelven locos con los relatos locales. Por cierto, la sección sigue existiendo. En el mismo sitio. Pero más adelante mandé tirar el tabique para integrarlo en el resto de la tienda. ¿Por qué te interesa?

—Simple curiosidad —contestó Anna, que prefería mostrarse evasiva—. Me preguntaba si te acordabas de qué escritores te habían llevado sus obras entonces.

A Cody le hizo gracia la pregunta:

—¡Hubo tantos! Creo que sobreestimas mi memoria. Pero sí recuerdo que salió un artículo en el *Orphea Chronicle* a principios del verano de 1994. Creo que tengo una copia en la librería; ¿quieres que vaya a buscártela? A lo mejor encuentras datos útiles.

—No, Cody, muchas gracias. No te tomes esa molestia. Pasaré por la tienda mañana.

—¿Estás segura?

—Segurísima, gracias.

Anna se puso en camino para reunirse con Lauren y Paul. Pero, al llegar a la calle principal, decidió pasar por la redacción del *Orphea Chronicle*. La cena podía retrasarse un poco. Dio la vuelta al edificio y entró por la puerta trasera para ir luego a la sala de archivos. Se acomodó delante del ordenador que usaban para hacer búsquedas. Las palabras clave «Cody Illinois», «librería» y «escritores locales» le permitieron localizar fácilmente un artículo fechado a finales de junio de 1994.

EN LA LIBRERÍA DE ORPHEA
LOS ESCRITORES DE LOS HAMPTONS EN EL LUGAR
DE HONOR

Desde hace quince días, la librería de Orphea cuenta con una ampliación, una dependencia dedicada en exclusiva a los escritores locales. Esta iniciativa ha tenido un éxito inmediato entre los escritores, a quienes les falta tiempo para llevar sus creaciones con la esperanza de darse a conocer. Tanto es así que el dueño de la librería, Cody Illinois, se ha visto obligado a no aceptar más que un ejemplar de cada obra para que haya sitio para todos.

El artículo lo ilustraba una foto de Cody en la tienda, en la que posaba orgulloso en el marco de la puerta de lo que, en su día, había sido un trastero; a la entrada de este, en una placa de madera pirograbada, podía leerse: ESCRITORES DE CASA. Podía divisarse el interior del local, cuya pared estaba cubierta de libros y de textos encuadernados. Anna cogió una lupa y miró con atención todas las obras: vio entonces, en medio de la foto, un volumen en rústica; el título de la cubierta, en mayúsculas, rezaba: *LA NOCHE NEGRA,* POR KIRK HARVEY. Acababa

413

de entenderlo: fue en la librería de Cody donde el alcalde Gordon se hizo con el texto de la obra de teatro.

*

En el Palace del Lago, Ostrovski regresaba de un paseo nocturno por el parque. La noche era templada. Al ver al crítico cruzar por el vestíbulo del hotel, un empleado de recepción acudió a su encuentro:

—Señor Ostrovski, hace varios días que tiene en la puerta el cartel de *NO MOLESTAR*. Quería asegurarme de que todo va bien.

—Lo quiero así —aseguró Ostrovski—, estoy en plena creación artística. No deseo que se me moleste por ningún motivo. ¡El arte es un concepto inconcebible!

—Desde luego, señor. ¿Quiere que le llevemos toallas? ¿Necesita artículos de aseo?

—Nada, nada, amigo mío. Le agradezco mucho tanta atención.

Ostrovski subió a su habitación. Le gustaba ser un artista. Por fin se sentía en su lugar. Parecía como si hubiese hallado su verdadera piel. Al abrir la puerta de su *suite,* repetía: *«Dies iræ..., dies iræ...».* Encendió la luz; había empapelado una pared entera con artículos sobre la desaparición de Stephanie. Los estuvo estudiando durante mucho rato. Añadió algunos más. Luego se sentó ante el escritorio cubierto de hojas con notas y miró la foto de Meghan que lo presidía. Besó el cristal del marco y dijo: «Ahora soy un escritor, cariño». Cogió el bolígrafo y empezó a escribir: *«Dies iræ,* el día de la ira».

A pocas millas de allí, en una habitación del Motel 17, en donde se alojaban ahora Alice y Steven, acababa de estallar una violenta discusión. Alice deseaba irse.

—Quiero volver a Nueva York, contigo o sin ti. No quiero seguir en este hotelucho y con esta vida penosa. Eres penoso, Stevie. Lo supe desde el principio.

—¡Vale, Alice, pues vete! —replicó Steven, inclinado sobre el portátil, porque no le quedaba más remedio que entregar un primer artículo para la página web de la *Revista.*

A Alice la irritó que la dejase marchar tan fácilmente.

—¿Por qué no vuelves a Nueva York? —preguntó.

—Quiero cubrir esta obra. Es un momento único de la creación.

—¡Mientes, Stevie! ¡Esta obra es una porquería! Ostrovski paseando en calzoncillos, ¿tú le llamas teatro a eso?

—Vete, Alice.

—Me llevo tu coche.

—¡No! ¡Coge el autobús! ¡Búscate la vida!

—¿Cómo te atreves a hablarme en ese tono, Stevie? ¡No soy un bicho! ¿Qué es lo que te pasa? Y pensar que hasta hace poco me tratabas como a una reina...

—Mira, Alice, tengo muchos problemas. Me estoy jugando el trabajo de la *Revista* por el asunto de la tarjeta de crédito.

—¡A ti solo te importa el dinero, Stevie! ¡No sabes nada del amor!

—Tú lo has dicho.

—Lo voy a soltar todo, Stevie. Si me dejas irme sola a Nueva York, le explicaré a Skip Nalan toda la verdad sobre ti. Sobre tu forma de tratar a las mujeres. Voy a contar cómo me has agredido.

Steven no reaccionó. Alice, viendo las llaves del coche encima de la mesa, a su lado, decidió cogerlas y salir huyendo. Se abalanzó sobre ellas y gritó:

—¡Voy a destruirte, Steven!

Pero no le dio tiempo a salir por la puerta de la habitación. Steven la agarró del pelo y tiró de ella hacia atrás. Alice soltó un grito de dolor. Él la arrojó contra la pared y luego se le echó encima y le propinó un bofetón.

—¡Tú no vas a ninguna parte! —vociferó—. ¡Me has metido en esta mierda y en esta mierda te vas a quedar conmigo!

Ella lo miró, aterrada. Estaba llorando. De pronto, él le sujetó la cara con delicadeza.

—Perdona, Alice —susurró con voz empalagosa—. Perdóname, ya no sé ni lo que hago. Todo este asunto me está volviendo loco. Voy a buscar un hotel mejor, te lo prometo. Voy a arreglarlo todo. Perdóname, amor mío.

En ese mismo instante frente al triste aparcamiento del Motel 17 pasó un Porsche rumbo al océano. Lo conducía Dakota, que le había dicho a su padre que iba al gimnasio del hotel, pero se había escapado con el coche. No sabía si le había mentido a sabiendas o si las piernas se habían negado a obedecerla. Torció hacia Ocean Road y luego siguió el recorrido hasta llegar delante de la casa que había sido de sus padres: El Jardín de Eden. Se fijó en el timbre del portón. Donde antes ponía FAMILIA EDEN, ahora figuraba FAMILIA SCALINI. Fue siguiendo el seto que cerraba la propiedad, observando el lugar a través de las hojas. Veía luz. Al final, encontró un hueco por donde colarse. Saltó la valla y cruzó el seto. Las ramas le arañaron un poco las mejillas. Fue caminando por el césped hasta la piscina. No había nadie. Lloraba en silencio.

Sacó del bolso una botella de plástico en la que había mezclado ketamina y vodka. Se bebió el contenido de un trago. Se echó en una tumbona junto a la piscina. Escuchó el chapoteo sedante del agua y cerró los ojos. Pensó en Tara Scalini.

Dakota Eden

Me acuerdo de la primera vez en que me encontré con Tara Scalini, en marzo de 2004. Yo tenía nueve años. Nos habíamos conocido porque las dos habíamos sido finalistas en un concurso de deletrear, en Nueva York. Fue un flechazo amistoso. Ese día ninguna de las dos queríamos ganar. Íbamos empatadas: primero una y, luego, la otra, deletreábamos mal aposta la palabra que nos pedía el juez de la competición. Nos repetía, por turno: «¡Si deletreas correctamente la próxima palabra, ganas el concurso!».

Pero aquello no se acababa nunca. Y, por fin, después de una hora mareando la perdiz, el juez acabó por declararnos ganadoras a las dos. *Ex æquo.*

Fue el principio de una maravillosa amistad. Nos hicimos inseparables. En cuanto podíamos, estábamos metidas una en casa de la otra.

El padre de Tara, Gerald Scalini, trabajaba en un fondo de inversión. Toda la familia vivía en un piso gigantesco que daba a Central Park. Llevaban un tren de vida fantástico: chófer, cocinero, casa en los Hamptons.

Por entonces, mi padre aún no dirigía Channel 14 y no contaba con los mismos recursos. Vivíamos bien, pero nos encontrábamos a años luz del nivel de vida de los Scalini. A mis nueve años, me parecía que Gerald Scalini era muy simpático con nosotros. Le gustaba que lo visitáramos y mandaba al chófer a buscarme para que fuera a jugar con Tara. En verano, cuando estábamos en Orphea, nos invitaba a comer a su residencia de East Hampton.

Pero, aunque yo era pequeña, no tardé en darme cuenta de que las invitaciones de Gerald Scalini no se debían a la generosidad, sino a sus aires de superioridad. Le gustaba alardear.

Le encantaba invitarnos a su dúplex de seiscientos metros cuadrados que daba a Central Park para poder ir, después, a nuestro piso y decir: «¡Qué mona tenéis la casa!». Se deleitaba recibiéndonos en su fastuosa propiedad de East Hampton para ir, luego, a tomar café a la modesta casa que alquilaban mis padres en Orphea y decir: «Muy simpática, la casita».

Creo que mis padres tenían trato con los Scalini más que nada para complacerme. Tara y yo nos adorábamos. Nos parecíamos mucho las dos; éramos muy buenas alumnas, sobre todo con muchas dotes para la literatura, leíamos con voracidad y compartíamos el sueño de ser escritoras. Nos pasábamos los días componiendo historias juntas y redactándolas tanto en hojas sueltas como en el ordenador de la familia.

Cuatro años después, en la primavera de 2008, Tara y yo rondábamos los trece años. La carrera de mi padre había dado un salto espectacular. Enlazó varios ascensos importantes, apareció en la prensa especializada y, por fin, lo pusieron al frente de Channel 14. La vida nos cambió muy deprisa. Ahora también nosotros vivíamos en un piso que daba a Central Park, mis padres se estaban construyendo una casa de vacaciones en Orphea y yo estaba en el colmo de la felicidad, porque me habían matriculado en Hayfair, el prestigioso colegio privado al que iba Tara.

Creo que Gerald Scalini empezó a ver a mi padre un poco como una amenaza. No sé de qué se hablaba en la cocina de los Scalini, pero me pareció que Tara comenzaba de pronto a portarse de forma diferente conmigo.

Yo llevaba mucho tiempo diciéndole a Tara que soñaba con tener un portátil. Mi sueño era un ordenador propio para redactar en él mis textos en la intimidad de mi cuarto. Pero mis padres se negaban. Decían que había un ordenador en el saloncito —ahora teníamos un saloncito y un salón— y que podía utilizarlo cuando quisiera.

—Preferiría escribir en mi cuarto.

—El salón está muy bien —me contestaban mis padres, intransigentes.

Aquella primavera a Tara le regalaron un portátil. Exactamente el modelo que yo quería. Nunca me había parecido que ella tuviera ese deseo. Y resultaba que ahora se pavoneaba en la escuela con su nuevo juguete.

Me esforcé por olvidarme del asunto. Sobre todo porque tenía algo más importante en la cabeza: el colegio organizaba un concurso de redacción y yo, al igual que Tara, había decidido presentar un texto. Ambas trabajábamos juntas en la biblioteca del colegio. Ella, en su portátil, mientras que yo me tenía que conformar con escribir en un cuaderno, para luego, por la noche, pasarlo todo al ordenador del saloncito.

Tara decía que su texto les parecía extraordinario a sus padres. Incluso le habían pedido a un amigo suyo, el cual, por lo visto, era un conocido escritor neoyorquino, que lo leyera y le echase una mano. Cuando el mío estuvo acabado, se lo di para que lo leyera antes de enviarlo al concurso. Me dijo que «no estaba mal». Por el tono que puso, me dio la impresión de estar oyendo a su padre. Cuando acabó el suyo, en cambio, se negó a enseñármelo. «No quiero que me copies», me explicó.

A principios del mes de junio de 2008, durante una gran ceremonia organizada en el auditorio del colegio, se dio a conocer con gran pompa el nombre del ganador del concurso. Me quedé muy sorprendida cuando vi que me llevaba el primer premio.

Una semana después, Tara se quejó en clase de que le habían robado el ordenador. Todos teníamos taquillas individuales en el pasillo, cerradas mediante un candado de combinación, y el director del colegio dispuso que se registrasen las mochilas y las taquillas de todos los alumnos de la clase. Cuando me llegó el turno de abrir la taquilla delante del director y del vicedirector, encontré dentro, horrorizada, el ordenador de Tara.

Se armó un escándalo tremendo. El director me llamó, al igual que a mis padres. Por mucho que juré que no había hecho nada, las pruebas eran abrumadoras. Hubo otra reunión con los Scalini, que se mostraron espantados. Aunque seguí protestando y proclamando mi inocencia, tuve que comparecer ante la junta disciplinaria. Me expulsaron una semana del colegio y me impusieron una serie de tareas comunitarias.

Lo peor fue que mis amigos me dieron la espalda: ya no se fiaban de mí. Ahora me apodaban «la ladrona». Tara, por su parte, contaba a cuantos quisieran oírla que me perdonaba. Que, si se lo hubiera pedido, me habría prestado el ordenador. Yo sabía que mentía. Además de mí, solo había otra persona que supiera la combinación del candado de mi taquilla; y esa era, precisamente, Tara.

Me vi muy sola. Muy confundida. Pero aquel episodio, más que debilitarme, me estimuló para escribir más. Las palabras se convirtieron en mi refugio. Iba con frecuencia a la biblioteca del colegio para aislarme y escribir.

Pocos meses después, cambiaron las tornas para los Scalini.

En octubre de 2008 la tremenda crisis financiera afectó de lleno a Gerald Scalini, que perdió gran parte de su fortuna.

Jesse Rosenberg
Martes 22 de julio de 2014
Cuatro días antes de la inauguración

Esa mañana, cuando Derek y yo nos encontramos a Anna en la sala de archivos del *Orphea Chronicle*, se le veía una sonrisa triunfante. La miré, divertido, y le alargué el café que le había llevado.

—Has dado con una pista, ¿a que sí? —le dije.

Anna asintió con expresión misteriosa y nos enseñó un artículo dedicado a la librería de Cody fechado el 15 de junio de 1994.

—Mirad la foto —nos dijo—. Al fondo, a la derecha, en una estantería, se ve un ejemplar de *La noche negra*. Con lo que es más que probable que el alcalde Gordon se hiciera con el texto en la librería.

—Así pues, a principios de junio —resumió Derek—, el alcalde Gordon rompe la obra de Kirk. Y luego va a recuperar ese mismo texto a la librería. ¿Por qué?

—Eso no lo sé —contestó Anna—. En cambio, he hallado una relación entre la obra que está preparando Kirk Harvey ahora mismo en el Gran Teatro y Jeremiah Fold. Volviendo de una cena ayer, me detuve en la comisaría y pasé parte de la noche rebuscando en las bases de datos. Jeremiah Fold tuvo un hijo que nació justo antes de que él muriera. He logrado averiguar cómo se llama la madre: Virginia Parker.

—¿Y...? —preguntó Derek—. ¿Debería sonarnos ese nombre?

—No, pero he hablado con ella. Y me ha contado cómo murió Jeremiah.

—Accidente de tráfico —recordó Derek, que no veía adónde quería ir a parar Anna—. Ya lo sabemos.

—Accidente de moto —especificó Anna—. Se estrelló contra un árbol yendo en moto.

—¿Quieres decir exactamente igual que en el principio de la obra de Harvey? —pregunté.

—Exactamente, Jesse —me contestó Anna.

—Hay que ir de inmediato a interrogar a Kirk Harvey —decidí—. Vamos a obligarlo a que nos cuente todo lo que sabe.

—El mayor no te dejará mover ni un dedo, Jesse —me hizo notar Derek—. Si te metes con Harvey, te relevarán y te apartarán de la investigación. Intentemos actuar de forma metódica. Y vamos a empezar procurando entender por qué la policía de Ridgesport ni siquiera tenía el expediente del accidente cuando hablamos con ella.

—Porque la que se encarga de los accidentes mortales es la policía de tráfico de Nueva York —contestó Anna.

—Entonces hablemos ahora mismo con la policía de tráfico para que nos mande copia del informe.

Anna nos alargó unas cuantas hojas.

—Ya está hecho, caballeros. Aquí lo tienen.

Derek y yo empezamos a leerlo en el acto. El accidente había ocurrido en la noche del 15 al 16 de julio de 1994. El atestado de la policía era muy conciso: «El señor Fold perdió el control de la moto. Circulaba sin casco. Unos testigos lo vieron salir del Ridge's Club alrededor de las doce de la noche. Lo encontró un automovilista hacia las siete de la mañana. Inconsciente, pero vivo. Falleció en el hospital». El expediente incluía unas fotos de la moto; no quedaba más que un amasijo de metal y fragmentos dispersos en la parte baja de un barranco no muy hondo. Se indicaba también que se había enviado copia del expediente, tras haberla solicitado, al agente especial Grace de la ATF.

—El agente especial Grace fue el que nos permitió llegar hasta Ted Tennenbaum al detener al hombre que le había proporcionado el arma del crimen —le explicó Derek a Anna.

—No hay más remedio que hablar con él —dije—. Seguramente ya no es policía, debía de tener unos cincuenta años por entonces.

—Mientras tanto deberíamos ir a interrogar a Virginia Parker, la antigua compañera de Jeremiah Fold —sugirió Derek—. A lo mejor puede contarnos más cosas.

—Nos está esperando en su casa —nos comunicó entonces Anna, que, definitivamente, iba varios pasos por delante—. Vamos allá.

Virginia Parker vivía en una casita muy descuidada a la entrada de Ridgesport. Era una mujer de cincuenta años que parecía haber sido muy guapa, aunque ya no lo era.

—Jeremiah era muy mala persona —nos contó en el salón en donde nos recibió—. Lo único que hizo bien fue al crío. Nuestro hijo es un buen chico, trabaja en una empresa de jardinería en donde lo aprecian mucho.

—¿Cómo conoció a Jeremiah? —pregunté.

Antes de contestar, encendió un cigarrillo y dio una calada honda. Tenía unos dedos largos y finos que remataban unas uñas aceradas de color rojo sangre. Hasta que no expulsó una larga nube blanca no nos dijo:

—Yo cantaba en el Ridge's Club. Un club que entonces estaba de moda y que ahora es un antro. Miss Parker. Ese era mi nombre artístico. Todavía canto allí algunas veces. En aquella época, yo era algo así como la gran estrella. Tenía a todos los hombres a mis pies. Jeremiah era uno de los dueños. Tirando a guapo. Aquel estilo de tío duro de pelar me gustaba mucho al principio. Me atraía su lado peligroso. Hasta que no me dejó embarazada no me di cuenta de cómo era Jeremiah en realidad.

*

Ridgesport, junio de 1993
Seis de la tarde

Desmadejada después de pasar el día entero vomitando, Virginia estaba echada en el sofá cuando llamaron a la puerta de su casa. Creyó que era Jeremiah, que iba a ver cómo se encontraba. Le había dejado un recado en el club hacía veinte minutos para anunciarle que esa noche no se hallaba en condiciones de cantar.

—Pasa —gritó—. Está abierto.

El visitante obedeció. No era Jeremiah, sino Costico, su esbirro. Un armario de luna con unas manos grandes como palas. Virginia lo aborrecía y lo temía a partes iguales.

—¿Qué haces aquí, Costico? —le preguntó—. Jeremiah no está.

—Ya lo sé, me manda él. Tienes que ir al club.

—No puedo, me he pasado el día vomitando.

—Date prisa, Virginia. No te he pedido tu opinión.

—Mírame, Costico. No estoy en condiciones de cantar.

—Arreando, Virginia. Los clientes van al club a oírte cantar. Que Jeremiah te la meta por el culo no te da derecho a favores.

—Como puedes ver, si me miras la tripa —replicó Virginia—, no me la mete solo por el culo.

—¡Cierra el pico y muévete! —le ordenó él—. Te espero en el coche.

*

—¿Y fue usted? —preguntó Anna.

—Pues claro. No tenía elección. Mi embarazo fue un infierno. Me vi obligada a cantar en el club hasta el día antes del parto.

—¿Jeremiah le pegaba?

—No, era peor. Y en eso consistía toda la maldad de Jeremiah. No se consideraba un criminal, sino «un empresario», y Costico, su esbirro, era «su socio». La trastienda, donde hacía sus chanchullos, se llamaba «el despacho». Jeremiah se creía más listo que nadie. Decía que, para ser intocable ante la justicia, no había que dejar rastro. No tenía libro de cuentas y sí permiso de armas y nunca daba órdenes por escrito. Las extorsiones y el trapicheo con drogas o con armas se los hacía «el servicio posventa». Llamaba así a unos cuantos «lacayos» que estaban a su merced. Eran sobre todo padres de familia contra los que tenía pruebas comprometedoras que podían arruinarles la vida: fotos con prostitutas en posturas poco dignas, por ejemplo. A cambio de que él no dijera nada, los «lacayos» tenían que estar a su disposición. Los mandaba a recoger el dinero a casa de sus chantajeados o a entregar la droga a los camellos y, después, a cobrar su parte; todo eso se lo hacían esos tíos tan decentes de los que nadie sospecharía. Jeremiah nunca estaba en primera línea. Los «lacayos» iban luego al club como si fueran clientes y le dejaban al camarero un sobre dirigido a Jeremiah. Nunca había contactos directos. También usaba el club para blanquear todo el dinero sucio. Y eso lo hacía igualmente como Dios manda: lo traspasaba entero al club. Todo se quedaba disuelto en esa contabilidad y, como el club iba viento en popa, era imposible encontrar nada. Después Jeremiah pagaba por esas ganancias un montón de impuestos. Era intocable. Podía apostar tanto como quisiera: todo estaba declarado a Hacienda. Sé que la policía intentó investigarlo, pero nunca encontró nada. Los únicos que habrían podido hundirlo eran los «lacayos», pero ya sabían lo que se les venía encima si lo denunciaban: en el mejor de los casos, quedarse sin vida social, ni profesional. Por no hablar del riesgo de ir a la cárcel por haber participado en actividades delictivas; ni del escarmiento que se llevaban los que se resistían para volver a meterlos en vereda. Como siempre, sin dejar rastro.

*

Ridgesport, 1993
Trastienda del club

Jeremiah acababa de llenar de agua un barreño cuando se abrió la puerta del «despacho». Alzó la vista y Costico metió a empujones a un hombre endeble con traje y corbata.

—¡Ah, hola, Everett! —lo saludó cordialmente Jeremiah—. Me alegro de verte.

—Hola, Jeremiah —contestó el hombre, que temblaba como una hoja.

Everett era un padre de familia modélico al que Costico había grabado con una prostituta menor de edad.

—Vamos a ver, Everett —le dijo muy amablemente Jeremiah—, me cuentan que ya no quieres trabajar en mi empresa.

—Mira, Jeremiah, no puedo seguir corriendo esos riesgos. Es una locura. Si me pescan, pasaré varios años en la cárcel.

—No muchos más de los que te caerán por tirarte a una chica de quince años —le aclaró Jeremiah.

—Estaba convencido de que era mayor de edad —se defendió Everett sin mucha convicción.

—Escucha, Everett, eres un mierda al que le gusta follar con niñas. Hasta que yo decida lo contrario, trabajarás para mí, a menos que prefieras acabar en la cárcel con unos tipos que le sacarán punta a tu polla con una cuchilla.

Antes de que Everett pudiera contestar, Costico lo agarró con fuerza, lo dobló por la cintura y le metió la cabeza en el barreño de agua helada. Lo sujetó unos veinte segundos y, luego, la sacó. Everett cogió una enorme bocanada de aire.

—Curras para mí, Everett —le susurró Jeremiah—, ¿te enteras?

Costico volvió a meterle la cabeza en el agua al infeliz y el suplicio duró hasta que Everett prometió fidelidad.

*

—¿Jeremiah ahogaba a la gente? —le pregunté a Virginia, viendo en el acto un paralelismo con la forma en que habían matado a Stephanie.

—Sí, capitán Rosenberg —asintió Virginia—. Él y Costico habían convertido esos ahogamientos simulados en su especialidad. Solo se lo hacían a tipos corrientes, asustadizos y que se dejaban explotar. Pero yo, en el club, cuando veía a un pobre hombre salir del «despacho» con la cabeza chorreando y llorando, ya sabía de qué iba la cosa. Ya le digo, Jeremiah machacaba a la gente por dentro, sin dejar pistas visibles.

—Y ¿Jeremiah mató así a alguien?

—Probablemente. Era capaz de todo. Sé que hubo gente que desapareció sin dejar rastro. ¿La ahogó? ¿La quemó? ¿La enterró? ¿La echó a comer a los cerdos? No lo sé. Jeremiah no le tenía miedo a nada, menos a ir a la cárcel. Por eso era tan prudente.

—Y ¿qué pasó luego?

—Di a luz en enero de 1994. Entre Jeremiah y yo no cambió nada. Nunca se habló de boda, ni de vivir juntos. Pero me daba dinero para el niño. ¡Ojo, nada de efectivo contante y sonante! ¡Me extendía cheques o me hacía transferencias bancarias! Todo muy oficial. La cosa duró hasta julio. Hasta que murió.

—¿Qué ocurrió la noche en que murió?

—Creo que Jeremiah tenía miedo a la cárcel porque padecía claustrofobia. Decía que no soportaba la idea de estar encerrado. Siempre que podía se desplazaba, mejor que en coche, en una moto enorme y nunca se ponía el casco. Hacía el mismo trayecto todas las noches: salía del club hacia la medianoche y regresaba a casa por la carretera 34, que en ese tramo es casi recta. Corriendo siempre como un loco. Se creía libre e invencible. La mayoría de las veces estaba borracho. Siempre pensé que acabaría matándose con la moto. Nunca se me ocurrió que se fuera a partir la cabeza yendo solo y a palmarla como un perro al borde de la carretera, con una agonía de horas. En el hospital dijeron que, si lo hubieran encontrado antes, habría podido salir del paso. Nunca me he sentido tan aliviada como cuando me comunicaron su muerte.

—¿Le dice algo el nombre de Joseph Gordon? —pregunté—. Era el alcalde de Orphea hasta julio de 1994.

—¿Joseph Gordon? —repitió Virginia—. No, no me suena de nada, capitán. ¿Por qué?

—Era un alcalde corrupto y me pregunto si tendría algún trato con Jeremiah.

—Yo no me inmiscuía nunca en sus asuntos, ¿sabe? Cuanto menos me metía, mejor me iba.

—Y ¿qué hizo después de que él muriese?

—Lo único que sabía hacer: seguí cantando en el Ridge's Club. Pagaban bien. El imbécil de Costico todavía anda por allí.

—¿Se quedó con los negocios?

—Se quedó con el club. Los negocios de Jeremiah acabaron con su muerte. Costico es un individuo que no está a la altura, no es inteligente. Todos los empleados meten la mano en la caja y él es el único que no se entera. Incluso ha estado en la cárcel por trapichear.

Después de hablar con Virginia Parker, fuimos al Ridge's Club. El local no abría hasta media tarde, pero dentro había unos empleados que limpiaban sin gran entusiasmo. Se encontraba en un sótano, como los clubs de antes. Solo por la decoración saltaba a la vista que aquel sitio había estado en la cresta de la ola en 1994 y que, en 2014, era un antro. Al lado de la barra vimos a un hombre robusto que andaría por los sesenta años, uno de esos cachas que envejecen mal; estaba recibiendo un pedido de bebidas alcohólicas.

—¿Quién los ha dejado entrar? —dijo, irritado al vernos—. No abrimos hasta las seis.

—Apertura especial para la pasma —le dijo Derek enseñando la placa—. ¿Es usted Costico?

Nos dimos cuenta de que era él porque salió por pies. Cruzó el local y se metió por un pasillo que llevaba a una salida de emergencia. Corría deprisa. Anna y yo lo perseguimos, mientras Derek se decantaba por las escaleras principales. Costico, tras subir un tramo de peldaños muy estrechos, salió por una puerta que daba al exterior y desapareció en la luz cegadora del día.

Cuando Anna y yo llegamos a la calle, Derek ya tenía inmovilizado al corpulento Costico y lo estaba esposando.

—Bueno, Derek —le dije—. ¡Está visto que has recuperado todos los reflejos!

Sonrió. De pronto, parecía radiante.

—Qué bien sienta volver a la calle, Jesse.

Costico se llamaba Costa Suarez. Había estado en la cárcel por tráfico de drogas y, si había salido huyendo, era porque llevaba en la chaqueta una bolsita con bastante cocaína. Vista esa cantidad, resultaba claro que seguía vendiendo. Pero no era eso lo que nos interesaba. Queríamos aprovechar el sobresalto para interrogarlo y eso fue lo que hicimos en el club. Había una trastienda, en cuya puerta, en una placa, ponía DESPACHO. La habitación era tal y como nos la había descrito Virginia: fría y sin ventanas. En una esquina, un lavabo y, debajo, un viejo barreño de cobre.

El interrogatorio lo dirigió Derek.

—Nos importa un carajo que trafiques en tu club, Costico. Tenemos cosas que preguntarte sobre Jeremiah Fold.

Costico pareció sorprendido.

—Hace veinte años que no oía hablar de él.

—Y, sin embargo, conservas recuerdos suyos —replicó Derek—. ¿Así que es aquí en donde os dedicabais a putear a la gente?

—A quien le gustaban esas chorradas era a Jeremiah. Si me hubiera hecho caso, los habríamos reventado a puñetazos.

Costico nos mostró los gruesos nudillos provistos de anillos grandes y cromados de afiladas aristas. Desde luego, no era un individuo que rebosara inteligencia. Pero tenía suficiente sentido común para preferir contarnos lo que queríamos saber, antes de que lo detuviésemos por posesión de drogas. Y quedó claro que Costico nunca había oído mencionar al alcalde Gordon.

—¿El alcalde Gordon? No, ese nombre no me suena de nada —nos aseguró.

Como Costico nos explicó que tenía mala memoria para los nombres, le enseñamos una foto del alcalde. Pero siguió en sus trece.

—Puedo jurarles que ese tipo nunca puso los pies aquí. Créanme, si me hubiera cruzado con él, me acordaría.

—¿Así que no tenía nada que ver con Jeremiah Fold?

—Seguro que no. Por entonces, yo lo llevaba todo. Jeremiah ya no hacía nada. Todo el mundo se ríe a mis espaldas diciendo que soy un estúpido, pero en aquellos tiempos Jeremiah se fiaba de mí.

—Si Joseph Gordon no hacía negocios con vosotros, ¿podría haber sido uno de los «lacayos»?

—No, imposible. Me acordaría de su cara. Le digo que tengo memoria de elefante. Por eso me valoraba tanto Jeremiah: no quería dejar nunca nada por escrito. Nada de nada. Pero a mí se me quedaba todo: las consignas, las caras, los números. Y, además, de todas formas, Orphea no era nuestro territorio.

—Y, sin embargo, chantajeabais a Ted Tennenbaum, el dueño del Café Athéna.

A Costico le sorprendió volver a oír ese nombre. Asintió:

—Ted Tennenbaum era un tío duro de pelar. Nada que ver con la clase de gente con la que Jeremiah se metía. Él nunca se arriesgaba. Su objetivo eran solo los tíos que se meaban encima al verme llegar. Pero lo de Tennenbaum parecía diferente, un asunto personal. Ese le había pegado una paliza delante de una chica y Jeremiah quería vengarse. Sí que fuimos a zurrarlo a su casa, pero a Jeremiah no le bastó y decidió sacarle los cuartos. Salvo en esa ocasión, Jeremiah se quedaba en su territorio. Mandaba en Ridgesport, aquí conocía a todo el mundo.

—¿Se acuerda de quién le prendió fuego al futuro restaurante de Ted Tennenbaum?

—Eso ya es pedirme demasiado. Tuvo que ser a la fuerza algún «lacayo». Esos se encargaban de todo. Nosotros no nos mojábamos nunca. A menos que hubiera que zanjar algún problema. Pero, si no, todos los trabajillos eran cosa de ellos. Recibían la droga, se la llevaban a los camellos, le traían luego la pasta a Jeremiah. Nosotros dábamos las órdenes.

—Y ¿de dónde sacaban a esos tipos?

—Todos eran aficionados a las putas. Había un motel cochambroso en la carretera 16 con la mitad de las habitaciones alquiladas a putas para hacer servicios. Todo el mundo lo sabía en la zona. Yo conocía al dueño y a las putas, y teníamos un acuerdo. Los dejábamos en paz a cambio de poder usar con tranquilidad una de las habitaciones. Cuando Jeremiah necesitaba «lacayos», mandaba a una chica menor de edad a hacer la calle. Yo le había encontrado a una muy guapa. Sabía exactamente qué tipo de cliente tenía que escoger. Padres de familia asustadizos. Se los llevaba a esa habitación y le decía al cliente: «Soy menor, todavía voy al instituto. ¿A que te pone?». El tío decía que sí y la chica le pedía entonces cosas indecentes. Yo andaba escondido por algún sitio de la habitación, en general detrás de una cortina, con una cámara. En el momento oportuno, aparecía gritando: «¡Sorpresa!» y apuntaba al tipo con la cámara. ¡No vea qué cara se le ponía! Me encantaba. Me descojonaba de risa. Le decía a la chica que se fuera y luego miraba al tío en bolas, feísimo, temblando. Empezaba por amenazarle con darle una paliza y, después, le decía que podíamos llegar a un acuerdo. Le cogía los pantalones y sacaba la cartera. Le miraba las tarjetas de crédito, el permiso de conducir, las fotos de su mujer y de sus hijos, me quedaba con todo y acto seguido le explicaba que o trabajaba para nosotros, o le llevaría la grabación a su mujer y a su jefe. Quedaba con el tío al día siguiente en el club. Y, los días posteriores, este me veía todas las mañanas y todas las tardes plantado delante de su casa. Estaban aterrados. Andaban muy derechos.

—¿Así que guardaba una lista con todos esos individuos que tenía dominados?

—No. Les dejaba creer que lo conservaba todo, pero me libraba enseguida de su cartera. Lo mismo que nunca había cinta en la cámara para no correr el riesgo de incriminarnos. Jeremiah decía que lo más importante era que no hubiese ninguna prueba. Yo tenía mi pequeña red de tíos y los usaba por turno para no levantar sospechas. En cualquier caso, una cosa es segura: el tipo, Gordon, nunca tuvo nada que ver con Jeremiah, ni de cerca, ni de lejos.

*

En el Gran Teatro, el ensayo iba más bien mal. Alice tenía cara de entierro y Dakota, una pinta cadavérica.

—¿Qué pasa? —chilló Kirk Harvey, exasperado—. Faltan cuatro días para el estreno y parecéis moluscos hervidos. ¡No estáis en lo que tenéis que estar! ¡Si hace falta, puedo sustituiros a todos!

Quiso repetir otra vez la primera escena, pero Dakota no respondía.

—Dakota, ¿qué te pasa? —preguntó Harvey.

—No lo sé, Kirk. No lo consigo.

Y se echó a llorar. Parecía superada.

—¡Ay, qué infierno! —volvió a chillar Kirk Harvey, pasando páginas en su texto—. Bueno, vamos con la segunda escena entonces. Es tu escena clave, Charlotte. Espero que estés en forma.

Charlotte Brown, que esperaba en una butaca de la primera fila, subió al escenario y se acercó a Kirk.

—Estoy lista —aseguró—. ¿Cómo es la escena?

—Una escena en un bar —explicó Harvey—. Interpretas a una cantante.

Colocaron otro decorado: unas cuantas sillas, un telón rojo al fondo. Jerry era un cliente, estaba sentado en la parte delantera del escenario y sorbía un cóctel. Samuel Padalin era ahora el dueño del bar y miraba a su cantante, de pie y en segundo plano.

Sonó una música de piano bar.

—Muy bien —aprobó Harvey—. El decorado está bien. Pero habrá que darse más prisa en el cambio. Charlotte, te colocarán un micrófono con soporte; sales y cantas. Cantas como una diosa, tienes locos a todos los clientes del bar.

—Muy bien —asintió Charlotte—. Pero ¿qué tengo que cantar?

—Aquí tienes el texto —le dijo Harvey, alargándole una hoja.

Charlotte leyó y los ojos, incrédulos, se le salieron de las órbitas al ver qué texto era. Luego dijo a voces:

—¿«Soy la puta del vicealcalde»? ¿Esa es la canción?

—Esa misma.

—No voy a cantar eso. Estás chalado.

—Pues entonces te despido, ¡estúpida! —contestó Harvey.

—¡A mí no me hables así! —le ordenó Charlotte—. Te estás vengando de todos nosotros, ¿no? ¿Así que esa es la supuesta obra magistral? ¿Un ajuste de cuentas con una vida que has pasado dándole vueltas a tus agravios? Contra Ostrovski, contra Gulliver, contra mí.

—¡No sé de qué me estás hablando, Charlotte!

—¿La «danza del carcayú»? ¿La «puta del vicealcalde»? ¿En serio?

—¡Lárgate, Charlotte, si no estás conforme!

Fue Michael Bird quien nos avisó de la situación, mientras Anna, Derek y yo volvíamos de Ridgesport. Nos lo encontramos en la sala de archivos del *Orphea Chronicle*.

—Charlotte ha intentado convencer a toda la compañía de que renunciaran a interpretar *La noche negra* —nos explicó Michael—. Al final, votaron y todos los demás actores quisieron quedarse.

—¿Y Charlotte? —preguntó Anna.

—Se queda también. Kirk ha aceptado quitar la frase «Soy la puta del vicealcalde».

—No puede ser —dijo Derek—. Entre eso y *La danza de la muerte* cualquiera diría que Kirk Harvey solo quiere montar la obra para vengarse de quienes lo humillaron en su momento.

Pero Michael nos mostró entonces la segunda escena, que había grabado con discreción durante la jornada de trabajo, en la que Charlotte interpretaba a una cantante de la que están enamorados todos los clientes.

—¡No puede ser una coincidencia! —exclamó Derek—.
¡Es el Ridge's Club!

—¿El Ridge's Club? —preguntó Michael.

—Era el local de Jeremiah Fold.

El accidente de tráfico, luego el club. Todo aquello no era
invención, ni casualidad. Y, por si fuera poco, según podíamos
ver, el mismo actor hacía el papel de cadáver en la primera escena y, después, de dueño del bar en la segunda.

—La segunda escena es un *flash-back* —me cuchicheó Derek—. Ese personaje es Jeremiah Fold.

—Entonces, ¿la respuesta a la investigación está de verdad
en esa obra? —susurró Michael.

—Michael —dije entonces—, no sé lo que está pasando,
pero sobre todo no le quites ojo a Harvey.

Queríamos hablar con Cody del texto de *La noche negra*
que estaba en venta en su librería en 1994. Como Anna no
conseguía localizarlo por teléfono, fuimos a la tienda. Pero la
dependienta nos dijo que no había visto a su jefe en todo el día.

Era muy raro. Anna sugirió que nos pasásemos por su casa. Al
llegar, se fijó en el acto en que el coche de Cody se hallaba aparcado delante de la fachada. Tenía que estar allí. Sin embargo,
por mucho que llamamos, no acudió a abrirnos la puerta. Anna
giró el picaporte; estaba abierto. En ese momento tuve la impresión de que aquello ya lo había vivido antes.

Entramos. Reinaba un silencio gélido. Las luces seguían
encendidas, aunque era pleno día.

Lo encontramos en el salón.

Desplomado sobre la mesita baja, en medio de un charco
de sangre.

Habían asesinado a Cody.

Derek Scott

Finales de noviembre de 1994. Cuatro meses después del cuádruple asesinato.

Jesse no quería ver a nadie.

Yo pasaba todos los días por su casa, llamaba durante un buen rato, le suplicaba que me abriera. Todo inútil. A veces esperaba horas en la puerta. Pero no había nada que hacer.

Acabó por dejarme entrar cuando amenacé con volar la cerradura y empecé a darle patadas a la puerta. Me encontré entonces ante un fantasma: sucio, con el pelo revuelto, sin afeitar, la mirada hosca y sombría. El piso estaba manga por hombro.

—¿Qué quieres? —me preguntó con tono desabrido.

—Asegurarme de que estás bien, Jesse.

Soltó una risa sarcástica.

—¡Estoy bien, Derek, estoy estupendamente! Nunca he estado mejor.

Y terminó echándome de su casa.

Dos días después, el mayor McKenna fue a buscarme a mi despacho.

—Derek, tienes que ir a la comisaría del distrito 54, en Queens. Tu amigo Jesse ha hecho de las suyas y la policía de Nueva York lo ha detenido esta noche.

—¿Detenido? Pero ¿dónde? Lleva semanas sin salir de casa.

—Bueno, pues le han debido de entrar ganas de desahogarse, porque ha destrozado un restaurante en obras. Un sitio que se llama La Pequeña Rusia. ¿Te suena de algo? Resumiendo, busca al dueño y arréglame este jodido asunto. Y haz que entre en razón, Derek. Si no, no podrá nunca volver a incorporarse a la policía.

—Me pongo a ello —asentí.

El mayor McKenna me miró.

—Tienes una pinta malísima, Derek.

—No me encuentro muy allá.

—¿Has ido a ver a la psicóloga?

Me encogí de hombros.

—Vengo todas las mañanas por rutina, mayor. Pero creo que mi sitio ya no está en la policía, después de lo que ha ocurrido.

—Pero, Derek, joder, ¡si eres un héroe! ¡Le salvaste la vida! Que no se te olvide nunca; sin ti, Jesse estaría ahora muerto. ¡Le salvaste la vida!

Jesse Rosenberg
Miércoles 23 de julio de 2014
Tres días antes de la inauguración

Orphea se encontraba conmocionada. Habían asesinado a Cody Illinois, el librero encantador que no se llevaba mal con nadie.

La noche había sido corta tanto para la policía como para los vecinos. La noticia de un segundo asesinato había arrastrado a los periodistas y a los curiosos hacia la casa de Cody. La gente parecía fascinada y aterrada a la vez. Primero Stephanie Mailer y, ahora, Cody Illinois. Ya se empezaba a hablar de un asesino en serie. Se estaban organizando patrullas ciudadanas. En ese ambiente de inquietud generalizada, lo primero era evitar las escenas de pánico. La policía estatal y todas las policías locales se pusieron a disposición del alcalde Brown para garantizar la seguridad de la población.

Anna, Derek y yo pasamos la mitad de la noche en vela intentando entender qué había podido pasar. Asistimos al primer examen del doctor Ranjit Singh, el médico forense que acudió. Cody había muerto por unos golpes en la nuca con una lámpara de metal, muy pesada, que estaba junto al cadáver, llena de sangre. Además, el cuerpo se hallaba en una postura muy rara, como si Cody hubiera estado de rodillas y con las manos en la cara, como si hubiera querido taparse los ojos o restregárselos.

—¿Estaba implorando clemencia a su asesino? —preguntó Anna.

—No creo —contestó el doctor Ranjit—. Lo habrían golpeado por delante y no por detrás. Y, además, por lo que veo, para una fractura de cráneo como esta, el asesino tenía que estar a mucha mayor altura que él.

—¿Mucha mayor altura? —había preguntado Derek—. ¿Qué quieres decir?

El doctor Singh se había hecho su composición de lugar e improvisó una somera reconstrucción.

—Cody abre la puerta al asesino. A lo mejor, lo conoce. En cualquier caso, no desconfía, porque no hay señales de pelea. Creo que lo recibe y va delante de él hasta el salón. Tiene pinta de tratarse de una visita. Pero ahora Cody se vuelve y lo ciegan. Se lleva las manos a los ojos y cae de rodillas. El asesino agarra esta lámpara de encima del mueble y golpea con todas sus fuerzas a su víctima en la cabeza. Cody muere en el acto, pero el asesino le propina unos cuantos golpes más, como si quisiera tener la certeza de que lo ha matado.

—Espera —lo interrumpió Derek—, ¿qué quieres decir con eso de «cegado»?

—Creo que neutralizaron a la víctima con un espray de pimienta. Lo que explicaría la presencia de lágrimas y de mucosidades en la cara.

—¿Un espray de pimienta? —repitió Anna—. ¿Como cuando atacaron a Jesse en el piso de Stephanie Mailer?

—Sí —confirmó el doctor Singh.

Ahora intervine yo:

—¿Y dices que el asesino quería tener la certeza de matar, pero al mismo tiempo viene aquí sin armas y recurre a una lámpara? ¿Qué tipo de asesino actúa así?

—Alguien que no quiere matar, pero a quien no le queda más remedio —respondió el doctor Singh.

—¿Está borrando las huellas del pasado? —susurró Derek.

—Eso me parece —ratificó el doctor Singh—. Alguien en esta ciudad está dispuesto a todo para proteger su secreto e impediros que llevéis hasta el final la investigación.

¿Qué sabía Cody? ¿Qué relación existía entre él y este caso? Registramos la vivienda e inspeccionamos la librería. Fue en vano. No encontramos nada.

Esa mañana, Orphea, el estado de Nueva York y, muy pronto, el país entero despertaron con el asesinato de Cody en los boletines informativos. Más que la muerte de un librero, lo que apasionaba a la gente era la sucesión de los acontecimientos. Todos los medios de información nacionales lo mencionaban ya y cabía esperar un aluvión de curiosos sin precedente en Orphea.

Para hacer frente a la situación, nos reunimos con carácter de urgencia en el ayuntamiento el alcalde Brown, el mayor McKenna de la policía estatal, representantes de las ciudades vecinas, el jefe Gulliver, Montagne, Anna, Derek y yo.

La primera pregunta a la que había que contestar era si seguía adelante el festival. Durante la noche ya se había decidido ponerles inmediatamente protección policial a todos los componentes de la compañía.

—Creo que hay que suspender la obra —dije—. Solo contribuye a envenenar la situación.

—Lo que usted opine no cuenta, capitán —me dijo Brown con un tono muy desagradable—. Por un motivo que ignoro, la tiene tomada con el amigo Harvey.

—¿«El amigo Harvey»? —repetí con ironía—. ¿También lo llamaba así hace veinte años cuando le quitó la novia?

—Capitán Rosenberg —escupió el alcalde—, ¡su tono y su insolencia son intolerables!

—Jesse —me llamó al orden el mayor McKenna—, sugiero que te guardes las opiniones personales. ¿Crees que Kirk Harvey sabe de verdad algo relacionado con el cuádruple asesinato?

—Creemos que podría existir una relación entre su obra y el caso.

—¿«Creemos»? ¿«Podría»? —suspiró el mayor—. Jesse, ¿tienes datos concretos e irrefutables?

—No. Solo son suposiciones, pero bastante confirmadas.

—Capitán Rosenberg —intervino el alcalde Brown—, todo el mundo dice que es usted un gran investigador y lo respeto por ello. Pero me parece que, desde que se presentó usted en esta ciudad, va sembrando el caos por donde pasa, sin que por ello avance usted en el caso.

—Es porque el cepo se está cerrando y va a pillarlo por lo que el asesino se revuelve.

—¡Ah, estoy encantado de que se me dé una explicación de todo el desbarajuste que hay en Orphea! —dijo irónicamente el alcalde—. En cualquier caso, la obra sigue adelante.

—Señor alcalde —intervino Derek—, creo que Harvey le está tomando el pelo y que no va a revelar el nombre del asesino.

—¡Él, no; su obra, sí!

—No juegue con las palabras, señor alcalde. Estoy convencido de que Harvey no tiene ni la menor idea de la identidad del asesino. No deberíamos correr el riesgo de permitir que se represente esa obra. No sé cómo va a reaccionar el asesino si piensa que va a salir su nombre a la luz.

—Exacto —dijo el alcalde Brown—. Es algo que nunca se ha visto. Fíjese en las cámaras de televisión y en los curiosos que hay en la calle. Orphea es el centro de atención. ¡El país entero se ha olvidado de los videojuegos y de los programas de televisión estúpidos, y contiene el aliento por una obra de teatro! ¡Es extraordinario! ¡Lo que está pasando, aquí y ahora, es sencillamente único!

El mayor McKenna se volvió hacia el jefe Gulliver:

—¿Qué opina sobre seguir adelante con la obra, jefe Gulliver?

—Presento mi dimisión —le contestó Gulliver.

—¿Cómo que «presenta su dimisión»? —dijo el alcalde Brown, atragantándose.

—¡Dejo mis funciones con efecto inmediato, Alan! Quiero trabajar en esa obra. ¡Es extraordinaria! Y, además, yo también soy un centro de atención. Nunca me había sentido tan realizado a nivel personal. ¡Por fin existo!

El alcalde Brown decretó entonces:

—Subjefe Montagne, lo nombro jefe interino de la policía.

Montagne sonrió, victorioso. Anna se esforzó por no inmutarse; no era el momento de montar un número. El alcalde se volvió hacia el mayor McKenna y le preguntó a su vez:

—Y a usted, mayor, ¿qué le parece?

—Es su ciudad, señor Brown. Así que la decisión es suya. En cualquier caso, opino que, aunque lo cancelase todo, el problema de la seguridad no iba a resolverse. Los medios de comunicación y los curiosos continuarán invadiendo la ciudad. Pero, si sigue adelante con la representación, habrá que adoptar medidas drásticas.

El alcalde hizo una pausa para reflexionar y luego declaró con voz firme:

—Acordonamos por completo la ciudad y seguimos adelante con la obra.

McKenna enumeró entonces las medidas de seguridad que había que tomar. Controlar todos los accesos a la ciudad. Cerrar al tráfico la calle principal. Alojar a la compañía en el Palace del Lago, que contaría con la máxima vigilancia policial. Escoltarla con una comitiva especial todos los días para ir al Gran Teatro y volver.

Cuando por fin se acabó la reunión, Anna acorraló al alcalde Brown en un pasillo.

—Mierda, Alan —estalló—, ¿cómo ha podido poner a Montagne en el puesto de Gulliver? Me hizo venir a Orphea para que tomase las riendas de la policía, ¿sí o no?

—Es algo provisional, Anna. Necesito que te centres en la investigación.

—¿Está resentido conmigo porque le hemos interrogado dentro de la investigación? ¿Es eso?

—Me podrías haber avisado, Anna, en vez de trincarme como a un bandido.

—Si hubiera dicho todo lo que sabía, no habría aparecido como sospechoso en la investigación.

—Anna —dijo irritado Brown, que no estaba de humor para hablar—, si este caso me cuesta la alcaldía, tendrás que ir haciendo las maletas de todas formas. Así que demuéstrame lo que eres capaz de hacer y échale el guante al que tiene aterrorizada a la ciudad.

*

El Palace del Lago se había convertido en un campamento fortificado. Habían llevado a toda la compañía de actores a un salón cuyo acceso custodiaba la policía.

Los medios de comunicación y los curiosos se agolpaban en la zona delantera del hotel, achicharrándose al sol del mediodía, con la esperanza de ver a Harvey y a los actores. Creció la expectación cuando llegaron un minibús y unos coches de policía: la compañía iba a desplazarse al Gran Teatro para empezar el ensayo. Tras una prolongada espera, aparecieron por fin los actores, rodeados de policías. Tras las barreras de seguridad, los aclamaron y corearon sus nombres. Los mirones pedían fotos y autógrafos, los periodistas querían una declaración.

Ostrovski fue el primero en apresurarse a responder a esas demandas. Los demás lo imitaron enseguida. Arrebatados por ese baño de masas entusiastas, los que aún sentían alguna preocupación por el riesgo que suponía trabajar en *La noche negra* acabaron por convencerse. Estaban a punto de convertirse en estrellas. En directo, en las pantallas de televisión, todo el país estaba descubriendo los rostros de esa compañía de aficionados que causaba sensación.

—Ya os dije yo que os ibais a convertir en estrellas —se enorgulleció Harvey, radiante de felicidad.

A pocas millas de allí, en su casa a orillas del océano, Gerald Scalini y su mujer se toparon, atónitos, con la cara de Dakota Eden en la pantalla del televisor.

En Nueva York, Tracy Bergdorf, la mujer de Steven, a quien avisaron sus compañeros, se encontró, pasmada, con su marido haciendo de estrella de Hollywood.

En Los Ángeles, en el Beluga Bar, los antiguos actores de Kirk Harvey miraban, atónitos, a su director escénico, famoso de repente, que salía en todas las cadenas que ofrecían información las veinticuatro horas. El país entero hablaba de *La noche negra*. Habían perdido su oportunidad.

*

La única pista que Anna, Derek y yo podíamos tener en cuenta a estas alturas era que Cody tuviera algo que ver con Jeremiah Fold y sus sórdidos chanchullos. Decidimos, pues, volver al Ridge's Club para interrogar de nuevo a Costico. Pero, cuando le enseñamos una foto del librero, aseguró que nunca lo había visto.

—Y este otro ¿quién es? —preguntó.

—Un hombre al que asesinaron anoche —le respondí.

—¡Ay, Dios! —se lamentó Costico—. ¿No pensarán venir a verme cada vez que encuentren un fiambre?

—¿Así que nunca viste a este hombre en el club? ¿Ni entre las personas con las que trataba Jeremiah?

—Nunca, ya se lo he dicho. ¿Qué les hace pensar que haya una relación?

—Todo permite suponer que ese alcalde Gordon, a quien no conoces, adquirió en la librería de este Cody, a quien no conoces, el texto de una obra de teatro, titulada *La noche negra,* en la que aparecía, en clave, el nombre de Jeremiah Fold.

—¿Tengo yo cara de dedicarme al teatro? —replicó Costico.

Costico era demasiado estúpido para mentir bien; podíamos, pues, creerlo cuando afirmaba que nunca había oído mencionar ni a Gordon, ni a Cody.

¿Estaría Gordon traficando con algo? ¿Podría haber servido la librería de Cody de tapadera? ¿Y si toda esa historia de los escritores locales hubiera sido un engaño para camuflar un negocio ilegal? Las hipótesis se nos agolpaban en la cabeza. Una vez más, carecíamos de datos concretos.

A falta de algo mejor, decidimos ir al motel donde Costico nos había dicho que pescaba a sus «lacayos». Al llegar, nos dimos cuenta de que el establecimiento no había cambiado con los años. Y, cuando nos bajamos del coche, el uniforme de Anna y las placas de policía que llevábamos en el cinturón causaron cierto pánico a la fauna que poblaba el aparcamiento.

Hablamos con todas las prostitutas de cincuenta años o más. Una de ellas, que tenía pinta de alcahueta y que, por lo demás, se hacía llamar Regina, nos informó de que llevaba poniendo orden en aquel aparcamiento desde mediados de la década de 1980.

Nos invitó a acompañarla a la habitación que le servía de despacho para que tuviéramos tranquilidad y, sobre todo, para que no estuviéramos a la vista de los clientes, porque los espantábamos.

—¿Qué ocurre? —nos preguntó, invitándonos a sentarnos en un sofá de polipiel—. No parecen ustedes de la brigada antivicio, nunca los había visto.

—Brigada criminal —le expliqué—. No venimos a crearles problemas. Tenemos unas preguntas sobre Jeremiah Fold.

—¿Jeremiah Fold? —repitió Regina, como si estuviéramos invocando a un fantasma.

Asentí.

—Si le menciono a los «lacayos» de Jeremiah Fold, ¿le suena de algo? —le pregunté.

—Claro que sí, guapo —contestó.

—Y ¿conoce a estos dos hombres? —seguí preguntando, enseñándole las fotos de Gordon y de Cody.

—Nunca he visto a estos tipos.

—Necesito saber si tenían relación con Jeremiah Fold.

—¿Relación con Fold? Eso no lo sé.

—¿Podrían haber sido «lacayos»?

—Es posible. De verdad se lo digo, no tengo ni idea. Jeremiah pescaba a los «lacayos» entre clientes ocasionales. Los habituales solían ir siempre con las mismas chicas y sabían que no había que tocar a Mylla.

—¿Quién es Mylla? —preguntó Derek—. ¿La chica que hacía de cebo?

—Sí. No fue la única, pero sí la que más duró. Dos años. Hasta la muerte de Jeremiah. Las demás, ni tres meses.

—¿Por qué?

—Todas se drogaban. Dejaban de ser presentables. Jeremiah se libraba de ellas.

—¿Cómo?

—Sobredosis. La policía no sospechaba nada. Él abandonaba el cuerpo en algún sitio y los policías pensaban que era una yonqui menos.

—Pero ¿esa Mylla no se drogaba?

—No. Nunca tocó esas porquerías. Era una chica inteligente, muy bien educada, que se había quedado pillada en las garras de Jeremiah. Este cuidaba de ella porque andaba algo enamorado. Era guapa de verdad. Quiero decir que esas chicas de ahí fuera son putas. Ella tenía algo más. Como una princesa.

—Y ¿cómo pescaba a los «lacayos»?

—Buscaba clientes en el arcén y los llevaba a la habitación. Y allí caían en la trampa de Costico. ¿Conocen a Costico?

—Sí —dijo Anna—, hemos hablado con él. Pero no entiendo por qué ninguno de esos hombres que cayeron en la trampa se rebeló.

—Huy, había que ver a Costico hace veinte años. Con unos músculos tremendos. Y cruel. Terrible. Y a veces incontrolable. Lo he visto romper rodillas y brazos para que lo obedecieran. Un día se metió en casa de un «lacayo», lo sacó de la cama, en donde estaba con su mujer, y le dio una paliza delante de ella. ¿Qué quería que hiciera luego el individuo? ¿Ir a denunciarlo a la policía? Si estaban llevando droga... Habría acabado en una prisión federal.

—¿Y usted hacía la vista gorda?

—El aparcamiento no es mío, ni el motel —se defendió Regina—. Y, además, Jeremiah no se metía con nosotras. Nadie quería tener problemas con él. Una sola vez vi a un tipo poner en su sitio a Costico; tuvo su gracia.

—¿Qué pasó?

—Fue en enero de 1994, me acuerdo porque había nevado mucho. El individuo sale de la habitación de Mylla en pelotas. Solo llevaba las llaves del coche. Costico echa a correr detrás de él. El individuo abre la puerta del coche y saca un espray de pimienta. Rocía a Costico, que se pone a chillar como una niña. ¡Me muero de risa! El individuo se sube al coche y se larga. ¡En pelotas! ¡En la nieve! ¡Menuda escena!

Regina se rio al acordarse.

—¿Un espray de pimienta? —pregunté, intrigado.

—Sí. ¿Por qué?

—Estamos buscando a un hombre que a lo mejor tuvo que ver con Jeremiah Fold y usa un espray de pimienta.

—De eso, guapo, ni idea. Solo le vi el culo y fue hace veinte años.

—¿Algún rasgo particular?

—Un culo muy potable —dijo Regina, sonriendo—. A lo mejor Costico se acuerda. El tipo se dejó los pantalones con la cartera en la habitación y me imagino que a Costico no se le escapó.

No insistí y pregunté:

—¿Qué fue de Mylla?

—Cuando murió Jeremiah, desapareció. Mejor para ella. Espero que encontrase una vida nueva en otra parte.

—¿Tiene idea de cómo se llamaba de verdad?

—Ni la menor idea.

Anna se dio cuenta de que Regina no nos lo contaba todo y le dijo:

—Necesitamos hablar con esa mujer. Es muy importante. Hay un tipo que está sembrando el terror y matando a inocentes para proteger su secreto. Y ese tipo podría tener algo que ver con Jeremiah Fold. ¿Cómo se llamaba Mylla? Si lo sabe, tiene que decírnoslo.

Regina se quedó mirándonos, se levantó y fue a hurgar en una caja llena de recuerdos. Sacó un recorte viejo de periódico.

—Encontré esto en la habitación de Mylla después de que se marchara.

Nos alargó el trozo de papel. Era una alerta por desaparición sacada de *The New York Times* y fechada en 1992. La hija de un hombre de negocios y político de Manhattan se había fugado y no aparecía. Se llamaba Miranda Davis. La alerta iba acompañada de la foto de una joven de diecisiete años a quien reconocí en el acto. Era Miranda, la mujer de Michael Bird.

Dakota Eden

Cuando era pequeña, mis padres me decían que no había que apresurarse en juzgar a las personas y que había que darles siempre una segunda oportunidad. Me esforcé en perdonar a Tara e hice cuanto pude para que nuestra amistad siguiera adelante.

Tras la crisis financiera de 2008, Gerald Scalini, que había perdido muchísimo dinero, tuvo que renunciar al piso enfrente de Central Park, a la casa de los Hamptons y al tren de vida que llevaba. Comparados con una gran mayoría de los estadounidenses, los Scalini no eran personas a las que hubiera que compadecer: se mudaron a un piso muy bonito del Upper East Side y Gerald se las apañó para que Tara pudiera seguir asistiendo a la misma escuela privada, lo cual no era poco. Pero ya no hacían la vida de antes, con chófer, cocinero y fin de semana en el campo.

Gerald Scalini se esforzaba en dar el pego, pero la madre de Tara le decía a quien quisiera escucharla: «Lo hemos perdido todo. Ahora vivo como una esclava, tengo que llevar la ropa corriendo a la tintorería y, luego, recoger a mi hija del colegio y preparar la comida para toda la familia».

En el verano de 2009, estrenamos El Jardín de Eden, nuestra fantástica casa de Orphea. No digo «fantástica» porque quiera presumir: de aquel sitio se desprendía una esencia maravillosa. Se había construido y decorado todo con gusto. Cada mañana de aquel verano desayuné frente al océano. Me pasaba los días leyendo y, sobre todo, escribiendo. Me parecía que esa casa era una casa de escritor como las que salían en los libros.

A finales del verano, mi madre me convenció para que invitase a Tara a pasar unos días en Orphea. A mí no me apetecía nada.

—La pobre lleva todo el verano metida en Nueva York —dijo mi madre, defendiéndola.

—No hay motivo para tenerle lástima, mamá.

—Cariño, hay que saber compartir las cosas. Y tener paciencia con los amigos.

—No la aguanto —expliqué—. Va de sabihonda.

—A lo mejor es que, en el fondo, se siente amenazada. A los amigos hay que cuidarlos.

—Ya no es mi amiga —dije.

—Ya conoces el dicho: un amigo es alguien a quien conoces bien y a quien, a pesar de eso, sigues queriendo. Y, además, bien que te gustaba cuando te invitaba ella a East Hampton.

Acabé por invitar a Tara. Mi madre tenía razón: volver a vernos nos sentó bien. Recobré aquella energía de los primeros tiempos de nuestra amistad. Nos pasamos veladas enteras tendidas en el césped charlando. Una noche, llorando, me confesó que había amañado el robo de su ordenador para que me echasen a mí la culpa. Reconoció que le había dado envidia mi texto, dijo que no volvería a pasar, que me quería por encima de todo. Me suplicó que la perdonase y la perdoné. Todo era ya agua pasada.

Tras reanudar nuestra amistad, la relación entre nuestros padres, que se había deshecho al mismo tiempo que la nuestra, volvió a estrecharse. Los Scalini incluso vinieron a pasar un fin de semana, durante el que Gerald, siempre igual de insoportable, no paró de criticar las preferencias de mis padres: «¡Ay, qué lástima que os decidierais por este material!»; o: «¡La verdad es que yo no lo habría hecho así!». Tara y yo volvimos a ser inseparables y nos pasábamos la vida o en casa de una, o en casa de otra. También volvimos a escribir juntas. Aquella temporada coincidió con mi pasión por el teatro, que acababa de descubrir. Me encantaba: leía obras teatrales con avidez. Pensé hasta en escribir una. Tara decía que podíamos intentar hacerla juntas. Al trabajar en Channel 14, a mi padre le enviaban invitaciones para todos los preestrenos. Así que íbamos continuamente al teatro.

En la primavera de 2010, mis padres me regalaron el portátil con el que tanto había soñado. No era posible ser más feliz.

Me pasé todo el verano escribiendo en la terraza de la casa de Orphea. Mis padres se preocupaban.

—¿No quieres ir a la playa, Dakota? ¿O a dar una vuelta por el centro? —me preguntaban.

—Estoy escribiendo —les explicaba yo—. Estoy muy ocupada.

Era la primera vez que escribía una obra de teatro, a la que había puesto el título de *El señor Constantin* y cuyo argumento era el siguiente: el señor Constantin es un anciano que vive solo en una casa inmensa de los Hamptons y cuyos hijos nunca van a verlo. Un día, harto de que lo tengan abandonado, les hace creer que se está muriendo: sus hijos, que tienen todos ellos la esperanza de heredar la casa, acuden a toda prisa para atenderlo en su enfermedad y le dan todos los caprichos.

Era una comedia. Estaba entusiasmada; le dediqué un año entero. Mis padres me veían siempre delante del ordenador.

—¡Trabajas demasiado! —me decían.

—No trabajo, me divierto —les explicaba.

—Bueno, pues te diviertes demasiado.

Aproveché el verano de 2011 para terminar *El señor Constantin* y, a comienzos de curso, en septiembre, se la di a leer a mi profesora de literatura, a la que admiraba mucho. Su primera reacción, tras acabar la lectura, fue citarnos a mis padres y a mí.

—¿Han leído el texto de su hija? —preguntó a mis padres.

—No —contestaron—. Ella prefería que lo leyera primero usted. ¿Hay algún problema?

—¿Algún problema? No lo dirán en serio, ¡es magnífico! ¡Qué texto tan extraordinario! Creo que su hija tiene un don. Por eso quería verlos; como es posible que sepan, estoy metida en el club de teatro del colegio. Todos los años, en el mes de junio, se representa una obra y querría que este año fuera la de Dakota.

No podía creérmelo: mi obra iba a representarse. De pronto en el colegio no se habló ya de otra cosa. Yo era una alumna tirando a discreta, pero mi popularidad se puso por las nubes.

Los ensayos iban a empezar en enero. Me quedaban unos meses para pulir el texto. Me dediqué en exclusiva a eso, incluso en las vacaciones de invierno. Tenía muchísimo empeño en que fuera perfecto. Tara venía a casa a diario; nos encerrábamos en mi cuarto. Sentada ante mi escritorio, como pegada con cola a la pantalla del ordenador, leía la parte de cada actor en voz alta. Tara, echada en mi cama, me escuchaba atentamente y me daba su opinión.

Todo dio un vuelco el último domingo de las vacaciones. La víspera del día en que tenía que entregar el texto, Tara estaba en mi casa como todos los días anteriores. Era media tarde. Dijo que tenía sed y fui a la cocina a buscarle agua. Cuando volví a mi cuarto, se disponía a irse.

—¿Te marchas ya?

—Sí, no me había fijado en qué hora es. Tengo que volver a casa.

De repente la encontré rara.

—¿Todo va bien, Tara? —le pregunté.

—Sí, todo bien —me aseguró—. Nos vemos mañana en el colegio.

La acompañé a la puerta. Cuando volví al ordenador, el texto no estaba ya en la pantalla. Creí que se trataba de un problema informático, pero, cuando quise volver a abrir el documento, me di cuenta de que había desaparecido. Entonces pensé que lo estaba buscando en el directorio que no era. Pero no tardé en advertir que no había manera de encontrar el texto. Y, cuando fui a mirar en la papelera del ordenador y vi que acababan de vaciarla, lo entendí todo en el acto: Tara había borrado mi obra de teatro y ya no había forma de recuperarla.

Me eché a llorar y luego me dio un ataque de nervios. Mis padres acudieron a mi cuarto.

—No me asustes —dijo mi padre—. ¿Tienes una copia en algún sitio?

—¡No! —dije a voces—. ¡Lo tenía todo ahí! Lo he perdido todo.

—Dakota —empezó a sermonearme mi padre—, te tengo dicho que...

—Jerry —lo interrumpió mi madre, que se había hecho cargo de la gravedad de la situación—, creo que no es el momento.

Expliqué a mis padres lo que había sucedido: Tara me pide agua y yo salgo de habitación un instante; luego ella se marcha precipitadamente y la obra ya no está. Era imposible que mi obra de teatro hubiera salido volando de pronto. Solo podía haber sido Tara.

—Pero ¿por qué iba a hacer algo así? —se preguntó mi madre, que quería intentar entenderlo a toda costa.

Llamó por teléfono a los Scalini y les explicó la situación. Defendieron a su hija, juraron que nunca haría algo así y censuraron a mi madre por acusarla sin pruebas.

—Gerald —dijo mi madre por teléfono—, esa obra no se ha borrado sola. ¿Puedo hablar con Tara, por favor?

Pero Tara no quería hablar con nadie.

Mi última esperanza era la copia impresa de la obra que le había dado en septiembre a mi profesora de literatura. Pero no la encontró. Mi padre le llevó mi ordenador a uno de los técnicos informáticos de Channel 14, pero dijo que no podía hacer nada. «Cuando se vacía la papelera, vacía se queda —le dijo a mi padre—. ¿No hicieron nunca una copia del documento?».

Mi obra ya no existía. Me habían robado un año de trabajo. Se había esfumado un año de trabajo. Era una sensación indescriptible. Como si algo se me hubiera apagado por dentro.

A mis padres y a mi profesora solo se les ocurrían soluciones estúpidas: «Intenta volver a escribir la obra basándote en lo que recuerdes. Te la sabías de memoria». Se veía que nunca habían escrito. Era imposible que volviera a surgir en pocos días un año de creación. Me propusieron escribir otra obra para el año siguiente. Pero, en cualquier caso, yo ya no tenía ganas de escribir. Estaba deprimida.

De los meses siguientes, solo recuerdo una sensación de amargura. Un dolor en lo más hondo del alma; el que causaba una profunda injusticia. Tara tenía que pagar las consecuencias. Ni siquiera quería saber por qué lo había hecho, solo buscaba una reparación. Deseaba que sufriera como había sufrido yo.

Mis padres fueron a ver al director del colegio, pero este no admitió ninguna responsabilidad:

—Si no he entendido mal —dijo—, ha ocurrido fuera del ámbito escolar, así que no puedo intervenir. Hay que solucionar esta leve discrepancia con los padres de Tara Scalini.

—¿Leve discrepancia? —dijo mi madre, irritada—. ¡Tara se ha cargado un año de trabajo de mi hija! Las dos son alumnas del colegio, tiene usted que tomar medidas.

—Mire, señora Eden, es posible que ambas necesiten dejar de verse, no paran de hacerse trastadas. Primero, Dakota le roba el ordenador a Tara...

—¡No robó ese ordenador! —se indignó mi madre—. ¡Tara lo maquinó todo!

El director suspiró:

—Señora Eden... Solucione eso con los padres de Tara. Vale más...

Los padres de Tara no quisieron saber nada del asunto. Defendieron a su hija con uñas y dientes y me llamaron fantasiosa.

Pasaron los meses.

A todo el mundo se le olvidó lo ocurrido, menos a mí. Tenía la herida de aquella cuchillada en el corazón, un corte profundo que no quería cicatrizar. Lo mencionaba continuamente, pero mis padres acabaron por decirme que tenía que dejar de darle vueltas a esa historia, que tenía que seguir adelante.

En junio, el club de teatro del colegio representó por fin una adaptación de Jack London. Me negué a asistir al estreno. Esa noche me quedé encerrada en mi cuarto llorando. Y mi madre, en vez de consolarme, me dijo: «Dakota, ya han pasado seis meses. Tienes que seguir adelante».

Pero yo no lo conseguía. Me quedaba quieta ante la pantalla del ordenador sin saber qué escribir. Me sentía vacía. Vacía de todo deseo y de toda inspiración.

Me aburría. Reclamaba atención a mis padres, pero mi padre andaba ocupado con su trabajo y mi madre nunca estaba en casa. Nunca me había dado cuenta de verdad de lo ocupados que estaban.

Aquel verano, en El Jardín de Eden, me pasé todo el tiempo metida en internet. Dedicaba el día a las redes sociales, sobre todo a Facebook. Era eso o aburrirme. Me di cuenta de que, al margen de Tara, no había hecho muchas amistades en los últimos tiempos. Seguramente por estar demasiado ocupada escribiendo. Ahora intentaba recuperar el tiempo perdido por el camino de lo virtual.

Varias veces al día iba a husmear en la página de Facebook de Tara. Quería saber lo que hacía y a quién veía. Desde aquel domingo de enero en que había ido a mi casa por última vez, no nos habíamos vuelto a dirigir la palabra. Pero la espiaba en su cuenta de Facebook y odiaba cuanto escribía en ella. Era, quizá, mi forma de exorcizar toda la pena que me había causado. ¿O sería que estaba cultivando mi resentimiento?

En noviembre de 2012 se cumplieron diez meses sin hablarnos. Una noche, encerrada en mi cuarto chateando con varias personas en Facebook, recibí un mensaje de Tara. Era una carta muy larga.

Me di cuenta enseguida de que era una carta de amor.

Tara me contaba lo que llevaba sufriendo desde hacía años. Que no se perdonaba lo que me había hecho; que desde la primavera estaba yendo a un psiquiatra que la ayudaba a ver las cosas más claras. Decía que había llegado el momento de que se aceptase tal y como era. Y me revelaba su homosexualidad; y, también, que me quería; que me lo había dicho en muchas ocasiones, pero que nunca la había entendido. Me explicó que había acabado por tener celos de la obra de teatro, porque ella estaba echada en mi cama y se me ofrecía, pero yo solo tenía ojos para mi texto. Me contaba cuánto le costaba expresar su verdadera identidad y pedía perdón por su comportamiento. Decía que quería repararlo todo y que tenía la esperanza de que, al confesarme sus sentimientos, quizá yo llegara a entender aquel acto insensato por el que, decía, se odiaba a diario. Lamentaba que ese amor que sentía por mí, demasiado fuerte, demasiado difícil de manejar y del que nunca se había atrevido a hablar, la hubiera descontrolado.

Leí la carta varias veces. Me sentía turbada e incómoda. No me apetecía perdonarla. Creo que había atizado en exceso aquella ira y no podía desaparecer de golpe. Y, entonces, tras una breve vacilación, mandé la carta de Tara por Messenger a todas mis compañeras de clase.

Al día siguiente, todo el colegio había leído la carta y Tara era ya «Tara la lesbiana», con todos los derivados peyorativos de la palabra habidos y por haber. No creo que fuese eso lo que yo había querido en un principio, pero me di cuenta de lo bien que me sentaba ver a Tara en la picota. Y, sobre todo, confesaba que había destruido mi texto. Por fin salía la verdad a la luz. La culpable quedaba confundida y la víctima, algo consolada. Pero, de la carta que había enseñado, con lo que todo el mundo se quedó fue con la orientación sexual de Tara.

Esa misma noche, Tara me volvió a escribir en Facebook: «¿Por qué me has hecho eso?». Le contesté a vuelta de correo: «Porque te odio». Creo que en ese momento la odiaba de verdad. Y ese odio me consumía. Tara no tardó en convertirse en objeto de todas las burlas y de todas las pullas y, cuando me cruzaba con ella por los pasillos del colegio, me decía a mí misma que le estaba bien empleado. Me seguía obsesionando aquella tarde de enero en que había borrado mi texto. Aquella tarde en que me había robado mi obra de teatro.

Fue por entonces cuando me hice amiga de Leyla. Estaba en otra clase de mi mismo curso; era la chica en la que se fijaba todo el mundo, carismática y siempre bien vestida. Se me acercó un día en la cafetería. Me dijo que le había parecido genial que le diera difusión a la carta de Tara. Siempre le había parecido una presumida. «¿Qué haces el sábado por la noche? —me preguntó—. ¿Quieres venir a mi casa?».

Los sábados en casa de Leyla se convirtieron en un ritual invariable. Nos reuníamos varias chicas del colegio, nos encerrábamos en su habitación, bebíamos alcohol que le birlaba a su padre, fumábamos cigarrillos en el cuarto de baño y le escribíamos a Tara mensajes insultantes en Facebook. «Guarra, puta, bollera.» Le decíamos de todo. Que la odiábamos. Y la llamábamos de todo. Nos encantaba. «Te vamos a machacar, puta. Zorra. Puta.»

Esa era la clase de chica en que me había convertido. Un año atrás, mis padres me animaban a que saliera, a que tuviera amigas, pero yo prefería pasar los fines de semana escribiendo. Ahora, iba a empinar el codo al cuarto de Leyla y me pasaba las veladas insultando a Tara. Cuanto más me metía con ella, más parecía encogerse. Yo, que la había admirado tanto, disfrutaba ahora teniéndola dominada. En los pasillos del colegio, empecé a darle empujones. Un día, Leyla y yo la llevamos a la fuerza al aseo y le dimos una paliza. Yo nunca había pegado a nadie. Al darle la primera bofetada, tuve miedo de su reacción, de que se defendiera, de que pudiera más que yo. Pero dejó que le pegásemos. Me sentí fuerte al verla llorar, suplicar que dejase de golpearla. Me gustó. Esa sensación de poder. Verla hundida en la miseria. Seguimos maltratándola siempre que se presentaba la ocasión. Un día, mientras le estaba pegando, se meó encima. Y, por la noche, en Facebook, seguí insultándola. «Ojalá la palmaras, puta. Es lo mejor que puede pasarte.»

Aquello duró tres meses.

Una mañana, a mediados de febrero, había coches patrulla delante del colegio. Tara se había ahorcado en su cuarto.

*

No tuvo que pasar mucho tiempo para que la policía siguiera la pista hasta mí.

Pocos días después de la tragedia, cuando me disponía a irme al colegio, fueron unos inspectores a buscarme a casa. Me enseñaron decenas de páginas en donde estaban impresos los mensajes que le había mandado a Tara. Mi padre llamó a su abogado, Benjamin Graff. Cuando se fueron los policías, dijo que podíamos estar tranquilos, que la policía no conseguiría probar el vínculo de causalidad entre mis mensajes en Facebook y el suicidio de Tara. Me acuerdo de que dijo algo así como:

—Por suerte, esa niña no ha dejado una carta de despedida explicando por qué lo hacía; de lo contrario, Dakota lo tendría muy crudo.

—¿«Por suerte»? —voceó mi madre—. Pero ¿sabes lo que estás diciendo, Benjamin? ¡Me dais todos ganas de vomitar!

—Solo intento cumplir con mi trabajo —se justificó Benjamin Graff— y evitar que Dakota acabe en la cárcel.

Pero Tara sí que había dejado una carta, que sus padres encontraron pocos días después, ordenando su cuarto. Explicaba en ella con todo detalle que prefería morir a que yo siguiera humillándola a diario.

Los padres de Tara se querellaron.

Otra vez la policía. Fue en ese momento cuando cobré conciencia de verdad de lo que había hecho. Había matado a Tara. Las esposas. La comisaría. La sala de interrogatorios.

Cuando llegó, a Benjamin Graff se le habían bajado los humos; hasta estaba preocupado. Decía que el fiscal quería hacer un escarmiento y enviar un aviso rotundo a quienes aterrorizaban a sus compañeros en internet. Tal y como lo enfocaba, la incitación al suicidio podía incluso considerarse homicidio.

—Podrían juzgarte como a una adulta —me recordó Graff—. Y, en ese caso, te enfrentas a una pena de entre siete y quince años de cárcel. A menos que lleguemos a un acuerdo con la familia de Tara y retiren la querella.

—¿Un acuerdo? —preguntó mi madre.

—Dinero —aclaró Graff—. Y que, a cambio, desistieran de llevar a Dakota ante el juez. No habría juicio.

Mi padre le encargó a Graff que hablase con el abogado de los Scalini. Y Graff volvió con su petición.

—Quieren vuestra casa de Orphea —explicó a mis padres.

—¿Nuestra casa? —repitió mi padre, incrédulo.

—Sí —confirmó Graff.

—Pues suya es entonces —dijo mi padre—. Llama a su abogado ahora mismo y confírmale que, si los Scalini renuncian al procedimiento judicial, estoy mañana a primera hora en el notario.

Jesse Rosenberg

Jueves 24 de julio de 2014

Dos días antes de la inauguración

El antiguo agente especial Grace, de la ATF, que tenía ya setenta y dos años, vivía tranquilamente de su jubilación en Portland, en el estado de Maine. Cuando hablé con él por teléfono, enseguida le interesó el caso: «¿Podríamos vernos? —preguntó—. Me gustaría mucho enseñarle algo».

Para no tener que ir hasta Maine, acordamos quedar a mitad de camino, en Worcester, Massachusetts. Grace nos dio la dirección de un restaurante pequeño que le gustaba y en el que estaríamos tranquilos. Cuando llegamos, ya estaba sentado ante un montón de tortitas. Parecía más delgado, con arrugas en la cara, había envejecido, pero no había cambiado mucho.

—Rosenberg y Scott, los chicos duros de 1994 —dijo Grace, sonriente, al vernos—. Siempre pensé que nuestros caminos volverían a cruzarse.

Nos sentamos frente a él. Al volver a verlo, me sentí como si estuviera haciendo una incursión en el pasado.

—¿Así que ahora resulta que les interesa Jeremiah Fold? —preguntó.

Le hice un resumen detallado de la situación y él nos dijo:

—Como le decía ayer por teléfono, capitán Rosenberg, Jeremiah era una anguila. Escurridizo, intocable, veloz, eléctrico. Todo lo que aborrece cualquier policía.

—¿Por qué la ATF se interesaba por él en aquella época?

—Si he de serles sincero, él no nos interesaba más que de forma muy indirecta. Para nosotros, el caso importante eran aquellas remesas de armas robadas al ejército y que luego se vendían en la zona de Ridgesport. Antes de darnos cuenta de que todo sucedía en aquel bar donde se cruzaron nuestros caminos en 1994, tuvimos que investigar durante meses. Una de las pistas que consideramos era Jeremiah Fold, del que sabíamos por unos confidentes que traficaba con varias cosas. Me di cuenta enseguida de que no era nuestro hombre, pero, en las pocas semanas que estuvimos observándolo, me había dejado pasmado: aquel individuo era un maniático peligrosamente organizado. Al final perdimos todo interés por él. Y, una mañana de julio de 1994, de pronto su nombre apareció de nuevo.

*

Vigilancia de la ATF, Ridgesport
Mañana del 16 de julio de 1994

Eran las siete de la mañana cuando el agente Riggs de la ATF llegó para relevar a Grace, que había pasado allí la noche de plantón.

—He venido por la carretera 16 —dijo Riggs—. Menudo accidente ha habido allí. Se ha matado uno que iba en moto. No te imaginas quién.

—¿El de la moto? Ni idea —contestó Grace, cansado y sin humor para adivinanzas.

—Jeremiah Fold.

El agente Grace se quedó pasmado.

—¿Jeremiah Fold se ha matado?

—Casi. Por lo que dicen los policías, no sale de esta. Ha quedado hecho una pena. Por lo visto, el muy idiota iba sin casco.

Grace estaba intrigado. Jeremiah Fold era un hombre prudente y meticuloso. No uno de los que se matan a lo tonto. Algo no encajaba. Según salía de su turno, Grace decidió dar una vuelta por la carretera 16. Dos coches de la policía de tráfico se encontraban todavía allí.

—El tipo perdió el control de la moto —le explicó uno de los agentes—. Se salió de la carretera y se estampó contra un árbol. Se ha pasado horas agonizando. Los de la ambulancia han dicho que no hay nada que hacer.

—¿Y les parece que perdió el control él solo sin más? —preguntó Grace.

—Sí, no hay huellas de frenada en ninguna zona de la carretera. ¿Por qué le interesa a la ATF?

—Ese individuo era el jefe de una banda local. Un tipo muy meticuloso. No me pega nada que se mate así.

—En cualquier caso, no fue lo bastante meticuloso como para llevar casco —comentó el policía, realista—. ¿Está pensando en un ajuste de cuentas?

—No lo sé —contestó Grace—. Hay algo que me chirría, pero no sé qué es.

—Si hubieran querido matar a este tipo, lo habrían hecho. Quiero decir que lo habrían atropellado o le habrían disparado. En este caso, se ha pasado horas agonizando en el arcén. Si lo hubieran encontrado antes, habrían podido salvarlo. No es lo que se dice un crimen perfecto.

Grace asintió y le dio una tarjeta de visita al policía.

—Envíeme copia del atestado, por favor.

—Muy bien, agente especial Grace. Cuente conmigo.

Grace se pasó un buen rato inspeccionando los bordes de la carretera. Ya se habían ido los policías de tráfico cuando le llamaron la atención un trozo de plástico mate y unas cuantas astillas translúcidas que se hallaban bajo la hierba. Los recogió: un pedazo de parachoques y restos de los faros.

*

—Solo había unos cuantos trozos —nos explicó Grace entre dos bocados de tortita—. Nada más. Lo que significa que o esos restos llevaban tiempo allí, o alguien hizo limpieza durante la noche.

—¿Alguien que chocó aposta con Jeremiah Fold? —preguntó Derek.

—Sí. Eso explicaría que no hubiera huellas de frenada. Tuvo que ser un choque tremendo. La persona que iba al volante pudo recoger después la mayoría de los trozos para no dejar rastro, antes de huir en un coche con el capó destrozado, pero que todavía podía andar. Y, luego, contarle al del taller que había atropellado a un ciervo para justificar el estado del coche. No le preguntarían nada.

—¿Investigó esa pista? —quise saber entonces.

—No, capitán Rosenberg —me contestó Grace—. Supe más adelante que Jeremiah Fold no llevaba casco porque padecía claustrofobia. Así que sus normas de prudencia contaban con unas cuantas excepciones. De todas formas, esa historia no era competencia de la ATF. Bastante trabajo tenía ya para ir a meterme en los accidentes de tráfico. Pero siempre me quedó esa duda.

—¿Así que no siguió adelante con la investigación? —quiso saber Derek.

—No. Aunque, tres meses después, a finales de octubre de 1994, se puso en contacto conmigo el jefe de policía de Orphea, que se había hecho la misma pregunta.

—¿Kirk Harvey fue a verlo? —pregunté, extrañado.

—Kirk Harvey, así se llamaba. Sí, hablamos brevemente de ese caso. Y me dijo que me volvería a llamar, pero nunca lo hizo. Deduje que lo había dejado de lado. Pasó el tiempo y yo hice lo mismo.

—Así que ¿nunca mandó analizar los restos de los faros? —fue la conclusión de Derek.

—No, pero pueden hacerlo ustedes. Porque los he conservado.

A Grace se le encendió una chispa de malicia en la mirada. Tras limpiarse la boca con una servilleta de papel, nos alargó una bolsa de plástico. Dentro había un trozo grande de parachoques negro y astillas de faros. Sonrió y nos dijo:

—Les toca mover ficha, caballeros.

La jornada entera de ida y vuelta a Massachusetts en coche iba a merecer la pena: si habían asesinado a Jeremiah Fold, a lo mejor habíamos encontrado qué lo relacionaba con la muerte del alcalde Gordon.

*

En la intimidad del Gran Teatro, rodeado de gente y custodiado como una fortaleza, seguían los ensayos, aunque estos, en realidad, no avanzaran.

—Por razones de seguridad obvias, no puedo decirles más —les explicó Kirk Harvey a sus actores—. Les daré el texto la tarde del estreno, escena por escena.

—¿Se mantiene *La danza de la muerte*? —preguntó, preocupado, Gulliver.

—Por supuesto —contestó Kirk—, se trata de uno de los hitos del espectáculo.

Mientras Harvey contestaba a las preguntas de la compañía, Alice salió discretamente de la sala. Le apetecía fumar un cigarrillo. Fue a la entrada de artistas, que daba a un callejón sin salida en el que no podían entrar ni la prensa, ni los curiosos. Allí estaría tranquila.

Encendió el cigarro y se sentó en el bordillo. Fue entonces cuando vio aparecer a un hombre que llevaba colgando del cuello un pase de prensa autorizado.

—Frank Vannan, *The New York Times* —se presentó.

—¿Cómo ha llegado hasta aquí? —preguntó Alice.

—El arte del periodismo consiste en poner los pies en donde a uno no lo quieren ver. ¿Trabaja usted en la obra?

—Alice Filmore —se presentó Alice—. Sí, soy una de las actrices.

—¿Qué papel interpreta?

—No está muy claro. Harvey, el director, está siendo muy ambiguo con el contenido de la obra para evitar filtraciones.

El periodista sacó una libreta y tomó unas notas.

—Escriba lo que quiera —le dijo Alice—, pero no me cite, por favor.

—Descuide, Alice. ¿Así que usted no sabe lo que va a revelar esta obra?

—¿Sabe, Frank? Es una obra sobre un secreto. Y un secreto, en el fondo, tiene más importancia en lo que oculta que en lo que revela.

—¿Qué quiere decir?

—Fíjese en la compañía, Frank. Todos los actores ocultan algo. Harvey, un director de teatro histérico con una vida sentimental fracasada; Dakota Eden, a la que consume un abatimiento destructivo; o también Charlotte Brown, que tiene que ver más o menos con esta historia, a quien detienen y, luego, sueltan, y que sigue viniendo a ensayar caiga quien caiga. ¿Por qué? Y ya no hablemos de Ostrovski y de Gulliver, dispuestos a soportar todas las humillaciones para rozar con la punta de los dedos una fama con la que llevan obsesionados toda la vida. Y tampoco nos olvidemos del director de una prestigiosa revista literaria neoyorquina que se acuesta con una de sus empleadas y se esconde de su mujer viniendo aquí. Si quiere saber mi opinión, Frank, el problema no reside tanto en descubrir lo que va a revelar esta obra, sino en saber lo que oculta.

Alice se volvió para entrar por la puerta, sujeta con un ladrillo que había encontrado en el suelo para mantenerla abierta.

—Entre si quiere —le dijo al periodista—. El panorama merece la pena. Pero, sobre todo, no diga a nadie que fui yo quien le abrió la puerta.

—No se preocupe, Alice, nadie la relacionará conmigo. No es más que la puerta de un teatro, me la puede haber abierto cualquiera.

Alice le enmendó la plana en el acto:

—Es la puerta del infierno.

*

Ese mismo día, mientras Derek y yo hacíamos el viaje de ida y vuelta a Massachusetts, Anna fue a ver a Miranda Bird, la mujer de Michael Bird, de soltera Miranda Davis, a la que habían usado de cebo Jeremiah Fold y Costico.

Miranda regentaba una tienda de ropa en la calle principal de Bridgehampton que se llamaba Keith & Danee, pared por medio con el café Golden Pear. Estaba sola en el local cuando entró Anna. La reconoció en el acto y le sonrió, aunque sentía curiosidad por la visita.

—Hola, Anna. ¿Busca a Michael?

Anna le devolvió la sonrisa, muy dulce.

—Es a usted a quien busco, Miranda.

Le enseñó la alerta por desaparición que llevaba en la mano. A Miranda se le descompuso la cara.

—No se preocupe —quiso tranquilizarla Anna—. Solo necesito hablar con usted.

Pero Miranda se había puesto pálida.

—Salgamos de aquí —propuso—, vamos a dar una vuelta, no quiero que lleguen clientes y me vean así.

Cerraron la tienda y cogieron el coche de Anna. Fueron un rato en dirección a East Hampton y, luego, se metieron por un camino de tierra, hasta estar solas, en las lindes del bosque, junto a un campo en flor. Miranda salió del coche como si estuviera mareada, se arrodilló en la hierba y se echó a llorar. Anna se sentó en el suelo, a su lado, e intentó calmarla. Miranda tardó un cuarto de hora largo en poder hablar, todavía con dificultad.

—Mi marido, mis hijas..., no lo saben. No me destruya, Anna. Se lo ruego, no me destruya.

Al pensar que su familia podía enterarse del secreto, volvió a sollozar, incapaz de controlarse.

—No se preocupe, Miranda, nadie sabrá nada. Pero necesito a toda costa que me hable de Jeremiah Fold.

—¿Jeremiah Fold? Ah, Dios mío, tenía la esperanza de no volver a oír nunca ese nombre. ¿Por qué él?

—Porque, al parecer, estuvo implicado de una forma u otra en el cuádruple asesinato de 1994.

—¿Jeremiah?

—Sí, sé que puede parecer raro, ya que murió antes del cuádruple asesinato, pero su nombre ha salido a relucir.

—¿Qué quiere saber? —preguntó Miranda.

—Para empezar, ¿cómo acabó usted a merced de Jeremiah Fold?

Miranda miró tristemente a Anna. Luego, tras un prolongado silencio, le contó:

—Nací el 3 de enero de 1975. Pero empecé a vivir el 16 de julio de 1994. El día en que me enteré de que Jeremiah Fold había muerto. Jeremiah era a la vez el individuo más carismático y el más cruel de todos los que he conocido. Un hombre de una maldad fuera de lo común. No tenía nada que ver con la idea que podemos tener de un delincuente frío y brutal; era mucho peor. Una auténtica fuerza del mal. Lo conocí en 1992, después de haberme escapado de casa de mis padres. Por entonces tenía diecisiete años y me había enfadado con el mundo por razones que ahora no entiendo. Estaba en guerra con mis padres y una noche me largué. Era verano, en la calle hacía bueno. Pasé unas cuantas noches a la intemperie y, luego, dejé que me convencieran unos tipos, a quienes conocí por casualidad, para ir a una casa okupada, una casa vieja abandonada que se había convertido en una comunidad de estilo *hippy*. Me gustaba esa vida despreocupada. Además, llevaba algo de dinero, lo que me permitía comer y vivir. Hasta la noche en que unos tipos del grupo de okupas se dieron cuenta de que tenía dinero. Quisieron robarme, empezaron a pegarme. Escapé, llegué hasta la carretera y allí casi me atropella una moto. El conductor no llevaba casco, era bastante joven, muy guapo, vestía un traje de buen corte y calzaba unos bonitos zapatos. Me vio la cara de susto y me preguntó qué pasaba. Luego vio a los tres tipos que venían persiguiéndome y les pegó a los tres. Yo acababa de encontrar a mi ángel de la guarda. Me llevó a su casa, de paquete en la moto, conduciendo despacio, porque yo no tenía casco y eso resultaba peligroso, decía. Era un hombre muy precavido.

*

Agosto de 1992

—¿Adónde te llevo? —preguntó Jeremiah a Miranda.

—No tengo adónde ir —contestó ella—. ¿No podrías alojarme unos días?

Jeremiah se llevó a Miranda a su casa y la instaló en el cuarto de invitados. Hacía semanas que ella no dormía en una cama de verdad. Por la mañana, estuvieron mucho rato hablando.

—Miranda —le dijo Jeremiah—, solo tienes diecisiete años. Tengo que llevarte a casa de tus padres.

—Por favor, déjame quedarme un poco más. Ni notarás que estoy aquí.

Al final, Jeremiah aceptó. Le dio dos días, que se prolongaron indefinidamente. Dejó que Miranda lo acompañase al club que regentaba, pero no permitió que le sirvieran alcohol. Después, como Miranda quería trabajar para él, la contrató en el club como recepcionista. Miranda habría preferido atender a los clientes en el bar, pero Jeremiah no quería: «Legalmente, no tienes derecho a servir alcohol, Miranda». Ese hombre la fascinaba. Una noche, intentó besarlo, pero él la paró en seco. Le dijo: «Miranda, tienes diecisiete años. Podría meterme en líos».

Luego, curiosamente, empezó a llamarla Mylla. Ella no sabía por qué, pero le gustaba que le hubiera puesto un apodo cariñoso. Le daba la impresión de que los unía algo más íntimo. Después, Jeremiah le pidió que le hiciera algunos recados. Tenía que llevar paquetes a personas a quienes no conocía e ir a restaurantes para que le dieran sobres abultados que debía entregarle a él. Un día, cayó en la cuenta de a qué se dedicaba Jeremiah de verdad; lo que ella llevaba para él eran drogas, dinero y a saber qué más. Fue enseguida a hablar con él, preocupada.

—Creía que eras un tío legal, Jeremiah.

—¡Soy un tío legal!

—La gente dice que traficas con drogas. He abierto uno de tus paquetes...

—No deberías haberlo hecho, Mylla.

—¡No me llamo Mylla!

En aquel momento, le hizo creer que no le volvería a pedir algo así. Pero, al día siguiente, ya la estaba llamando como a un perro: «¡Mylla! ¡Mylla, ve a llevarle este paquete a fulano!». Se asustó. Decidió escaparse. Cogió el paquete, como le mandaba él, pero no fue a las señas que le había dicho. Lo tiró a un cubo de basura y después cogió el tren. Quería volver a casa de sus padres, a Nueva York. Quería volver al calor de un hogar. Con el dinero que le quedaba, terminó el trayecto en taxi. Y, cuando el taxi la dejó delante de casa de sus padres, notó que se adueñaba de ella una honda felicidad. Era medianoche. Una hermosa noche de otoño. La calle estaba tranquila, desierta y adormecida. De repente, lo vio. Sentado en las escaleras del porche de la casa. La fulminó con la mirada. Ella quiso gritar, escapar, pero Costico, el esbirro de Jeremiah, apareció a sus espaldas. Jeremiah le hizo a Miranda una seña para que se callase. La llevaron en coche al Ridge's Club. Por primera vez, la hicieron entrar en la habitación que llamaban «el despacho». Jeremiah quería saber dónde estaba el paquete. Miranda lloraba. Confesó enseguida que lo había tirado. Lo sentía mucho, prometía no volver a hacerlo. Jeremiah le repetía: «No me vas a dejar, Mylla, ¿lo entiendes? ¡Me perteneces!». Ella lloraba; se puso de rodillas aterrada y confundida. Jeremiah le dijo al final: «Te voy a castigar, pero sin dejarte marcas». Miranda, al principio, no lo entendió. Luego Jeremiah la agarró por el pelo y la llevó a rastras hasta un barreño de agua. Le metió dentro la cabeza durante unos segundos interminables. Miranda creyó que se moría. Cuando Jeremiah acabó, mientras ella yacía en el suelo, llorando y temblando, Costico le tiró a la cara fotos familiares en las que aparecían sus padres.

—Si desobedeces —le dijo—, si haces cualquier tontería, los mato a todos.

*

Miranda interrumpió un momento el relato.

—De verdad que siento mucho obligarla a revivir todo eso —le dijo suavemente Anna poniendo una mano en las de ella—. ¿Qué ocurrió luego?

—Fue el principio de una nueva vida al servicio de Jeremiah. Me instaló en una habitación de un motel cochambroso junto a la carretera 16. Un sitio en donde sobre todo había putas.

*

Septiembre de 1992

—Esta es tu nueva casa —le dijo Jeremiah a Miranda al entrar en la habitación del motel—. Estarás mejor aquí, podrás entrar y salir a tu aire.

Miranda se sentó en la cama.

—Lo que quiero es volver a mi casa, Jeremiah.

—¿No estás bien aquí?

Lo preguntó amablemente. Así era la maldad de Jeremiah; un día maltrataba a Miranda y, al día siguiente, la llevaba de compras y se portaba de forma tan afectuosa como en los primeros días.

—Me gustaría irme —repitió Miranda.

—Puedes irte si quieres. La puerta está abierta. Pero no me gustaría que les pasara algo a tus padres.

Tras decir esas palabras, Jeremiah se fue. Miranda se quedó mucho rato mirando la puerta de su habitación. Le bastaba con salir por ella y coger el autobús para regresar a Nueva York. Sin embargo, era imposible. Se sentía ya prisionera de Jeremiah.

Este la obligó a seguir entregando paquetes. Luego el cepo se cerró algo más cuando la implicó en el reclutamiento de los «lacayos». Un día la llamó a su «despacho». Entró temblorosa, pensando en que la metería otra vez en el barreño. Pero Jeremiah parecía de buen humor.

—Necesito otra directora de recursos humanos —le dijo—. La última ha sufrido una sobredosis.

Miranda notaba que el corazón se le salía del pecho. ¿Qué quería de ella Jeremiah? Él siguió diciendo:

—Vamos a pillar a hombres malos que quieren cepillarse a una menor de edad. Y la menor de edad vas a ser tú. No te preocupes, nadie te va a hacer nada.

El plan era sencillo: Miranda tenía que buscar clientes en el aparcamiento del motel y, cuando apareciera alguno, llevárselo a su habitación. Allí, le pedía que se desnudase y ella hacía lo mismo antes de confesarle que era menor. Él decía que no importaba, sino todo lo contrario; y, en ese momento, Costico salía de un escondrijo y se encargaba de todo lo demás.

Así fueron las cosas. Miranda aceptó, no solo porque no tenía elección, sino porque Jeremiah le prometió que, en cuanto hiciera caer a tres en la trampa, tendría libertad para irse.

Tras cumplir con su parte del trato, Miranda fue a ver a Jeremiah y le exigió que la dejase marchar. Acabó en «el despacho» con la cabeza en el barreño.

—Eres una criminal, Mylla —le dijo, mientras Mylla intentaba recuperar el aliento—. ¡Pescas a los tíos y los chantajeas! Todos te han visto e incluso saben cómo te llamas de verdad. No vas a ninguna parte, Mylla, te quedas conmigo.

La vida de Miranda se convirtió en un infierno. Cuando no estaba entregando paquetes, hacía de cebo en el aparcamiento del motel y todas las noches estaba en la recepción del Ridge's Club, en donde los clientes apreciaban mucho su presencia.

*

—¿A cuántos tipos pescó así? —preguntó Anna.

—No lo sé. Durante los dos años que duró aquello, seguramente a decenas. Jeremiah renovaba con frecuencia la provisión de «lacayos». No quería usarlos durante mucho tiempo por temor a que la policía los identificase. Le gustaba enredar las pistas. Yo tenía miedo, estaba deprimida, era desgraciada. No sabía qué iba a ser de mí. Las chicas del aparcamiento decían que las que habían hecho de cebo antes que yo habían acabado todas muertas por sobredosis o suicidándose.

—Una mujer del motel nos habló de un altercado entre Costico y un «lacayo» con el que la cosa no salió bien en enero de 1994. Un individuo que no quiso que se aprovecharan de él.

—Sí, lo recuerdo más o menos —dijo Miranda.

—Necesitaríamos dar con su pista.

Miranda abrió mucho los ojos.

—Fue hace veinte años, no me acuerdo ya muy bien. ¿Qué tiene que ver con su investigación?

—Por lo visto, aquel tipo roció a Costico con un espray de pimienta. Y resulta que el hombre que andamos buscando también parece ser aficionado a los espráis de pimienta. Tengo la impresión de que, a estas alturas del caso, no puede ser una coincidencia. Debo encontrarlo.

—Por desgracia, en ningún momento dijo su nombre y me temo que ya no recuerdo la cara. Fue hace veinte años.

—Por los datos que tengo, ese hombre salió huyendo desnudo. ¿Se fijó en alguna marca particular en el cuerpo? ¿Algo que le llamase la atención?

Miranda cerró los ojos para escarbar mejor en la memoria. De repente, le volvió un recuerdo.

—Tenía un tatuaje grande en los omóplatos. Un águila volando.

Anna tomó nota enseguida.

—Gracias, Miranda. Es una información que podría resultar muy valiosa. Tengo una última pregunta.

Le enseñó a Miranda fotos del alcalde Gordon, de Ted Tennenbaum y de Cody Illinois y, luego, preguntó:

—¿Alguno de estos hombres era un «lacayo»?

—No —afirmó Miranda—. Y Cody, sobre todo, ¡de ninguna manera! Era un hombre encantador.

Anna siguió preguntando:

—¿Qué hizo después de morir Jeremiah?

—Pude volver a Nueva York, a casa de mis padres. Acabé el instituto, fui a la universidad. Me fui rehaciendo poco a poco. Luego, unos años más tarde, conocí a Michael. Gracias a él recobré de verdad la fuerza para vivir. Es un hombre excepcional.

—Es cierto —asintió Anna—. Me cae muy bien.

Las dos mujeres volvieron después a Bridgehampton. Cuando Miranda se estaba bajando del coche, Anna le preguntó:

—¿Está segura de que se encuentra bien?

—Muy segura; gracias.

—Miranda, debería contarle todo eso a su marido algún día. Los secretos acaban siempre por descubrirse.

—Ya lo sé —asintió tristemente Miranda.

Jesse Rosenberg

Viernes 25 de julio de 2014

Víspera de la inauguración

Faltaban veinticuatro horas para la inauguración. Progresábamos, pero aún nos quedaba mucho para cerrar la investigación. En las últimas veinticuatro horas habíamos descubierto que Jeremiah Fold quizá no había muerto de forma accidental, sino que podían haberlo asesinado. Los trozos de parachoques y de faros que recogió en su momento el agente especial Grace estaban ya en manos de la brigada científica para analizarlos a fondo.

También disponíamos, gracias al relato de Miranda Bird, cuyo pasado habíamos jurado mantener en secreto, de una descripción del hombre con el águila tatuada en los omóplatos. Hasta donde sabíamos, ni Ted Tennenbaum, ni el alcalde Gordon tenían un tatuaje así, y Cody Illinois, tampoco.

A Costico, que era el único en poder llevarnos hasta el hombre del espray de pimienta, no había quien lo localizase desde el día anterior. Ni en el club, ni en su domicilio. Sin embargo, tenía el coche aparcado delante de su casa, la puerta no estaba cerrada con llave y, al entrar, nos habíamos encontrado con la televisión encendida. Como si Costico se hubiera marchado corriendo; o como si le hubiera pasado algo.

Y, por si todo eso no fuera ya suficiente, tuvimos que ir a echarle una mano a Michael Bird, a quien el alcalde acusaba de haber proporcionado información sobre la obra a *The New York Times,* que había publicado esa misma mañana un artículo que ya estaba en boca de todos, en el que se describía con palabras poco elogiosas a los miembros de la compañía y la calidad de la obra.

Brown había convocado una reunión urgente en su despacho. Cuando llegamos, ya se hallaban allí Montagne, el mayor McKenna y Michael.

—¿Puede explicarme esta mierda? —le gritaba el alcalde Brown al pobre Michael en plena cara, mientras enarbolaba un ejemplar de *The New York Times.*

Intervine.

—¿Le preocupan las malas críticas, señor alcalde? —pregunté.

—¡Me preocupa que cualquiera pueda entrar en el Gran Teatro, capitán! —ladró—. ¡Es increíble! Hay decenas de policías controlando el acceso al edificio: ¿cómo ha podido entrar ese tío?

—La seguridad de la ciudad está ahora a cargo de Montagne —le recordó Anna al alcalde.

—Mi dispositivo es muy riguroso —se defendió Montagne.

—¡Riguroso! ¡Y un cuerno! —dijo Brown, irritado.

—Alguien ha tenido a la fuerza que dejar entrar a ese periodista —protestó entonces Montagne—. ¿Algún colega, a lo mejor? —dijo, volviéndose hacia Michael.

—¡Yo no tengo nada que ver! —afirmó Michael, muy ofendido—. Ni siquiera entiendo qué hago en este despacho. ¿Me ven ustedes abriéndole la puerta a alguien de *The New York Times*? ¿Por qué iba a echar a pique mi exclusiva? ¡Prometí no decir nada antes del estreno y soy un hombre de palabra! ¡Si alguien ha metido a ese cretino de *The New York Times* en la sala, habrá sido uno de los actores!

El mayor McKenna se esforzó en calmar los ánimos:

—Vamos, vamos, no vale la pena enzarzarse así. Pero hay que tomar medidas para que no vuelva a suceder. A partir de esta tarde, se considerará el Gran Teatro como zona completamente vedada. Se cerrarán todos los accesos y se pondrá vigilancia. Mañana por la mañana, se hará un registro completo de la sala con perros detectores de explosivos. Y, cuando los espectadores entren por la tarde, se los cacheará de forma metódica y pasarán por el detector de metales. Incluidas las personas acreditadas, lo cual incluye a los miembros de la compañía. Debe hacerse saber que solo se permitirá el acceso con bolsos de mano. No se preocupe, alcalde Brown, mañana no podrá suceder nada en el Gran Teatro.

*

En el Palace del Lago, en el piso que vigilaba la policía y en donde estaban las habitaciones de los actores, el revuelo había alcanzado su grado máximo. Los ejemplares de *The New York Times* pasaban de una habitación a otra, provocando gritos de rabia y desesperación.

En el pasillo, Harvey y Ostrovski leían fragmentos en voz alta.

—¡Me llaman «maniático» e «iluminado»! —decía, muy ofendido, Harvey—. ¡Y dicen que la obra no vale nada! ¿Cómo se han atrevido a hacerme esto?

—Aquí pone que *La danza de la muerte* es una «abominación» —exclamaba espantado Ostrovski—. Pero ¿quién se ha creído que es ese periodista? ¡Asesinar sin remordimientos el trabajo de un artista honrado! ¡Claro, es muy fácil criticar sentado en una butaca! ¡Que intente escribir una obra de teatro y entenderá la complejidad de este arte!

Dakota, encerrada en el cuarto de baño, lloraba a mares, mientras su padre, detrás de la puerta, intentaba calmarla. «Interpreta el papel protagonista en la obra Dakota Eden (hija de Jerry Eden, el presidente de Channel 14), que el año pasado empujó al suicidio a una de sus compañeras de clase tras acosarla en Facebook.»

En la *suite* de al lado, Steven Bergdorf también estaba en la puerta del cuarto de baño, golpeándola con el puño.

—¡Ábreme, Alice! ¿Fuiste tú quien habló con *The New York Times*? ¡Claro que fuiste tú! ¿Cómo habrían podido saber que el director de la *Revista de Letras de Nueva York* engaña a su mujer? Alice, ¡abre ya la puerta! Tienes que arreglarlo. Me ha llamado mi mujer hace un rato y está histérica, debes hablar con ella, hacer algo, no sé el qué, pero sácame de esta situación de mierda. ¡ME CAGO EN DIOS!

Se abrió la puerta de repente y Bergdorf estuvo a punto de caerse.

—¡Tu mujer! —vociferó Alice, llorando—. ¿Tu mujer? ¡Que te den con tu mujer!

Le tiró algo a la cara antes de gritar:

—¡Me has dejado embarazada, Steven! ¿También tengo que decirle eso a tu mujer?

Steven recogió lo que le había tirado. Era una prueba de embarazo. Se quedó pasmado. ¡No podía ser! ¿Cómo había llegado a eso? Tenía que hacer lo que había previsto cuando llegaron. Tenía que matarla.

*

Tras salir del ayuntamiento, volvimos a nuestro despacho de la sala de archivos del *Orphea Chronicle*. Miramos todos los datos que habíamos recopilado y pegado en las paredes. Derek, de pronto, cogió el artículo en el que Stephanie había escrito con rotulador rojo: «Lo que nadie vio».

Repitió en voz alta: «¿Qué es lo que tenemos ante los ojos y no vemos?». Miró la foto que ilustraba el artículo. Luego dijo: «Vamos para allá».

Diez minutos después, estábamos en Penfield Crescent, en donde había empezado todo veinte años atrás, la tarde del 30 de julio de 1994. Aparcamos en la calle tranquila y estuvimos un buen rato observando la casa que había sido de los Gordon. La comparamos con la foto del artículo: nada parecía haber cambiado desde 1994, a no ser las paredes, que se habían vuelto a pintar.

La casa de la familia Gordon era ahora de una pareja de jubilados muy simpática que la había comprado de 1997.

—Por supuesto que sabíamos lo que había pasado aquí —nos explicó el marido—. No les voy a ocultar que nos lo pensamos mucho, pero el precio era muy atractivo. Nunca habríamos podido comprar una casa de este tamaño, si hubiéramos tenido que pagar el precio real. Era una oportunidad que había que aprovechar.

Le pregunté entonces al marido:

—¿La disposición de la casa es ahora la misma de entonces?

—Sí, capitán —me contestó—. Hicimos una obra en la cocina, pero la distribución de las habitaciones sigue siendo la misma.

—¿Nos permite dar un vuelta?

—Faltaría más.

Empezamos por la entrada, ateniéndonos a la reconstrucción que figuraba en el expediente policial. Anna leyó el informe.

—El asesino rompe la puerta de una patada, dice. Se topa con Leslie Gordon en este pasillo y la mata; luego mira a la derecha, ve a su hijo en esa habitación, que es el salón, y le dispara. Después va hacia la cocina, en donde mata al alcalde antes de marcharse por la puerta principal.

Rehicimos el trayecto del salón a la cocina y, luego, de la cocina a las escaleras de la fachada. Anna siguió leyendo:

—Al salir, se encuentra con Meghan Padalin, que intenta huir corriendo, pero recibe dos balas en la espalda y una en la cabeza, para rematarla.

Ahora sabíamos que el asesino no había ido en la camioneta de Tennenbaum, como pensábamos, sino en otro vehículo, o a pie. Anna volvió a mirar el jardín y dijo de pronto:

—Bueno, pues hay algo que no encaja.

—¿Qué es lo que no encaja? —pregunté.

—El asesino quiere aprovechar la circunstancia de que todo el mundo está en el festival para actuar. Pretende ser invisible, silencioso y furtivo. Lo lógico sería que anduviera rondando la casa, que se colase en el jardín, que observase el interior por una ventana.

—A lo mejor lo hizo —sugirió Derek.

Anna frunció el ceño.

—Me dijisteis que aquel día había una fuga en uno de los tubos del aspersor. Todos los que pisaron el césped se empaparon los zapatos. Si el asesino hubiera pasado por el jardín antes de cargarse la puerta, habría metido agua en la casa. Ahora bien, en el informe no consta ninguna huella de pisadas húmedas. Tendría que haberlas habido, ¿no?

—Ese es un punto interesante —asintió Derek—. No se me había ocurrido.

—Y, además —siguió diciendo Anna—, ¿por qué el asesino usa la puerta principal y no la de la cocina, en la parte trasera de la casa? Probablemente porque no sabía que existiera esa puerta acristalada. Su forma de proceder es veloz, violenta y brutal. Tira la puerta abajo y se los carga a todos.

—De acuerdo —dije—, pero ¿adónde quieres ir a parar, Anna?

—No creo que fuera al alcalde a quien querían matar, Jesse. Si la intención del asesino era esa, ¿por qué arremeter contra la puerta de entrada? Había opciones mejores.

—¿En qué estás pensando? ¿En un atraco? Pero no robaron nada.

—Ya lo sé —contestó Anna—; algo no encaja.

Derek reflexionó también y miró el parque que había cerca de la casa. Se metió en él y se sentó en la hierba. Luego dijo:

—Charlotte Brown contó que, cuando llegó, Meghan Padalin estaba en este parque haciendo ejercicio. Sabemos, por la secuencia de los hechos, que el asesino llegó a esta calle un minuto después de que Charlotte se marchara. Así que Meghan seguía en el parque. Si el asesino sale de su vehículo para tirar abajo la puerta de los Gordon y asesinarlos, ¿por qué huye Meghan en dirección a la casa? No tiene ningún sentido. Debería haber huido en la dirección opuesta.

—¡Dios mío! —exclamé.

Acababa de caer en la cuenta. No era a la familia Gordon a quien querían matar en 1994; era a Meghan Padalin.

El asesino sabía cuáles eran sus hábitos y había ido a matarla. A lo mejor ya la había atacado en el parque y ella había intentado huir. Entonces se apostó en la calle y disparó. Tenía la seguridad de que los Gordon no estaban en casa aquel día. Toda la ciudad se encontraba en el Gran Teatro. Pero, de repente, ve al hijo de Gordon en la ventana, igual que lo había visto Charlotte un momento antes. Y entonces tira la puerta y asesina a todos los testigos.

Eso es lo que tenían ante los ojos desde el principio los investigadores y no había visto nadie: el cadáver de Meghan ante la casa. Querían matarla a ella. Los Gordon habían sido víctimas indirectas.

Derek Scott

Mediados de septiembre de 1994. Mes y medio después del cuádruple asesinato y un mes antes de la tragedia que iba a ocurrirnos a Jesse y a mí.

Teníamos a Ted Tennenbaum entre la espada y la pared.

La misma tarde del interrogatorio del cabo Ziggy, que nos confesó que le había vendido a Tennenbaum una Beretta con el número de serie limado, fuimos a Orphea a detenerlo. Para asegurarnos de que no se escabullera, intervinimos con dos equipos de la policía estatal: el primero, a las órdenes de Jesse, para ir a su casa; y el segundo, bajo mi mando, al Café Athéna. Pero fue un fracaso: Tennenbaum no estaba en casa. Y el gerente del restaurante no lo había visto desde el día anterior.

—Se ha ido de vacaciones —nos dijo.

—¿De vacaciones? —exclamé, extrañado—. ¿Dónde?

—No lo sé. Se ha tomado unos días de permiso. En principio, vuelve el lunes.

El registro de la casa de Tennenbaum no arrojó resultados. El de su despacho del Café Athéna, tampoco. No podíamos esperar sentados a que se decidiera a volver a Orphea. Por lo que sabíamos, no había cogido ningún avión o, al menos, no con su verdadera identidad. Las personas de su entorno no lo habían visto. Y su camioneta no estaba. Pusimos en marcha un ambicioso plan de búsqueda: enviamos su descripción y sus datos a los aeropuertos y a las fronteras; y su matrícula, a todas las policías del país. Repartimos su foto por todos los comercios de la zona de Orphea y en muchas estaciones de servicio del estado de Nueva York.

Jesse y yo nos turnábamos en nuestro despacho del centro regional de la policía estatal, que era el centro de operaciones, y en Orphea, en donde dormíamos en el coche, de plantón delante de la casa de Tennenbaum. Estábamos convencidos de que se escondía en la zona; se la conocía a fondo y disponía de muchos apoyos. Nos autorizaron incluso a pinchar la línea telefónica de su hermana, Sylvia Tennenbaum, que vivía en Manhattan, y también la del restaurante. Pero fue todo inútil. Pasadas tres semanas, se suspendieron las escuchas por razones de presupuesto. Los policías que nos había cedido el mayor para ayudarnos se incorporaron a misiones más urgentes.

—¿Más urgentes que detener a un asesino cuádruple? —protesté ante el mayor McKenna.

—Derek —me contestó—, te he proporcionado medios ilimitados durante tres semanas. Ya sabes que esta historia puede durar meses. Tenemos que ser pacientes; al final lo cogeremos.

Ted Tennenbaum se nos había escurrido de los dedos y se nos estaba escapando. Jesse y yo casi ni dormíamos ya; queríamos encontrarlo y detenerlo para poder cerrar el caso.

Mientras nuestra investigación se empantanaba, las obras de La Pequeña Rusia iban viento en popa. Darla y Natasha calculaban que quizá podrían abrir a finales de año.

Pero, desde hacía poco, habían aparecido tensiones entre ellas. Empezaron con un artículo publicado en un periódico de Queens. A los vecinos del barrio los tenía muy intrigados el rótulo del restaurante y los transeúntes que habían acudido a hacer preguntas se habían quedado encantados con las dos propietarias. Al poco tiempo, todo el mundo hablaba de La Pequeña Rusia. El asunto interesó a un periodista que quiso escribir un artículo. Se presentó con un fotógrafo que tomó unas cuantas instantáneas, en una de las cuales salían juntas Natasha y Darla, delante del rótulo. Pero, cuando apareció el artículo, unos días después, descubrieron, disgustadas, que venía acompañado solo de una foto de Natasha con un delantal con el logo del restaurante; su pie decía: «Natasha Darrinski, propietaria de LA PEQUEÑA RUSIA».

Aunque Natasha no había participado en él, a Darla le molestó muchísimo aquel episodio que dejaba claro cómo Natasha fascinaba a la gente. Cuando estaba en una habitación, solo se la veía a ella.

Aunque hasta entonces todo había ido de maravilla, aquello fue el principio de unas tremendas desavenencias. Darla no podía por menos de decir:

—De todos modos, Natasha, haremos lo que tú quieras. ¡Todas las decisiones las tomas tú, señora propietaria!

—Darla, ¿hasta cuándo voy a tener que seguir disculpándome por el puñetero artículo? No tuve la culpa de nada. Ni siquiera quería que lo escribieran, decía que valía más esperar a que abriese el restaurante, que sería una buena publicidad.

—Bueno, ¿así que ahora la culpa ha sido mía?

—No he dicho eso, Darla.

Por las noches, cuando nos reuníamos con una o con otra, las encontrábamos desmoralizadas y apagadas. Jesse y yo nos dábamos cuenta claramente de que La Pequeña Rusia estaba haciendo agua.

Darla no quería un proyecto en donde Natasha la eclipsase.

Y a Natasha la hacía sufrir ser Natasha, la chica que, a su pesar, se llevaba todas las miradas.

Era una verdadera lástima. Lo tenían todo para sacar adelante con éxito aquel maravilloso proyecto con el que llevaban soñando casi diez años y por el que tanto se habían esforzado. Tantas horas trabajando en el Blue Lagoon, ahorrando para el proyecto cada dólar que ganaban; aquellos años dedicados a crear un sitio a su imagen y semejanza; todo eso se iba a pique.

Jesse y yo no queríamos, de ninguna manera, meternos en nada. El último rato que habíamos pasado los cuatro juntos había sido un desastre. Reunidos en la cocina de Natasha para probar los platos que, por fin, habían escogido para la carta de La Pequeña Rusia, metí la pata hasta el fondo. Al volver a probar aquel famoso sándwich de rosbif condimentado con una salsa tan particular, lo elogié, extasiado, y tuve la desdicha de hablar de «la salsa Natasha». Darla montó en el acto un número.

—¿«La salsa Natasha»? Entonces, ¿se va a llamar así? Y ¿por qué no volvemos a bautizar el restaurante y lo llamamos Casa Natasha?

—No es la salsa Natasha —intentó tranquilizarla esta—. El restaurante es de las dos y lo sabes muy bien.

—¡No, no lo sé muy bien, Natasha! Porque, más que nada, tengo la impresión de ser solo una empleada a tus órdenes, señora marimandona.

Y se fue dando un portazo.

Así que cuando, pocas semanas después, nos propusieron que las acompañásemos para elegir la tipografía de los menús del restaurante, Jesse y yo no aceptamos el ofrecimiento. No sé si querían de verdad que opinásemos o, sencillamente, que hiciéramos de conciliadores, pero ni Jesse ni yo teníamos intención de meternos en nada.

Fue el jueves 13 de octubre de 1994. El día en que todo dio un vuelco.

A primera hora de la tarde, Jesse y yo estábamos en nuestro despacho, tomando unos bocadillos, cuando sonó el teléfono de Jesse. Era Natasha, llorando. Llamaba desde una tienda de caza y pesca de Long Island.

—Darla y yo nos hemos peleado en el coche cuando íbamos a la imprenta —le explicó—. Se ha parado de repente en el arcén y me ha echado del coche. Me he dejado dentro el bolso y estoy perdida y sin dinero.

Jesse le dijo que no se moviera, que iba a buscarla. Decidí acompañarlo. Rescatamos a la pobre Natasha hecha un mar de lágrimas.

No coincidimos por poco con Darla, que había dado media vuelta para ir a buscar a su amiga; se odiaba a sí misma por lo que acababa de hacer y estaba dispuesta a lo que fuera para que la perdonase. Como no encontró a Natasha, se detuvo en la tienda de caza y pesca, situada al borde de aquella carretera desierta. El dueño le indicó que, en efecto, había visto a una joven llorando, que le había prestado el teléfono y que dos hombres habían ido a buscarla.

—Acaban de irse —dijo—; no hace ni un minuto.

Creo que, sin esa diferencia de pocos instantes, Darla nos habría encontrado en la tienda de caza y pesca y todo habría sido diferente.

Íbamos de camino para llevar a Natasha a su casa, cuando, de pronto, nuestra radio empezó a zumbar. Habían localizado a Ted Tennenbaum en una estación de servicio que caía muy cerca.

Cogí el micrófono de la radio y respondí a la central. Jesse agarró la baliza luminosa y la colocó encima del coche antes de poner en marcha la sirena.

0
La noche de la inauguración

Sábado 26 de julio de 2014

Jesse Rosenberg
Sábado 26 de julio de 2014
El día de la inauguración

El día en que todo dio un vuelco.

Eran las cinco y media de la tarde. Las puertas del Gran Teatro iban a abrir pronto. La calle principal, que la policía había acordonado, estaba abarrotada. Había un barullo demencial. Entre los periodistas, los mirones y los vendedores ambulantes de recuerdos, quienes tenían entrada se agolpaban contra las barreras de seguridad que impedían aún el acceso al Gran Teatro. Los decepcionados por no haber podido conseguir un «ábrete, sésamo» para el estreno andaban entre el gentío con carteles de fabricación casera en donde prometían cantidades desorbitantes por una entrada.

Un rato antes, las cadenas de televisión que informaban en directo las veinticuatro horas habían emitido la llegada al Gran Teatro del convoy de actores, protegidísimo. Antes de entrar por la puerta de artistas, los habían cacheado minuciosamente y habían pasado por el detector de metales.

En las puertas principales del Gran Teatro, unos policías estaban acabando de instalar unos arcos de seguridad. El público no podía ya estarse quieto. Dentro de algo más de dos horas, iba a empezar la primera representación de *La noche negra*. Al fin se sabría la identidad del autor del cuádruple asesinato de 1994.

En la sala de archivos del *Orphea Chronicle,* Derek, Anna y yo nos estábamos preparando para ir también al Gran Teatro. Condenados a asistir al ridículo triunfo de Kirk Harvey. La víspera, el mayor McKenna nos había dado un toque a Derek y a mí, y nos había ordenado que nos mantuviéramos lejos de él. «En vez de meteros con Harvey —nos había dicho— más os valdría cerrar la investigación y descubrir la verdad». Era injusto. Habíamos trabajado sin tregua hasta el último minuto, pero, por desgracia, sin mucho éxito. ¿Por qué habían matado a Meghan Padalin? ¿Quién habría tenido un motivo para querer eliminar a esa mujer que llevaba una vida normal?

Michael Bird nos había proporcionado una valiosa ayuda y había pasado casi toda la noche en vela con nosotros. Había reunido cuanto le había sido posible sobre Meghan para que pudiéramos reconstruir su biografía. Nació en Pittsburgh y estudió Literatura en una universidad pequeña del estado de Nueva York. Vivió cierto tiempo en Nueva York antes de mudarse a Orphea en 1990 con su marido, Samuel, que era ingeniero en una fábrica de la comarca. Cody la había contratado enseguida en la librería.

Y ¿qué se podía decir del marido, Samuel Padalin, que había reaparecido, de repente, en Orphea para participar en la obra de teatro? Tras el asesinato de su mujer, se había ido a vivir a Southampton y se había vuelto a casar.

También Samuel Padalin parecía un hombre con una vida normal. No tenía antecedentes penales y participaba como voluntario en diversas asociaciones. Su segunda mujer, Kelly Padalin, era médico. Tenían dos hijos, de diez y doce años.

Habíamos llamado por teléfono al exagente especial Grace de la ATF, pero el apellido Padalin no le sonaba de nada. Era imposible interrogar a Costico, porque seguía desaparecido. Preguntamos, pues, a Virginia Parker, la cantante del club que había tenido un hijo con Jeremiah Fold, pero esta aseguraba que nunca había oído hablar ni de Samuel, ni de Meghan Padalin.

Nadie tenía relación con nadie. Resultaba casi inverosímil. A la hora en que iban a abrirse las puertas del teatro, habíamos llegado incluso a preguntarnos si no estaríamos ante dos investigaciones distintas.

—El asesinato de Meghan, por un lado, y los líos de Gordon con Jeremiah Fold, por otro —reflexionó Derek.

—Con la salvedad de que Gordon tampoco parece tener ninguna relación con Jeremiah Fold —hice notar.

—Pero la obra de Harvey sí parece hablar de Jeremiah Fold —nos recordó Anna—. Creo que todo va unido.

—Así que, si he entendido bien —recapituló Michael—, todo va unido, pero nada va unido. Esta historia es algo así como un tangram.

—¡A quién se lo vas a contar! —suspiró Anna—. Y, a todo eso, hay que sumar al asesino de Stephanie. ¿Podría tratarse de la misma persona?

Derek, para tratar de salir de aquella confusión, puso las ideas en orden.

—Intentemos meternos en el pellejo del asesino. Si yo fuera él, ¿qué haría ahora?

—O me habría marchado ya muy lejos —contesté—, a Venezuela, o a cualquier otro país que no tenga tratado de extradición; o intentaría impedir la representación.

—¿Impedir la representación? —dijo Derek, extrañado—. Pero si han registrado la sala con perros y a todos los que quieran entrar los van a cachear.

—Creo que estará presente —dije—. Creo que el asesino estará en la sala, entre nosotros.

Decidimos ir al Gran Teatro y observar a los espectadores según iban entrando en el edificio. A lo mejor algún comportamiento particular nos ponía sobre aviso; o reconocíamos alguna cara. Pero también queríamos saber más sobre lo que anduviera tramando Kirk Harvey. Si pudiéramos conseguir el nombre del asesino antes de que lo pusiera en boca de un actor, llevaríamos ventaja.

La única forma de saber qué tenía Harvey en la cabeza era tener acceso a su material creativo. Y, sobre todo, al expediente de la investigación que tenía escondido en alguna parte. Enviamos a Michael Bird al Palace del Lago para registrar su habitación, mientras él no estaba.

—Lo que pueda descubrir yo nunca podrá servir de prueba —nos recordó Michael.

—No necesitamos ninguna prueba —dijo Derek—. Necesitamos un nombre.

—Y ¿cómo voy a poder subir a las plantas? —preguntó Michael—. Hay policías por todo el hotel.

—Enséñales tu acreditación para la obra y di que te envía Harvey a recoger unas cosas. Yo voy a avisarlos de tu llegada.

Los policías parecían dispuestos a dejar subir a Michael, pero el director del hotel mostró cierta reticencia a darle un duplicado de la llave de la habitación.

—El señor Harvey ha dejado instrucciones muy claras —le explicó a Michael—; no tiene que entrar nadie en su habitación.

Pero, al insistir Michael, explicando que era el propio Harvey quien lo enviaba a buscar una libreta de notas, el director decidió subir con él a la *suite*.

La habitación estaba impecable. Al entrar, ante la mirada suspicaz del director, Michael no vio ningún documento. Ni un libro, ni una hoja con notas, nada. Miró en el escritorio, en los cajones y hasta en la mesilla de noche. Pero no había nada. Echó una ojeada al cuarto de baño.

—No creo que el señor Harvey guarde sus cuadernos en el cuarto de baño —comentó el director, irritado.

—No hay nada en la habitación de Harvey —nos informó Michael al reunirse con nosotros en el *foyer* del Gran Teatro, tras pasar por los interminables controles de seguridad.

Eran las siete y media. Faltaba media hora para que empezase la función. No habíamos conseguido adelantarnos a Harvey. Íbamos a tener que enterarnos del nombre del asesino por boca de sus intérpretes, como todos los demás espectadores. Y nos preocupaba, si es que el asesino estaba en la sala, cómo iba este a reaccionar.

*

Las ocho menos dos minutos. Entre bastidores, cuando faltaba tan poco para salir a escena, Harvey había reunido a sus actores en el pasillo que iba de los camerinos al escenario. Frente a él estaban Charlotte Brown, Dakota y Jerry Eden, Samuel Padalin, Ron Gulliver, Meta Ostrovski, Steven Bergdorf y Alice Filmore.

—Amigos míos —les dijo—, espero que estéis listos para sentir por primera vez el escalofrío de la gloria y del triunfo. Vuestra aportación, completamente única en toda la historia del teatro, va a conmocionar a toda la nación.

*

Las ocho.

La sala se quedó a oscuras. El murmullo de los espectadores cesó en el acto. Se palpaba la tensión. El espectáculo iba a empezar. Derek, Anna y yo estábamos en la última fila, de pie, cada uno en una de las puertas de la sala.

El alcalde Brown subió al escenario para pronunciar el discurso de inauguración. Me acordé de la imagen de vídeo congelada de esa misma secuencia, pero veinte años antes, que Stephanie Mailer había rodeado con rotulador.

Tras unas cuantas frases de compromiso, el alcalde concluyó el discurso diciendo: «Es un festival que va a dejar huella en las memorias. Que empiece el espectáculo». Bajó del escenario para sentarse en la primera fila. Se alzó el telón. El público se estremeció.

En el escenario, Samuel Padalin, que interpreta al muerto, y Jerry, que hace de policía. En un rincón, Steven y Alice, cada uno con un volante en la mano, son unos automovilistas desquiciados. Dakota se acerca despacio. Harvey dice entonces:

> *Es una mañana lúgubre. Llueve. En una carretera de campo está paralizado el tráfico: se ha formado un atasco gigantesco. Los automovilistas, exasperados, tocan rabiosamente la bocina.*

Es imposible oírlos, pero, al tiempo que hacen como que tocan la bocina, Steven y Alice se pelean. «¡Alice, tienes que abortar!» «¡Eso nunca, Steven! Es tu hijo y tendrás que aceptarlo.» Harvey prosigue:

> *Una joven va siguiendo por el arcén la hilera de coches parados. Llega hasta el cordón policial y pregunta al policía que está de guardia.*

LA JOVEN *(Dakota):* ¿Qué ocurre?
EL POLICÍA *(Jerry):* Un hombre muerto. Un accidente de moto. Una tragedia.
LA JOVEN: ¿Un accidente de moto?

El policía: Sí, chocó contra un árbol a toda velocidad. Se ha quedado hecho papilla.

El público está alucinado. Luego, Harvey grita: «Y, ahora, la danza de la muerte». Y todos los actores exclaman: «¡La danza de la muerte! ¡La danza de la muerte!». Ostrovski y Ron Gulliver aparecen en calzoncillos y el público se empieza a reír.

Gulliver lleva abrazado el carcayú disecado y declama: «¡Carcayú mío, carcayú lindo, sálvanos del final que se avecina!». Le da un beso al animal y se tira al suelo. Ostrovski, abriendo mucho los brazos e intentando, sobre todo, no perder la concentración con las risas del público, que lo alteran, declama entonces:

Dies iræ, dies illa,
solvet sæclum in favilla!

En ese momento me di cuenta de que Harvey no tenía las hojas en la mano. Me acerqué a Derek.

—Harvey había dicho que les iría dando las hojas a los actores sobre la marcha, pero no tiene nada en la mano.

—Y eso ¿qué quiere decir?

Mientras en el escenario empezaba la escena del club, en la que cantaba Charlotte, Derek y yo salimos corriendo de la habitación y nos metimos entre bastidores. Encontramos el camerino de Harvey; estaba cerrado con llave. Lo abrimos de una patada. Encima de una mesa, vimos en el acto los documentos de la investigación, pero, sobre todo, el famoso montón de hojas. Fuimos pasando las páginas. Allí estaban, en efecto, las primeras escenas que acababan de representar; luego venía, después de la del bar, una aparición de Dakota, sola, que decía: «Ha llegado la hora de la verdad. El nombre del asesino es...».

La frase acababa en tres puntos suspensivos. Y, a continuación, no había nada más. Solo páginas en blanco. Derek, tras un instante de desconcierto, exclamó de pronto:

—¡Por Dios, Jesse, tenías razón! Harvey no tiene ni idea de quién es el asesino; espera que se desenmascare solo, interrumpiendo el espectáculo.

En ese momento, Dakota, en el escenario, se adelantaba, sola. Y anunció entonces con voz profética: «Ha llegado la hora de la verdad».

Derek y yo nos abalanzamos fuera del camerino; había que detener el espectáculo antes de que sucediera algo grave. Pero era demasiado tarde. La sala estaba sumida en una oscuridad total. La noche negra. Solo se hallaba iluminado el escenario. Cuando estábamos llegando a esa zona, Dakota empezaba la frase: «El nombre del asesino es...».

De pronto, sonaron dos disparos. Dakota se desplomó.

La gente empezó a chillar. Derek y yo desenfundamos el arma y nos subimos a toda prisa al escenario gritando por la radio: «¡Un disparo, disparo!». Se encendieron las luces de la sala; estalló una escena de pánico generalizado. Los espectadores, aterrados, intentaban huir como fuera. La confusión era total. No habíamos visto al tirador; Anna, tampoco. Y no podíamos detener ya aquella oleada que fluía por las salidas de emergencia. El tirador se había mezclado con el gentío. A lo mejor ya estaba lejos.

Dakota yacía en el suelo, presa de convulsiones, había sangre por todas partes. Jerry, Charlotte y Harvey habían acudido a su lado precipitadamente. Jerry gritaba. Yo le apretaba las heridas para contener la hemorragia, mientras Derek se desgañitaba por la radio: «¡Herido de bala! ¡Envíen asistencia al escenario!».

El caudal de espectadores salió a la calle principal, lo que provocó un tremendo flujo de pánico que la policía no podía contener. La gente soltaba alaridos. Se hablaba de un atentado.

Steven corrió con Alice hasta llegar a un parquecito desierto. Allí se detuvieron para recobrar el aliento.

—Pero ¿qué ha ocurrido? —preguntó Alice, aterrada.

—No lo sé —contestó Steven.

Alice miró la calle. No pasaba nadie. Todo se encontraba desierto. Habían corrido mucho rato. Steven comprendió que era ahora o nunca. Alice le daba la espalda. Cogió una piedra del suelo y le dio un golpe violentísimo a Alice en la cabeza; se la rompió en el acto. Cayó al suelo. Muerta.

Steven, espantado por lo que acababa de hacer, soltó la piedra, retrocedió, contemplando el cuerpo inerte. Le entraron ganas de vomitar. Miró a su alrededor, aterrado. No había nadie. Nadie lo había visto. Llevó a rastras el cuerpo de Alice hasta un matorral y salió corriendo a toda velocidad hacia el Palace del Lago.

Desde la calle principal se oían gritos y sirenas. Llegaban vehículos de emergencia.

Era el caos total.

Era la «noche negra».

Anna Kanner

Viernes 21 de septiembre de 2012. El día en que todo dio un vuelco.

Hasta aquel momento todo iba bien. En mi vida profesional y en la sentimental. Era inspectora de la comisaría del distrito 55. Mark trabajaba como abogado en el bufete de mi padre y se iba haciendo, con éxito, una clientela en el mundo de los negocios que le reportaba unos ingresos considerables. Nos queríamos. Formábamos una pareja feliz. En el trabajo y en casa. Unos recién casados felices. Me daba incluso la impresión de que éramos más felices y estábamos más realizados que la mayoría de las parejas de nuestro entorno con las que, con frecuencia, me comparaba.

Creo que el primer escollo en nuestra relación fue mi cambio de destino dentro de la policía. Tras demostrar rápidamente lo que valía en la calle, mis superiores me propusieron para que me incorporase como negociadora a una unidad de intervención para los casos de toma de rehenes. Pasé con brillantez las pruebas para ese nuevo puesto.

Mark, al principio, no entendió bien lo que implicaba el destino nuevo. Hasta que salí, a mi pesar, por televisión con motivo de una toma de rehenes en un supermercado de Queens a principios del año 2012. Aparecí en pantalla, de uniforme negro, equipada con el chaleco antibalas y con un casco balístico en la mano. Esas imágenes las vieron toda la familia y los amigos.

—Creía que eras una negociadora —dijo Mark, espantado, después de haber visto una y otra vez esas secuencias.

—Eso es lo que soy —le aseguré.

—Con todo lo que llevas encima, cualquiera diría que te dedicas más a la acción que a la reflexión.

—Mark, es una unidad que gestiona tomas de rehenes. Ese tipo de problemas no se soluciona haciendo yoga.

Guardó silencio un rato, preocupado. Se sirvió algo de beber, fumó unos cuantos cigarrillos y, luego, vino a avisarme:

—No sé si voy a poder soportar que hagas ese trabajo.

—Ya estabas al tanto de los riesgos de mi profesión cuando nos casamos —le recordé.

—No, cuando te conocí eras inspectora. No hacías esa clase de tonterías.

—¿Tonterías? Mark, salvo vidas.

La tensión fue a más cuando un hombre trastornado mató a bocajarro a dos policías que estaban tomando un café metidos en su coche aparcado en una calle de Brooklyn con la ventanilla bajada.

Mark estaba nervioso. Cuando me iba por la mañana, me decía: «Espero volver a verte esta noche». Pasaron los meses. Poco a poco ya no bastaron las alusiones: Mark se volvió más insistente y acabó por sugerirme un cambio de profesión.

—¿Por qué no te vienes a trabajar conmigo al bufete, Anna? Podrías echarme una mano en los casos importantes.

—¿Echarte una mano? ¿Quieres que sea tu ayudante? ¿Crees que no soy capaz de llevar mis propios casos? ¿Debo recordarte que soy tan licenciada en derecho como tú?

—No me hagas decir lo que no he dicho. Pero creo que deberías prever más allá de tu futuro inmediato y pensar en un trabajo a tiempo parcial.

—¿Parcial? ¿Por qué a tiempo parcial?

—Anna, cuando tengamos hijos, ¿no pensarás pasarte el día lejos de ellos?

Mark tenía unos padres ambiciosos que le habían hecho muy poco caso de pequeño. Le había quedado una herida que intentaba curarse trabajando a destajo con la idea de atender él solo a las necesidades del hogar para que su mujer pudiera quedarse en casa.

—No voy a ser nunca ama de casa, Mark. Eso también lo sabías antes de casarnos.

—Pero ya no necesitas trabajar, Anna. ¡Gano dinero de sobra!

—Me gusta mi profesión, Mark. Siento que a ti te desagrade tanto.

—Prométeme al menos que te lo pensarás.

—¡Ni hablar, Mark! Pero no te preocupes, no seremos como tus padres.

—¡No metas a mis padres en esto, Anna!

Él, sin embargo, sí metió a mi padre, sincerándose con él. Y mi padre lo sacó a relucir un día en que nos vimos los dos. Fue ese famoso viernes 21 de septiembre. Me acuerdo de que era un día de otoño espléndido: la luz del sol inundaba Nueva York, el termómetro superaba los veinte grados centígrados. Yo no trabajaba ese día y quedé con mi padre para comer en la terraza de un restaurante italiano pequeñito que nos encantaba a los dos. Quedaba lejos del bufete y pensé que, si me citaba un día entre semana, era porque quería hablarme de algo importante.

En efecto, nada más sentarnos a la mesa, me dijo:

—Anna, cariño, sé que tienes problemas de pareja.

A punto estuve de escupir el agua que estaba bebiendo.

—¿Se puede saber quién te ha contado eso, papá? —pregunté.

—Tu marido. Tiene miedo por ti, ¿sabes?

—Ya tenía esta profesión cuando me conoció, papá.

—Y, entonces, ¿vas a sacrificarlo todo por tu trabajo de policía?

—Me encanta mi trabajo. ¿Será posible que nadie respete eso?

—¡Te juegas el pellejo a diario!

—Pero, vamos a ver, papá, igual puede atropellarme un autobús al salir de este restaurante.

—No juegues con las palabras, Anna. Mark es un muchacho fantástico. No te portes como una idiota con él.

Esa misma noche Mark y yo nos peleamos con saña.

—¡No me puedo creer que hayas ido a lloriquearle a mi padre! —le reproché, furiosa—. ¡Los temas de pareja son solo cosa nuestra!

—Tenía la esperanza de que tu padre te hiciera entrar en razón. Es la única persona que tiene influencia sobre ti. Pero, en el fondo, a ti solo te importa tu propia felicidad. Eres tan egoísta, Anna.

—¡Me gusta mi profesión, Mark! ¡Soy una buena policía! ¿Tan difícil es entenderlo?

—Y tú ¿puedes entender que no soporto seguir teniendo miedo por ti, sobresaltarme cuando tu teléfono suena en plena noche y te vas para atender una emergencia?

—No tengas tan mala fe. Tampoco sucede tan a menudo.

—Pero sucede. ¡Francamente, Anna, es demasiado peligroso! ¡Este oficio ya no es para ti!

—Y tú ¿cómo sabes qué oficio es para mí?

—Lo sé; y punto.

—Me pregunto cómo puedes ser tan estúpido...

—¡Tu padre está de acuerdo conmigo!

—Pero ¡yo no me he casado con mi padre, Mark! ¡Me importa un bledo lo que opine!

En ese momento sonó mi teléfono. Vi en la pantalla que era mi jefe. A aquellas horas solo podía ser una emergencia y Mark se dio cuenta enseguida.

—Anna, por favor, no contestes a esa llamada.

—Mark, es mi jefe.

—Es tu día libre.

—Pues precisamente por eso, Mark; si me llama, es porque se trata de algo importante.

—Pero, joder, no eres la única policía de la ciudad. ¿O sí?

Titubeé un instante. Luego, contesté:

—Anna —me dijo mi jefe—, hay una toma de rehenes en una joyería en la esquina de Madison Avenue con la calle 57. El barrio está acordonado. Necesitamos una negociadora.

—Muy bien —dije apuntando la dirección en un trozo de papel—. ¿Cómo se llama la joyería?

—Joyería Sabar.

Colgué y cogí la bolsa con mis cosas que siempre estaba preparada junto a la puerta. Quise darle un beso a Mark, pero se había metido en la cocina. Suspiré tristemente y me fui. Al salir de casa, vi a los vecinos por la ventana del comedor, acabando de cenar. Parecían felices. Por primera vez pensé que quizá las demás parejas estaban más realizadas que nosotros.

Me subí al coche camuflado, puse en marcha la baliza giratoria y me adentré en la oscuridad.

Derek Scott

Jueves 13 de octubre de 1994. El día en que todo dio un vuelco.

Llegamos a toda velocidad a la estación de servicio. Tennenbaum no se nos podía escapar.

Estábamos tan concentrados en la persecución que se me había olvidado que Natasha iba en el asiento de atrás, agarrándose como podía. Jesse, ateniéndose a las indicaciones que le daban por radio, me guiaba.

Cogimos la carretera 101 y, después, la 107. A Tennenbaum lo iban persiguiendo dos patrullas de policía de las que intentaba zafarse por todos los medios.

—Sigue todo recto y luego coge la 94 —me ordenó Jesse—. Vamos a cortarle el paso y a poner una barrera.

Aceleré más para ganar terreno y me metí por la carretera 94. Pero, cuando estábamos llegando a la 107, la camioneta negra de Tennenbaum, con su logotipo en la ventanilla trasera, nos adelantó. Tuve el tiempo justo de verlo al volante.

Lo seguí. Había conseguido distanciarse de las patrullas. Yo estaba decidido a no perderlo. No tardamos en tener delante el gran puente que cruzaba el río Serpiente. Íbamos con los parachoques de ambos vehículos casi pegados. Conseguí acelerar más para ponerme casi a su altura. No venía nadie de frente.

—Voy a intentar atraparlo en el puente, empujándolo contra la barandilla.

—Muy bien —me dijo Jesse—. Adelante.

En el momento en que entrábamos en el puente, di un volantazo y choqué con la parte trasera de la camioneta de Tennenbaum, que perdió el control y se dio contra la barandilla. Pero esta, en vez de sujetarlo, cedió y se cayó. No me dio tiempo a frenar.

La camioneta de Ted Tennenbaum cayó al río. Y nosotros, también.

Tercera parte
ELEVACIÓN

1
Natasha

Jueves 13 de octubre de 1994

Jesse Rosenberg
Jueves 13 de octubre de 1994

Aquel día, cuando estamos persiguiendo a Ted Tennenbaum y Derek pierde el control del coche y destroza la barandilla del puente, nos veo a cámara lenta cayendo al río. Como si de pronto se hubiera parado el tiempo. Veo la superficie del agua acercarse al parabrisas. Me parece que la caída se prolonga durante muchos minutos; en realidad, no dura sino unos pocos segundos.

En el momento en que el coche va a tocar el agua, me doy cuenta de que no me había puesto el cinturón. Con el impacto, doy con la cabeza en la guantera. Un agujero negro. Me pasa la vida ante los ojos. Recupero los años pasados.

Vuelvo a verme a finales de la década de 1970, cuando tenía nueve años y, tras fallecer mi padre, mi madre y yo nos mudamos a Rego Park para estar más cerca de mis abuelos. Mi madre tenía que trabajar más horas para llegar a fin de mes y, como no quería que pasase mucho tiempo solo después de clase, al salir de la escuela tenía que ir a casa de los abuelos, que vivían a una calle de distancia, y allí me quedaba hasta que volvía ella.

Aunque desde un punto de vista objetivo mis abuelos fueran unos impresentables, yo les guardaba mucho cariño por motivos sentimentales. No eran ni dulces, ni afectuosos y, sobre todo, carecían de la capacidad necesaria para comportarse como es debido en cualquier circunstancia. La frase preferida del abuelo era: «¡Panda de tarados!». La de la abuela: «¡Menuda mierda!». Se pasaban el día renegando como dos loros encanijados.

Por la calle, se metían con los niños e insultaban a los transeúntes. Primero se oía «¡Panda de tarados!». Y, a continuación, la abuela: «¡Menuda mierda!».

En las tiendas, volvían locos a los dependientes. «¡Panda de tarados!», dictaminaba el abuelo. «¡Menuda mierda!», añadía la abuela.

En la caja del supermercado, se colaban con todo el descaro del mundo. Cuando los clientes protestaban, el abuelo les decía: «¡Panda de tarados!». Cuando esos mismos clientes se callaban por respeto a los mayores, el abuelo les decía: «¡Panda de tarados!». Y, cuando el cajero, tras pasar por la caja registradora los códigos de barras de los productos, les indicaba el importe final, la abuela le decía: «¡Menuda mierda!».

En Halloween, a los niños que se equivocaban y llamaban a su puerta para pedir caramelos, el abuelo les abría con malos modos y les gritaba: «¡Panda de tarados!», antes de que la abuela les tirase a la cara un cubo de agua helada para espantarlos, chillando: «¡Menuda mierda!». Podían verse esos cuerpecillos disfrazados huyendo entre llantos, calados hasta los huesos, por las frías calles del otoño neoyorquino, abocados, en el mejor de los casos, a una gripe y, en el peor, a una neumonía.

Mis abuelos tenían los reflejos de las personas que han pasado hambre. En el restaurante, la abuela vaciaba el cestillo del pan en el bolso de forma sistemática. El abuelo le pedía en el acto al camarero que lo volviera a llenar y la abuela seguía almacenando. ¿A alguien le ha pasado que en un restaurante el camarero dijese a sus abuelos: «A partir de ahora, vamos a tener que cobrarles el pan, si piden más»? A mí, sí. Y lo que venía después resultaba aún más bochornoso. «¡Menuda mierda!», le soltaba la abuela al camarero con su boca desdentada. «¡Panda de tarados!», añadía el abuelo, tirándole rebanadas de pan a la cara.

La mayor parte de las conversaciones de mi madre con sus padres consistía en: «¡Ya vale!», o «¡Comportaos!», o «¡Por favor, no me avergoncéis!», o también: «¡Por lo menos haced un esfuerzo cuando esté Jesse delante!». Muchas veces, cuando volvíamos a casa, mamá me decía que se avergonzaba de sus padres. Yo no veía que a mis abuelos se les pudiese reprochar nada.

La mudanza a Rego Park me supuso, además, cambiarme de escuela. Pocas semanas después de llegar al nuevo centro, uno de mis compañeros de clase dijo: «Te llamas Jesse..., ¡como

Jessica!». Bastó un cuarto de hora para que mi reciente mote se difundiera. Y tuve que aguantar todo el día que me llamaran «¡Jesse, la niña!» o «¡Jessica, la chica!».

Ese día, dolido por las humillaciones, volví de la escuela llorando.

—¿Por qué lloras? —me preguntó, muy seco, el abuelo al verme entrar por la puerta—. Los hombres que lloran son chicas.

—Mis compañeros de la escuela me llaman Jessica —me quejé.

—Bueno, pues ya ves que tienen razón.

El abuelo me llevó a la cocina, en donde la abuela me estaba preparando la merienda.

—Y este ¿por qué lloriquea? —le preguntó la abuela al abuelo.

—Porque sus compañeros le dicen que es una niña —explicó el abuelo.

—¡Pfff! Los hombres que lloran son niñas —dictaminó la abuela.

—¡Ah! ¿Lo ves? —me dijo el abuelo—. Por lo menos, estamos todos de acuerdo.

Como no se me pasaba el disgusto, los abuelos se pusieron a darme buenos consejos.

—¡Arréales! —me recomendó la abuela—. ¡No te aguantes!

—¡Eso, arréales! —le dio la razón el abuelo, revolviendo en la nevera.

—Mamá no me deja que me pelee —aclaré, para que pensaran en alguna reacción más digna—. A lo mejor podríais ir a hablar con la profesora.

—¡Hablar! ¡Menuda mierda! —zanjó la abuela.

—¡Panda de tarados! —añadió el abuelo, que había encontrado la carne ahumada en la nevera.

—¡Dale al abuelo en la barriga! —me ordenó entonces la abuela.

—¡Eso, ven a darme en la barriga! —dijo entusiasmado el abuelo, soltando perdigones de la carne fría con la que se estaba atiborrando.

Me negué rotundamente.

—¡Si no lo haces, eres una niña! —me avisó el abuelo.

—¿Prefieres pegar al abuelo o ser una niña? —me preguntó la abuela.

Enfrentado a semejante elección, dije que prefería ser una niña antes que hacerle daño al abuelo y los abuelos se pasaron el resto de la tarde llamándome «niña».

Al día siguiente, cuando llegué a su casa, me estaba esperando un regalo encima de la mesa de la cocina. «Para Jessica», ponía en una pegatina rosa. Deshice el paquete y me encontré con una peluca rubia de niña.

—A partir de ahora, llevarás esta peluca y te llamaremos Jessica —me explicó la abuela, muerta de risa.

—No quiero ser una niña —protesté, mientras el abuelo me la colocaba en la cabeza.

—Pues, entonces, demuéstralo —me desafió la abuela—. Si no eres una niña, serás capaz de sacar la compra del maletero del coche y de meterla en la nevera.

Me apresuré a hacerlo; pero después exigí que me dejasen quitarme la peluca y recobrar mi dignidad de chico. La abuela consideró que no había sido suficiente. Necesitaba otra demostración. Le pedí en el acto otro reto, que superé también con brillantez, aunque la abuela siguió sin convencerse. Hasta que no pasé dos días ordenando el garaje, preparándole al abuelo el pastillero para la semana, recogiendo la ropa en la tintorería —en donde tuve que usar el dinero de mi paga—, fregando todos los cacharros que se habían quedado sin lavar y limpiando todos los zapatos de la casa, no caí en la cuenta de que Jessica no era sino una niña prisionera esclava de la abuela.

La liberación llegó con algo que ocurrió en el supermercado, adonde fuimos en el coche del abuelo. Al entrar al aparcamiento, el abuelo, que conducía fatal, le dio un golpe sin importancia al parachoques de un coche que iba marcha atrás. La abuela y él se bajaron para examinar los desperfectos, mientras yo me quedaba en el asiento trasero.

—¡Panda de tarados! —les dijo a voces el abuelo a la conductora con cuyo coche había chocado y a su marido, que estaba pasando revista a la carrocería.

—Cuide un poco esa forma de hablar —dijo, irritada, la conductora— o aviso a la policía.

—¡Menuda mierda! —intervino la abuela, que tenía el don de la oportunidad.

La mujer que iba al volante se puso más nerviosa aún y la pagó con su marido, que no decía nada y que se limitaba a pasar un dedo desganado por el arañazo del parachoques para ver si se había deteriorado o solo ensuciado.

—Qué pasa, Robert —lo increpó—, ¡di algo, joder!

Se detuvieron unos cuantos curiosos con sus carritos para contemplar la escena, mientras Robert miraba a su mujer sin despegar los labios.

—Señora —le sugirió el abuelo a la conductora—, mire en la guantera a ver si encuentra los huevos de su marido.

Robert se enderezó y alzó un puño amenazador:

—¿Que no tengo huevos? ¿Que yo no tengo huevos? —gritó.

Al verlo dispuesto a pegar al abuelo, me bajé en el acto del coche sin quitarme la peluca de la cabeza. «¡No le ponga la mano encima a mi abuelo!», le ordené a Robert que, con los nervios, dejó que lo engañaran aquellas greñas rubias y me contestó:

—Y esta niña ¿qué quiere?

Ya estaba bien. ¡Se iban a enterar todos por fin de que no era una niña!

—¡Toma, tus huevos, aquí los tienes! —le grité con mi voz infantil, pegándole un puñetazo tremendo, tan bien dirigido que se cayó al suelo.

La abuela me agarró, me metió en el asiento trasero y se subió ella también al coche, mientras el abuelo, que ya estaba en el asiento del conductor, arrancaba como una exhalación. «¡Panda de tarados!» «¡Menuda mierda!», les dio tiempo aún a oír a los testigos, que apuntaron la matrícula del coche del abuelo antes de llamar a la policía.

Este suceso me reportó varias cosas. Una de ellas fue la aparición en mi vida de Ephram y de Becky Jenson. Eran vecinos de los abuelos y yo los veía de cuando en cuando. Sabía que Becky, a veces, le hacía recados a la abuela y que Ephram ayudaba al abuelo, cuando, por ejemplo, cambiar una bombilla se convertía en un ejercicio de equilibrista. También sabía que no tenían hijos porque un día la abuela les había preguntado:

—¿No tienen hijos?

—No —contestó Becky.

—¡Menuda mierda! —le dijo la abuela, compasiva.

—Estamos completamente de acuerdo.

Pero fue poco después del asunto de los huevos de Robert y del precipitado regreso del centro comercial cuando comenzó de verdad mi relación con ellos, la tarde en que la policía llamó a la puerta de los abuelos.

—¿Se ha muerto alguien? —les preguntó el abuelo a los dos policías que estaban en el umbral.

—No, señor. Pero, en cambio, parece ser que usted y una niña rubia se han visto envueltos en un incidente en el aparcamiento del supermercado de Rego.

—¿En el aparcamiento del supermercado? —repitió el abuelo, indignado—. ¡No he pasado por allí en toda mi vida!

—Señor, varios testigos han identificado un coche, con una matrícula que está a su nombre y que corresponde al que se encuentra aparcado delante de su casa, después de que una niña rubia agrediera a un hombre.

—Aquí no hay ninguna niña rubia —aseguró el abuelo.

Como no estaba enterado de lo que sucedía, me acerqué a ver, con la peluca puesta, con quién hablaba el abuelo.

—¡Esa es la niña! —exclamó el compañero del policía que hablaba.

—¡No soy una niña! —exclamé sacando a relucir un vozarrón.

—¡No le ponga la mano encima a mi Jessica! —gritó el abuelo tapando con el cuerpo el hueco de la puerta.

Fue en ese momento cuando se presentó Ephram Jenson, el vecino de los abuelos. Lo alertaron las voces y apareció en el acto, enarbolando una placa de policía. No me enteré de qué les contó a los otros dos agentes, pero me di cuenta de que Ephram era un policía importante. Le bastó con una frase para que sus compañeros se disculpasen con el abuelo y se fueran.

Desde ese día, la abuela, que les tenía cierto miedo a la autoridad y a los uniformes desde los pogromos de Odessa, ascendió a Ephram a la categoría de Justo. Y, para darle las gracias, todos los viernes por la tarde le hacía una exquisita tarta de queso, una receta secreta suya, cuyo delicioso olor notaba yo en la cocina al volver de la escuela, aunque sabía que para mí no era ni un trocito. Una vez terminada y envuelta la tarta, la abuela me decía: «Vete corriendo a llevarla, Jesse. ¡Ese hombre es nuestro Raoul Wallenberg!*». Yo me presentaba en casa de los Jenson y, alargándoles la tarta, tenía órdenes de decirles: «Mis abuelos les agradecen que les salvasen la vida».

A fuerza de ir todas las semanas a casa de los Jensen, empezaron a invitarme a que pasase y a que me quedase un rato. Becky me decía que la tarta era enorme y que ellos eran solamente dos; y, pese a mis protestas, cortaba un trozo y me lo comía en su cocina con un vaso de leche. Les tenía mucho cariño: Ephram me fascinaba y en Becky hallaba un amor de madre que echaba de menos porque no veía lo suficiente a la mía. Becky y Ephram no tardaron en proponerme que fuera con ellos los fines de semana a Manhattan para dar un paseo o para ir a ver alguna exposición. Me sacaban de casa de los abuelos. Cuando llamaban a la puerta y le preguntaban a la abuela si podía ir con ellos, me embargaba una inmensa sensación de alegría.

En cuanto a la niña rubia que daba puñetazos en los cataplines, nunca la encontraron. Así fue como Jessica desapareció para siempre y no tuve ya que llevar aquella horrorosa peluca. A veces, en momentos de confusión, Jessica volvía a aparecer en la mente de la abuela. En plena comida familiar, cuando éramos alrededor de veinte personas sentadas a la mesa, decía de pronto:

—Jessica murió en el aparcamiento del supermercado.

Por lo general, venía a continuación un prolongado silencio. Luego, algún primo se atrevía a preguntar:

—¿Quién era Jessica?

—Quizá una historia de la guerra —susurraba otro.

---

* Raoul Wallenberg (1912-1947), diplomático sueco, salvó del holocausto a miles de judíos húngaros. *(N. de las T.)*

Todo el mundo adoptaba en el acto un tono grave y reinaba en la habitación un silencio prolongado, porque de Odessa no se hablaba nunca.

Tras el asunto de los huevos de Robert, el abuelo consideró que yo era desde luego un chico, y hasta un chico valiente, y, para recompensarme, me llevó una tarde a la trastienda de una carnicería *kósher,* en donde un anciano, oriundo de Bratislava, daba clases de boxeo. El anciano había sido el carnicero —el comercio lo llevaban ahora sus hijos— y dedicaba sus días a dar clases gratis de pelea a puñetazos a los nietos de sus amigos; aquellas consistían principalmente en que golpeásemos contra unas carcasas resecas al compás del relato —en una lengua teñida de un remoto acento— de la final del campeonato de boxeo de Checoslovaquia de 1931.

Así fue como me enteré de que todas las tardes, en Rego Park, un puñado de ancianos, con el falso pretexto de querer pasar un rato con sus nietos, se escapaban del domicilio conyugal para acudir a la carnicería. Se acomodaban en unas sillas de plástico, arropados en los abrigos y tomando café solo muy caliente, mientras una pandilla de niños un poco atemorizados golpeaba los trozos de carne colgados del techo. Y, cuando estábamos ya rendidos, escuchábamos, sentados en el suelo, las historias del anciano de Bratislava.

Durante meses, pasé la última parte del día boxeando en la carnicería en el mayor de los secretos. Corría la voz de que tal vez tenía un don para el boxeo y ese rumor atraía a diario a una multitud de abuelos que olían a mil cosas y se apiñaban en la fría sala para mirarme, mientras compartían conservas de productos del este con las que untaban rebanadas de pan negro. Oía cómo me animaban: «¡Adelante, muchacho!», «¡Pega! ¡Pega fuerte!»; y el abuelo, rebosante de orgullo, repetía a todo el que quisiera oírlo: «Es mi nieto».

El abuelo me había recomendado mucho que no le dijese nada a mi madre de nuestra nueva actividad; y yo sabía que tenía razón. En vez de la peluca, me había dado ropa deportiva nuevecita que yo guardaba en su casa y que la abuela lavaba todas las noches para que la tuviera limpia al día siguiente.

Durante meses, mi madre no sospechó nada. Hasta aquella tarde de abril en que los servicios de sanidad municipales junto con la policía dieron una batida en la insalubre carnicería tras una oleada de intoxicaciones. Recuerdo la cara de incredulidad de los inspectores al entrar en la trastienda, en donde los miraban fijamente una pandilla de mocosos con ropa de boxeo y una muchedumbre de ancianos que fumaban y tosían, en medio de un olor agrio a sudor mezclado con tabaco.

—¿Venden ustedes la carne después de que la golpeen los críos? —preguntó un policía que no se lo podía creer.

—Pues claro —contestó con naturalidad el anciano de Bratislava—. Es bueno para la chicha, la vuelve más tierna. Y ¡ojo!; antes de la clase se lavan las manos.

—No es verdad —gimoteó un niño—. ¡No nos lavamos las manos antes!

—¡Tú te has quedado fuera del club de boxeo! —gritó, tajante, el anciano de Bratislava.

—¿Es un club de boxeo o una carnicería? —preguntó, rascándose la cabeza, un policía que no entendía nada.

—Un poco de cada —contestó el anciano de Bratislava.

—La habitación ni siquiera está refrigerada —decía, escandalizado, un inspector de sanidad mientras tomaba notas.

—Fuera hace frío y dejamos las ventanas abiertas —fue la respuesta que le dieron.

La policía había avisado a mi madre. Pero ella no podía salir del trabajo y llamó a Ephram, el vecino, que llegó enseguida y me llevó a casa.

—Me voy a quedar contigo hasta que vuelva tu madre —me dijo.

—¿Qué clase de policía eres? —le pregunté entonces.

—Inspector de la criminal.

—¿Un inspector importante?

—Sí. Soy capitán.

Me quedé muy impresionado. Luego le conté lo que me preocupaba:

—Espero que el abuelo no tenga problemas con la policía.

—Con la policía, no —me contestó con una sonrisa reconfortante—. Pero, en cambio, con tu madre...

Tal y como Ephram había intuido, mamá se pasó días enteros gritándole al abuelo por teléfono: «¡Papá, te has vuelto loco del todo!». Le decía que yo me podía haber herido o intoxicado; o cualquier otra cosa. Yo estaba feliz; el abuelo, bendito sea, me había llevado ni más ni menos que al camino de la existencia. Y no iba a pararse ahí, pues, tras iniciarme en el boxeo, hizo aparecer en mi vida, igual que un mago, a Natasha.

Ocurrió unos años después, cuando yo acababa de cumplir los diecisiete. Por entonces, había convertido el cuarto grande del sótano de los abuelos en un gimnasio en donde había reunido un montón de pesas y había colgado un saco de arena. Me entrenaba a diario. Un día, en plenas vacaciones de verano, la abuela me comunicó: «Llévate tu mierda del sótano. Necesitamos sitio». Al preguntarle por qué me expulsaba, la abuela me explicó que iban a alojar generosamente a una prima lejana que venía de Canadá. ¡Generosamente! ¡Y un cuerno! Seguro que le cobrarían un alquiler. Como compensación, me ofrecieron trasladar mis sesiones de gimnasia al garaje, en donde olía a aceite y a polvo. Me pasé los días siguientes maldiciendo a esa prima vieja, gorda y apestosa que me robaba mi sitio y ya me la imaginaba con pelos en la barbilla, cejas pobladas, dientes amarillentos, boca maloliente y vestida con una ropa soviética espantosa. Peor aún: el día de su llegada tuve que ir a buscarla a la estación de Jamaica, en Queens, adonde llegaba en tren desde Toronto.

El abuelo me obligó a llevar un cartel con su nombre en caracteres cirílicos.

—¡No soy su chófer! —dije, muy irritado—. Ya puestos, ¿no quieres también que lleve gorra?

—¡Sin el cartel no la encontrarás!

Me marché furioso, pero con el cartel, aunque jurando que no iba a usarlo.

Ya en el vestíbulo de la estación de Jamaica, sumergido en la muchedumbre de viajeros, tras haberme dirigido a unas cuantas viejas desorientadas que no eran la asquerosa prima, no me quedó más remedio que recurrir al ridículo trozo de cartón.

Me acuerdo del momento en que la vi. Aquella veinteañera de ojos risueños, delicados y preciosos rizos, y dientes deslumbrantes, se me puso enfrente y leyó el cartel.

—Lo has cogido al revés —me dijo.

Me encogí de hombros.

—Y a ti ¿qué te importa? ¿Eres de la policía de carteles?

—¿No sabes ruso?

—No —contesté, poniendo el cartel al derecho.

—*Krassavtchik* —se burló la chica.

—Y tú ¿quién eres? —acabé por preguntar, irritado.

—Yo soy Natasha —me dijo sonriendo—. Es el nombre de tu cartel.

Natasha acababa de entrar en mi vida.

*

Cuando llegó Natasha a casa de los abuelos, nos trastornó la vida a todos. Esa que yo había imaginado vieja y espantosa resultaba ser una joven fascinante y extraordinaria que había venido para matricularse en una escuela de cocina de Nueva York.

Ponía patas arriba nuestras costumbres. Se apropió el salón, en donde nunca entraba nadie, y se instalaba allí después de las clases para leer o repasar los apuntes. Se ovillaba en el sofá con una taza de té y encendía velas aromáticas que perfumaban deliciosamente el ambiente. Aquella habitación, lúgubre hasta entonces, se convirtió en el sitio en donde todo el mundo quería estar. Cuando volvía del instituto, me encontraba a Natasha con la nariz metida en sus carpetas de anillas y, enfrente de ella, a los abuelos, tomando té en sus sillones, mientras la miraban completamente arrobados.

Cuando no estaba en el salón, cocinaba. A cualquier hora del día o de la noche. La casa se llenaba de aromas que yo no había olido nunca. Siempre se cocía algo, la nevera estaba siempre llena. Y cuando Natasha cocinaba, los abuelos, sentados a su mesita, la miraban con devoción, mientras se atiborraban con los platos que les ponía delante.

Transformó la habitación del sótano, que ahora era su cuarto, en un palacio pequeño y confortable, empapelado con colores cálidos y en el que quemaba incienso continuamente. Se pasaba allí los fines de semana, tragándose montones de libros. Yo bajaba con frecuencia hasta su puerta, intrigado por lo que estaría sucediendo dentro de la habitación, pero sin atreverme a llamar. Al final, era la abuela la que me reñía al verme dando vueltas por la casa.

—No vayas por ahí sin hacer nada —me decía, poniéndome en las manos una bandeja con una tetera humeante y unas galletas recién salidas del horno—. Sé hospitalario con nuestra invitada y llévale esto, ¿quieres?

Yo me apresuraba a bajar con mi preciosa carga y la abuela me miraba, sonriente y conmovida, sin que yo me hubiera fijado en que había puesto dos tazas en la bandeja.

Llamaba a la puerta de la habitación de Natasha y, al oírla decir que entrase, me aumentaban las pulsaciones.

—La abuela te ha preparado té —decía yo tímidamente, abriendo la puerta a medias.

—Gracias, *Krassavtchik* —me decía ella, sonriendo.

La mayor parte de las veces estaba echada en la cama, leyendo con avidez montones de libros. Tras depositar la bandeja en una mesa baja que había delante de un sofá pequeño, solía quedarme de pie, un poco fuera de lugar.

—¿Entras o sales? —me preguntaba ella entonces.

El corazón se me salía del pecho.

—Entro.

Me sentaba a su lado. Ella servía el té para ambos; luego, se liaba un porro y yo la miraba fascinado enrollar el papel de fumar con los dedos de uñas pintadas y lamer después el borde con la punta de la lengua para pegarlo.

Su belleza me cegaba, su dulzura me derretía, su inteligencia me subyugaba. No había ningún tema del que no pudiera hablar, ningún libro que no hubiera leído. Lo sabía todo de todo. Y, sobre todo, por fortuna y en contra de lo que afirmaban los abuelos, no era una prima de verdad, a menos que nos remontásemos un siglo largo para dar con un antepasado común.

Según pasaban los días y los meses, la presencia de Natasha creó un inusitado buen ambiente en casa de los abuelos. Jugaba al ajedrez con el abuelo, charlaba con él sin parar de política y se convirtió en la mascota de la pandilla de ancianos de la carnicería, que ahora vivía desterrada en un café de Queens Boulevard y con quienes hablaba solo en ruso. Iba con la abuela de compras y la ayudaba en la casa. Guisaban juntas y Natasha resultó ser una cocinera fuera de lo común.

La casa se animaba con frecuencia con las conversaciones telefónicas de Natasha con sus primas de verdad, repartidas por todo el mundo. A veces me decía: «Somos como las semillas de un diente de león, redondo y espléndido; y el viento nos ha llevado a cada una a un rincón diferente de la tierra». Vivía colgada del teléfono, el de su cuarto, o el del vestíbulo, o el de la cocina, con su cable extensible, y se pasaba las horas charlando en todo tipo de idiomas y a cualquier hora del día o de la noche, consecuencia inevitable de la diferencia horaria. Había una prima en París, otra en Zúrich, otra en Tel-Aviv, otra en Buenos Aires. Tan pronto hablaba en francés como en hebreo o en alemán, pero la mayor parte del tiempo era el ruso lo que predominaba.

Esas llamadas debían de costar cantidades desorbitadas, pero el abuelo no decía nada. Al contrario. Muchas veces, sin que ella lo supiera, descolgaba el auricular en otra habitación y escuchaba con deleite la conversación. Yo me sentaba a su lado y él me la iba traduciendo en voz baja. Fue así como me enteré de que les hablaba muchas veces de mí a sus primas y de que les decía que era guapo y maravilloso y que me brillaban los ojos.

—*Krassavtchik* —me explicó un día el abuelo, tras haberla oído llamarme así— quiere decir «chico guapo».

Y entonces llegó Halloween.

Esa noche, cuando el primer grupo de niños llamó a la puerta para pedir caramelos y la abuela se disponía a abrir corriendo con un cubo de agua helada en la mano, Natasha dijo, con voz firme:

—¿Qué haces, abuela?

—Nada —respondió avergonzada la abuela, frenando en seco antes de llevarse el cubo a la cocina.

Natasha, que había preparado unos cuencos llenos de caramelos multicolores, les dio uno a cada uno de mis abuelos y los mandó a abrir la puerta. Los niños, muy contentos, soltando gritos de emoción, se sirvieron a manos llenas antes de desvanecerse en la oscuridad. Y los abuelos, al verlos correr, exclamaron alegres: «¡Feliz Halloween, niños!».

En Rego Park, Natasha era como un huracán de energía positiva y de creatividad. Cuando no se encontraba en clase, ni cocinando, hacía fotos por el barrio o iba a la biblioteca municipal. Dejaba continuamente notas para avisar a los abuelos de lo que iba a hacer. A veces dejaba una nota sin motivo, solo para saludar.

Un día, al volver del instituto, según entraba por la puerta, la abuela me apuntó con un dedo amenazador y exclamó:

—¿Dónde estabas, Jessica?

La abuela, cuando estaba muy enfadada conmigo, me llamaba a veces Jessica.

—En el instituto, abuela —contesté—. Como todos los días.

—¡No has dejado una nota!

—¿Y por qué iba a dejar una nota?

—Natasha siempre deja una nota.

—¡Pero si ya sabéis que durante la semana estoy todos los días en el instituto! ¿Dónde queréis que esté?

—¡Panda de tarados! —dijo el abuelo, que salía por la puerta de la cocina con un tarro de pepinos en salmuera.

—¡Menuda mierda! —le contestó la abuela.

Uno de los cambios radicales que trajo la presencia de Natasha fue que los abuelos dejaron de renegar, al menos cuando ella estaba delante. El abuelo, además, dejó de fumar sus infames cigarrillos de tabaco de liar durante las comidas, y descubrí incluso que los abuelos podían comportarse como es debido en la mesa y tener conversaciones interesantes. Por primera vez vi al abuelo con camisas nuevas («Las ha comprado Natasha, dice que las otras tenían agujeros»). Y vi incluso a la abuela con pasadores en el pelo («Me ha peinado Natasha. Me ha dicho que estaba guapa»).

En lo que a mí se refiere, Natasha me inició en lo que nunca había conocido: la literatura, el arte. Me abrió los ojos al mundo. Cuando salíamos era para ir a librerías, a museos, a galerías. Con frecuencia cogíamos el metro los domingos hasta Manhattan; íbamos a visitar un museo: el Metropolitan, el MoMA, el Museo de Ciencias Naturales, el Whitney. O, si no, íbamos a cines desiertos y deslucidos a ver películas en idiomas que yo no entendía. Pero me daba igual: no miraba la pantalla, la miraba a ella. Me la comía con los ojos, turbado por aquella mujercita tan excéntrica, tan extraordinaria, tan erótica. Vivía las películas: se indignaba con los actores, lloraba, se irritaba, volvía a llorar. Y, al acabar la sesión, me decía: «¿A que ha estado bien?», y yo le contestaba que no me había enterado de nada. Se reía y decía que iba a explicármelo todo. Y entonces me llevaba al café más cercano, pues consideraba que no podía quedarme sin haber comprendido la película, y me la contaba desde el principio. Por lo general, no la escuchaba. Me fijaba solo en sus labios. La adoraba.

Luego íbamos a las librerías —era una época en que aún florecían las librerías en Nueva York—, Natasha compraba montones de libros y regresábamos a su cuarto en casa de los abuelos. Me obligaba a leer, se echaba, arrimada a mí, se liaba un porro y fumaba tranquilamente.

Una noche de diciembre, cuando estaba con la cabeza apoyada en mi pecho mientras yo tenía que leer un ensayo sobre la historia de Rusia por haberme atrevido a hacerle una pregunta acerca de la separación de las antiguas repúblicas soviéticas, me palpó los abdominales.

—¿Cómo puedes tener el cuerpo tan duro? —me preguntó, incorporándose.

—No lo sé —contesté—. Me gusta hacer deporte.

Le dio una calada larga al porro antes de dejarlo en un cenicero.

—¡Quítate la camiseta! —me ordenó de repente—. Me apetece verte de verdad.

Obedecí sin reflexionar. Notaba que el corazón me retumbaba en todo el cuerpo. Me quedé ante ella, con el torso desnudo; me examinó en la penumbra el cuerpo esculpido, me puso la mano en los pectorales y me recorrió el pecho, rozándome con la yema de los dedos.

—Creo que nunca he visto a nadie más guapo —me dijo Natasha.

—¿Yo? ¿Yo soy guapo?

Se echó a reír.

—¡Pues claro, idiota!

Le dije entonces:

—Yo no me veo tan guapo.

Mostró entonces esa sonrisa magnífica y dijo esa frase que aún hoy tengo grabada en la memoria.

—Las personas guapas nunca se ven guapas, Jesse.

Me contempló, sonriente. A mí me fascinaba ella y me paralizaba la indecisión. Por fin, en el colmo del nerviosismo y sintiéndome en la obligación de romper el silencio, tartamudeé:

—¿No tienes un chico?

Frunció el ceño con expresión traviesa y me contestó:

—Creía que mi chico eras tú...

Acercó la cara a la mía y me rozó brevemente los labios con los suyos, luego me besó como nunca me habían besado. Su lengua y la mía se enredaron de un modo tan erótico que noté que una sensación y una emoción como nunca antes había vivido me atravesaban.

Fue el principio de nuestra historia. A partir de aquella noche y durante todos los años siguientes, no me separé de Natasha.

Iba a ser el centro de mi vida, el centro de mis pensamientos, el centro de mis atenciones, el centro de mis preocupaciones, el centro de mi amor absoluto. Y a ella le iba a pasar lo mismo conmigo. Yo iba a quererla y ella me iba a querer como pocas personas se han querido. En el cine, en el metro, en el teatro, en la biblioteca, en la mesa de los abuelos, mi sitio a su lado era el paraíso. Y las noches se convirtieron en nuestro reino.

Para ganar algo de dinero mientras seguía estudiando, Natasha había encontrado un trabajo de camarera en Katz, el restaurante adonde les gustaba ir a los abuelos. Allí fue donde conoció a una chica de su edad que también trabajaba en el restaurante y que se llamaba Darla.

Por mi parte, tras terminar en el instituto con muy buenas calificaciones, ingresé en la universidad de Nueva York. Me gustaba estudiar, me había visto durante mucho tiempo como profesor o como abogado. Pero en los bancos de la universidad entendí por fin el sentido de una frase que me habían repetido los abuelos: «Conviértete en alguien importante». ¿Qué quería decir «importante»? A mí, la única imagen que se me venía a la cabeza entonces era la del vecino, Ephram Jenson, el capitán de policía. El reparador. El protector. A nadie habían tratado con más respeto y deferencia los abuelos. Quería ser policía. Como él.

Tras cuatro años de estudios y con un título en el bolsillo, ingresé en la academia de la policía estatal, fui número uno de mi promoción, demostré lo que valía en la calle y no tardé en convertirme en inspector y en incorporarme al centro regional de la policía estatal en donde iba a transcurrir toda mi carrera. Me acuerdo del primer día, cuando me vi en el despacho del mayor McKenna, sentado al lado de un joven algo mayor que yo.

—Inspector Jesse Rosenberg, número uno de tu promoción, ¿crees que me impresionas con todas tus recomendaciones? —bramó McKenna.

—No, mayor —contesté.

Se volvió hacia el otro joven.

—Y tú, Derek Scott, el sargento más joven de la policía estatal, ¿te crees que me deslumbras?

—No, mayor.

McKenna nos miró detenidamente a los dos.

—¿Sabéis lo que dicen en el cuartel general? Dicen que sois dos ases. Así que vamos a poneros juntos y ya veremos si saltan chispas.

Asentimos con la cabeza al mismo tiempo.

—Bien —dijo McKenna—. Vamos a buscar dos despachos uno enfrente del otro y a daros las investigaciones de las abuelitas que han perdido el gato. Ya veremos cómo salís del paso.

Natasha y Darla, que habían seguido muy unidas desde que se conocieran en el Katz, no habían conseguido despegar en su profesión. Tras unas cuantas experiencias que no habían llegado a buen puerto, acababan de contratarlas en el Blue Lagoon, teóricamente como auxiliares de cocina, pero el dueño, al final, las había puesto de camareras alegando que andaba corto de personal.

—Deberíais iros —le dije a Natasha una noche—. No tiene derecho a haceros eso.

—Bah —me contestó—, el sueldo es bueno. Puedo pagar las facturas y ahorrar. Además, sobre eso, a Darla y a mí se nos ha ocurrido una idea: vamos a abrir nuestro propio restaurante.

—¡Qué maravilla! —exclamé—. ¡Vais a tener muchísimo éxito! ¿Qué clase de restaurante? ¿Habéis encontrado ya un local?

Natasha se echó a reír.

—No te embales, Jesse. Todavía falta. Tenemos que empezar por ahorrar. Y madurar el proyecto. Pero es una buena idea, ¿no?

—Es una idea fantástica.

—Sería mi sueño —dijo, sonriendo—. Jesse, prométeme que tendremos un restaurante un día.

—Te lo prometo.

—Promételo bien. Dime que un día tendremos un restaurante en un sitio tranquilo. Ni más policía, ni más Nueva York, solo la tranquilidad y la vida.

—Te lo prometo.

2
Desolación

Domingo 27 de julio-miércoles 30 de julio de 2014

Jesse Rosenberg
Domingo 27 de julio de 2014
Al día siguiente de la inauguración

Siete de la mañana. Amanecía en Orphea. Nadie había dormido en toda la noche.

El centro de la ciudad se encontraba asolado. La calle principal seguía acordonada, abarrotada aún de vehículos de emergencia, llena de policías que la recorrían y sembrada de montones de objetos de todo tipo que la multitud había dejado abandonados durante el tremendo pánico que sobrevino tras los disparos en el Gran Teatro.

Primero hubo que actuar. Hasta bien entrada la noche, los equipos de intervención de la policía tuvieron acordonada la zona mientras buscaban al tirador. Resultó inútil. También hubo que reforzar la vigilancia para evitar que, entre tanto revuelo, saqueasen los comercios. Colocaron unidades móviles de primeros auxilios fuera del perímetro de seguridad para atender a los heridos leves, la mayoría víctimas de las avalanchas, y a las personas en estado de choque. En cuanto a Dakota Eden, la habían trasladado en helicóptero, en estado crítico, a un hospital de Manhattan.

El nuevo día que despuntaba suponía el regreso a la calma. Había que aclarar qué había sucedido en el Gran Teatro. ¿Quién había disparado? ¿Y cómo había podido entrar con un arma, pese a todas las medidas de seguridad?

En la comisaría de Orphea, en donde seguían la agitación y el alboroto, Anna, Derek y yo nos disponíamos a interrogar a toda la compañía de actores, que habían sido los testigos más directos de los acontecimientos. Presa del pánico generalizado, se habían desperdigado por la ciudad: localizarlos y llevarlos a la comisaría no había resultado fácil. Ahora estaban metidos en una sala de reuniones, durmiendo en el suelo o de bruces en la mesa central, a la espera de que les tocase el turno de contestar. Solo faltaba Jerry Eden, que se había ido con Dakota en el helicóptero, y Alice Filmore, a quien de momento no había forma de encontrar.

Al primero a quien interrogamos fue a Kirk Harvey y aquella conversación iba a tomar un giro que nunca habríamos podido prever. Kirk no tenía ya a nadie que lo protegiera y estábamos empezando a tratarlo sin miramientos.

—¿Qué sabe usted, por todos los demonios? —gritaba Derek, zarandeándolo—. Quiero un nombre, ¡ya!, o le rompo los dientes. ¡Quiero un nombre! ¡Ahora mismo!

—Pero si no tengo ni idea —gimoteaba Kirk—. Lo juro.

Con un gesto de rabia, Derek lo arrojó contra la pared de la sala. Harvey se desplomó en el suelo. Lo levanté y lo senté en una silla.

—Tiene que hablar, Kirk —le ordené—; debe decirnos todo. Esta historia ya ha ido demasiado lejos.

Kirk se descompuso; estaba a punto de romper a llorar.

—¿Cómo está Dakota? —preguntó con voz ahogada.

—¡Mal! —gritó Derek—. ¡Por su culpa!

Harvey se agarró la cabeza con las manos y le dije con voz firme, pero sin parecer agresivo:

—Tiene que contárnoslo todo, Kirk. ¿Por qué esta obra? ¿Qué sabe usted?

—Mi obra es un fraude —susurró—. Nunca tuve la menor idea de la identidad del autor del cuádruple asesinato.

—Pero sí sabía que, el 30 de julio de 1994, el objetivo de aquel era Meghan Padalin y no el alcalde Gordon.

Asintió.

—En octubre de 1994, cuando la policía estatal anunció que Ted Tennenbaum era en efecto el autor del cuádruple asesinato, me quedó aún una duda. Porque Ostrovski me había dicho que había visto a Charlotte al volante de la camioneta de Tennenbaum, cosa que no me cuadraba. Pero no habría seguido ahondando en ello, si unos cuantos días después no me hubieran llamado los vecinos que vivían al lado de Gordon: acababan de descubrir dos impactos de bala en uno de los largueros de la puerta de su garaje. No había quedado una huella clara y solo se habían fijado porque la iban a pintar. Fui a verlo y saqué las dos balas de la pared; luego, le pedí a la brigada científica de la policía estatal que llevase a cabo una comparación con las balas halladas en las víctimas del cuádruple asesinato; procedían de la misma arma. Si nos ateníamos a la trayectoria de las balas, las habían disparado desde el parque; en ese momento fue cuando lo entendí todo: a la que querían matar era a Meghan. El asesino no había logrado acertar en el parque y ella había salido huyendo hacia la casa del alcalde, seguramente para buscar ayuda, pero la alcanzó y la mató. Luego les tocó el turno a los Gordon porque habían sido testigos del crimen.

Me di cuenta de que Harvey era un policía muy perspicaz.

—¿Por qué no lo supimos? —preguntó Derek.

—Intenté desesperadamente ponerme en contacto con vosotros en aquella época —se defendió Harvey—. Os estuve llamando en vano a ti y a Rosenberg al centro de la policía estatal. Me dijeron que habíais tenido un accidente y estabais de baja durante una temporada. Cuando dije que tenía que ver con el cuádruple asesinato, me explicaron que el caso ya estaba cerrado. Entonces fui a buscaros a casa. En la tuya, Derek, me echó con cajas destempladas una joven que me rogó que no volviera y que te dejase en paz, sobre todo si era para hablar de aquel caso. ¡Luego fui a casa de Jesse varias veces, pero nunca me abrió nadie!

Derek y yo nos miramos, dándonos cuenta de lo desencaminados que habíamos estado por entonces.

—¿Qué hizo luego? —preguntó Derek.

—¡Puf! ¡Era un lío tremendo! —explicó Kirk Harvey—. A grandes rasgos: a Charlotte Brown se la vio al volante de la camioneta de Ted Tennenbaum en el momento de los asesinatos, pero Ted Tennenbaum era el culpable oficial según la policía estatal, aunque yo estaba convencido de que había un error en cuanto al objetivo principal. Por si fuera poco, no podía comentarlo con nadie: mis colegas de la policía de Orphea ya no me dirigían la palabra desde que me había inventado que mi padre tenía cáncer para tomarme unos días de permiso; y los dos policías estatales encargados del caso, es decir, vosotros, estaban ilocalizables. No podía haber más lío. Así que intenté desenredar el caso solo: busqué otros asesinatos recientes en la zona. No había ninguno. La única muerte sospechosa era la de un individuo que se había matado en un accidente de moto, en una recta en Ridgesport. Valía la pena indagar. Me puse en contacto con la policía de tráfico y, al preguntar al agente que se hacía cargo del accidente, me entero de que un agente de la ATF les había estado haciendo preguntas. Así que hablé con él y me dijo que el conductor muerto era el jefe de una banda, muy escurridizo, y que pensaba que no se había matado el solito. En ese momento tuve miedo de meter las narices en un asunto turbio con conexiones mafiosas y quise contárselo a mi compañero Lewis Erban. Pero Lewis no acudió a la cita. Estaba más solo que nunca ante un caso que me superaba. Así que decidí quitarme de en medio.

—¿Porque tenía miedo de lo que estaba descubriendo?

—No, porque estaba completamente solo. Completamente solo, ¿lo entendéis? Y no podía aguantar más aquella soledad. Quise creer que la gente se preocuparía si dejaba de verme. O que se preguntarían por qué había presentado de golpe mi dimisión en la policía. ¿Sabéis en dónde estuve las dos primeras semanas de mi «desaparición»? ¡Estaba en mi casa! En mi casa. Esperando a que alguien viniera, llamase a la puerta y me preguntase qué me pasaba. Pero no vino nadie. Ni siquiera los vecinos. Nadie. No salí de casa, no fui a la compra, no me moví. No hice ni una llamada telefónica. El único que vino a verme fue mi padre, que me trajo unos cuantos encargos. Se quedó varias horas sentado conmigo en el sofá del salón. Sin decir nada. Luego me preguntó: «¿A quién esperamos?». Le contesté: «A alguien, pero no sé a quién». Por fin, decidí irme a la otra punta del país y volver a empezar mi vida. Creí que sería una oportunidad para dedicarme de lleno a escribir una obra de teatro. Y ¿qué mejor tema que ese caso criminal que, desde mi punto de vista, estaba sin resolver? Una noche, antes de irme definitivamente, me colé en secreto en la comisaría, cuyas llaves había conservado, y me llevé los documentos de la investigación sobre el cuádruple asesinato.

—Pero ¿por qué dejó en su lugar la nota: «Aquí empieza LA NOCHE NEGRA»? —preguntó Anna.

—Porque me iba con la idea de regresar algún día a Orphea, cuando tuviera resuelto el caso, y sacar a la luz la verdad.

Contarlo todo en una obra de teatro de éxito espectacular. Me había ido de Orphea como un pobre hombre, estaba decidido del todo a volver como un héroe y poder representar *La noche negra*.

—¿Y por qué usar otra vez ese título? —preguntó Anna.

—Porque tenía que dejar con un palmo de narices a todos los que me habían humillado. *La noche negra*, en su forma original, ya no existía: mis colegas habían destruido todos mis borradores y mis manuscritos, que guardaba como oro en paño en la comisaría, como represalia por el cáncer falso de mi padre; y el único ejemplar que se había salvado, porque lo había dejado en depósito en la librería, lo tenía Gordon.

—¿Cómo lo sabía usted? —pregunté.

—Me lo había dicho Meghan Padalin, que trabajaba allí. Era ella la que me había sugerido que dejase un ejemplar de la obra en la sección de autores locales. A veces acudían a la librería celebridades de Hollywood y, ¿quién sabe?, podría haberla leído alguien importante y podría haberle gustado. Pero resulta que, a mediados de julio de 1994, después de la faena de mis compañeros, al querer recuperar mi texto en la librería, me dijo Meghan que el alcalde acababa de comprarlo. Así que fui a pedirle que me lo devolviera, pero me aseguró que ya no lo tenía. Pensé que quería hacerme daño: ¡ya había leído la obra y le había parecido espantosa! Incluso la había roto delante de mí. ¿Por qué comprarla en la librería si no era para perjudicarme? Así que, al irme de Orphea, quería demostrar que nada puede impedir la consumación del arte. Es posible quemar, abuchear, prohibir, censurar: todo renace. ¿Pensaban que iban a destruirme? Pues aquí estoy otra vez, más fuerte que nunca. Eso es lo que había pensado. Así que le encomendé a mi padre la tarea de vender la casa y yo me mudé a California. Con el dinero de la venta tenía para aguantar una temporada. Volví a meterme en los documentos de la investigación. Pero me quedé completamente atascado, dando vueltas sin llegar a ninguna parte. Y, cuanto menos avanzaba, más me obsesionaba este asunto.

—Así que lleva veinte años rumiando todo esto.

—Sí.

—Y ¿qué conclusiones ha sacado?

—Ninguna. Por una parte, el accidente de moto y, por otra, Meghan. Es todo cuanto tenía.

—¿Cree que Meghan investigaba el accidente de moto de Jeremiah Fold y por eso la mataron?

—No tengo ni idea. Me lo inventé para la obra. Me decía que quedaba bien en la primera escena. ¿Hay realmente una relación entre Meghan y el accidente?

—Ese es el problema —contesté—. Estamos convencidos, como usted, de que existe una relación entre la muerte de Meghan y la muerte de Jeremiah Fold, pero no parece que la haya entre Meghan y Jeremiah.

—Ya lo veis —suspiró Kirk—. Ahí pasa algo raro de narices.

Kirk Harvey no era ni mucho menos el director dramático excéntrico e insoportable de las dos últimas semanas. ¿Por qué había interpretado ese papel entonces? ¿Por qué aquella obra sin pies ni cabeza? ¿Por qué esas extravagancias? Cuando le hice la pregunta, me contestó, como si se tratara de algo obvio.

—¡Pues para existir, Rosenberg! ¡Para existir! ¡Para llamar la atención! ¡Para que por fin me mirasen! Creía que nunca iba a resolver esa investigación. Estaba hundido en la miseria. Vivía en una caravana, sin familia, sin amigos. Solo impresionaba a actores desesperados con el espejismo de una fama que nunca llegaría. ¿Qué iba a ser de mí? Cuando Stephanie Mailer vino a verme a Los Ángeles, en junio, tuve esperanzas de terminar la obra. Le conté todo lo que sabía, pensando que ella iba a hacer otro tanto.

—¿Así que Stephanie estaba enterada de que a la que querían matar era a Meghan Padalin?

—Sí. Eso se lo conté yo.

—Entonces, ¿qué sabía?

—Lo ignoro. Cuando se dio cuenta de que yo no sabía quién era el culpable, quiso marcharse en el acto. Me dijo: «No puedo perder el tiempo». Le exigí que compartiese conmigo por lo menos los datos que tuviera, pero se negó. Nos peleamos un poco en el Beluga Bar. Al querer sujetarla, le agarré el bolso y lo que llevaba dentro cayó al suelo. Sus documentos sobre la investigación, el mechero, el llavero con esa bola amarilla tan grande y tan ridícula. La ayudé a recoger sus cosas e intenté aprovechar para leer sus notas. Pero no conseguí nada. Y luego llegaste tú, querido Rosenberg. Al principio decidí que no iba a revelarte nada: no quería hacer el primo dos veces seguidas. Y después pensé que a lo mejor era mi última oportunidad de volver a Orphea y de presentar mi obra en la inauguración del festival.

—¿Sin tener realmente una obra?

—Solo quería mi momento de gloria. Era todo cuanto me importaba. Y lo he tenido. Durante dos semanas han hablado de mí. Me había convertido en el centro de atención, salía en los periódicos, dirigía a unos actores con los que hice lo que quise. Dejé al gran crítico Ostrovski en calzoncillos y le hice berrear en latín, a él, que tan mal había hablado de mi número de 1994. Y también hice lo mismo con ese cerdo de Gulliver, que tanto me había humillado en 1994. Había que verlo, medio desnudo con un carcayú disecado en la mano. Me vengué, me respetaron. Viví.

—Pero explíqueme una cosa, Kirk: el final del espectáculo solo consistía en páginas en blanco. ¿Por qué?

—Eso no me preocupaba. Creía que ibais a encontrar al culpable antes del estreno. Contaba con vosotros. Me habría limitado a anunciar su identidad, ya conocida, y a quejarme de que lo hubierais estropeado todo.

—Pero no lo encontramos.

—Tenía previsto que la frase de Dakota quedara en el aire y repetir *La danza de la muerte*. Habría humillado a Ostrovski y a Gulliver durante horas. Incluso podría haber sido una obra eterna que durase hasta mediada la noche. Estaba dispuesto a lo que fuera.

—Pero habría quedado como un idiota —comentó Anna.

—No tanto como el alcalde Brown. Su festival se iría a pique, la gente pediría que le devolviesen el dinero de las entradas. Haría el ridículo y se jugaría que volvieran a elegirlo.

—Entonces, ¿todo era para perjudicarlo?

—Todo era para dejar de estar solo. Porque, en el fondo, *La noche negra* es mi soledad abismal. Pero lo único que he conseguido es hacer daño a otras personas. Y ahora, por mi culpa, esa maravillosa joven, Dakota, está entre la vida y la muerte.

Hubo un momento de silencio. Al final, le dije a Kirk:

—Acertaba usted en todo. Encontramos su obra de teatro. El alcalde Gordon la tenía en una caja del banco. Y en ella, en clave, pone el nombre de Jeremiah Fold, el hombre que se mató en el accidente de moto. Así que, en efecto, existe una relación entre Jeremiah, el alcalde Gordon y Meghan Padalin. Lo había entendido todo, Kirk. Tenía en la mano todas las piezas del puzle. Ahora solo queda encajarlas.

—Dejad que os ayude —suplicó Kirk—. Será mi reparación.

Asentí.

—A condición de que se comporte como es debido.

—Lo prometo, Jesse.

Antes de nada, queríamos entender qué había pasado la noche del día anterior en el Gran Teatro.

—Yo estaba a un lado del escenario y miraba a Dakota —nos dijo Kirk—. A mi lado se encontraban Alice Filmore y Jerry Eden. De repente sonaron los disparos. Dakota se desplomó. Jerry y yo corrimos hacia ella y enseguida Charlotte se unió a nosotros.

—¿Vio de dónde procedían los disparos? —preguntó Derek—. ¿De la primera fila? ¿Del borde del escenario?

—Ni idea. La sala estaba a oscuras y teníamos la luz de los focos de frente. En cualquier caso, el que disparó estaba en el lado del público, eso seguro, porque a Dakota le dieron en el pecho y se hallaba de cara a la sala. Lo que no termino de entender es que alguien pudiera entrar con un arma. ¡Con lo drásticas que eran las medidas de seguridad!

Para intentar responder a esas preguntas y evaluar la situación, antes de interrogar a los demás miembros de la compañía, nos reunimos con el mayor McKenna, con Montagne y con el alcalde Brown en una sala de reuniones.

En el punto en que estábamos, no teníamos ni el mínimo indicio sobre el tirador. Ninguno. No había cámaras en el Gran Teatro y los espectadores a quienes habíamos interrogado no habían visto nada. Todos repitieron la misma letanía: la sala estaba completamente a oscuras en el momento de los disparos. «Como en una noche negra —habían dicho—. Se oyeron los dos disparos, la chica cayó y luego cundió el pánico. ¿Qué tal está esa pobre actriz?».

No teníamos noticias de ella.

McKenna nos informó de que no había aparecido el arma ni en la sala, ni en las calles adyacentes.

—El tirador habrá aprovechado el caos para escapar del Gran Teatro y librarse del arma en algún sitio —nos dijo McKenna.

—No podíamos impedir que la gente saliera —añadió Montagne, como si quisiera lavarse las manos—. Se habrían pisoteado entre sí y habría habido muertos. Nadie hubiese podido suponer que el peligro iba a estar dentro, la sala era completamente segura.

En ese punto, pese a la falta de una pista concreta, era en donde podríamos avanzar de forma significativa en la investigación.

—¿Cómo pudo entrar una persona armada en el Gran Teatro? —pregunté.

—No me lo explico —contestó McKenna—. Los tipos que se encargaban de los accesos están acostumbrados a situaciones muy delicadas. Se ocupan de los congresos internacionales, de los desfiles y de los desplazamientos del presidente en Nueva York. El procedimiento es muy estricto: la sala la registraron de antemano perros detectores de explosivos y de armas de fuego antes de que comenzara la vigilancia. Nadie pudo entrar durante la noche. Luego, todo el público y la compañía pasaron por los detectores de metales al entrar en la sala.

Por fuerza, teníamos que estar pasando algo por alto. Necesitábamos entender cómo había llegado un arma a la sala. Para ver las cosas con más claridad, McKenna llamó al oficial de la policía estatal responsable de la seguridad de la sala. Este nos repitió al pie de la letra el procedimiento, tal y como nos lo había explicado el mayor.

—Después del registro, la sala estuvo vigilada y siguió estándolo —nos dijo el oficial—. Yo habría dejado entrar al presidente de los Estados Unidos.

—Y, después, ¿todo el mundo pasó un control? —preguntó Derek.

—Todo el mundo —aseguró el oficial.

—Nosotros no —comentó Anna.

—Los policías presentaban la placa y no se los cacheó —admitió el oficial.

—¿Entraron muchos en la sala? —pregunté.

—No, capitán, un puñado de policías de paisano, unos cuantos de los nuestros. Fueron sobre todo idas y venidas entre la sala y el exterior para asegurarse de que todo transcurría bien.

—Jesse —dijo, preocupado, el mayor McKenna—, no me digas que ahora estás sospechando de un policía.

—Me gustaría entenderlo, nada más —contesté, antes de pedir al oficial que me contase con detalle todo el proceso del registro.

Para hacerlo con la mayor precisión posible, mandó venir al jefe de la brigada canina, que nos explicó cómo habían procedido.

—Teníamos tres zonas —nos dijo—. El *foyer,* la sala y la zona de bastidores, incluidos los camerinos. Nos ocupamos siempre de una zona detrás de otra para estar seguros de no mezclar las cosas. Los actores estaban ensayando en la sala, así que empezamos por la zona de bastidores y los camerinos. Era lo más trabajoso porque hay un sótano bastante grande. Cuando acabamos, pedimos a los actores que dejasen de ensayar el rato necesario para registrar la sala, con el fin de que los perros no se distrajeran.

—¿Y dónde se fueron entonces los actores? —pregunté.

—Entre bastidores. Pudieron regresar a la sala, pero antes tuvieron que pasar por el detector de metales para garantizar que la zona siguiera siendo segura. Así que podían ir de una parte a otra con facilidad.

Derek se dio una palmada en la frente:

—¿Cachearon ese día a los actores cuando llegaron al Gran Teatro? —preguntó.

—No; pero los perros olfatearon todos los bolsos y las mochilas en los camerinos y luego pasaron por el detector de metales.

—Pero —dijo entonces Derek—, si un actor hubiera llegado con un arma al Gran Teatro y hubiera seguido con ella encima durante el ensayo, mientras ustedes registraban los camerinos, podría haber ido después a su camerino para dejarles que controlasen la sala; y entonces habría dejado el arma en el camerino, considerado ya zona segura. Y, más adelante, podría haber regresado a la sala y pasar sin problema por el detector de metales.

—En un caso así, sí. Los perros no se habrían enterado. No hicimos que olfateasen a los actores.

—Pues así fue como metieron el arma —dije—. Todo sucedió durante la víspera. Las medidas de seguridad se habían anunciado en la prensa, al tirador le dio tiempo a preverlo todo. El arma estaba ya en el Gran Teatro. El tirador solo tuvo que cogerla de su camerino ayer, antes de que empezase el espectáculo.

—¿Entonces el tirador es uno de los actores de la compañía? —preguntó el alcalde, espantado.

—¡No queda ya la menor duda! —asintió Derek.

El tirador estaba allí, en la habitación de al lado. Delante de nuestras narices.

Lo primero fue hacer a los actores una prueba de detección de granos de pólvora; pero ninguno tenía rastros, ni en las manos, ni en la ropa. También hicimos un análisis de residuos a la ropa que llevaban en la obra; enviamos equipos a registrar el camerino, la habitación de hotel y el domicilio de cada uno. Pero también fue en vano. Por lo demás, el hecho de que el tirador hubiese llevado guantes o incluso abrigo en el momento del disparo podía explicar que no apareciese nada. Y, además, le había dado tiempo a librarse del arma, a cambiarse de ropa y a ducharse.

Kirk decía que estaba con Alice y con Jerry en el momento de los disparos. Pudimos hablar con Jerry por teléfono: Dakota llevaba horas en el quirófano. No tenía novedades. Pero confirmó que Alice y Kirk se encontraban con él en el instante en que habían disparado a su hija. Podríamos basarnos en el testimonio de Jerry Eden, al que considerábamos completamente de fiar: no había tenido nada que ver con los acontecimientos de 1994 y resultaba imposible suponer que quisiera que su hija sufriera algún daño. Eso permitía excluir de entrada a Kirk y a Alice Filmore de la lista de sospechosos.

Nos pasamos luego el día interrogando a todos los demás actores, aunque sin ningún éxito. Nadie había visto nada. En cuanto a saber en dónde estaba cada cual en el momento de los disparos, andaban por la zona de bastidores, cerca de Kirk Harvey, afirmaban todos. Pero nadie recordaba haber visto a nadie. Era un auténtico rompecabezas.

A media tarde seguíamos en el mismo punto.

—¿Cómo que «no tenéis nada»? —dijo, irritado, el mayor McKenna cuando le informamos de la situación.

—Nadie tiene rastros de pólvora. Y nadie ha visto nada —expliqué.

—Pero ¡si sabemos que con toda probabilidad el tirador es uno de ellos!

—Lo sé, mayor. Pero no hay ningún dato inculpatorio. Ni el mínimo indicio. Es como si se tapasen unos a otros.

—¿Y los habéis interrogado a todos? —siguió preguntando el mayor.

—A todos, menos a Alice Filmore.

—¿Y esa ¿dónde se ha metido?

—Pues, sencillamente, no hay quien la encuentre —contestó Derek—. Tiene el teléfono apagado. Steven Bergdorf dice que salieron juntos del teatro y que parecía aterradísima. Por lo visto, hablaba de volverse a Nueva York. Pero Jerry Eden la ha descartado. Estaban los dos juntos con Harvey en el momento de los disparos. ¿Quiere que contactemos de todas formas con el Departamento de Policía de Nueva York?

—No —dijo el mayor—, no hace falta, si está descartada. Ya tenéis bastante con los que no lo están.

—Pero ¿qué hacemos con el resto de la compañía? Llevan ya doce horas aquí.

—Si no habéis encontrado datos que los inculpen, dejad que se vayan. No nos queda otra. Pero decidles que no pueden salir del estado de Nueva York.

—¿Hay noticias de Dakota, mayor? —preguntó entonces Anna.

—La operación ha concluido. Los cirujanos le han sacado las balas y han intentado recomponer los órganos dañados. Pero ha tenido una hemorragia terrible y le han inducido un coma. Los médicos temen que no pase de esta noche.

—¿Puede pedir que analicen las balas, mayor? —pregunté.

—Lo haré, si así lo deseas. ¿Por qué?

—Me pregunto si pueden pertenecer al arma de un policía.

Hubo un prolongado silencio. Luego el mayor se levantó de la silla y puso fin a la reunión.

—Id a descansar —dijo—. Tenéis cara de muertos vivientes.

Cuando Anna llegó a su casa tuvo la desagradable sorpresa de encontrarse a Mark, su exmarido, sentado en el porche.

—¿Mark? ¿Qué demonios haces aquí?

—Estamos todos muertos de preocupación, Anna. Por televisión solo hablan del tiroteo del Gran Teatro. No has contestado ni a nuestras llamadas, ni a nuestros mensajes.

—Solo me faltabas tú, Mark. Estoy bien, gracias. Puedes volverte a tu casa.

—Cuando me enteré de lo que había ocurrido aquí, me acordé de la joyería Sabar.

—¡Por favor, no empieces!

—¡Tu madre pensó lo mismo que yo!

—Pues deberías casarte con ella; parece haber mucha sintonía entre los dos.

Mark no se levantó, para dejar claro que no tenía intención de irse. Anna, agotada, se desplomó a su lado.

—Creía que habías venido a Orphea para ser feliz viviendo en una ciudad en donde nunca pasa nada —dijo Mark.

—Es verdad —contestó Anna.

Él puso una cara amarga.

—Cualquiera diría que cuando te incorporaste a esa unidad de intervención en Nueva York fue solo para joderme.

—Deja ya de hacerte siempre la víctima, Mark. Te recuerdo que ya era policía cuando me conociste.

—Es verdad —reconoció Mark—. Incluso debo decir que formaba parte de las cosas que me gustaban de ti. Pero ¿nunca se te ha ocurrido ponerte un momento en mi lugar? Conozco un día a una mujer extraordinaria; brillante, guapísima, divertida. Llego incluso a alcanzar la dicha de casarme con ella. Y resulta que esa mujer sublime se pone todas las mañanas un chaleco antibalas para ir a trabajar. Y, cuando sale por la puerta, con la pistola semiautomática en el cinturón, me pregunto si volveré a verla viva. Y, con cada sirena, con cada alarma, cada vez que hablan por televisión de un tiroteo o de una situación de emergencia, me pregunto si estará ahí metida. Y, cuando llaman a la puerta, ¿es un vecino que viene a pedir sal? ¿Es que a ella se le han olvidado las llaves? ¿O es un oficial que viene a comunicarme que mi mujer ha muerto en acto de servicio? ¡Y la angustia que se apodera de mí cuando tarda! ¡Y la preocupación que me corroe cuando no me llama, aunque le he dejado ya varios mensajes! ¡Y esos horarios irregulares y trastocados con los que se acuesta cuando yo me levanto y que me hacen vivir al revés! ¡Y las llamadas nocturnas y las salidas de casa en plena noche! ¡Y las horas extra! ¡Y los fines de semana anulados! Esa ha sido mi vida contigo, Anna.

—¡Ya basta, Mark!

Pero él no tenía intención de dejarlo ahí.

—Te lo pregunto, Anna. En el momento de dejarme, ¿te tomaste un ratito para ponerte en mi lugar? ¿Para intentar comprender las cosas que he tenido que soportar? Cuando debíamos encontrarnos en el restaurante para cenar después del trabajo y, porque a «la señora» le había surgido una emergencia en el último momento, me pasaba horas esperando antes de irme a casa y de meterme en la cama sin cenar. Y la cantidad de veces en que me has dicho: «Voy para allá», y al final nunca llegabas, porque un caso se había alargado. Pero, por el amor del cielo, con los miles de policías que hay en el maldito Departamento de Policía de Nueva York, ¿no podías nunca, por una vez, dejarle el caso a uno de tus compañeros e ir a cenar conmigo? Porque yo, mientras «la señora» salvaba a todo el mundo, de los ocho millones de habitantes de Nueva York, ¡me sentía como si fuera el octavo millonésimo, ese a quien se le hace caso en último lugar! ¡La policía me había quitado a mi mujer!

—No, Mark —objetó Anna—; ¡fuiste tú quien me perdió! ¡Fuiste tú quien no supo conservarme!

—Dame otra oportunidad, te lo suplico.

Anna se lo pensó un rato antes de contestarle:

—He conocido a alguien. Alguien estupendo. Creo que estoy enamorada. Lo siento mucho.

Mark se quedó mirándola mucho rato, en un silencio absoluto y helador. Parecía descompuesto. Acabó por decir con amargura:

—A lo mejor tienes razón, Anna. Pero que no se te olvide que, después de lo que ocurrió en la joyería Sabar, ya no fuiste la misma. ¡Y eso podríamos haberlo evitado! ¡Esa noche yo no quería que fueras! Te pedí que no contestaras al puto teléfono. ¿Lo recuerdas?

—Lo recuerdo.

—Si no hubieras ido a esa joyería, si por una única vez me hubieras hecho caso, todavía estaríamos juntos.

Anna Kanner

Era la noche del 21 de septiembre de 2012.

La noche en que todo dio un vuelco.

La noche del atraco a la joyería Sabar.

Fui por Manhattan a tumba abierta en mi coche camuflado hasta la calle 57, la de la joyería. Habían acordonado el barrio.

El jefe me pidió que fuera a la unidad móvil, en donde se encontraba el puesto de mando.

—Hay solo un atracador —me explicó— y está como loco.

—¿Solo uno? —dije, extrañada—. No es algo frecuente.

—Sí. Y parece nervioso. Por lo visto fue a sacar de su casa al joyero y a sus dos hijas de diez y doce años. Viven en un piso del edificio. Las ha llevado a la fuerza a la joyería con la esperanza, seguramente, de que no las encontrasen hasta mañana. Pero pasó una patrulla a pie, a los policías les extrañó ver luz y dieron la alarma. Fueron muy espabilados y se lo olieron.

—¿Así que tenemos a un secuestrador y a tres rehenes?

—Sí —me confirmó el jefe—. Y ni idea de la identidad del atracador. Solo sabemos que se trata de un hombre.

—¿Cuánto tiempo hace? —pregunté.

—Tres horas. La situación empieza a ser crítica. El secuestrador exige que nos mantengamos a distancia, no tenemos visual y el negociador al que hemos traído no consigue nada. Ni siquiera un contacto telefónico. Por eso te he pedido que vinieras. Me he dicho que tú a lo mejor llegabas a algo. Siento haberte molestado en tu día libre.

—No se preocupe, jefe. Para eso estoy.

—Tu marido me va a coger manía.

—Bah, ya se le pasará. ¿Qué quiere que hagamos?

No había muchas opciones: a falta de una conexión telefónica, tenía que establecer contacto personal acercándome a la joyería. Nunca había hecho algo así.

—Sé que es la primera vez para ti, Anna —me dijo mi jefe—. Si no te sientes capaz de hacerlo, lo entenderé.

—Voy a hacerlo —le aseguré.

—Serás nuestros ojos, Anna. Todo el mundo está conectado a tu canal. Hay francotiradores en las plantas del edificio de enfrente. Si ves algo, dilo, para que puedan modificar su posición.

—Muy bien —contesté, ajustándome el chaleco antibalas.

El jefe quería que me pusiera el casco balístico, pero me negué. No se puede establecer contacto con un casco en la cabeza. Notaba que la adrenalina me aceleraba el pulso. Tenía miedo. Tenía ganas de llamar a Mark, pero me contuve. Solo quería oír su voz, no comentarios ofensivos.

Crucé un cordón de seguridad y avancé, sola, con un megáfono en la mano, por la calle desierta. Reinaba un silencio absoluto. Me detuve a unos diez metros de la joyería. Me anuncié con el altavoz portátil.

Pasados unos momentos, apareció en la puerta un hombre con chaqueta de cuero negro y con un pasamontañas: apuntaba a una de las niñas con una pistola. La niña llevaba los ojos vendados y cinta adhesiva en la boca.

Exigió que todo el mundo se apartase y que lo dejasen irse. Iba pegado a su rehén y se movía continuamente para no darles facilidades a los francotiradores. Yo oía por el auricular al jefe darles permiso para disparar, pero no conseguían fijar el blanco. El atracador echó una ojeada rápida a la calle y a las inmediaciones, quizá para valorar las oportunidades de huida, y luego desapareció dentro de la joyería.

Algo no encajaba, pero tardó en llamarme la atención. ¿Por qué había salido? Estaba solo: ¿por qué correr el riesgo de que le disparasen en vez de exponer sus exigencias por teléfono?

Pasaron otros veinte minutos más o menos y, de repente, se abrió la puerta de la joyería; volvió a salir la niña, con los ojos vendados y amordazada. Avanzaba a pasitos, ciega, tanteando el camino con la punta del pie; yo podía oír cómo se quejaba. Quise acercarme a ella, pero, de pronto, el atracador de la chaqueta de cuero negro y el pasamontañas apareció en el marco de la puerta con un arma en cada mano.

Solté el megáfono y desenfundé la pistola para apuntar al hombre.

—¡Suelte las armas! —le ordené.

Lo tapaba el saliente del escaparate y aún no podían verlo los francotiradores.

—Anna, ¿qué ocurre? —me preguntó mi jefe por la radio.

—Está saliendo —contesté—. Que disparen si hay visual.

Los francotiradores comunicaron que no la había. Yo seguí apuntándole a la cabeza. La niña estaba a pocos metros de él. Yo no entendía qué hacía el atracador. De repente, empezó a mover las dos armas y realizó un movimiento brusco en mi dirección. Apreté el gatillo. La bala le dio al hombre en la cabeza y se desplomó.

Me retumbó la detonación en la cabeza. Se me redujo el campo de visión. La radio empezó a traquetear. En el acto aparecieron a mi espalda unos equipos de rescate. Me recobré. Pusieron a salvo de inmediato a la niña, mientras yo entraba en la joyería detrás de una columna de agentes con casco y armados hasta los dientes. Encontramos a la otra niña echada en el suelo, amordazada, con los ojos vendados, pero sana y salva. La evacuamos también antes de seguir registrando el local en busca del joyero. Lo hallamos en su despacho tras derribar la puerta. Yacía en el suelo, con las manos atadas con una brida de plástico y cinta adhesiva en la boca y en los ojos. Lo solté y se retorció sujetándose el brazo izquierdo. Creí al principio que estaba herido, pero me di cuenta de que le estaba dando un infarto. Pedí enseguida ayuda y, durante los siguientes minutos, se llevaron al joyero al hospital, mientras los médicos se ocupaban también de las niñas.

Delante de la joyería, unos policías rodeaban el cuerpo tendido en el asfalto. Me uní a ellos. Y, de pronto, oí que uno de mis compañeros decía, asombrado:

—¿Estaré soñando o tiene las pistolas pegadas con celo a las manos?

—Pero... si son de fogueo —añadió otro.

Le quitamos el pasamontañas que le ocultaba la cara: tenía pegado en la boca un trozo grande de cinta adhesiva.

—¿Qué significa esto? —exclamé.

Presa de una terrible duda, agarré el teléfono y tecleé el nombre del joyero en el buscador. La foto que apareció en la pantalla me dejó totalmente aterrada.

—Pero ¡si es el joyero! —dije a voces.

Entonces uno de los policías me preguntó:

—Si este es el joyero, ¿en dónde está el secuestrador?

Por eso el atracador se había arriesgado a salir y a que lo viera. Para que lo relacionase con un pasamontañas y una chaqueta de cuero negro. Luego había obligado al joyero a ponérselos, le había sujetado las armas con cinta adhesiva y lo había forzado a salir, amenazándolo con ensañarse con la otra niña. Después entró precipitadamente en el despacho y se encerró en él, antes de meter las manos en la abrazadera y de pegarse cinta adhesiva en la boca y en los ojos para que lo confundiesen con el joyero y lo llevasen al hospital con los bolsillos llenos de joyas.

El plan había funcionado a la perfección; cuando llegamos en masa al hospital adonde acababan de trasladarlo por el supuesto infarto, había desaparecido de forma misteriosa del consultorio. Los dos policías que lo habían llevado a urgencias esperaban en el pasillo, charlando despreocupados, y no tenían ni idea de dónde se había metido.

Nunca identificaron ni encontraron al atracador. Yo había matado a un inocente. Había hecho lo peor que puede hacer un miembro de una unidad especial: había matado a un rehén.

Todos me aseguraron que no me había equivocado, que ellos habrían hecho lo mismo. Pero yo no podía por menos de repasar la escena mentalmente.

—No podía hablar —me repitió mi jefe—, no podía hacer ni un gesto sin mover las armas de fuego de forma amenazante; no podía hacer nada. Estaba condenado.

—Creo que, cuando se movió, era para tirarse al suelo con el fin de indicar que se rendía. Si yo hubiera esperado un segundo antes de disparar, habría podido hacerlo. Y hoy estaría vivo.

—Anna, si ese tipo hubiera sido de verdad el atracador, si lo hubieras tenido delante y si hubieras esperado un segundo más, seguramente te habría metido una bala en la cabeza.

Lo que más me afectaba era el hecho de que Mark no conseguía ni entenderlo, ni compadecerse. Al no saber cómo lidiar con mi sufrimiento, se limitaba a reconstruir la historia y a repetir: «Maldita sea, Anna, si no te hubieras ido esa noche... ¡Era tu día libre! ¡No tenías ni que haber cogido el teléfono! Pero siempre tienes que excederte en tus obligaciones...». Creo que estaba resentido consigo mismo por no haberme obligado a quedarme. Me veía triste y desvalida y él seguía enfadado. Me correspondían unos días de permiso, pero no sabía a qué dedicarme. Me quedaba en casa, viéndolo todo negro. Me sentía deprimida. Y Mark intentaba que me distrajera, me proponía salir a dar un paseo o a correr, ir a un museo. Pero no lograba sobreponerse a aquella ira que lo corroía. En la cafetería del Metropolitan, mientras tomábamos un capuchino tras una visita, le dije:

—Cada vez que cierro los ojos, veo a aquel hombre delante de mí, con sus dos armas en la mano. No me fijo en la cinta adhesiva de las manos, no le veo los ojos. Me da la impresión de que está aterrado. Pero no obedece. Está la niña, delante de él, con los ojos vendados...

—Anna, aquí no; hemos venido a distraernos. ¿Cómo vas a poder pasar página, si no dejas de hablar de eso?

—Pero, Mark, joder —exclamé—, ¡es que esa es mi vida ahora!

No solo había alzado la voz, sino que, con gesto brusco, había volcado la taza. Los clientes de las mesas vecinas nos miraron. Estaba cansada.

—Voy a traerte otro café —dijo Mark con tono conciliador.

—No, no merece la pena... Creo que necesito andar. Necesito estar sola un rato. Voy a dar una vuelta por el parque, nos vemos en casa.

Con el paso del tiempo, entiendo ahora que el problema de Mark era que no quería hablar del asunto. Pero yo no buscaba ni su opinión, ni su aprobación; solo quería que alguien me escuchase y él lo que quería era hacer como si no hubiera pasado nada o como si todo estuviera olvidado ya.

Yo necesitaba poder hablar con libertad. Siguiendo los consejos del psiquiatra de la brigada, lo comentaba con mis compañeros. Todos fueron muy atentos; fui a tomar algo con algunos, otros me invitaron a cenar a su casa. Esas salidas me sentaron bien, pero, por desgracia, a Mark se le metió en la cabeza que tenía una aventura con uno de los miembros del equipo.

—Tiene gracia —me dijo—, siempre estás de buen humor cuando vuelves de esas veladas. Todo lo contrario de la cara que pones cuando estás conmigo.

—Mark, no digas bobadas; solo he ido a tomar un café con un compañero casado y padre de dos niños.

—¡Ah, me tranquiliza mucho saber que está casado! Porque, claro, los hombres casados no engañan nunca a su mujer.

—Mark, no me digas que te has puesto celoso.

—Anna, estás de morros todo el día conmigo. Solo sonríes cuando sales sola. ¡Y ya ni te hablo de la última vez que follamos!

No supe explicarle a Mark que se estaba montando una película. ¿O quizá no le dije cuánto lo quería? En cualquier caso, soy culpable de haberlo descuidado, de haber pensado excesivamente en lo que yo tenía en la cabeza y de haberle dejado de lado. Acabó por reclamar la atención que necesitaba a una de sus compañeras, que lo estaba deseando. Todo el bufete se enteró y, por consiguiente, yo también. El día en que lo supe me fui a vivir a casa de Lauren.

Luego vino el tiempo del arrepentimiento de Mark, de sus excusas, de sus súplicas. Reconoció su culpa ante mis padres, que empezaron a abogar por él después de que les contase nuestra vida en el salón de su casa.

—Es que, Anna, hay que ver —me dijo mi madre—. ¡Cuatro meses sin mantener relaciones sexuales!

—¿Mark te ha hablado de eso? —pregunté, horrorizada.

—Sí, y ha llorado.

Creo que lo más duro no era el descarrío de Mark; sino que, en mi cabeza, el hombre seductor y protector, el que salvaba vidas en los restaurantes, el que cautivaba a las masas, era ahora un llorón que se quejaba a mi madre de la frecuencia de nuestras relaciones. Yo sabía que algo se había roto y, por fin, en junio de 2013, aceptó el divorcio.

Estaba cansada de Nueva York, cansada de la ciudad, de su calor, de su tamaño, de su ruido incesante, de sus luces que no se apagaban nunca. Me apetecía irme a vivir a otro sitio, me apetecía un cambio, y quiso la casualidad que me topase, en la *Revista de Letras de Nueva York,* a la que estaba suscrita, con un artículo dedicado a Orphea:

EL MÁS PEQUEÑO DE LOS GRANDES FESTIVALES
por Steven Bergdorf

¿Conocen ustedes esa joya llamada Orphea, que anida en los Hamptons? Una ciudad pequeña y paradisíaca, en donde el aire parece más limpio, y la vida, más dulce que en cualquier otro lugar, y que da acogida todos los años a un festival de teatro cuya obra principal es siempre notable y de calidad. [...]

La ciudad en sí ya justifica el viaje. La calle principal es un remanso de tranquilidad. Tiene cafés y restaurantes deliciosos y tentadores, los comercios son atractivos. Todo aquí es dinámico y grato. [...] Si pueden, alójense en el Palace del Lago, un hotel más que sublime, en las afueras de la ciudad, en la vecindad de un espléndido lago y de un bosque mágico. Un decorado de película. El personal es atentísimo; las habitaciones, espaciosas y decoradas con buen gusto; el restaurante, exquisito. Resulta difícil abandonar un lugar así cuando ya se ha probado.

Cogí unos días de permiso coincidiendo con el festival, reservé una habitación en el Palace del Lago y me fui a Orphea. El artículo no mentía: descubrí, a las puertas de Nueva York, un mundo maravilloso y a buen recaudo. Me imaginaba con agrado viviendo allí. Sucumbí al encanto de sus callejuelas, de su cine, de su librería. Orphea me parecía el sitio soñado para cambiar de vida y de paisaje.

Una mañana, cuando estaba sentada en un banco del paseo marítimo contemplando el océano, creí divisar a lo lejos el surtidor de una ballena que había subido a la superficie. Sentí la necesidad de compartir ese momento con alguien y lo hice con un corredor que pasaba por allí.

—¿Qué pasa? —me preguntó.

—¡Hay una ballena, una ballena, allí!

Era un hombre apuesto, de unos cincuenta años.

—Se ven ballenas muchas veces —me dijo; mi entusiasmo parecía divertirlo.

—Es la primera vez que vengo —le expliqué.

—¿De dónde viene?

—De Nueva York.

—No queda muy lejos —comentó.

—Tan cerca y, sin embargo, tan lejos —le contesté.

Me sonrió y estuvimos charlando un ratito. Se llamaba Alan Brown y era el alcalde de la ciudad. Le expliqué brevemente la delicada situación en que me hallaba y mi deseo de empezar de cero.

—Anna —me dijo entonces Alan—, no interprete mal lo que le voy a proponer, porque estoy casado y no pretendo ligar. Pero ¿querría venir a cenar a casa esta noche? Hay algo de lo que me gustaría hablarle.

Y así fue como cené esa noche con el alcalde Brown y con Charlotte, su mujer, en su acogedora casa. Formaban una atractiva pareja. Ella debía de ser algo más joven. Era veterinaria y había abierto una clínica pequeñita que le iba bien. No tenían hijos y yo no saqué a relucir el tema.

El alcalde no me reveló el auténtico motivo de su invitación hasta que no llegamos a los postres:

—Anna, mi jefe de policía se jubila dentro de un año. El subjefe es un individuo bastante tonto que solo me gusta a medias. Tengo ambiciones para esta ciudad y querría a alguien de confianza para ese puesto. Me da la impresión de que usted es la candidata ideal.

Cuando pedí algo de tiempo para pensarlo, el alcalde añadió:

—Debo avisarla de que es una ciudad tranquila. Esto no es Nueva York.

—Mejor —contesté—. Necesito tranquilidad.

Al día siguiente, acepté la oferta del alcalde Brown. Y así fue como, un día de septiembre de 2013, me mudé a Orphea. Con la esperanza de empezar con el pie derecho. Y, sobre todo, de volver a encontrarme conmigo misma.

Jesse Rosenberg
Lunes 28 de julio de 2014
Dos días después de la inauguración

Treinta y seis horas después del fracaso de la inauguración, el festival de teatro de Orphea quedaba cancelado de forma oficial y los medios de comunicación de todo el país ponían el grito en el cielo, sobre todo al acusar a la policía de no haber sabido proteger a la población. Tras el asesinato de Stephanie Mailer y el de Cody Illinois, el tiroteo del Gran Teatro era la gota que colmaba el vaso: un asesino tenía aterrado a los Hamptons, los vecinos estaban conmocionados. En toda la zona, se vaciaban los hoteles, las reservas se anulaban en cadena, los veraneantes decidían no ir. Había un pánico generalizado.

El gobierno del estado de Nueva York parecía furioso y había hecho público su malestar. La población retiraba su apoyo al alcalde Brown; y al mayor McKenna y al fiscal del estado les habían echado sendos rapapolvos sus superiores jerárquicos. Entre el alboroto provocado por las críticas decidieron organizar un frente mediante la convocatoria de una rueda de prensa en el ayuntamiento esa mañana. A mí me parecía muy mala idea, pues, por ahora, no teníamos ninguna respuesta que dar a los medios de comunicación. ¿Qué necesidad había de exponernos más?

Hasta el último minuto, en los pasillos del ayuntamiento, Derek, Anna y yo estuvimos intentando que renunciaran a ofrecer un comunicado público en la fase en que estábamos, pero fue inútil.

—El problema es que, por el momento, no tienen nada en concreto que comunicar a los periodistas —expliqué.

—¡Porque han sido ustedes unos ineptos que no han averiguado nada desde el principio de la investigación! —dijo, enfurecido, el ayudante del fiscal.

—Necesitamos algo más de tiempo —me defendí.

—Tiempo han tenido más que de sobra —replicó el ayudante del fiscal— y todo cuanto veo es un desastre, muertos, vecinos asustados. ¡Son ustedes unos inútiles y eso es lo que le vamos a comunicar a la prensa!

Me volví entonces hacia el mayor McKenna, con la esperanza de hallar apoyo.

—Mayor, no puede cargarnos con toda la responsabilidad —protesté—. La seguridad del teatro y de la ciudad era cosa suya y del subjefe Montagne.

Ante aquel torpe comentario el mayor se puso como una fiera.

—¡No seas impertinente, Jesse! —exclamó—. No conmigo, que te he cubierto las espaldas desde el principio en esta investigación. ¡Todavía me silban los oídos con los gritos del gobernador que me llamó por teléfono ayer por la noche! Quiere una rueda de prensa y la va a tener.

—Lo siento mucho, mayor.

—Me importa un bledo que lo sientas mucho, Jesse. Derek y tú abristeis esta caja de Pandora y ahora os las tenéis que apañar para volver a cerrarla.

—Vamos a ver, mayor, ¿habría preferido que le echásemos tierra al asunto y que nos quedásemos con la mentira?

El mayor suspiró.

—No sé si te das cuenta del incendio que has provocado al volver a abrir esta investigación. Ahora habla de este caso todo el país. ¡Van a rodar cabezas, Jesse, y no va a scr la mía! ¿Por qué no te cogiste el puñetero retiro como estaba previsto, eh? ¿Por qué no te fuiste a vivir tu vida tranquilamente después de que toda la profesión te rindiese honores?

—Porque soy un policía de verdad, mayor.

—O un verdadero imbécil, Jesse. Os doy a Derek y a ti hasta que acabe la semana para cerrar el caso. Si el lunes por la mañana no tengo al asesino sentado en mi despacho, hago que te echen de la policía sin pensión, Jesse. Y a ti también, Derek. Y ahora id a hacer vuestro trabajo y dejadnos hacer el nuestro. Los periodistas nos están esperando.

El mayor y el ayudante del fiscal se encaminaron hacia la sala de prensa. El alcalde Brown, antes de seguirlos, se volvió hacia Anna y le dijo:

—Prefiero que te enteres aquí, Anna: voy a anunciar el nombramiento oficial de Jasper Montagne como nuevo jefe de policía de Orphea.

Anna se puso pálida.

—¿Cómo? —dijo, atragantándose—. Pero si había dicho que sería jefe interino solo hasta que yo terminase la investigación.

—Con la agitación que hay en Orphea tengo que sustituir oficialmente a Gulliver. Y he elegido a Montagne.

Anna estaba a punto de echarse a llorar.

—¡No puede hacerme eso, Alan!

—Pues claro que puedo, y es lo que voy a hacer.

—Pero si me prometió que sustituiría a Gulliver y por eso me vine a Orphea.

—Han pasado muchas cosas desde entonces. Lo siento, Anna.

Quise defender a Anna:

—Señor alcalde, está cometiendo un grave error. La subjefa segunda Kanner es una de las mejores policías que haya visto desde hace mucho tiempo.

—¿Y usted por qué se entromete, capitán Rosenberg? —me contestó, muy seco, Brown—. Más vale que se dedique a su investigación, en vez de meter las narices donde no lo llaman.

El alcalde dio media vuelta y se dirigió a la sala de prensa.

*

En el Palace del Lago, como en todos los establecimientos hoteleros de la comarca, se había producido una desbandada. Todos los clientes se estaban marchando y el director del hotel, dispuesto a lo que fuera para detener la hemorragia, les suplicaba que se quedasen, prometiéndoles descuentos desorbitados. Pero nadie quería seguir en Orphea, a excepción de Kirk Harvey —decidido a asumir sus responsabilidades y a contribuir a que se pudiera cerrar el caso—, que aprovechó la ocasión para seguir alojado, a un precio ridículo, en su *suite,* cuyo coste no cubría ya el ayuntamiento. Ostrovski hizo otro tanto y consiguió incluso una rebaja triple para quedarse en la *suite* regia a precio de saldo.

Charlotte Brown, Samuel Padalin y Ron Gulliver habían vuelto a sus respectivas casas la víspera.

En la habitación 312, Steven Bergdorf estaba cerrando la maleta ante la mirada de Tracy, su mujer. Ella había llegado el día anterior. Tras dejar a los niños con una amiga, se marchó a los Hamptons para apoyar a su marido. Estaba dispuesta a perdonarle sus infidelidades. Solo quería que todo volviera a la normalidad.

—¿Estás seguro de que puedes irte? —le preguntó.

—Sí, sí. La policía dice nada más que no debo salir del estado de Nueva York. La ciudad de Nueva York está en el estado de Nueva York, ¿verdad?

—Pues sí —asintió Tracy.

—Entonces todo va bien. Vamos, que estoy deseando volver a casa.

Steven cogió la maleta y tiró de ella.

—Esa maleta tuya parece que pesa —dijo Tracy—. Voy a llamar a un botones para que la meta en el coche.

—¡De ninguna manera! —exclamó Steven.

—¿Por qué no?

—Quiero cargar yo con mi maleta.

—Como quieras.

Salieron de la habitación. En el pasillo, Tracy Bergdorf abrazó de pronto a su marido.

—¡Qué miedo he pasado! —susurró—. Te quiero.

—Yo también te quiero, Tracy, cariño. Te he echado muchísimo de menos.

—¡Te lo perdono todo! —dijo entonces Tracy.

—¿A qué te refieres? —preguntó Steven.

—A esa chica que estaba contigo. Esa de la que habla el artículo de *The New York Times*.

—¡Dios mío! ¿Te has creído eso? Pero, bueno, Tracy, nunca hubo ninguna chica, son todo invenciones.

—¿De verdad?

—¡Pues claro! Como ya sabes, tuve que poner en la calle a Ostrovski. Para vengarse de mí le anduvo contando cuentos chinos a *The New York Times*.

—¡Qué asqueroso! —dijo Tracy, irritada.

—¡A quién se lo vas a decir! Es tremendo lo mezquina que es la gente.

Tracy volvió a abrazar a su marido. Se sentía muy aliviada por el hecho de que todo aquello no fuera verdad.

—Podríamos pasar la noche aquí —sugirió—. Las habitaciones están rebajadísimas. Así cerrábamos el paréntesis.

—Quiero volver —dijo Steven— y ver a mis niños, a mis queridos pollitos.

—Tienes razón. ¿Quieres comer?

—No, prefiero ir directo a casa.

Se metieron en el ascensor y cruzaron el vestíbulo del hotel, en donde reinaba el barullo de las partidas precipitadas. Steven se encaminó con paso resuelto hacia la salida, evitando que la mirada se le cruzase con la de los empleados de la recepción. Se marchaba sin pagar. Tenía que salir huyendo a toda prisa sin que le preguntasen por Alice. Sobre todo delante de su mujer.

El coche estaba en el aparcamiento. Steven se había negado a darle la llave al aparcacoches.

—¿Puedo ayudarlo? —preguntó un empleado queriendo coger la maleta.

—De ninguna manera —se negó Steven apretando el paso, seguido por su mujer.

Abrió el coche y metió la maleta en el asiento trasero.

—Pon mejor la maleta en el maletero —le sugirió su mujer.

—¿Quiere que le ponga la maleta en el maletero? —preguntó el empleado, que los había acompañado.

—De ninguna manera —repitió Steven, sentándose al volante—. Adiós y gracias por todo.

Su mujer se sentó en el sitio del acompañante, Steven arrancó y se fueron. Cuando estuvieron ya fuera de la ciudad, Steven soltó un suspiro de alivio. Hasta aquel momento nadie había notado nada. Y el cadáver de Alice, en el maletero, no olía aún. Lo había envuelto con cuidado con film adherente y se felicitó por ello.

Tracy encendió la radio. Se sentía serena y feliz. No tardó en quedarse dormida.

Fuera hacía un calor terrible. «Espero que no se cueza ahí dentro», pensó Steven, aferrado al volante. Todo había ocurrido tan deprisa que no le había dado tiempo a pensar mucho. Tras matar a Alice y ocultar el cadáver entre la maleza, había ido al galope al Palace del Lago a buscar el coche para regresar luego al escenario del crimen. Levantó con esfuerzo el cuerpo de Alice y lo soltó en el maletero. Tenía la camisa llena de sangre. Pero qué más daba, nadie lo había visto. En Orphea se había producido una desbandada y todos los policías estaban ocupados. Luego fue a un supermercado que abría las veinticuatro horas y compró cantidades industriales de film adherente, después encontró un rincón aislado, en la linde del bosque. Envolvió cuidadosamente el cuerpo ya frío y rígido. Sabía que no podía librarse de él en Orphea. Debía llevarlo a otra parte y evitar que el olor lo traicionase. Confiaba en que aquella estratagema le permitiría ganar algo de tiempo.

De vuelta al Palace del Lago con Alice en el maletero, se puso un jersey viejo que andaba rodando por el coche para taparse la camisa y poder regresar a su habitación sin que nadie sospechase nada. Se dio una ducha muy larga y se puso ropa limpia parecida a la que había llevado aquella tarde. Al final, durmió un rato. Y se despertó sobresaltado. Tenía que librarse de las cosas de Alice. Cogió entonces la maleta de ella, la llenó con todas sus pertenencias y volvió a salir del hotel con la esperanza de que nadie se fijara en sus idas y venidas. Había tal agitación que nadie vio nada. De nuevo cogió el coche y fue repartiendo las cosas de Alice por diferentes cubos de basura de las localidades vecinas, incluida la ropa, antes de dejar abandonada la maleta vacía a un lado de la carretera. Había notado que le estallaba el corazón en el pecho y que se le hacía un nudo en el estómago: ¡si a un policía le llamaba la atención su extraño comportamiento y le obligaba a abrir el maletero del coche, lo llevaba claro!

Por fin, a las cinco de la mañana estaba en su *suite* del Palace del Lago, en donde ya no quedaba ni rastro de Alice. Durmió media hora, hasta que lo despertaron unos golpes en la puerta. Era la policía. Le entraron ganas de tirarse por la ventana. ¡Lo habían pillado! Abrió en calzoncillos, le temblaba todo el cuerpo. Tenía ante sí a dos policías de uniforme.

—¿El señor Steven Bergdorf?

—Soy yo.

—Sentimos mucho venir a estas horas, pero el capitán Rosenberg nos envía a buscar a todos los componentes de la compañía teatral. Querría interrogarlos acerca de lo que sucedió ayer por la noche en el Gran Teatro.

—Con mucho gusto iré con ustedes —contestó Steven, esforzándose en mantener la calma.

A la policía, que le preguntó si había visto a Alice, le dijo que la había perdido de vista al salir del teatro. No volvieron a preguntarle nada.

Durante todo el trayecto hasta Nueva York, fue pensando en qué iba a hacer con Alice. Cuando vio aparecer la silueta de los rascacielos de Nueva York, ya tenía todo un plan fraguado. Todo se iba a arreglar. Nadie encontraría nunca a Alice. Bastaba con que Steven pudiera llegar al Parque Nacional de Yellowstone.

A pocas millas de allí, enfrente de Central Park, en el hospital Mount Sinai, Jerry y Cynthia Eden velaban a su hija, que se hallaba en una unidad de cuidados intensivos. El médico fue a darles ánimos.

—Señores Eden, deberían ir a descansar un poco. De momento vamos a mantenerla en coma inducido.

—Pero ¿cómo está? —preguntó Cynthia, hundida.

—Por ahora no podemos decir nada. Ha salido de la operación, lo que es una buena señal. Pero no sabemos aún si le quedarán secuelas en el cuerpo o en el cerebro. Las balas han producido lesiones muy importantes. Tiene un pulmón perforado y daños en el bazo.

—Doctor —quiso saber Jerry, inquieto—, ¿se despertará nuestra hija?

—No lo sé. Lo siento mucho, de verdad. Puede que no sobreviva.

*

Anna, Derek y yo subíamos en el coche por la calle principal que seguía cerrada al público. Todo estaba desierto, pese a que brillaba el sol. No había nadie en las aceras, nadie en el paseo marítimo. En el aire había una extraña sensación de ciudad fantasma.

Delante del Gran Teatro, unos cuantos policías montaban guardia, mientras los empleados municipales retiraban los últimos desperdicios, entre los que había mercancías de los puestos de recuerdos de los vendedores ambulantes, postreros testimonios de las aglomeraciones que había habido en ese lugar.

Anna recogió una camiseta en la que ponía: «Yo estaba en Orphea el 26 de julio de 2014».

—Yo habría preferido no estar —dijo.

—Y yo —suspiró Derek.

Entramos en el edificio y fuimos a la sala, desierta y silenciosa. En el escenario, una enorme mancha de sangre seca, gasas y embalajes higiénicos que habían dejado allí los servicios de urgencias. Solo se me venía a la cabeza una palabra: «desolación».

Según el informe enviado por el médico que había operado a Dakota, las balas la habían alcanzado de arriba abajo, en un ángulo de sesenta grados. Esa información iba a permitirnos situar al tirador en la sala. Realizamos una somera reconstrucción de los hechos.

—Así que Dakota está en el centro del escenario —recordó Derek—. Tiene a Kirk a la izquierda, con Jerry y Alice.

Me coloqué en el centro del escenario, como si fuera Dakota. Entonces Anna dijo:

—No veo cómo, desde las butacas, o incluso desde el fondo de la sala, que es la parte más alta, pueden entrar las balas en un ángulo de sesenta grados de arriba abajo.

Anduvo, pensativa, entre las filas de butacas. Alcé entonces los ojos y vi, encima de mí, una pasarela técnica para poder acceder a las candilejas.

—¡El tirador estaba ahí arriba! —exclamé.

Derek y Anna buscaron por dónde subir a la pasarela y dieron con una escalerilla que partía del fondo de la zona de bastidores, cerca de los camerinos. La pasarela serpenteaba luego alrededor del escenario siguiendo la línea de luces. Cuando estuvo encima de mí, Derek me apuntó con los dedos. El ángulo de tiro encajaba a la perfección. Y era una distancia bastante corta: no hacía falta ser un francotirador para acertar en el blanco.

—La sala estaba a oscuras y a Dakota los focos le daban en la cara. Ella no veía nada y el tirador, todo. No había ningún voluntario, ni ningún técnico, aparte del electricista; así que pudo subir tranquilamente sin que lo vieran, disparar a Dakota en el momento oportuno y escapar después por una salida de emergencia.

—Así que, para llegar a esta pasarela, hay que pasar por bastidores —destacó Anna—. Y solo podían llegar a esa zona las personas acreditadas. El acceso se encontraba vigilado.

—Y, por tanto, queda claro que fue un miembro de la compañía —dijo Derek—. Lo cual quiere decir que tenemos cinco sospechosos: Steven Bergdorf, Meta Ostrovski, Ron Gulliver, Samuel Padalin y Charlotte Brown.

—Charlotte se hallaba al lado de Dakota después de los disparos —comenté.

—Eso no la excluye de la lista de sospechosos —opinó Derek—. Dispara desde la pasarela y vuelve a bajar para socorrer a Dakota, ¡qué buen argumento!

En ese mismo instante, sonó mi móvil.

—¡Mierda! —suspiré—. Y este ¿qué quiere ahora?

Atendí la llamada.

—Buenos días, mayor. Estamos en el Gran Teatro. Hemos descubierto el sitio en donde se situó el tirador. Una pasarela a la que solo se puede subir por la zona de bastidores, lo que quiere decir que...

—Jesse —me interrumpió el mayor—, por eso te llamo. Me ha llegado el análisis de balística. El arma que usaron contra Dakota Eden era una pistola Beretta.

—¿Una Beretta? Pero ¡si fue una Beretta la que usaron para matar a Meghan Padalin y a los Gordon! —exclamé.

—Ya me había dado cuenta —dijo el mayor—, así que pedí un cotejo. Agárrate, Jesse: el arma que usaron en 1994 y anteayer por la noche es la misma.

Derek, al verme palidecer, me preguntó qué ocurría. Se lo dije:

—Está aquí, está entre nosotros. Es el asesino de los Gordon y de Meghan el que disparó a Dakota. El que los mató lleva en libertad veinte años.

Derek palideció también.

—Empiezo a creer que se trata de una maldición —susurró.

Derek Scott

12 de noviembre de 1994. Un mes después de nuestro terrible accidente de coche, me impusieron la medalla al valor. En el gimnasio del centro regional de la policía, ante una audiencia compuesta por policías, periodistas e invitados, me condecoró el jefe de la policía estatal en persona, que se había desplazado para aquella ocasión.

De pie, en la tarima, con un brazo en cabestrillo, tenía la cabeza gacha. No quería ni la medalla, ni la ceremonia, pero el mayor McKenna me había asegurado que un rechazo les sentaría muy mal a mis superiores jerárquicos.

Jesse se encontraba al fondo de la sala. Apartado. No quería sentarse en el sitio que tenía reservado en la primera fila. Estaba descompuesto. Yo no me atrevía ni a mirarlo.

Tras un largo discurso, el jefe de la policía se me acercó y me colocó con solemnidad la medalla alrededor del cuello, mientras decía: «Sargento Derek Scott, por su valor en el ejercicio de su cometido y por haber salvado una vida arriesgando la propia, le impongo esta condecoración. Es usted un ejemplo para la policía».

Tras ponerme la medalla, el jefe de la policía se cuadró marcialmente, mientras la banda de música iniciaba una marcha triunfal.

Yo estaba impasible, con la mirada fija. De repente, vi que Jesse estaba llorando y no pude contener tampoco las lágrimas. Bajé de la tarima y me metí corriendo por una puerta trasera que daba a los vestuarios. Me arranqué la medalla del cuello y la tiré al suelo con un gesto de rabia. Luego me desplomé en un banco y rompí a llorar.

Jesse Rosenberg
Martes 29 de julio de 2014
Tres días después de la inauguración

El caso había dado un giro copernicano.

Resultaba que el arma del crimen de 1994, que no encontramos entonces, volvía a aparecer. Y esa misma arma, utilizada para asesinar a la familia Gordon y a Meghan Padalin, era la que habían usado ahora para silenciar a Dakota. Eso quería decir que Stephanie estaba en lo cierto desde el primer momento: Ted Tennenbaum no había asesinado ni a la familia Gordon, ni a Meghan Padalin.

Esa mañana, el mayor nos convocó a Derek y a mí en el centro regional de la policía estatal, en presencia del ayudante del fiscal.

—Voy a tener que comunicar a Sylvia Tennenbaum la situación —nos dijo—. La fiscalía va a abrir un procedimiento. Quería avisaros.

—Gracias, mayor —dije—. Nos hacemos cargo.

—Sylvia Tennenbaum no solo podría demandar a la policía —explicó el ayudante del fiscal—, sino también a vosotros.

—Fuera o no culpable de un cuádruple asesinato, Ted Tennenbaum huyó de la policía. Nada de cuanto ocurrió habría sucedido si hubiese obedecido.

—Pero Derek chocó aposta con su vehículo y lo hizo caer del puente —dijo, en tono de censura, el ayudante del fiscal.

—¡Estábamos intentando detenerlo! —dijo Derek, molesto.

—Había otros medios —objetó el ayudante del fiscal.

—¿Ah, sí? —se irritó Derek—. ¿Cuáles? Me parece usted muy versado en persecuciones.

—No estamos aquí para reprocharos nada —aseguró el mayor—. He repasado el expediente: todo apuntaba a Ted Tennenbaum. Teníamos la camioneta de Tennenbaum en el lugar del crimen poco antes de los asesinatos, el móvil del chantaje del alcalde, corroborado por las operaciones bancarias, la adquisición de Tennenbaum del mismo tipo de arma usada para los asesinatos y el hecho de que era un tirador experto. ¡Solo podía ser él!

—Y, sin embargo —suspiré—, todas esas pruebas se fueron al traste después.

—Ya lo sé, Jesse —se lamentó el mayor—. Pero cualquiera las habría dado por buenas. No tenéis culpa de nada. Por desgracia, me temo que Sylvia Tennenbaum no se contentará con esa explicación y pondrá en marcha todos los procedimientos posibles para conseguir una reparación.

Para nuestra investigación, en cambio, significaba, además, que el círculo se estaba cerrando. En 1994, el asesino de Meghan Padalin había eliminado también a los Gordon, los desafortunados testigos. Debido a que Derek y yo habíamos seguido la pista equivocada de los Gordon, el verdadero asesino había podido dormir en paz durante veinte años. Hasta que Stephanie reanudó la investigación, a instancias de Ostrovski, a quien nunca le había cabido ninguna duda, ya que había visto que no era Tennenbaum quien conducía su camioneta. Ahora que todas las pistas apuntaban a él, eliminaba a cuantos pudieran desenmascararlo. Empezó con los Gordon; luego eliminó a Stephanie, después a Cody y, a continuación, había querido silenciar a Dakota. El asesino se encontraba aquí, ante nuestros ojos, al alcance de la mano. Teníamos que actuar con inteligencia y rapidez.

Tras concluir la entrevista con el mayor McKenna, aprovechamos que estábamos en el centro regional de la policía estatal para dar un rodeo por el despacho del doctor Ranjit Singh, el forense, que era también experto en perfiles criminales. Había examinado el expediente del caso para ayudarnos a acotar mejor la personalidad del asesino.

—He podido estudiar con minuciosidad los diferentes datos de la investigación —nos dijo el doctor Singh—. De entrada, creo que os las tenéis que ver con un individuo del sexo masculino. En primer lugar, por razones estadísticas, porque se considera que la probabilidad de que una mujer mate a otra mujer es solo de un dos por ciento. Pero, en nuestro caso, existen también elementos más concretos: el aspecto impulsivo, la puerta rota en casa de los Gordon y, luego, esa familia asesinada sin escrúpulos. Además, Stephanie Mailer, ahogada en el lago, y Cody Illinois, a quien le rompieron la cabeza con mucha brutalidad. Hay una forma de violencia masculina. Por lo demás, he visto en el expediente de entonces que mis colegas se inclinaban también por un hombre.

—¿Así que no puede ser una mujer? —pregunté.

—No puedo descartar nada, capitán —me contestó el doctor Singh—. Se han dado casos en que, tras perfiles de tipo masculino, se ocultaba, de hecho, una culpable. Pero mi impresión, en este expediente, me lleva a inclinarme por un hombre. Por lo demás, parece un caso interesante. No se trata de un perfil corriente. En general, quienes matan tantas veces son psicópatas o asesinos reincidentes. Pero, si fuera un psicópata, no habría motivos racionales. Ahora bien, en este caso, de lo que se trata es de matar por razones muy claras; de impedir que aparezca la verdad. Tampoco estamos, casi seguro, ante un asesino reincidente, porque, cuando quiere matar a Meghan Padalin, falla en el primer intento. Por tanto, está nervioso. Por fin le dispara varias balas y, luego, otra en la cabeza. No es un maestro, se descontrola. Y, cuando se da cuenta de que puede que los Gordon lo hayan visto, se carga a todo el mundo. Rompe la puerta, aunque esté abierta, y dispara a bocajarro.

—Pese a todo, es un buen tirador —especificó Derek.

—Sí, un tirador experto, desde luego. Yo creo que se trata de alguien que quizá se entrenó para esa ocasión. Es meticuloso. Pero pierde los papeles cuando pasa a la acción. Así que no mata a sangre fría, sino que parece una persona que mata a su pesar.

—¿A su pesar? —dije, extrañado.

—Sí, alguien que nunca había pensado en matar o que, socialmente, rechaza el asesinato, pero que tuvo que decidirse a asesinar, tal vez para proteger su reputación, su estatus o para evitar ir a la cárcel.

—Pero, sin embargo —intervino Anna—, debe poder disponer de un arma, o buscarla, ejercitarse para disparar; hay toda una preparación detrás.

—No he dicho que no hubiera premeditación —matizó el doctor Singh—. Digo que el asesino tenía que matar a Meghan a toda costa. No por dinero, como en el caso de un robo. A lo mejor, sabía algo acerca de él y tenía que acallarla. En cuanto a la elección de la pistola, parece el arma idónea por excelencia para alguien que no sabe cómo matar. Constituye una elección para matar a distancia, una garantía de que lo logrará. Un solo disparo y todo ha concluido ya. Un cuchillo no permitiría algo así, a menos que se degüelle a la víctima, pero este asesino no sería capaz. Es algo que se comprueba con frecuencia en los suicidios: muchas personas opinan que resulta más fácil recurrir a un arma de fuego que cortarse las venas, que tirarse desde el tejado de un edificio o incluso que tomarse unas pastillas que no sabes muy bien qué efecto te van a hacer.

Entonces Derek preguntó:

—Si es la misma persona la que mató a los Gordon, a Meghan Padalin, a Stephanie y a Cody y la que ha intentado también asesinar a Dakota Eden, ¿por qué ha usado un arma diferente con Stephanie y Cody?

—Porque el asesino se ha estado esforzando hasta ahora en enredar las pistas —explicó el doctor Singh, que parecía muy seguro de sí—. Quiso que no se pudiera establecer una relación con los asesinatos de 1994. En especial después de haber tenido engañado a todo el mundo durante veinte años. Lo repito, yo opino que tenéis que véroslas con alguien a quien no le gusta matar. Ha matado ya seis veces, porque se ha visto sumido en una espiral, pero no es un asesino que mata a sangre fría, no estamos ante un asesino en serie, sino ante un individuo que intenta salvar el pellejo a costa del de los demás. Un asesino a su pesar.

—Pero, si mata a su pesar, entonces, ¿por qué no huyó lejos de Orphea?

—Se trata de una alternativa que va a considerar en cuanto pueda. Ha vivido veinte años creyendo que nadie iba a descubrir su secreto. Bajó la guardia. Esa es quizá la razón por la que se ha arriesgado tanto hasta ahora para ocultar su identidad. Va a intentar ganar tiempo e irse de la zona de forma definitiva sin despertar sospechas. Un trabajo nuevo, o un pariente enfermo. Tenéis que daros prisa. Os enfrentáis a un hombre inteligente y meticuloso. La única pista que puede conduciros a él es descubrir quién tenía una buena razón para matar a Meghan Padalin en 1994.

«¿Quién tenía una buena razón para matar a Meghan Padalin?», apuntó Derek en la pizarra magnética de la sala de archivos del *Orphea Chronicle,* que se había convertido en el único sitio en donde contábamos con suficiente tranquilidad para seguir adelante con la caza y en donde Anna se nos había unido. Estaban en la habitación con nosotros Kirk Harvey —sus deducciones de 1994 permitían pensar que era un policía con mucho olfato— y Michael Bird, que no escatimaba horas para ayudarnos a investigar y nos prestaba, por eso, una valiosa ayuda.

Repasamos juntos los datos de la investigación.

—Así que Ted Tennenbaum no es el asesino —dijo Anna—, pero yo creía que teníais la prueba de que había conseguido el arma del crimen en 1994.

—El arma procedía de una remesa robada al ejército y la vendió bajo cuerda un militar corrupto en un bar de Ridgesport —explicó Derek—. En teoría, se podría suponer que, en el mismo intervalo de tiempo, Ted Tennenbaum y el asesino consiguieron los dos un arma en el mismo sitio. Parece probable que se trataba de una red que por entonces conocía todo aquel que quisiera hacerse con una pistola.

—Sería realmente demasiada coincidencia —dijo Anna—. Primero, la camioneta de Tennenbaum en el lugar del crimen, pero él no va al volante. Luego, el arma del crimen, adquirida en el mismo lugar en que Tennenbaum había comprado una Beretta. ¿A vosotros no os parece todo eso muy sospechoso?

—Disculpa la pregunta —intervino Michael—, pero ¿por qué iba a comprar Ted Tennenbaum un arma ilegal, si no pensaba usarla?

—A Tennenbaum lo estaba chantajeando un jefe de banda de la zona, Jeremiah Fold, que le había quemado el restaurante. Podría haber querido un arma para protegerse.

—¿Jeremiah Fold, ese cuyo nombre estaba en el texto de mi obra de teatro que apareció entre las pertenencias de Gordon? —preguntó Harvey.

—Exacto —le contesté—. Y del que todos pensamos que quizá alguien chocó contra él de forma deliberada.

—Vamos a concentrarnos en Meghan —sugirió Derek, dando toquecitos en la frase que había puesto en la pizarra—. «¿Quién tenía una buena razón para matar a Meghan Padalin?»

—¿Podríamos suponer —dije— que Meghan chocó con Jeremiah Fold? ¿Y que alguien que tenía que ver con Jeremiah, a lo mejor Costico, quiso vengarse?

—Pero ya concluimos que no existía ninguna relación entre Meghan Padalin y Jeremiah Fold —nos recordó Derek—. Y, además, eso de atropellar al cabecilla de una banda subido en una moto no cuadra nada con el perfil de Meghan.

—Por cierto —pregunté—, ¿dónde están los análisis de los trozos de carrocería que encontró Grace, el antiguo agente especial de la ATF?

—Todavía no están listos —se lamentó Derek—. Espero recibir alguna novedad mañana.

Anna, que había cogido documentos del expediente, dijo entonces, repasando el acta de la audiencia:

—Me parece que he encontrado algo. Cuando interrogamos al alcalde Brown la semana pasada, dijo que, en 1994, recibió una llamada telefónica anónima: «A principios de 1994, descubrí que Gordon era un corrupto», «¿Cómo?», «Recibí una llamada anónima. Fue a finales de febrero. Una voz de mujer».

—Una voz de mujer —repitió Derek—. ¿Sería Meghan Padalin?

—¿Y por qué no? —dije—. Es un dato que encaja.

—¿El alcalde Brown podría haber matado a Meghan y a los Gordon? —preguntó Michael.

—No —le expliqué—. En 1994, en el momento del cuádruple asesinato, Alan Brown estaba estrechando manos en el *foyer* del Gran Teatro. Parece fuera de toda sospecha.

—Pero fue esa llamada la que decidió al alcalde Gordon a irse de Orphea —añadió Anna—. Empezó a hacer transferencias a Montana y, luego, se fue a Bozeman a buscar casa.

—Así que el alcalde Gordon habría tenido un móvil excelente para matar a Meghan Padalin y su perfil se correspondería con lo que nos decía hace un rato el experto: un hombre sin instinto asesino, pero que, al sentirse acorralado, o para proteger su honor, habría matado a su pesar. Resulta fácil suponer que esa descripción encaje con Gordon.

—Solo que se te está olvidando que también Gordon está incluido en las víctimas —le recordé a Derek—. Ahí es donde la cosa cojea.

Le tocó a Kirk el turno de decir algo:

—Me acuerdo de que lo que me llamó la atención por entonces fue lo bien enterado que estaba el asesino de las rutinas de Meghan Padalin. Sabía que salía a correr a la misma hora y que se detenía en el parquecillo de Penfield Crescent. Me diréis que, a lo mejor, había dedicado mucho tiempo a observarla. Pero hay un detalle que el asesino no podía conocer basándose solo en sus observaciones: el hecho de que Meghan no fuera a participar en las celebraciones de la inauguración del festival de teatro. Alguien sabía que el barrio se quedaría desierto y que Meghan se encontraría sola en el parque. Sin testigos. Era una oportunidad única.

—¿Podría tratarse entonces de alguien de su entorno? —preguntó Michael.

De la misma forma que nos habíamos preguntado al principio quién podía saber que el alcalde Gordon no iba a asistir a la inauguración del festival, ahora había que preguntarse quién podía saber que Meghan iba a estar en el parque ese día.

Nos remitimos a la lista de sospechosos que estaba escrita con rotulador en la pizarra magnética:

Meta Ostrovski
Ron Gulliver
Steven Bergdorf
Charlotte Brown
Samuel Padalin

—Procedamos por eliminación —sugirió Derek—. Partiendo del principio de que buscamos a un hombre, de momento queda fuera Charlotte Brown. Además, por entonces no vivía en Orphea, no tenía relación con Meghan Padalin y, menos aún, oportunidad de espiarla para estar al tanto de sus costumbres.

—Si nos basamos en lo que ha dicho el experto en perfiles criminales —añadió luego Anna—, al asesino no le conviene nada que se vuelva a poner sobre el tapete la investigación de 1994. Así que también podríamos eliminar a Ostrovski. ¿Por qué iba a pedirle a Stephanie que aclarase el crimen para matarla luego? Y, además, él tampoco vivía en Orphea, ni tenía nada que ver con Meghan Padalin.

—Entonces nos quedan Ron Gulliver, Steven Bergdorf y Samuel Padalin —dije.

—Gulliver, que acaba de dimitir del cuerpo de policía cuando solo le quedaban dos meses para la jubilación —recordó Anna, antes de explicar a Kirk y a Michael que el experto había mencionado la hipótesis de que el asesino huyera fingiendo una partida justificada—, ¿va a anunciarnos mañana que se marcha a disfrutar de su retiro a un país sin convenio de extradición?

—¿Y Steven Bergdorf? —preguntó Derek—. En 1994, justo después de los asesinatos, se mudó a Nueva York antes de volver a presentarse de repente en Orphea y de conseguir que lo escogiesen para actuar en una obra que se suponía que iba a revelar el nombre del asesino.

—¿Y qué sabemos de Samuel Padalin? —pregunté yo después—. En aquella época interpretaba el papel de viudo desconsolado, nunca he supuesto que pudiera matar a su mujer. Pero, antes de excluirlo de la lista, habría que saber más de él y de las razones que lo movieron a sumarse al reparto de la obra. Porque, si hay alguien que conociera bien las costumbres de Meghan y que supiera que no iba a ir al festival la noche de la inauguración, desde luego ese era él.

Michael Bird había investigado algo a Samuel Padalin y nos lo contó:

—Era una pareja simpática, apreciada y sin problemas. He preguntado a algunos de sus vecinos de aquella época: todos coinciden. Ni gritos, ni peleas, nunca. Todos los describen como a unas personas encantadoras y daba la impresión de que eran felices. En apariencia, a Samuel Padalin le afectó muchísimo la muerte de su mujer. Uno de sus vecinos afirma incluso que hubo un momento en que temió que acabaría suicidándose. Después se recuperó y se volvió a casar.

—Sí —dijo Kirk—. Todo eso confirma mis impresiones de entonces.

—En cualquier caso —añadí—, se diría que ni Ron Gulliver, ni Steven Bergdorf, ni Samuel Padalin tenían un motivo para querer matar a Meghan. Volvemos, pues, a la pregunta inicial. «¿Por qué querían matarla?» Responder a esa pregunta es descubrir al asesino.

Necesitábamos saber más cosas acerca de Meghan. Decidimos ir a ver a Samuel Padalin con la esperanza de que pudiera aclararnos algo más sobre su primera esposa.

*

En Nueva York, en su piso de Brooklyn, Steven Bergdorf se esforzaba en convencer a su mujer de lo justificado que estaba el viaje a Yellowstone.

—¿Cómo que «ya no quieres ir»? —preguntó, irritado.

—Pero, vamos a ver, Steven, la policía te ha ordenado que no salgas del estado de Nueva York. ¿Por qué no vamos al lago Champlain a casa de mis padres?

—Porque, para una vez que pensamos en unas vacaciones solos tú y yo con los niños, me apetece que sigamos adelante.

—¿Debo recordarte que hace tres semanas no querías ni oír hablar de Yellowstone?

—Bueno, pues por eso. Quiero complaceros a ti y a los niños, Tracy. Disculpa que atienda vuestros deseos.

—Iremos a Yellowstone el año que viene, Steven. Será mejor respetar las instrucciones de la policía y no salir del estado.

—Pero ¿de qué tienes miedo, Tracy? Crees que soy un asesino, ¿es eso?

—No, claro que no.

—Entonces explícame por qué la policía iba a necesitar volver a ponerse en contacto conmigo. Eres un poco inaguantable, ¿sabes? Un día quieres y al otro, no. Bueno, pues vete a casa de tu hermana, si quieres, mientras yo me quedo aquí, puesto que no te apetece nuestro viaje en familia.

Tras titubear un rato, Tracy acabó por aceptar. Sentía que necesitaba dedicar un tiempo a su marido y volver a conectar con él.

—De acuerdo, cariño —dijo mansamente—, hagamos ese viaje.

—¡Estupendo! —voceó Steven—. Pues haz las maletas. Voy a pasar por la revista para entregar el artículo y zanjar dos o tres asuntillos. Luego iré a casa de tu hermana a buscar la autocaravana. ¡Mañana a primera hora salimos para el Midwest!

Tracy frunció el ceño:

—¿Por qué te complicas la vida, Steven? Deberíamos meterlo todo en el coche, ir mañana todos juntos a casa de mi hermana y salir desde allí.

—Imposible —dijo Steven—, con los niños en el asiento de atrás no caben las maletas.

—Pero las metemos en el maletero, Steven. Compramos ese coche en concreto por el tamaño del maletero.

—El maletero está atrancado. No se abre.

—¡Vaya! ¿Qué ha pasado? —preguntó Tracy.

—Ni idea. Se atrancó de repente.

—Voy a echarle una ojeada.

—No queda tiempo —dijo Steven—, tengo que ir a la revista.

—¿En coche? ¿Desde cuándo vas en coche?

—Quiero ver cómo va. El motor hace un ruido raro.

—Razón de más para que me dejes el coche, Steven —dijo Tracy—. Lo voy a llevar al taller para que revisen ese ruido y arreglen el maletero, que no se abre.

—¡Nada de taller! —dijo enfadado Steven—. De todas formas nos vamos a llevar el coche, lo engancharemos a la autocaravana.

—Steven, no seas ridículo, no vamos a cargar con el coche hasta Yellowstone.

—¡Pues claro que sí! Es mucho más práctico. Dejaremos la autocaravana en el *camping* y recorreremos el parque o la región en coche. No vamos a ir por todas partes con ese mastodonte a cuestas, por favor.

—Pero, Steven...

—No hay pero que valga. Todo el mundo hace eso allí.

—Bueno, muy bien —acabó cediendo Tracy.

—Me voy corriendo a la revista. Haz las maletas y dile a tu hermana que pasaré por su casa mañana a las siete y media. A las nueve estaremos ya camino del Midwest.

Steven se fue y cogió el coche, que estaba aparcado en la calle. Le pareció que el hedor del cuerpo de Alice salía ya del maletero. ¿O serían alucinaciones suyas? Fue a la redacción de la *Revista,* en donde lo recibieron como a un héroe. Pero parecía ausente. No oía a quienes le hablaban. Tenía la impresión de que todo le daba vueltas. Sentía náuseas. Al regresar a las oficinas de la *Revista* le salían a flote todas las emociones. Había matado. Ahora era cuando tomaba conciencia de ello.

Tras pasar un buen rato echándose agua en la cara en los aseos, Steven se encerró en su despacho con Skip Nalan, su redactor jefe adjunto.

—¿Estás bien, Steven? —le preguntó Skip—. No tienes buena cara. Estás sudando y muy pálido.

—Un bajón. Creo que necesito descansar. Te voy a mandar el artículo sobre el festival por correo electrónico. Ya me harás los comentarios que estimes oportunos.

—¿No te reincorporas? —preguntó Skip.

—No, me voy mañana por unos días con mi mujer y los niños. Después de todo lo que ha pasado, necesitamos estar juntos un poco.

—Lo entiendo —le aseguró Skip—. ¿Alice viene hoy?

Bergdorf tragó saliva con dificultad.

—De eso es de lo que tengo que hablarte, Skip.

Steven estaba muy serio y Skip se preocupó.

—¿Qué sucede?

—Fue Alice quien me robó la tarjeta de crédito. Fue ella quien lo maquinó todo. Después de confesarlo, se ha escapado.

—¡Qué barbaridad! —dijo Skip—. No me lo puedo creer. Es verdad que últimamente parecía rara. Luego iré a poner una denuncia; no te voy a dar la lata con esto.

Steven le dio las gracias a su adjunto y después dedicó un rato a firmar unas cartas pendientes y envió el artículo por correo electrónico. Aprovechando que estaba conectado, hizo una búsqueda rápida sobre la descomposición de los cadáveres. Le daba miedo que el olor lo traicionara. Tenía que aguantar tres días. Según sus cálculos, si salían al día siguiente, miércoles, estaría en Yellowstone el sábado. Podría librarse del cuerpo de tal forma que nadie podría encontrarlo nunca. Sabía exactamente lo que iba a hacer.

Borró el historial de navegación, apagó el ordenador y se fue. Ya en la calle, se sacó del bolsillo el teléfono de Alice, que llevaba encima. Lo encendió y, mirando la agenda de contactos, les envió un mensaje a sus padres y a unos cuantos amigos cuyos nombres le sonaban. «Necesito hacer limpieza, me voy una temporada a que me dé un poco el aire. Llamaré pronto. Alice.» Nadie la buscaría durante un tiempo. Tiró el teléfono a un cubo de la basura.

Todavía le quedaba un último detalle por solucionar. Fue a casa de Alice, a quien le había cogido las llaves, y se llevó todas las joyas y objetos de valor que le había regalado. Luego fue a una casa de empeños y lo vendió todo. Así se cobraba parte de la deuda.

*

En Southampton, Anna, Derek y yo, en el salón de casa de Samuel Padalin, le acabábamos de revelar que a la que querían matar en 1994 era a Meghan y no a los Gordon.

—¿A Meghan? —repitió, incrédulo—. Pero ¿qué me dicen?

Intentábamos sopesar su reacción y, hasta el momento, parecía sincero. Samuel estaba trastornado.

—La verdad, señor Padalin —le dijo Derek—. Nos equivocamos de víctima entonces. El asesino apuntaba a su mujer, los Gordon fueron víctimas indirectas.

—Pero ¿por qué Meghan?

—Eso es lo que nos gustaría entender —le dije.

—No tiene ningún sentido. Meghan era un encanto. Una librera a quien querían los clientes, una vecina solícita.

—Y, sin embargo —le contesté—, alguien la quería tan mal como para matarla.

Samuel se quedó mudo, atónito.

—Señor Padalin —siguió diciendo Derek—, esta pregunta es muy importante: ¿lo amenazó alguien a usted? ¿Ha tenido que ver con personas peligrosas? Personas que hubieran querido tomarla con su mujer.

—En absoluto —dijo, ofendido, Samuel—. Eso es conocernos muy poco, la verdad.

—¿Le dice algo el nombre de Jeremiah Fold?

—No, nada. Ya me lo preguntaron ayer.

—¿Estaba Meghan preocupada durante las semanas anteriores a su muerte? ¿Le comentó si tenía algún problema?

—No, no. Le gustaba leer, escribir y salir a correr.

—Señor Padalin —dijo Anna—, ¿quién podía saber que usted y Meghan no pensaban ir a las celebraciones de la inauguración del festival? El asesino sabía que esa tarde su mujer iba a salir a correr como de costumbre, cuando la mayor parte de la población estaba en la calle principal.

Samuel Padalin se quedó un rato pensando.

—Todo el mundo hablaba de ese festival —dijo por fin—. Los vecinos, al ir a comprar; los clientes de la librería. Las conversaciones giraban en torno a un único tema: quién tenía entradas para el estreno y quién iría, solo, a sumarse al gentío de la calle principal. Sé que Meghan explicaba a todos cuantos se lo preguntaban que no habíamos conseguido entradas y que no tenía intención de meterse en las aglomeraciones del centro. Decía, con ese tono de los que no celebran la Nochebuena y que aprovechan para acostarse temprano: «Me pienso quedar leyendo en la terraza, va a ser la velada más tranquila desde hace mucho». ¡Ya ven, qué ironía!

Samuel parecía completamente desvalido.

—Decía usted que a Meghan le gustaba escribir —dijo Anna—. ¿Qué escribía?

—De todo y de nada. Siempre había querido escribir una novela, pero, según decía, nunca había dado con un buen argumento. En cambio, llevaba un diario con bastante regularidad.

—¿Lo ha conservado? —preguntó Anna.

—«Los» he conservado. Hay por lo menos quince cuadernos.

Samuel Padalin se ausentó un momento y volvió con una caja de cartón polvorienta que, estaba claro, había sacado del sótano. Veinte libretas o más, todas de la misma marca.

Anna abrió una al azar: la llenaba hasta la última página una letra fina y apretada. Daba para horas de lectura.

—¿Nos las podemos llevar? —le preguntó a Samuel.

—Si quieren... Pero no creo que encuentren nada interesante.

—¿Las ha leído?

—Algunas —contestó—. En parte. Tras morir mi mujer, me parecía recobrarla leyendo sus pensamientos. Pero caí en la cuenta enseguida de que se aburría. Ya verán, describe sus días y su vida: mi mujer se aburría en la vida cotidiana, se aburría conmigo. Hablaba de su actividad como librera, de quién compraba qué tipo de libros. Me avergüenza decirles esto, pero sentí que había cierta faceta patética. Dejé pronto de leer, se trataba de una impresión bastante desagradable.

Así se explicaba que las libretas hubieran acabado en el sótano.

Cuando ya nos íbamos, llevándonos la caja, nos fijamos en unas maletas que había en la entrada.

—¿Se marcha? —le preguntó Derek a Samuel Padalin.

—Mi mujer. Se lleva a los niños a casa de sus padres, a Connecticut. Le ha entrado miedo con las últimas cosas que han ocurrido en Orphea. Quizá me reúna con ellos más adelante. En fin, cuando se me permita salir del estado.

Derek y yo teníamos que regresar al centro regional de la policía estatal para reunirnos con el mayor.

Este quería vernos para poner al día toda la información. Anna propuso hacerse cargo de leer las libretas de Meghan Padalin.

—¿No quieres que nos repartamos el trabajo?

—No, me alegro de hacerlo, me tendrá ocupada la cabeza, lo necesito.

—Siento mucho lo del puesto de jefe de la policía.

—Así están las cosas —contestó Anna, que se esforzaba para no flaquear delante de nosotros.

Derek y yo nos pusimos en camino para ir al centro regional de la policía estatal.

De regreso a Orphea, Anna se detuvo en la comisaría. Todos los policías estaban reunidos en la sala de guardia, en donde Montagne improvisaba un discursito de toma de posesión en su papel de nuevo jefe.

Anna no tuvo valor para quedarse y decidió irse a casa para dedicarse a las libretas de Meghan. Al salir por la puerta de la comisaría, se tropezó con el alcalde Brown.

Se quedó mirándolo un momento en silencio; luego le preguntó:

—¿Por qué me ha hecho esto, Alan?

—Mira el follón de mierda en que estamos metidos, Anna, y te recuerdo que, en parte, la culpa es tuya. Tenías tanto empeño en ocuparte de esta investigación..., ya es hora de que asumas las consecuencias.

—¿Me castiga por hacer mi trabajo? Sí, me vi en la obligación de interrogarlo, así como a su mujer, pero fue porque la investigación lo exigía. No ha tenido un trato de favor, y eso, está claro, me convierte en una buena policía. En cuanto a la obra de teatro de Harvey, si a eso es a lo que llama «follón de mierda», le recuerdo que fue usted quien lo trajo. Usted no asume sus errores, Alan. No vale más que Gulliver o que Montagne. Se pensaba que era el filósofo-rey de Platón y no es más que un tirano de poca monta.

—Vete a casa, Anna. Puedes presentar la dimisión del cuerpo de policía, si no estás contenta.

Anna se fue a su casa, rabiosa. Nada más entrar por la puerta, se desplomó en el vestíbulo, llorando. Se quedó mucho rato sentada en el suelo, acurrucada contra la cómoda, sollozando. Ya no sabía qué hacer; ni a quién llamar. ¿A Lauren? Le diría que ya la había avisado de que su vida no estaba en Orphea. ¿A su madre? Le largaría el enésimo discurso moralizante.

Cuando se calmó por fin, se fijó en la caja de las libretas de Meghan Padalin, que había llevado consigo. Decidió poner manos a la obra. Se sirvió una copa de vino, se acomodó en un sillón y emprendió la lectura.

Empezó a mediados del año 1993 y fue siguiendo el transcurso de los doce meses siguientes, hasta julio de 1994.

Al principio la agobió el aburrimiento de la tediosa descripción que Meghan hacía de su vida. Comprendía lo que su marido había podido sentir al leer aquellas líneas.

Pero, de repente, con fecha del 1 de enero de 1994, Meghan mencionaba la fiesta de Nochevieja del hotel La Rosa del Norte de Bridgehampton, en donde había conocido a un hombre que no era de la zona y que la había dejado subyugada por completo.

Luego Anna llegó al mes de febrero de 1994. Lo que descubrió la dejó totalmente estupefacta.

Meghan Padalin
EXTRACTOS DE SUS LIBRETAS

1 de enero de 1994

Me deseo Feliz Año. Ayer fuimos a la fiesta de Nochevieja del hotel La Rosa del Norte, en Bridgehampton. Conocí a alguien. Un hombre que no es de por aquí. Nunca había sentido algo así antes de conocerlo. Desde ayer, siento un cosquilleo en el estómago.

25 de febrero de 1994

Hoy he llamado al ayuntamiento. Llamada anónima. He hablado con el vicealcalde, Alan Brown. Me parece que es una buena persona. Le he dicho que sabía todo lo de Gordon. A ver qué pasa.

Le he contado luego a Felicity lo que había hecho. Se ha mosqueado. Dijo que la iba a perjudicar. Bien pensado, que no me lo hubiese dicho. El alcalde Gordon es una escoria, tiene que saberlo todo el mundo.

8 de marzo de 1994

Lo he vuelto a ver. Ahora quedamos todas las semanas. Me hace tan feliz...

1 de abril de 1994

Hoy he visto al alcalde Gordon. Ha venido a la librería. Estábamos solos en la tienda. Se lo he soltado todo: que estaba enterada de todo y que era un criminal. Me salió de sopetón. Llevo dos meses dándole vueltas. Por supuesto, lo ha negado.

Tiene que saber lo que ha sucedido por su culpa. Me gustaría avisar a los periódicos, pero Felicity me lo ha prohibido.

2 de abril de 1994

Desde ayer me siento mejor. Felicity me ha puesto verde por teléfono. Sé que he hecho bien.

3 de abril de 1994

Ayer, cuando salí a hacer *jogging,* llegué hasta Penfield Crescent. Me encontré con el alcalde, que volvía a su casa. Le dije: «Qué vergüenza lo que ha hecho». No me ha dado miedo. Él, en cambio, parecía muy molesto. Me siento como el ojo que perseguía a Caín. Voy a ir a esperarlo todos los días cuando vuelva del trabajo y le recordaré sus culpas.

7 de abril de 1994

Día maravilloso con él en los Springs. Me fascina. Estoy enamorada. Samuel no sospecha absolutamente nada. Todo va bien.

2 de mayo de 1994

He tomado un café con Kate. Es la única que sabe lo de él. Dice que no debería poner en peligro mi matrimonio si se trata de algo pasajero. O, en caso contrario, decidirme a dejar a Samuel. No sé si tengo tanto valor como para decidirme a hacer algo así. Me apaño bien tal y como están ahora las cosas.

25 de junio de 1994

Nada importante que contar. La librería va bien. Están a punto de abrir un restaurante nuevo en la calle principal, el

Café Athéna. Parece muy agradable. Lo ha puesto Ted Tennenbaum. Es un cliente de la librería. Me cae bien.

1 de julio de 1994

El alcalde Gordon, que ya no viene por la librería desde que sabe lo que sé, ha estado hoy mucho rato. Ha montado un número bastante raro. Quería un libro de un autor de la zona y se ha pasado una eternidad en el cuarto de los escritores. No sé muy bien qué ha estado haciendo. Había clientes y lo veía a medias. Por fin, ha comprado *La noche negra,* de Kirk Harvey. Cuando se marchó, fui a echar una ojeada al cuarto de los escritores; me di cuenta de que ese cerdo había dejado hecho un asco el libro de Bergdorf sobre el festival: había doblado una esquina de la cubierta. Estoy segura de que quiere comprobar si la remesa que nos ha dejado se vende para controlar luego que le pagamos correctamente la parte que le corresponde. ¿Le da miedo que le robemos? Pero si el ladrón es él.

18 de julio de 1994

Ha estado en la librería Kirk Harvey para recoger su obra. Le he dicho que la habíamos vendido. Creía que se iba a alegrar, pero se puso furioso. Quería saber quién la había comprado; le dije que había sido Gordon. Ni siquiera quiso los diez dólares que le correspondían.

20 de julio de 1994

Ha venido Kirk Harvey. Dice que Gordon afirma que no fue él quien compró la obra. Yo sé que fue él. Se lo he vuelto a decir a Kirk. Incluso lo había apuntado. Véase mi anotación del 1 de julio de 1994.

Jesse Rosenberg

Miércoles 30 de julio de 2014

Cuatro días después de la inauguración

Aquella mañana, cuando Derek y yo llegamos a la sala de archivos del *Orphea Chronicle,* Anna había colocado en las paredes fotocopias del diario de Meghan Padalin.

—Meghan fue quien hizo la llamada anónima a Alan Brown en 1994 para contarle que el alcalde Gordon era un corrupto —nos explicó—. Por lo que he podido entender, ella lo supo por una tal Felicity. No sé qué le contó, pero Meghan estaba muy indignada con el alcalde Gordon. Más o menos dos meses después de la llamada anónima, el 1 de abril de 1994, cuando está sola en la librería, se enfrenta por fin con Gordon, que ha ido a comprar un libro. Le dice que lo sabe todo y que es un criminal.

—¿Y se refería a los asuntos de corrupción? —se preguntó Derek.

—Esa es la pregunta que me he hecho yo —contestó Anna, pasando a la página siguiente—. Porque, dos días después, cuando sale a correr, Meghan se encuentra con Gordon por casualidad delante de la casa de él y vuelve a increparlo. Escribe en su diario: «Me siento como el ojo que perseguía a Caín».

—El ojo que perseguía a Caín, porque Caín asesinó —subrayé—. ¿Había matado el alcalde a alguien?

—Eso es exactamente lo que me pregunto —dijo Anna—. Durante los meses que siguieron, hasta que murió, Meghan iba a correr todos los días pasando por delante de casa del alcalde Gordon a última hora de la tarde. Vigilaba su regreso desde el parque y, cuando lo veía, se metía con él y le echaba en cara su crimen.

—Así que el alcalde habría tenido una buena razón para matar a Meghan —dijo Derek.

—El culpable hecho a medida —asintió Anna—. Si no hubiera muerto en el mismo tiroteo.

—¿Sabemos algo más de Felicity? —pregunté.

—Felicity Daniels —contestó Anna con una sonrisilla de satisfacción—. Me ha bastado con una llamada a Samuel Padalin para encontrarla. Ahora vive en Coram y nos está esperando. Vamos.

Felicity Daniels tenía sesenta años y trabajaba en una tienda de electrodomésticos del centro comercial de Coram, adonde fuimos a verla. Nos había esperado para cogerse el descanso para el bocadillo y nos fuimos a un café cercano.

—¿Les parece bien si me tomo un sándwich? —preguntó—. Si no, no me va a dar tiempo a almorzar.

—Faltaría más —le dijo Anna, sonriendo.

Hizo el pedido al camarero. Yo le veía cara triste y cansada.

—¿Decían que querían hablar de Meghan? —preguntó Felicity.

—Sí, señora —le contestó Anna—. Como quizá ya sabe, hemos reabierto la investigación de su asesinato y la del de la familia Gordon. Meghan era amiga suya, ¿verdad?

—Sí. Nos conocimos en el club de tenis y nos caímos bien. Era más joven que yo, nos llevábamos diez años. Pero teníamos el mismo nivel de tenis. No diré que fuéramos íntimas, pero, a fuerza de tomar algo juntas después de los partidos, algo nos conocíamos.

—¿Cómo la describiría?

—Era una romántica. Un poco soñadora, un poco ingenua. Muy sentimental.

—¿Lleva usted mucho tiempo viviendo en Coram?

—Más de veinte años. Vine aquí con mis hijos poco después de que mi marido muriera. Falleció el 16 de noviembre de 1993, el día de su cumpleaños.

—¿Volvió a ver a Meghan entre la fecha de su mudanza y la de su muerte?

—Sí, venía muchas veces a Coram a verme. Me traía comida preparada, algún buen libro de vez en cuando. La verdad es que yo no le pedía nada, lo hacía por su cuenta. Pero la intención era buena.

—¿Meghan era una mujer feliz?

—Sí, lo tenía todo a su favor. Gustaba mucho a los hombres, todos se quedaban embelesados al verla. Las malas lenguas dirán que por eso le fue tan bien a la librería de Orphea durante aquellos años.

—¿Así que engañaba con frecuencia a su marido?

—No he dicho eso. Por lo demás, no era de esas que tienen aventuras.

—¿Por qué no?

Felicity Daniels torció el gesto.

—No lo sé. A lo mejor porque no tenía suficiente coraje. Su estilo no era vivir peligrosamente.

—Sin embargo —replicó Anna—, según su diario, Meghan tuvo una aventura con un hombre durante los últimos meses de su vida.

—¿De verdad? —dijo Felicity, asombrada.

—Sí, un hombre a quien conoció la noche del 31 de diciembre de 1993 en el hotel La Rosa del Norte de Bridgehampton. Meghan menciona citas regulares con él hasta principios de junio de 1994. Luego, nada. ¿Nunca le habló de eso?

—Nunca —afirmó Felicity Daniels—. ¿Quién era?

—Lo ignoro —respondió Anna—. Tenía la esperanza de que usted pudiera decirme algo más. ¿Meghan le dijo alguna vez que se sintiera amenazada?

—¿Amenazada? ¡No, qué va! Hay seguramente personas que la conocían mejor que yo, ¿saben? ¿Por qué no les hacen todas esas preguntas?

—Porque, según el diario de Meghan, en febrero de 1994 le hizo usted una confidencia relacionada con el alcalde de Orphea, Joseph Gordon, que al parecer la alteró mucho.

—¡Dios mío! —susurró Felicity Daniels, llevándose una mano a los labios.

—¿De qué se trataba? —preguntó Anna.

—De Luke, mi marido —contestó Felicity con un hilo de voz—. Nunca debería habérselo contado a Meghan.

—¿Qué le sucedió a su marido?

—Luke estaba hasta arriba de deudas. Tenía una empresa de aire acondicionado que había entrado en quiebra. Tenía que despedir a todos los empleados. Estaba acorralado por todas partes. Durante meses no le había dicho nada a nadie. No lo descubrí todo hasta la víspera de su muerte. Después hubo que vender la casa para pagar las letras. Me fui de Orphea con los niños y encontré este trabajo de dependienta.

—Señora Daniels, ¿de qué murió su marido?

—Se suicidó. Se ahorcó en nuestro cuarto la noche de su cumpleaños.

*

3 de febrero de 1994

Era a última hora de la tarde en el piso amueblado que Felicity Daniels tenía alquilado en Coram. Meghan había llegado a media tarde con una fuente de lasaña y se la había encontrado completamente desesperada. Los niños se peleaban y no querían hacer los deberes, el salón estaba desordenado. Felicity lloraba, desplomada en el sofá, sin encontrar fuerzas para hacer frente a la situación.

Meghan intervino: llamó a los niños al orden, los ayudó a acabar los deberes y, luego, los mandó a ducharse y a cenar y los metió en la cama. Después descorchó la botella de vino que había llevado y le llenó la copa hasta arriba a Felicity.

Felicity no tenía con quien sincerarse y se desahogó con Meghan.

—No puedo más, Meg. Si vieras lo que dice la gente de Luke. Ese cobarde que se ahorcó el día de su cumpleaños en su cuarto, mientras su mujer y sus hijos preparaban la celebración en la planta baja. Veo cómo me miran los demás padres. No puedo soportar esa mezcla de desaprobación y condescendencia.

—Lo siento mucho —dijo Meghan.

Felicity se encogió de hombros. Se sirvió más vino y se lo bebió de un trago. Bajo los efectos del alcohol, tras un silencio lleno de tristeza, acabó por decir:

—Luke siempre fue demasiado honrado. Y mira adónde lo llevó eso.

—¿Qué quieres decir? —preguntó Meghan.

—Nada.

—¡Ah, ni hablar, Felicity! ¡Me has dicho demasiado o demasiado poco!

—Meghan, si te lo cuento, tienes que prometerme no decirle nada a nadie.

—Pues claro, puedes fiarte completamente de mí.

—La empresa de Luke marchaba viento en popa durante estos últimos años. Todo iba bien para nosotros. Hasta el día en que el alcalde Gordon lo citó en su despacho. Era justo antes de las obras de mejora de los edificios públicos. Gordon le dijo a Luke que le iba a adjudicar las contratas para todos los sistemas de ventilación a cambio de una contrapartida financiera.

—¿Te refieres a comisiones? —preguntó Meghan.

—Sí —asintió Felicity—. Y Luke se negó. Decía que el departamento de contabilidad se daría cuenta y que corría el riesgo de quedarse sin nada. Gordon lo amenazó con destruirlo. Le dijo que era algo que se hacía de forma habitual en la ciudad. Pero Luke no cedió. Así que no le adjudicaron esas contratas municipales; ni las siguientes. Y, para castigarlo por habérsele resistido, el alcalde Gordon lo machacó. Empezó a ponerle trabas, habló mal de él, se esforzó en convencer a la gente para que no trabajase con él. Y Luke no tardó en quedarse sin clientes. Pero nunca quiso decirme nada para que no me preocupase. Solo me caí del guindo la víspera de su muerte. El contable de la sociedad vino a hablarme de la quiebra inminente y de los trabajadores en paro técnico; y yo, imbécil de mí, no estaba al tanto de nada. Le pregunté a Luke esa noche y me lo contó todo. Le aseguré que íbamos a plantar cara y me contestó que contra el alcalde no se podía hacer nada. Le dije que tenía que poner una denuncia. Y respondió con la mirada vencida: «No te das cuenta, Felicity, toda la ciudad está implicada en esta historia de las comisiones. Todos nuestros amigos. Tu hermano, también. ¿Cómo crees que le han adjudicado todas esas contratas durante los últimos años? Lo perderán todo, si ponemos una denuncia. Irán a la cárcel. No se puede hacer nada. Todo el mundo está atado de pies y manos». Al día siguiente, se ahorcó.

—¡Dios mío, Felicity! —exclamó Meghan, horrorizada—. ¿Gordon tiene la culpa de todo?

—No puedes hablar de esto con nadie, Meghan.

—Todo el mundo tiene que saber que el alcalde Gordon es un criminal.

—¡Júrame que no dirás nada, Meghan! Cerrarán las empresas, condenarán a los directivos, los obreros se irán al paro...

—Entonces, ¿vamos a consentir que el alcalde actúe con total impunidad?

—Gordon es muy hábil. Mucho más de lo que parece.

—¡No le tengo miedo!

—Meghan, prométeme que no hablarás con nadie de esto. Bastantes preocupaciones tengo ya.

*

—Pero habló —le dijo Anna a Felicity Daniels.

—Sí, telefoneó de forma anónima al vicealcalde Brown para avisarlo. Enloquecí de rabia.

—¿Por qué?

—Había personas a las que yo quería que correrían grandes riesgos, si había una investigación. Ya he visto cómo es perderlo todo. No le desearía algo así ni a mi peor enemigo. Meghan prometió no volver a mencionarlo. Pero resultó que, dos meses después, me llamó para decirme que se había enfrentado con el alcalde Gordon en la librería. Le grité como nunca le había gritado a nadie. Fue mi último contacto con Meghan. A partir de ahí dejé de hablarle. Estaba demasiado enfadada. Las amigas de verdad no desvelan tus secretos.

—Creo que quería defenderla —objetó Anna—; quería que, de alguna forma, se hiciera justicia. Fue a diario a recordar al alcalde que, por culpa de él, su marido se había suicidado. Quería justicia para su marido. ¿Dice que Meghan no tenía mucho coraje? Yo creo que, al contrario, tenía mucho. No le dio miedo enfrentarse con Gordon. Fue la única que se atrevió a hacerlo. Fue más valiente que toda la ciudad junta. Lo pagó con su vida.

—¿Quiere decir que a quien querían asesinar era a Meghan? —preguntó Felicity, estupefacta.

—Creemos que sí —contestó Derek.

—Pero ¿quién pudo hacerlo? —se preguntó Felicity—. ¿El alcalde Gordon? Murió al mismo tiempo que ella. No tiene ni pies, ni cabeza.

—Eso es lo que estamos intentando entender —respondió Derek.

—Señora Daniels —preguntó entonces Anna—, ¿sabe el nombre de alguna otra amiga de Meghan que pudiera hablarnos de ella? En su diario he visto que mencionaba a una tal Kate.

—Sí, Kate Grand. También era miembro del club de tenis. Creo que se habían hecho muy amigas.

Cuando ya nos íbamos del centro comercial de Coram, el experto de la policía de tráfico llamó por teléfono a Derek.

—He podido analizar los restos de carrocería que me diste —le dijo.

—Y ¿a qué conclusiones has llegado?

—Tenías razón. Es un fragmento de un parachoques lateral derecho. Con pintura azul alrededor, el color del coche. También he encontrado en él restos de pintura gris, es decir, según el atestado de la policía que me hiciste llegar, el mismo color de la moto involucrada en el accidente mortal del 16 de julio de 1994.

—¿Así que alguien chocó con la moto a toda velocidad y la sacó de la carretera? —preguntó Derek.

—Exactamente —confirmó el experto—. La golpeó un coche de color azul.

*

En Nueva York, delante del edificio en que vivían en Brooklyn, los Bergdorf acababan de subirse a la autocaravana.

—¡Nos vamos! —voceó Steven, poniendo el vehículo en marcha.

A su lado, su mujer se estaba abrochando el cinturón. Se volvió hacia los niños, que iban sentados detrás.

—¿Vais bien, preciosos?

—Sí, mamá —contestó la niña.

—¿Por qué llevamos el coche detrás?

—¡Porque resulta práctico! —contestó Steven.

—¿Práctico? —replicó Tracy—. El maletero no se abre.

—Para ir a ver el parque nacional más bonito del mundo no se necesita maletero. A menos que quieras meter a los niños dentro.

Y Steven se rio con guasa.

—¿Papá va a encerrarnos en el maletero? —preguntó, preocupada, la niña.

—Nadie va a ir en el maletero —la tranquilizó su madre.

La autocaravana enfiló hacia el puente de Manhattan.

—¿Cuándo llegaremos a Yellowstone? —preguntó el niño.

—Enseguida —le aseguró Steven.

—¡Iremos parando para ver un poco la zona! —dijo Tracy, irritada.

Luego le dijo al niño:

—Llegaremos cuando hayas echado muchos sueñecitos, cariño. Hay que tener paciencia.

—¡Vais a bordo del *Concorde*! —avisó Steven—. ¡Nadie habrá tardado tan poco en llegar de Nueva York a Yellowstone!

—¡Yupi, vamos a correr mucho! —exclamó el niño.

—¡No, no vamos a correr mucho! —gritó Tracy, que empezaba a perder la paciencia.

Cruzaron la isla de Manhattan para coger el Holland Tunnel y llegar a Nueva Jersey antes de tomar la autopista 78 en dirección oeste.

En el hospital Mount Sinai, Cynthia Eden salió en tromba de la habitación de Dakota y llamó a una enfermera.

—¡Llame al doctor! —gritó Cynthia—. ¡Ha abierto los ojos! ¡Mi hija ha abierto los ojos!

*

En la sala de archivos, con la ayuda de Kirk y de Michael, estábamos estudiando las distintas hipótesis sobre el accidente de Jeremiah.

—Según el experto —explicó Derek—, y si juzgamos por el impacto, es probable que el coche se colocase a la altura de la moto y colisionara contra ella para sacarla de la carretera.

—Así que está claro que a Jeremiah Fold lo asesinaron —afirmó Michael.

—Es una forma de decirlo —matizó Anna—. Lo dieron por muerto. El que chocó con él era un completo aficionado.

—¡Un asesino a su pesar! —exclamó Derek—. El mismo perfil que el doctor Singh atribuyó a nuestro asesino. No quiere matar, pero tiene que hacerlo.

—Había mucha gente que debía de tener ganas de matar a Jeremiah Fold —comenté.

—¿Y si el nombre de Jeremiah Fold que estaba en *La noche negra* hubiera sido una orden para matar? —sugirió Kirk.

Derek señaló una foto del expediente de la policía en donde se veía el interior del garaje de los Gordon. Había un coche rojo con el maletero abierto y unas maletas dentro.

—El alcalde Gordon tenía un coche rojo —hizo constar Derek.

—Es curioso —dijo Kirk Harvey—; lo que yo recuerdo es que conducía un descapotable azul.

Al oír esas palabras se me vino a la cabeza un recuerdo y me abalancé sobre el expediente de la investigación de 1994.

—¡Eso lo vimos entonces! —exclamé—. Me acuerdo de una foto del alcalde Gordon y su coche.

Hojeé frenéticamente los informes, las fotos, los atestados de los interrogatorios de los testigos y los extractos bancarios. De repente la encontré. Una foto tomada deprisa y corriendo por el agente inmobiliario en Montana, en la que se veía al alcalde Gordon sacando unas cajas de cartón del maletero de un descapotable azul delante de la casa que había alquilado en Bozeman.

—El agente inmobiliario de Montana no se fiaba de Gordon —recordó Derek—. Le hizo una foto delante del coche para quedarse con la matrícula y con la cara.

—Así que el alcalde conducía un coche azul —dijo Michael.

Kirk se había aproximado a la foto del garaje de los Gordon y miraba el coche de cerca.

—Fijaos en el cristal trasero —dijo señalando la foto con el dedo—. Se ve el nombre del concesionario. A lo mejor sigue existiendo.

Lo comprobamos y así era. Un taller-concesionario que estaba en la carretera de Montauk, en donde llevaba más de cincuenta años. Fuimos en el acto y nos recibió el dueño en un despacho lleno de trastos y hecho un asco.

—¿Qué quiere de mí la policía? —nos preguntó con amabilidad.

—Estamos buscando información sobre un coche que probablemente le compraron en 1994.

Se rio:

—¿1994? La verdad es que no puedo ayudarlos. ¿Han visto el desorden que tengo aquí?

—Échele primero un vistazo al modelo —le sugirió Derek, enseñándole la foto.

El dueño del taller le echó una ojeada rápida.

—Vendí muchos coches de ese modelo. A lo mejor tienen ustedes el nombre del cliente.

—Era Joseph Gordon, el alcalde de Orphea.

El dueño del taller palideció.

—Esa es una venta que no olvidaré nunca —dijo, poniéndose serio de repente—. Dos semanas después de comprarse el coche, al pobre hombre lo asesinaron con toda su familia.

—Entonces, ¿lo compró a mediados de julio? —pregunté.

—Sí, más o menos. Cuando llegué para abrir el taller, me lo encontré delante de la puerta. Tenía cara de no haber pegado ojo en toda la noche. Apestaba a alcohol. Su coche tenía el lado derecho destrozado. Me dijo que había chocado con un ciervo y que quería cambiar de coche. Quería uno nuevo de inmediato. Yo tenía una remesa de tres Dodge rojos y se llevó uno sin discutir. Pagó en efectivo. Me dijo que iba conduciendo borracho, que había causado desperfectos en un edificio municipal y que algo así podría comprometer su reelección en septiembre. Me pagó una cantidad extra de cinco mil dólares para que lo mirase con buenos ojos y le llevase en el acto su coche al desguace. Se fue con el coche nuevo y todos tan contentos.

—¿No le pareció raro?

—Sí y no. Veo historias así continuamente. ¿Saben cuál es el secreto de mi éxito comercial y de mi longevidad?

—No.

—Cierro el pico y todo el mundo de por aquí lo sabe.

El alcalde Gordon tenía razones de sobra para matar a Meghan, pero había matado a Jeremiah Fold, con el que no tenía ninguna relación. ¿Por qué?

Mientras Derek y yo nos íbamos de Orphea aquella noche, las preguntas nos bullían en la cabeza. Hicimos el trayecto de vuelta callados, absortos en nuestros pensamientos. Cuando me paré delante de su casa, no se bajó del coche. Se quedó en el asiento.

—¿Qué pasa? —le pregunté.

—Desde que he vuelto a llevar esta investigación contigo, Jesse, ha sido como vivir de nuevo. Hacía mucho que no era tan feliz, ni estaba tan contento. Pero los fantasmas del pasado surgen otra vez. Desde hace dos semanas, cuando cierro los ojos por las noches, vuelvo a verme en aquel coche contigo y con Natasha.

—Aquel coche también podría haberlo conducido yo. No tuviste culpa de nada de lo que pasó.

—¡Eras tú o ella, Jesse! Tuve que escoger entre tú o ella.

—Me salvaste la vida, Derek.

—Y, al mismo tiempo, acabé con la suya, Jesse. Mírate, veinte años después, siempre solo, siempre de luto por ella.

—Derek, tú no tuviste nada que ver.

—¿Qué habrías hecho en mi lugar, eh? Esa es la pregunta que me hago continuamente.

No contesté nada. Nos fumamos juntos un cigarrillo, en silencio. Luego nos dimos un fraternal abrazo y Derek entró en su casa.

A mí aún no me apetecía volver a la mía. Tenía ganas de reunirme con ella. Fui al cementerio. A esas horas estaba cerrado. Salté la tapia sin dificultad y deambulé por los tranquilos senderos. Paseé entre las tumbas; el césped tupido amortiguaba mis pasos. Todo se hallaba en calma y era hermoso. Fui a decir hola a mis abuelos, que dormían en paz, y llegué luego ante su tumba. Me senté y allí me quedé mucho rato. De pronto oí pasos a mi espalda. Era Darla.

—¿Cómo sabías que estaba aquí? —le pregunté.

Sonrió:

—No eres el único que se salta la tapia para venir a verla.

Sonreí también. Luego le dije:

—Siento lo del restaurante, Darla. Era un proyecto estúpido.

—No, Jesse, era una idea maravillosa. Soy yo quien lamenta haber reaccionado tan mal.

Se sentó a mi lado.

—Nunca debería haberle dicho que subiera a nuestro coche aquel día —me lamenté—. Toda la culpa es mía.

—¿Y yo qué, Jesse? Nunca debería haberle dicho que se bajase de mi coche. Nunca deberíamos haber tenido aquella estúpida discusión.

—Así que todos nos sentimos culpables —susurré.

Darla asintió con la cabeza. Seguí diciendo:

—A veces me da la impresión de que está conmigo. Cuando vuelvo a casa por las noches, me doy cuenta de que tengo la esperanza de que vaya a estar allí.

—Jesse..., todos la echamos de menos. Todos los días. Pero tienes que salir adelante. No debes seguir viviendo en el pasado.

—No sé si podré reparar algún día esta grieta que llevo dentro, Darla.

—Jesse, eso es, la vida será la reparación.

Darla me apoyó la cabeza en el hombro. Nos quedamos así mucho tiempo mirando la lápida que teníamos delante.

NATASHA DARRINSKI
02-IV-1968 / 13-X-1994

Derek Scott

13 de octubre de 1994.

Nuestro coche destroza la barandilla del puente y se hunde en el río. En el momento del impacto todo sucede muy deprisa. Tengo el reflejo de quitarme el cinturón y abrir mi ventanilla como nos enseñaron en la escuela de policía. Natasha, en el asiento de atrás, grita, horrorizada. Jesse, que no se había puesto el cinturón, ha perdido el sentido al pegar con la cabeza en la guantera.

En pocos segundos el coche se llena de agua. Le digo a voces a Natasha que se suelte y que salga por la ventanilla. Me doy cuenta de que se le ha atrancado el cinturón. Me inclino hacia ella, intento ayudarla. No tengo nada para cortar el cinturón, hay que arrancarlo de la base. Tiro de él como un loco. Todo inútil. El agua nos llega hasta los hombros.

—¡Ocúpate de Jesse! —me grita Natasha—. Ya lo conseguiré.

Titubeo un momento. Ella vuelve a gritarme:

—¡Derek! Saca a Jesse.

El agua nos llega hasta la barbilla. Salgo del habitáculo por la ventanilla, luego agarro a Jesse y consigo sacarlo.

Ahora nos estamos hundiendo, el coche se va al fondo del río, contengo la respiración cuanto puedo, miro por la ventanilla. Natasha está completamente sumergida, no ha conseguido soltarse. Está apresada en el coche. Ya no me queda aire. El peso del cuerpo de Jesse me arrastra hacia el fondo. Natasha y yo cruzamos una última mirada. Nunca olvidaré sus ojos del otro lado del cristal.

Sin oxígeno, con la fuerza de la desesperación, consigo subir a la superficie con Jesse. Nado con dificultad hasta la orilla. Llegan unas patrullas, veo que unos policías bajan hacia las márgenes del río. Consigo alcanzarlos, les entrego a Jesse, inerte.

Quiero volver por Natasha, regreso nadando al centro del río. Ni siquiera sé en qué punto exacto se ha hundido el coche. Ya no veo nada, el agua está turbia. Estoy desesperado. Oigo sirenas a lo lejos. Intento sumergirme otra vez. Vuelvo a ver los ojos de Natasha, esa mirada que me va a obsesionar toda la vida.

Y esta pregunta que me perseguirá siempre: si hubiera seguido tirando del cinturón para arrancarlo de la base, en vez de ocuparme de Jesse, como ella me pedía, ¿habría podido salvarla?

3
El intercambio

Jueves 31 de julio-viernes 1 de agosto de 2014

Jesse Rosenberg

Jueves 31 de julio de 2014

Cinco días después de la inauguración

Nos quedaban tres días para resolver la investigación. Teníamos las horas contadas y, sin embargo, esa mañana Anna nos citó en el Café Athéna.

—¡La verdad, no creo que sea el mejor momento para perder el tiempo desayunando! —renegó Derek por la carretera de Orphea.

—No sé lo que quiere —dije.

—¿No te ha dicho nada más?

—Nada.

—Y, de propina, ¿el Café Athéna? El último sitio en donde me apetece poner los pies, dadas las circunstancias.

Sonreí.

—¿Qué pasa? —preguntó Derek.

—Estás de mal humor.

—No, no estoy de mal humor.

—Te conozco como si te hubiera parido, Derek. Estás de un humor de perros.

—Venga, dale —dijo, metiéndome prisa—, corre más; quiero saber qué le ronda a Anna por la cabeza.

Puso en marcha las balizas giratorias para obligarme a acelerar. Me eché a reír.

Cuando llegamos por fin al Café Athéna, nos encontramos a Anna instalada en una mesa grande del fondo. Ya nos estaban esperando unas tazas de café.

—¡Ah, ya estáis aquí! —dijo, impaciente, como si nos hubiéramos entretenido por el camino.

—¿Qué pasa? —pregunté.

—No he parado de darle vueltas.

—¿A qué?

—A Meghan. Está claro que el alcalde quería librarse de ella. Sabía demasiado. A lo mejor Gordon tenía la esperanza de poder quedarse en Orphea y no tener que escapar a Montana. He intentado localizar a Kate Grand, la amiga de Meghan. Está de vacaciones. Le he dejado recado en el hotel y estoy esperando a que me llame. Pero da igual; no cabe duda, el alcalde quería eliminar a Meghan y lo hizo.

—Solo que mató a Jeremiah Fold y no a Meghan —recordó Derek, que no sabía adónde quería ir a parar Anna.

—Hizo un intercambio —dijo entonces Anna—. Mató a Jeremiah Fold en nombre de otro. Y ese otro mató a Meghan por él. Cruzaron los asesinatos. Y ¿quién podía querer cargarse a Jeremiah Fold? Ted Tennenbaum, que estaba harto de que lo chantajease.

—Pero si acabamos de establecer que Ted Tennenbaum no era culpable —dijo Derek, irritado—. La oficina del fiscal acaba de incoar un procedimiento oficial para rehabilitarlo.

Anna no se inmutó:

—En su diario, Meghan cuenta que, el 1 de julio de 1994, el alcalde Gordon, que ya no pisa la librería, va, sin embargo, para comprar una obra de teatro que sabemos que ya había leído y que no le había gustado nada. Así que no fue él quien eligió ese texto; fue quien le encargó el asesinato de Jeremiah Fold el que puso, recurriendo a una clave sencilla, el nombre de la víctima.

—¿Qué necesidad había de hacerlo así? También podían haber quedado.

—A lo mejor, porque no se conocen. O no quieren que exista un vínculo claro. No quieren que luego la policía pueda seguirles el rastro. Os recuerdo que Ted Tennenbaum y el alcalde se aborrecían, así que es una coartada perfecta. Nadie habría podido sospechar que estaban compinchados.

—Aunque tuvieras razón, Anna —transigió Derek—, ¿cómo iba a poder identificar el texto en donde estaba la clave?

—Miraría todos los libros —contestó Anna, que había estado dándole vueltas a este asunto—. O habían doblado una esquina de la cubierta para marcarlo.

—¿Quieres decir como hizo el alcalde Gordon aquel día con el libro de Steven Bergdorf? —pregunté, acordándome de lo que Meghan mencionaba en su diario.

—Exactamente —dijo Anna.

—Entonces no nos queda más remedio que encontrar ese libro —decreté.

Anna asintió.

—Ese es el motivo por el que os he citado aquí.

En ese preciso momento se abrió la puerta del Café Athéna y apareció Sylvia Tennenbaum. Nos echó a Derek y a mí una mirada colérica.

—¿Qué significa esto? —le preguntó a Anna—. No me habías dicho que iban a estar estos dos.

—Sylvia —le contestó Anna, conciliadora—, tenemos que hablar.

—No hay nada de lo que hablar —replicó tajantemente Sylvia Tennenbaum—. Mi abogado está a punto de emprender acciones contra la policía estatal.

—Sylvia —siguió diciendo Anna—, me parece que tu hermano tuvo que ver con el asesinato de Meghan y con el de la familia Gordon. Y creo que la prueba está en tu casa.

Sylvia se quedó aturdida al oír aquello.

—Anna —dijo, trastornada—, no irás a empezar tú también, ¿verdad?

—¿Podemos hablar con tranquilidad, Sylvia? Quiero enseñarte algo.

Sylvia, confusa, aceptó sentarse con nosotros. Anna le resumió la situación y le enseñó los fragmentos del diario de Meghan Padalin. Luego, dijo:

—Sé que te quedaste con la casa de tu hermano, Sylvia. Si Ted está implicado, ese libro podría estar allí y necesitamos localizarlo.

—He hecho bastantes obras —susurró Sylvia con un hilo de voz—. Pero su biblioteca la he conservado intacta.

—¿Podríamos echarle un vistazo? —preguntó Anna—. Si encontramos ese libro, tendremos la respuesta a la pregunta que nos corroe a todos.

Sylvia se lo pensó mientras se fumaba un cigarrillo en la acera y, al final, accedió. Así que fuimos a su casa. Era la primera vez que Derek y yo volvíamos allí desde que, veinte años atrás, la registramos. Por entonces, no hallamos nada. Aunque tuvimos delante la prueba y no la vimos: el libro sobre el festival, cuya cubierta seguía teniendo una esquina doblada. Estaba en una de las estanterías, muy bien colocado, entre los grandes escritores estadounidenses. No se había movido de allí en todo ese tiempo.

Fue Anna quien lo encontró. Nos agrupamos a su alrededor y ella revisó despacio las páginas, en donde había palabras subrayadas con rotulador. Como en el texto de la obra de Kirk Harvey que estaba entre las pertenencias del alcalde, colocando una detrás de otra las primeras letras de cada palabra, aparecía un nombre: MEGHAN PADALIN.

*

En el hospital Mount Sinai de Nueva York, Dakota, que llevaba despierta desde el día anterior, mostraba señales espectaculares de estar recuperándose. El médico, cuando fue a ver cómo estaba, se la encontró zampándose una hamburguesa que le había llevado su padre.

—¡Despacio! —le dijo, sonriente—. Tómese el tiempo de masticar.

—¡Es que tengo un hambre...! —le contestó Dakota con la boca llena.

—Me alegro de verla así.

—Gracias, doctor; por lo visto, si sigo viva es gracias a usted.

El médico se encogió de hombros.

—Es gracias a usted misma, Dakota. Es una luchadora. Quería vivir.

Ella bajó la vista. El médico revisó el vendaje del pecho. Le habían dado diez puntos.

—No se preocupe —le dijo el médico—. Seguro que se podrá hacer una cirugía reparadora para borrar la cicatriz.

—De ninguna manera —le susurró Dakota—. Es mi reparación.

A mil doscientas millas de allí, la autocaravana de los Bergdorf circulaba por la autopista 94 y acababa de cruzar el estado de Wisconsin. Estaban cerca de Mineápolis cuando Steven paró en una estación de servicio para repostar.

Los niños dieron un paseo cerca del vehículo para estirar las piernas. Tracy se bajó también y se acercó a su marido.

—Vayamos a ver Mineápolis —propuso.

—De eso nada —dijo Steven, irritado—. ¡No empieces a cambiar de planes!

—¿Qué planes? Me gustaría aprovechar el viaje para que los niños vieran unas cuantas ciudades. Ayer te negaste a parar en Chicago y ahora no quieres ir a Mineápolis. ¿Para qué hacemos este viaje, Steven, si no nos detenemos en ninguna parte?

—¡Vamos al parque de Yellowstone, cariño! Si nos paramos cada dos por tres, no llegaremos nunca.

—¿Tienes prisa?

—No, pero hemos quedado en que vamos a Yellowstone, no a Chicago o a Mineápolis o no se sabe dónde. Estoy deseando ver esos paisajes excepcionales. Los niños se van a quedar muy decepcionados si perdemos el tiempo.

Los niños se les acercaron corriendo y chillando:

—¡Papá, mamá, el coche apesta! —gritó la mayor, tapándose la nariz.

Steven se abalanzó hacia el coche, aterrado. Así era, un tufo espantoso empezaba a salir del maletero.

—¡Una mofeta! —exclamó—. ¡Qué barbaridad, hemos atropellado una mofeta! ¡Vaya puta mierda!

—No seas vulgar, Steven —le llamó la atención su mujer—. No es para tanto.

—¡Vaya puta mierda! —dijo el niño, encantado.

—¡Tú vas a cobrar! —chilló su madre, harta.

—Venga, todo el mundo a la autocaravana —dijo Steven colocando en su sitio la manguera del surtidor sin acabar de llenar el depósito—. Niños, no os volváis a acercar al coche, ¿entendido? Podríais pillar cualquier cosa. El olor puede durar días y días. Va a apestar como nunca. ¡Qué horror, qué pestazo, huele a muerto! ¡Qué asco de mofeta!

*

En Orphea, fuimos a la librería de Cody para la reconstrucción de lo que pudo suceder el 1 de julio de 1994 según el diario de Meghan. Propusimos a Kirk y a Michael que vinieran con nosotros; podrían ayudarnos a ver las cosas más claras.

Anna se metió detrás del mostrador, como si fuera Meghan. Kirk, Michael y yo hicimos de clientes. Y Derek se colocó delante del expositor de libros locales que estaba en una zona algo apartada de la tienda. Anna se había llevado el artículo del *Orphea Chronicle* de finales de junio de 1994, que había localizado la víspera de la muerte de Cody. Estudió la foto del librero delante del expositor y nos dijo:

—En aquella época, el expositor se hallaba en un trastero con un tabique por medio. Cody incluso lo llamaba El Cuarto de los Escritores. Tiró el tabique más adelante para ganar espacio.

—Así que, por entonces, desde el mostrador nadie podía ver lo que pasaba en el anexo —fue la conclusión de Derek.

—Exactamente —le contestó Anna—. A nadie le podía llamar la atención lo que se estaba fraguando ahí el 1 de julio de 1994. Pero Meghan espiaba todo lo que hacía el alcalde. Por fuerza desconfiaba de su presencia en la librería, porque llevaba meses sin pisar por aquí; no le quitó ojo y por eso notó la maniobra.

—Así que ese día —dijo Kirk Harvey—, en la intimidad de la trastienda, Tennenbaum y el alcalde Gordon anotaron el nombre de la persona de la que querían librarse.

—Dos órdenes de ejecución —susurró Michael.

—Y por eso mataron a Cody —dijo Anna—. Seguramente se cruzaría con el asesino en la librería y habría podido identificarlo. Puede que el asesino tuviera miedo de que Meghan le hubiese contado algo de esa escena tan rara que había presenciado.

Me parecía que la hipótesis era muy viable. Pero Derek todavía tenía dudas.

—¿Qué pasa luego en tu teoría, Anna? —preguntó.

—El intercambio fue el 1 de julio. A Jeremiah lo mataron el 16 de julio. Gordon estuvo dos semanas espiándolo para enterarse de sus rutinas. Se dio cuenta de que volvía todas las noches del Ridge's Club por la misma carretera. Por fin, se pone manos a la obra. Pero es un novato. No mata a sangre fría, embiste a Jeremiah y lo deja a un lado de la carretera, aunque no esté muerto. Recoge lo que puede, escapa, le entra el pánico, se deshace del coche al día siguiente arriesgándose a que el dueño del taller lo denuncie. Todo es improvisado. El alcalde Gordon solo mata a Jeremiah porque quiere librarse de Meghan antes de que ella lo denuncie y lo hunda. Es un asesino a su pesar.

Hubo un instante de silencio.

—De acuerdo —dijo Derek—. Partamos del principio de que todo eso es viable y de que el alcalde Gordon mató a Jeremiah Fold. ¿Qué pasó con Meghan?

—Ted Tennenbaum iba a la librería a espiarla —siguió diciendo Anna—. Menciona esas visitas en su diario. Era un cliente habitual. Seguramente oyó en una de esas ocasiones que no pensaba ir a la inauguración del festival y decidió matarla cuando saliera a correr mientras la ciudad entera estaba apiñada en la calle principal. Sin testigos.

—Hay un problema en tu hipótesis —le recordó Derek—. Ted Tennenbaum no mató a Meghan Padalin. Sin olvidarnos de que se ahogó en el río cuando lo íbamos persiguiendo y de que el arma se esfumó hasta que volvieron a usarla el sábado pasado en el Gran Teatro.

—Entonces hay un tercer hombre —razonó Anna—. Tennenbaum se encargó de hacer llegar el recado para que muriera Jeremiah Fold, pero en aquello había otra persona interesada; que, en la actualidad, está borrando las pistas.

—¿El individuo del espray de pimienta y el águila tatuada? —sugerí.

—¿Qué móvil tendría? —preguntó Kirk.

—Costico da con él porque se ha dejado la cartera en la habitación. Y le hace pasar un mal rato. Pensadlo: Costico debía de estar furioso porque lo habían humillado en el aparcamiento, delante de todas las prostitutas. Querría vengarse de ese hombre amenazando a su familia y convirtiéndolo en un «lacayo». Pero el hombre del tatuaje no era de los que tragan; sabía que, para recuperar la libertad, tenía que eliminar a Jeremiah Fold, no a Costico.

Había que encontrar a Costico a toda costa. Pero le habíamos perdido la pista. Los avisos de búsqueda no habían dado resultado. Unos compañeros de la policía estatal habían interrogado a las personas de su entorno, pero nadie entendía por qué se había marchado dejándose el dinero, el teléfono y todas sus cosas.

—Yo creo que ese Costico del que habláis está muerto —dijo entonces Kirk—. Como Stephanie, como Cody, como todos los que habrían podido conducir hasta el asesino.

—Entonces la desaparición de Costico es la prueba de que tiene relación con el asesino. El hombre al que buscamos sí es el del águila tatuada.

—Un poco ambiguo para dar con nuestro hombre —constató Michael—. ¿Qué más sabemos de él?

—Es un cliente de la librería —dijo Derek.

—Un vecino de Orphea —añadí—; o, al menos, lo era entonces.

—Tenía relación con Ted Tennenbaum —añadió Anna.

—Si tenía tanta relación con Tennenbaum como Tennenbaum con el alcalde, todas las opciones están abiertas. En aquella época, todo el mundo se conocía en Orphea —dijo Kirk.

—Y estaba en el Gran Teatro el sábado por la noche —les recordé—. Ese es el detalle que nos va a permitir pillarlo. Hemos hablado de un actor. A lo mejor es alguien con un pase.

—Pues vamos a volver a hacer la lista de nuevo —sugirió Anna cogiendo una hoja de papel.

Apuntó los nombres de los integrantes de la compañía.

Charlotte Brown
Dakota Eden
Alice Filmore
Steven Bergdorf
Jerry Eden
Ron Gulliver
Meta Ostrovski
Samuel Padalin

—Tienes que añadirnos a mí y a Kirk —le dijo Michael—. También estábamos allí. Aunque, en lo que a mí se refiere, no tengo ningún águila tatuada.

Se subió la camiseta para dejar la espalda al aire y que se la viéramos.

—Yo tampoco tengo ningún tatuaje —berreó Harvey, que se quitó la camisa.

—Ya eliminamos a Charlotte de la lista de sospechosos, porque estamos buscando a un hombre —añadió Derek—. Y lo mismo en el caso de Alice, de Dakota y Jerry Eden.

Así que la lista se quedaba en cuatro nombres:

Meta Ostrovski
Ron Gulliver
Samuel Padalin
Steven Bergdorf

—Podríamos también quitar a Ostrovski —sugirió Anna—. No tenía nada que ver con Orphea, solo vino al festival.

Asentí:

—Y, sobre todo, sabemos que ni él, ni Gulliver tienen un águila tatuada en la espalda, porque los hemos visto en calzoncillos.

—Pues ya no quedan más que dos —dijo Derek—. Samuel Padalin y Steven Bergdorf.

El cerco se iba cerrando. Implacable. Esa misma tarde, Kate Grand, la amiga de Meghan, llamó a Anna desde su hotel en Carolina del Norte.

—Al leer el diario de Meghan —le explicó Anna—, me enteré de que había tenido una aventura con un hombre a principios de 1994. Dice que se lo contó a usted. ¿Recuerda algo de eso?

—Así es, Meghan tuvo un amorío apasionado. Nunca conocí a ese hombre, pero me acuerdo de cómo terminó la cosa: mal.

—¿Es decir?

—Su marido, Samuel, se enteró y le dio una buena paliza. Ese día llegó a mi casa en camisón, con golpes en la cara y la boca todavía ensangrentada. Se quedó a dormir.

—¿Samuel Padalin se comportaba de forma violenta con Meghan?

—Ese día, al menos, sí. Me dijo que había pasado un miedo terrible. Le aconsejé que lo denunciara, pero no lo hizo. Dejó a su amante y volvió con su marido.

—¿Samuel la obligó a romper y a quedarse con él?

—Es posible. Después de ese episodio, estuvo muy distante. Decía que Samuel no quería que tuviera relación conmigo.

—¿Y ella obedecía?

—Sí.

—Señora Grand, perdone por esta pregunta un tanto brusca, pero ¿cree que Samuel Padalin pudo matar a su mujer?

Kate Grand se quedó callada un momento; luego, dijo:

—Siempre me extrañó que a la policía no le interesara su seguro de vida.

—¿Qué seguro de vida? —preguntó Anna.

—Un mes antes de morir su mujer, Samuel contrató un seguro de vida muy sustancioso para los dos. Por un importe de un millón de dólares. Lo sé porque se lo hizo mi marido. Es agente de seguros.

—¿Y Samuel Padalin lo cobró?

—Pues claro que lo cobró. ¿Cómo cree que pudo pagar la casa de Southampton?

Derek Scott

Principios de diciembre de 1994, en el centro regional de la policía estatal.

En su despacho, el mayor McKenna lee la carta que le acabo de entregar.

—¿Una solicitud de traslado? Pero, Derek, ¿adónde quieres ir a parar?

—Póngame en administración —sugerí.

—¿Trabajar en un despacho? —dijo el mayor, atragantándose.

—No quiero volver a pisar la calle.

—Vamos a ver, Derek, ¡eres uno de los mejores policías que he conocido! No te juegues tu carrera por un arrebato.

—¿Mi carrera? —dije, indignado—. Pero ¿qué carrera, mayor?

—Mira, Derek —me dijo, muy afectuoso, el mayor—. Comprendo que estés alterado. ¿Por qué no vas a ver a la psiquiatra? ¿O por qué no te coges unas semanas de permiso?

—No aguanto ya estar de permiso, mayor; me paso la vida dando vueltas a las mismas imágenes, una y otra vez.

—Derek —me dijo el mayor—. No puedo mandarte a administración; sería un desperdicio.

El mayor y yo nos quedamos un rato mirándonos; luego, le dije:

—Tiene razón, mayor. Olvide la petición de traslado.

—¡Ah, eso ya me gusta más, Derek!

—Voy a dimitir.

—¡Ah, no, de eso nada! Mira, vale, a administración. Pero solo de forma temporal. Después vuelves a la brigada de investigación criminal.

El mayor suponía que, tras aburrirme unas cuantas semanas, daría marcha atrás en mi decisión y pediría que me devolvieran a mi puesto.

Según salía de su despacho, me preguntó:

—¿Sabes algo de Jesse?

—No quiere ver a nadie, mayor.

En su casa, Jesse estaba ocupado en seleccionar las cosas de Natasha.

Nunca se había imaginado que tuviera que vivir algún día sin ella y, enfrentado a aquel vacío sin fondo que era incapaz de colmar, alternaba momentos de deshacerse de cosas y momentos de conservarlas. En parte, quería pasar página cuanto antes, tirarlo todo y olvidarlo todo; en esos momentos, desesperado, empezaba a meter en cajas de cartón los objetos que guardaban relación con ella, para llevarlas a la basura. Luego, bastaba con que se detuviera un instante y le llamara la atención un objeto para que todo se tambaleara y, entonces, pasaba al momento de conservar: un marco de fotos, un bolígrafo sin tinta, un trozo de papel viejo. Lo cogía, se quedaba mucho rato mirándolo. Se decía que, vamos a ver, no iba a tirarlo todo, quería quedarse con algunos recuerdos, no olvidar toda aquella felicidad, y dejaba el objeto encima de la mesa para guardarlo. Después, empezaba a sacar de la caja todo lo que había metido antes. «Tampoco vas a tirar esto —se decía—. Ni esto, vaya. ¡Ah, no, no vas a desprenderte de la taza que compró en el MoMA, en la que tomaba el té!». Jesse acababa por sacarlo todo de las cajas. Y el salón, hasta hacía un rato despejado de todos aquellos objetos, se convertía en una especie de museo dedicado a la memoria de Natasha. Sentados en el sofá, los abuelos lo miraban con los ojos llenos de lágrimas y murmuraban: «¡Menuda mierda!».

*

A mediados de diciembre, Darla sacó todo lo que quedaba en La Pequeña Rusia. El rótulo luminoso ya estaba desmontado y destruido; había vendido todos los muebles para pagar los últimos meses de alquiler y poder rescindir inmediatamente el contrato.

Los de la mudanza estaban cargando las últimas sillas para llevárselas al restaurante que las había comprado y Darla los miraba, sentada en la acera, a pesar del frío. Uno de ellos se acercó para darle una caja de cartón:

—Hemos encontrado esto en un rincón de la cocina y hemos pensado que, a lo mejor, querría conservarlo.

Darla miró el contenido de la caja. Había anotaciones de Natasha, ideas para menús, sus recetas de cocina y todos los recuerdos de lo que habían sido las dos. Había también una foto de Jesse, Natasha, Derek y ella. La cogió y la estuvo mirando mucho rato.

—Voy a quedarme con la foto —le dijo al mozo—. Gracias. Puede tirar todo lo demás.

—¿Seguro?

—Sí.

El mozo de mudanzas asintió y se fue hacia el camión. Darla, destrozada, se echó a llorar.

Había que olvidarlo todo.

Jesse Rosenberg
Viernes 1 de agosto de 2014
Seis días después de la inauguración

¿Había querido Meghan dejar a Samuel Padalin? Él había sido incapaz de soportarlo y la había matado; de paso, había cobrado el seguro de vida de su mujer.

Samuel no estaba en casa cuando llegamos esa mañana. Decidimos acudir a buscarlo al trabajo. Tras avisarle de que habíamos ido a verlo, la recepcionista nos llevó sin decir palabra a su despacho y, hasta que la mujer no cerró la puerta, no estalló:

—¿Están locos presentándose aquí de improviso? ¿Quieren que me despidan?

Parecía furioso. Entonces Anna le preguntó:

—¿Es usted irascible, Samuel?

—¿Por qué me pregunta eso? —contraatacó él.

—Porque pegaba a su mujer.

Samuel Padalin se quedó atónito.

—Pero ¿de qué me habla?

—No nos monte el numerito del sorprendido —dijo Anna, airada—. ¡Estamos enterados de todo!

—Me gustaría saber quién les ha contado algo semejante.

—Eso da igual —dijo Anna.

—Miren, un mes antes de que muriera, Meghan y yo tuvimos una pelea tremenda, es cierto. Le di una bofetada, nunca debería haberlo hecho. Perdí los papeles. No tengo disculpa. Pero fue la única vez. ¡Yo no pegaba a Meghan!

—¿Por qué se pelearon?

—Descubrí que Meghan me engañaba. Quise dejarla.

*

Aquella mañana, cuando Samuel Padalin se estaba terminando el café para irse a trabajar, apareció su mujer en bata.

—¿No vas a trabajar? —le preguntó.

—Tengo fiebre, no me encuentro bien. Acabo de llamar a Cody para decirle que hoy no voy a ir a la librería.

—Haces bien —dijo Samuel, apurando el café de un trago—. Regresa a la cama.

Dejó la taza en el fregadero, besó a su mujer en la frente y se fue a trabajar.

Seguramente no se habría enterado de nada, si no hubiera tenido que volver una hora después a buscar un expediente que se había llevado a casa para revisarlo durante el fin de semana y que se había dejado olvidado encima de la mesa del salón.

Según entraba en su calle, vio a Meghan salir de casa. Llevaba un vestido de verano precioso y unas sandalias muy elegantes. Se la veía radiante y de buen humor, nada parecido a la mujer a quien había visto una hora antes. Se detuvo y la miró, mientras se subía en el coche. Ella no lo había visto. Decidió seguirla.

Meghan fue hasta Bridgehampton sin percatarse de que su marido la seguía a unos cuantos coches de distancia. Tras cruzar la calle principal, cogió la carretera de Sag Harbor y, al cabo de poco más de cien pies, torció para meterse en la lujosa finca del hotel La Rosa del Norte. Era un hotelito muy solicitado, pero muy discreto, que apreciaban mucho las celebridades de Nueva York. Cuando llegó delante de la columnata del majestuoso edificio, le dejó el coche al aparcacoches y entró en el hotel. Samuel hizo otro tanto, pero procurando que su mujer le cogiera delantera para que no lo viese. Ya en el interior, no la encontró ni en el bar, ni en el restaurante. Había subido derecha a las habitaciones a reunirse con alguien.

Ese día, Samuel Padalin no volvió al trabajo. Se pasó horas en el aparcamiento del hotel acechando a su mujer. Al no verla aparecer, volvió a casa y se fue corriendo a hojear sus diarios. Descubrió, espantado, que quedaba con aquel individuo en La Rosa del Norte desde hacía meses. ¿Quién era? Decía que lo había conocido en la fiesta de Nochevieja. Habían ido los dos juntos. Así que lo había visto. A lo mejor hasta lo conocía. Le entraron ganas de vomitar. Escapó y recorrió muchas millas con el coche, sin saber ya qué debía hacer.

Cuando por fin regresó a casa, Meghan ya estaba allí. Se la encontró en la cama, en camisón, haciéndose la enferma.

—Pobrecilla —le dijo, esforzándose por mantener la calma—. ¿No estás mejor?

—No —le contestó ella con una vocecita débil—, no he podido levantarme en todo el día.

Samuel no pudo seguir conteniéndose. Estalló. Le dijo que lo sabía todo, que había ido a La Rosa del Norte a encontrarse con un hombre en una habitación. Meghan no lo negó.

—¡Lárgate! —gritó Samuel—. ¡Me das asco!

Ella se echó a llorar.

—¡Perdóname, Samuel! —suplicó, muy pálida.

—¡Fuera de aquí! ¡Fuera de esta casa! ¡Coge tus cosas y lárgate, no quiero volver a verte!

—¡Samuel, no me hagas esto, te lo suplico! No quiero perderte. Solo te quiero a ti.

—¡Haberlo pensado antes de ir a acostarte con el primero que pasa!

—¡Es el mayor error de mi vida, Samuel! ¡No siento nada por él!

—Me das ganas de vomitar. He visto tus libretas, he visto lo que escribes de él. ¡He visto todas las veces que habéis quedado en La Rosa del Norte!

Ella entonces exclamó:

—¡No me haces ni caso! ¡No me siento querida! ¡Es como si no me vieras! Cuando ese hombre empezó a coquetear conmigo, me resultó muy agradable. ¡Sí, lo he visto con regularidad! ¡Sí, hemos tonteado! Pero ¡nunca me he acostado con él!

—No, si ahora la culpa la voy a tener yo...

—No, solo digo sencillamente que, a veces, me siento sola contigo.

—He leído que lo conociste en la fiesta de Nochevieja. ¡Lo hiciste todo delante de mis ojos entonces! ¿Eso quiere decir que conozco a ese individuo? ¿Quién es?

—Qué más da —dijo, llorando, Meghan, que no sabía ya si debía hablar o callarse.

—¿«Qué más da»? Pero, bueno, ¡no me lo puedo creer!

—¡Samuel, no me dejes! Te lo suplico.

Empezaron a subir el tono. Meghan reprochó a su marido su falta de romanticismo y el poco caso que le hacía; y él, harto, al final le dijo:

—¿No te hago soñar? Pero ¿y tú? ¿Crees que me haces soñar a mí? No tienes vida, no tienes nada que contar, aparte de esas historietas tuyas de librera y las películas que te montas en la cabeza.

Al oír esas palabras, muy herida, Meghan le escupió a la cara y él, con un gesto reflejo, le devolvió una violenta bofetada. Con la sorpresa, Meghan se mordió la lengua muy fuerte. Notó que se le llenaba la boca de sangre. Estaba atontada. Cogió las llaves del coche y escapó en camisón.

*

—Meghan volvió a casa al día siguiente —nos explicó Samuel Padalin en su despacho—. Me suplicó que no la dejase, me juró que aquel individuo no era más que una tremenda equivocación y que le había permitido darse cuenta de cuánto me quería. Decidí darle a mi matrimonio una segunda oportunidad. Y ¿saben qué pasó? ¡Que aquello nos sentó estupendamente! Empecé a hacerle mucho más caso, se sintió más feliz. Aquello transformó nuestra relación. Nunca habíamos estado tan compenetrados. Vivimos unos meses maravillosos; de repente teníamos un montón de planes.

—¿Y el amante? —preguntó Anna—. ¿Qué fue de él?

—Ni idea. Meghan me juró que habían cortado de raíz.

—¿Cómo se tomó la ruptura?

—Lo ignoro —nos dijo Samuel.

—¿Así que nunca supo quién era?

—No, nunca. Ni siquiera sé cómo era físicamente.

Hubo un silencio.

—¿Así que fue sobre todo por eso por lo que nunca volvió a leer sus diarios? —dijo Anna—. Y los arrinconó en el sótano. Porque le recordaban ese episodio doloroso.

Samuel Padalin asintió sin poder decir nada más. Tenía en la garganta un nudo tan grande que casi no podía hablar.

—Una última pregunta, señor Padalin —dijo Derek—. ¿Tiene algún tatuaje en el cuerpo?

—No —dijo en voz baja.

—¿Puedo pedirle que se quite la camisa? Es solo una comprobación rutinaria.

Samuel Padalin obedeció en silencio y se quitó la camisa. No había ni rastro de un águila tatuada.

¿Y si el amante abandonado no pudo soportar perder a Meghan y la mató?

No había que descuidar ninguna pista. Después de nuestra visita a Samuel Padalin, fuimos al hotel La Rosa del Norte, en Bridgehampton. Por supuesto, cuando le explicamos al recepcionista que queríamos identificar a un hombre que había reservado una habitación el 6 de junio de 1994, este se nos rio en las narices.

—Denos una relación de todas las reservas entre el 5 y el 7 de junio y ya repasaremos nosotros los nombres —le dije.

—No me ha entendido, señor —me contestó—. Me está hablando de 1994. En aquella época usábamos aún fichas que se rellenaban a mano. No tenemos ninguna base informática que pueda usar para ayudarlos.

Mientras yo hablaba con el empleado, Derek recorría el vestíbulo del hotel. Empezó a mirar la pared de honor, en donde estaban colgadas las fotos de los clientes famosos, actores, escritores, directores de cine y de teatro. De repente, Derek cogió un marco.

—¿Qué hace usted, señor? —preguntó el recepcionista—. No puede...

—¡Jesse! ¡Anna! —gritó Derek—. ¡Venid a ver esto!

Acudimos enseguida y nos encontramos con una foto de Meta Ostrovski, veinte años más joven, de tiros largos, que posaba con una sonrisa de oreja a oreja al lado de Meghan Padalin.

—¿Dónde se tomó esta foto? —le pregunté al empleado.

—En la fiesta de Nochevieja de 1994 —contestó—. Ese hombre es el crítico Ostrovski y...

—¡Ostrovski era el amante de Meghan Padalin! —exclamó
Anna.

Fuimos de inmediato al Palace del Lago. Al entrar en el
vestíbulo del hotel, nos tropezamos con el director.

—¿Ya? —dijo, extrañado, al vernos—. Pero si acabo de
llamar.

—¿De llamar a quién? —preguntó Derek.

—Pues a la policía —contestó el director—. Es por Meta
Ostrovski; acaba de irse del hotel, por lo visto tenía algo urgente en Nueva York. Me han avisado las doncellas.

—Pero ¿avisado de qué? —se impacientó Derek.

—Vengan conmigo.

El director nos llevó hasta la *suite* 310, en donde se había
alojado Ostrovski, y abrió la puerta con su tarjeta. Entramos en
la habitación y entonces nos encontramos, pegados en la pared,
multitud de artículos referidos al cuádruple asesinato, a la desaparición de Stephanie y a nuestra investigación; y, por todas
partes, fotos de Meghan Padalin.

4
La desaparición de Stephanie Mailer

Sábado 2 de agosto-lunes 4 de agosto de 2014

Jesse Rosenberg
Sábado 2 de agosto de 2014
Siete días después de la inauguración

¿Era Ostrovski el famoso tercer hombre?

Le habíamos perdido la pista desde el día anterior. Solo sabíamos que había regresado a Nueva York; las cámaras de vigilancia del Departamento de Policía de Nueva York lo habían grabado al volante de su coche, cruzando el puente de Manhattan. Pero no había vuelto a su casa. El piso estaba vacío. Tenía el móvil apagado, por lo que era imposible localizarlo, y su única familia era una hermana ya anciana, a la que tampoco había forma de encontrar. Así que Derek y yo estábamos de plantón delante de su edificio desde hacía casi veinticuatro horas. Era cuanto podíamos hacer de momento.

Todas las pistas conducían a él: había sido el amante de Meghan Padalin de enero a junio de 1994. El hotel La Rosa del Norte había podido confirmarnos que se había alojado allí con regularidad durante todo el semestre. Aquel año no había acudido a los Hamptons solo para el festival de teatro de Orphea. Llevaba meses allí. Por Meghan, desde luego. Y no había podido soportar que lo dejase. La mató la noche de la inauguración, así como a los miembros de la familia Gordon, los desafortunados testigos del asesinato. Le había dado tiempo de ir y volver a pie y de estar en la sala al empezar la obra. Pudo luego opinar, después de la representación, en los periódicos, para que todo el mundo supiera que estaba en el Gran Teatro aquella noche. La coartada era perfecta.

En el transcurso del día, Anna había ido a enseñarle una foto de Ostrovski a Miranda Bird con la esperanza de que lo identificara, pero ella no estaba nada convencida:

—Podría ser él —dijo—, pero resulta difícil afirmarlo veinte años después.

—¿Está segura de que tenía un tatuaje? —preguntó Anna—. Porque Ostrovski nunca tuvo ninguno.

—Ya no lo sé —reconoció Miranda—. A lo mejor lo estoy confundiendo con otro.

Mientras nosotros perseguíamos a Ostrovski en Nueva York, Anna, en la sala de archivos del *Orphea Chronicle*, había vuelto a repasar todos los datos del expediente con Kirk Harvey y Michael Bird. Querían estar seguros de que no se les pasaba nada. Estaban cansados y hambrientos. No habían comido casi nada en todo el día, salvo caramelos y bombones que Michael subía a buscar al primer piso, a intervalos regulares; tenía el cajón del escritorio lleno.

Kirk no apartaba la vista de la pared cubierta de notas, de fotos y de recortes de prensa. Acabó por decirle a Anna:

—¿Por qué no está el nombre de la mujer que podría identificar al asesino? Se encuentra entre los testigos: «La mujer del motel de la carretera 16», pero nada más. Los demás testigos aparecen con su nombre.

—Es cierto —dijo entonces Michael—. ¿Cómo se llama? Puede ser importante.

—De eso se ocupó Jesse —contestó Anna—. Habrá que preguntárselo. De todas formas, no recuerda nada. No perdamos el tiempo con eso.

Pero Kirk se empecinaba.

—He mirado en la carpeta de la policía estatal de 1994; esa testigo no figura. ¿Se trata de un dato nuevo?

—Habrá que preguntárselo a Jesse —repitió Anna.

Como Kirk seguía insistiendo, Anna le pidió amablemente unos cuantos bombones más a Michael, que se ausentó. Ella aprovechó para resumirle en pocas palabras la situación a Kirk, con la esperanza de que entendiera la importancia de no volver a mencionar a esa testigo delante de Michael.

—¡Ay, Dios mío! —cuchicheó Kirk—. No me lo puedo creer: ¿la mujer de Michael trabajaba de prostituta para Jeremiah Fold?

—¡A callar, Kirk! —le ordenó Anna—. ¡Cierre la bocaza! Si no, le juro que le pego un tiro.

Anna ya estaba arrepentida de habérselo contado. Tenía el presentimiento de que iba a meter la pata. Michael volvió a la sala con una bolsa de bombones.

—¿Qué pasa con esa testigo? —preguntó.

—Ya estamos en el punto siguiente —le dijo Anna, sonriéndole—. Estábamos hablando de Ostrovski.

—La verdad es que no veo a Ostrovski cargándose a una familia entera —dijo entonces Michael.

—Huy, no hay que fiarse de las apariencias —comentó Kirk—. A veces creemos que conocemos a las personas y descubrimos secretos asombrosos sobre ellas.

—Da igual —dijo Anna, fulminando a Kirk con la mirada—, ya veremos de qué va la cosa cuando Jesse y Derek le hayan echado el guante a Ostrovski.

—¿Se sabe algo de ellos? —preguntó Michael.

—Nada.

*

Eran las ocho y media de la tarde en Nueva York, delante del edificio donde vivía Ostrovski.

Derek y yo estábamos a punto de renunciar a seguir vigilando, cuando vimos acercarse a Ostrovski tranquilamente por la acera. Saltamos del coche, pistola en mano, y nos abalanzamos para interceptarlo.

—¿Se ha vuelto loco del todo, Jesse? —se quejó Ostrovski, mientras yo lo arrimaba contra la pared para esposarlo.

—¡Lo sabemos todo, Ostrovski! —exclamé—. ¡Se acabó!

—¿Qué saben?

—Que mató a Meghan Padalin y a los Gordon. Y también a Stephanie Mailer y a Cody Illinois.

—¿Cómo? —gritó Ostrovski—. ¡Están chalados!

Se estaba formando una aglomeración de mirones. Algunos grababan la escena con el móvil.

—¡Socorro! —les gritó Ostrovski—. ¡Estos dos individuos no son policías! ¡Son unos majaras!

Tuvimos que identificarnos enseñándole a la gente la placa y entramos en el edificio con Ostrovski para tener un poco de calma.

—Me gustaría mucho que me explicasen qué mosca los ha picado para pensar que yo he matado a todos esos infelices —exigió Ostrovski.

—Hemos visto la pared de su *suite,* Ostrovski, con los recortes de periódicos y las fotos de Meghan.

—¡Ahí tienen la prueba de que no he matado a nadie! Llevo veinte años intentando saber qué pasó.

—O lleva veinte años intentando tapar sus huellas —replicó Derek—. Por eso le hizo el encargo a Stephanie, ¿eh? Quería saber si era posible llegar hasta usted y, como ella estaba a punto de hacerlo, la mató.

—¿Cómo les voy a decir que no? ¡Estaba intentando hacer el trabajo que ustedes deberían haber hecho en 1994!

—No nos tome por imbéciles. ¡Era usted el «lacayo» de Jeremiah Fold! Por eso le pidió al alcalde Gordon que se lo quitase de encima.

—¡Yo no soy el «lacayo» de nadie! —protestó Ostrovski.

—Déjese de cuentos —dijo Derek—. ¿Por qué se fue tan de repente de Orphea, si no tiene nada de lo que arrepentirse?

—Mi hermana tuvo un derrame cerebral ayer. La operaron de urgencia. Quería estar con ella. He pasado la noche y el día de hoy en el hospital. No me queda más familia.

—¿Qué hospital?

—New York Presbiterian.

Derek llamó al hospital para comprobarlo. Lo que decía Ostrovski era exacto; no nos mentía. Le quité en el acto las esposas y le pregunté.

—¿Por qué está tan obsesionado con este crimen?

—¡Porque quería a Meghan, maldita sea! —exclamó Ostrovski—. ¿Tan difícil es de entender? ¡La quería y me la quitaron! ¡No pueden saber lo que es perder al amor de tu vida!

Me quedé mirándolo un rato. Tenía en los ojos un destello terriblemente triste. Al final, dije:

—Demasiado bien lo sé.

Ostrovski parecía descartado. Habíamos perdido unas energías y un tiempo valiosísimos; nos quedaban veinticuatro horas para resolver el caso. Si de aquí al lunes por la mañana no le entregábamos al culpable al mayor McKenna, nuestra carrera en la policía estaba acabada.

Nos quedaban dos opciones: Ron Gulliver y Steven Bergdorf. Ya que estábamos en Nueva York, decidimos empezar por Steven Bergdorf. Había muchos datos para imputarlo: era el anterior redactor jefe del *Orphea Chronicle,* el antiguo jefe de Stephanie y se había ido de Orphea nada más cometerse el cuádruple asesinato antes de regresar, de pronto, para participar en la obra de teatro que, supuestamente, iba a revelar el nombre del culpable. Fuimos a su piso de Brooklyn. Estuvimos aporreando la puerta mucho rato. No había nadie. Cuando ya estábamos pensando en echarla abajo, apareció el vecino de descansillo y dijo:

—No sirve de nada que peguen esos golpes; los Bergdorf se han ido.

—¿Que se han ido? —dije, asombrado—. ¿Cuándo?

—Anteayer. Vi desde la ventana cómo se subían a una autocaravana.

—¿Steven Bergdorf también?

—Sí, Steven también. Con toda su familia.

—Pero ¡si no está autorizado a salir del estado de Nueva York! —dijo Derek.

—Eso a mí ni me va, ni me viene —contestó el vecino, pragmático—. A lo mejor han ido al valle del Hudson.

*

Las nueve de la noche en el Parque Nacional de Yellowstone.

Los Bergdorf habían llegado hacía una hora y se estaban instalando en una zona de acampada al este del parque. Caía la noche, hacía bueno. Los niños jugaban fuera mientras Tracy, dentro de la autocaravana, ponía agua a hervir para hacer pasta. Pero no encontraba los espaguetis, aunque sabía que los había comprado.

—No lo entiendo —le dijo a Steven, irritada—; me parece que ayer vi cuatro paquetes.

—Bah, no pasa nada, cariño. Voy enseguida a comprarlos, hay una tienda al lado de la carretera, no muy lejos.

—¿Vamos a mover la autocaravana ahora?

—No, me llevo el coche. ¡Ves qué bien hicimos en traer el coche! Además, quiero ver si consigo algo que pueda librarnos del olor de la mofeta atropellada.

—¡Sí, por favor! —lo animó Tracy—. Hay un hedor espantoso. No sabía que una mofeta podía apestar tanto.

—¡Uf, son unos animales terribles! Cualquiera diría que Dios solo los creó para fastidiarnos.

Steven dejó a su mujer y a los niños, y fue a coger el coche, que se encontraba algo apartado. Salió de la zona de acampada y se dirigió por la carretera principal hasta la tienda de alimentación. Pero no se detuvo. Siguió en dirección a los manantiales de azufre de Badger.

Cuando llegó al aparcamiento, todo parecía desierto. Estaba oscuro, pero había claridad suficiente para ver por dónde pisaba. Los manantiales se hallaban a unas decenas de metros, pasado un puentecillo de madera.

Comprobó que no venía nadie. No había faros de coche en el horizonte. Abrió entonces el maletero. Lo envolvió en el acto un olor espantoso. Tuvo que vomitar. El hedor era insoportable. Intentó no respirar por la nariz y se levantó la camiseta para taparse la boca. Le costó mucho aguantar el tipo y agarró con ambos brazos el cuerpo de Alice envuelto en el plástico. Lo arrastró con dificultad hasta los manantiales que borboteaban. Otro esfuerzo, el último. Cuando llegó cerca del agua, lo tiró al suelo y, luego, lo empujó con el pie hasta que rodó por la ribera y cayó al agua abrasadora y ácida. Vio cómo el cuerpo se hundía lentamente en las profundidades del manantial y cómo no tardaba en desaparecer rumbo al fondo oscuro.

—Adiós, Alice —dijo. Y se echó a reír; después lloró y volvió a vomitar. En ese momento notó que lo enfocaban con una intensa luz.

—¡Eh, oiga, usted! —lo interpeló una voz masculina y autoritaria—. ¿Qué está haciendo aquí?

Era un guarda del parque. Steven sintió que le estallaba el corazón en el pecho. Quiso contestar que se había perdido, pero estaba tan asustado que balbució unas cuantas sílabas incomprensibles.

—Acérquese —ordenó el guarda, que seguía cegándolo con la linterna—. Le he preguntado qué hacía aquí.

—Nada —contestó Bergdorf, que consiguió recobrar un mínimo de aplomo—. Estoy dando un paseo.

El guarda se le acercó, con expresión suspicaz.

—¿A estas horas? ¿Aquí? —preguntó—. Está prohibido el acceso por la noche. ¿No ha visto los carteles?

—No, lo siento —le aseguró Steven, que parecía descompuesto.

—¿Está seguro de que se encuentra bien? Tiene una cara muy rara.

—Segurísimo. ¡Todo va bien!

El guarda pensó que solo se trataba de un turista imprudente y se limitó a sermonear a Steven.

—Está demasiado oscuro para pasear por aquí. Ya sabe que, si se cae ahí, mañana no quedará nada de usted. Ni los huesos.

—¿De verdad? —preguntó Steven.

—De verdad. ¿No oyó esa historia tan terrible en los informativos del año pasado? Todo el mundo lo comentó. Se cayó uno en un manantial de azufre aquí mismo, en Badger, delante de su hermana. Cuando pudieron llegar los auxilios, ya no encontraron ni rastro de él, solo las chanclas.

*

Después de tramitar una orden de búsqueda de Steven Bergdorf, Derek y yo decidimos regresar a Orphea. Avisé a Anna y nos pusimos en camino.

En la sala de archivos, tras la llamada, Anna le dijo a Michael y a Kirk:

—Era Jesse. Por lo visto, Ostrovski no tiene nada que ver con todo esto.

—Eso pensaba yo —dijo Michael—. ¿Qué hacemos ahora?

—Deberíamos ir a comer algo, la noche promete ser larga.

—¡Vamos al Kodiak Grill! —sugirió Michael.

—Estupendo —fue el visto bueno de Kirk—. Me muero por un buen filete.

—Usted no viene, Kirk —le dijo entonces Anna, que temía que metiera la pata—. Alguien tiene que quedarse aquí de guardia.

—¿De guardia? —dijo Kirk, extrañado—. ¿Guardia de qué?

—Se queda y no hay más que hablar —le ordenó Anna.

Michael y ella salieron de la redacción por la puerta trasera que daba a la callejuela y se subieron al coche de Anna.

Kirk refunfuñó porque se había quedado solo otra vez. Recordó aquellos meses de «jefe solitario» que se pasó encerrado en el sótano de la comisaría. Rebuscó entre los documentos que tenía delante, dispersos encima de la mesa, y se concentró en el expediente de la policía. Arrambló con los últimos bombones y se los metió todos en la boca de una vez.

Anna y Michael iban calle principal arriba.

—¿Te importa si pasamos primero por mi casa? —preguntó Michael—. Me gustaría darles un beso a mis hijas antes de que se acuesten. Hace una semana que casi no las veo.

—Encantada —dijo Anna, tomando la dirección de Bridgehampton.

Cuando llegaron delante de casa de los Bird, Anna se fijó en que no había luz.

—¡Vaya! ¿No hay nadie? —dijo Michael, extrañado.

Anna aparcó delante de la casa.

—A lo mejor tu mujer ha salido con las niñas.

—Seguramente han ido a tomar una pizza. Voy a llamarlas.

Michael se sacó el móvil del bolsillo y maldijo cuando vio en la pantalla que no había cobertura.

—Hace ya tiempo que la cobertura falla en esta zona —dijo irritado.

—Yo tampoco tengo —comprobó Anna.

—Espérame, que entro un momento para llamarlas desde el fijo.

—¿Te importa si aprovecho para ir al baño? —preguntó Anna.

—Claro que no. Ven.

Entraron en la casa. Michael le indicó a Anna dónde estaba el baño y, luego, cogió el teléfono.

*

Derek y yo estábamos ya cerca de Orphea cuando recibimos una llamada por la radio. El operador nos informaba de que un hombre llamado Kirk Harvey estaba intentando desesperadamente localizarnos, pero no tenía nuestros números de teléfono. Nos pasaron la llamada por radio y oímos de pronto retumbar dentro del coche la voz de Kirk.

—¡Jesse, son las llaves! —chilló presa del pánico.

—¿Qué llaves?

—Estoy en el despacho de Michael Bird en la redacción del periódico. Las he encontrado.

No entendíamos nada de lo que Kirk estaba diciendo.

—¿Qué ha encontrado, Kirk? Hable con claridad.

—¡He encontrado las llaves de Stephanie Mailer!

Kirk me explicó que había subido al despacho de Michael Bird a buscar bombones. Hurgando en un cajón, se había topado con un manojo de llaves con un llavero que era una bola de plástico amarillo. Ya lo había visto en alguna parte. Se esforzó en recordar y, de repente, volvió a ver el Beluga Bar y a Stephanie, en el momento en que se marchaba; y él, queriendo sujetarla, la había agarrado por el bolso. El contenido se había caído al suelo. Él había recogido las llaves para dárselas. Recordaba a la perfección aquel llavero.

—¿Está seguro de que son las llaves de Stephanie? —pregunté.

—Sí, y, además, hay una llave de coche —añadió Kirk—. Un Mazda. ¿Qué coche llevaba Stephanie?

—Un Mazda —contesté—. Son sus llaves. Sobre todo no diga nada y entretenga a Michael en la redacción como sea.

—Se ha ido. Está con Anna.

*

En casa de los Bird, Anna salió del baño. Todo estaba silencioso. Cruzó el salón; no había ni rastro de Michael. Atrajeron su mirada unos marcos de fotos colocados encima de una cómoda. Retratos de familia de los Bird en diferentes fechas. El nacimiento de las niñas, las vacaciones. Anna se fijó entonces en una foto en la que Miranda Bird aparecía jovencísima. Estaba con Michael, era Navidad. En segundo plano, un abeto adornado y, por la ventana, se veía nieve en el exterior. Abajo, a la derecha, ponía la fecha, como sucedía en los tiempos en que se revelaban las fotos en las tiendas. Anna se agachó: «23 de diciembre de 1994». Notó que le latía más deprisa el corazón: Miranda le había asegurado que había conocido a Michael varios años después de que Jeremiah muriera. Así que le había mentido.

Anna miró en torno. No se oía ni un ruido. ¿Dónde estaba Michael? Se preocupó. Puso la mano en la culata del arma y se encaminó prudentemente a la cocina; nadie. De pronto, todo parecía desierto. Desenfundó el arma y se metió por un pasillo oscuro. Pulsó el interruptor, pero la luz no se encendió. De repente, un golpe por la espalda la tiró al suelo y se le cayó el arma. Quiso darse la vuelta, pero le rociaron la cara con un producto paralizante. Gritó de dolor. Le ardían los ojos. Entonces le golpearon la cabeza y perdió el conocimiento.

Todo se volvió negro.

*

Derek y yo habíamos lanzado una alerta general. Montagne había enviado hombres al Kodiak Grill y al domicilio de Bird. Pero Anna y Michael estaban ilocalizables. Cuando por fin llegamos a casa de los Bird, los policías que estaban *in situ* nos enseñaron restos recientes de sangre.

En ese momento volvió Miranda Bird de la pizzería con sus hijas.

—¿Qué sucede? —preguntó al ver a los policías.

—¿Dónde está Michael? —exclamé.

—¿Michael? Pues no tengo ni idea. Hablé con él por teléfono hace un rato. Dijo que estaba aquí con Anna.

—Y usted ¿dónde estaba?

—Con mis hijas. Fuimos a tomar una pizza. Por Dios, capitán, ¿qué pasa?

Cuando Anna recobró el conocimiento, tenía las manos atadas a la espalda y una bolsa en la cabeza que le impedía ver. Se esforzó por no ceder al pánico. Por los ruidos y las vibraciones que captaba, se dio cuenta de que estaba tumbada en el asiento trasero de un coche.

Dedujo, por lo que iba notando, que el automóvil circulaba por un camino sin asfaltar, quizá de tierra o de grava. De pronto, el vehículo frenó en seco. Anna oyó ruido. La puerta de atrás se abrió bruscamente. Alguien la agarró y la arrastró por el suelo. No veía nada. No sabía dónde estaba. Pero oía ranas: se encontraba cerca de un lago.

*

En el salón de los Bird, Miranda no creía que su marido pudiera tener nada que ver con los asesinatos.

—¿Cómo pueden suponer que Michael esté implicado en este caso? ¡A lo mejor es su sangre la que han encontrado aquí!

—Las llaves de Stephanie estaban en su despacho —le dije.

Miranda no quiso creerlo.

—Hay un error. Están perdiendo un tiempo muy valioso. A lo mejor Michael está en peligro.

Me reuní con Derek en una habitación contigua. Estaba delante de un mapa desplegado de la zona y tenía al doctor Ranjit Singh al teléfono.

—El asesino es inteligente y metódico —nos dijo Singh por el altavoz—. Sabe que no puede ir muy lejos con Anna, no quiere arriesgarse a tropezar con patrullas de policía. Se trata de alguien muy prudente. Quiere minimizar los riesgos y evitar a cualquier precio los enfrentamientos.

—¿Así que se habrá quedado en la zona de Orphea? —pregunté.

—Estoy seguro. Dentro de un perímetro que conozca bien. Un lugar en donde se sienta seguro.

—¿Fue eso lo que hizo con Stephanie? —preguntó Derek, estudiando el mapa.

—Quizá —contestó Singh.

Derek trazó con rotulador un círculo en torno a la playa próxima a donde habían hallado el coche de Stephanie.

—Si el asesino había quedado aquí con Stephanie —reflexionó Derek—, es que tenía previsto llevarla a un lugar que estuviera cerca.

Fui siguiendo con el dedo el trazado de la carretera 22 hasta el lago de los Ciervos y lo marqué con un círculo rojo. Luego me llevé el mapa para enseñárselo a Miranda.

—¿Tienen otra casa por aquí? —le pregunté—. Una casa familiar, un refugio de caza, un sitio en donde su marido pudiera sentirse a buen recaudo.

—¿Mi marido? Pero...

—¡Responda a la pregunta!

Miranda recorrió con la vista el mapa. Vio el lago de los Ciervos y apuntó con el dedo a la extensión de agua vecina: el lago de los Castores.

—A Michael le gusta ir allí —dijo—. Hay un pontón con una barca. Y, a tiro, un islote delicioso. Vamos muchas veces de excursión con las niñas. Nunca hay nadie. Michael dice que allí se está solo en el mundo.

Derek y yo nos miramos y, sin necesidad de decir nada, nos abalanzamos hacia el coche.

*

A Anna acababan de arrojarla a lo que le pareció que era una barca. Simulaba que estaba todavía inconsciente. Notó el movimiento del agua y oyó un ruido de remos. La llevaban a alguna parte, pero ¿adónde?

Derek y yo circulábamos a toda velocidad por la carretera 56. No tardamos en tener a la vista el lago de los Ciervos.

—Ahora hay una bifurcación a la derecha —me avisó Derek, parando la sirena—. Un caminito de tierra.

Lo vimos de milagro. Me metí por él y aceleré como un loco. No tardé en ver el coche de Anna aparcado a la orilla del agua, junto a un pontón. Pisé el freno y salimos del coche. Pese a la oscuridad, divisamos en el lago una barca que estaba intentando llegar al islote. Desenfundamos las armas.

—¡Alto! ¡Policía! —grité, antes de hacer un disparo de advertencia.

En respuesta, oímos la voz de Anna en la barca, pidiendo socorro. La silueta que llevaba los remos la golpeó. Anna gritó más. Derek y yo nos arrojamos al agua. Tuvimos el tiempo justo de ver cómo tiraban a Anna por la borda. Primero se fue a pique, antes de intentar, nadando solo con las piernas, subir a la superficie para respirar.

Derek y yo nadábamos todo lo deprisa que podíamos. En la oscuridad, era imposible distinguir nítidamente la silueta de la barca, que regresaba hacia los coches dando un rodeo para evitarnos. No podíamos detenerla, teníamos que salvar a Anna. Hicimos acopio de nuestras últimas fuerzas para llegar hasta ella, pero Anna, agotada, se hundió.

Derek se sumergió. Lo imité. A nuestro alrededor, todo parecía turbio. Por fin, tocó el cuerpo de Anna. La agarró y consiguió subirla a la superficie. Juntos pudimos arrastrar a Anna hasta la orilla del islote cercano y subirla a tierra firme. Tosió y escupió agua. Estaba viva.

La barca acababa de llegar a la orilla de enfrente y se arrimaba al pontón. Vimos cómo la silueta se subía al coche de Anna y escapaba.

*

Dos horas después, el empleado de una estación de servicio aislada vio entrar en la tienda a un hombre ensangrentado y aterrado. Era Michael Bird, que llevaba las manos atadas con una cuerda.

—Llame a la policía —suplicó—. ¡Ya viene, me está persiguiendo!

Jesse Rosenberg
Domingo 3 de agosto de 2014
Ocho días después de la inauguración

En la habitación del hospital, en donde había pasado la noche en observación, Michael nos contó que lo habían atacado cuando salía de su casa:

—Estaba en la cocina. Acababa de telefonear a mi mujer. De repente, oí un ruido fuera. Anna se encontraba en el baño, no podía ser ella. Salí para ver qué ocurría y, en el acto, me rociaron con espray de pimienta antes de que me diesen con una pistola en la cara. Todo se volvió negro. Cuando recobré la conciencia, me hallaba en el maletero de un coche con las manos atadas. El maletero se abrió de pronto. Hice como que me había desmayado. Me arrastraron por el suelo. Noté un olor a hierba y a plantas. Oí ruido, como si alguien estuviera cavando. Acabé por entreabrir los párpados: estaba en pleno bosque. A pocos metros, había un individuo con un pasamontañas que abría un agujero. Era mi sepultura. Me acordé de mi mujer y de mis hijas, no quería morir así. Con las fuerzas que da la desesperación, me incorporé y eché a correr. Bajé una cuesta, corrí todo lo deprisa que pude, conseguí salir del bosque. Lo oía detrás de mí, me perseguía. Lo dejé atrás y llegué a una carretera. La fui siguiendo con la esperanza de encontrarme con un coche, pero por fin divisé una estación de servicio.

Derek, que había escuchado con atención el relato de Michael, le dijo:

—Déjese de historias. Hemos encontrado las llaves de Stephanie Mailer en un cajón de su escritorio.

Michael puso cara de pasmo.

—¿Las llaves de Stephanie Mailer? ¿Qué me está contando? Eso es absurdo.

—Pues es la verdad. Un manojo de llaves, las de su piso, las del periódico, las del coche y las de un guardamuebles.

—Es sencillamente imposible —dijo Michael, que de verdad parecía estar perplejo.

—¿Fue usted, Michael? —pregunté—. ¿Mató a Stephanie? ¿Y a todos los demás?

—¡No! ¡Claro que no, Jesse! Vamos a ver, ¡es ridículo! ¿Quién encontró esas llaves en mi escritorio?

Habríamos preferido que no hiciera la pregunta; como las llaves no las había encontrado un policía durante un registro, no valían como prueba. No me quedó más remedio que decir la verdad:

—Ha sido Kirk Harvey.

—¿Kirk Harvey? ¿Kirk Harvey ha registrado mi escritorio y, como quien no quiere la cosa, ha encontrado las llaves de Stephanie? ¡No tiene ningún sentido! ¿Estaba solo?

—Sí.

—Mire, no sé qué quiere decir todo esto, pero me parece que Kirk Harvey les está tomando el pelo. Al igual que hizo con la obra de teatro. Bueno, ¿qué pasa? ¿Estoy detenido?

—No —le contesté.

Las llaves de Stephanie no eran una prueba válida. ¿Las había encontrado realmente Kirk en el escritorio de Michael como afirmaba? ¿O las llevaba encima desde el principio? A menos que Michael intentara tomarnos el pelo y la agresión fuera un montaje. Era la palabra de Kirk contra la de Michael. Uno de los dos mentía. Pero ¿quién?

La herida que tenía Michael en la cara era seria y habían tenido que darle varios puntos de sutura. Habíamos descubierto sangre en los peldaños de las escaleras de la fachada. La historia se sostenía. El hecho de que hubieran metido a Anna en el asiento de atrás de su coche encajaba también con la versión de Michael, que aseguraba que lo habían encerrado en el maletero. Además, habíamos registrado su domicilio, así como toda la redacción del *Orphea Chronicle,* y no habíamos encontrado nada.

Después de estar con Michael, Derek y yo fuimos a ver a Anna a una habitación cercana. Ella también había pasado la noche en el hospital. Había salido bastante bien parada: un cardenal muy feo en la frente y un ojo morado. Se había salvado de lo peor: en el islote había aparecido el cuerpo de Costico enterrado; lo habían matado a tiros.

Anna no había visto a su agresor; ni le había oído la voz. Solo recordaba el espray de pimienta que la había cegado y los golpes que le habían hecho perder el conocimiento. Cuando recobró la conciencia, tenía una bolsa de tela en la cabeza. En cuanto al coche, en donde podría haber huellas, seguía sin aparecer.

Anna estaba preparada para recibir el alta y decidimos llevarla a su casa. En el pasillo del hospital, cuando le contamos la versión de Michael, pareció dudar.

—¿Entonces el agresor lo dejó en el maletero del coche mientras me llevaba a rastras a la isla? ¿Por qué?

—La barca no habría soportado el peso de tres cuerpos adultos —sugerí—. Tendría previsto hacer dos trayectos.

—Y, al llegar al lago de los Castores, ¿no visteis nada? —preguntó Anna.

—No —le contesté—. Nos tiramos inmediatamente al agua.

—Entonces, ¿no se puede hacer nada contra Michael?

—Nada, si no hay una prueba irrefutable.

—Si Michael no tiene nada de lo que arrepentirse —volvió a preguntarse Anna—, ¿por qué me mintió Miranda? Me contó que había conocido a Michael pocos años después de la muerte de Jeremiah Fold. Pero he visto en su salón una foto fechada en la Navidad de 1994. Es decir, solo seis meses después. En ese momento había vuelto a casa de sus padres a Nueva York. Así que no pudo conocer a Michael más que cuando la tenía prisionera Jeremiah.

—¿Crees que Michael podría ser el hombre del motel? —pregunté.

—Sí —asintió Anna—. Y que Miranda se inventó lo del tatuaje para falsear las pistas.

En ese preciso instante nos encontramos con Miranda Bird, que llegaba al hospital para visitar a su marido.

—¡Dios mío, Anna, cómo tiene la cara! —dijo—. Siento mucho lo que le ha sucedido. ¿Cómo se encuentra?

—Voy tirando.

Miranda se volvió hacia nosotros:

—Ya ven que Michael no había hecho nada. Y cómo lo han dejado, al pobre...

—Encontramos a Anna en el sitio que usted nos indicó —comenté.

—Pero, bueno, ¡pudo haber sido cualquiera! Toda la gente de por aquí conoce el lago de los Castores. ¿Tienen pruebas?

No teníamos ninguna prueba concreta. Me daba la impresión de estar volviendo a vivir la investigación de Tennenbaum en 1994.

—Me mintió, Miranda —dijo entonces Anna—. Me aseguró que había conocido a Michael varios años después de morir Jeremiah Fold, pero no es cierto. Lo conoció cuando estaba en Ridgesport.

Miranda no dijo nada. Parecía desconcertada. Derek vio una sala de espera vacía y nos indicó a todos que entrásemos. Sentamos a Miranda en un sofá y Anna insistió:

—¿Cuándo conoció a Michael?

—Se me ha olvidado —respondió Miranda.

Anna preguntó entonces:

—¿Era Michael el hombre del motel, el que se resistió a Costico?

—Anna, yo...

—Responda a mi pregunta, Miranda. No me obligue a llevarla a la comisaría.

Miranda estaba descompuesta.

—Sí —respondió al fin—. No sé cómo se ha enterado usted de aquel incidente en el motel, pero era Michael. Lo conocí cuando era recepcionista en el club, a finales del año 1993. Costico quiso que le tendiese una trampa en el motel, como a todos los demás. Pero Michael no se dejó.

—Así que, cuando se lo mencioné —dijo Anna—, se inventó esa historia del tatuaje para darnos una pista falsa. ¿Por qué?

—Para proteger a Michael. Si hubieran sabido que era el hombre del motel...

Miranda se interrumpió, consciente de que estaba yéndose de la lengua.

—Hable, Miranda —dijo Anna, irritada—. Si hubiéramos sabido que era el hombre del motel, ¿qué habríamos descubierto?

A Miranda le corrió una lágrima por la mejilla.

—Habrían descubierto que Michael mató a Jeremiah Fold.

Volvíamos al mismo punto: Jeremiah Fold, al que ya sabíamos que había matado el alcalde Gordon.

—Michael no mató a Jeremiah Fold —dijo Anna—. De eso estamos seguros. Lo mató el alcalde Gordon.

A Miranda se le iluminó la cara:

—¿No fue Michael? —dijo, contenta, como si toda aquella historia no fuera más que una pesadilla.

—Miranda, ¿por qué pensaba que Michael había matado a Jeremiah Fold?

—Después del altercado con Costico, volví a ver a Michael varias veces. Nos enamoramos locamente. Y a Michael se le metió en la cabeza liberarme de Jeremiah. Todos estos años he estado creyendo que... ¡Dios mío, qué alivio!

—¿Nunca habló de esto con Michael?

—Después de morir Jeremiah, nunca volvimos a hablar de lo que había ocurrido en Ridgesport. Había que olvidarlo todo. Era la única forma de reparar los daños. Lo borramos todo de la memoria y miramos hacia delante. Lo conseguimos. Mírennos, somos muy felices...

*

Pasamos el día en casa de Anna intentando volver a analizar todos los datos del caso.

Cuantas más vueltas le dábamos, más claro nos parecía que todas las pistas conducían a Michael Bird: pertenecía al entorno de Stephanie Mailer, había gozado de acceso preferente para entrar en el Gran Teatro y había podido esconder allí el arma, había seguido nuestra investigación de cerca desde la sala de archivos del *Orphea Chronicle,* que había puesto de manera espontánea a nuestra disposición, y eso le había permitido ir eliminando sobre la marcha todo lo que pudiera delatarlo. Salvo esta serie de coincidencias, sin ninguna prueba, no teníamos nada contra él. A un buen abogado no le costaría conseguir que lo dejasen en libertad.

A media tarde, nos llegó la sorpresa de ver al mayor McKenna en casa de Anna. Nos recordó la amenaza que teníamos encima Derek y yo desde principios de semana.

—Si el caso no está cerrado de aquí a mañana por la mañana, no me quedará más remedio que pediros que dimitáis. Lo quiere el gobernador. El asunto ha llegado demasiado lejos.

—Todo indica que Michael Bird podría ser nuestro hombre —le expliqué.

—¡No basta con indicios, tiene que haber pruebas! —dijo, airado, el mayor—. ¡Y pruebas sólidas! ¿Tengo que recordaros el fracaso de Ted Tennenbaum?

—Se han encontrado las llaves...

—Olvídate de las llaves, Jesse —me interrumpió McKenna—. No son una prueba legal y lo sabes de sobra. Ningún tribunal lo tendrá en cuenta. El fiscal quiere un caso blindado, nadie desea correr riesgos. Si no cerráis el caso, archivarán el expediente. Se ha convertido en algo peor que la peste. Si creéis que el culpable es Michael Bird, haced que hable. Necesitáis a toda costa que confiese.

—Pero ¿cómo? —pregunté.

—Hay que presionarlo —aconsejó el mayor—. Buscad su punto flaco.

Derek nos dijo entonces:

—Si Miranda pensaba que Michael había matado a Jeremiah Fold para liberarla, es que está dispuesto a todo para proteger a su mujer.

—¿Adónde quieres ir a parar? —le pregunté.

—No es con Michael con quien hay que meterse, es con Miranda. Y creo que se me ha ocurrido una idea.

Jesse Rosenberg

Lunes 4 de agosto de 2014
Nueve días después de la inauguración

A las siete de la mañana, nos presentamos en el domicilio de los Bird. Michael había podido al final volver a casa la noche anterior.

Miranda nos abrió la puerta y Derek le puso en el acto las esposas.

—Miranda Bird —le dije—, está detenida por haber mentido a un oficial de la policía y por obstrucción a una investigación criminal.

Michael salió de la cocina, con las niñas detrás.

—¡Están locos! —exclamó, intentando interponerse.

Las niñas se echaron a llorar. No me gustaba actuar así, pero no nos quedaba elección. Tranquilicé a las niñas mientras mantenía apartado a Michael y Derek se llevaba a Miranda.

—La situación es muy seria —le expliqué a Michael, como si le estuviera confesando algo—. Las mentiras de Miranda han tenido consecuencias graves. El fiscal está furioso. No se va a librar de una pena de prisión incondicional.

—¡Pero esto es una pesadilla! —exclamó Michael—. Déjenme hablar con el fiscal, tiene que tratarse de un malentendido.

—Lo siento, Michael. Por desgracia no hay nada que pueda usted hacer. Tendrá que ser fuerte. Por sus hijas.

Salí de la casa para reunirme con Derek en el coche. Entonces Michael nos siguió muy deprisa.

—¡Suéltenla! —exclamó—. Dejen libre a mi mujer y lo confesaré todo.

—¿Qué tiene que confesar? —le pregunté.

—Se lo diré, si promete dejar a mi mujer en paz.

—Trato hecho —le contesté.

Derek le quitó a Miranda las esposas.

—Quiero un trato con el fiscal, por escrito —especificó Bird—. Una garantía de que Miranda no corre ningún riesgo.

—Eso puedo arreglarlo —le aseguré.

Una hora después, en una sala de interrogatorios del centro regional de la policía estatal, Michael Bird repasaba una carta con la firma del fiscal que exoneraba a su mujer de cualquier procedimiento por el hecho de habernos inducido de forma voluntaria a error durante la investigación. La firmó y nos confesó, casi con tono de alivio:

—Maté a Meghan Padalin. Y a la familia Gordon. Y a Stephanie. Y a Cody. Y a Costico. Los maté a todos.

Hubo un prolongado silencio. Veinte años después, por fin conseguíamos una confesión. Animé a Michael a que nos dijera más.

—¿Por qué lo hizo? —le pregunté.

Se encogió de hombros.

—Ya he confesado. Eso es lo que cuenta, ¿no?

—Queremos entenderlo. No tiene un perfil de asesino, Michael. Es usted un bondadoso padre de familia. ¿Cómo puede ser que un hombre como usted haya matado a siete personas?

Titubeó un instante.

—Ni siquiera sé por dónde empezar —murmuró.

—Comience por el principio —le sugerí.

Buceó en sus recuerdos y dijo:

—Todo empezó una noche a finales del año 1993.

*

Principios de diciembre de 1993

Era la primera vez que Michael Bird iba al Ridge's Club. Por lo demás, no era ni de lejos la clase de sitio al que le gustaba ir. Pero uno de sus amigos se había puesto muy pesado para que lo acompañara. «Hay una cantante con una voz extraordinaria», le aseguró. Pero, una vez allí, no fue la cantante la que subyugó a Michael, sino la recepcionista de la entrada. Era Miranda. Se produjo un flechazo instantáneo. Para Michael fue como un embrujo. Estaba locamente enamorado.

Al principio, Miranda rechazó las insinuaciones de Michael. Le dio a entender que no debía acercarse a ella. Él pensó que se trataba de un juego para seducirlo. No vio el peligro. Al final, Costico se fijó en él y obligó a Miranda a tenderle una trampa en el motel. Ella, al principio, se negó. Pero una sesión de barreño la obligó a aceptar. Una noche de enero citó por fin a Michael en el motel. Él acudió al día siguiente por la tarde. Se desvistieron y Miranda, desnuda encima de la cama, le dijo: «Soy menor, todavía voy a instituto. ¿A que te pone?». Michael se quedó cortado: «Me habías dicho que tenías diecinueve años. Es una locura que me hayas mentido. No puedo estar en esta habitación contigo». Quiso volver a vestirse, pero se fijó entonces en un individuo robusto que estaba detrás de una cortina: era Costico. Hubo un forcejeo; Michael consiguió escapar de la habitación, desnudo, pero con las llaves del coche. Costico lo persiguió por el aparcamiento, pero a Michael le dio tiempo a abrir la puerta del coche y coger un espray de pimienta. Neutralizó a Costico y escapó. Sin embargo, Costico no tuvo dificultades para encontrarlo y le dio una paliza en toda regla en su casa antes de llevarlo a la fuerza, en plena noche, al Ridge's Club, que ya había cerrado. Michael acabó en «el despacho». Con Jeremiah. También estaba Miranda. Jeremiah le explicó a Michael que, en adelante, tenía que trabajar para él. Que era su «lacayo». Le dijo: «Mientras hagas lo que se te diga, tu amiguita no se mojará». En ese momento, Costico agarró a Miranda por el pelo y la llevó a rastras hasta el barreño. Mantuvo metida la cabeza de esta en el agua durante un buen rato y lo repitió hasta que Michael prometió que colaboraría.

*

—Y se convirtió en uno de los «lacayos» de Jeremiah Fold —dije.

—Sí, Jesse —me contestó Michael—. Incluso en su «lacayo» favorito. No podía negarle nada. Si me mostraba reticente, lo pagaba Miranda.

—Y ¿no intentó avisar a la policía?

—Era demasiado peligroso. Jeremiah tenía fotos de toda mi familia. Un día fui a casa de mis padres y estaba en su salón, tomándose un té. Y también tenía miedo por Miranda. Yo estaba loco por ella. Y ella, por mí. Por las noches iba a reunirme con ella en su habitación del motel. Quería convencerla de que huyese conmigo, pero estaba demasiado asustada. Decía que Jeremiah daría con nosotros. Decía: «Si Jeremiah sabe que nos vemos, nos matará a los dos. Nos hará desaparecer, nadie encontrará nuestros cuerpos». Le prometí que la sacaría de ahí. Pero las cosas se me estaban complicando, porque Jeremiah había puesto los ojos en el Café Athéna.

—Había empezado a chantajear a Ted Tennenbaum.

—Exactamente. Y adivinen a quién le había encargado ir a buscar el dinero todas las semanas. A mí. Yo conocía un poco a Ted. Todos se conocen en Orphea. Cuando fui a decirle que me enviaba Jeremiah, sacó una pistola y me puso la boca del cañón en la frente. Creí que iba a matarme. Se lo conté todo. Le dije que la vida de la mujer a quien amaba dependía de mi cooperación. Fue el único error que cometió Jeremiah Fold. Él, tan minucioso, tan pendiente de los detalles, ni se había imaginado que Ted y yo pudiéramos aliarnos contra él.

—Decidieron matarlo —dijo Derek.

—Sí, pero resultaba complicado. No sabíamos cómo hacerlo. Ted era bastante peleón, pero no un asesino. Y, además, había que pillar a Jeremiah solo. No podíamos atacarlo ni delante de Costico, ni de nadie más. Entonces decidimos estudiar sus rutinas: ¿paseaba solo a veces? ¿Le gustaba correr por el bosque? Había que encontrar el mejor momento para matarlo y librarse del cuerpo. Pero descubrimos que Jeremiah era intocable. Tenía mucho más poder que el que habríamos podido suponer Ted y yo. Sus «lacayos» se espiaban entre sí, tenía una red de información impresionante, estaba compinchado con la policía. Se enteraba de todo.

*

Mayo de 1994

Michael llevaba dos días espiando cerca del domicilio de Jeremiah, escondido en el coche, observándolo, cuando de repente se abrió la puerta; antes de poder reaccionar, recibió un puñetazo en la cara. Era Costico. Tras sacarlo del coche a empellones, lo llevó a la fuerza al club. Jeremiah y Miranda lo estaban esperando en «el despacho». Jeremiah parecía furioso. «Me espías —le dijo a Michael—. ¿Piensas ir a la policía?». Michael le juró que no, pero Jeremiah no le hizo caso. Le ordenó a Costico que le diera una paliza. Luego las pagó con Miranda. Un suplicio interminable. Miranda quedó en tan mal estado que no pudo salir de su habitación durante varias semanas.

Tras este episodio, temiendo que los tuvieran vigilados, Michael y Ted Tennenbaum siguieron reuniéndose, pero muy en secreto y en lugares imprevisibles, lejos de Orphea, para no arriesgarse a que los vieran juntos. Ted le comentó a Michael:

—Es imposible que nosotros podamos matar a Jeremiah. Tenemos que encontrar a alguien que no sepa nada de él y convencerlo para que lo haga.

—¿Quién aceptaría hacer algo así?

—Alguien que necesite un favor del mismo tipo. Mataremos nosotros a alguien a cambio. Alguien a quien no conozcamos nosotros. La policía nunca nos relacionará con ello.

—¿Alguien que no nos haya hecho nada? —preguntó Michael.

—Créeme —contestó Ted Tennenbaum—, se me hace cuesta arriba proponer algo así, pero no veo ninguna otra salida.

Después de pensárselo, Michael consideró que era, quizá, la única solución para salvar a Miranda. Por ella, estaba dispuesto a lo que fuera.

El problema consistía en encontrar un socio, alguien que no tuviera relación con ellos. ¿Cómo se hacía eso? No podían poner un anuncio por palabras.

Transcurrieron seis semanas. Cuando ya habían perdido cualquier esperanza de dar con alguien, a mediados de junio Ted contactó con Michael y le dijo:

—Creo que tengo a nuestro hombre.

—¿Quién?

—Vale más que no lo sepas.

*

—¿Así que no sabía quién era el socio que había encontrado Ted Tennenbaum?

—Eso es —contestó Michael—. Ted Tennenbaum era el intermediario, el único que sabía quiénes eran los ejecutores. Así se confundían todas las pistas. La policía no podía relacionarnos, porque ni siquiera nosotros sabíamos la identidad del otro. Dejando aparte a Tennenbaum; pero él era hombre de sangre fría. Para tener la seguridad de que no hubiera ningún vínculo, Tennenbaum acordó con el socio un sistema de intercambio de los nombres de las víctimas. Le dijo algo así como: «No tenemos ni que hablarnos, ni que vernos. El 1 de junio, vaya a la librería. Hay un cuarto en el que no entra nadie, con libros de escritores locales. Escoja uno y escriba dentro el nombre de la persona. No directamente. Rodee las palabras cuya primera letra se corresponda con una letra de su nombre y de su apellido. Luego, doble una esquina del libro. Esa será la señal».

—Y usted puso el nombre de Jeremiah Fold —intervino Anna.

—Exacto; en la obra de Kirk Harvey. Nuestro socio escogió un libro sobre el festival de teatro. Puso el nombre de Meghan Padalin. Esa librera tan simpática. A la que teníamos que matar era a ella. Empezamos a estudiar sus hábitos. Salía a correr todos los días hasta el parque de Penfield Crescent. Pensábamos atropellarla. Nos quedaba por decidir cuándo. Quedó claro que a nuestro socio se le ocurrió la misma idea: el 16 de julio Jeremiah murió en un accidente de tráfico. Pero habíamos estado al borde del desastre, había pasado tiempo agonizando, podría haberse salvado. Era el tipo de inconveniente que teníamos que evitar. Ted y yo éramos buenos tiradores. A mí mi padre me enseñó de pequeño a disparar con carabina. Me decía que se me daba bien. Así que decidimos matar a Meghan a tiros.

*

20 de julio de 1994

Ted se reunió con Michael en un aparcamiento desierto.

—Tenemos que hacerlo, chico. Hay que matar a esa joven.

—¿No podríamos dejarlo pasar? —dijo Michael, torciendo el gesto—. Ya tenemos lo que queríamos.

—Qué más quisiera yo, pero hay que cumplir el trato. Si nuestro socio piensa que nos hemos reído de él, podría tomarla con nosotros. He oído lo que decía Meghan en la librería. No va a ir a la inauguración del festival. Saldrá a correr como todas las tardes y el barrio estará desierto. Es una ocasión perfecta.

—Entonces será la tarde de la inauguración —dijo Michael en un murmullo.

—Sí —dijo Tennenbaum metiéndole discretamente en la mano una Beretta—. Toma, coge esto. El número de serie está limado. Nadie podrá relacionarte.

—¿Por qué yo? ¿Por qué no lo haces tú?

—Porque yo sé quién es el otro. Tienes que ser tú, es la única manera de confundir las pistas. Aunque te preguntase la policía, no podrías decirle nada. Se trata de un plan perfecto. Y, además, me has dicho que eras muy buen tirador, ¿no? Basta con matar a esa chica y quedaremos completamente libres. Por fin.

*

—Así que el 30 de julio pasó usted a la acción —dijo Derek.

—Sí. Tennenbaum me dijo que me acompañaría y me pidió que fuera a buscarlo al Gran Teatro. Era el bombero de servicio esa tarde. Aparcó la camioneta delante de la entrada de artistas para que todo el mundo la viera y le sirviera de coartada. Fuimos juntos al barrio de Penfield. Todo se hallaba desierto. Meghan estaba ya en el parque. Me acuerdo de que miré la hora: las siete y diez. «30 de julio de 1994, las siete y diez de la tarde», iba a quitarle la vida a un ser humano. Cogí aire y luego me abalancé como un loco sobre Meghan. No entendió qué pasaba. Disparé dos veces. Fallé. Salió huyendo hacia la casa del alcalde. Empuñé la pistola, esperé a tenerla en el visor y volví a disparar. Se desplomó. Me acerqué y le pegué un tiro en la cabeza. Para tener la seguridad de que estaba muerta. Casi sentí alivio. Todo era irreal. En ese momento vi al hijo del alcalde, que me miraba desde detrás de la cortina del salón. ¿Qué hacía ahí? ¿Por qué no estaba en el Gran Teatro con sus padres? Todo ocurrió en una fracción de segundo. No me paré a pensar. Fui corriendo hasta la casa, presa del pánico. La adrenalina me daba fuerzas y rompí la puerta de una patada. Me encontré frente a la mujer del alcalde, Leslie, que estaba llenando una maleta. El tiro salió solo. Cayó al suelo. Luego apunté al niño, que quería esconderse. Le disparé varias veces, y también otra vez a la madre, para tener la seguridad de que habían muerto. Después, oí ruido en la cocina. Era el alcalde Gordon, que intentaba escapar por la parte de atrás. ¿Qué podía hacer que no fuera dispararle también a él? Cuando salí, Ted había huido. Fui al Gran Teatro para mezclarme con el público de la inauguración del festival y para que se me viera. Me quedé con el arma, no sabía cómo librarme de ella, ni dónde.

Hubo un momento de silencio.

—¿Y luego? —preguntó Derek—. ¿Qué sucedió?

—No volví a ver a Ted. Según la policía, la persona a quien querían matar era el alcalde; Meghan no era más que una víctima indirecta. La investigación se encarrilaba en otra dirección. Estábamos seguros. No había forma de relacionarnos.

—Pero Charlotte le había cogido la camioneta a Ted sin pedírsela para ir a ver al alcalde Gordon justo antes de que llegasen ustedes.

—Seguramente no nos cruzamos con ella por un pelo y llegamos al poco de que se fuera. Fue después de que un testigo reconociera el vehículo delante del Café Athéna cuando todo empezó a torcerse. Ted comenzó a asustarse mucho. Volvió a ponerse en contacto conmigo. Me dijo: «¿Por qué has matado a todas esas personas?». Le contesté: «Porque me habían visto». Y, entonces, Ted me dijo: «¡El alcalde Gordon era nuestro socio! ¡Fue él quien mató a Jeremiah! ¡Era él quien quería que matásemos a Meghan! ¡Ni él ni su familia hubieran hablado nunca!». Ted me contó entonces cómo, a mediados de junio, el alcalde y él se habían aliado.

*

Ese día, Ted Tennenbaum fue a ver al alcalde Gordon para hablar del Café Athéna. Quería enterrar el hacha de guerra. No podía seguir soportando aquellas tensiones permanentes. El alcalde Gordon lo recibió en el salón. Era media tarde. Por la ventana, Gordon vio a alguien en el parque. Desde donde estaba, Ted no pudo reconocer quién era. El alcalde dijo entonces, con expresión sombría:

—Hay personas que no deberían estar vivas.

—¿Quién?

—Da lo mismo.

Ted notó en ese momento que Gordon podría ser la clase de hombre que buscaba. Decidió hablarle de su proyecto.

*

En el centro regional de la policía estatal, Michael nos dijo:

—Había matado a nuestro socio sin saberlo. Nuestro plan genial se había convertido en un fracaso. Pero estaba convencido de que la policía no podría pillar a Ted, puesto que no era el asesino. Pero no pensé que llegarían hasta el vendedor del arma. Y, luego, hasta Ted. Estuvo escondido una temporada en mi casa. No me dejó elección. Su camioneta estaba en mi garaje. Al final la iban a descubrir. Yo me moría de miedo; si la policía lo encontraba, yo también estaba perdido. Acabé por echarlo, amenazándolo con el arma con la que me había quedado. Salió huyendo y, media hora después, la policía ya lo perseguía. Murió ese mismo día. La policía concluyó que era el asesino. Me había salvado. Para siempre. Me reuní con Miranda y no nos volvimos a separar ya más. Nadie supo nada de su pasado. A su familia le dijo que se había quedado dos años de okupa antes de volver a casa.

—¿Miranda sabía que había matado usted a Meghan y a la familia Gordon?

—No, no sabía nada. Pero pensaba que me había cargado a Jeremiah.

—Por eso me mintió el otro día cuando la interrogué —confirmó Anna.

—Sí, se inventó esa historia del tatuaje para protegerme. Se encontraba al tanto de que la investigación también incluía a Jeremiah Fold y le daba miedo que lo relacionasen conmigo.

—¿Y Stephanie Mailer? —preguntó Derek.

—Ostrovski le costeaba una investigación. Se presentó un día en Orphea para hablarme de eso y para repasar los archivos del periódico. Le propuse un puesto en el *Orphea Chronicle* para poder vigilarla. Tenía la esperanza de que no descubriera nada. Estuvo estancada varios meses. Intenté despistarla haciéndole varias llamadas anónimas desde cabinas de teléfono. La encarrilé hacia los voluntarios y el festival, que era una pista falsa. La citaba en el Kodiak Grill y no iba a la cita, para ganar tiempo.

—Y también intentó embarcarnos a nosotros en la pista del festival —comenté.

—Sí —reconoció él—. Pero Stephanie encontró el rastro de Kirk Harvey, quien le dijo que era a Meghan a quien querían matar y no a Gordon. Me lo contó. Quería hablar de ello con la policía estatal, pero no antes de haber tenido acceso al expediente de la investigación. Tenía que hacer algo, iba a descubrirlo todo. Le hice una última llamada anónima, en la que le anunciaba una gran revelación para el 23 de junio y la citaba en el Kodiak Grill.

—El día en que fue al centro regional de la policía estatal —dije.

—Yo no sabía qué hacer aquella tarde. No sabía si debía hablar con ella y escapar. Pero sabía que no quería perderlo todo. Fue al Kodiak Grill a las seis, como habíamos quedado. Me senté aparte, en una mesa del fondo. Estuve observándola todo el rato. Por fin, a las diez, se fue. Tenía que hacer algo. La llamé desde la cabina. Quedé con ella en el aparcamiento de la playa.

—Y fue usted.

—Sí, me reconoció. Le dije que se lo iba a explicar todo, que iba a enseñarle algo muy importante. Se subió al coche.

—¿Quería llevarla a la isla de los Castores y matarla?

—Sí, allí nadie la habría encontrado. Pero se dio cuenta de lo que iba a hacer cuando estábamos llegando al lago de los

Ciervos. No sé cómo lo supo. Por instinto, quizá. Se tiró del coche y echó a correr por el bosque; la perseguí y la alcancé en la orilla. La ahogué, empujé el cuerpo hasta el agua y se hundió. Volví al coche. Un automovilista pasó en ese momento por la carretera. Me entró miedo y me fui. Stephanie se había dejado el bolso en mi coche. Dentro estaban las llaves. Fui a su piso para registrarlo.

—Quería echarle mano a su investigación, claro —dijo Derek—. Pero no encontró nada. Así que se envió a usted mismo un mensaje con el teléfono de Stephanie para que pareciera que se había ido de viaje y ganar tiempo. Después fingió el robo en el periódico para llevarse su ordenador, hecho que no se descubrió más que unos cuantos días después.

—Sí —asintió Michael—. Esa noche me libré de su bolso y de su teléfono. Me quedé con las llaves, que podían serme útiles. Luego, cuando tres días después llegó usted a Orphea, Jesse, me entró el pánico. Esa noche volví al piso de Stephanie y lo registré a fondo. Pero resulta que llegó usted, aunque yo creía que se había ido de la ciudad. No tuve más remedio que atacarlo con un espray de pimienta para poder escapar.

—Y más adelante se las apañó para estar lo más cerca posible de la obra y de la investigación —dijo Derek.

—Sí. Y tuve que matar a Cody. Sabía que les había hablado del libro de Bergdorf. Había sido en un ejemplar de ese libro en donde el alcalde Gordon había escrito el nombre de Meghan. Empecé a suponer que todo el mundo sabía lo que yo había hecho en 1994.

—Y mató a Costico también, porque podía llevarnos hasta usted.

—Sí. Cuando Miranda me dijo que la había interrogado usted, pensé que iría a hablar con Costico. No sabía si recordaría mi nombre, pero no podía correr riesgos. Lo seguí a su casa desde el club para saber dónde vivía. Llamé y lo amenacé con el arma. Esperé a que se hiciera de noche para obligarlo a llevarme al lago de los Castores y a remar hasta el islote. Luego le disparé y lo enterré allí.

—Y después vino lo del estreno de la obra —dijo Derek—. ¿Creía que Kirk Harvey estaba enterado de su identidad?

—Quería prever todas las posibilidades. Metí un arma en el Gran Teatro la víspera del estreno. Antes del registro. Después presencié la representación oculto en la pasarela, encima del escenario, dispuesto a disparar a los actores.

—Le disparó a Dakota creyendo que iba a revelar su nombre.

—Me había vuelto paranoico. Había dejado de ser yo.

—Y ¿qué pasó conmigo? —preguntó Anna.

—El sábado por la noche, cuando fuimos a mi casa, solo quería ver a mis hijas. Te vi salir del cuarto de baño y mirar aquella foto. Enseguida intuí que te habías dado cuenta de algo. Cuando conseguí escapar del lago de los Castores, dejé tu coche en el bosque. Me di con una piedra en la cabeza y me até las manos con un trozo de cuerda que había encontrado.

—Entonces, ¿hizo todo eso para proteger su secreto? —dije.

Michael me miró a los ojos.

—Cuando has matado una vez, puedes matar dos veces. Y cuando has matado dos veces, puedes matar a toda la humanidad. Ya no hay límites.

*

—Teníais razón desde el principio —nos dijo McKenna al salir de la sala de interrogatorios—. Ha quedado claro. Ted Tennenbaum era culpable. Pero no el único culpable. ¡Bravo!

—Gracias, mayor —contesté.

—Jesse, ¿podemos albergar la esperanza de que te quedes un poco más en la policía? —preguntó el mayor—. Te he dejado libre el despacho. Y tú, Derek, si quieres volver a la brigada criminal, tienes un sitio esperándote.

Derek y yo prometimos pensárnoslo.

Según salíamos del centro regional de la policía estatal, Derek nos propuso a Anna y a mí:

—¿Queréis cenar en casa esta noche? Darla está haciendo un asado. Podríamos celebrar el final de la investigación.

—Es todo un detalle —dijo Anna—, pero le he prometido a mi amiga Lauren que cenaría con ella.

—¡Qué lástima! —se lamentó Derek—. ¿Y tú, Jesse?
Sonreí:

—Yo tengo una cita esta noche.

—¿De verdad? —preguntó Derek, extrañado.

—¿Con quién? —quiso saber Anna.

—Ya os lo contaré en otra ocasión.

—Así que con secretitos, ¿eh? —dijo, divertido, Derek.

Me despedí y me metí en el coche para irme a casa.

*

Esa noche fui a un restaurante francés pequeñito de Sag Harbor que me gustaba mucho. La esperé fuera, con flores. Luego la vi llegar: Anna. Estaba radiante. Me abrazó. Con mucha ternura, puse la mano en el vendaje que llevaba en la cara. Ella me sonrió y nos dimos un beso muy largo. Luego, me preguntó:

—¿Tú crees que Derek sospecha algo?

—No creo —contesté, alegre.

Y volví a besarla.

2016
Dos años después de los hechos

En el otoño de 2016, estrenaron en un pequeño teatro de Nueva York una obra que se titulaba *La noche negra de Stephanie Mailer*. El autor era Meta Ostrovski y la dirección corría a cargo de Kirk Harvey; no tuvo ningún éxito. Ostrovski se quedó muy satisfecho. «Lo que no tiene éxito es forzosamente espléndido, palabra de crítico», le aseguró a Harvey. Los dos están en la actualidad de gira por todo el país, encantados consigo mismos.

A Steven Bergdorf, durante el año siguiente a su tétrico viaje a Yellowstone, lo anduvo persiguiendo la imagen de Alice. La veía por todas partes. Le parecía oírla. Se le aparecía en el metro, en su despacho, en el cuarto de baño.

Para descargar la conciencia, decidió confesárselo todo a su mujer. Al no saber cómo hacerlo, redactó la confesión por escrito. Lo contó todo sin escatimar detalles, desde el hotel Plaza hasta el Parque Nacional de Yellowstone.

Remató el texto una noche, en su casa, y se abalanzó hacia su mujer para dárselo a leer. Pero ella estaba a punto de salir a cenar con unas amigas.

—¿Qué es esto? —preguntó, mirando el mazo de hojas que su marido le daba.

—Tienes que leerlo. Enseguida.

—Llego tarde a cenar. Lo leo luego.

—Empiézalo ahora. Ya entenderás por qué.

Intrigada, Tracy leyó la primera página de la confesión de pie en el pasillo. Luego comenzó la segunda antes de quitarse el abrigo y los zapatos y de sentarse en el sofá del salón. No se movió de allí en toda la velada. No podía apartar la vista del texto. Se lo leyó de un tirón, olvidándose de la cena. Desde el momento en que empezó a leer, no dijo ya ni una palabra. Steven se había ido al dormitorio. Se había sentado en el lecho conyugal, postrado. No se sentía capaz de enfrentarse con la reacción de su mujer. Acabó por abrir la ventana y asomarse al vacío. Se hallaba en el undécimo piso. Moriría en el acto. Tenía que saltar. Ya.

Estaba a punto de pasar una pierna por encima de la barandilla cuando se abrió de golpe la puerta de la habitación. Era Tracy.

—Steven —le dijo con tono maravillado—, ¡tu novela es genial! No sabía que estuvieras escribiendo una novela policíaca.

—¿Una novela? —farfulló Steven.

—Es la mejor novela policíaca que he leído desde hace mucho.

—Pero si no es...

Tracy se encontraba tan entusiasmada que ni siquiera atendía a su marido.

—Voy a dársela enseguida a Victoria. Ya sabes que trabaja en una agencia literaria.

—No creo que...

—¡Steven, hay que publicar este libro!

En contra de la opinión de su marido, Tracy le dio el texto de Steven a su amiga Victoria, que se lo enseñó a su jefe; este se quedó con la boca abierta al leerlo y se puso en contacto de inmediato con las editoriales más prestigiosas de Nueva York.

El libro se publicó un año después y tuvo muchísimo éxito. Lo están adaptando al cine.

Alan Brown no volvió a presentarse a las elecciones municipales en septiembre de 2014. Se fue con Charlotte a Washington y entró en el gabinete de un senador.

A Sylvia Tennenbaum la eligieron alcaldesa de Orphea. Los vecinos la aprecian mucho. Desde hace un año ha puesto en marcha, en primavera, un festival literario que goza de un éxito creciente.

Dakota Eden ha empezado una carrera de letras en la universidad de Nueva York. Jerry Eden ha dimitido de su puesto.

Él y su mujer, Cynthia, se han mudado de Manhattan a Orphea, en donde se han hecho cargo de la librería del añorado Cody. Le han puesto de nombre El Mundo de Dakota. Ahora la conocen en todos los Hamptons.

En cuanto a Jesse, Derek y Anna, tras resolver el caso de la desaparición de Stephanie Mailer, el gobernador los condecoró.

A Derek lo trasladaron a petición propia de administración a la brigada criminal.

Anna dejó la policía de Orphea e ingresó en la policía estatal con grado de sargento.

A Jesse, tras tomar la decisión de prolongar su carrera en la policía, quisieron nombrarlo mayor, pero lo rechazó. A cambio, solicitó poder trabajar, en un equipo de tres, con Anna y Derek. En la actualidad es el único equipo de la policía estatal que funciona así. Desde que empezaron, han resuelto todas las investigaciones que les han encargado. Sus compañeros los llaman «el equipo cien por cien». Les dan prioridad para las investigaciones más complicadas.

Cuando no están trabajando, están en Orphea, en donde viven ahora los tres. Quien los necesite los encontrará seguramente en ese restaurante encantador del número 77 de Bendham Road, en donde hubo hace tiempo una ferretería hasta cierto incendio, a finales del mes de junio de 2014. Se llama La Cocina de Natasha y lo regenta Darla Scott.

Si pasas por allí, lector, di que vas a ver al «equipo cien por cien». Les hará gracia. Están siempre en la misma mesa, al fondo del local, debajo de una foto de los abuelos y de un retrato grande de Natasha, sublime por toda la eternidad, cuyos espíritus velan por el restaurante y por sus clientes.

Es un lugar donde la vida parece más dulce.

Lista de los principales personajes

JESSE ROSENBERG: capitán de la policía estatal de Nueva York.

DEREK SCOTT: sargento de la policía estatal y antiguo compañero de Jesse.

ANNA KANNER: subjefa de la policía de Orphea.

DARLA SCOTT: mujer de Derek Scott.

NATASHA DARRINSKI: novia de Jesse.

LOS ABUELOS DE JESSE

ALAN BROWN: alcalde de Orphea.

CHARLOTTE BROWN: mujer de Alan Brown.

RON GULLIVER: actual jefe de la policía de Orphea.

JASPER MONTAGNE: subjefe de la policía de Orphea.

MEGHAN PADALIN: víctima del cuádruple asesinato de 1994.

SAMUEL PADALIN: marido de Meghan Padalin.

JOSEPH GORDON: alcalde de Orphea en 1994.

LESLIE GORDON: mujer de Joseph Gordon.

BUZZ LEONARD: director escénico de *Tío Vania* en 1994.

TED TENNENBAUM: antiguo dueño del Café Athéna.

SYLVIA TENNENBAUM: dueña actual del Café Athéna, hermana de Ted Tennenbaum.

MICHAEL BIRD: redactor jefe del periódico *Orphea Chronicle*.

MIRANDA BIRD: mujer de Michael Bird.

Steven Bergdorf: redactor jefe de la *Revista de Letras de Nueva York*.

Tracy Bergdorf: mujer de Steven Bergdorf.

Skip Nalan: redactor jefe adjunto de la *Revista de Letras de Nueva York*.

Alice Filmore: empleada de la *Revista de Letras de Nueva York*.

Meta Ostrovski: crítico de la *Revista de Letras de Nueva York*.

Kirk Harvey: antiguo jefe de policía de Orphea.

Jerry Eden: director general de Channel 14.

Cynthia Eden: mujer de Jerry Eden.

Dakota Eden: hija de Jerry y de Cynthia Eden.

Tara Scalini: amiga de la infancia de Dakota Eden.

Gerald Scalini: padre de Tara.

Índice

Tercera parte
ELEVACIÓN

«Para viajar lejos no hay mejor nave que un libro.»
EMILY DICKINSON

Gracias por tu lectura de este libro.

En **penguinlibros.club** encontrarás las mejores
recomendaciones de lectura.

Únete a nuestra comunidad y viaja con nosotros.

penguinlibros.club

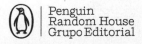

Penguin
Random House
Grupo Editorial

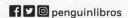 penguinlibros